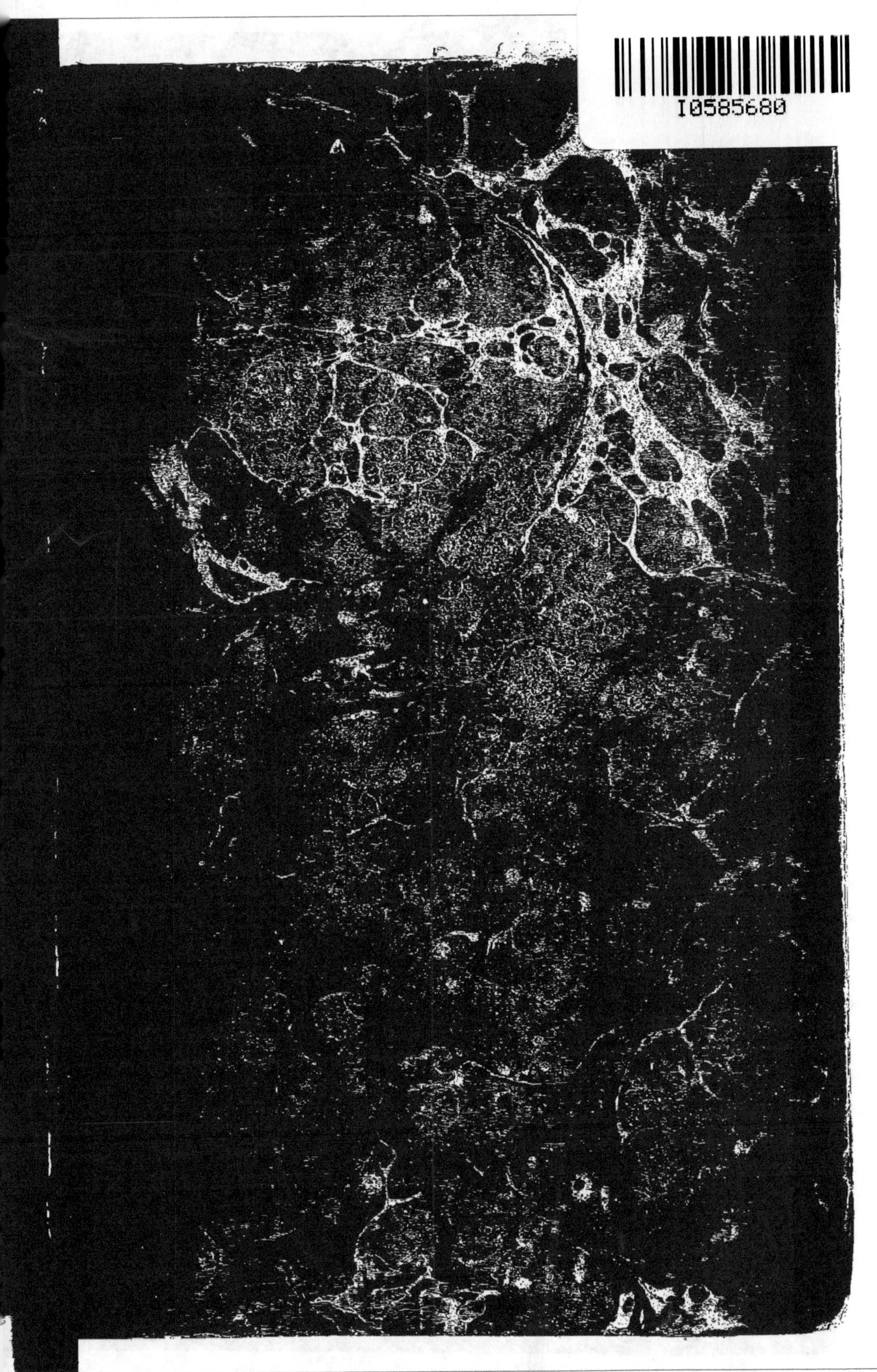

*E. 172.
C. a. 3.

1702

INSTITUTIONS POLITIQUES,

PAR MONSIEUR

LE BARON DE BIELFELD.

TOME TROISIEME.

A LEYDE, & se vend à LEIPSICK, en Foire,

Chez J. F. BASSOMPIERRE, Fils, Libraire de Liege.

M. DCC. LXXIV.

A MONSEIGNEUR

L'ILLUSTRE ET GÉNÉREUX SEIGNEUR

GUILLAUME-BERNARD
COMTE DE GELOËS

Et du Saint-Empire Romain;

Baron d'Ooft, Capitaine des Gardes du Corps de S. A. C. Monfeigneur le Prince-Évêque de Liege; haut & fouverain Officier de la ville de Haffelt; Stat-Halder de la Salle Noble de Curange; Pair du Comté de Looz; Confeiller de S. A. en fon Confeil-Privé, Commiffaire-Décifeur de la ville de Maef-tricht, Membre des Etats de la Nobleffe du pays de Liege & Comté de Looz, Province de Faucoumont & Dalem; Seigneur de la libre Terre d'Eyfden, Fouron-le-Comte, Ooft, haut & bas-Cafter, Ottogroven, Schoppeu, Sainte-Gertrude, Hexkenraedt, Hackerraedt, Morlak, & Libec, &c.

Monseigneur,

Les Inftitutions politiques font des principes de lumiere & de fageffe prifes dans le tableau de tous

* ij

les peuples du monde, deſtinées à éclairer & à diriger le gouvernement des Etats.

Celles de feu le Baron DE BIELFELD ont paru à tous les Politiques de l'Europe le fruit d'une grande étude des nations & d'un jugement exact & précis ſur les reſſorts qui agitent la grande machine de l'intérêt général & particulier. Vous avez, MONSEIGNEUR, cultivé avec un ſuccès bien marqué & bien rare, une ſcience ſi ſublime & ſi importante au bonheur des ſociétés humaines.

La Patrie a joui & jouit encore de vos connoiſſances politiques. Les Princes qui l'ont gouvernée, ont illuſtré leur autorité par la ſageſſe de vos conſeils. Si l'ouvrage que je vous préſente, avoit le bonheur d'emporter votre ſuffrage, il acquerroit dans l'opinion publique un nouveau degré d'excellence & de mérite. Cette ferme perſuaſion aſſociée à une douce eſpérance, m'engage à vous le préſenter, & à y placer votre nom comme un gage aſſuré du ſuccès que je m'en promets, & un objet toujours cher à la reconnoiſſance & au profond reſpect avec lequel je ſuis,

MONSEIGNEUR,

Votre très-humble & très-obéiſſant
ſerviteur J. F. BASSOMPIERRE, Fils.

AVERTISSEMENT
DE L'ÉDITEUR.

Mon premier but, en m'intéressant à la publication de cet ouvrage, a été d'obliger la respectable veuve d'un de mes plus dignes amis. Messieurs les libraires *Luchtmanns* m'ayant écrit que feu M. DE BIELFELD leur avoit annoncé, & comme promis, un troisieme tome de ses *Institutions Politiques*, je m'informai s'il existoit parmi ses manuscrits; & Madame sa veuve me l'envoya tout de suite. Je l'examinai, & je jugeai qu'il avoit besoin d'une révision perpétuelle pour le style, & qu'il y avoit encore quelques autres inexactitudes à en faire disparoître. Je le mandai aux libraires, qui me prierent de prendre ce soin. Je m'en suis acquitté le mieux que j'ai pu, & autant que mes autres occupations l'ont permis. Il n'est pas aisé de retoucher le style d'un écrivain, & sur-tout d'un étranger, tel qu'étoit M. DE BIELFELD, par rapport à la langue Françoise; il faudroit le refondre entiérement; autrement, quoique le mot repréhensible ait disparu, le tour de la phrase garde toujours quelque chose de contraint & d'irrégulier. Quoi qu'il en soit, c'est moins de la diction dont il s'agit ici, que des choses mêmes : & , pourvu que celles-ci méritent l'attention du lecteur, il doit être satisfait du présent qu'on lui offre.

Je ne porterai aucun jugement sur ces choses. Chacun a sa maniere de voir. Je ne garantis point celle de M. DE BIELFELD : & comme il est défunt, il est à l'abri de tout désagrément. On sait qu'il ne faisoit pas difficulté de dire des choses hardies, & quelquefois hazardées : ses *Lettres familieres* en font foi. Cela doit plutôt piquer la curiosité que l'amortir. Il y a quelques endroits où j'ai mis des correctifs au bas du texte : & je l'aurois fait plus souvent, si j'avois voulu indiquer toujours en quoi mes idées ne s'accordent pas avec celles de l'auteur. Mais je ne prétends être responsable de rien ; & je ne crois pas au fond, qu'il y ait proprement rien qui aille au-delà des licences supportables. D'ailleurs, il faut penser que M. DE BIELFELD a cessé de s'occuper de ces objets depuis l'année 1757, où les malheurs de la guerre vinrent déranger entiérement ses occupations de cabinet ; & que s'il vivoit encore, il feroit probablement bien des changements à son ouvrage. Ce que j'y ai ajouté par la voie des notes, est peu de chose ; je ne cherche, ni à être connu, ni à me cacher ; j'ai fait cela en courant, & déja je n'y pense plus.

ÉLOGE

DE

M. DE BIELFELD. (*)

JACQUES-FRÉDERIC, baron DE BIELFELD, conseiller-privé de S. M. le roi de Pruſſe, honoraire de l'académie royale des ſciences & belles-lettres de Berlin, chevalier de l'ordre de Sainte-Anne, Seigneur de Trében & autres lieux, naquit à Hambourg le 31 mars 1717, d'une famille de négociants qui ſubſiſte encore ſur un pied avantageux dans la même ville. Il reçut une bonne éducation, & ſut en profiter. S'étant rendu à Leyde en 1732 pour y faire ſes études, il en partit en 1735, & viſita les Pays-Bas, la France & l'Angleterre. Dès ce temps-là ſon génie le portoit à prendre connoiſſance des différentes formes de gouvernement, à ſe mettre au fait des principes de la légiſlation, & à s'inſtruire des arrangements de la police. Il fit des liaiſons avec les gens de lettres les plus diſtingués de ce temps-là. En s'attirant l'eſtime par l'ardeur de s'inſtruire qu'il

(*) Lu dans l'aſſemblée publique de l'académie royale des ſciences & belles-lettres de Berlin du 31 mai, MDCCLXX.

* iv

témoignoit, il avoit le rare avantage de ſe concilier l'affection par le don de plaire, dont la nature l'avoit doué. Ce fut ſans doute la réunion de ces qualités qui attira ſur lui les regards d'un prince dont la pénétration a toujours ſu ſaiſir & apprécier tous les genres de mérite. Cela changea entiérement le cours de ſes deſtinées : il ſortit de la route où ſa condition originaire l'avoit placé; il entra dans une autre à laquelle il ne s'étoit ſans doute pas attendu, & y parvint à des diſtinctions qu'on ne pourroit, ſans lui faire injuſtice, regarder comme un ſimple effet des circonſtances. Préſenté en 1738 au prince royal de Pruſſe, aujourd'hui LE ROI, qui étoit alors à Brunſwick, il reçut des marques très-flatteuſes de ſa bienveillance; & ſentant que tout le bonheur de ſa vie conſiſteroit déſormais à la conſerver, il fut comblé de la plus vive ſatisfaction, lorſque le prince lui offrit de le prendre à ſon ſervice. Il y entra en 1739 & vint pour cet effet à Reinsberg.

La mort de FRÉDERIC-GUILLAUME en 1740 fut bientôt ſuivie des grands événements qui tiendront tant de place dans l'hiſtoire de notre ſiecle. La ſituation de M. DE BIELFELD changea. Il fut d'abord employé comme ſecretaire de légation, & ſuivit en cette qualité Mr. le comte de *Truchſes*, chargé de porter la nouvelle de la mort du feu roi à GEORGE II, qui ſe trouvoit alors dans la capitale de ſon électorat. Vers la fin de la même année il paſſa à Londres, toujours avec le même miniſtre, qui y ménageoit les intérêts de la cour de Pruſſe pendant la guerre occaſionnée par le décès de l'empereur CHARLES VI. De retour en mai 1741, le roi lui ordonna de venir en Siléſie; avant le bout de l'an il étoit à Berlin, où il fut revêtu du caractere de *conseiller de légation*, & commença l'exercice des fonctions qui y sont attachées.

Comme il aimoit les lettres, & qu'il avoit une heureuse facilité à les cultiver, il leur consacra tous ses moments de loisir, & se mit par-là en état d'être admis dans cette société qui tint des assemblées chez le maréchal *de Schmettau*, & chez le ministre *de Borck* pendant les derniers mois de l'année 1743, & fut ensuite incorporée à l'ancienne société des sciences, au renouvellement du mois de Janvier 1744, pour former avec elle une même compagnie sous le nom d'ACADÉMIE ROYALE DES SCIENCES ET BELLES-LETTRES. Comme M. DE BIELFELD étoit alors à la fleur de l'âge, & naturellement actif, il se donna beaucoup de mouvements dans ces circonstances, & tint même la plume dans la société intermédiaire dont je viens de parler. Il étoit naturel qu'il fût aggrégé à l'académie; je ne le trouve pourtant pas dans la liste de 1744; mais il est dans celle de 1752 au rang des honoraires, où il a demeuré jusqu'à sa mort. Il a aussi été aggrégé aux sociétés de *Königsberg* & de *Greifswalde*.

En 1745 le roi honora M. DE BIELFELD d'une marque de confiance bien distinguée, en le faisant *Précepteur* de S. A. R. Monseigneur le prince FERDINAND. Je n'ai pas besoin de dire comment il s'est acquitté de cet emploi; j'ose en appeller au témoignage même du grand prince qui a été son éleve; & ce témoignage existe dans l'affection constante qu'il a conservée pour lui, & dans des marques réelles de cette affection qui ont fait la plus grande douceur des dernieres années du défunt. En 1747, il devint *curateur des universités*; en 1748, baron & conseiller-privé. Cette marche est sans doute aussi

brillante que rapide; mais l'aftre eft à fon midi, &
il va décliner infenfiblement.

Ici j'ignore les détails; & quand je les faurois,
je ne les dirois pas; il ne s'agit que des époques.
Après quinze années de fervice, M. DE BIELFELD
quitta la cour de Berlin, pour fe retirer fur des terres qu'il avoit acquifes dans le pays d'Altembourg.
La confolation de tous les temps & de tous les
lieux, celle dont *Cicéron* a fi bien exprimé les charmes & l'efficace, l'amour des lettres l'y accompa-
gna. Ce ne fut pourtant pas le pur vuide de fon
état qui le porta de ce côté-là; nous l'avons vu ici
dans des temps d'occupation & de diftraction, fort
ftudieux, fort appliqué, & raffemblant avec foin les
matériaux des ouvrages qu'il a publiés depuis; en
particulier., ceux de l'ouvrage auquel il a confacré
le plus de foin, & qui lui a fait le plus d'honneur;
ce font fes INSTITUTIONS POLITIQUES. Mais fa retraite ne fut pas tranquille; les mufes avec lefquelles
il s'entretenoit fi délicieufement, s'enfuirent effarou-
chées par le bruit des armes. Lorfqu'en 1757, pendant la derniere guerre de Siléfie, les troupes Autrichiennes commencerent à fe faire voir dans le pays
d'Altembourg, il ne fe crut pas en fûreté; & au
mois de feptembre de cette année, il fe refugia avec
toute fa famille à Hambourg. La paix ayant été conclue en 1763, il retourna fur fes terres, qu'il trouva
fort dévaftées : ce qui l'obligea de partager fon attention entre les foins de leur rétabliffement & l'at-
trait des études toujours dominant pour lui. Il recueillit un fruit bien honorable de celles-ci par le
fuffrage dont l'impératrice de Ruffie honora les ouvrages de fa façon qu'il lui préfenta, & par le cordon de *fainte Anne* dont elle le décora. Depuis ce

temps-là fa vie fut uniforme ; il ne fortit plus de *Treben*, où, aux plaifirs dont nous avons déja fait l'énumération, s'en joignirent de plus touchants encore ; la fociété d'une époufe infiniment agréable, & l'éducation d'une famille qui croiffoit à fouhait fous fes yeux ; mais au bien-être de laquelle il a été trop tôt enlevé.

J'ai entretenu une correfpondance affez fréquente avec lui pendant ces dernieres années ; il avoit paru la defirer, & toutes fes lettres étoient pleines de tant de marques d'amitié, que je n'aurois pu fans ingratitude ne pas les payer de retour. Il forma le deffein de donner une édition complette & uniforme de fes ouvrages, en les augmentant de quelques volumes. Je lui procurai des liaifons avec Mrs. *Luchtmanns*, libraires de Leyde, dont je connoiffois par expérience les bons procédés ; & il en fut très-content. C'eft ici le lieu de parler de fes productions. Si elles ne font pas de la premiere claffe, on ne peut leur contefter, au moins à la plupart d'entr'elles, un rang plus ou moins honorable dans la feconde. Il avoit fait fon coup d'effai par une traduction ; c'eft celle des *Confidérations fur les caufes de la grandeur & de la décadence des Romains* ; elle fut imprimée & bien accueillie. Il donna enfuite les *Progrès des Allemands dans les belles-lettres*, ouvrage intéreffant ; mais qui n'eft pourtant qu'efquiffé & affez incorrect. Je ferois tenté de paffer fous filence fes *Amufements dramatiques*, qui n'amuferent jamais que lui ; mais fes Institutions Politiques, comme je l'ai déja infinué, font un livre véritablement eftimable : il n'y eft pas créateur, mais il n'y eft pas non plus fimple compilateur. Il a fait un bon choix ; il y a mis un bon ordre ; & ce qui eft de lui, ne dépare pas ce que

des auteurs diftingués peuvent lui avoir fourni. Un
critique des plus mordants voulut couler à fonds ce
livre; mais il n'y réuffit point. Si ces cenfures étoient
quelquefois fondées, leur aigreur gâtoit tout; & M. DE
BIELFELD, naturellement doux & poli, fe fit bien plus
d'honneur encore par la modération de fes réponfes
que par leur folidité. Les *Lettres familieres* furent
un enfant de fon loifir; mais un enfant gâté, & beaucoup trop familier. Ses *Traits d'érudition univerfelle*
ne font que des *traits;* l'enfemble manque. Les jeunes gens peuvent pourtant en tirer quelque parti.
Enfin il fit une feuille périodique en Allemand, intitulée l'*Hermite.* Elle s'eft foutenue trois ans; c'eft
beaucoup pour ce genre d'ouvrage qui n'a pas la vie
longue, pour peu qu'il foit foible.

Tel fut M. DE BIELFELD; & quoique j'aie ufé ici
à fon égard d'une fincérité dont je ne me fuis jamais
départi, je crois avoir fait fon éloge, & j'ai certainement voulu le faire, puifque fa mémoire m'eft
chere, & que je le regrette comme un digne con-
frere & un bon ami. D'ailleurs, il me refte de quoi
finir le tableau tout à fon avantage.

Il a été marié deux fois; d'abord avec une demoi-
felle *Reich* de Halle, riche héritiere & plus riche encore en bonnes qualités. De fept enfants nés de ce
mariage, il n'eft refté qu'un fils âgé de quinze ans.
En 1764, il fut, & avec tant de raifon, fi frappé des
graces & du mérite de mademoifelle *de Boden,* pe-
tite-fille du Miniftre d'état de ce nom, qu'il crut trouver avec elle le bonheur du refte de fa vie; & il ne
fut pas trompé dans fon attente. Il auroit été à fouhaiter que les efpérances de cette digne époufe euffent été pareillement remplies, par la durée de leur
union; mais fon affliction eft auffi vive que jufte d'ê-

tre fitôt dans le cas de lui furvivre, avec quatre enfants dont le plus jeune n'avoit que huit mois à la
mort du pere. Les deux lettres que cette dame m'a
fait l'honneur de m'écrire, l'une pour me notifier la
mort de fon époux, l'autre pour me fournir une partie des matériaux de cet éloge, m'ont véritablement
touché, & m'ont donné la plus haute idée de fon efprit & de fon cœur. Aussi ne croyant pas pouvoir, à
beaucoup près, m'exprimer auffi bien, je vais employer fes propres termes; de pareils morceaux dic-
tés par le fentiment, font précieux, & je confacre
avec confiance celui-ci à la poftérité.

„ Un an avant fa mort, la fanté de M. DE BIELFELD,
„ d'ailleurs jufqu'alors ferme, devint chancelante; il
„ eut de fréquentes incommodités, & le 9 avril de
„ l'année derniere (au moment même que j'accou-
„ chois,) il lui prit une fi forte fuffocation, qu'on
„ défefpéra de fa vie; il fe remit cependant à pou-
„ voir quitter la chambre; & l'efpérance que je fon-
„ dois fur la bonté de fon tempérament & fur la
„ vie réglée qu'il menoit, me fit croire qu'il en re-
„ viendroit entiérement. Mais cette illufion ne dura
„ que huit jours; la même attaque revint & les mé-
„ decins déclarerent auffi-tôt, que c'étoit là le com-
„ mencement d'une hydropifie de poitrine. Les pro-
„ grès de ce cruel mal furent fi rapides, qu'on me
„ priva bientôt de toute efpérance. Je le vis, pen-
„ dant fept mois entiers, fouffrir jour & nuit les plus
„ rudes tourments, mais avec une fermeté dont il y
„ a peut-être peu d'exemples: point de plaintes, point
„ d'impatience, toujours d'une humeur égale, ne
„ craignant que d'être à charge à fa famille, & même
„ à fes domeftiques, les remerciant fans ceffe de
„ leurs foins, les exhortant à ne pas fe décourager,

„ & voyant approcher le terme de fa vie avec une
„ tranquillité d'ame qui ne pouvoit venir que de la
„ paix qu'y regnoit. Combien de fois ne l'ai-je pas
„ vu s'élever vers l'être des êtres, avec une ferveur
„ & une confiance admirables, lui demandant, non
„ la vie, mais le pardon de fes fautes, & d'être le
„ pere de fes enfants !

„ Pour être plus à portée du médecin, il fe fit
„ tranfporter à *Altembourg*, où il paffa le dernier
„ hiver, & mourut le 5 d'avril, âgé de cinquante-
„ trois ans, avec le fecours des prieres de M. *Löwer*,
„ favant eccléfiaftique & furintendant de cette ville,
„ qui, au défaut d'un miniftre réformé, lui accorda
„ fes foins. Trois jours avant fa mort, il avoit dit à
„ plufieurs de fes domeftiques, qu'il mourroit le
„ jeudi, & les avoit même chargés de prévenir là-
„ deffus ceux qui pourroient demander de fes nou-
„ velles. Ce terrible pronoftic me fut caché ; il ne
„ vouloit pas affliger une femme dont il connoiffoit
„ le cœur. Cependant le defir de prendre congé du
„ prince FERDINAND de Pruffe, l'emporta ; & ne pou-
„ vant écrire lui-même, il fut obligé d'avoir recours
„ à moi pour me dicter fes adieux. Il le fit avec beau-
„ coup de fermeté ; il le remercia de fes bienfaits,
„ & lui recommanda inftamment fa famille ; il ne
„ fut point ému en lui parlant de fa mort ; mais
„ lorfqu'il vint à faire des vœux pour la profpérité
„ conftante de ce prince, qu'il aimoit fi tendrement,
„ & pour celle de la maifon royale, je vis les lar-
„ mes couler de fes yeux ; & ce témoignage définté-
„ reffé & non équivoque de fon attachement pour
„ cette augufte maifon, me fut une nouvelle preuve
„ de la bonté de fon cœur. Tout cela fe paffa le
„ mardi ; le lendemain il fe trouva fort mal, & le

,, jeudi matin il expira fi fubitement & fi doucement,
,, que je pris pour une attaque d'apoplexie ce qui
,, n'étoit que l'effet de l'inflammation. Depuis vingt-
,, quatre heures il avoit prefque perdu l'ufage de la
,, parole ; mais je vis clairement à fes fignes & aux
,, monofyllabes qu'il prononçoit, qu'il confervoit
,, toujours la liberté de penfer ; & deux minutes
,, même avant fa mort, lorfque le voyant fort affoi-
,, bli, je l'exhortois à porter avec moi fes efpérances
,, dans cette autre vie où nos ames feroient réunies,
,, il me répondit un *oui* fort diftinct, & me preffa
,, tendrement la main. C'eft avec cette fermeté &
,, dans ces fentiments qui ne fe font point démentis
,, pendant tout le cours de fa maladie, qu'il rendit
,, l'ame.

,, Il eft mort en philofophe & en chrétien ; & c'eft
,, cette ferme perfuafion, c'eft l'affurance de retrou-
,, ver un jour dans une meilleure vie, l'ami que le
,, ciel m'enleve trop tôt dans celle-ci, qui eft feule
,, capable de modérer l'excès de ma douleur. Sa re-
,, ligion fût pure, fans oftentation & fans hypocrifie,
,, telle fans doute qu'elle doit être pour plaire à ce-
,, lui qui fait lire dans les cœurs, fon ame étoit bien-
,, faifante & réuniffoit toutes les vertus morales. Je
,, ne dirai pas qu'il fût fans foibleffe, il étoit homme ;
,, mais, s'il en avoit, j'ofe prefque affurer qu'elles
,, prenoient leur fource dans la vertu même, comme
,, fon trop grand défintéreffement, fon defir de faire
,, le bonheur de fes femblables, autant que cela dé-
,, pendoit de lui, dont l'excès faifoit quelquefois dé-
,, générer les effets en trop de complaifance & de fa-
,, cilité. Il étoit bon mari, bon pere, bon maître &
,, fidele ami. Voilà l'époux que j'ai perdu ; & j'ai
,, tout perdu avec lui. ,,

TABLE

Des chapitres du tome troisieme.

INSTITUTIONS POLITIQUES.

TROISIEME PARTIE.

CHAPITRE PREMIER.

DU PORTUGAL.

§ I.

L E royaume de Portugal eſt connu chez les anciens ſous le nom de *Luſitanie.* Sous le regne de Ferdinand le Grand, roi de Caſtille & de Léon, qui donna à ſon troiſieme fils Don Garcie, cette province & celle de Galice, ce nom fut changé en celui de Portugal auquel on donne une étymologie différente. Les uns le dérivent d'un endroit du pays nommé autrefois *Cale,* vis-à-vis duquel on forma un port qui fut appellé le port de Cale, en langue du pays, *Portucale.* Ce port devint ſi floriſſant, qu'il en ſortit non-ſeulement la ville de *Porto* ou *Oporto,* mais que tout le royaume en

Origine du nom de Portugal.

Tome III. A

prit auffi le nom. D'autres, avec moins de vraifemblance, croient que *Portugal* ne fignifie que
Portus Gallus, ou *Portus Gallorum*, parce que
les François accoururent en grand nombre au fecours des Chrétiens contre les Maures, & qu'ils
s'affemblerent fur le fleuve Dauro, près de la ville
de Porto. (*)

§ II.

Situation locale.   Ce royaume eft fitué à l'extrémité occidentale
de l'Europe. Si l'on confulte les meilleures cartes
géographiques, on trouve que fa longueur s'étend
environ à quatre-vingt milles d'Allemagne, & fa
plus grande largeur à quarante. Dans cette dimen-
fion eft comprife la province d'Algarve, qui porte
le nom de royaume. Anciennement ce royaume
d'Algarve s'étendoit fur toute la côte, depuis le
cap Saint-Vincent jufqu'à la ville d'Alméria en
Grenade, y compris même la côte d'Afrique fituée
vis-à-vis; & c'eft pour cette raifon, que les monarques portugais prirent le titre de *rois des Algarves en deçà & au-delà des mers*; mais ce royaume
a été démembré, comme on peut le voir dans la

Poffef- géographie. Le roi de Portugal poffede outre cela
fions dans dans l'Océan Atlantique, 1º. l'ifle de *Porto San-*
les mers de *to*, 2º. celle de *Madeira* ou *Madere*, & 3º. les
l'Europe. ifles *Açores* ou *Terceres*, qui font au nombre de
neuf. Nous parlerons plus bas des poffeffions des
Portugais dans les trois autres parties du monde.

§ III.

Voifins &   Du côté du midi & de l'occident, le Portugal
limites. eft entouré de l'Océan atlantique : vers l'orient
& le feptentrion, il confine à l'Efpagne. On peut
dire en un fens, qu'il n'a d'autres voifins que les

(*) Voyez *Géographie de Bufching, vol. II. p. 3.*

Espagnols, & si l'on veut, les peuples d'Afrique. Il a tout à craindre de ces premiers, & fort peu des derniers, comme nous le ferons voir en son lieu. Les mers immenses qui l'environnent, lui servent de rempart; & si des flottes ennemies peuvent venir l'attaquer sur ses côtes, les mêmes mers lui portent, comme on l'a vu souvent, des flottes amies pour le défendre.

§ IV.

Le climat du Portugal est chaud, & le terroir fertile; cependant les grains n'y sont pas assez abon-dants pour fournir à la consomption du peuple, & les encouragements que l'on a donnés à l'agri-culture, ont été sans efficace. Mais les nations commerçantes, attentives à se prévaloir de tous les débouchés possibles de débit, fournissent ce royaume abondamment de toutes sortes de grains étrangers. L'Angleterre sur-tout, en vertu d'un accord particulier, lui livre annuellement une forte provision de froment & d'autre bled, soit du crû de la Grande-Bretagne même, soit de celui des isles de l'Archipel, d'Egypte, &c. Il n'y a pas long-temps, qu'un ambassadeur qui résidoit à Lisbonne de la part de l'Impératrice-Reine, conçut le des-sein d'enlever cette branche de commerce à l'An-gleterre en faveur de la Hongrie. Le plan étoit beau. Les provinces Hongroises les plus à portée devoient fournir des grains pour deux millions d'écus par an, qui seroient transportés, moitié par terre & moitié sur les rivieres jusqu'à Trieste, où on les embarqueroit pour le Portugal. Une somme d'argent si considérable qui seroit retombée an-nuellement dans la Hongrie, auroit enrichi ce royaume, & auroit mis ses habitants en état de défricher successivement de nouvelles terres, & de perfectionner l'agriculture. Mais l'Angleterre

Climat & produc-tions.

a trouvé moyen de faire échouer un deſſein auſſi
pernicieux à ſon commerce. Les autres productions naturelles du Portugal conſiſtent en vins,
huiles, oranges, citrons & autres fruits de toute
eſpèce ; en cire, miel, & ſur-tout en ſel marin,
dont il ſe fait un débit conſidérable, principalement à St. Ubes. Les laines en Portugal ne ſont
pas abondantes, & elles y ſont inférieures en qualité à celles d'Eſpagne. Il ſe fait peu de ſoie dans
ce royaume. Les mines y ſeroient riches en métaux, ſi on les faiſoit exploiter ; on y trouve même
des pierres précieuſes ; mais comme cet état poſſede dans les Indes des mines beaucoup plus importantes, & qu'il manque, ou ſemble manquer d'habitants pour cultiver la terre, on a ſa-
gement défendu de fouiller ſes entrailles, & les
Portugais ne travaillent tout au plus que dans les
carrieres, d'où ils tirent des meules de moulin,
& un marbre admirable pour la conſtruction de
leurs palais & autres principaux édifices.

§ V.

Manufac-
tures & fa-
briques.
Les manufactures y ſont ſur un pied pitoyable,
ou plutôt, n'exiſtent point du tout. A l'exception
de quelques fruits ſecs ou confits, de certaines nattes
très-belles pour tapis de pied & autres uſages, de
quelques fleurs artificielles & autres quincailleries
qui ſe font dans les couvents, il ne ſort du Portugal aucune marchandiſe fabriquée dans le pays.
Le génie du peuple n'y eſt nullement tourné à
l'induſtrie. Il ſemble que la chaleur du climat, &
la tyrannie de l'inquiſition, concourent à jetter
les Portugais dans une indolence fatale & dans
un abrutiſſement honteux. La ſuperſtition aveugle
les rend timides, réſervés, ombrageux, jaloux &
miſantropes. Le climat leur donne un penchant
exceſſif à la pareſſe, à la chevalerie, à l'amour

romanefque, & à toutes les extravagances qui font les fuites ordinaires d'un genre de vie oifif. Ils ne manquent pas d'ailleurs de génie; car, fans vouloir rappeller ici comme une preuve de cette vérité, le poëme immortel du Camoëns, (*) & quelques autres bons ouvrages que des membres de l'académie de *Santara* & de celle de *Thomar*, auffi-bien que plufieurs autres favants du Portugal, ònt publiés, le peuple même a de l'imagination & de la vivacité. On voit en certaines faifons de l'année des troupes de jeunes villageois defcendre des montagnes, vêtus à l'efpagnole, le petit manteau fur l'épaule, un chapeau orné de fleurs en tête, & la guitarre à la main, fe répandre dans les plaines & dans les cités, en charmant tout le monde par le chant des airs dont ils compofent les paroles & la mufique, & qu'ils accompagnent de leur inftrument avec tout le goût poffible. Mais en fe livrant ainfi au frivole, ils négligent le folide.

§ VI.

Tel étant l'efprit dominant & l'humeur de la nation, il faut bien que fon commerce avec les autres peuples de l'Europe, devienne paffif pour elle. Et en effet, malgré les affaires confidérables qui fe font en Portugal, le commerce deviendroit ruineux pour ce royaume, s'il n'y avoit quelques branches fertiles qui réparaffent abondamment la ftérilité des autres. Cette confidération nous engage à examiner en peu de mots le côté défavantageux & le côté favorable du négoce des Portugais. Premiérement, le défaut de toutes fortes de manufactures, que nous venons de remarquer, en eft un très-effentiel pour le commerce général, & met cette nation dans la

Commerce.

(*) *Intitulé la Lufiade.*

A iij

nécessité perpétuelle, de payer un tribut onéreux à l'industrie de toutes les autres. En second lieu, elle manque de plusieurs denrées naturelles & indispensables, dont son indolence lui fait négliger la culture, comme grains, chanvre, lin, bois de construction, mats, bois de futaille pour ses vins, ses huiles, &c. En troisieme lieu, elle ne s'applique pas même assez à la navigation pour aller chercher ces choses à leurs premieres sources; mais elle se les fait apporter par des vaisseaux étrangers jusques dans ses propres ports; ainsi avec une vaste & belle côte, avec beaucoup de bons ports, havres & rades, elle ne navigue dans aucune mer de l'Europe, & paie le transport de toutes les marchandises dont elle a besoin aux autres nations. En quatrieme lieu, elle ne fait pas seulement le grand commerce dans son propre pays, mais elle y appelle des étrangers, Anglois, Hollandois, Hambourgeois, Danois, Suédois & autres, qui établissent des comptoirs à Lisbonne, à Oporto, & ailleurs, qui s'y enrichissent, & dont l'un ou l'autre des associés se retire de temps à autre, pour retourner dans sa patrie, emportant avec lui les trésors qu'il a amassés. Enfin, étant située au bout de l'Europe, elle ne sauroit faire aucun commerce d'entrepôt, d'expédition, &c. à moins que ce ne soit pour ses possessions dans les autres parties du monde. Tous ces inconvénients sont si considérables, qu'ils ne manqueroient pas d'appauvrir le Portugal, si cette nation n'avoit des avantages insignes, capables de réparer toutes ses pertes.

§ VII.

Commerce actif. Et d'adord, parmi les productions naturelles de son terroir, dont nous venons de parler, les vins de Portugal sont devenus une denrée presque de

premiere néceffité pour les Anglois, qui en tirent une quantité fi confidérable, que ce feul article balance en quelque maniere celui des manufactures dont la Grande-Bretagne fournit ce pays.
Les fruits, comme citrons, oranges, grenades, &c.
font recherchés par toutes les nations Européennes, & vont jufqu'en Ruffie. Il en eft de même
des huiles, du fel de St. Ubes, & de diverfes autres denrées portugaifes. Mais toutes ces exporta-
tions des produits naturels ne font rien en comparaifon des avantages que cette nation retire de fon
commerce des Indes orientales & occidentales.
Nous verrons tout-à-l'heure quels font les établiffements qu'elle y poffede. Or, comme d'un côté
elle fournit ces colonies de prefque toutes les manufactures néceffaires à la vie humaine & de leurs
principaux befoins, & que de l'autre elle en retire des tréfors immenfes, tant en métaux précieux
qu'en denrées fort recherchées, le Portugal fe
trouve à même non-feulement de payer avec fes
propres productions & avec les retours des Indes,
tout ce que lui fournit l'induftrie des autres peuples de l'Europe, mais de conferver auffi un furplus confidérable de richeffes dans le pays; & il
eft très-avantageux pour l'Europe, que les principes de la politique portugaife rélativement à cet
objet, & l'allure de fon commerce, reftent tels
qu'ils font, & que ce débouché pour nos manufactures ne foit jamais fermé. Si les Portugais s'ap-
pliquoient aux fabriques & à l'induftrie, il faudroit
leur faire la guerre, ou leur fufciter des embarras. Je ne vois pas comment on pourroit faire
autrement.

§ VIII.

Quoique les Portugais aient été les premiers à
faire des découvertes & des conquêtes dans les

Poffef-
fions dans

les trois autres parties du monde.

deux Indes, ils n'en ont confervé que les poffeffions fuivantes; favoir, 1°. en *Afrique*, le fort de
Mazagan fur la côte de Maroc, *Catcheo* ou *Ca-
cheo*, fur la côte des Negres; ce qui facilite le
trafic important qu'ils y font de ces mêmes Negres pour les tranfporter en Amérique : ils ont une
colonie à Malagette fur la côte de Guinée; dans
le royaume *de Congo*, ils habitent non-feulement
dans la capitale *S. Salvator*, à *Ambas* fur la côte
& ailleurs, mais du confentement des naturels du
pays, ils y font auffi le commerce à l'exclufion
des autres nations; dans le royaume d'Angola,
ils poffedent les villes de *Loanda S. Paulo* & de
Benguela; fur les côtes des Caffres, *le roi de
Zofala* eft leur vaffal effectif; dans le royaume
de *Monomotapa*, ils ont fait l'acquifition de plufieurs mines : fur la côte de *Zanguebar*, la ville
importante de *Mozambique* leur appartient en propre, & le *roi de Quilloa* eft leur tributaire; dans
la Mer Atlantique, ils ont encore toutes *les ifles
du Cap verd*, & parmi les ifles difperfées *St. Thomas, Ferdinando Pao, St. Matthieu*, celles *del-
Principe*, de *l'Afcenfion*, & *du St. Efprit*; enfin,
non loin de Madagafcar, ils tiennent l'ifle de *Zan-
fibar*. 2°. En *Afie*, ils ont en Arabie un commerce
important à *Mocha* fur la mer-rouge, ainfi que
dans tout le royaume de *Perfe*; dans les états du
Mogol, ils poffedent la fortereffe de *Diu*, le
château *Damon*, le fort de *Danau*, la ville de
Bazaim, le fort *Trapor* avec les fortereffes de *Ma-
norca* & *d'Afferim*; dans la Péninfule en deçà du
Gange, ils ont *Goa* & *Chaul*; *Onor*, dans le
royaume de Canara, & la moitié de la ville de
Macao dans l'ifle Chinoife qui porte le même
nom, outre plufieurs petits forts pour protéger
leur commerce fur la côte de Malabar, &c. 3°. En
Amérique, ils ont la province importante, ou le

royaume du *Bréfil ;* le *fleuve des Amazones* & une partie de la *Guiane ,* contrée fituée autour du cap du nord dans la partie méridionale de l'Amérique ; dans le *Paraguai ,* ils ont l'ifle *St. Gabriel ,* & le fort du *St. Sacrement.* (*)

§ IX.

Le roi de Portugal entretient des garnifons dans prefque toutes ces places , & il n'y a que les Portugais nationaux qui puiffent y faire le commerce avec des vaiffeaux de leur nation. Cependant les autres nations commerçantes y font intéreffées indirectement. Il part tous les ans de Lisbonne & de Porto vingt ou vingt-deux vaiffeaux marchands pour le *Rio di Janeyro ,* trente pour la *Baie de tous les Saints ,* autant pour *Fernambouc ,* & fept ou huit pour le *Paraïba.* Tous les bâtiments deftinés pour un même lieu partent enfemble , & reviennent de même , ceux de Porto fe joignant à ceux de Lisbonne. Les vaiffeaux deftinés pour Paraïba & Fernambouc , vont toujours de conferve & reviennent auffi en flotte. Le roi donne tous les ans cinq vaiffeaux de guerre pour efcorter les navires marchands ; favoir, deux pour Rio di Janeyro ; deux pour la Baie de tous les Saints, & un pour Fernambouc. A leur retour on envoie encore audevant quelques autres vaiffeaux jufqu'à la hauteur des ifles Açores. Quoique tout le négoce du Bréfil ne doive fe faire , comme on vient de le dire , que par ces flottes toutes compofées de vaiffeaux portugais , il y va cependant quelques *Interlopes.* Le voyage jufqu'au retour dure ordinairement une année. A l'égard du commerce des grandes Indes , il part tous les ans de Lis-

Commerce & navigation aux Indes orientales & occidentales.

(*) Voyez *Géographie de Hubner , tome I. liv. I.*

bonne pour Goa une couple de vaiſſeaux, qui mettent à la voile à la fin de mars. C'eſt le roi qui les fournit, qui les fait armer, & qui en paie l'équipage. Ils ſont ordinairement de huit cents tonneaux. Le voyage pour aller & revenir eſt de dix-huit mois. En allant, ils ne s'arrêtent en aucun endroit : en revenant, ils ſe rendent toujours au Bréſil, pour venir de conſerve avec la flotte. La cargaiſon de ces navires pour l'envoi, monte ordinairement à deux ou trois millions de livres. Les marchandiſes conſiſtent en corail ouvré & non ouvré, en papier, en écarlate de Hollande, tabac de Portugal, quelques autres marchandiſes, & en argent. Ce commerce eſt très-bon ; on peut y compter trente-cinq à quarante pour cent de bénéfice. Ces mêmes vaiſſeaux & ces flottes rapportent des Indes orientales de l'or, des diamants, des perles, du riz, quelques épiceries, mouſſelines, coton, de l'ambre gris, indigo, muſc, ſalpêtre, &c. & de l'Amérique pareillement, beaucoup de diamants, de l'or en barre, de l'argent, du ſucre, du tabac, du cacao, du bois d'ébene, de Bréſil & de Campêche, des peaux, du liege, des aromates, des pierres rares & précieuſes, toutes ſortes de drogues médicinales, de teinture, & beaucoup d'autres denrées & marchandiſes de très-grand prix. Le ſucre & le tabac de Bréſil forment ſeuls deux articles des plus conſidérables, & qui font extrêmement pencher la balance du commerce général en faveur du Portugal. Il eſt défendu ſous peine de la vie de ſortir de ce royaume de l'or en barre ; le roi y gagne le monnoyage. Quant aux diamants, il s'en eſt découvert dans ce ſiecle des mines ſi abondantes au Bréſil, que le gouvernement ne permet d'en tranſporter qu'une certaine quantité déterminée en Europe, pour ne

pas faire tomber le prix de ces pierres fi précieufes, & ruiner par ce moyen fon propre commerce, & celui du négociant, du jouaillier, du
lapidaire, & de beaucoup de particuliers, ce qui
anéantiroit encore la valeur du tréfor de la plupart des couronnes, & mettroit au défefpoir tout
le beau fexe. Cette politique eft des plus fages.

§. X.

La nation portugaife ne prend point de part Commer-
directe aux grandes pêches, comme celles du ce aux if-
hareng, de la baleine, ou de la morue; au les.
contraire, elle fe fait apporter cette derniere efpece de poiffon par les autres peuples, & il s'en
fait un débit confidérable dans ce royaume, fur-
tout vers le temps du carême. En revanche, cette
nation ne néglige point le commerce avec fes
ifles; elle envoie de temps à autre des vaiffeaux
à St. Thomé, Madere, & autres places, pour
y porter toutes fortes de denrées, & en tirer les
productions naturelles qu'elle revend avec grand
avantage au refte de l'Europe.

§ XI.

En réfléchiffant attentivement au commerce Balance
actif & paffif du Portugal, & en joignant les no- du com-
tions que fournit l'expérience aux lumieres du merce gé-
raifonnement, on trouvera que la balance géné- nérale.
rale n'eft pas auffi défavorable à cette nation,
qu'elle paroît l'être au premier abord, & que
toute déduction faite, il refte beaucoup de richeffes réelles dans le pays au bout de chaque
année. On peut affurer hardiment que le roi de
Portugal eft un des monarques les plus opulents
de l'Europe. Il fe trouve auffi parmi cette nation
des particuliers très-riches; & le peuple en général n'y eft nullement pauvre. Le clergé y pof-

fede des biens immenfes & beaucoup plus qu'il ne devroit. Mais cet état floriffant vient de fouffrir des chocs exceffifs par la calamité funefte que les derniers tremblements de terre y ont caufée. Le premier de novembre de l'année 1755 fut un jour de défolation pour tout le royaume de Portugal ; & la mémoire en fera terrible à jamais dans fes faftes. La poftérité la plus reculée y lira avec effroi, que dans peu d'heures de temps, par des fecouffes redoublées, la fuperbe ville de Lisbonne fut réduite en un monceau de pierres, & un grand nombre de fes habitants avec tous leurs effets, enfévelis fous fes décombres; que la famille royale, ceux des miniftres étrangers qui furent fauvés, les grands de l'état, & tous les citoyens éperdus, eurent à peine le temps de s'enfuir dans les campagnes, & que les premieres nouvelles qu'on reçut de ce défaftre affreux dans le refte de l'Europe, étoient datées du camp près des ruines de Lisbonne. Enfin cette riche & belle cité difparut. Les tremblements avoient ébranlé fes plus beaux édifices; le Tage agité remonta vers fa fource & inonda un quartier de la ville; le feu qui s'alluma dans un autre, confuma une partie des ruines; la terre qui s'entrouvrit ailleurs, engloutit le refte. Tous les fléaux fe firent fentir à la fois. Les habitants refugiés dans les champs, y manquerent de vivres & de couvert dans une faifon qui commençoit à devenir âpre & rigoureufe. Le roi fit tout ce qu'on put attendre de fon humanité, le peuple fut foulagé; mais les pertes étoient trop grandes pour pouvoir être réparées dans le cours d'un feul regne ; & il eft à craindre que le gouvernement s'opiniâtrant à faire rebâtir cette capitale à fon ancienne place, des récidives probables du même malheur, ne perpétuent le danger & les craintes, & n'occafionnent tôt ou tard la

Tremblements de terre.

décadence de ce royaume ; d'autant plus que la cauſe phyſique de ces tremblements, quelle qu'elle puiſſe être, ne peut être que terrible, ſes effets s'étant fait ſentir au même temps, non-ſeulement par tout le Portugal, à Sétubal, à Porto, en Afrique, mais preſque dans toute l'Europe.

§ XII.

Qui n'eût dit que dans un temps de détreſſe auſſi grande, le gouvernement auroit profité de la premiere conſternation & de l'abaiſſement général des eſprits, pour appaiſer la colere céleſte en lui ſacrifiant cet horrible tribunal qui bleſſe également la clémence divine, les préceptes du chriſtianiſme, l'autorité du ſouverain, & tous les droits des hommes? On ſent bien que je veux parler de l'abolition de l'inquiſition. Sans vouloir répéter ici des idées que j'ai expliquées ailleurs, ni m'étendre en vaines déclamations, je ne puis m'empêcher de remarquer, que c'eût été le vrai moment de l'*à propos*, pour faire mettre ſecrétement le feu au palais & aux priſons de l'inquiſition, & détruire ce que le tremblement de terre en avoit épargné, en faiſant ſaiſir tous les officiers de ce tribunal, & les noyer ou les renvoyer à Rome, pour délivrer ainſi le prince & ſes ſujets d'un joug affreux que leur fait porter la ſuperſtition la plus aveugle & la plus honteuſe pour l'humanité. (*) La tête de ce monſtre affreux ayant

Tribunal de l'inquiſition.

(*) Cette maniere d'abolir l'inquiſition ne me paroit pas ſenſée. Au fort de la plus grande cataſtrophe, l'augmenter en mettant le feu volontairement à des édifices, ç'auroit été une occupation bien odieuſe & bien indigne d'un monarque. M. de Bielfeld s'eſt laiſſé emporter à un premier mouvement d'indignation, en écrivant ceci : & s'il avoit conſulté ſon cœur, ſes arrêts auroient caſſé ceux de l'eſprit. *Note de l'éditeur.*

une fois été abattue, les autres parties auroient pu être détruites avec plus de facilité, ou seroient péries d'inanition. Car on n'ignore pas qu'il y a quatre tribunaux de l'inquisition en Portugal ; le premier à *Lisbonne*, le second à *Coimbra*, le troisieme à *Evora* & le quatrieme à *Goa* dans les Indes, qui, quoiqu'indépendants par eux-mêmes, ne laissent pas d'être soumis au grand inquisiteur de Lisbonne. Les horreurs qui s'y commettent, tant pour les principes que pour la forme des procédures intentées contre les infortunés qui tombent dans les mains de ces juges barbares, se trouvent détaillées dans les *cérémonies religieuses*, livre auquel l'église de Rome n'a jamais osé contredire pour s'en disculper. Le roi Jean V a bridé, il est vrai, en quelque maniere, le pouvoir excessif de ce tribunal, en permettant aux accusés de prendre des avocats défenseurs, en faisant revoir & confirmer toutes les sentences par son parlement, enfin, en bornant sa jurisdiction à juger simplement des blasphêmes, de la sodomie, de la polygamie & de la conversion des Juifs ; mais il lui reste malgré cela encore beaucoup trop de puissance, & le peuple obéit aux ordres de l'inquisition plus qu'à ceux de son souverain. Le gouvernement est obligé de plier à chaque instant sur l'exécution de cette loi ; & nous lisons que le roi & la famille royale vont assister à des *Auto-da-fé*. Le moment susdit une fois manqué, c'est un problême à proposer aux plus habiles politiques, comment le monarque pourroit s'y prendre pour abolir cette horrible inquisition, sans risquer sa vie & sa couronne contre des milliers de sujets fanatiques qui auroient les bras levés sur lui, à la premiere démarche qu'il pourroit faire pour exécuter un si glorieux dessein ?

§ XIII.

Mais il eſt des perſonnes inſtruites, qui préten- Mélange
dent que le roi de Portugal tolere & ſoutient même de Juifs
l'inquiſition par des raiſons politiques, fondées ſur parmi les
le grand nombre de Juifs cachés qui ſe trouvent Portugais.
répandus dans ce royaume. Car l'on ſait par le
témoignage de Tertullien, que dès le deuxieme
ſiecle, la religion chrétienne s'étendit en Eſpagne
dont le Portugal faiſoit alors partie, & que dans
le troiſieme on y fonda de nouvelles égliſes. Dans
la ſuite des temps, les Mores & les Juifs s'y in-
troduiſirent & ſe mêlerent avec les Chrétiens.
Sous le regne de Jean II ils furent ſi cruellement
perſécutés, que les Juifs embraſſerent extérieurement le chriſtianiſme; & le culte de la religion
judaïque fut défendu par les loix fondamentales
de l'état. Mais, malgré la ſévérité de ces défenſes,
ils reſterent Iſraélites dans le cœur, & tranſmi-
rent cette religion à leurs deſcendants, ſi bien qu'il
s'y trouve aujourd'hui un grand nombre de Juifs
en ſecret, qui profeſſent extérieurement la religion catholique romaine, & qui ſont mêlés parmi
les grands du royaume, les évêques, chanoines,
religieux, & parmi le peuple. On prétend qu'il
y en a même parmi les inquiſiteurs. C'eſt contre ces faux chrétiens, que s'exercent principalement les rigueurs de l'inquiſition; & l'on aſſure
que la ſûreté du roi, de l'état & de la religion
romaine, dépend de cette ſévérité. Mais une poignée de Juifs, peuple timide & déſarmé, peut-
elle alarmer ſi fort le gouvernement? Ne connoît-
on pas d'autres moyens de réprimer ſon audace
& d'arrêter ſes progrès? L'inquiſition a-t-elle jamais des vues pures, & dans ſes procédés révol-
tants ne jette-t-elle pas des regards avides ſur les
biens & les richeſſes de ceux qu'elle attaque comme

criminels ? N'étend-elle pas fa jurifdiction fur les prétendus hérétiques , fur les livres, & fur mille objets qui peuvent caufer le malheur des citoyens les plus innocents ? Un pareil tribunal, indépendant du fouverain , n'eft-il pas plus dangereux au roi, que tous les Juifs enfemble ; & chaque fujet a-t-il un moment de fûreté pour fa vie, fon honneur , fa liberté & fes biens ? Qu'arrive-t-il d'ailleurs ? Un Juif Portugais qui ne peut plus fe cacher , fait paffer fecrétement fes richeffes en Hollande ou en Angleterre, il s'embarque fur un vaiffeau, quitte à jamais fa patrie, & prive l'état de tous fes biens. D'autres font découverts, on les brûle, & leurs biens confifqués paffent à Rome. Au refte, ces riches Portugais ne doivent pas être confidérés comme nos Juifs Allemands ou Polonois , ftupides dans leur religion , fales & crapuleux dans leur façon de vivre, fourbes en faifant le commerce de la fripperie. Au contraire, ce font des gens de mife, fimples, déiftes dans le fonds , & qui fuivent avec beaucoup de modifications les loix cérémoniales & politiques que Moïfe a dictées à leurs ancêtres, autant que ces loix paroiffent applicables au temps préfent ; vivant d'ailleurs en grands feigneurs. Quant aux *Proteftants*, la néceffité du commerce les fait tolérer ouvertement en Portugal, l'inquifition n'a aucune autorité fur eux ; ils vont tête levée, fans avoir cependant l'exercice libre de leur religion, fi ce n'eft chez les miniftres ou confuls des puiffances commerçantes, luthériennes ou réformées.

§ XIV.

Fafte des cérémonies religieufes.   Le feu roi Jean V fut un prince fingulier qui fe plaifoit au fafte extérieur des cérémonies religieufes. En 1716 il obtint à force d'argent la permiffion du Pape de changer la chapelle de fa cour

en

en patriarchat; & le nouveau patriarche, qui conserva en même temps le titre de *Capellao mór*, fut introduit dans sa nouvelle dignité en 1717 avec beaucoup de solemnité. En 1739 de nouveaux dons firent consentir Sa Sainteté à une nouvelle faveur; savoir, que ce patriarche seroit toujours cardinal & pris dans la famille royale. L'églife patriarchale fut érigée en métropole, & l'on créa des chanoines auxquels on assigna le quart de tous les bénéfices ecclésiastiques du Portugal pour leur entretien. Peu de temps après, le roi desira de voir son patriarche vêtu presque en souverain Pontife, & ses chanoines en cardinaux; nouvelle négociation entamée à Rome, nouvelles largesses répandues, & la faveur fut accordée. En 1749 Sa Majesté, non contente de ses autres titres, voulut en tenir encore un de l'églife à l'exemple des rois de France, d'Espagne & d'Angleterre. C'étoit un point difficile, ou du moins Rome le faifoit envifager comme tel. Le minifre portugais qui follicitoit cette grace, appella à son fecours l'or de fon maître. Benoît XIV n'eut pas un cœur d'airain pour un fils fi chéri; il fe laiffa fléchir à la vûe des quadruples, & il accorda aux rois de Portugal le titre de *Majefté très-Fidelle.* (*) On assure enfin, que le monarque fentit un violent desir de chanter lui-même la meffe en habits pontificaux, environné de ses chanoines vêtus en cardinaux, & que le Pape y confentit moyennant qu'un prêtre feroit la confécration. Toutes ces pieufes fantaifies ont coûté des fommes confidérables au Portugal; & la cour de Rome ne fauroit être blâmée par aucun politique raifonnable, d'en avoir tiré le parti qu'elle a fait. Ce font des aubaines qui ne reviennent pas tous les jours.

Titre de roi très-Fidele.

(*) *Rex Fideliffimus.*

§ XV.

Etat du gouvernement eccléfiaftique.

Voici au refte, quel eft l'état du gouvernement eccléfiaftique en Portugal. Le *Patriarche de Lisbonne* a pour fuffragants les évêques de *Leiria*, *Lamego*, *Angra* dans l'ifle de Tercere, & de *Funchal* dans celle de Madere. Il y a trois archevêques qui ont rang de marquis. Celui de *Braga*, primat du royaume, a fous lui les évêques d'*Oporto*, *Vifeu*, *Cöimbre* & *Mirande*; celui d'*Evora*, qui eft le fecond, n'a pour fuffragants que les évêques d'*Elvas* & de *Faro*; celui de *Lisbonne*, (dont le fiege eft établi dans la partie orientale de Lisbonne, tandis que le patriarche réfide dans la partie occidentale,) a fous lui les évêques de *Portalegre*, *Guarda*, *Angola*, *Capo verde* & de *S. Thomé*. Les évêques ont rang de comtes, & il y en a encore d'établis dans les poffeffions portugáifes aux trois autres parties du monde. Le roi a la nomination aux évêchés, & en tire le quart des revenus fur lefquels il affigne des penfions. Le Pape confirme les évêques, fait publier fes bulles, fans communication préalable au gouvernement, fait exercer la jurifdiction eccléfiaftique par fon nonce fur le clergé, même pour les revenus; il ne permet pas d'appeller pour ces objets en dernier reffort au roi, les réfervant au faint fiege; & il a plufieurs petites prébendes à donner & des bénéfices à conférer. Il eft facile de voir que, par cet arrangement, la cour de Rome doit tirer annuellement des fommes confidérables du Portugal, fur-tout fi l'on confidere, 1°. qu'il y a près de neuf cents couvents; 2°. que des gens fort inftruits prétendent que le clergé forme la moitié des habitants, & poffede les deux tiers du royaume en fonds de terre; & 3°. que les trois grands ordres établis en Portugal font eccléfiaftiques, & par conféquent, en connexion avec le faint fiege; que le premier, qui eft *L'Ordre de Chrift*, a feul quatre cents cinquante-quatre commanderies; le fecond, qui eft celui de *St. Jacques*, poffede quarante-fept tant villes qu'autres lieux, & cent cinquante commanderies; le troifieme, qui eft celui d'*Aviz*, a quarante-neuf commanderies. Il eft vrai que, depuis l'an 1551 les rois font grands-maîtres perpétuels de ces ordres, en vertu du brévet de Jules III; mais la cour de Rome en tire toujours directement ou indirectement quelques émoluments, de même que des vingt-trois commanderies qu'y poffede l'*Ordre de Malthe*, dont le grand-prieur eft à *Crato*; 4°. que les univerfités de *Coïmbre*, de *Lisbonne* & d'*Evora* font partie de l'état eccléfiaftique; 5°. qu'en vertu de la fameufe *Bulla Cruciata*, qui tire fon nom des anciennes croifades, & qui eft renouvellée tous les trois ans, le Pape vend continuellement aux fujets du Portugal des indulgences & la rémiffion de leurs péchés, négoce dont le produit fe partage entre le Pape, le roi & le clergé; 6°. que l'inquifition romaine, comme on vient de le dire, a une autorité fans bornes dans ce pays; & enfin 7°. que toute la nation eft également bigote & fuperftitieufe. Il nait de ces confidérations des rapports & des principes de conduite politique, que la cour de Lisbonne doit obferver envers celle de Rome; ce que nous allons développer plus bas.

§ XVI.

Revenons aux affaires féculieres. Selon les meilleurs mémoires que le géographe que je confulte (*) a pu fe procurer, le Portugal contient Habitants & leur nombre.

(*) M. Bufching, tom. II. chap. I.

dix-neuf cités & cinq cents vingt-sept tant petites villes que gros bourgs, sans compter les villages. Il y a trois mille trois cents quarante-quatre paroisses. Les dénombrements qu'on a faits, font monter le nombre des habitants à 1,742,230 ames. Le clergé n'est pas compris dans ce calcul ; or si l'on réfléchit à ce qui vient d'être dit à ce sujet (§ XIV.) on pourra conclure qu'il y a environ trois millions d'ames en Portugal. Cette supputation s'accorde parfaitement bien avec la grandeur locale de ce royaume, & avec tous les différents rapports que donne le calcul politique. La noblesse y est nombreuse ; elle se partage en grande & petite noblesse. La premiere comprend actuellement trois ducs, onze marquis, trente-huit comtes, deux vicomtes, & deux barons. Ils transmettent leurs titres & dignités à leurs enfants ; ils sont *Grands de Portugal*, & appellés *Don*. La noblesse non-titrée est fort abondante dans ce pays ; on appelle ces nobles *Fidalgos ;* mais ils ne jouissent pas du titre de *Don* sans un privilege particulier. On ne peut s'empêcher de faire ici la remarque suivante. S'il est vrai que le Portugal n'a tout au plus que trois millions d'habitants ; que le clergé est aussi nombreux qu'on le dit (& l'assertion paroît vraisemblable,) qu'il y a une si grande quantité de gentilshommes fainéants par état ; que beaucoup de Portugais sont employés ou établis dans les colonies aux trois autres parties du monde ; que beaucoup d'autres s'occupent à la navigation aux Indes ; que l'intolérance éloigne les étrangers & les empêche de s'établir en Portugal ; que l'inquisition retient beaucoup de prisonniers dans les fers ; que le climat chaud n'est pas fort propre à la génération, & que les femmes ne sont pas long-temps fécondes ; peut-on s'étonner, en fai-

Noblesse.

fant toutes ces confidérations, que la population y foit fi foible, qu'il refte après tant de déductions fi peu d'hommes pour l'agriculture, pour l'induftrie, pour la navigation dans les mers de l'Europe, pour le commerce, pour les arts, les fciences, &c? Un état dont les principes politiques font fi vicieux, n'eft fait que pour refter dans la médiocrité.

§ XVII.

La forme du gouvernement eft tout-à-fait monarchique. Le roi regne en fouverain ; mais l'autorité de l'inquifition & du clergé contrebalance fouvent la fienne ; d'autant plus que, pour le réglement des affaires les plus importantes de l'état, il faut le confentement des états du royaume, qui font le clergé, la nobleffe & la bourgeoifie. Car, par les loix pragmatiques du Portugal, le monarque a les mains liées pour deux objets principaux, qui font 1°. la fucceffion au trône au cas que la maifon regnante vînt à s'éteindre ; ce dont nous parlerons bientôt, & 2°. l'impofition de taxes nouvelles, qu'il ne peut faire de fon chef, étant obligé de fe contenter de celles qui lui ont été accordées par les états en l'année 1674. Le clergé eft repréfenté par les archevêques & les évêques ; la nobleffe par les gentilshommes titrés, & la bourgeoifie par les procurateurs des cités, villes & bourgs. On les convoque au befoin, & une pareille diete eft appellée *Cortes* en langage du pays. La derniere a été tenue en 1697. Les principaux départements par lefquels le roi fait régler les affaires publiques, font 1°. *le confeil d'état* (Confelho de Eftado) qui décide en dernier reffort & fous les yeux du monarque, les objets les plus importants du gouvernement. 2°. *Le fecrétariat d'état*, (Secretaria das merces è expediente.) dirigé par trois minif-

Forme du gouvernement.

Départements.

tres, qu'on appelle le *secretaire d'état*, qui est chargé des affaires étrangeres, le *secretaire des graces & des expéditions*, & le *secretaire des signatures*. Quelquefois ces trois charges sont réunies dans une seule personne, comme on le voit par l'exemple de D. Diego de Mendoça Corte-Real. Souvent un premier ministre absorbe les fonctions de plusieurs autres, & les gouverne tous. 3°. Le *Conseil de guerre* (Conselho de guerra) où sont portées les affaires qui regardent l'état militaire, la marine, les forteresses, &c. 4°. *Le Conseil du palais* (Desembargo do paço) tribunal supérieur pour juger en dernier ressort des affaires de jurisdiction & des objets publics qui sont en litige. Ses fonctions ont beaucoup de rapport à celles de la grand'chambre du parlement de Paris, & il nomme aux principaux emplois de la justice. *La Chancellerie de l'état* (Chancellaria mor da corte è Reyno) lui est soumise. 5°. *La Chambre des appellations* (Casa da supplicaçao) à Lisbonne, est la derniere instance d'appel pour tous les cas civils & criminels. Sa jurisdiction s'étend sur plusieurs provinces, le chancelier y préside & a sous lui quarante-deux officiers. 6°. *La Chambre des appellations d'Oporto* (Casa do civel è relaçao do Porto) est la seconde instance où se portent les procès; elle siege à Porto. Ce tribunal a sous sa jurisdiction les provinces qui ne dépendent pas de la *Casa da supplicaçao*, & ses membres consistent en un chancelier & vingt-trois conseillers. 7°. *Le Conseil des finances* (Conselho da Fazenda) dont les fonctions principales sont divisées en trois classes. La premiere est chargée de la direction des finances du royaume; la seconde de celles d'Afrique, des comptes & registres, &c. & la troisieme, des Indes, des magasins, chantiers, marine, &c. Chaque classe a un

miniſtre à ſa tête, qu'on nomme *Vedor da Fa-*
zenda : & en 1720 *le Conſeil de commerce* (Junta
da commercio) a été réuni à ce département.
Nous ne parlons point des tribunaux & autres
colleges ſubalternes, répandus dans les provinces.

§ XVIII.

L'hiſtoire nous apprend que la nation portu-
gaiſe ſecoua en l'année 1640 le joug eſpagnol,
en élevant le duc *Jean de Bragance* ſur le trône.
Il étoit le quatrieme roi de ce nom, qui regna
en Portugal. Alphonſe VI fut chaſſé du trône
par ſon frere Pierre II, qui conclut en 1668 la
paix avec l'Eſpagne, en vertu de laquelle le Portugal fut déclaré royaume indépendant & rétabli
dans ſes anciennes limites, à l'exception de Ceuta
en Afrique, que l'Eſpagne a gardé. Depuis ce
temps, la maiſon de Bragance conſerve paiſible-
ment la couronne de Portugal. Le roi d'aujour-
d'hui n'a point de poſtérité mâle. Il prend les
titres ſuivants : *Joſeph, par la grace de Dieu,*
roi de Portugal & des Algarves au-deçà & au-
delà de la mer, ſeigneur de Guinée en Afrique
& des conquétes, navigation & commerce de l'E-
thiopie, de l'Arabie, de la Perſe, & des Indes, &c.
Il ſera néceſſaire de faire quelques remarques ſur
ces titres, pour en connoître l'origine & en conſ-
tater les fondements.

Du roi & de ſes ti-tres.

§ XIX.

Les rois d'Eſpagne ont toujours mis dans leurs
titres ceux du roi de Portugal, dans le temps
même que ce royaume n'étoit point entre les
mains des rois de Caſtille. Dans le fameux traité
de 1668 (qui eſt la baſe du droit public du Portugal, & que tout homme d'état doit bien connoître,) on fit une faute groſſiere, en n'obli-

Réflexions ſur l'origi-ne de ces titres.

geant point le roi d'Espagne à renoncer formellement à tous ses droits & prétentions sur les royaumes & les états de la couronne de Portugal. Car, quoique la reine-mere & tutrice de Charles II voulût bien s'abstenir de prendre à l'avenir pour son fils & ses successeurs, le *titre de roi de Portugal*, & que ce prince parvenu à sa majorité, se conforma à cette omission, les rois d'Espagne continuent cependant toujours à mettre le royaume d'Algarve, les Indes, &c. dans leurs titres, & semblent se réserver par-là des prétentions à faire valoir dans des circonstances favorables. A l'égard du royaume des *Algarves au deçà & au-delà des mers*, on a déja vu en partie l'origine de ce titre au § II, & nous ajouterons seulement qu'Alphonse X, roi de Castille, donna ce royaume en dot à sa fille qui épousa Alphonse III, roi de Portugal. Anciennement la côte d'Afrique, où sont situées les villes de Ceuta, de Tanger & d'Arzille, étoit comprise dans les Algarves. Jean I, roi de Portugal, conquit la premiere de ces villes sur les Mores, & Alphonse V son petit-fils, s'empara des deux autres. Mais présentement le roi de Portugal ne possede aucune de ces trois places; parce qu'en premier lieu, le roi Philippe II, peu après s'être rendu maître du Portugal, céda la ville d'*Arzille* au roi de Maroc, pour l'empêcher de prêter de l'argent à Don Antoine, comme il en avoit dessein; qu'en second lieu, le roi Alphonse VI a donné *Tanger* en mariage au roi d'Angleterre Charles II, qui l'a fait démolir; & qu'enfin, *Ceuta* est demeurée au roi d'Espagne par le traité susmentionné. *La Guinée en Afrique* fut cédée par le roi Ferdinand de Castille, & Isabelle, à Alphonse V, & les Portugais y bâtirent un fort appellé St. George de la Mine. En conséquence de cette possession,

les rois de Portugal ont pris le titre de feigneurs
de Guinée, d'autant plus que ce pays fe trouva
dans leur lot, lorfque le pape Alexandre VI partagea tout le globe de la terre entre eux & ceux
de Caftille. Les Hollandois, malgré ce partage,
fe font emparés depuis de St. George de la Mine;
& d'autres nations commerçantes ont fait des établiffements en Guinée; mais le roi de Portugal
prétend que les voies de fait n'ont pu lui ôter fes
droits; & pour les conferver il met la feigneurie de Guinée parmi fes titres.

§ XX.

Au fujet de celui de *feigneurs des conquêtes,* Continua-
navigation & commerce de l'Ethiopie, de l'Arabie, tion du
de la Perfe & des Indes, il eft à remarquer, que même fu-
les Portugais comprennent fous le nom *d'Ethio-* jet.
pie, toute la côte d'Afrique depuis la Guinée jufqu'au cap de Bonne-Efpérance, & depuis ce cap
jufqu'à la mer-rouge. Ils découvrirent la côte occidentale d'Afrique par les foins du prince Henri,
frere du roi Edouard, & s'y rendirent maîtres
des royaumes de Congo & d'Angola, & de l'ifle
de St. Thomas vis-à-vis du royaume de Loango.
Tous ces lieux s'étant déclarés pour le roi Jean IV,
lorfqu'il fut proclamé roi de Portugal, les Hollandois s'en emparerent, nonobftant la treve que
ce roi avoit faite avec les Etats-Généraux; mais
les Portugais y rentrerent peu après, & poffedent
encore ce pays. Ce fut du temps du roi Jean II,
fils d'Alphonfe V, que les Portugais avancerent
jufqu'au cap, qui fait la pointe méridionale de
l'Afrique : ils l'appellerent d'abord le *Cap téne-*
breux; mais ce roi lui donna le nom de *Cap de*
Bonne-Efpérance, parce que cette découverte lui
fit efpérer que fes vaiffeaux pourroient parvenir
jufqu'aux Indes par ce chemin-là. Préfentement

les Hollandois ont feuls une fortereffe vers ce cap. Le roi Emanuël, fucceffeur de Jean II, envoya une flotte plus avant fous la conduite de Vafquez de Gama, qui partit en 1497; & ayant doublé le cap de Bonne-Efpérance, ce capitaine découvrit la côte orientale d'Afrique. En 1506 les Portugais commandés par Almeida & par Gnaye, y prirent Quiloa, Montbaza & Sofala; ils bâtirent des fortereffes dans ces lieux, & y établirent des rois qui reconnurent le roi Emanuël pour leur fouverain. Les Portugais tenoient encore Mozambique fur cette même côte d'Afrique, lorfque le roi Jean IV fut proclamé; & tous les gouverneurs & les habitants de ces places le reconnurent pour leur fouverain.

§ XXI.

Continuation.

Quant à l'*Arabie*, on doit remarquer que les Portugais, fous la conduite d'Alphonfe d'Albuquerque, prirent en 1508 Mafcate, qui eft une ville fur la côte de ce pays, & qui dépendoit autrefois du royaume d'Ormus. Ce même général fit en 1514 la guerre au roi d'Aden en Arabie, pour l'obliger à fe rendre vaffal du roi de Portugal, mais il ne put prendre la place; ce qui n'a pas empêché que les Portugais, tenant d'un côté Mafcate, & de l'autre Melinde, qui eft auffi fur la côte d'Arabie, ne fuffent les maîtres de la navigation & du commerce de la côte d'Arabie. Ces trois places fe déclarerent auffi pour le roi Jean IV; mais les rois d'Arabie en ont chaffé depuis ce temps-là les gouverneurs Portugais. A l'égard de la *Perfe*, le même Alphonfe d'Albuquerque s'étant emparé en l'année 1507 de l'ifle d'Ormus, & y ayant bâti une bonne citadelle, les Portugais fe rendirent entiérement maîtres du commerce fur la mer de Perfe; en forte qu'ils ne permettoient à aucun marchand de Turquie, ni autres, d'y porter des marchandises, mais ils les obligeoient de les leur livrer à Gombrou dans la Terre-ferme, vis-à-vis d'Ormus, moyennant un prix qu'ils y mettoient, & ensuite ils les transportoient aux Indes & y faisoient un profit considérable. Cela a cessé actuellement; les Perses & les Anglois ayant en 1622, réuni leurs armes pour chasser les Portugais d'Ormus. *Les Indes*, comme on sait, sont divisées en orientales & occidentales. Vasquez de Gama ayant découvert vers la fin du quinzieme siecle les Indes orientales, le roi Emanuël envoya en 1504 Alphonse d'Albuquerque, qui premiérement fit bâtir une citadelle à Cochin, du consentement du roi de cette ville, & prit ensuite Cananor, Goa & Malaca, & fut ainsi le fondateur de la puissance des Portugais dans les Indes orientales. Dans la suite, d'autres capitaines Portugais y prirent encore en différents temps *Diu* dans le royaume de Cambaye & Chaul, Dabul, Onor, Barcelor, Cranganor, & Meliapour, ou St. Thomas dans la Presqu'isle des Indes au-deçà du Gange. Tous ces lieux & plusieurs autres étoient encore possédés par les Portugais, lorsque Jean IV fut proclamé roi. Les Hollandois assiégerent alors la forteresse de Malaca qu'ils prirent peu après, & ils se font encore depuis rendus maîtres de Cranganor, Cochin, Cananor, & de plusieurs autres lieux; en sorte que la puissance des Portugais est notablement diminuée dans les Indes orientales. A l'égard des Indes occidentales, les Portugais y possedent, comme on l'a vu plus haut, le Brésil, qui est situé sur la côte orientale de l'Amérique méridionale, & qui, suivant quelques auteurs, contient autant de terrein que toute l'Europe ensemble. Ce pays fut découvert par

Alvare Cabral, que le roi Emanuël envoyoit aux Indes orientales, & qui par une tempête fut jetté fur les côtes de ce pays. Il en prit poffeffion au nom du roi de Portugal, auquel il eft demeuré; d'autant qu'il s'eft trouvé compris dans les limites que les rois de Caftille & de Portugal ont pofées entr'eux pour le partage de leurs conquêtes. Il a pour capitale la ville de St. Salvador, & il eft divifé en quatorze provinces ou capitaineries, defquelles les Hollandois en occupoient plufieurs lorfque Jean IV fut proclamé roi; mais ce monarque les en chaffa depuis, & les exclut entiérement du Bréfil, qui eft demeuré aux Portugais par le dernier traité de paix qu'Alphonfe VI a fait avec les Etats-Généraux.

§ XXII.

Continuation. Sous le mot d'*Et cætera*, on peut comprendre les ifles & les autres places que le roi de Portugal poffede encore dans les diverfes parties du monde, & que nous venons d'indiquer (§ II & VIII. Outre cela, les Portugais étoient autrefois entiérement maîtres de l'ifle de *Ceïlon*, renommée à caufe de l'excellente cannelle qui y croît; mais les Hollandois y prirent en 1638 & dans les années fuivantes, les forts de Galle, de Nigamba & quelques autres; enfin ils ont encore chaffé les Portugais de la ville de Columbo, qui leur étoit reftée, en forte que les Portugais n'ont plus rien dans cette ifle. Il en eft de même des Moluques & des ifles de Banda, dont les Hollandois fe font emparés, ainfi que de l'ifle de Bombaïa qu'ils tenoient encore dans ces quartiers, mais qu'Alphonfe VI céda aux Anglois. Enfin, on a vu (§ VIII.) que les Portugais poffedent encore la ville de Macao, qui eft dans une ifle fituée fort près des côtes de la

Chine, & vis-à-vis d'une ville considérable nommée Quan-Ceu. La plupart des souverains qui ajoutent l'*Et cætera* à leurs titres, n'ont pas toujours autant de possessions sur lesquelles ils puissent fonder cette addition.

§ XXIII.

Tous les rois de Portugal du siecle passé, même le roi Henri, ne prenoient que le titre d'*Alteße*. Lorsque le roi Jean IV eut été rétabli dans le royaume de ses ancêtres, le roi de France Louis XIII & Jean IV s'écrivirent d'abord par *Vous*; mais ensuite les ministres françois prétendirent, que le roi de Portugal ne traiteroit plus le roi de France de *Vous*, comme étant le moindre titre que les Castillans & les Portugais puissent donner à ceux auxquels ils écrivent. Ils exigerent donc, que le roi de Portugal en écrivant au Roi très-chrétien, le traitât de *Votre Majesté*, & que celui-ci ne lui donnât que le *Vous*, de même qu'il en usoit alors avec les rois de Danemarck & de Pologne, qu'il qualifioit *Vous*, selon l'usage de la langue françoise, quoique ces rois dans leurs réponses, lui donnassent le titre de *Majesté*. L'ambassadeur de Portugal n'ayant pu consentir à cette différence de titres, demanda que son maître fût traité de la même maniere que le roi de Castille; si bien qu'on consentit à se donner réciproquement la *Majesté*. En vertu de cette convention on a appellé le roi de Portugal, *Sa Majesté Portugaise*, jusqu'en l'année 1749, que ce titre a été changé en celui de *Sa Majesté très-Fidelle*. (§ XIV.)

Du titre de Majesté.

§ XXIV.

Voici les armes de Portugal. Le roi porte d'argent à cinq écussons d'azur mis en croix, chacun

Armoiries du roi de Portugal.

chargé de cinq béfans d'argent, petits en fautoir, marqués d'un point de fable, l'écu bordé de gueules à fept châteaux d'or, trois en chef, deux en flancs, & deux vers la pointe. L'écu environné du collier de l'ordre de *Chriſt*, d'où pend une croix patée de gueules, chargée d'une autre croix raccourcie d'argent. Sous la pointe & les deux flancs de l'écu, paroiſſent les extrémités d'une croix fleurdeliſée de finople, qui eſt celle de l'ordre *d'Avis*. La couronne fermée comme les autres rois. Alphonfe I fit en 1139 une expédition contre le roi Iſmar qui avoit fon royaume de l'autre côté du Tage, & qui s'avançoit contre lui avec quatre autres petits rois Mores. Il remporta la victoire, & enleva les drapeaux des gardes-du-corps des cinq rois Mores. C'eſt en mémoire de cette déroute, qu'il mit les cinq petits écus, ou béfans, dans les armes de Portugal. Les bords de l'écu font confacrés aux armes d'Algarve, qui confiſtent en fept châteaux, qui fe trouvoient anciennement dans ce petit royaume. Les colliers & les croix défignent les trois ordres dont il a été parlé § XV.

§ XXV.

Le Prince Royal porte depuis Jean IV le titre de *Prince de Bréſil;* les autres enfants & les freres du roi, font nommés *Infants*. Le Portugal eſt un royaume héréditaire; mais il a été ſtatué par les loix fondamentales, qu'en cas que la *ligne deſcendante* vînt à s'éteindre, les *freres* du roi feroient appellés à la fucceſſion, & à leur défaut les *neveux;* mais ces derniers ont befoin pour regner du confentement des états. Au défaut des mâles dans la maifon royale, les princeſſes peuvent monter fur le trône, mais elles perdent leur droit de fucceſſion, en fe mariant à un prince étranger, ou hors du royaume. La déclaration ou le manifeste des états de l'année 1641 confirme que, dans les cas de succession, le *droit de représentation* aura lieu pour les freres & les enfants des freres; mais dans les degrés plus éloignés, elle dépend du degré de proximité. Cet arrangement est fondé sur la sanction pragmatique faite à Lamégo, avec laquelle on combine la déclaration susdite de 1641.

§ XXVI.

Après la paix d'Utrecht conclue en 1713 le roi de Portugal fit un arrangement, moyennant lequel il entretient toujours en temps de paix 12000 hommes d'infanterie, & 2500 de cavalerie dans le royaume, & 6000 hommes de troupes réglées dans les établissements du Brésil & de Goa. Il y a outre cela des milices, & quelques troupes de marine, de maniere que toutes les forces du royaume peuvent être supputées à trente-deux, ou selon quelques-uns, à trente-cinq mille hommes. Mais cette armée n'est pas trop bien entretenue, ni trop bien disciplinée. Les troupes de terre forment ordinairement une chaîne sur les frontieres de l'Extremose. Les forces navales consistent en quinze & jusqu'à dix-huit vaisseaux de guerre, qu'on emploie pour couvrir le commerce des Indes, & pour faire des courses sur les Algériens, Salétins & autres pirates de Barbarie, avec lesquels ce royaume est en guerre perpétuelle à cause de la religion. Nous verrons bientôt quelles mesures le Portugal prend pour se soutenir contre toutes sortes d'attaques avec si peu de forces.

Etat de l'armée & de la marine.

§ XXVII.

Voici quelles sont les sources qui produisent les revenus du roi. 1°. Les biens héréditaires de

Revenus du roi & de l'état.

la maison de Bragance, qui sont très-considérables ;
2°. les domaines de la couronne dont la cour tâche de revendiquer contre des équivalents ce qui
en a été aliéné ; 3°. les douanes, dont celle de Lisbonne est la plus importante ; 4°. les tailles ;
5°. l'accise qui est forte, & que le clergé même
est obligé de payer ; 6°. le monopole du tabac
en poudre du Brésil ; 7°. le droit de seigneuriage
des monnoies ; 8°. le tiers du produit des indulgences, en vertu de la *Bulla Cruciata* ; 9°. la
grande-maîtrise des trois ordres de chevalerie que
le roi exerce ; 10°. la dîme ecclésiastique que
le roi tire des colonies ; 11°. le cinquieme que
le roi prend sur l'or qui vient du Brésil, & la
ferme des diamants ; 12°. la confiscation de la
principale partie des biens de ceux que l'inquisition
condamne, & quelques autres articles encore d'un
moindre rapport. On voit du premier coup d'œil,
que de ces différentes sources des revenus royaux,
il y en a quelques-unes très-pures & très-bon-
nes ; d'autres que la sage politique devroit tarir,
& d'autres que la bonne foi & la probité même
devroient fermer à jamais. Il n'est gueres possible
de savoir au juste la somme totale des revenus
du Portugal ; mais il est certain, que l'état n'a
point de dettes, & qu'au moins jusqu'à l'époque
du tremblement de terre, le roi a pu former un
trésor de ses épargnes ; c'est aussi pour cette raison, que S. M. refusa avec beaucoup de grandeur d'ame tous les secours en argent, que lui
offroient les autres puissances de l'Europe, lors
de ce désastre fatal.

§ XXVIII.

Politique
générale
de cette
cour.
　　Après avoir tracé cette légere esquisse de l'état
du Portugal, voyons quelle est la politique de
cette couronne. Le royaume de Portugal ayant
été

été rétabli dans ses anciennes limites par le traité de paix de 1668 ; & la maison de Bragance ne pouvant avoir de prétentions à la charge d'aucun souverain, il n'est gueres possible que cette cour puisse former aucun projet d'agrandissement en Europe ; d'autant plus, que ni le génie de la nation, ni l'état actuel de l'armée & des flottes portugaises, ne sont propres à faire naître des desirs de conquête. Mais, si cette puissance n'est pas fort redoutable aux autres, il semble, en revanche, que la situation locale du pays la mette à l'abri de rien craindre de leur part ; sur-tout, si l'on considere, que les puissances qui pourroient y envoyer des transports de troupes capables de faire des descentes sur les côtes, sont toutes intéressées à la conservation du Portugal par des intérêts de commerce. Mais, comme cet état a eu autrefois les possessions les plus considérables dans les autres parties du monde, & qu'il en a encore de fort importantes, il est de son intérêt réel de veiller soigneusement à la conservation de ses provinces éloignées, de saisir l'occasion favorable pour se rétablir dans celles qu'il a perdues, & en attendant, de protéger & d'encourager son commerce & sa navigation par tous les moyens possibles. Cet objet important semble occuper toutes ses forces, d'autant plus que le Portugal manque presque de tout ce qui sert au métier de la guerre, & qu'il est obligé de le prendre chez d'autres peuples.

§ XXIX.

Nous avons vu que le Portugal n'a d'autres voisins que l'Espagne, qui lui est très-redoutable, particulierement à cause de ses anciennes prétentions sur tout ce royaume, que par rapport à la supériorité de ses forces. Mais diverses raisons doivent rassurer la cour de Lisbonne à cet égard. 1°. Les prétentions de l'Espagne semblent avoir été éteintes dès le douzieme siecle, lorsque le pape Alexandre III érigea le Portugal en royaume particulier par une bulle qu'il donna à cet effet le 10 juin de l'année 1179. 2°. Ce royaume a été déclaré indépendant par le traité conclu & signé à St. Ildefonse, en 1668 (*), lequel traité fut confirmé dans toutes ses clauses, & étendu encore nonseulement par la paix d'Utrecht conclue en 1713, mais aussi par divers traités particuliers que les deux couronnes ont fait entr'elles. 3°. Il y a de nos jours entre les deux couronnes une alliance cimentée par le double mariage du roi d'Espagne avec l'Infante de Portugal, & du roi de Portugal avec l'Infante d'Espagne. 4°. On ne pourroit faire subsister en Espagne qu'une armée tout au plus de 25,000 hommes, à cause du manque de vivres; & les Portugais sont en état d'opposer des forces égales. De plus, l'indolence des Espagnols, & la nature de leurs provinces limitrophes, les empêcheroient d'établir de gros magasins, ou de faire suivre les provisions par charroi. 5°. Les puissances maritimes sont alertes à venir au secours du Portugal, dès que ce royaume est menacé de quelque invasion. Ils y envoient promptement des flottes considérables, chargées de troupes, & pourvues de toutes les munitions de guerre, que les Portugais leur achetent à beaux deniers comptants. L'histoire nous apprend que ces secours ont fait échouer plus d'une fois toutes les entreprises des Espagnols.

(*) Il se trouve en entier dans le *Corpus Juris Gentium* de *Schmaus*, édit. de 1730, pag. 929 & ailleurs.

§ XXX.

La France ne penfera vraifemblablement point à attaquer le Portugal dans fes poffeffions en Europe, parce que, non-feulement elle en eft féparée par l'Efpagne, mais encore le fuccès d'un armement naval feroit douteux; après tout, elle n'a point de prétentions à fa charge, & ce pays n'eft point à fa bienféance. Il y a peu d'apparence auffi, que les François puffent réuffir à enlever quelque chófe aux Portugais en Amérique; 1°. parce que leurs poffeffions ne font pas limitrophes; 2°. parce que ces derniers y font établis de longue main, ce qui eft d'une grande confidération pour les pays lointains; 3°. parce qu'ils y ont des ports dont on ne pourroit fe rendre maître, qu'en y envoyant des forces immenfes; 4°. parce que toutes les autres nations commerçantes accourroient d'abord au fecours du Portugal; 5°. parce qu'il eft de l'intérêt de la France, que ce royaume fe conferve avec toutes fes dépendances contre l'Efpagne, & même contre la Hollande, laquelle autrefois penfoit à s'agrandir & à faire des conquêtes en Amérique aux dépens du Portugal. Cette cour cherche donc à fe faire un allié utile de la France, qui profite à fon tour d'une partie de fon commerce, duquel on a folidement réglé les conditions & la maniere dont il doit fe faire à l'avenir, par le traité d'Utrecht entre la France & le Portugal, conclu en 1713.

Envers la France.

§ XXXI.

De toutes les puiffances de l'Europe, l'Angleterre eft celle dont le Portugal doit le plus ménager l'amitié, non-feulement par rapport aux grands intérêts de commerce que les deux nations ont à ménager réciproquement, mais auffi

Envers l'Angleterre.

pour les secours prompts & efficaces que le Portugal peut toujours attendre de la Grande-Bretagne. Il paroît par les listes annuelles des vaisseaux marchands qui arrivent dans les différents ports du Portugal, que ce royaume fait plus de commerce avec l'Angleterre seule, qu'avec tout le reste de l'Europe ensemble; & il y a telle & telle branche de commerce qu'il ne peut faire qu'avec les Anglois, comme l'exportation des vins de Porto; parce qu'il n'y a pas de nation qui aime ces vins forts autant que les Anglois, ni qui en fasse une aussi grande consomption. Les manufactures Angloises en échange, sur-tout celles de laine, sont les plus convenables au Portugal, pour l'usage qui s'en fait dans le pays, & pour le transport aux Indes, tant à l'égard de la qualité & des assortiments, que par rapport aux prix. C'est par toutes ces raisons, que l'Angleterre & le Portugal ont conclu à Londres dès l'année 1642, c'est-à-dire, peu de temps après la grande révolution arrivée en 1640, un traité d'amitié & de commerce réciproque, qui est fort favorable aux deux nations, sur-tout à la Britannique. Ce traité a été confirmé l'an 1713 par celui d'Utrecht, & par des conventions particulieres faites entre les cours de Londres & de Lisbonne en différents temps. Enfin l'intérêt mutuel, l'ame de toutes alliances, a resserré très-étroitement les liens de l'amitié entre ces deux nations; & chaque fois que le Portugal a été menacé, les flottes Angloises ont volé à son secours. On en a vu de fréquents exemples, & entr'autres en 1728. Le Portugal ayant été menacé par l'Espagne, l'amiral Norris parut soudainement dans le Tage avec une flotte formidable, & sa seule présence fit avorter tous les desseins de la cour de Madrid. Ces sortes de secours sont, à la vérité, fort largement payés par le Portugal ; & c'eſt un jeu auquel la nation Angloiſe a raiſon de ſe plaire, vu qu'elle gagne conſidérablement en employant ſa marine à protéger une puiſſance dont la conſervation lui eſt de la plus grande conſéquence : mais, d'un autre côté, le Portugal toujours aſſuré d'une ſi forte aſſiſtance, épargne l'entretien conſtant d'une grande armée de terre & navale.

§ XXXII.

Le commerce & la navigation dans les Indes ont fait naître pendant long-temps une rivalité extrême entre les Portugais & les Hollandois ; mais ces derniers s'étant emparés du Bréſil & des Indes orientales pendant que le Portugal étoit ſous la domination des Eſpagnóls, cette rivalité a dégénéré en guerre ouverte. Après avoir récouvré ſon indépendance, il rechercha l'amitié des Provinces-Unies, qui, malgré les traités, continuerent à lui faire une guerre ſourde. La cour de Lisbonne ſongea ſérieuſement à ſa défenſe, & réuſſit en 1658 à chaſſer entiérement les Hollandois des établiſſements qu'ils s'étoient faits dans le Bréſil. Cette guerre fut terminée par un *traité de paix & d'alliance entre le Portugal & les Provinces-Unies, conclu à La Haye le 6 d'août 1661,* portant, que les contractants reſteront en poſſeſſion des villes, châteaux, places, &c. qu'ils auront ſaiſis, ſoit aux Indes orientales, ſoit ailleurs, quand la paix y ſera publiée, chacun d'eux renonçant aux prétentions qu'il pourroit former ; que les Provinces-Unies renoncent de même à toutes leurs prétentions ſur le Bréſil, à condition qu'il leur ſera permis d'y faire toute ſorte de commerce, à l'exception de celui du bois de Bréſil, auſſi-bien que dans tous les ports, rades, havres & autres places, que les Portugais ont fur les côtes d'Afrique ; que , fi le roi de Portugal viole quelqu'une des conditions de cette paix , les Provinces-Unies rentreront dans tous les droits auxquels elles renoncent ; ceux de S. M. Portugaife devant auffi revivre dans le cas que les Etats-Généraux enfreignent quelque article du traité. La teneur & les conditions de ce traité , qui a été confirmé par celui d'Utrecht, & par plufieurs conventions particulieres , met le Portugal en fûreté contre les attaques des Hollandois, d'autant plus que la conftitution actuelle de la république , & la forme de fon gouvernement, ne femblent pas être faites pour lui infpirer des projets de conquêtes ; que fa maxime eft de fe contenter de ce qu'elle poffede , & de ne fe fervir de fes flottes , que pour protéger fon commerce ; qu'elle a fait l'expérience au Bréfil de ce que peuvent les forces du Portugal , lorfqu'il veut faire des efforts ; & qu'enfin , l'Angleterre ou la France ne laifferoient jamais ce royaume fans fecours , ces puiffances étant depuis long-temps fort jaloufes des grands progrès que la Hollande a faits dans les Indes. D'un autre côté, le Portugal n'eft pas en état d'attaquer les établiffements des Hollandois, qui ont en Europe & en Afie , des armées & une marine infiniment fupérieures à celles des Portugais.

§ XXXIII.

 Par ce qui a été dit plus haut de l'affiette ainfi que de l'état du Portugal, on voit affez , qu'excepté l'Efpagne , ce royaume ne fauroit gueres avoir de relations qu'avec les nations commerçantes , & qu'ainfi la *république Helvétique* , la plupart des *états d'Italie* , des *princes d'Allemagne* , la *Pologne* & la *Ruffie* , entrent pour peu de chofe dans fon fyftême politique. Car le roi de Portugal n'entretient point de troupes Suiffes ; fes fujets ne font point de commerce direct avec l'Italie, ni avec l'Allemagne, fi ce n'eft avec les villes Anféatiques ; les Portugais & les Polonois font des peuples à ne fe rencontrer jamais dans aucunes de leurs entreprifes ; & la Ruffie, non plus que le Portugal, n'ayant point de naviga-tion marchande qui puiffe rapprocher le grand éloignement de leur fituation locale, il n'y a point actuellement de liaifons directes entre ces puiffances. Quelquefois cependant les bienféances de la parenté qui fubfifte entre la maifon de Por-tugal & celle d'Autriche, des fecours en argent que cette derniere a demandés & obtenus, des projets politiques fort éloignés, &c. ont occa-fionné l'envoi d'un miniftre de Vienne à Lis-bonne, & de Lisbonne à Vienne ; (*) mais ces exemples font rares, & il faudroit que tôt ou tard, le projet dont nous avons parlé (§ IV.) vînt à réuffir, pour qu'il fût befoin entre ces deux cours d'une négociation permanente. La Pruffe entretient un conful à Lisbonne ; & comme cette puiffance s'achemine à devenir réellement com-merçante, qu'elle a une compagnie des Indes, un port admirable à *Embden* fur la mer du nord, plufieurs bons ports dans la Baltique, d'où elle peut tranfporter en Portugal des mats, planches, futailles & autres bois, des toiles de Siléfie & quantité d'autres ouvrages de fes manufactures qui y font fort recherchées, il fe peut, que les in-térêts de commerce faffent bientôt naître des liaifons politiques entre les cours de Berlin & de Lisbonne.

(*) *C'eft ce que l'on vit à la naiffance de l'archiduc Jofeph, &c.*

§ XXXIV.

Envers
le Dane-
marck &
la Suede.

Il n'eſt gueres apparent, que le Danemarck &
la Suede puiſſent former des projets contre le Portugal, vu que ces puiſſances n'ont pas les moyens
d'envoyer des flottes & des tranſports de troupes
aſſez conſidérables, pour enlever aux Portugais la
moindre de leurs poſſeſſions en Europe, ni les inquiéter dans les Indes, où ces derniers ſont aſſez
forts. Au contraire, ces nations du nord ſont intéreſſées à entretenir une bonne intelligence avec
le Portugal, & à mettre leur commerce réciproque ſur un bon pied, d'autant plus que ce royaume
a beſoin de bois, chanvre, lin, poix, goudron,
métaux & de beaucoup d'autres denrées que produit le nord; tandis qu'il fournit en échange, ſon
or & ſon argent, ſes vins, ſes fruits, ſes ſels &
pluſieurs autres productions qui font la matiere
d'un commerce mutuellement avantageux. Le Portugal doit d'autant plus cultiver l'amitié des nations du nord, qu'il peut au beſoin trouver chez
elles toutes ſortes de munitions de guerre & de
bouche, & même des vaiſſeaux tout prêts; outre que ces couronnes ne demanderoient pas mieux
que de venir au ſecours d'une puiſſance qui paie
ſi bien tous les ſervices qu'on lui rend.

§ XXXV.

Envers la
Cour de
Rome.

S'il y a une cour avec laquelle le roi de Portugal ait des meſures délicates à garder, c'eſt avec
celle de Rome. On en ſentira les raiſons pour
peu qu'on réfléchiſſe ſur tout ce que nous avons
rapporté plus haut touchant l'arrangement des affaires eccléſiaſtiques de ce royaume, de l'autorité du Pape, des revenus du clergé, du pouvoir de l'inquiſition, &c. & qu'on conſidere,
que ſouvent on a vu des premiers miniſtres en

Portugal qui étoient cardinaux, ou attachés à l'é-
glise par d'autres liens. Ajoutez à cela, que la
superstition forme le caractere dominant de ce
peuple, qui par-là rend une obéissance totale aux
ordres de Rome, & respecte aveuglément ce ramas de prêtraille, dont le royaume est infecté. Il
semble cependant, que la cour de Lisbonne diminue peu-à-peu sa complaisance sans bornes
pour le saint Pere ; & si le feu roi, en achetant
la permission de chanter la messe en habits pontificaux, & environné de ses chanoines, avoit eu
des vues politiques, qu'il eût cherché d'en imposer par cet extérieur pompeux à ce peuple bi-
got, & de réunir, pour ainsi dire, la thiare à la
couronne, & le sacerdoce au sceptre, qu'à l'exemple de l'ancienne Rome le premier homme d'é-
tat eût été en même temps le premier augure,
sa conduite n'eût pas été mal-adroite. Mais, quoi
qu'il en puisse être, ce monarque fera toujours
bien de flatter le Pape, ne fût-ce, que pour en
obtenir au besoin, la liberté d'appliquer au bien
ou à la défense de l'état, une partie des grands
revenus du clergé. (*)

§. XXXVI.

Le Portugal n'a d'autres relations avec la Porte
Ottomane, que celles qui naissent de son commerce sur la mer-rouge, & de la protection que le
Grand-Seigneur accorde aux habitants de la côte
de Barbarie. Il est en guerre perpétuelle avec les
Pirates d'Alger, de Tunis, de Tripoli & de Salé,
non-seulement à cause de la religion, mais aussi

Envers
la Porte &
les Pirates
de la côte
d'Afrique.

(*) Il est inutile de remarquer, que les choses ont
bien changé depuis le temps où M. de Bielfeld écrivoit ; & que, sans recourir au manege & à la flatterie,
le roi de Portugal a fort affoibli les liens de sa dépendance à l'égard du Pape. *Note de l'éditeur.*

pour les intérêts de sa navigation qu'il doit protéger contre ces Corsaires.

§ XXXVII.

Auteurs qui ont écrit sur l'histoire & l'état du Portugal.

Ceux qui ont besoin de se mettre plus particuliérement au fait de l'histoire & de l'état du Portugal, peuvent lire avec fruit *les Révolutions du Portugal par M. l'abbé de Vertot*, ouvrage qu'on ne sauroit trop recommander; *l'histoire générale du Portugal par M. de la Clede; l'état du royaume de Portugal par M. Schmaus*, auteur Allemand; *les mémoires historiques d'Oliveyra; la relation de la cour de Portugal sous D. Pedre II; les délices de l'Espagne & du Portugal;* à quoi l'on pourra joindre quelques autres ouvrages historiques que l'académie de Lisbonne destine au public, & qui ne manqueront pas d'être bientôt traduits en François.

CHAPITRE II.

DE L'ESPAGNE.

§ I.

Anciens noms de l'Espagne.

CE royaume, appellé chez les anciens tantôt *Hespérie*, & tantôt *Ibérie*, a pris, selon la conjecture la plus vraisemblable des meilleurs Antiquaires, le nom qu'il porte actuellement du mot Phénicien *Sépan* ou *Sépana*, qui signifie *lapin;* & l'on prétend qu'autrefois ces animaux abondoient tellement dans ce pays, qu'ils y faisoient des ravages affreux. Une médaille de l'empereur *Hadrien* représentant l'Espagne sous la figure d'un lapin, semble confirmer cette opinion.

§ II.

L'Efpagne confine vers le couchant au Portu- Situation gal & à l'Océan; vers l'orient à la France, dont locale. elle eft féparée par les Pirénées; vers le feptentrion à l'Océan Atlantique, qui porte ici le nom de *mer de Bifcaye;* & vers le midi, en partie à l'Océan occidentale, & en partie à la mer Méditerranée. Les plus habiles géographes nous affurent que ce royaume a huit degrés, ou 120 milles d'Allemagne, dans fa plus grande largeur, 132 milles dans fa plus grande longueur; & en bas, vers la pointe ou la plus petite longueur, 84 milles. On voit du premier coup d'œil, qu'un pays de cette étendue, tout arrondi, & qui n'a proprement que deux voifins, le Portugal & la France, doit former un royaume confidérable.

§ III.

La monarchie Efpagnole étoit autrefois très- Son anpuiffante par fes poffeffions étrangeres. Maîtreffe cienne du Portugal, des dix-fept provinces des Pays- puiffanBas, du Milanez, du royaume de Naples & de ce. la plus grande partie de l'Amérique, fa puiffance étoit formidable aux autres nations de l'Europe; mais, dans le cours de deux ou trois regnes, dont le gouvernement a été vicieux, cette monarchie a été démembrée à un tel point, qu'il ne lui refte maintenant de toutes ces riches provinces, que quelques ifles dans la Méditerranée, dans l'océan, & dans les Indes orientales, quelques poffeffions en Afrique, & la plus belle partie de l'Amérique, dont nous parlerons avec plus d'étendue dans la fuite.

§ IV.

Le climat ne fauroit être précifément le même Climat dans toutes les provinces d'un royaume de cette & productions.

étendue, ni le terroir également fertile; mais on peut dire en général, que la chaleur, fur-tout dans la partie méridionale, y eſt exceſſive pendant le jour, & le froid y eſt perçant pendant la nuit. Ce changement d'un extrême à l'autre dans la température de l'air, joint à l'âpreté du fol, & à la trop grande féchereſſe, occaſionne vraiſemblablement ce manque de grains, que nous trouvons dans la plupart des provinces d'Eſpagne. La pareſſe du peuple y contribue auſſi beaucoup; car, ſi l'on conſidere, que les grains doivent y lever & mûrir fort vîte, comme ils le font en Egypte, en Afrique & dans les iſles de l'Archipel, il eſt à préſumer, ſi l'on en croit les hiſtoriens anciens qui nous repréſentent l'Eſpagne comme un pays abondant en bleds, que la négligence de l'agriculture, & le défaut d'habitants laborieux, font des cauſes naturelles de ce manque de grains actuel; lequel néanmoins eſt réparé par des arrangements de police que le gouvernement prend pour ſe procurer du dehors, cette denrée de premiere néceſſité. Il n'y croît pas non plus beaucoup de lin & de chanvre, ni en général pas aſſez de ces produits de la terre, dont la culture exige une pénible induſtrie & un grand travail; ce qui confirme l'opinion précédente : mais en échange, l'Eſpagne produit abondamment toutes ſortes de fruits qu'un ſoleil ardent porte à une maturité parfaite, comme les olives, capres, figues, amandes, chataignes, raiſins, citrons, oranges, grenades, &c. que les Eſpagnols font ſécher, ou réduiſent en vins, huiles & confitures, & les débitent aux étrangers. On prétend que, de la ſeule contrée aux environs de Malaga, on exporte annuellement pour la valeur d'un million & demi de piaſtres en vins & raiſins ſecs. Par-ci par-là, il y croît

auſſi du riz & des cannes de ſucre, mais en petite quantité. L'Eſpagne fournit toute l'Europe de
ces laines incomparables, qui ſeules peuvent ſervir à faire des draps fins, & elle a beaucoup
de belles ſoies. Les provinces d'Andalouſie, de
Catalogne & de Valence, de même que les
Iſles Baléares, fourniſſent beaucoup de ſel marin,
que les ſeuls rayons du ſoleil criſtalliſent, & qui
par-là peut ſe vendre à bon marché. Dans les
provinces de Murcie & de Grenade, on voit
croître ſur le rivage de la mer une plante nommée *Kali*, dont on tire une eſpece de ſel que
les François appellent *ſoude de barille* & *ſoude de
bourdine*, & qui eſt néceſſaire aux fabriques de
ſavon & à la verrerie. Il ſort tous les ans de la
ſeule ville d'Alicante, une quantité prodigieuſe
des deux eſpeces de cette ſoude. Enfin les chevaux de l'Andalouſie & des Aſturies ſont eſtimés
& renommés par tout le monde.

§ V.

L'Eſpagne ayant beaucoup de montagnes, il Mines.
né ſe peut que les mines n'y ſoient riches en
métaux précieux. Les auteurs anciens confirment
cette conjecture ; mais, depuis que cette monarchie eſt en poſſeſſion des mines du *Potoſe* & du
Chili, infiniment plus abondantes, on a défendu
d'exploiter celles du royaume ; & cette défenſe
eſt très-ſage pour pluſieurs raiſons politiques. On
travaille avec ſuccès aux mines de fer, mais le
pays n'en fournit pas aſſez pour tous les beſoins.
On y trouve auſſi du plomb, de l'étain, du ver-
millon, du vif-argent, de l'alun, du criſtal de
roche, & des pierres précieuſes ; mais non pas
en quantité. Les mers qui environnent l'Eſpagne,
& les rivieres qui y coulent, ſont abondantes en
poiſſons ; mais l'indolence eſpagnole en fait né-

gliger la pêche ; & felon M. Uztariz, (*) cette nation achete tous les ans pour plus de trois millions de piaftres de la morue & d'autres poiffons, tant fecs que falés, des autres peuples commerçants.

§ VI.

Caractere des Efpagnols.

M. de Montefquieu dit quelque part, que *les Efpagnols forment une nation toute propre à poffeder un vafte & beau pays inutilement.* Rien ne paroît plus vrai ni plus judicieux. La puiffance ancienne de l'Efpagne n'a pu lui donner affez de forces pour conferver fa fupériorité ; tout l'or & l'argent de l'Amérique ne fauroient la rendre riche ; fes productions naturelles & celles de fes colonies, ne peuvent la rendre commerçante ; les plus belles laines du monde, recueillies par quarante mille bergers, ne lui donnent pas une fabrique de réputation ; fes foies également bonnes & abondantes, font travaillées par les nations étrangeres ; maîtreffe des mers & des fleuves qui regorgent de poiffons, elle n'a point de pêche capable de fournir à fes befoins ; avec beaucoup d'univerfités, d'académies, de colleges, &c. il ne paroît prefque en Efpagne de bons livres, que ceux qui font connoître le ridicule des mœurs, & la tournure d'efprit du peuple. Il faut bien qu'il y ait des caufes naturelles, qui produifent d'auffi mauvais effets dans une nation qui d'ailleurs ne manque ni de génie, ni de valeur, ni de beaucoup de qualités recommandables ; & il eft à croire, que la chaleur exceffive du climat, rend les Efpagnols indolents, pareffeux, comme le mélange des Mores qui a fubfifté fi long-temps dans ce pays, leur a com-

____

(*) *Théorie & pratique du commerce & de la marine.*

muniqué cet efprit romanefque, ce penchant à la chevalerie, ce mépris pour les peuples les plus civilifés & pour leurs travaux utiles, cette eftime pouffée jufqu'au ridicule pour la nobleffe & la fainéantife. L'orgueil, qui paroît être la fuite, ou plutôt le principe de cette façon de penfer, fe répand dans tous les ordres de l'état, & femble devenir fous le nom de *Grandezza*, le caractere dominant de la nation. Ajoutez à cela la fuperf-tition & les funeftes diftractions qu'elle caufe au peuple par la quantité de fêtes & de devoirs ré-ligieux, il ne fera plus difficile de découvrir les caufes de la décadence de cette monarchie.

§ VII.

Tel étant le génie des Efpagnols, on peut fe figurer aifément, quel doit être l'état de leurs ma-nufactures. On fe tromperoit fort, fi l'on s'en for-moit une idée avantageufe. Il y a quelques fa-briques, à la vérité ; mais elles font généralement entre les mains des François, qui y travaillent les productions naturelles ; & le peu de foin qu'on en a, les fait péricliter à un tel point, qu'elles méritent à peine le nom qu'on leur donne ; auffi l'Efpagne prend-elle tout pour fes befoins relatifs aux fruits de l'induftrie humaine, chez les autres nations. Ce n'eft pas que de temps à autre le gouvernement n'ait tâché d'établir quelques ma-nufactures, ou de donner des loix qui pouvoient les encourager ; mais il femble, que ces établif-femens & ces loix, ont toujours été faits avec trop peu de réflexion, & que l'indolence de la nation ait achevé de les rendre infructueux. Je ne puis me difpenfer d'en rapporter un exemple récent, qui pourra faire juger de la folidité des mefures précédentes. Il n'y a pas long-temps,

qu'un miniftre (*) célebre en Efpagne, y défendit la fortie des foies, dans la vue d'obliger par-
là les naturels du pays à les ouvrager de leurs
mains ; la politique étoit bonne dans fon principe, mais comme il n'avoit fait aucun arrangement préalable pour s'affurer de bons manufacturiers, ces foies refterent fur les bras des propriétaires des terres, & des cultivateurs. Ceux-ci
chercherent les moyens de les exporter en frau-
de ; quelques-uns réuffirent ; d'autres furent découverts, & punis rigoureufement ; d'autres virent leurs foies fe gâter dans le magafin ; enfin,
au bout de deux ans, plufieurs familles ayant été
ruinées, le commerce de foies n'ayant rien produit au pays, & la culture en ayant, par conféquent, été fort négligée, on fe vit obligé de
révoquer la prohibition, & de remettre avec autant de peines que de pertes, les chofes fur l'ancien pied.

§ VIII.

Commer-
ce.

Mais ce défaut d'induftrie même, les befoins
de l'Efpagne, fes productions naturelles, fes poffeffions aux Indes, les provifions dont elle fournit toutes fes colonies, les denrées & les tréfors
immenfes qui en reviennent, forment la matiere
d'un commerce confidérable qui fe fait dans tous
les ports de mer, & dans les villes commerçantes de ce royaume. La quantité de vaiffeaux de
toutes les nations qui y abordent tous les ans,
& des marchandifes de tout genre qui s'y débitent, eft prefque incroyable. Mais ce commerce
n'eft pas actif, & par conféquent, il n'eft point
auffi profitable pour l'Efpagne qu'il le paroît. Car,
à l'égard de l'Amérique, ce royaume ne devient
qu'un

(*) Le marquis d'*Enfenada* difgracié depuis.

qu'un entrepôt, un grand magaſin des peuples commerçants, ainſi que nous le ferons voir encore plus particuliérement tout-à-l'heure ; les principales maiſons des négociants à Cadix, à Séville, à Malaga & autres lieux, ſont, comme en Portugal, étrangeres, Angloiſes, Françoiſes, Hollandoiſes, &c.; & au bout d'un certain temps, elles ſe retirent dans leur patrie avec les richeſſes qu'elles ont acquiſes. Il paroît d'ailleurs, que la balance générale du commerce doit être défavorable à l'Eſpagne par le cours du change ſur toutes les grandes places; &, comme le remarque Mr. Uztariz, il ſort par année plus de quinze millions de piaſtres en or & en argent hors du royaume. C'eſt ce qui a fait auſſi remarquer à un fameux hiſtorien, (*) que déja *ſous le regne de Philippe IV, malgré les mines du nouveau Monde, l'Eſpagne étoit ſi pauvre, que le miniſtere ſe trouva réduit à la néceſſité de faire de la monnoie de cuivre, à laquelle on donna un prix preſqu'auſſi fort qu'à l'argent, & qu'il fallut que le maître du Mexique & du Pérou, fît de la fauſſe monnoie pour payer les charges de l'état.* Quoique de nos jours cette indigence ne ſoit pas auſſi grande, il eſt certain néanmoins, que le commerce n'enrichit pas aſſez la nation Eſpagnole : & le peu d'eſtime qu'elle fait de l'état de négociant, la laiſſera vraiſemblablement long-temps fort en arriere vis-à-vis des autres.

§ IX.

Les Eſpagnols n'exercent pas aſſez la navigation dans les mers de l'Europe, puiſqu'ils ſe font apporter, comme on vient de le dire, tous leurs beſoins par les navires marchands des nations étrangeres. Mais, en échange, ils font ſeuls, & à l'excluſion de tous les autres peuples, le commerce

Naviga-
tion.

(*) M. de Voltaire.

maritime dans leurs poſſeſſions & conceſſions aux Indes, étant très-jaloux de tous les vaiſſeaux étrangers qui paroiſſent dans ces mers, ſur ces côtes & dans ces parages, pour y faire la contrebande. Ils ont fait plus d'une fois la guerre pour les en éloigner & maintenir leurs droits à cet égard. Nous verrons bientôt ſur quel pied leur navigation & leur commerce aux Indes ſont réglés, après que nous aurons fait connoître quels ſont les pays & les colonies qui appartiennent à la monarchie Eſpagnole.

§ X.

Poſſeſſions actuelles de l'Eſpagne. L'Eſpagne poſſede 1°. dans la Méditerranée, *les iſles de Majorque*, *d'Ivique* & *de Formentere*; celle des *Baléares* ou *Baléarides*, appellée *Minorque*, a été poſſédée depuis l'année 1708 par les Anglois, qui en firent la conquête, & la garderent par la paix d'Utrecht; mais elle vient de tomber au pouvoir des François. 2°. En Afrique, les villes de *Ceuta*, d'*Oran*, de *Maʒalquivir*, *Melilla* & *Pennon de Veleʒ*: lieux dont l'entretien lui coûteroit beaucoup, ſi l'état n'en étoit dédommagé par le prétexte qu'ils lui fourniſſent pour garder une grande partie des revenus eccléſiaſtiques de la *Bulla Cruciata*. 3°. Dans l'océan Atlantique, les *iſles Canaries* qui ſont conſidérables. 4°. En Aſie, les *iſles Philippines*, à l'orient de l'Inde, les *iſles de St. Laʒare*, les *iſles des Larrons*, & les *iſles de Salomon*, qui ne ſont pas encore tout-à-fait découvertes, mais que les Eſpagnols ſe ſont appropriées. 5°. En Amérique, une étendue de plus de deux mille lieues de terrein en longueur; ſavoir, dans la partie méridionale, un grand pays auquel on donne le nom de *Terre-Ferme*, le *Péroù*, le *Chili*, le *Paraguay*, le *Tucuman*, & la *Terre de Magellan*; dans la partie septentrionale , *le vieux & le nouveau Mexi-que ;* la *Californie* & la *Floride ;* les isles sont celles de *Cuba* , d'*Hispaniola* , de *Porto ricco* , les *Ca-ribes* , la *Trinité* , *Ste. Marguerite* , *Rocca* , *Or-chilla* , *Blanche* , & les *isles Lucayes* , qui font partie des Antilles. Ces possessions en Amérique font des plus considérables.

§ XI.

La loi qui défend à tous les étrangers d'aborder dans les colonies Espagnoles en Amérique pour y faire le moindre trafic, est une loi constamment éludée. Car, en premier lieu, le profit que font ceux qui envoient des vaisseaux chargés de toutes fortes de marchandises vers les côtes des possessions Espagnoles pour y faire la contre-bande, est si considérable, qu'il n'échappe pas aux négociants Anglois, Hollandois & autres, avi-des d'un gain même illicite. Malgré le risque d'une pareille entreprise, ces parages sont constamment remplis de ces fortes de contrebandiers, qui échap-pent souvent à la vigilance des vaisseaux *Gardes-Côtes* , que le gouvernement y entretient pour empêcher ce négoce frauduleux. Tous les navires qu'ils saisissent, font confisqués, déclarés de bonne prise , & l'équipage fort maltraité ; mais on pré-tend , que si de trois vaisseaux envoyés, il en revient un , le propriétaire est amplement dé-dommagé de la perte des deux autres; ce qui sup-poseroit le profit à faire de plus de trois cents pour cent. Les guerres même que l'Espagne a faites à l'Angleterre & à d'autres peuples pour empêcher cette contrebande, n'ont pu la faire cesser entiérement. En second lieu, les particu-liers Espagnols eux-mêmes arment souvent en cachette pour l'Amérique des vaisseaux que les Anglois & les Hollandois appellent *Interlopes* ,

Contre-bande.

qui y tranſportent des marchandiſes & fraudent ainſi les droits du roi. Mais ce qui élude encore plus la loi ſuſdite, c'eſt en troiſieme lieu, l'intérêt que prennent indirectement les négociants François, Hollandois, Italiens & autres à ce commerce en Amérique. Car ce ſont eux, qui ſous des noms Eſpagnols, empruntés ou achetés, chargent de leurs marchandiſes la plupart des vaiſſeaux qui partent pour l'Amérique, & qui, par conſéquent, retirent la plus grande partie de l'or, de l'argent & des autres retours. Enfin, on peut dire que c'eſt en faveur des nations commerçantes plutôt que pour l'Eſpagne, que l'Amérique a été découverte, conquiſe & qu'elle eſt poſſédée. La ſortie de l'or & de l'argent qui a été ſi long-temps défendue contre le bon ſens, puiſque finalement l'Eſpagne ne pouvoit ſolder avec les autres nations commerçantes que par ces métaux, a toujours donné lieu à mille fraudes, qui font perdre à l'état ſes droits : on en a reconnu l'inconféquence, & depuis l'année 1750, il eſt permis de tranſporter l'argent hors du royaume en payant trois pour cent, ce que le roi y auroit gagné par le *Seigneuriage*, s'il avoit été monnoyé. Par cet arrangement, la plupart des vaiſſeaux européens qui partent pour la Chine, ſe rendent à Cadix, & y prennent l'argent dont ils ont beſoin pour trafiquer dans ce pays.

<h2 style="text-align:center">§ XII.</h2>

Commerce de l'Amérique.   Autrefois le commerce de l'Amérique ſe faiſoit par le moyen de la *flotte du Mexique*, des *galions* & des *flotilles*. La premiere étoit compoſée d'un certain nombre de vaiſſeaux, appartenants en partie au roi, & en partie à des particuliers. Elle partoit de Cadix pour le Mexique au mois d'août; elle déchargeoit ſes marchandiſes à la *Vera-Crux*, & revenoit au bout de dix-huit à dix-neuf mois. Les galions pouvoient partir en tout temps de Cadix, où s'en faisoit l'armement : c'étoient ordinairement de gros vaisseaux de guerre, qui alloient tous les ans charger l'or, l'argent & les marchandises qui avoient été amassées dans le Pérou pour l'Espagne. Lorsque ces deux flottes partoient ensemble, elles alloient de conserve jusqu'à la hauteur des *Isles Antilles*, où elles se séparoient : les *galions* pour Carthagene, & de là à *Porto-Bello* ; ou au contraire, à Porto-Bello, & de là à *Carthagene* ; & la *flotte*, pour la Vera-Crux. On nommoit *flotille*, quelques vaisseaux qui devançoient les autres. Il y avoit aussi des frégates, appellées *Avisos*, qui venoient porter avis de l'arrivée prochaine de la flotte, ou des galions, de leur chargement, &c. Mais, depuis les années 1735 & 1737, on n'a plus envoyé en Amérique ni de flottes, ni de galions ; le commerce s'y fait par les *vaisseaux de regiftre*, que des marchands Espagnols font armer après avoir obtenu du conseil des Indes, moyennant une certaine somme, ou redevance, la permission de trafiquer aux Indes : l'enrégistrement de cette permission leur a donné ce nom. Ils partent de Cadix, & vont droit à *Lima*, dont le port est appellé *Callao*, à Buenos-Ayres, Maracaïbo, Carthagene, Honduras, Campêche & Vera-Crux. Les armements trop fréquents que les particuliers font en vertu de cette licence, inondent tellement l'Amérique de toutes sortes de marchandises Européennes, que le profit de ce commerce n'est plus si considérable, & que bien des gens désirent de voir les choses rétablies sur l'ancien pied. Les *Assogues* sont deux vaisseaux de la couronne, qui portent pour le compte du roi, du vif-argent à la Vera-Crux ; ce qui forme un revenu confidérable. Anciennement les Anglois & les Hollandois venoient enlever à St. Jacques de Léon en Terre-Ferme, les noix de cacao qui croissent sur les montagnes & sur les côtes dans une contrée voisine de la mer appellée *Caraques*; mais en 1728 le roi octroya à St. Sébastien une compagnie exclusive pour faire le commerce aux Caraques. Les seuls habitants des Isles Canaries ont obtenu la permission d'y envoyer tous les ans un vaisseau de registre, chargé des productions de leur pays.

§ XIII.

Retours que l'Espagne tire de l'Amérique.

Les retours que les Espagnols tirent de l'Amérique, consistent en or en lingots & en poudre, en argent en barres ou en piastres, en perles, emeraudes, indigo, laine de vigogne, quinquina, cacao, vanille, tabac, cuirs verds, bois de campêche & de gaïac, salsé-pareille, beaume du Pérou, ypecacuanha, contrayerva, & quelques autres drogues, soit pour la teinture, soit pour la médecine. Toutes ces denrées sont revendues aux autres nations; & cet échange forme le grand commerce qui se fait en Espagne; commerce, qui tout passif qu'il est en général, répare en quelque maniere le défaut d'industrie de la nation Espagnole, & soutient l'état, puisqu'indépendamment des profits qu'en retirent les particuliers, le roi gagne à l'*indulto* mis sur l'argent trois pour cent; & ce seul article, en évaluant la sortie des métaux précieux à quinze millions, produit 450 mille écus.

§ XIV.

Commerce d'Amérique en Asie.

Au reste, il n'y a point de compagnies des Indes établies en Espagne, point de fonds publics, point d'actions, point de banque : cette nation ne prend point auffi part aux grandes pêches ; mais les Efpagnols font un commerce important d'Amérique en Afie. Le fiege de ce commerce eft à *Manille*, Capitale de l'ifle de *Luçon*, qui eft la principale des Philippines. Les habitants de cette ville, les couvents qui y font établis, & fur-tout les jéfuites, y chargent tous les ans un, & quelquefois, mais rarement, deux vaiffeaux, de toutes fortes d'étoffes des Indes en foie & en coton, d'orfévrerie & de quincailleries, de foie crue de la Chine, d'épiceries, d'aromates, & de plufieurs autres efpeces de marchandifes. Ce vaiffeau, d'énorme grandeur, & nommé *galion*, fort au mois de juillet du port de Manille, & fait voile vers *Acapulco*, qui eft un port fitué fur les côtes du Mexique. La navigation fe fait avec beaucoup d'aifance à la faveur des vents alifés, qui foufflent dans ces mers ; & le galion arrive ordinairement au mois de décembre ou de janvier à Acapulco, d'où il eft obligé de repartir avant le 1 d'avril, pour profiter des vents. La charge de ce vaiffeau ayant été vendue pendant cet intervalle, il rapporte d'Acapulco à Manille, le produit prefqu'entiérement en argent comptant ; ce qui monte à la valeur de deux ou trois millions d'écus. Les difficultés & les dangers inexprimables que les navigateurs trouvent à doubler le *cap de Horn*, ou la pointe de l'Amérique, pour entrer dans la mer pacifique, & dans celle du fud, rendoient cette navigation fort fûre ; mais, dans la derniere guerre, l'amiral Anglois *Anfon*, ayant furmonté avec un courage plus qu'héroïque tous ces obftacles, rencontra le galion fur fa route, s'en empara, & y trouva des tréfors immenfes.

§ XV.

Nombre
des habi-
tants. Si nous en croyons M. d'Uztariz, l'Efpagne ren-ferme environ fept millions & demi d'habitants. Il faut toujours fe fouvenir de ce que j'ai dit ailleurs, qu'on compte difficilement les hommes, & que les dénombrements les plus exacts font encore très-imparfaits; mais c'eft ici la fupputation la plus vraifemblable. Or, en confidérant la grandeur locale de ce royaume, (§ II) il devroit contenir le double d'habitants : & les hiftoriens nous affurent que, du temps des Goths & des Mores, il y en avoit entre vingt & trente millions. Ce défaut de population provient de diverfes caufes qui font, 1°. la chaleur du climat; 2°. le tempérament fec, hypoconde & romanefque des Efpagnols; 3°. les aliments trop échauffants, dont ils fe nourriffent; 4°. l'énorme quantité de prêtres, moines, religieufes & autres perfonnes dévouées au célibat; 5°. l'extirpation des Mores & des Maranes; 6°. l'inquifition & fes funeftes fuites; 7°. les colonies envoyées en Amérique lors de fa découverte, & conftamment renouvellées depuis. M. d'Uztariz ne veut pas convenir de cette derniere raifon, prétendant que la plus grande partie de ceux qui s'embarquent pour le nouveau Monde, fortent de la Bifcaye, de la Navarre, des Afturies, & des montagnes de Burgos & de Galice : provinces les plus peuplées, tandis que les contrées de Tolede, la Manche, Guadalaxara, Cuença, Ségovie, Valladolid, Salamanque, &c. manquent le plus d'habitants. Mais eft-on obligé d'en croire un auteur qui nous affure que deux & deux font cinq? Où, ce qui revient au même, qui voudroit nous perfuader, que l'envoi au-dehors de ces nombreufes colonies, ne préjudicie point à la population pour plufieurs fiecles? Une obſervation dont on peut ſe défier, ne ſauroit détruire un principe fondé ſur la raiſon, dans la nature, & confirmé par l'expérience générale. Je ne ſaurois croire, que les provinces qu'il cite, ſoient en égale étendue plus peuplées que les autres; & ſuppoſé qu'elles le fuſſent, la population y ſeroit bien plus nombreuſe encore, s'il n'en ſortoit pas tant de monde. M. d'Uztariz ramene un peu trop tous les objets à ſon ſyſtême, & croit trouver dans la décadence du commerce & des manufactures, la cauſe de celle de la population. Il ne ſe rappelle pas, que les peuples les plus pauvres ont été de tous temps les plus nombreux, s'il n'y a pas eu d'autres cauſes phyſiques qui aient empêché la population.

§ XVI.

Ce petit nombre d'habitants eſt, comme nous Pourquoi l'avons déja inſinué, dans une grande pauvreté, ſi petit? par ſa pareſſe, par le défaut d'induſtrie & d'un commerce profitable. Uztariz évalue environ à cent millions de piaſtres tout l'or & l'argent, tant en orfévrerie qu'en eſpeces, qui ſe trouve dans le royaume. Mais ne ſe feroit-il point encore trompé ici? Sait-il poſitivement à combien ſe montent les tréſors cachés & enſévelis du clergé, des couvents, &c.? Car il eſt certain, que les eccléſiaſtiques Eſpagnols ſont les *ſang-ſues* des laïques, & qu'ils leur excroquent par toutes ſortes de moyens adroits, le peu de biens qui leur reſtent. Il eſt à croire qu'il n'y a pas beaucoup de métal précieux répandu dans le public, mais beaucoup au pouvoir ſecret du clergé. Au reſte, le défaut d'habitants cauſe en Eſpagne un défaut de matelots. Une nation qui n'a preſque point de navigation marchande, & qui ne s'occupe pas à la pêche, trouve mille difficultés à raſſem-

bler les matelots néceffaires pour fa marine &
fes flottes.

§ XVII.

Clergé d'Efpagne.

La bigoterie & la fuperftition regnent en Efpagne avec autant d'empire qu'en Portugal ; & l'état eccléfiaftique y eft réglé à peu près fur le même pied. 1º. *L'archevêque de Tolede* eft primat du royaume, chancelier de Caftille, & membre-né du confeil d'état. Il a pour fuffragants les évêques de *Cordoue, Cuença, Siguenza, Jaen, Ségovie, Carthagene, Ofma, Valladolid*, & l'évêque titulaire de l'ordre de St. Jacques. 2°. *L'archevêque de Séville* a fous lui les évêques de *Malaga, Cadix, Canarie & Ceuta.* 3°. *L'archevêque de Sant-Jago*, dont les fuffragants font les évêques de *Salamanque, Tui, Avila, Coria, Plafencia, Aftorga, Zamora, Orenfe, Badajoz, Mondonnedo, Lugo & Ciudad Rodrigo.* 4°. *L'archevêque de Grenade*, ayant fous lui les évêques de *Cadix* & d'*Alméria.* 5°. *L'archevêque de Burgos*, dont les fuffragants font les évêques de *Pampelune, Calahorra* & *Palencia.* 6°. *L'archevêque de Tarragone* a fous lui les évêques de *Barcelone, Lerida, Tortofe, Vique, Urgel* & *Solfona.* 7°. *L'archevêque de Saragoffe*, dont dépendent les évêques d'*Huefca de Barbaftro, Xaca, Taraçona, Albarracin* & *Tervel.* 8°. *L'archevêque de Valence*, dont les fuffragants font les évêques de *Ségorve, Orihuela* & de *Majorque.* Les évêques de *Léon* & d'*Oviédo* dépendent immédiatement du pape. On évalue les revenus annuels de ces archevêques & évêques, à 1,363,000 ducats. Les chapitres en ont pour le moins autant. *En Amérique il y a fept archevêques Efpagnols, & trente-un évêques.* Le roi a la nomination à

tous les archevêchés & évêchés, mais elle est
confirmée chaque fois par le Pape.

§ XVIII.

Toute l'Espagne fourmille de couvents, de Continua-
moines, de religieuses, de prêtres, de chanoi- tion.
nes, d'abbés, & d'autres personnes appartenantes
à l'église. A mesure que le nombre des habitants
qui peuplent & qui travaillent, a diminué dans
ce royaume, il semble que celui du clergé qui
vit dans le célibat & dans l'oisiveté, s'y est accru. Un auteur digne de foi, nous assure qu'en
l'année 1623 il y avoit 2141 couvents en Espagne. Depuis ce temps, il s'y est établi plusieurs
nouveaux ordres religieux, & beaucoup de nouveaux monasteres. M. d'Uztariz estime le nombre des gens d'église à plus de 250 mille personnes, & il n'exagere point. Les richesses que ces
gens possedent, sont immenses. Les jésuites y
ont un crédit excessif; (*) & le confesseur du
roi est toujours pris dans leur compagnie. En 1753
la cour de Madrid est parvenue, par les soins
du marquis d'Ensénada, à faire un concordat avec
celle de Rome, en vertu duquel le Pape cede
au roi la collation des petits bénéfices vacants,
& lui permet de charger d'impôts les bénéfices
ecclésiastiques. Cette prérogative importante affer-
mit l'autorité du roi sur le clergé, & épargne à
la nation tous les fraix des voyages que l'on faisoit autrefois à Rome pour y solliciter ces bénéfices. L'autorité du Pape & de ses nonces, ne
laisse pas cependant, que d'être encore fort grande
en Espagne ; quoiqu'ils n'osent y publier des bulles
sans une permission expresse du monarque.

____

(*) Personne n'ignore les changements arrivés depuis que l'auteur écrivoit ceci. *Note de l'éditeur.*

§ XIX.

Inquifi-
tion.

Le roi Ferdinand-le-Catholique, & la reine Ifabelle, féduits par les confeils du fameux dominicain Thomas de Torquémada, introduifirent en 1478 l'inquifition en Efpagne; & ce tribunal y fubfifte encore jufqu'à ce jour, exerçant fon autorité avec des modifications & des nuances d'horreurs un peu différentes de celles qu'il commet en Portugal. (Voyez le chap. précédent § XII.) *Le confeil fuprême & général de l'inquifition* eft établi à Madrid, & le grand inquifiteur y préfide. C'eft l'évêque de Tervel qui occupe maintenant cette charge importante. Le roi le nomme, & le Pape le confirme. On affure que le roi auroit bien voulu fe nommer lui-même, fi la cour de Rome y eût confenti. Le nombre des officiers fubalternes, des *familiares*, des efpions & autres employés du faint office, monte à vingt mille perfonnes. C'eft une armée de furets qui fe répandent par tout le royaume, & fe gliffent dans toutes les maifons, pour faire fouvent le malheur des plus honnêtes citoyens. Les tribunaux fubalternes de l'inquifition fiegent à *Séville, Tolede, Grenade, Cordoue, Cuença, Valladolid, Murcie, Lérida, Logrono, St. Jago, Saragoffe, Valence, Barcelone, & Mallorque;* hors du royaume il y en a aux *ifles Canaries,* au *Mexique,* à *Carthagene* & à *Lima.* Mais ils dépendent tous du confeil fupérieur, auquel ils font obligés de rendre compte tous les ans de leur *miniftere d'iniquité,* des biens faifis, des prifonniers, des fentences rendues, &c.

§ XX.

Ordres de
chevalerie.

Les ordres de chevalerie établis en Efpagne font, 1º. *l'ordre de la Toifon d'or,* fondé par

Philippe-le-Bon, duc de Bourgogne en 1430 porté dans la maifon d'Autriche par le mariage de la princeffe Marie, héritiere unique de Bourgogne & de Maximilien I, & confirmé par divers traités à la branche de cette maifon qui a occupé le trône d'Efpagne, auffi-bien qu'à celle qui a regné en Allemagne. Le roi d'Efpagne le donne aujourd'hui en vertu de fa fucceffion & des droits acquis à fa couronne ; & l'augufte héritiere de l'empereur Charles VI a cédé le droit de le conférer à fon augufte époux François I, empereur des Romains. 2°. *L'ordre de St. Jacques de Compoftelle*, fondé par Ferdinand II, roi de Léon, en 1175. Il poffede cent quatre-vingt paroiffes , & quatre-vingt quatre commanderies, qui rapportent annuellement deux cents trente mille ducats; & il a fous fa dépendance quatre couvents de religieux, fept de religieufes, un college, cinq hôpitaux & fix hermitages. 3°. *L'ordre de Calatrave*, fondé par le *roi Sanche de Caftille*, & dont dépendent foixante & quatorze paroiffes, & cinquante-quatre commanderies, qui rendent 110 mille ducats par an. Cet ordre entretient un couvent de religieufes & un college. 4°. *L'ordre d'Alcantara*, fondé par Ferdinand II, roi de Léon. Cinquante paroiffes & trente-huit commanderies qui en dépendent , rapportent annuellement deux cents mille duçats; & il a trois couvents de religieufes & un college. Le roi Ferdinand-le-Catholique, a combiné la grande-maîtrife de ces trois derniers ordres religieux avec la couronne, & il a établi pour en adminiftrer les biens, une régence qu'on nomme le *Confeil royal des ordres*. 5°. Le petit *ordre de Montefa* eft de peu d'importance, n'ayant que dix-neuf commanderies, & ne pouvant être donné qu'à ceux qui font natifs de *Valence* ou d'*Arragon*.

§ XXI.

Nobleſſe. La nobleſſe ſe partage en *titrée* & *non-titrée*. Les gentilshommes non-titrés ſe nomment *Cavaleros* & *Hidalgos*. Quoique très-fiers de leur race antique, ils ne jouiſſent pas beaucoup de prérogatives eſſentielles. Les auteurs les plus célebres, ſe ſont divertis à peindre le caractere de la nobleſſe Eſpagnole ; & après qu'on a lu les portraits qui s'en trouvent traçés dans les *Lettres Perſanes*, on ne peut rien ajouter à une peinture auſſi ingénieuſe qu'inſtructive. Ceux de la nobleſſe titrée, ſont appellés *grands* ; ils ont le rang immédiatement après le roi & les princes du ſang ; ils s'eſtiment égaux aux ducs & pairs de France, aux princes d'Italie, & même à ceux de l'Empire. On les diviſe en *trois claſſes* ; mais cette diſtinction n'a de réalité que dans le cérémonial, qui s'obſerve à leur création. Ceux de la premiere claſſe ſe couvrent devant le roi avant de lui baiſer la main ; ceux de la ſeconde, après ; & ceux de la troiſieme, quand ils ont achevé leur compliment, & qu'ils ſe ſont placés entre les grands qui ſe trouvent préſents. La dignité de grands des trois claſſes eſt *héréditaire*. Ils ont beaucoup de prérogatives à la cour & dans l'état. Le roi les qualifie de *Primo*, ce qui revient à la courtoiſie françoiſe de *Mon-Couſin*. Il y a maintenant trente-ſept ducs, vingt-trois marquis, & vingt-quatre comtes en Eſpagne, qui forment le corps des grands ; mais ce nombre n'eſt pas fixe, le roi pouvant en créer de nouveaux. Pendant un temps, ces grands s'étoient emparés de preſque tous les biens de la couronne ; mais le roi Henri III de Caſtille les en dépouilla en 1406.

§ XXII.

La forme du gouvernement en Espagne est en- Forme du
tiérement monarchique. Lorsqu'un nouveau roi gouverne-
parvient au trône, il se fait proclamer dans l'é- ment.
glise de *Buen retiro*, où les états lui prêtent foi
& hommage. Depuis plusieurs siecles les rois d'Espagne ne se sont fait, ni oindre, ni sacrer, ni
couronner. L'autorité du monarque est néanmoins
sans bornes ; les états, c'est-à-dire, le clergé,
la noblesse & les députés des villes, n'ont aucun
pouvoir, & ne sont convoqués que pour prêter
hommage, ou pour recevoir d'une maniere so-
lemnelle les ordres du souverain touchant des
objets importants. Les grands, autrefois fort puissants par leurs richesses, l'étoient aussi par leur autorité ; ils gourmandoient le peuple, ils obéissoient
difficilement au roi, & se soulevoient même quelquefois contre le gouvernement, ou l'obligeoient
à agir selon leurs vues. Ces circonstances ont tellement changé aujourd'hui, qu'il n'y a gueres de
nation plus soumise à son souverain. Un ordre
signé *Yo el Rey*, fait obéir sans replique le premier & le dernier sujet. On a vu des batailles li-
vrées mal-à-propos sur un semblable ordre. Le
général prévoyoit le mauvais succès, mais il n'hé-
sitoit point. Les principaux départements sont,
1°. *Le conseil d'état* (Consejo de Estado) composé d'un doyen, de trois ministres & d'un secretaire d'état pour les affaires étrangeres. Il y a
encore deux autres secretaires d'état qui concourent à former ce conseil, dont l'un est chargé
des affaires de la marine, de la guerre, des Indes & des finances ; & l'autre, des affaires de
grace & de justice. 2°. *Le Conseil royal, ou Sénat
de Castille*, qui est le tribunal suprême du royaume, & qui est divisé en cinq chambres de jus-

tice. 3°. *La chambre de Caſtille* qui envoie ſes rapports immédiatement au roi, & reçoit de même ſes ordres. 4°. *La chambre des Alcaldes, ou juges de la maiſon du roi & de la cour,* qui eſt encore un tribunal ſupérieur. 5ᵛ. *Le Conſeil ſupérieur de guerre.* 6ᵃ. *Le grand Conſeil des Indes* qui regle en dernier reſſort toutes les affaires des colonies & de la navigation qui en eſt dépendante. 7°. *Le Conſeil royal des finances,* qui eſt diviſé en quatre *chambres* (Salas), & dont les fonctions conſiſtent à diriger non-ſeulement toutes les affaires qui ont du rapport aux revenus de l'état & du roi, mais auſſi l'acciſe, les impôts, &c. Il y a outre cela pluſieurs colleges ou départements, pour des objets particuliers, que les Eſpagnols nomment, ou *Commiſſaria,* ou *Direccion,* ou *Réal Junta,* comme pour les bâtiments, les forêts, les mines, la monnoie, le tabac, les affaires apoſtoliques, & ainſi du reſte. Il y a auſſi dans les provinces des tribunaux de juſtice & des régences, qu'on appelle *Audiencias.* Chacune a ſon régent, ſes alcaldes ou juges, ſon fiſcal & autres officiers. Dans les grandes villes il y a des corrégidors, ou des régidors & des alcaldes pour les affaires de police; dans les petites villes, bourgs & villages, ces objets ſont ſous la direction de juges ou maires, qu'ils nomment *Bayles.* Le ſeul gouverneur de Navarre a le titre de *Virrey,* ou vice-roi; les gouverneurs des provinces ſont appellés *Capitan-Général,* & ceux des villes, *Governador.* Les anciens codes *Fora* & *Fuero Juzgo,* la *Partita* & le *droit Romain,* forment la baſe de la juriſprudence en Eſpagne. Ils ont outre cela les *ordonnances royales,* & quelques loix fondamentales qui ont été données à la diete de *Toro.*

§ XXIII.

§ XXIII.

Personne n'ignore que la branche de la mai-   Maison
son d'Autriche, qui avoit regné si long-temps en regnante.
Espagne, s'étant éteinte en 1700 par la mort du
roi Charles II, il s'éleva une guerre sanglante
pour la succession de cette monarchie : guerre à
laquelle presque toute l'Europe prit part, & qui
ayant duré treize ans, fut terminée par la paix
d'Utrecht. Les candidats étoient Charles, archiduc d'Autriche, second fils de l'empereur Léopold, & Philippe duc d'Anjou, prince de la maison de Bourbon, & petit-fils de Louis XIV. Ce
dernier l'emporta, & occupa le trône d'Espagne
sous le nom de Philippe V. Ce monarque étant
mort en 1746, son fils Ferdinand, sixieme roi de
ce nom, lui a succédé. (*) Il prend les titres sui-   Titres.
vants : *Ferdinand, par la grace de Dieu, roi de*
Castille, de Léon, d'Arragon, des deux Siciles,
de Jérusalem, de Navarre, de Grenade, de To-
lede, de Valence, de Galice ; de Majorque, de
Minorque, d'Ivice, de Séville, de Sardaigne, de
Cordoue ; de Corse, de Murcie, de Jaen, d'Al-
garve, d'Algezire, de Gibraltar, des isles Cana-
ries, des Indes orientales & occidentales, des isles
de la Terre-Ferme, de la Mer océane ; Archiduc
d'Autriche ; duc de Bourgogne, de Brabant & de
Milan ; comte de Habsbourg, de Flandres, de
Tirol, de Barcelone, & Seigneur de Biscaye &
de Molina, &c. Quelquefois il ajoute encore à
ces titres, ceux de *duc de Limbourg, de Luxem-*
bourg, de Gueldres, comte d'Artois, de Hainaut,
de Bourgogne & de Namur, prince de Suabe,
marquis du St. Empire, Seigneur de Salins ; de

(*) Charles III, ci-devant roi de Naples & de Sicile, est sur le trône d'Espagne depuis le 11 septembre
1759. *Note de l'éditeur.*

Tome III.   E

Malines, & dominateur en Asie & en Afrique.
Mais il n'est que peu d'occasions où le roi d'Espagne déploie tous ces titres ; il se qualifie plus communément *roi des Espagnes & roi catholique.* Nous allons continuer à faire quelques observations historiques sur tous ces divers titres, pour en montrer l'origine & les fondements.

§ XXIV.

L'énumé ration des titres.

Il paroît par l'énumération faite ci-dessus, que le roi d'Espagne prend les titres de vingt-huit royaumes, d'un archiduché, de six duchés, de huit comtés, d'une principauté, d'un marquisat & de quatre seigneuries. Tant d'états ont été joints en divers temps par des mariages formés entre les maisons de Castille, d'Arragon, de Portugal, de Bourgogne & d'Autriche. Ils se trouverent réunis en la personne de Philippe II ; mais comme plusieurs de ces états se font soustraits de la domination des rois d'Espagne, nous ne parlerons principalement que de ceux qu'ils possedent encore en effet, en commençant par les provinces dépendantes originairement de la couronne de Castille.

§ XXV.

Titres & états dépendants de la couronne de Castille.

La Castille même.

La Castille, située au milieu de l'Espagne, est divisée en *vieille* & *nouvelle*. Burgos est la capitale de la vieille ; c'est-à-dire, de celle qui a été conquise depuis le plus long-temps sur les Mores ; & Tolede est la capitale de la nouvelle, qui a été conquise la derniere. La premiere ayant été affranchie du joug des Mores, elle n'eut d'abord que des comtes qui releverent pendant long-temps des rois de Léon ; mais la fille de Sanche, comte de Castille, ayant épousé un autre Sanche, roi de Navarre & d'Arragon, ce roi prit vers le commencement de l'onzieme siecle, le titre de *roi de Castille*, que ses successeurs ont toujours conservé depuis. Ce roi Sanche ayant trois fils, partagea ses états entr'eux l'an 1036; en sorte que Garcias, qui étoit l'ainé, eut la Navarre; le second, nommé Ferdinand, eut la Castille; & le troisieme, appellé Ramire, eut l'Arragon. Ferdinand épousa l'héritiere du royaume de Léon, & fut le premier qui se qualifia *roi de Castille & de Léon*. On voit par l'histoire d'Espagne, qu'après la mort d'Alphonse X, son fils puiné, Sanche X, lui succéda au préjudice des enfants de Ferdinand de la Cerda, qui par le droit de représentation, auroient dû succéder à leur aïeul, & desquels le duc de Médina Celi descend. Cependant ce royaume étant demeuré dans la postérité de Sanche, échut vers l'an 1472 à Isabelle, sœur de Henri IV, surnommé l'*Impuissant*. Elle épousa Ferdinand V, roi d'Arragon, & en eut une fille nommée Jeanne, qui épousa Philippe, fils de Maximilien d'Autriche & de Marie de Bourgogne; de sorte que les états des maisons de Castille, d'Arragon, d'Autriche & de Bourgogne, se trouvent unis par le moyen des trois mariages, de *Ferdinand* avec *Isabelle*, de *Maximilien* avec *Marie*, & de *Philippe* avec *Jeanne*.

§ XXVI.

Le royaume de Léon est au midi des Asturies, & à l'occident de la Castille vieille. Pélage fut le chef des Seigneurs Goths, qui, après que les Mores eurent inondé l'Espagne, se cantonnerent dans les Asturies. Pélage n'y prit point le titre de roi; ce qui est cause, qu'encore que les Asturies soient une des quatorze provinces de l'Espagne, le roi catholique ne la compte point parmi fes royaumes. Les fucceffeurs de Pélage ayant remporté diverfes victoires fur les Mores, conquirent quelques provinces voifines, entr'autres celle de Léon. Sanche I fut le premier qui prit le nom de *Roi de Léon ;* & ce royaume a été depuis tantôt réuni avec celui de Caftille, & tantôt féparé ; mais depuis Ferdinand III, qui regnoit au commencement du treizieme fiecle, ils n'ont point été divifés. *La Navarre* fut délivrée de la puiffance des Mores par un François nommé *Enecus*, natif du comté de Bigore, qui fut le premier roi de Navarre vers le milieu du dixieme fiecle, & qui laiffa ce royaume à fes defcendants. Le cinquieme de ces rois fut Sanche, furnommé *le Grand*, qui, comme on vient de le remarquer, époufa l'héritiere de Caftille, & laiffa à fes trois fils les royaumes de Navarre, de Caftille & d'Arragon. Ferdinand, roi d'Arragon, ufurpa en 1512 la partie de la Navarre qui eft au-delà des monts Pirénées, & qui eft la plus confidérable : il l'unit quelque temps après à la couronne de Caftille. Les rois d'Efpagne la poffedent encore, quoique les rois de France n'aient pas renoncé à leurs prétentions, prenant toujours le titre de *Rois de Navarre*, même dans leurs traités avec la cour de Madrid. *Le royaume de Grenade*, fitué fur la Méditerranée, dépendoit d'abord des rois Mores de Cordoue ; enfuite il eut des rois particuliers, qui fe défendirent contre les chrétiens plus long-temps que tous les autres. Mais enfin, Ferdinand V & Ifabelle de Caftille, détruifirent ce royaume en 1492 par la prife de la ville de Grenade, & l'unirent à la couronne de Caftille. *Tolede* eft la capitale de la Caftille nouvelle. Il y avoit dans cette ville un roi More, qui commandoit à une grande partie de la Caftille. Ce royaume fut détruit par Al-

Navarre.

Grenade.

Tolede.

phonſe VI, roi de Caſtille, qui prit **Tolede** vers la fin de l'onzieme ſiecle. *La Galice*, ſituée ſur la Mer océane, fut la premiere province que les deſcendants de Pélage ſubjuguerent ; & dès le neuvieme ſiecle, on qualifia *Roi de Galice* Alphonſe II, ſurnommé *le Chaſte*. Elle eut quelquefois depuis des rois particuliers, qui étoient des cadets des rois de Caſtille ; mais enſuite elle a été réunie à la Caſtille, & n'en a plus été ſéparée. Les villes de *Séville* & de *Cordoue* ſont dans l'Andalouſie, & avoient autrefois l'une & l'autre des rois Mores, qui étoient fort puiſſants. Ces deux royaumes furent éteints dans le treizieme ſiecle par Ferdinand III, roi de Caſtille ; & depuis ce temps-là, l'Andalouſie, a toujours été une dépendance de la Caſtille. Le *royaume de Murcie* prend ſon nom de ſa ville capitale, & il eſt ſitué ſur la Méditerranée. Il avoit autrefois des rois particuliers qui étoient Mores ; mais il fut conquis & uni à la Caſtille par Alphonſe X. La ville de *Jaen* eſt auſſi dans l'Andalouſie ſur les frontieres du royaume de Grenade, & a eu de même des rois particuliers dont le royaume fut encore éteint par un roi de Caſtille. La ville d'*Algézire* eſt ſituée pareillement dans l'Andalouſie, près du détroit de Gibraltar. *Gézire* ſignifie en Arabe une iſle, & *Al* eſt l'article. Cette ville fut priſe ſur les Mores dans le quatorzieme ſiecle, par le roi de Caſtille Alphonſe V. La ville de *Gibraltar* enfin, eſt auſſi ſituée dans l'Andalouſie, ſur le détroit entre l'Europe & l'Afrique. Elle avoit autrefois un roi particulier, & elle fut priſe ſur les Mores par Ferdinand IV, roi de Caſtille, prédéceſſeur d'Alphonſe V. En 1704 les flottes combinées d'Angleterre & d'Hollande, s'emparerent de cette importante fortereſſe, & en 1713 elle eſt demeurée

E iij

par le traité d'Utrecht, à l'Angleterre qui la poffede encore, l'Efpagne n'en ayant gardé que le titre.

§ XXVII.

Continuation des titres & des états de la couronne de Caftille. Les Ifles Canaries.

Les Ifles Canaries, au nombre de fept, font fituées à l'occident du détroit de Gibraltar. Elles étoient autrefois connues fous le nom d'*Ifles Fortunées*. Un gentilhomme François, nommé *Bétancourt*, en conquit cinq vers la fin du quatorzieme fiecle, avec la permiffion du roi de Caftille Jean II, à condition de lui en faire hommage. Depuis il en fut dépoffédé, & le roi de Caftille les donna à un Caftillan, dont les defcendants fe qualifierent *Rois des Canaries;* mais un de ces rois en vendit quatre à Ferdinand V, mari de la reine Ifabelle, ne gardant que la Goméra en titre de comté; après quoi ce roi conquit les deux autres, & fit du tout un royaume qu'il unit à celui de Caftille. Les anciens rois Caftillans n'ont

Indes orientales. jamais rien poffédé dans les *Indes orientales;* & ceux d'Efpagne d'aujourd'hui, n'y ont que de petites poffeffions trop peu importantes pour les autorifer à prendre le titre faftueux de *rois des Indes orientales.* Ils le font cependant, mais c'eft comme rois de Portugal, dont ils confervent le

Indes occidentales. titre. Mais à l'égard des *Indes occidentales*, comme l'ufage veut que par-là on entende l'Amérique, il eft certain, que le roi d'Efpagne peut s'en dire roi avec plus de raifon que tout autre, par les pays importants qu'il y poffede. (§ X.) L'hiftoire de la découverte de l'Amérique fous la conduite de Martin Behaim en 1460, de Chriftophe Colomb en 1492, d'Améric Vefpuce en 1500, de Ferdinand Cortez en 1518 & de François Pizarre en 1525, eft trop connue pour la rappeller ici. Toute l'Amérique, hormis le Bréfil, devroit appartenir au roi d'Efpagne, fi les grandes puiſſances étoient obligées d'avoir égard à ces bulles comiques, par leſquelles les Papes donnoient, ou partageoient des pays qui ne leur appartenoient point. Ce fut par une ſemblable bulle, qu'Alexandre VI partagea l'Amérique entre les rois de Caſtille & de Portugal ; mais elle n'a point empêché, que les rois de France & d'Angleterre, & divers autres princes & états, ne ſe ſoient emparés de pluſieurs provinces ſituées dans les Indes occidentales, de maniere que les rois d'Eſpagne n'en ſont ni pleinement ni entiérement rois. Le titre de *roi des Iſles & de la Terre-Ferme de la mer océane*, eſt fondé ſur la poſſeſſion tant des iſles importantes que du continent, dont nous avons parlé (§ X & ſuivants :) pays que les rois d'Eſpagne ont découverts & conquis ſucceſſivement par leur navigation, & qu'ils conſervent encore. Le *duché de Milan* fut donné par l'empereur Charles V à ſon fils Philippe II en 1546, qui par ſon teſtament de 1594, le laiſſa à ſon fils Philippe III, ordonnant qu'il ſeroit uni à perpétuité aux royaumes de Caſtille & d'Arragon, ſans en pouvoir jamais être déſuni. Mais comme ces ſortes de diſpoſitions teſtamentaires n'ont gueres plus d'efficace que les bulles papales, le duché de Milan a paſſé depuis en diverſes mains ; & la poſſeſſion en a été confirmée à la maiſon d'Autriche par la paix d'*Aix-la-Chapelle*, conclue en 1748, de maniere que l'Eſpagne n'en a gardé que le titre. La *Biſcaye* a eu anciennement des ſeigneurs particuliers, qui dans la ſuite furent auſſi ſeigneurs de *Molina*, & ne laiſſerent qu'une héritiere, qui épouſa Henri II, roi de Caſtille, pere de Jean, lequel par ſon teſtament en 1385, ordonna que ces deux ſeigneuries ne pourroient être ſéparées, & qu'elles appartiendroient toujours aux fils aînés des rois de Caſtille.

Iſles & Terre-ferme de la mer océane.

Duché de Milan.

Biſcaye & Molina.

§ XXVIII.

Titres & états dépendants de la couronne d'Arragon. L'Arragon même.

Examinons encore les titres & les états qui font dépendants de la couronne d'*Arragon*. Cette province eft fituée fur les frontieres de France entre la Navarre & la Catalogne. Les premiers rois de Navarre en ayant chaffé les Mores, le grand Sanche, roi de Navarre & de Caftille, la donna vers l'an 1017 en titre de royaume à fon fils naturel, nommé *Ramire*, qui fut le premier roi d'Arragon. Malgré les prétentions que les rois de France & les rois de Sicile de la maifon d'Anjou, (dans les droits defquels les ducs de Lorraine prétendent être entrés,) formoient fur ce royaume, il eft paffé en 1516 dans la maifon d'Autriche par la mort de Ferdinand V, qui le laiffa à *Charles-Quint*, fils de Philippe d'Autriche & de Jeanne, fille de ce roi d'Arragon; & depuis ce temps, il a été réuni à la monarchie d'Efpagne.

Les deux Siciles.

Les deux Siciles font poffédées aujourd'hui par un roi particulier, fils de Philippe V, dernier roi d'Efpagne, mais comme fouverain & non pas comme dépendant de la Monarchie Efpagnole. Ainfi nous en parlerons à l'article de l'Italie. Les rois d'Efpagne en confervent néanmoins le titre, de même que celui de *Roi de Jérufalem*, qui n'a pas plus de réalité. Jean de

Jérufalem.

Brienne, roi de Jérufalem, en mariant fa fille à Fréderic II, empereur & roi de Sicile, lui donna en dot ce royaume, que le Soudan d'Egypte lui remit, lorfque peu après il paffa la mer. Ce Fréderic unit le royaume de Jérufalem à celui de Sicile; en forte que depuis ce temps-là, tous les rois de Sicile ont toujours pris auffi la qualité de *Roi de Jérufalem*, quoique ce royaume foit de-

Valence.

puis long-temps *in partibus infidelium*. Le *royaume de Valence* porte le nom de fa capitale. Cette ville avoit été prise par Rodrigue Vivas, surnommé *le Cid* ; mais ayant été reprise par les Mores, elle eut des rois particuliers qui commandoient à la province circonvoisine. Ce royaume fut détruit par Jacques I, roi d'Arragon, qui prit cette ville dans le treizieme siecle, & joignit ce royaume à l'Arragon, duquel il n'a point été séparé depuis. Les isles de *Majorque, de Minorque & d'Ivique*, situées l'une près de l'autre, dans la mer Méditerranée, furent autrefois possédées par des rois Mores, jusqu'à ce que le roi d'Arragon Jacques I, les en chassa en 1229 : depuis cela, ce royaume fut l'apanage des cadets de la maison d'Arragon ; mais ils en furent ensuite dépouillés par les rois d'Arragon mêmes, qui l'ont toujours possédé jusqu'au temps que l'Arragon a été réuni à l'Espagne. Nous avons déja remarqué (§ X) que Minorque a passé au pouvoir des Anglois en 1708, & à celui des François en 1756. *L'isle de Sardaigne*, après avoir passé des Sarrasins sous la domination des Pisans, qui en chasserent ces infideles, fut réunie au royaume d'Arragon, en vertu d'une donation du Pape, qui en dépouilla les Pisans en faveur du roi Jacques, à cause de leur désobéissance au saint siege. Elle n'est plus au pouvoir de l'Espagne ; mais depuis l'année 1720 le duc de Savoie la possede. *L'isle de Corse* fut pareillement conquise dans l'onzieme siecle par les Pisans sur les Sarrasins. En 1420 Alphonse V, roi d'Arragon, s'en empara, mais il ne put s'y maintenir. Elle est actuellement sous la domination des Génois ; (*) cependant le roi d'Espagne garde toujours le titre de ces deux royaumes. La ville *de Barcelone*, capitale de la Catalogne, avoit ses

Majorque, Minorque & Ivique.

La Sardaigne.

La Corse.

Barcelone.

______

(*) C'est à la France qu'elle appartient aujourd'hui : mais son sort ne paroît pas bien décidé. *Note de l'éditeur.*

comtes particuliers, qui ont relevé de la couronne de France depuis le temps de Charlemagne juſqu'à St. Louis, qui renonça à la ſouveraineté ſur ce comté, & ſur celui de Cerdaigne, &c. Un de ces comtes, nommé *Raimond Berenger*, épouſa Petronille, fille & hérétiere de Ramire *le Moine*, roi d'Arragon; de ſorte que depuis ce temps-là, la Catalogne fut unie à l'Arragon. Lorſque Barcelone ſe ſouleva contre le roi d'Eſpagne en 1640, le roi Louis XIII, voulut faire revivre les anciens droits des rois de France ſur ce comté; mais le roi d'Eſpagne ayant repris Barcelone, Louis XIII, lui rendit le reſte de la Catalogne.

§ XXIX.

Titres dépendants de la couronne de Portugal. Les titres dépendants de la couronne de Portugal; ſavoir, *roi de Portugal & d'Algarve*, *roi des Indes orientales*, *dominateur en Aſie & en Afrique*, étant ſans aucune réalité pour les rois d'Eſpagne, qui ne les conſervent que par la faute des miniſtres qui dreſſerent le traité de Lisbonne de 1668, je les paſſe ici ſous ſilence, d'autant plus que j'ai expliqué leur origine au chapitre précédent (§ XIX) & ſuivants. La branche ainée de la maiſon d'Autriche ayant regné depuis Charles-Quint en Eſpagne, les rois qui en étoient iſſus, pouvoient prendre tous les titres que portent les princes de cette maiſon; mais ils ſe contenterent de ceux d'*archiduc d'Autriche*, *de comte de Habsbourg & de Tirol, & de prince de Suabe*, avec d'autant plus de raiſon, que ceux qui dépendent des royaumes de Hongrie & de Boheme, ne pouvoient leur appartenir, comme étant entrés plus tard dans la maiſon d'Autriche par le mariage de Ferdinand I avec l'héritiere de ces deux royaumes; ni auſſi ceux de duc de Wirtemberg, parce que Charles-Quint céda ce duché à

fon frere. Après la mort de Charles II, dernier roi d'Efpagne de la famille Autrichienne, un prince de la maifon de Bourbon étant monté fur ce trône, on a annexé les titres fufdits à la couronne d'Efpagne; & Philippe V, auffi-bien que fon fils Ferdinand VI, ont continué à les porter. Les circonftances font prefque les mêmes avec les titres des états qui dépendent de la maifon de Bourgogne; car c'eft comme iffus de Marie, fille & héritiere de Charles-le-Guerrier, dernier duc de Bourgogne, que les derniers rois d'Efpagne prenoient la qualité de *ducs de Bourgogne, de Lothier, de Brabant, de Limbourg, de Luxembourg, & de Gueldres; de comtes des Flandres, d'Artois, de Bourgogne, de Hainaut & de Namur; de marquis du St. Empire, & de feigneurs de Salins & de Malines.* Quoique les rois d'Efpagne ne poffedent pas un pouce de terre de tous ces pays, ils en ont cependant confervé les titres, tant parce qu'ils fe trouvoient une fois annexés à la couronne d'Efpagne, que parce qu'auffi le duc d'Anjou prétendoit poff
éder cette couronne, moins en vertu du teftament de Charles II, que par le droit de fucceffion, & qu'il étoit héritier de ces titres par fon aïeule *Marie-Thérefe,* fille de Philippe IV & foeur de Charles II, roi d'Efpagne, époufe de Louis XIV.

§ XXX.

Avant que Charles-Quint fût parvenu à l'empire, les rois de Caftille & d'Arragon, & les autres rois d'Efpagne, ne prenoient que l'*Alteffe;* mais depuis ce temps, perfonne ne leur a contefté celui de *majefté.* Le furnom de *roi catholique* fut autrefois donné au roi *Récarede* dans un concile de Tolede, pour avoir ramené avec lui la nation des Goths de l'Arianifme à la foi catholique. Alphonse I le prit encore environ cent & cinquante ans après. Il fut depuis confirmé & donné exclusivement à Ferdinand & à Isabelle par le pape Alexandre VI qui étoit Espagnol de **Roi des** nation. Enfin le titre de *roi des Espagnes* au plu- **Espagnes.** riel, se fonde sur ce qu'il y avoit anciennement deux Espagnes; savoir, l'Espagne *Tarraconoise* ou citérieure, & l'Espagne *ultérieure*. La premiere comprenoit la Tarraconoise proprement dite, la Carthaginoise & la Galice; la seconde contenoit la Lusitanie & la Bétique. Les rois chrétiens de Castille étant entrés dans tous les droits des rois Goths, & ayant enfin réuni tous les autres royaumes & les provinces Espagnoles à leur couronne, se qualifierent avec raison *rois des Espagnes*. Les rois de Portugal leur contesterent pendant quelque temps ce titre, & la France celui de duc de Bourgogne; mais depuis le commencement du dix-huitieme siecle, il n'y a eu plus d'opposition à cet égard.

§ XXXI.

Armoi- Le roi d'Espagne porte coupé. Le chef parti, **ries.** au premier écartelé de *Castille* & de *Léon*, au second d'*Arragon*, contreparti d'*Arragon*, *Sicile*. Le parti enté en pointe de *Grenade*, & chargé au point d'honneur de *Portugal*. La partie de la pointe écartelée au premier de gueules, à la face d'argent, qui est d'*Autriche*; au second de *Bourgogne moderne*, au troisieme de *Bourgogne ancienne*; au quatrieme de *Brabant*; sur le tout de *Flandres*, parti d'argent à l'aigle de gueules, qui est d'Anvers. L'écu orné de l'ordre de la *Toison d'or* & timbré d'une couronne royale. Les grandes armoiries d'Espagne présentent les armes de toutes les provinces que les rois d'Espagne posse-dent en effet, ou dont ils prennent les titres;

mais on ne s'en fert prefque jamais, puifqu'elles forment un cahos auffi difficile & auffi défagréable à peindre, qu'à décrire en termes de blazon.

§ XXXII.

Le prince royal porte depuis 1388 le titre de *prince des Afturies.* Les autres princes & princeffes de la maifon, font nommés *Infants.* Anciennement le royaume d'Efpagne étoit électif; & les fils des rois mêmes ne montoient fur le trône, que du confentement unanime des états; mais aujourd'hui *la couronne eft héréditaire, & peut même parvenir aux princeffes*, au défaut des héritiers mâles, felon les loix fondamentales de l'état, & felon l'ordre général de fucceffion.

Titres des princes.

§ XXXIII.

M. Bufching donne l'état fuivant de l'armée & des flottes Efpagnoles. Selon lui cette couronne entretenoit en 1755

Etat de l'armée & des flottes.

44 Régiments d'infanterie, formant 98 bataillons, & montant en tout . . . . . à 58802 hommes.

22 Régiments de cavalerie faifant 48 efcadrons & 5610 hommes.

10 Régiments de dragons faifant 20 efcadrons & . 2560 hommes.

32 Régiments de milices montant en tout . à 23100 hommes.

4 Régiments d'invalides qui font . . . . 4800 hommes.

Quelques compagnies difperfées dans des garnifons . 1725 hommes.

En tout . . . 96597 hommes.

Les troupes Efpagnoles font bonnes, pleines de valeur & bien difciplinées. Le réglement militaire d'Espagne a servi de modele à la plupart des autres. La cavalerie sur-tout est excellente ; il n'y en a pas en Europe qui soit aussi bien montée ; il semble que les chevaux d'Espagne fassent la guerre avec bravoure à l'envi des hommes. Les fortifications ne sont pas en général des meilleures, ni des mieux entretenues. L'armée navale consiste en

    26 Vaisseaux de guerre, ou de ligne, depuis 114 jusqu'à 50 canons.

    13 Frégates de 30 jusqu'à 20 canons.

    2 Paquebots de 18 canons chacun.

    8 Chebeques, chacune de 24 canons.

    4 Galiotes à bombes, chacune de 12 canons.

Cette flotte est montée de 19014 hommes d'équipage. Il seroit de la politique de l'Espagne de se mettre en force plus encore par sa marine que par son armée ; car, depuis que des princes de la maison de Bourbon occupent ce trône, il semble qu'elle n'ait pas un seul voisin, ni aucune attaque par terre à craindre, au-lieu qu'elle a une vaste côte, des possessions très-importantes aux Indes, & la navigation pour ses colonies à protéger. Il y a des chantiers en Espagne, où se construisent quelques vaisseaux pour les flottes : les matériaux pour cette bâtisse sont bons, & l'on prétend même que les Espagnols se servent quelquefois de planches de bois de cedre d'Amérique, pour le bordage ou le revêtement du corps des vaisseaux ; ce qui les rend fort durables. Mais il faut bien qu'il y ait encore quelque vice, ou dans l'art des constructeurs, ou dans les arrangements pris à cet effet, puisque nous voyons que l'amirauté d'Espagne achete souvent à Amsterdam, à Hambourg & ailleurs, de gros vaisseaux de guerre, vieilles carcasses à moitié pourries, ou

elle en fait bâtir en Norwege de bois de fapin.
C'eft une économie fort mal-entendue, & qui
coûte quelquefois la vie à bien des braves gens
qui fervent fur ces flottes.

§ XXXIV.

Les revenus du roi & de l'état proviennent Revenus.
des impôts fuivants. 1°. Le dixieme de tout ce
qui eft vendu. (*Alcavala*) 2°. L'accife fur les
vins, huiles, fuif, favon, papier, poiffons falés, &c. 3ᶜ. La contribution ordinaire du pays
(*los Millones*) payée par tous les fujets, excepté
les nobles, & qui rapporte 441176 *Efcudos*.
4°. Le produit de jaugeage, ou le droit de me-
furer les vins & les liqueurs. Ces impôts font
nommés *rentes provinciales*. 5°. Le papier timbré. 6°. Le retenu des premiers fix mois des
penfions. 7°. La douane fur les marchandifes,
qui eft de quinze pour cent. 8°. Les droits pris
fur le fel, le tabac, &c. 9°. Les revenus des
poftes. 10°. Ceux de la couronne d'Arragon.
11°. Les produits de la *Bulla Cruciata* & des dif-
penfes. 12°. Les fubfides & le dixieme des biens
eccléfiaftiques. 13°. Le fourrage des ordres de
chevalerie. 14°. L'argent que paient ces ordres
au-lieu des lances & des galeres qu'ils devoient
fournir au roi. 15°. La grande-maîtrife. 16°. Les
revenus du prieuré de St. Jago. 17°. La remonte
de la cavalerie des ordres. 18°. Les taxes impo-
fées fur les prairies & fur les montagnes, ou fur
les troupeaux qui y paiffent. 19°. L'accife de
Madrid. 20°. Le troifieme, le dixieme, & les
rentes patrimoniales de Catalogne, d'Arragon,
de Valence & de Mallorque. 21°. L'*affiento* ou
la traite des Negres. 22°. Les penfions eccléfiaftiques pour les hôpitaux militaires. 23°. L'accife
de Navarre. 24°. L'introduction de la *Bulla Cru-*

ciata en Amérique, les fubfides & autres revenus provenants de ce pays. 25°. Le commerce du vif-argent. 26°. Le commerce général des Indes. 27°. Le droit de feigneuriage fur la monnoie. 28°. Le contingent que paient les provinces de Catalogne, d'Arragon, de Valence, de l'Extremofe, &c. pour l'entretien des cafernes & des corps de garde. 29°. La redevance que tous les fujets donnent tous les fept ans au roi, comme une reconnoiffance de fa fouveraineté. 30°. Quelques petites charges de moindre rapport. On voit affez par cette énumération, que les fujets du roi d'Efpagne ne font pas épargnés, & que, fuivant les principes que nous avons établis au chapitre des finances, (Vol. I) les êtres y font beaucoup trop multipliés. M. d'Uztariz convient avec nous du mauvais arrangement de tous ces objets; & l'expérience en a fait voir les funeftes fuites, puifqu'à la mort de Charles II, les revenus publics ne montoient qu'à fept ou huit millions de livres. Philippe V, par les fecours & les confeils de M. le préfident Orry, rétablit en quelque maniere les finances, au point qu'en l'année 1722 ces revenus paffoient vingt-trois millions *d'écus de Vellon*, & l'on prétend que depuis ils ont été portés jufqu'à quarante-deux millions de ces écus, par divers nouveaux arrangements. Malgré cela il y regne des abus énormes, & il eft certain, qu'un habile financier trouveroit en Efpagne beaucoup de reformes utiles à faire dans ce département.

§ XXXV.

Politique. Tel eft en abrégé l'état de l'Efpagne. Développons encore en peu de mots quelle doit être fa politique. *Il faut toujours diftinguer les intérêts réels & conftants d'un état, d'avec les intérêts particuliers & momentanés d'une maifon, ou*

d'un

d'un prince qui occupe le trône. Fondés fur ce principe, nous n'examinerons point quelle pouvoit être la conduite des rois d'Efpagne qui, outre ce royaume, poffédoient encore les Pays-Bas, l'Italie, &c. Ces poffeffions étrangeres coûtoient beaucoup à conferver, n'ajoutoient que peu à la puiffance de l'Efpagne, & ne contribuoient en rien à la profpérité des fujets. On ne fe laiffera pas non plus éblouir par les mefures que la cour de Madrid a prifes depuis l'année 1730 jufqu'en 1746. La reine d'Efpagne, née princeffe de Parme, fe fervit de fon afcendant non-feulement fur l'efprit du roi, & de toutes les forces d'Efpagne, mais auffi de fes liaifons avec la France, pour procurer des établiffements à fes enfants en Italie. Et en effet, après que l'Efpagne n'a prefque difcontinué pendant douze années de porter fes armes en Italie, après qu'elle a rifqué fes poffeffions en Amérique, & fait un tort confidérable à fon commerce par la guerre contre les Anglois, nous voyons l'infant Don Carlos placé fur le trône des deux Siciles, & l'infant Don Philippe (*) regner à Parme & à Plaifance. Tous ces fuccès n'ont pas dédommagé la nation Efpagnole de fes pertes & de fes dépenfes. Nous ne voulons pas non plus nous ériger en prophetes politiques, ni prévoir les événements qui arriveront après la mort du roi Ferdinand, lorfque les droits du fang appelleront le roi Charles de Sicile, & fa poftérité au trône d'Efpagne, ni quel fera alors le fort des états d'Italie. (†) La providence qui fe

(*) On fait que ces princes font *freres-confanguins* de Ferdinand VI, roi d'Efpagne, qui eft né de la princeffe de Savoie, & par conféquent du premier lit de Philippe V.

(†) Cette mort eft arrivée depuis, & n'a pas changé l'état de l'Italie. Un fils du roi Charles a pris fa place, & regne fur les deux Siciles. *Note de l'éditeur.*

fert tantôt de la prudence, & tantôt de la folie des hommes pour parvenir à fes fins, met toujours la prévoyance des plus habiles politiques en défaut; & après tout, quoi qu'il arrive en Italie, peu importe à l'Efpagne, dont nous avons à examiner ici les vrais intérêts.

§ XXXVI.

Vrais intérêts de l'Efpagne.

Ceux-ci obligent le cabinet de Madrid à avoir pour objet, 1°. le maintien de l'autorité du roi contre les grands, contre le clergé, & contre l'inquifition, d'où dépend le repos & le bonheur de la nation; 2°. la confervation de fes poffeffions aux Indes, & fur-tout en Amérique : objet facile à remplir, pourvu que l'Efpagne entretienne toujours une bonne marine par les raifons que nous avons alléguées (chap. I) au fujet des colonies Portugaifes, & qui font les mêmes ici. D'ailleurs, les Efpagnols vivent en grande fécurité dans le *Pérou*, à caufe qu'on n'y peut aller par terre qu'avec beaucoup de peine. Du côté de la mer, on n'y fauroit aborder non plus, qu'en faifant le tour de l'Amérique méridionale, ou bien par les Indes orientales; ces voyages feroient fujets à des difficultés innombrables, & un grand nombre de troupes ne pourroient jamais les faire fans être travaillées de plufieurs maladies & d'autres incommodités qui les affoibliroient trop. Le célebre chevalier *Walpole* prévit toutes ces difficultés, lorfqu'en 1739 la nation Angloife contraignit le roi de porter la guerre en Amérique. Les mauvais fuccès des Anglois devant Carthagene, & ailleurs, juftifierent ce miniftre, qui avoit foutenu fi fouvent, *qu'il n'y avoit que des coups à gagner dans cette guerre, & que les fuccès mêmes feroient préjudiciables au commerce de la Grande-Bretagne.* 3°. La protection de sa navigation aux Indes pour l'envoi, & le retour de ses galions, & autres vaisseaux appartenants, soit à la couronne, soit aux particuliers. Les Anglois ont tenu plus d'une fois les flottes Espagnoles bloquées dans les ports d'Amérique, & ont mis par-là l'Espagne au désespoir, en la privant de toutes ses ressources. 4°. L'augmentation du nombre de ses habitants d'où dérive, 5°. l'augmentation du commerce, de l'industrie, la perfection de l'agriculture, &c. 6°. Le maintien d'un prince de la maison de Bourbon sur le trône d'Espagne, ce qui la met toujours à l'abri de toute crainte d'une puissance aussi voisine & aussi formidable que la France ; mais, d'un autre côté, elle est très-intéressée au maintien de la sanction pragmatique établie par la paix des Pirénées, & confirmée par tous les autres traités, suivant laquelle *la France & l'Espagne ne pourront jamais être réunies sous un même chef*, vu qu'une pareille réunion, en préparant des fers à toute l'Europe, réduiroit l'Espagne en province. 7°. En revanche, si la maison de Bragance venoit à s'éteindre, ou qu'il arrivât quelque autre révolution considérable en Portugal, il ne seroit pas étrange, que l'Espagne cherchât à reconquérir un royaume qui a été si long-temps sous sa domination, & qui est si fort à sa bienséance. 8°. L'arrangement des finances semble être un des plus grands objets de cette couronne, & la source du succès de tous les autres.

§ XXXVII.

Fondée sur ces principes, voici la conduite particuliere qu'elle observe, ou doit observer envers les autres puissances. *Le Portugal* ne sauroit par lui-même inspirer la moindre crainte à l'Espagne, dont les forces terrestres & navales sont

Condui-
te qu'elle
doit tenir
à l'égard
du Portu-
gal.

infiniment supérieures. Mais, lorsque les Espagnols se trouvent embarrassés dans des guerres avec
d'autres ennemis, les Portugais, qui ne craignent
rien plus que la domination des premiers, & qui
voudroient toujours les voir affoiblis, peuvent
alors faire des diversions capables de fort incommoder l'Espagne. Celle-ci cependant pourroit en
faire éclater son ressentiment, dès qu'elle auroit
les bras libres. Le double mariage qui unit les
couronnes d'Espagne & de Portugal, fait croire
qu'on ne verra pas sitôt de rupture entr'elles.

§ XXXVIII.

A l'égard de la France. *La France* a été de tout temps fort redoutable
à l'Espagne, & le seroit encore, si les liens du
sang, les mariages & le systême des deux couronnes, ne réunissoient leurs intérêts. Car, quoique la nature semble avoir séparé ces deux nations par cette barriere formidable que forment
les Pirénées, on a vu cependant plus d'une fois
les Espagnols, aussi-bien que les François, fran-
chir ces montagnes presque inaccessibles, & s'attaquer avec un acharnement d'autant plus grand,
qu'il étoit soutenu par une antipathie nationale.
Mais cette aversion a disparu depuis le commencement du dix-huitieme siecle, c'est-à-dire, depuis qu'un prince François regne en Espagne, &
que les intérêts de ces deux puissances ont été
réunis. Cependant, comme ces intérêts peuvent
changer, & que l'amitié de deux monarques peut
s'affoiblir, à mesure que les degrés de parenté
s'éloignent du nœud qui les avoit formés, l'Espagne doit toujours être sur ses gardes contre un
voisin si puissant, & ne rien négliger pour entretenir en bon état ses ports de mer, & les
places fortes, dont les Pirénées sont remplies;
d'autant plus que la France a des forces suffi-

fantes pour lui faire beaucoup de mal par mer & par terre. Il convient d'ailleurs à la cour de Madrid, d'entretenir toujours une bonne harmonie & des liaifons d'amitié avec celle de Verfailles, qui peut concourir avec tant d'efficace à faire réuffir fes vues politiques, & à protéger fes poffeffions étrangeres.

§ XXXIX.

L'Efpagne a des ménagements très-délicats à garder avec *l'Angleterre* : premiérement, parce que celle-ci eft de toutes les puiffances du monde, la plus formidable par mer, & par conféquent, elle peut inquiéter non-feulement les Efpagnols en Amérique, mais auffi troubler leur navigation, ce dont on a vu même de nos jours, de fréquents exemples ; en fecond lieu, par les intérêts du commerce important qui fe fait entre les deux nations : car, quoique ce commerce foit tout-à-fait paffif pour l'Efpagne, elle ne peut s'en paffer jufqu'à préfent, & les autres peuples commerçants n'ont pu encore lui fournir ni la quantité, ni la qualité d'ouvrages de manufactures, de grains, & d'autres marchandifes dont elle a befoin. Au refte, il y a trois caufes qui peuvent donner lieu à la méfintelligence, & même à des ruptures, entre ces deux nations ; 1°. parce que le trône d'Efpagne eft occupé par une branche de la maifon de Bourbon, qui, felon les apparences, favorifera toujours les vues de la France, rivale naturelle de l'Angleterre ; 2°. parce que l'Efpagne ne fauroit fans une extrême jaloufie, voir les Anglois maîtres de Gibraltar, place forte de la plus grande importance, fituée au milieu de fon territoire ; & 3°. parce que les négociants Anglois ont trop grand befoin du *commerce de contrebande*, qu'ils font fur les côtes des

A l'égard de l'Angleterre.

poſſeſſions eſpagnoles en Amérique, pour y renoncer, & qu'au contraire les Eſpagnols en ſouffrent trop de dommage pour le permettre. Ils ont fait la dernière guerre pour maintenir leur droit naturel à cet égard, & la paix leur en a aſſuré la poſſeſſion ; mais l'appas du profit rend les Anglois incorrigibles ; leurs vaiſſeaux reparoiſſent à tout moment dans ces parages, & cette pomme de diſcorde ne ſera pas ſitôt ôtée entre les deux nations.

§ XL.

A l'égard des Provinces-Unies.

Après que la *Hollande* eut ſecoué le joug des Eſpagnols, & juſqu'à la paix de Munſter, cette république étoit un ennemi dangereux de l'Eſpagne ; mais actuellement ces deux puiſſances ont un intérêt réel à conſerver entr'elles cette bonne harmonie, dont leur commerce réciproque tire de ſi grands avantages, ſur-tout, lorſque l'Eſpagne eſt en guerre, ſoit avec l'Angleterre, ſoit avec la France. Or, comme la politique des Hollandois ſe rapporte toujours à l'accroiſſement & au maintien de leur négoce, il n'eſt pas probable qu'ils rompront facilement avec la cour de Madrid. La ſituation locale d'ailleurs de l'Eſpagne & de la Hollande, eſt telle, qu'il ne ſauroit y avoir entr'eux des idées de conquêtes mutuelles, ſur-tout, depuis que la Flandre Eſpagnole a paſſé en d'autres mains.

§ XLI.

A l'égard de la république helvétique.

La cour d'Eſpagne cherche encore à ménager l'amitié de la république helvétique non-ſeulement à cauſe des troupes Suiſſes, qu'elle peut prendre au beſoin à ſon ſervice, mais auſſi pour l'engager à obſerver la neutralité, lorſque l'Eſpagne prend part aux troubles qui naiſſent ſi ſouvent en Italie.

§ XLII.

Depuis que l'Espagne ne possede plus en *Italie* Sa conduite en Italie. les provinces considérables qu'elle y tenoit ci-devant, elle n'y a d'autres intérêts à ménager, que ceux qui naissent de l'enchaînure des affaires générales de l'Europe, du maintien de l'équilibre, & de l'établissement des deux princes Espagnols, l'un à Naples, & l'autre à Parme. Elle doit tâcher néanmoins de s'y former, d'y entretenir un parti, & de cultiver l'amitié de tous les princes & de toutes les républiques qui pourroient s'opposer aux progrès, ou de la maison d'Autriche, ou du roi de Sardaigne, s'ils vouloient s'y rendre trop formidables. A l'égard du *Pape*, le roi catholique doit observer la même politique envers le saint siege, que le roi de Portugal, (Voyez le chap. I, § XXXV,) c'est-à-dire, qu'il doit ménager son amitié, en cherchant néanmoins à resserrer peu-à-peu les bornes de son pouvoir en Espagne. C'est le moyen de faire servir à l'avantage de l'état, une partie des trop grandes richesses du clergé Espagnol; & si, dans des besoins urgents, la cour de Madrid obtient de Rome la permission de lever des dîmes sur les biens ecclésiastiques, ou d'exiger des dons gratuits des gens d'église, elle peut envisager ces richesses comme des trésors cachés, & des ressources en cas de nécessité.

§ XLIII.

Tant que l'Espagne n'aura point de vues par-Sa conduite avec l'Empire. ticulieres sur l'Italie, elle ne sauroit avoir de relations directes avec *l'Empire, ou le corps germanique*, n'étant point limitrophe de l'Allemagne, & n'ayant de commerce qu'avec les villes Anséatiques. Aucun des princes d'Allemagne n'entretient d'ailleurs des flottes capables de lui donner la moindre inquiétude. Cependant, comme l'Empire peut indirectement nuire à fon fyftême politique, ou le favorifer par la connexion générale des affaires de l'Europe, elle envoie ordinairement un ambaffadeur à la diete d'élection, lorfque le fiege eft vacant, pour tâcher d'y faire placer un candidat à fa bienféance; & fi elle forme quelque projet fur l'Italie, la *Maifon d'Autriche* fe trouve naturellement dans fon chemin, & s'oppofe à fes vues. On ne parle pas des Pays-Bas Efpagnols poffédés aujourd'hui par cette même maifon. Il ne feroit ni de la juftice, ni de l'intérêt du roi d'Efpagne, de chercher à revendiquer des provinces qu'il a cédées fi folemnellement, qui font fi éloignées & fi difficiles à reconquérir. Si *la Pruffe* continue à faire des progrès dans fes manufactures & fa navigation, l'Efpagne peut former avec cette puiffance des liaifons avantageufes, & conclure un traité de commerce, qui a déja été projetté, vu qu'elle ne fauroit tirer par un canal plus direct les toiles de Siléfie, le bois, & plufieurs autres marchandifes néceffaires pour fa propre confomption, & pour celle de fes Colonies.

§ XLIV.

Sa conduite avec la Pologne, la Ruffie, la Suede & le Danemarck.

La Pologne ne fauroit avoir de relations avec l'Efpagne, en étant dans un fi grand éloignement, & n'ayant ni port de mer, ni flotte, ni commerce maritime. Il eft d'ailleurs contre toute vraifemblance, que jamais un prince d'Efpagne ambitionne de monter au trône de Pologne. Les mêmes raifons fubfiftent à l'égard de la *Ruffie*, qui n'a point de navigation marchande, & qui par conféquent ne fauroit avoir des liaifons directes avec l'Efpagne. Quant à la *Suede* & au *Dane-*

màrck ces puissances du nord n'ont pas des forces
navales assez considérables, pour pouvoir attaquer
les possessions Espagnoles, ou faire beaucoup de
mal à leur navigation. Elles nuiroient même à
leur propre commerce, & il est de leur intérêt
d'encourager celui que les négociants Danois, Suédois & Norwégiens font avec l'Espagne, pour le
débit de toutes les denrées que produit le Nord,
& dont celle-là ne sauroit gueres se passer. D'un
autre côté, l'Espagne peut faire construire avec
beaucoup d'avantage en Norwege, des vaisseaux
pour sa marine, & dans un besoin elle pourroit
trouver chez ces puissances, des escadres & des
flottes toutes prêtes, & des subsides considérables.
C'est pour toutes ces raisons, que le Roi catholique doit ménager toutes les puissances qui ont
des ports sur la mer-baltique, & entretenir avec
elles une bonne harmonie. Il semble que la rupture qui a éclaté depuis peu entre l'Espagne & le
Danemarck, est peu politique de part & d'autre, & qu'ainsi elle ne subsistera pas long-temps.

§ XLV.

La situation des affaires de l'Europe & d'Asie,
est telle aujourd'hui, que l'Espagne n'a rien à
craindre de la *Porte Ottomane* ; mais elle est en
guerre perpétuelle avec les Pirates de la côte de
Barbarie, avec le roi de Maroc, &c. Comme
elle possede sur cette côte le *Pénon de Vélez,
Oran, Arzille, Ceuta,* &c. il est certain que
les villes de Tunis, d'Alger, & autres, seroient
assez à sa bienséance ; mais la conquête en deviendroit difficile, parce que ces états sont sous
la protection du Grand-Seigneur, & que les autres puissances Européennes en seroient trop ja-
louses. Mais en revanche, l'Espagne n'a rien à
craindre d'une invasion de ce côté-là, ces répu-

bliques étant trop foibles, pour pouvoir faire des entreprises de conféquence ; d'ailleurs, cette couronne n'a pas grand fujet d'appréhender les pirateries des Algériens pour fa navigation, parce que les étrangers viennent apporter fur leurs propres navires les marchandifes dans les ports d'Efpagne, & charger celles qu'ils en rapportent ; & que la navigation aux Indes eft protégée par des vaiffeaux de guerre. Tous les attentats des Pirates pourroient auffi être facilement réprimés par la puiffance Efpagnole, fur-tout, fi elle vouloit employer le fecours de la France, qui a fu de tout temps tenir ces Corfaires en refpeét.

§. XLVI.

Auteurs qui ont écrit fur l'Efpagne.

Les meilleurs auteurs qui ont écrit fur l'hiftoire & l'état d'Efpagne font : (*) (Ceux qui forment la collection intitulée *Hifpania illuftrata* ; l'hiftoire de *Mariana*, qui peut tenir lieu de toutes les autres ; les révolutions d'Efpagne par le P. *d'Orléans* ; les hiftoriens de la conquête du Pérou & du Mexique ; l'ouvrage de M. *d'Uztaïz*, que nous avons cité plus d'une fois ci-deffus ; les ouvrages géographiques de M. *Bufching*, & l'introduction à la politique, &c. par *M. de Beaufobre*.)

(*). M. de *Bielfeld* avoit laiffé ces indications en blanc : j'y ai fuppléé. *Note de l'éditeur.*

CHAPITRE III.

DE LA FRANCE.

§ I.

CE royaume, le plus grand & le plus beau de la terre, portoit chez les anciens le nom de *Gaule*, & ſes peuples étoient appellés *Gaulois*. Ils deſcendoient de ces anciens *Celtes* qui furent nommés d'abord *Kalatai*, puis *Galates*, & enfin *Gaulois*. Céſar confirme cette opinion, lorſqu'il dit, *que ce furent les Romains qui donnerent aux Celtes le nom de Gaulois*. Les Francs, nation germanique, qui dans le cinquieme ſiecle pénétrerent dans la Gaule, & en conquirent une partie conſidérable, lui donnerent le nom de *France* (*Francia, regum Francorum, &c.*) Sous les deux premieres races, la France étoit preſque Allemande; on parloit à la cour des rois *Mérovingiens* le bas ou plat-Allemand, & à celle de Charlemagne & de ſes deſcendants, le haut-Allemand. La langue romaine ou romance, étoit uſitée parmi le peuple. Vers la fin du neuvieme ſiecle on ceſſa de parler Allemand en France. La langue gauloiſe, la romaine & la franconienne, ſe confondirent, & produiſirent la françoiſe, qui, à force d'avoir été cultivée & polie, fait aujourd'hui le charme de la plupart des nations de l'Europe, & le langage des cours & des affaires.

Anciens noms de la France.

§ II.

Les meilleurs géographes aſſurent, (& c'eſt à eux à répondre de l'exactitude de leurs dimenſions,) que la France, y compris ſes provinces

Ses dimenſions.

conquifes, a 180 milles d'Allemagne de long fur 140 de large, en comptant fa longueur depuis les *Pirénées* jufqu'aux *Pays-Bas*, c'eft-à-dire, de l'occident à l'orient; & fa largeur depuis le canal jufqu'à l'Italie, c'eft-à-dire, du nord au midi. En réduifant ces dimenfions à un diametre commun, il s'enfuit que ce royaume a plus de 500 milles d'Allemagne de circuit. Il touche vers le feptentrion au *Canal*, qui aboutit à la mer Germanique, ou du nord; vers l'occident à la mer Atlantique, & vers le midi à la Méditerranée. Ses autres voifins font l'*Efpagne*, dont il eft féparé par les Pirénées; *les Pays-Bas* contre lefquels il eft gardé par une double rangée de forterefles les plus formidables; l'*Angleterre* contre laquelle le canal & les mers voifines lui fervent de rempart; l'*Allemagne* dont il eft garanti par le rhin, & par un grand nombre de places fortes; *la Suiffe* contre laquelle le mont *Jura* lui fert de barriere; & l'*Italie* dont il eft féparé par les Alpes.

§ . I I I.

Ses avantages.

Pour peu qu'on réfléchiffe à l'étendue de ce royaume, & à fon affiette, on voit combien fa fituation eft heureufe, & fa puiffance formidable. Placé prefque au milieu de l'Europe, fous le plus beau climat, environné des principales mers, il abonde en toutes les productions de la nature, & peut étendre fon commerce, foit par mer, foit par terre, jufqu'aux extrémités du monde. La nature & l'art ont concouru à le garantir contre toutes fortes d'invafions. Ici il eft défendu par des mers; là par des fleuves; ailleurs, par une enchaînure de montagnes inacceffibles, ou par une double chaîne de places fortes, dont il eft commé entouré, & qui font fi bien fituées, qu'elles fe défendent, &

ſe ſecourent mutuellement. Pour s'en convain-
cre, il n'y a qu'à jetter les yeux ſur la carte,
& examiner le nombre des fortereſſes de la France
depuis *Baſle* juſqu'à la mer du nord. L'acquiſition
de la *Lorraine* a achevé de l'arrondir, & de ra-
maſſer ſes forces. Si l'on ajoute à tout cela le
grand nombre d'habitants que la France contient,
& qui forment le plus puiſſant rempart, on ne
ſera plus étonné, que la tranquillité, l'abondance
& le luxe regnent dans la capitale, lors même,
que la France combat contre la moitié de l'Europe ſur ſes frontieres.

§ IV.

Dans une ſi vaſte étendue de pays, il n'eſt pas Ses dé-
poſſible, que le climat & le ſol ſoient par-tout fauts.
les mêmes. Les provinces ſeptentrionales & orientales, par exemple, produiſent des grains en
abondance, tandis que les Méridionales, comme
la Provence, le Languedoc, &c. en manquent;
mais ce défaut y eſt réparé par d'autres productions, comme l'huile, les vins, &c. Il ne faut
jamais ſe prévenir au point de croire, que tous
les avantages ſoient réunis dans un même pays;
& l'on doit convenir naturellement, que la culture des grains n'eſt, ni aſſez perfectionnée, ni
aſſez encouragée en France; & qu'à Paris même,
la police manque ſouvent de précautions pour y
entretenir l'abondance. En temps de guerre ſur-
tout, pluſieurs provinces ſont affamées, dès que
la navigation eſt interrompue : inconvénient qui
n'arriveroit point, ſi le cultivateur étoit moins
vexé, ſi beaucoup de terrein encore inculte étoit
labouré, & que le tranſport d'une province à
l'autre fût facilité par toutes ſortes de moyens.
Les autres productions naturelles de la France,
conſiſtent en vins de toute eſpece, en olives,

capres, huiles, fels, fruits, cidre, foies, laines, chanvre, lin, bois de noyer, faffran, &c. En un mot, on peut dire, qu'à quelque peu de denrées près, ce royaume produit tout ce qui eft néceffaire pour la fubfiftance, pour la commodité & pour le luxe des hommes. Ses forêts, fes plaines & fes côteaux, font remplis de gibier de toute efpece ; fes mers & fes fleuves abondent en poiffons. Il n'y a pas beaucoup de carrieres, & prefque point de mines en France ; elle tiré la plupart de fes métaux du dehors ; mais l'induftrie de la nation répare ce défaut, comme nous le verrons tout-à-l'heure. Enfin, ce royaume eft auffi fertile en toutes chofes, qu'on a lieu de l'attendre de fon affiette, de fon climat & de la bonté de fon terroir.

§ V.

Son opulence.

Mais malgré cette fertilité admirable, malgré tous ces dons de la nature, & malgré le nombre exceffif d'habitants, la France n'étoit pas extrêmement opulente, avant le regne de Louis XIV. Je n'ignore pas, que bien des auteurs modernes foutiennent le contraire, & prétendent, que Louis XII, François I, Henri II, Henri III, étoient fonciérement plus riches que Louis XV ; & qu'en comptant la différence du prix du marc d'argent, de celui des denrées, & de la valeur numéraire des métaux précieux, Henri III, par exemple, avoit 163 millions au-delà du revenu du roi d'à préfent. (*) Ni la célébrité des auteurs, ni le préjugé favorable qu'on a pour le calcul, ne m'en impofent point ; & je fais par expérience, que les calculateurs politiques fe trompent fouvent, foit dans les dates qu'ils fuppofent,

____

(*) *C'eft M. du Tot qui foutient ce paradoxe.*

foit dans les principes dont ils partent, foit dans les opérations du calcul même. Ainfi, toutes les fois que je trouve le réfultat d'un de ces calculs politiques contraire aux notions les plus claires du bon fens, & fortifiées par l'expérience, j'ofe m'infcrire en faux contre la vérité de l'hypothefe qu'on en veut déduire. Or, il eft notoire, & hors de toute conteftation, que depuis le regne de Henri III, la France a fait, 1°. des conquêtes & des acquifitions confidérables en Europe & dans les Indes; 2°. que l'induftrie générale s'eft accrue, que les arts, les manufactures, la navigation & le commerce ont été tirés de leur langueur, & portés à un point de perfection extraordinaire; 3°. que le nombre des habitants n'eft point affoibli; 4°. que les impôts, bien-loin d'avoir été diminués, ont été aggravés, & ont pu l'être à mefure que les reffources devenoient plus grandes; 5°. qu'avant Louis XIV la puiffance de la France vis-à-vis des autres nations, étoit bien moins formidable, & qu'après quelques années de guerre au-dehors ou au moindre échec, l'état fe trouvoit d'abord aux abois, comme il paroît par l'hiftoire. Si les acquifitions de nouveaux pays, & les progrès immenfes de l'induftrie & du commerce, ne rendent pas l'état & le fouverain plus riche, j'avoue que je ne fais plus raifonner, & que je dois renoncer à le faire fur la politique. J'ai montré ailleurs combien le grand *Colbert* & le fieur *Law* ont contribué en général à perfectionner l'induftrie, & à donner aux François la véritable intelligence du commerce, voyons maintenant un peu plus en détail dans quel état les manufactures & le commerce fe trouvent aujourd'hui dans ce royaume. On ne fera plus étonné d'y voir monter comme à grands flots, l'or & l'argent des autres nations plus indolentes.

§ VI.

Ses manu-
factures.

La fabrique établie à Abbeville par Mrs. *van Rohais*, est parvenue à un tel point de perfection, qu'elle fournit des draps fins, faits de laine d'Espagne, plus beaux que ceux de Hollande, & presque égaux à ceux d'Angleterre. *L'art de teindre en écarlate*, inventé sous François I, par les freres *Gilles* & *Jean Gobelin*, a été pareillement perfectionné avec tant de succès, que les *draps écarlates des Gobelins* sont aujourd'hui les plus beaux du monde, & fort supérieurs à ceux de toutes les autres nations. On en peut dire autant des *draps noirs*. Il y a encore beaucoup d'autres manufactures de *draps & d'étoffes de laines*, répandues dans tout le royaume, comme à Sedan, à Carcassonne, en Berry, à Lille, & en divers autres endroits; mais, malgré leur réussite, & l'attention qu'on y donne, il s'en faut de beaucoup, que la France ait autant de métiers en ce genre, que l'Angleterre. En revanche, celle-ci en a infiniment moins que la France, employés aux *fabriques de soie*. Louis XI fut le premier qui établit en 1470 une fabrique de soie, & Henri II a, dit-on, porté le premier une paire de *bas de soie* aux noces de sa sœur. Nos laquais aujourd'hui n'en ont point d'autres. Les fabriques de *Lyon*, de *Tours*, de *Nîmes*, &c. sont si fameuses, & si parfaites en leur genre, qu'elles fournissent presque toute l'Europe de toutes sortes d'étoffes de soie, d'or & d'argent, &c. Les manufactures de *tapisseries de haute & basse-lisse*, (dont les Européens ont appris le travail au Levant,) sont établies à Paris, à l'hôtel des *Gobelins*, à *Beauvais*, à *Telletin*, à *Arras*, en *Auvergne*, à *Aubusson*, & ailleurs. Les ouvrages qui en sortent, sur-tout de celle des Gobelins, nous présentent

la

la plus grande perfection dont l'art soit susceptible. Les manufactures de *galons & autres dorures*, établies à Lyon, à Paris, & aux environs, ont un succès éminent. Les plantations de mûriers, faites sous Louis XIV, & la culture de la soie, contribuent infiniment aux succès de toutes ces fabriques. Qui pourroit faire ici l'énumération de toutes les autres manufactures que renferme la France ? Toiles fines & grossieres, broderies, mousselines, cambrais, dentelles, papier, serges, canevas, verres, boiseries, carrosses, glaces de miroir, meubles, ouvrages de fonte, d'or moulu, fonderies de canons, savons, verd-degris, & en un mot, tout ce qui sert aux besoins de l'homme est fabriqué dans le sein de la France. L'industrie de la nation est admirable. Tout ce qui en sort a droit de nous charmer par les agrémens de l'invention, & par la perfection du travail ; il semble que tout soit achevé & fini. Ces qualités donnent aux manufactures Françoises le débit excessif qu'elles ont, & l'on prétend que la nation tire des étrangers uniquement pour les étoffes à la mode, au-dessus de quatorze millions de livres. Il faut avouer cependant, que la faute insigne que fit Louis XIV, en révoquant *l'Edit de Nantes*, a fait passer beaucoup de ces manufactures en d'autres pays, & que celles des Anglois, qui commencent à les égaler pour la perfection du travail, & même à les surpasser, leur font un tort infini depuis quelque temps.

§ VII.

La fertilité du terroir, & l'industrie des François, font la base de leur grand *Commerce*. Car s'il est vrai, comme on l'assure, que cette nation débite tous les ans pour quinze millions de vins, cinq millions d'eau-de-vie, dix millions de

Son commerce.

fel, & ainfi du refte, à l'étranger ; fi l'on ajoute
à tout cela, le produit de toutes les autres denrées naturelles, & celui de l'induftrie en général, on verra qu'il ne faut pas chercher bien
loin, quelle eft la matiere de ce commerce exceffif, qui s'eft accru tellement dans ce royaume
depuis un fiecle, qu'il a fait naître la rivalité entre la France & l'Angleterre, & qu'il donne de
la jaloufie à toutes les autres nations commerçantes. Le commerce confidérable qui fe fait dans
l'intérieur de ce vafte pays, eft facilité par les
fleuves & les rivieres navigables qui l'arrofent,
qui coulent d'une province à l'autre, & auxquelles
l'art a ajouté des canaux commodes, & fur-tout,
le fameux canal du Languedoc, qui traverfe la
France, & combine, pour ainfi dire, le commerce de la Méditerranée à celui de l'Océan. La
bonté des grands chemins contribue auffi beaucoup à l'exportation des marchandifes. On appelle *Cabotage* la navigation qui fe fait d'un port
du royaume à l'autre, & qui, par un défaut de
politique financiere, eft prefque entiérement aban-
donnée aux Hollandois. Le commerce en particulier n'en fouffre point ; au contraire, c'eft une
commodité de plus pour lui, mais la navigation
en fouffre : cette pépiniere de matelots eft tarie
pour elle, & le produit du fret eft gagné par
les Hollandois. Mais ce commerce ultérieur n'eft
rien en comparaifon de celui que la France fait
au-dehors, tant par mer que par terre. Des vaiffeaux de toutes les nations rempliffent fans ceffe
fes ports ; elle tranfporte fes marchandifes par la
route de Lyon en Italie & en Suiffe ; par Metz
& Strasbourg en Allemagne, & jufques dans le
nord ; par Lille en Hollande ; par Perpignan &
par Bayonne en Efpagne & en Portugal. La fituation avantageufe des provinces méridionales fur

la Méditerranée, lui ouvre enfin un commerce très-important dans toutes les échelles du levant. Outre que les bornes de cet ouvrage ne nous permettent point d'entrer dans de plus grands détails sur le commerce de la France, cette matiere est devenue depuis quelque temps l'objet favori des meilleures plumes françoises : & il paroît tous les jours là-dessus des ouvrages fort curieux que le lecteur peut consulter.

§ VIII.

On ne peut cependant s'empêcher de parler ici de la troisieme source principale du commerce général des François, qui gît dans les *Etablissemens* que cette nation s'est procurée *aux Indes orientales & occidentales*. Or la France possede 1°. en *Asie*, la ville de *Pondichery*, située sur la côte de Coromandel dans les états du prince Gingi, à 11 degrés 48 minutes de latitude, & à 114 degrés de longitude. C'est le principal comptoir que la compagnie ait dans les Indes; c'est la résidence du directeur général de la compagnie, & le centre de son commerce. Elle a outre cela un établissement à *Bengale*, & un autre à *Surate*, avec quelques *Loges*, ou comptoirs, de moindre importance, répandus dans les Indes. Ce sont tous des entrepôts, où la compagnie entretient un ou plusieurs commis. Ces entrepôts servent à faciliter la navigation des François, & le commerce qu'ils font avec les naturels du pays. 2°. Elle possede en *Afrique*, un fort appellé *Bastion de France*, dans le royaume d'Alger; le fort d'*Arguin*, près du Cap-blanc; l'isle de *Gorée*, non loin du Cap-verd; les forts de *Joal*, *Vintain*, *Louis*, *Portendic*, *St. Joseph*, *Albreda* & *Bissos*, l'isle de *Bourbon*, l'isle de *France*, nommée autrefois l'isle *Maurice*, situées dans la mer des Indes, vis-à-vis la côte de Zanguebar. 3°. Elle a en *Amérique*, une partie du *Canada*, la *Nouvelle-France* au-delà du fleuve St. Laurent, la *Louifiane* autour de la riviere de Miffiffipi, une partie de la *Floride*, la partie occidentale de *St. Domingue*, la *Martinique*, la *Guadaloupe*, & quelques autres Antilles, *Cayenne* & les environs, le *Cap-Breton*, & diverfes poffeffions aujourd'hui conteftées par les Anglois.

§ IX.

Compagnies des Indes.

En vertu de ces poffeffions, & des traités que la France a conclus avec les autres puiffances, le roi a donné à la compagnie des Indes par fés lettres patentes, édits & déclarations du mois d'août 1664, du mois de mai 1719, de l'année 1720, & enfin du mois de juin 1725, la conceffion & privilege exctufif du commerce dans toutes les mers des Indes, & au-delà de la ligne, des ifles de Madagafcar, de Bourbon & de France, de toutes les colonies & comptoirs établis, & à établir, dans les différents états d'Afie, fur la côte orientale d'Afrique, depuis le Cap de Bonne-Efpérance jufqu'à la mer-rouge, le long de la côte de Soffala en Afrique, en Perfe, en Mogol, à Siam, à la Chine & dans le Japon, même depuis les détroits de Magellan & de le Maire, dans toutes les mers du fud. Ceux qui font curieux d'apprendre à fond quelle a été l'origine, les progrès, & la nouvelle formation de cette fameufe compagnie des Indes, peuvent s'en inftruire dans le *Dictionnaire univerfel de commerce* de *Savary*, tome IV, depuis la page 1078, jufqu'à 1127, édition de Geneve de 1750; & mieux encore dans l'excellente *Hiftoire* qu'en a donné *M. du Frefne de Francheville*. Je me contenterai de remarquer ici, qu'au commencement de ce fiecle, toutes les différentes compagnies qui étoient établies en France, pour le commerce des Indes orientales & occidentales, celles du Caftor, du Sénégal, de Guinée, du Cap-verd, de la mer du fud, de la Baye de Hudfon, & tant d'autres, étoient tombées dans une parfaite langueur, parce qu'elles avoient été fondées fur des plans vicieux, & peu encouragées par le gouvernement, qui fembloit en ignorer l'importance. Le fieur *Antoine Crozat*, fecretaire du roi, célebre par les richeffes immenfes qu'il a amaffées dans le commerce de mer, fut le premier qui entreprit de tirer ces compagnies de leur léthargie, en fondant en 1712 celle de la *Louifiane*, qui, après la paix d'Utrecht, & la mort de Louis XIV, fut convertie en 1717 en *Compagnie d'occident*. A cette compagnie d'occident furent réunies non-feulement toutes les autres, mais auffi celles des Indes orientales, de la Chine, & de St. Domingue. Elle prit alors le nom de *Compagnie des Indes*; la régie de la banque, qui lui fervit, pour ainfi dire, de caiffe, lui fut conférée, & cet établiffement confidérable fervit de bafe au fameux fyftême de Law. La fougue de la nation Françoife ayant pouffé ce fyftême au-delà de fes bornes par la hauffe exceffive des billets de banque, & de la compagnie, & par l'agiotage criminel qui s'en faifoit, la banque tomba en décadence, & entraîna la compagnie des Indes dans fa chûte. L'une & l'autre fe font cependant relevées par les fages mefures qu'on a prifes depuis; & des débris du fyftême de Law, il eft refté à la France une banque floriffante & cette célebre compagnie des Indes, qui a paffé les cent millions de fond. Son principal comptoir eft à Pondichery, & fon grand magafin au port de *l'Orient* dans la baffe-Bretagne. Elle fait aujourd'hui le commerce général des Indes avec le plus grand fuccès, & en rapporte toutes fortes de denrées & de marchandifes, dont quelques-unes fe débitent en France; mais la plupart font revendues à l'étranger, au grand profit de de la nation.

§ X.

Commerce des particuliers.

Le commerce aux Ifles françoifes de l'Amérique eft abandonné aux particuliers. Avant l'établiffement de la premiere compagnie des Indes occidentales en 1664, les François profitoient le moins du commerce floriffant de ces Colonies; les Hollandois s'en étoient prefque entiérement emparés. Le privilege exclufif de cette compagnie, ayant fait tomber ce commerce étranger, ce ne furent pendant quelque temps que fes vaiffeaux qui le firent; mais enfin les marchands de la Rochelle, de Bourdeaux, de Rouen, de St. Malo & de Nantes, même ceux des ports de Provence, ayant pris goût à ces voyages, pour lefquels il ne leur étoit pas difficile d'obtenir des paffeports; & le privilege de la compagnie ayant été révoqué au bout de huit ou dix ans, tout ce commerce eft demeuré aux particuliers françois; & il eft encore un des plus riches & des plus floriffants, que la France faffe, par les ports qu'elle a fur l'Océan & fur la Méditerranée. La paix d'Utrecht fut l'époque la plus favorable pour ce commerce; cependant fes fuccès furent interrompus plus d'une fois par des accidents fâcheux; mais enfin le cardinal de Fleury, pendant tout le cours de fon adminiftration pacifique, s'eft attaché à protéger avec efficace non-feulement la compagnie des Indes, mais auffi la navigation aux ifles; au point que, tandis qu'avant la paix d'Utrecht, la France envoyoit environ quarante vaiffeaux aux Indes occidentales, il eft parti en l'année 1744, des différents ports du royaume, 770 armateurs pour cette partie du monde. Ces progrès extraordinaires du commerce général (dus aux foins du cardinal, & qui devroient faire bénir à jamais la mémoire de ce fage miniftre, quand même il n'auroit pas réuni la Lorraine à la couronne,) ont fait non-feulement augmenter les fermes générales de 120 millions de livres par an, mais la France fournit auffi à l'heure qu'il eft, l'Allemagne & le nord de la plupart des marchandifes que ces pays tiroient autrefois de l'Angleterre. Le café, le thé, le fucre, les mafcouades, l'indigo, la cochenille, & diverfes autres drogues de teinture, enfin une infinité d'autres denrées du crû des Indes, font apportées maintenant par les navires François dans les ports de la mer du Nord, & dans la Baltique, à un prix fort inférieur à celui des Anglois. Nous développerons au chapitre fuivant, les raifons phyfiques qui donnent cet avantage aux François, & qui font naître la *rivalité de commerce* entr'eux & la nation Angloife.

§ XI.

Il y avoit auffi autrefois en France une compagnie du levant ; mais fa conceffion ayant été finie, elle n'a point été renouvellée, & la liberté du commerce eft reftée toute entiere aux vaiffeaux des particuliers, pour tout le commerce du levant. Arrangement fage, par la raifon que nous avons encore indiquée ailleurs, *qu'il ne faut point de compagnie pour un commerce auquel les négociants particuliers peuvent atteindre.* La fertilité du terroir, l'induftrie de la nation, & fes poffeffions dans les Indes, forment donc les trois grandes fources du commerce important que la France fait aujourd'hui ; & ce commerce eft la bafe de fa navigation, qui s'étend d'un bout de la terre à

Continuation.

l'autre. Il n'y a pas de mer, ni de parage connu, où l'on ne voie le pavillon françois; les vastes côtes du royaume fourmillent de matelots; la pêche de la morue, & tant d'autres, leur servent d'école & de pépiniere; le gouvernement ne néglige rien pour encourager & pour perfectionner l'art de la navigation, aussi-bien que pour procurer à l'état une marine qui pourra bientôt le disputer à tous les peuples de la terre.

§ XII.

Pêches. Les François ne prennent pas beaucoup d'intérêt aux *grandes pêches*. Les Basques arment environ dix-huit à vingt vaisseaux par an pour la pêche de la *baleine & du cachalot*, qui partent presque tous du port de Bayonne, & rapportent à peine la provision nécessaire à l'usage du royaume. Les habitants des villes de Calais, Boulogne, St. Valery sur Somme, le Bourg-d'Au, Treport, St. Valery en Caux & Fescam, arment environ cent bâtiments par an, ayant quinze hommes d'équipage chacun pour la pêche du *hareng*, qu'ils font ou sur les bancs, ou dans la Manche. Mais, comme ils n'entendent pas bien le *pacquage* & la salaison, leurs harengs ont peu de réputation, & ne se débitent presque point chez l'étranger. La pêche que les François font dans la Méditerranée des *sardines & des anchois*, est plus importante pour eux; mais la plus considérable de toutes, est celle de la *morue*, qu'ils font au grand banc, vis-à-vis de Terre-neuve en Amérique.

§ XIII.

Population. La plupart des provinces qui composent le royaume de France, sont fort peuplées, & comme semées de villes & de villages. Nous lisons que, du temps de Charles IX, il y eut plus de vingt millions d'ames qui payerent la capitation. M. le maréchal de Vauban dans sa dîme royale, & M. l'abbé de St. Pierre, ont fait des recherches sur la population de la France, & font pareillement monter le nombre actuel de ses habitants à vingt millions, ou environ. Quoiqu'il soit difficile, pour ne pas dire impossible, de compter les hommes avec quelque exactitude, j'ai lieu de croire, par d'autres indices politiques, comme par la consomption générale des grains, par le nombre des gens de guerre & de la marine, &c. que ces auteurs ne se font pas fort éloignés de la vérité dans le dénombrement du peuple François. M. le cardinal de Richelieu avoit supputé, que la France pouvoit fournir six cents mille hommes de pied, & cent cinquante mille chevaux. Ce calcul ayant été fait par un très-habile homme d'état, qui savoit y faire entrer toutes les considérations politiques, on en peut inférer, qu'il devoit supposer ces mêmes vingt millions d'habitants. Enfin, ce qui confirme encore cette opinion, c'est que vers la fin du siecle passé, on obligea tous les intendants de donner une liste exacte des habitants de leurs provinces respectives. On en fit alors un secret, mais le comte de Boulainvilliers a depuis publié ces listes dans son *état de la France*, & y a corrigé les fautes commises, avec d'autant plus de soin, qu'il en faisoit des extraits pour Mgr. le Dauphin. Or la somme totale montoit selon ce dénombrement à 19,385,378 ames; & si l'on y ajoute les acquisitions que la France a faites depuis, je crois pouvoir assurer assez hardiment, que ce royaume contient plus de vingt millions d'habitants. Les guerres fréquentes, la révocation de *l'édit de Nantes*, la transmigration des réformés, enfin l'abus de la taille arbitraire, ont préjudicié à la population générale ; mais c'eſt un mal qui ſe répare tous les jours.

§ XIV.

Richeſſes. Le payſan, le cultivateur, & le bas peuple en général eſt pauvre en France, parcé que les contributions dont on le charge, ſont trop fortes, mal proportionnées ; par conſéquent, elles l'épuiſent, & enfin la maniere de les percevoir, eſt plus ruineuſe pour lui, que l'impôt même. Les marchands, les manufacturiers, les négociants s'enrichiſſent par l'accroiſſement général du commerce ; le clergé eſt opulent ; les gens de lettres vivent dans la médiocrité, les financiers, les fermiers généraux, les traitants & autres gens d'affaires, ſe font *millionaires* aux dépens du peuple ; la petite nobleſſe n'eſt ni riche ni pauvre ; elle roule beaucoup ſur le crédit, elle ſert par néceſſité, & s'allie à la roture pour éviter ſa décadence ; la grande nobleſſe poſſede des biens conſidérables ; & à tout prendre, la nation eſt une des plus riches du monde. Nous ne dirons Caractere rien ſur le génie, les mœurs & le caractere dominant de cette nation. Trop d'habiles gens nous l'ont peinte d'une maniere ſi vraie, ſi reſſemblante & ſi admirable, qu'on ne ſauroit rien ajoûter à la perfection d'un tableau qui eſt expoſé aux yeux de toute l'Europe. Les François expatriés, établis ou voyageants juſqu'aux confins du monde, ſervent d'ailleurs de preuves vivantes de la fidélité de cette peinture ; mais tout homme judicieux & équitable ne jugera point du caractere général de la nation ſur quelques François errants à l'aventure, qui par leur mauvaiſe conduite ont ſouvent été exilés de leur patrie ; ni ſur des *petits-maîtres* qui ne ſont pas plus approuvés en France, que dans les autres pays, où ils viennent faire l'étalage de leurs impertinences.

§ XV.

La sagesse de la nation Françoise éclate en- Eglise. tre autres choses, dans les modifications avec lesquelles elle professe la religion catholique romaine, dans les arrangements qu'elle a faits pour le culte divin, & dans le maintien des fameux *privileges* qu'on nomme les *libertés de l'église gallicane.* On entend par ces libertés, *certains droits & prérogatives fondés sur la constitution primordiale de l'église, lorsque les Gaules étoient encore au pouvoir des Romains, & sur la discipline ecclésiastique dans les premiers temps du christianisme : droits & prérogatives que la France a défendus & défend encore contre toutes sortes d'innovations.* Dans une assemblée générale du clergé de France, tenue le 19 mars 1682, on a réduit à quatre chefs les principes de ces privileges ; savoir, 1°. que l'autorité souveraine est absolument indépendante de l'église & du saint siege, dans toutes les affaires qui regardent le temporel ; 2°. que le Pape est soumis aux conciles œcuméniques ; 3°. que l'autorité de souverain Pontife n'est pas sans bornes, mais limitée par les canons ; 4°. que dans les points même de religion, qui sont en controverse, la décision du Pape mérite, à la vérité, des égards respectueux ; mais que cette décision n'obtient l'infaillibilité, & par conséquent ni la faculté d'obliger à une soumission sans replique, que par l'accession de toute l'Eglise Romaine. Mais ces principes fondamentaux ont trouvé des contradictions en France même ; & dans la suite des temps, on les a modifiés au point que la cour, les évêques & les facultés de théologie, soutiennent aujourd'hui

que le Pape, affifté du facré college, eft infaillible dans tout ce qui a rapport aux rites & aux
dogmes. On a auffi révoqué la liberté d'appeller
des fentences du Pape à un concile œcuméni-
que. Cette diverfité de fentiments, & cette contradiction dans les principes, font les caufes principales de ces troubles qui agitent fans ceffe l'é-
glife de France, qui mettent les évêques aux
prifes avec les parlements, qui divifent le peuple,
& qui caufent le malheur de bien des particuliers. Cependant la nation Françoife a confervé
des débris de ces quatre principes fufdits, les privileges fuivants, qui font confirmés par le témoignage authentique des annales de France, &
par des ufages non interrompus. On peut les divifer en trois claffes.

§ XVI.

Privileges
de l'églife
gallicane.　La premiere claffe comprend *les prérogatives
du fouverain & des magiftrats féculiers ;* elles fe
réduifent à dix chefs principaux, dont chacun eft
fécond en conféquences naturelles. 1°. Pour tous
les objets qui concernent le gouvernement & le
temporel, ni le roi, ni les magiftrats, ni les miniftres, ne font fubordonnés en rien à la difcipline eccléfiaftique. 2°. Le Pape n'a en France
d'autre jurifdiction que celle que le roi lui accorde, & les bulles, auffi-bien que les ordonnances
des légats & des nonces apoftoliques, font fans
effet, fi le roi ne les approuve, & ne les fait
enrégiftrer au parlement. Aucune affaire litigieufe
ne fauroit être évoquée ou portée à Rome, fi elle
n'eft expreffément déterminée par le concordat
& les ordonnances royales ; & celles-ci né doivent même y être jugées que fur les loix & les
ordonnances papales qui ont été folemnellement
reçues en France. Nul fujet François ne peut

être cité à Rome, mais dans tous les cas réfervés, où l'on peut appeller des tribunaux eccléfiaftiques, à la décifion du Pape, ce Pontife eft obligé de nommer des commiffaires & des juges *in partibus*. Aucun Comte Palatin, ou notaire apoftolique, n'ofe fe fervir de fes privileges fans la confirmation du roi; & la légitimation papale des enfants naturels ne fert que pour les rendre habiles d'entrer dans un ordre religieux; enfin le Pape ne fauroit faire publier dans le royaume aucune bulle ou ordonnance qui n'ait été préalablement examinée, enrégiftrée & confirmée par le parlement. 3°. La convocation & la tenue des affemblées du clergé dépend uniquement du roi, qui confirme leurs ordonnances, fans approbation du Pape. 4°. Le roi peut de fa propre autorité faire des loix pour les mœurs & la difcipline des eccléfiaftiques, ou qui limitent l'exercice de leur pouvoir; tandis que fans fon confentement, ni le faint fiege, ni les évêques ne peuvent donner de loi qui oblige les fujets de France fous quelque peine que ce puiffe être, pas même de la difcipline eccléfiaftique. 5°. Rome ne fauroit lever la moindre contribution en France, ni infliger des peines pécuniaires aux François, ni tirer d'autre argent du royaume, que celui qui provient des contributions & redevances qui lui ont été accordées par le concordat; au-lieu que le roi peut mettre des impôts fur le clergé, comme nous en voyons l'exemple par le *vingtieme* que ce monarque lui a impofé il y a quelques années, en demandant un état exact des biens & des revenus eccléfiaftiques. Après bien des conteftations, le clergé, pour fe fouftraire à cet impôt, a accordé en 1753 un don gratuit au roi de douze millions de livres par an, outre le don gratuit ordinaire qu'il paie tous les cinq ans. 6°. Les fondations de communautés nouvelles, & d'ordres religieux pour les deux sexes, sont défendues en France; & les regles de ces ordres sont soumises à l'examen des magistrats civils qui les changent à leur gré. 7°. Le roi nomme aux archevêchés, aux évêchés, aux abbayes, aux inspections des couvents, quoiqu'il abandonne souvent ces dernieres à l'élection du couvent même. Il peut conférer plus d'une place, ou bénéfice ecclésiastique à la même personne, pourvu qu'à ce bénéfice, il n'y ait point de cure d'ame effective & immédiate d'affectée. Ainsi les évêchés en sont exceptés. Les rois de France exercent ce droit de nomination, en vertu du concordat établi en 1515, entre François I & Léon X. 8°. Le *Droit de Régale* appartient pareillement au roi, suivant lequel il fait administrer les évêchés qui viennent à vaquer dans toute l'étendue du royaume, jusqu'à ce qu'ils soient remplis de nouveau, nommant *comme évêque*, à tous les emplois & à tous les bénéfices vacants, les seules cures exceptées. 9°. Toute la jurisdiction ecclésiastique est tellement soumise à l'autorité souveraine, qu'on peut appeller au parlement de chaque sentence prononcée par un tribunal ecclésiastique, dès que cette sentence renferme quelque abus de l'autorité de clergé, qu'elle enfreint ces privileges, ou qu'elle paroît contraire aux ordonnances royales. Ces *appels comme d'abus* ont lieu dès la premiere instance. 10°. L'administration de la discipline extérieure de l'église, & le maintien du pouvoir ecclésiastique, sont soumis à l'autorité des magistrats séculiers. C'est pourquoi les parlements peuvent, sans convocation particuliere, & sans plainte expresse, examiner les écrits & les actions des ecclésiastiques, les censurer & les punir, dès qu'ils les trouvent contraires à ces privileges.

§ XVII.

La seconde classe comprend *les prérogatives des évêques & du clergé*. Elles se réduisent à quatre chefs principaux. 1°. Les évêques sont les juges naturels dans leurs dioceses, de toutes les affaires qui ont pour objet les dogmes de la foi; & ce privilege s'étend même à l'examen des décisions du Pape. 2°. Le pouvoir des évêques, fondé sur les canons & sur les loix fondamentales de l'état, relativement au culte divin & à la discipline ecclésiastique, ne sauroit être affoibli, ou limité par le saint siege, soit en vertu d'une ordonnance générale, soit par quelque décret particulier. Les dispenses, ou autres gratifications du Pape, sont sans effet contre leur jurisdiction; & on ne peut appeller de leurs sentences qu'aux archevêques & primats du royaume. Les prélats des ordres, les chapitres libres, & les églises immédiates, ont les mêmes droits. 3°. Tous les ecclésiastiques sont exempts des impositions & de la jurisdiction de Rome; le Pape ne peut charger leurs bénéfices d'aucune contribution, ni augmenter la taxe des droits de la chancellerie romaine, ni les contraindre à comparoître en personne hors du royaume. 4°. Chaque membre du royaume a droit d'implorer la protection du magistrat civil contre ses supérieurs, lorsqu'ils abusent de leur puissance, & ceux-ci n'osent empêcher ce recours, ni s'en venger par aucune discipline ecclésiastique.

Continuation des privileges du clergé.

§ XVIII.

La troisieme classe comprend *les prérogatives des sujets catholiques & de tous les habitants du royaume*. Elles se réduisent à trois chefs principaux. 1°. Personne ne peut être puni, ni du ban formel de l'église, ni par le refus des sacrements,

Continuation des privileges du clergé.

ni par aucun autre châtiment de la difcipline eccléfiaftique, qu'en conformité des canons approuvés par l'autorité fouveraine; & chaque particulier a droit d'appeller des abus du pouvoir eccléfiaftique, ou de l'infraction des privileges généraux. 2°. Tout François a la liberté de lire l'é-
criture fainte, même dans fa langue maternelle.
3°. Perfonne ne peut être forcé au culte de la religion catholique par les prêtres, ni être perfé-
cuté pour fes opinions particulieres, pourvu qu'il
s'abftienne de faire des profélites de fa croyance
erronée, ou de condamner ouvertement la religion dominante confirmée par les loix du royaume; ou de violer les ordonnances royales qui
défendent les affemblées clandeftines & religieufes, la bénédiction des mariages, &c.

§ XIX.

Réfle-
xions. Tels font en abrégé les fameux privileges de
l'églife gallicane. Les états feroient trop heureux,
fi la malice des hommes ne trouvoit moyen d'em-
brouiller, d'obfcurcir, d'éluder & d'enfreindre les
loix les plus facrées & les plus falutaires. A force
de fubtilités & d'équivóques, on a confondu en
France les limites du pouvoir eccléfiaftique & féculier; & ce conflict de jurifdiction a fait naître
dans le royaume des troubles & des diffentions,
qui femblent être parvenus aujourd'hui à leur comble. Sans vouloir faire ici l'hiftoire de cette fameufe querelle entre les parlements & les évêques, ni m'ériger en juge de leurs différends,
j'ofe foumettre à la décifion de chaque lecteur
les réflexions fuivantes. L'églife gallicane a des
privileges : c'eft de quoi nul homme raifonnable
ne doute. Tout privilege demande à être maintenu, s'il ne doit être anéanti. Quel fera en
France le dépofitaire, l'interprête, & le protecteur

tecteur naturel de ces privileges? Sera-ce le fouverain lui-même ? Il lui eft impoffible d'entrer
dans tous les détails, & il a remis fagement cette
partie de fon autorité entre les mains de fes parlements. Sera-ce fon confeil & fes miniftres? Ils
font chargés d'autres foins importants; ils ne font
pas fonciérement *gens de loi*; ils font trop fouvent déplacés ; ils ont trop d'occupations & de
diftractions; un confeil n'eft pas un corps ftable.
Seront-ce les évêques? Ils. ont des liaifons avec
Rome; ils ambitionnent la pourpre; ils feroient
juge & partie dans les trois claffes des privileges.
Il n'y a donc que les parlements, auxquels le
roi & le peuple aient pu remettre le maintien
de toutes les loix fondamentales & effentielles à
la conftitution de l'état, tant civiles qu'eccléfiaftiques. La raifon veut que le protecteur d'une
loi en foit auffi l'interprete. Il s'enfuit que les
parlements de France font chargés du foin de
maintenir les privileges de l'églife gallicane dans
toute leur vigueur, & d'empêcher que ni Rome,
ni les évêques, ne puiffent par l'introduction de
quelques nouveautés, les affoiblir, ou en enfreindre les moindres difpofitions. C'eft une ob-
jection éblouiffante, mais frivole, de dire que
les magiftrats civils, n'étant ni théologiens, ni
chargés d'aucune cure d'ame, ne peuvent connoître la néceffité des loix nouvelles, chaque fois
que l'églife en a befoin, ni les dreffer auffi bien
que des évêques confommés dans les écritures &
dans toutes les fciences qui ont rapport à la théologie. Mais, premiérement, l'églife ne peut &
ne doit recevoir de nouvelles loix ni fur les dogmes, ni fur les principes de la religion qui font
immuables; & en fecond lieu, fi l'églife eft obligée de faire de nouveaux arrangements pour s'oppofer aux progrès d'une nouvelle erreur, fes chefs

Tome III.   H

doivent en faire connoître la juftice & la néceffité aux parlements, qui confultent la Sorbonne,
qui en concertent avec le roi, & qui fous fon
autorité condamnent ou approuvent ces arrangements, & leur donnent force de loi. Si le monarque d'aujourd'hui décide cette fameufe conteftation d'après d'autres principes, il eft à croire,
que c'eft dans la vue d'affoiblir l'autorité de fes
parlements, & de leur ôter la prérogative du
maintien des loix qui regardent la conftitution de
l'état, en les réduifant à la fimple charge de rendre la juftice aux particuliers. En ce cas, les
privileges de l'églife gallicane pourroient bientôt
ne fubfifter plus que dans les archives ; mais il
n'eft pas croyable qu'un gouvernement auffi fage,
veuille fe défaire gratuitement en faveur de Rome
& du clergé, d'une partie fi effentielle de fon
autorité, qui a été maintenue avec tant de foin,
& durant tant de fiecles. Car, tandis que cette
autorité eft entre les mains du parlement, elle eft
entre les mains du roi ; mais elle paffe en des
mains étrangeres, au moment qu'elle eft aban-
donnée au clergé. (*)

§ XX.

Nombre des Ecclé-fiaftiques, & leurs poffef-fions.
Au rapport des meilleurs géographes, la France
contient 39045 paroiffes, deffervies par 22291 curés ; 770 abbayes d'hommes, 317 abbayes & prieurés, outre un grand nombre de couvents de femmes ; 250 commanderies de l'ordre de Malthe,
parmi lefquelles il y a fix grands prieurés, & qua-

(*) Il eft affez curieux de voir ce que M. de Bielfeld
penfoit fur les droits des parlements, & fur les raifons
qu'on avoit d'affoiblir ces droits. Il y a dans fes réflexions
quelque chofe qui tient du préfage par rapport aux circonftances actuelles. *Note de l'éditeur.*

tre commanderies provinciales. On prétend que tout le royaume renferme en général au-deſſus de 190,000 perſonnes des deux ſexes, qui appartiennent à l'égliſe, & dont les revenus vont beaucoup au-delà de 100 millions de livres. Toute la France eſt diviſée en dix-huit provinces eccléſiaſtiques, gouvernées par dix-huit archevêques, & 113 évêques, qui ſelon la déſignation de l'almanac royal, jouiſſent enſemble de 4,337,000 livres de revenus fixes. 1ᵒ. L'archevêque *de Paris* a pour ſuffragants, les évêques de *Chartres*, de *Meaux*, d'*Orléans* & de *Blois*. 2ᵒ. L'archevêque *de Lyon* a pour ſuffragants, les évêques de *Saint-Claude*, d'*Autun*, de *Langres*, de *Mâcon*, de *Châlons* ſur Saone, & de *Dijon*. 3ᵒ. L'archevêque *de Rouen* a ſous lui les évêques de *Bayeux*, d'*Avranches*, d'*Evreux*, de *Séez*, de *Liſieux* & de *Coutances*. 4ᵒ. L'archêveque *de Sens* a pour ſuffragants, les évêques de *Troye*, d'*Auxerre*, de *Nevers* & de *Bethlehem*, dont le ſiege eſt transféré à *Clameci*. 5ᵒ. L'archêveque *de Rheims* a ſous lui les évêques de *Soiſſons*, de *Châlons* ſur Marne, de *Laon*, de *Senlis*, de *Beauvais*, d'*Amiens*, de *Noyon* & de *Boulogne*. 6ᵒ. L'archevêque *de Tours* a pour ſuffragants les évêques du *Mans*, d'*Angers*, de *Rennes*, de *Nantes*, de *Quimper-Corentin*, de *Vannes*, de *St. Pol de Léon*, de *Treguier*, de *Saint-Brieux*, de *St. Malo* & de *Dole*. 7ᵒ. L'archevêque *de Bourges* a ſous lui les évêques de *Clermont*, de *Limoges*, de *Tulles*, de *Puy* & de *St. Flour*. 8ᵒ. L'archevêque d'*Alby*, dont les ſuffragants ſont les évêques de *Rhodez*, de *Caſtres*, de *Cahors*, de *Vabres* & de *Mende*. 9ᵒ. L'archevêque *de Bordeaux* a ſous lui les évêques d'*Agen*, d'*Angoulême*, de *Saintes*, de *Poitiers*, de *Périgueux*, de *Condom*, de *Sarlat*, de la *Rochelle* & de *Luçon*. 10ᵒ. L'archevêque d'*Auch* a pour ſuffragants

L'ordre & le rang des archevêques.

H ij

les évêques d'*Acqs*, de *Lectoure*, de *Comenges*, de *Conserans*, d'*Aire*, de *Bazas*, de *Tarbes*, d'*Oleron*, de *Lescar* & de *Bayonne*. 11°. L'archevêque de *Narbonne*, dont les suffragants sont les évêques de *Béziers*, d'*Agde*, de *Carcassonne*, de *Nîmes*, de *Montpellier*, de *Lodeve*, d'*Uzès*, de *St. Ponts de Tuieres*, d'*Aleth*, d'*Alais* & de *Perpignan*. 12°. L'archevêque de *Toulouse* a sous lui les évêques de *Montauban*, de *Mirepoix*, de *Lavaux*, de *Rieux*, de *Lombez*, de *St. Papoul* & de *Pamiers*. 13°. L'archevêque d'*Arles*, dont les évêques de *Marseille*, de *St. Paul*, de *Trois Châteaux*, de *Toulon* & d'*Orange* sont suffragants. 14°. L'archevêque d'*Aix* a sous lui les évêques d'*Apt*, de *Riez*, de *Fréjus*, de *Gap* & de *Sisteron*. 15°. L'archevêque de *Vienne* a sous lui les évêques de *Grenoble*, de *Viviers*, de *Valence* & de *Die*, comme aussi ceux de *Geneve* & de *Saint-Jean de Maurienne*. 16°. L'archevêque d'*Ambrun* a sous lui les évêques de *Digne*, de *Grasse*, de *Vence*, de *Glandeve* & de *Senez*. 17°. L'archevêque de *Besançon* a sous lui l'évêque de *Belly* en Bugey, comme aussi ceux de *Basle* & de *Lausanne*. 18°. L'archevêque de *Cambray*, dont les suffragants sont les évêques d'*Arras*, de *St. Omer* & de *Tournay*. L'évêque de *Strasbourg* est suffragant de l'électeur de *Mayence*. De ces archevêques il n'y a que les seize premiers & leurs évêques, qui aient droit d'entrée aux assemblées du clergé ; les deux derniers & leurs évêques, de même que l'évêque de *Strasbourg*, & ceux de *Metz*, de *Toul*, & de *Verdun*, qui sont suffragants de *Treves*, & celui d'*Orange* qui est suffragant d'*Arles*, en sont exclus. Tous ces évêques devant leur élévation à l'épiscopat uniquement à la cour, ils en sont pour l'ordinaire les créatures, & comme d'ailleurs leur pouvoir est bridé par celui des parlements, il ne devient pas dangereux. L'exemple des cardinaux *de Richelieu*, *Mazarin*, *Dubois* & *de Fleury*, a fait voir que dans ce royaume, un prélat peut être premier miniſtre, & diriger avec un ſuccès glorieux les affaires temporelles; & que ces prélats n'ont jamais favoriſé les évêques leurs confreres, autant que le font de nos jours des miniſtres pris dans l'état ſéculier. Mais ce font des exemples auxquels il ſeroit imprudent de ſe fier pour l'avenir. Le bas clergé n'a dans ce pays pas plus de crédit qu'il n'en convient au bien de la ſociété, c'eſt-à-dire, fort peu.

§ XXI.

Il y a auſſi en France neuf bureaux généraux, ou chambres eccléſiaſtiques ſupérieures, à *Paris*, à *Lyon*, à *Rouen*, à *Tours*, à *Bordeaux*, à *Bourges*, à *Toulouſe*, à *Aix* en Provence & à *Pau*. Ces bureaux jugent en ſeconde inſtance toutes les cauſes des dioceſes de leur dépendance, qui font portées devant leur tribunal par voie d'appel; & de là ils font nommés *bureaux diocéſains*. On peut cependant encore appeller de leurs ſentences à *la chambre ſouveraine du clergé de France*, qui décide en dernier reſſort, & dans laquelle trois conſeillers ordinaires du parlement, & quelques autres conſeillers députés, font l'office de juges. Les aſſemblées du clergé font *ordinaires* ou *extraordinaires*; les premieres ſe font tous les dix ans; chaque province eccléſiaſtique y envoie quatre députés, deux prélats & deux abbés; on les nomme *Contrats*; les dernieres n'ont point de temps fixe, elles dépendent des circonſtances. La France s'eſt ſoumiſe aux déciſions du concile de Trente pour tous les objets qui regardent les dogmes, mais elle re-

Bureaux diocéſains, & autres arrangements relatifs au clergé.

jette ſes décrets par rapport à la diſcipline eccléſiaſtique.

§ XXII.

Janſéniſ-
tes.

Les Janſéniſtes, & tous les ſectateurs du fameux *P. Queſnel*, forment en France un parti
conſidérable, qui eſt toujours oppoſé aux Moli-
niſtes & aux Jéſuites. Quoique condamnés par
la conſtitution, ou *Bulle Unigenitus*, ils demeurent cependant dans le giron de l'égliſe, & le
Pape eſt obligé de les reconnoître dans tout le
royaume comme membres de l'égliſe gallicane.
La cour cherche à opprimer ce parti par des
moyens doux & indirects; car ſi l'on employoit
contre tant de bons citoyens des perſécutions
violentes, en les rejettant comme *Schiſmatiques*,
il ſeroit à craindre qu'ils ne quittaſſent le pays,
ce qui cauſeroit des maux irréparables à l'état.
D'un autre côté, le cabinet, qui connoît l'humeur inquiete de la nation, lui laiſſe cette petite pomme de diſcorde pour l'amuſer, & pour
empêcher par-là, que la vivacité naturelle des
François, leur penchant à fronder, à cabaler,
ne tombe ſur des objets qui intéreſſent plus particuliérement le gouvernement. D'ailleurs, celui-
ci ſera toujours le maître d'arrêter les ſuites d'une
diſpute ſur des ſubtilités théologiques, ſi alambi-
quées, qu'il paroît par les écrits mêmes des chefs
de l'un & de l'autre parti, qu'ils ne s'entendent
ni eux-mêmes ni leurs adverſaires, & qu'ils ſont
encore moins entendus par leurs ſectateurs, qui
cependant ſont prêts à s'égorger pour leurs rêve-

Proteſ-
tans.

ries. Malgré la révocation faite en 1685 du fameux *Edit de Nantes*, qui étoit une ſanction
pragmatique, par laquelle le roi aſſuroit aux *Pro-*
teſtants réformés leurs libertés & leurs privileges
fondés dans les loix du pays même; & malgré

la tranfmigration du plus grand nombre de ces proteftants fectateurs de Calvin, il en eft cependant refté beaucoup dans le royaume, fur-tout en *Languedoc*, en *Dauphiné*, dans les *Cevennes*, & ailleurs. Nous avons fait voir en d'autres endroits, que les perfécutions de Louis XIV contre tant de fujets fideles & induftrieux, n'étoient dictées, ni par la faine politique, ni par la charité, qui fait l'effence du chriftianifme; qu'elles venoient des confeils de prêtres ignorants dans l'art de regner, & dans la connoiffance des vrais intérêts de l'état, paffionnés, fanguinaires & implacables. Il eft à croire, qu'à mefure que l'efprit philofophique fera des progrès en France, les vexations qu'effuient les reftes de ces anciens religionaires, diminueront & cefferont enfin, fous un regne auffi doux, auffi humain & auffi fage que celui-ci; & qu'on ne cherchera pas à écrafer des fujets pleins de fidélité & de zele pour leur roi & leur patrie.

§ XXIII.

Les ordres du roi font 1°. *l'ordre du Saint-Efprit*, fondé par le roi Henri III en 1578; Ordres de chevalerie. 2°. *l'ordre de faint Louis*, fondé par Louis XIV en 1693. Cet ordre eft purement *militaire*, comme il paroît par ces mots, *Bell. Virtutis præm.* qui font émaillés fur la croix. Chaque officier François au bout de vingt-deux ans de fervice, eft en droit de demander cet ordre; & les actions éclatantes le font fouvent obtenir plutôt. Il y a dix grands-croix, dont chacun a 6000 livres de penfion; dix commandeurs, dont chacun a 4000 livres. Outre ces dix commandeurs, il y en a dix-neuf autres à 3000 livres. Il y a trente chevaliers à 2000 livres, trente-deux chevaliers à 1500 livres, foixante-cinq chevaliers à 1000 livres, & cinquante-deux chevaliers à 800 livres de penſion chacun. Tous les autres n'ont point de penſion. 3°. *L'ordre de ſaint Michel* eſt au troiſieme rang; il fut fondé en 1469 par Louis XI, & renouvellé en 1665 par Louis XIV. Tous les chevaliers du Saint-Eſprit le ſont de l'ordre de ſaint Michel, qui eſt auſſi quelquefois donné à des artiſtes célebres. 4°. *L'ordre de ſaint Lazare*, qui eſt au dernier rang, a pris ſon origine dans la Terre-ſainte, & Louis VII l'a recueilli en France dès l'année 1137, en donnant aux chevaliers un établiſſement à *Boigni* près d'*Orléans*, & à *ſaint Lazare* près de *Paris*. Saint Louis a confirmé ces donations en 1265. Il eſt partagé en deux grandes-maîtriſes, l'une qui a ſon ſiege en France, & l'autre en Savoie pour l'Italie. Henri IV fonda en 1607 *l'ordre de notre Dame du Mont Carmel*, & le réunit à celui de ſaint Lazare ; réunion qui fut confirmée par Louis XIV en 1664 & 1672. Cet ordre rend habile aux bénéfices eccléſiaſtiques. Le roi eſt grand-maître des trois premiers ordres ; & il nomme celui de ſaint Lazare.

§ XXIV.

Nobleſſe. La nobleſſe Françoiſe ſe diviſe en quatre claſſes. On comprend ſous la premiere, les *Princes du ſang* de la maiſon d'Orléans & des deux branches de la maiſon de Bourbon, Condé & Conti. Les enfants naturels des rois ſuivent immédiatement après eux, ſous le titre de *Princes légitimés*, & ils ont le pas ſur tous les grands du royaume. La nobleſſe des princes eſt d'autant plus conſidérable, qu'elle eſt proche de ſa ſource, & diminue à meſure qu'elle s'en éloigne ; tandis qu'au contraire la nobleſſe des gentilshommes eſt d'autant plus eſtimée, qu'elle eſt ancienne

& éloignée de fa fource. La feconde claffe comprend les *Ducs & Comtes*, *Pairs du royaume*, dont il n'y avoit anciennement que fix féculiers & fix eccléfiaftiques, mais qui ont été augmentés jufqu'au nombre de cinquante-cinq. Le roi en crée autant qu'il veut ; & les terres élevées en duchés & pairies, le font par lettres patentes. Ils affiftent au facre du roi, l'accompagnent lorfqu'il tient fon lit de juftice, & ont féance au parlement de Paris, qui de là eft nommé *la cour des Pairs*. Après eux viennent les autres *Ducs*, *Comtes*, *Marquis & Barons*, qui forment la nobleffe titrée. *Les premiers officiers de la cour & dé la couronne, les chevaliers de l'ordre du Saint-Efprit, les gouverneurs des provinces, les lieutenants-généraux, les baillis, les fénéchaux d'épée, & quelques familles privilégiées*, jouiffent encore du rang & des prérogatives de la haute nobleffe. La troifieme claffe comprend *les nobles d'épée*, ou *anciens gentilshommes*. A la quatrieme claffe appartiennent, 1º. la nobleffe de robe, dont les ancêtres ont été employés dans les premieres charges de la magiftrature & des finances (*Patre & avo confulibus ;*) 2º. *les perfonnes anoblies par le roi ;* 3º. *celles qui tiennent des charges en vertu defquelles elles acquierent la nobleffe, comme les officiers de la couronne, les fecretaires du roi, les membres du parlement, &c. ;* 4º. *les échevins & maires de quelques villes, qui font nommés nobles de la cloche ;* 5º. les particuliers qui poffedent des terres titrées ; 6º. les fermiers généraux, &c. Toutes ces claffes jouiffent de certains degrés de privileges, d'immunités & d'exemptions, que les bornes de cet ouvrage ne nous permettent pas de détailler plus au long. Mais il faut remarquer en général, que les principes fur lefquels on fe fonde en France pour prouver la nobleſſe, ſont fort différents de ceux qu'on adopte à cet égard en Allemagne. Il n'y a gueres de maiſon en France qui puiſſe faire preuve de *ſeize quartiers*. La nobleſſe y ſeroit tombée dans l'indigence, ſi elle ne s'étoit alliée à la roture ; mais ces alliances font ceſſer les preuves du côté maternel ; & on y fait plus de cas d'une maiſon illuſtrée par des miniſtres, ou par des généraux célebres, ou par d'autres perſonnages qui ont poſſédé des charges éminentes, & rendu d'importants ſervices à l'état, que des ſeize quartiers.

§ XXV.

Forme du gouvernement.

La forme du gouvernement en France eſt *monarchique*, mais tellement mitigée, ſoit par quelques loix expreſſes, ſoit par la conſtitution de l'état même, ſoit par d'anciens uſages qui ont acquis force de loi, que quelques teintes ou nuances du gouvernement ariſtocratique, l'empêchent de tomber dans le deſpotiſme abſolu. Nous allons développer cette idée, en avertiſſant néanmoins que nous ne parlons ici que du droit, & non des effets de la puiſſance qui peut en un inſtant renverſer toutes les conſtitutions. (*) Parmi les loix fondamentales du royaume, on peut compter non-ſeulement les *loix ſaliques*, qui, à ce que l'on prétend, ont été faites par *Pharamond*, ou du moins par *Clovis*, mais encore la *Sanction faite par Charles V* en 1374, & *celle de Charles VI*, donnée en 1404, outre pluſieurs autres. Ces loix reglent la ſucceſſion à la couronne, le ſacre des rois, l'âge où ils ſont déclarés majeurs, & quelques prérogatives de la nation. Les annales de France nous apprennent que, ſous la premiere

____

(*) Paroles remarquables & bien appliquables aux conjonctures préſentes. *Note de l'éditeur.*

& la seconde race, les rois n'étoient rien moins qu'abfolus, & que le partage ufité dans la maifon de France, affoibliffoit toujours leur pouvoir. Si l'on confidere de quelle maniere les maifons de *Capet*, de *Valois* & de *Bourbon* parvinrent au trône, il eft aifé de conclure, que la nation n'a point accordé un pouvoir *illimité* à ces princes, mais qu'ils n'ont regné qu'à condition de maintenir la conftitution primitive de l'état. Le grand nombre de ducs, de comtes, de barons & autres vaffaux du royaume de France, & les droits qu'ils exerçoient, prouvent encore plus clairement cette vérité, qui devient prefque démonftrative, lorfqu'on réfléchit aux privileges dont jouiffoient les états du royaume, formés par le clergé, la nobleffe & le tiers-état ou les bourgeois, dont les affemblées régloient les contributions & les affaires les plus importantes du royaume, & dont les états de Bretagne, de Bourgogne, du Dauphiné, de Provence, du Languedoc & de la Flandre Françoife nous préfentent encore aujourd'hui l'image. Ces affemblées des états généraux fubfifterent jufqu'en 1614, où la derniere fut tenue, peu de jours après que Louis XIII eut été déclaré majeur. Philippe-le-Bel, du confentement de fes peuples, avoit déja fait une efpece d'élite de ces états, & en avoit formé une affemblée perpétuelle, réunie & combinée avec le *Parlement*, lequel avoit fubfifté dès l'année 755, en fuivant toujours la cour, mais qui fut rendu fédentaire à Paris en 1302, & qui devint alors plus que jamais dépofitaire des loix fondamentales, de la conftitution de l'état, des droits du roi & de la nation, des loix civiles, & adminiftrateur de la juftice. Son autorité s'accrut tellement, qu'elle a fouvent borné celle des rois mêmes. Car, à mefure que la politique de ces derniers affoibliſſoit le pouvoir des vaſſaux trop puiſſants, & réuniſſoit leurs fiefs au domaine de la couronne, l'autorité des parlements croiſ-ſoit naturellement, parce qu'ils devenoient hé-ritiers de leur pouvoir ; & il ne reſta plus que cette barriere reſpectable entre le roi & le peu-ple. *Ce fut l'inſtitution des parlements*, dit Loi-feau, *qui nous ſauva d'étre cantonnés & démem-brés comme en Italie & en Allemagne, & qui main-tint ce royaume en ſon entier.* Les parlements ſe multiplierent enſuite dans le royaume, & leurs archives font foi de l'autorité qui leur a été ſuc-ceſſivement accordée, outre qu'elle eſt confirmée par la coutume & par une poſſeſſion non inter-rompue, comme je viens de le dire, & comme le prouvent encore plus les remontrances que ces divers parlements ont toujours été autoriſés à faire aux ſouverains contre les nouvelles taxes & au-tres innovations, de même que les actes d'auto-rité qu'ils ont exercés pendant les minorités, &c. Mais ſi la cour, après avoir détruit le pouvoir des vaſſaux & des grands, ruine auſſi l'autorité des parlements, ou la diviſe avec le clergé, pour regner d'autant plus impérieuſement, il eſt cer-tain que la conſtitution fondamentale eſt changée, & l'on ne peut plus rien dire.

§ XXVI.

Parle-ments.

Dans l'état d'incertitude & de fermentation, où ſe trouvent aujourd'hui les choſes, je crois qu'on ne ſauroit ſe former une idée moins im-parfaite du gouvernement de France, qu'en con-ſidérant la perſonne ſacrée du roi comme *Seigneur ſouverain de l'état.* Il eſt le maître abſolu de l'ar-mée & des finances ; il ſemble que celui qui a ce pouvoir coactif, ſoit le maître de tout ; & que s'il laiſſe ſubſiſter l'ancienne forme extérieure de quelques parties du gouvernement, ce foit par difcrétion ou par politique. *Les parlements* peuvent être envifagés comme des tribunaux fupérieurs de juftice, qui fous le titre magnifique de *cours fouveraines*, dépendent aujourd'hui uniquement du roi, & n'ont confervé de leurs anciens privileges, qu'à peine *la liberté* de lui faire quelques très-humbles remontrances. Il me feroit aifé de prouver par plufieurs raifons politiques, que la cour commettroit une faute infigne, fi elle vouloit anéantir toute l'autorité des parlements ; mais je ne blâme jamais la conduite des cours, & je me contente d'emprunter quelques petits rayons de lumiere, de celle qui éclaire les grands miniftres. Il y a douze de ces parlements en France ; à *Paris*, à *Touloufe*, à *Rouen*, à *Grenoble*, à *Bordeaux*, à *Dijon*, à *Aix*, à *Rennes*, à *Pau*, à *Metz*, à *Befançon* & à *Douay* ; outre deux confeils fouverains, l'un à *Colmar* pour l'Alface, & l'autre à *Perpignan* pour le Rouffillon. Le parlement de Paris, modele des autres, eft compofé de neuf chambres, qui font la grand'chambre, la chambre criminelle appellée *la Tournelle*, cinq chambres des enquêtes, & deux des requêtes du palais. Le roi nomme les premiers préfidents de la grand'chambre, & les procureurs généraux ; les autres charges font vénales. Ce tribunal juge en dernier reffort tous les fujets du roi, de quelque rang qu'ils puiffent être, même les princes du fang ; & il enrégiftre tous les édits & autres ordonnances du roi, ainfi que les chartres & documents importants dans l'état.

§ XXVII.

Nous avons vu fouvent des premiers minif- Miniftres. tres en France, qui devenoient dépofitaires de toute l'autorité royale, & dont le pouvoir n'étoit gueres moins grand, que celui des Grands-Vifirs à la Porte ; mais, depuis la mort du cardinal *de Fleury*, cette charge a été fupprimée, & l'adminiftration des affaires eft partagée entre plufieurs miniftres, dont les principaux font le miniftre des affaires étrangeres, celui de la guerre, celui de la marine, celui des affaires intérieures de l'état, le contrôleur-général des finances, &c. Chacun d'eux eft chef dans fon département, & a un ou plufieurs bureaux fous fes ordres. Le chancelier entre dans tous les confeils, & y préfide après le roi. C'eft le miniftre de la nation & non du roi, à la mort duquel il ne prend pas même le deuil. Les principaux confeils font, 1°. Le *Confeil d'état*, ou *Confeil-privé*, qui fe tient en préfence du roi, & auquel affiftent trois fecretaires d'état, & le contrôleur-général des finances. Le roi y fait appeller les perfonnes qu'il juge à propos, foit maréchaux, miniftres ou autres. 2°. Le *Confeil des dépêches*, *ou des fecretaires d'état*, formé par le roi, le Dauphin, le chancelier, le contrôleur-général, & les quatre miniftres, ou fecretaires d'état. 3°. Le *Confeil des finances*, compofé du roi, du chancelier, du miniftre ou contrôleur-général des finances, d'un des fix intendants des finances, & d'un ou de plufieurs confeillers d'état, felon que le roi l'ordonne, ou que le befoin des affaires l'exige. 4°. Le *confeil de Commerce*, auquel affiftent le roi, le chancelier, deux fecretaires d'état, le contrôleur-général, & les autres perfonnes que le monarque trouve bon d'y faire appeller. 5°. Le *Confeil-privé*, autrement nommé, le *confeil des parties* ; il eft convoqué par le chancelier aux jours qu'il le juge à propos. Quand même le roi n'y eft pas préfent, fon fauteuil demeure vuide, & dans tous les arrêts qui en émanent, il eft dit, *le roi séant en son conseil;* mais, s'il s'y trouve en effet, on ajoute *Sa Majesté y étant.* Ce conseil est formé par le roi, le chancelier, le garde des séaux, les secretaires d'état, vingt-un conseillers ordinaires d'état, le contrôleur-général des finances, les sous-intendants des finances, & douze conseillers d'état, qui servent par semestre. Vingt-deux maîtres de requêtes, appartenants au parlement, y ont aussi entrée pour y proposer les affaires de leur compétence. En général il y a aujourd'hui quatre-vingt-huit maîtres de requêtes. 6°. Le *grand Conseil,* fondé par Charles VIII en 1492, qui regle les affaires intérieures du royaume. Originairement on n'y décidoit que les affaires des finances & de la guerre; mais François I lui déféra encore en 1517 la décision de tous les procès qui concernent les archevêchés, les évêchés & les abbayes. Il juge aussi les différends entre les autres cours souveraines pour la jurisdiction, &c. Le chancelier en est le chef, ayant sous lui plusieurs présidents, conseillers, & autres officiers. 7°. *La grande Chancellerie de France,* composée du chancelier & du garde des sceaux; (deux charges qui sont souvent réunies dans la même personne) de quatre grands audienciers, qui examinent les lettres portées par les secretaires du roi, pour être scellées, & qui en font rapport au chancelier; de quatre contrôleurs-généraux de l'audience, qui remettent aux chauffe-cires les lettres qui doivent être scellées, & les reprennent de sa main; de quatre gardes des rôles des offices de France, qui tiennent les regiftres; de plusieurs secretaires du roi & d'autres officiers. Il faudroit écrire plusieurs volumes, si on vouloit rapporter les noms & les offices de tous les tribunaux inférieurs, chambres, judicatures, conseils, & autres colleges établis en France, soit pour l'adminiftration de la juftice, foit pour la police, foit pour la régie du détail de l'intérieur de l'état, foit pour la perception des divers revenus, &c. Mon but n'eft pas d'ailleurs de donner ici l'état complet de la France, & je ne puis qu'effleurer les objets qui peuvent avoir rapport à la politique générale.

§ XXVIII.

Divifion du royaume.

Le royaume de France eft divifé de différentes manieres. Relativement à la conftitution civile, il eft partagé en douze *gouvernements*, ou *provinces*, foumifes aux douze parlements (Voyez le § XXVI.) A l'égard des loix, il eft partagé en *pays de droit écrit*, & *en pays coutumier*. Dans le premier, qui comprend les provinces de Guyenne, du Languedoc, de Provence, du Dauphiné, du Lyonnois, de Forêts, de Beaujolois, de la Haute-Auvergne, &c. on fuit le droit romain; les autres provinces ont leurs propres loix, qui font, ou générales, ou municipales. Par rapport aux finances, & à la perception des revenus publics, il eft divifé en *généralités*, *en élections*, &c. A l'égard du gouvernement eccléfiaftique, il eft partagé en *archevéchés*, *évéchés*, *diocefes*, & *provinces eccléfiaftiques*. Relativement au militaire, il eft divifé en *gouvernements*, dont il y a trente-fept. Cette derniere divifion eft ici remarquable. Chaque gouvernement a fon *gouverneur*, qui eft un officier des premiers grades militaires. Ce gouverneur a fous lui un *lieutenant général*, qui commande en fon abfence. Les *lieutenants du roi* font fubordonnés à tous les deux. C'eft aux gouverneurs à maintenir l'autorité du roi, le repos public, & l'obéiffance des peuples, dans toute l'étendue de leurs gouvernements refpectifs; ils commandent aux troupes qui y font en garnifon,

ſon ; ils ont ſoin de l'entretien des fortereſſes, & prêtent main-forte aux magiſtrats pour l'adminiſtration de la juſtice. *Les gouverneurs des villes & des places fortes*, ne dépendent point des gouverneurs de la province ; au contraire, pluſieurs d'entre ces premiers étendent leur juriſdiction ſur les diſtricts qui environnent ces villes.

§ XXIX.

L'hiſtoire ne fournit point d'exemple qu'une maiſon ait donné une auſſi grande ſuite de rois à la même nation, que celle de *Bourbon* en a donné à la France. C'eſt cette ſucceſſion prefque toujours paiſible, & non interrompue de tant de bons & de grands rois, qui eſt une des principales cauſes de la proſpérité brillante de ce royaume, ſur-tout depuis que le droit de primogéniture eſt établi dans la maiſon de France, qu'il n'y a plus de partage, & que les princes cadets ſont apanagés. Le monarque chéri, qui occupe aujourd'hui le trône, ne prend, à l'exemple de ſes prédéceſſeurs, d'autre titre que celui de *Louis XV, roi de France & de Navarre*, ou de *Roi très-chrétien*. Il y a, ce me ſemble, quelque choſe de grand & d'auguſte dans la ſimplicité de ce titre, qui comprend tout ce qu'on pourroit y ajouter encore, & ne préſente point l'idée d'une oſtentation faſtueuſe, quoique ce qu'on entend ſous le nom de *France*, n'ait pas toujours été de la même étendue ; car, ſous la premiere race, le royaume ne comprenoit que ce que les François poſſédoient au-delà du rhin & les provinces ſituées entre ce fleuve & la Loire, en ſorte que la Bretagne, l'Aquitaine & la Bourgogne n'étoient point compriſes ſous ce nom. On la diviſoit en *France orientale*, ou *Auſtraſie*, & *France occidentale*, ou *Neuſtrie* ſous la ſeconde race. De

Succeſſion & titre des rois de France.

Tome III. I

puis le partage fait à *Verdun* en 843, entre les trois enfants de *Louis-le-Débonnaire*, comme les portions échues aux deux ainés passerent bientôt après à des Allemands & à des Italiens, le nom de France ne fut plus donné qu'à ce qui avoit composé le partage de *Charles le Chauve*, c'est-à-dire, les pays situés au-delà de l'Escaut, de la Meuse, de la Saone & du Rhône; de sorte que le Dauphiné & la Provence ne faisoient point. alors partie de la France. Enfin l'on entend présentement par ce nom, tout ce que le roi possede par le titre de sa couronne, ce qui comprend non-seulement le Dauphiné & la Provence, qui sont réunis à la France depuis quelques siecles, mais aussi les provinces de l'ancienne Austrasie, la Franche-Comté, l'Alsace, & toutes les conquêtes que les derniers rois ont faites en Flandre & ailleurs, & dont la possession leur a été assurée par les traités. Les possessions des François dans les trois autres parties du monde, sont encore comprises sous ce titre général. Je parlerai au chapitre suivant de l'usage que les rois de la Grande-Bretagne font de ce même titre, & des droits qu'ils croient y avoir.

§ XXX.

Titre de roi de Navarre.

A l'égard du titre de *roi de Navarre*, l'histoire nous apprend, que le Pape *Jules II*, qui avoit excommunié le roi *Louis XII*, se ligua contre lui avec l'empereur *Maximilien*, le roi *Ferdinand* d'Arragon, & le roi *Henri VIII* d'Angleterre, & qu'il engagea ces deux derniers princes, d'attaquer la Guienne. Dans ce dessein, Ferdinand d'Arragon envoya en 1512 vers Jean d'Albret, roi de Navarre, à cause de Catherine de Foix sa femme & héritiere de ce royaume, pour lui demander passage dans ses états, & quelques places fortes pour sa sûreté, promettant de les lui rendre aussi-tôt que la guerre seroit finie. Jean étoit allié de Louis XII. Il fit difficulté d'accorder ces demandes à Ferdinand, qui après les avoir amusés l'un & l'autre par une feinte négociation, entra tout d'un coup au mois de juin 1512, dans la Navarre, se saisit de Pampelune & des autres places de ce royaume, qui étoient au-delà des Pyrénées, & obligea ce roi dépouillé, de se retirer dans le Béarn. Ferdinand trouvant ce royaume fort à sa bienséance, soutint dans la suite, qu'il lui appartenoit légitimement, en vertu d'une bulle du Pape *Jules II*, qui donnoit au *premier occupant* les états de Louis & de ses alliés, tel qu'étoit Jean. On voit bien que c'étoit là un plaisant titre, & que les Papes se rendroient ridicules, s'ils prétendoient prouver sérieusement, que Jesus-Christ leur ait donné le pouvoir de dépouiller les rois de leurs états, pour les transporter à d'autres. D'ailleurs, cette bulle n'a jamais été produite, & même les Espagnols qui en font mention, ne la datent que du mois de juillet 1512, postérieurement à l'invasion de la Navarre. Les secours que Louis XII envoya à Jean, ne lui servirent de rien, par la mauvaise conduite des généraux; de sorte que Ferdinand demeura en possession de son usurpation, & même ce prince fit peu après une treve avec Louis XII. Quatre ans après, Charles, successeur de Ferdinand, & connu sous le nom de Charles-Quint, empereur d'Allemagne, conclut en 1516 un traité à Noyon avec François I, par lequel il convint de rendre dans six mois le royaume à Henri d'Albret, fils de Jean & de Catherine de Foix, qui étoient morts en cette année, ou bien de lui donner une satisfaction équivalente, faute de quoi il seroit permis au roi de France, de l'aider à le recouvrer. Charles n'exécuta point ce traité ; ce qui fut une des caufes de la guerre qui furvint peu après entre lui & François I, & qui devint fi funefte à ce dernier. Après avoir perdu la bataille de Pavie & la liberté, il promit par le vingtieme article du *Traité de Madrid*, d'employer fes bons offices auprès de Henri d'Albret, pour l'engager à renoncer au titre de roi de Navarre & à fes droits fur ce royaume, & s'obligea de ne le point affifter en cas de refus. Henri ne voulut point entendre à ces propofitions. Il ne fut point parlé de lui au *Traité de Cambrai*, qu'on fit pour réformer celui de Madrid ; mais par celui de *Crefpi*, François promit de ne le point affifter contre l'empereur. Cependant peu après Charles-Quint parut avoir quelque fcrupule fur la validité de la poffeffion de la Navarre, dont Ferdinand fon aïeul s'étoit emparé. Il ajouta au codicile qu'il fit en 1548, un article par lequel il exhorte fon fils *Philippe*, de commettre à des gens de favoir & de confcience, le foin d'examiner à quel titre Ferdinand avoit acquis la Navarre. Henri, roi de Navarre, n'éut qu'une fille nommée *Jeanne d'Albret*, qui époufa *Antoine de Bourbon*. Ce prince prit le nom de roi de Navarre, & envoya à Rome un ambaffadeur d'obédience, qui y fut reçu en cette qualité, nonobftant les proteftations du roi d'Efpagne. Il fut même long-temps amufé par Philippe II, qui promettoit de lui donner le royaume de Sardaigne, pour l'équivalent de celui de Navarre ; mais cela fut encore fans effet, & il ne laiffa que fes prétentions fur la Navarre à fon fils *Henri*, (*) qui prit auffi le nom de roi de Navarre, avant & après fon avé-

____

(*) Depuis roi de France fous le nom à jamais célebre de Henri IV.

nement au trône de France. Dans le *Traité de Vervins*, ce prince de même que Philippe II, prirent la qualité de rois de Navarre, & il fut dit, article vingt-deuxieme, qu'*on réservoit au Roi très-chrétien & à ses successeurs, & ayant cause, tous les droits qu'il prétendoit lui appartenir à cause de ses royaumes de France & de Navarre, pour les poursuivre par les voies d'accommodement ou de justice, & non par les armes.* Philippe II, sur le point de mourir en la même année 1598, ordonna à son fils Philippe III, au sujet de la Navarre, la même chose que son pere lui avoit recommandée ; mais cette disposition n'eut pas plus d'effet que les précédentes ; & toutes les instances que fit Henri IV en 1603 pour rentrer dans ce royaume, ou pour en obtenir l'équivalent, furent inutiles, aussi-bien que les tentatives réitérées qu'on fit à cet effet au *congrès de Munster*, &c. Les choses étant demeurées au même état, la France ne possede que la petite partie de la Navarre, qui est en deçà des monts Pyrénées ; mais le roi en prend néanmoins la qualité, même dans les traités qu'il fait avec les rois d'Espagne ; & les Papes sont obligés de lui donner le même titre, & de le recevoir à l'obédience pour l'un & pour l'autre royaume, quoique Jules second ait fourni l'occasion d'enlever ce royaume aux ancêtres de Louis XV.

§ XXXI.

Nous avons dit (§ XXIX) que le roi ne prend réguliérement d'autre titre que celui de *roi de France & de Navarre* ; il est cependant des occasions particulieres, où il en ajoute encore quelques autres. C'est ainsi, par exemple, qu'on trouve encore dans les traités d'alliance, que les rois de France ont passés avec les Suisses, les qualités de

Autres titres du roi de France.

duc de Milan, comte d'Aſt & ſeigneur de Gê- nes, & dans pluſieurs chartres & lettres patentes, les titres de *Dauphin de Viennois, comte de Pro- vence, de Diois, de Valentinois, de Forcalquier & terres adjacentes.* L'exámen hiſtorique de l'ori- gine de tous ces différents titres, nous meneroit trop loin, & occuperoit ici une place que nous devons deſtiner à d'autres obſervations, d'autant plus que les occaſions où ces monarques en font uſage, deviennent toujours plus rares ; mais en échange, le titre de *Roi très-chrétien* eſt d'autant plus uſité. Tandis que les rois des Goths, des Vandales, des Sueves, des Bourguignons & au- tres, qui reçurent de bonne heure le chriſtianiſ- me, tombèrent dans les erreurs d'Arius, les rois de France, depuis *Clovis*, premier roi chrétien, juſqu'à préſent, ont toujours conſervé la pureté de la religion catholique-romaine. C'eſt ce zele inébranlable qui leur a fait donner dès les pre- miers temps le titre de *rois très-chrétiens* ; & lors même que les maires du palais avoient preſque l'autorité ſouveraine ſous la premiere race, les Papes ont auſſi donné le nom de *très-chrétien* à Charles Martel, & à ſon fils Pépin, pendant qu'ils n'étoient encore que maires du palais. De- puis l'avénement de ce dernier à la couronne, il eſt ſurnommé *catholique* en d'anciens actes, & le Pape *Paul* premier lui donna les titres d'*or- thodoxe*, & de *défenſeur de la foi chrétienne.* Ses ſucceſſeurs dans la ſeconde & troiſieme race, ont continué d'être appellés *très-chrétiens* ; en ſorte que Pie II écrivant à Charles VII, reconnoît que ce titre étoit héréditaire aux rois de France, *à cauſe*, dit-il, *que leurs ancêtres avoient défendu le nom chrétien.* Paul II régla en 1496, que déſor- mais ce nom ſeroit propre aux rois de France ; mais Alexandre VI, Eſpagnol, voulant donner au roi d'Espagne le même surnom, les cardinaux s'y opposerent ; de sorte que ce Pontife déféra aux rois d'Espagne, celui de *catholique*. Jules II, animé contre Louis XII, avoit fait expédier une bulle dans le *Concile de Latran*, par laquelle il ôtoit aux rois de France le titre de *Rois très-chrétiens*, & le transféroit avec le royaume de France, aux rois d'Angleterre ; mais il mourut au commencement de l'année 1513, avant la publication de la bulle ; de maniere que ce dessein fut sans effet, & qu'à présent ces monarques dans les traités, sont aussi connus par le nom de rois très-chrétiens, que par celui de rois de France ; mais quant aux sujets, il leur est défendu de se servir de ce titre en parlant de leur maître, ou en s'adressant à sa personne, de même que de l'appeller roi de France. Ils disent simplement *le Roi*, *Sire* & *Votre Majesté*.

§ XXXII.

Le roi de France porte deux écus joints & accollés. Le premier d'azur à trois fleurs de lis d'or, qui est de *France* ; le second de gueules aux chaînes d'or posées en croix, en sautoir, & en double orle, enfermant une émeraude en cœur, qui est de *Navarre*. Ces deux écus timbrés du heaume royal d'or, orné de ses lambrequins d'or, d'azur & de gueules, couvert d'une couronne d'or, garnie de huit fleurs de lis, & fermée par autant de demi-cercles, aboutissants à une double fleur de lis d'or, qui est le cimier de France. Les supports sont deux anges revêtus de dalmatiques, aux armes l'un à droite de France, l'autre à gauche de Navarre, tenant chacun une banniere aux mêmes armes. Les deux ordres du roi entourent les deux écus. Le tout sous le pavillon royal semé de France, fourré d'hermines, frangé, bordé & houppé d'or ; comblé d'une grande couronne comme la précédente, & fommé d'un pannonceau ondoyant, femé de France, attaché au bout d'une pique ferrée d'une double fleur de lis d'or, au-deffus duquel, en un billet volant, eft le cri de guerre de France, *Mont-joie St. Denys.*

§ XXXIII.

Origine du titre de Dauphin.

Le fils ainé du roi, héritier préfomptif de la couronne, porte le nom & les armes de *Dauphin* ; & voici quelle eft l'origine de ce titre. L'empire de France ayant été démembré en plufieurs royaumes lors de la décadence de la maifon *Carlovingienne*, le Dauphiné fit partie du royaume de Bourgogne ; il paffa enfuite aux rois d'Arles, & lorfque les gouverneurs des provinces s'érigerent en comtes & feigneurs, il eut des princes particuliers qui prirent le nom de *Dauphins de Viennois.* Le dernier fut Humbert, qui en 1343 fit donation au roi Philippe de Valois de fes états ; à condition que les fils ainés des rois de France en jouiroient & porteroient le nom & les armes de Dauphin. Cette condition n'a été remplie qu'à moitié ; le Dauphiné ayant été réuni à la couronne, le titre en eft demeuré à l'héritier, qui a toujours confervé le nom de *Dauphin de Viennois*, jufqu'au temps du grand Dauphin, fils de Louis XIV, mort en 1711, lequel fut appellé le premier, *Dauphin de France :* titre qui fubfifte encore aujourd'hui. L'empereur Charles-Quint, du temps qu'on négocioit le traité de Madrid, voulut renouveller les prétentions des empereurs fur le royaume d'Arles, & demanda que François I le reconnût pour fon feigneur fuzerain au fujet du Dauphiné, & des autres provinces qui faifoient autrefois partie de ce royaume ; mais les miniſtres François combattirent ſi bien ſes raiſons, qu'on n'en fit aucune mention dans le traité de Madrid même. Si le Dauphin meurt avant le roi, le fils ainé du Dauphin, ou à ſon défaut, le prince le plus proche de la couronne, prend ſa place & ſes titres. Les autres enfants de France obtiennent du roi divers titres, comme duc de Bourgogne, duc d'Anjou, duc de Berry, duc d'Aquitaine, comte de Provence, &c. Les princeſſes ſont nommées Meſdames de France.

§ XXXIV.

La couronne de France eſt héréditaire, mais par les loix ſaliques, les princeſſes ſont exclues de la ſucceſſion. Le roi de France ne meurt point, & le même inſtant qui ferme les yeux au dernier monarque, fait monter ſon ſucceſſeur au trône. La maxime adoptée en droit, que *le mort ſaiſit le vif*, a lieu ſur-tout à l'égard de la ſucceſſion au trône ; & le ſacre auſſi-bien que le couronnement du roi, n'eſt néceſſaire que par forme ou cérémonie. Tous les princes du ſang, ont le droit de ſuccéder à la couronne. Les princes légitimés ont prétendu participer au même droit ; mais une ordonnance royale, émanée en 1717, les exclut du trône ; & après l'extinction entiere de la maiſon de Bourbon, & de ſes princes nés en mariage légitime, cette ordonnance rend aux états de France leur ancien droit d'élire un roi. (*) Si le ſucceſſeur eſt encore mi-

Ordre dans la ſucceſſion au trône.

(*) Le commencement du chant VI de la Henriade peut répandre quelque lumiere ſur cet objet. M. de Voltaire y dit :

C'eſt un uſage antique & ſacré parmi nous,
Quand la mort ſur le trône étend ſes rudes coups,

neur à la mort du roi, le premier prince du sang
se charge de sa tutelle, & prend la régence du
royaume jusqu'à la majorité du jeune roi, laquelle
il acquiert à l'âge de treize ans & un jour.

§ XXXV.

Etat mili-
taire.

On conçoit aisément que la puissance militaire
d'une aussi grande monarchie, doit être très-formidable; mais il est impossible de donner un état
exact du nombre des troupes qu'elle a sur pied,
parce qu'à chaque paix générale, le roi congé-
die une grande partie des troupes qu'il avoit fait
lever pendant la guerre, soit en réduisant les compagnies, soit en réformant des bataillons & des
régiments entiers. On ne croit pas se tromper, si
l'on assure que la France entretient en temps de
paix plus de deux cents mille hommes effectifs,
& que cette armée peut être augmentée sans de
grands efforts jusqu'à quatre cents mille, selon que
le besoin l'exige, & même au-delà. On en a vu
l'exemple sous le regne de Louis XIV. L'établissement des *Milices* est une invention très-bonne
dans ce royaume. Il y en a environ soixante mille
hommes constamment entretenus, commandés
par d'anciens officiers, habillés & exercés aux
armes. Ce sont autant d'excellentes recrues, qui
se trouvent toutes prêtes, lorsque les régiments
ont souffert des pertes; & on doit les envisa-

Et que du sang des rois si chers à la patrie,
Dans ses derniers canaux la source s'est tarie,
Le peuple au même instant rentre en ses premiers
  droits :
Il peut choisir un maître, il peut changer ses loix.
Les états assemblés, organes de la France,
Nomment un souverain, limitent sa puissance.
Ainsi de nos aïeux les augustes décrets,
Au rang de Charlemagne ont placé les Capets.

ger comme des soldats tout formés, qui ont souvent bien servi, même en corps, & sur-tout derriere les boulevards; mais on n'oseroit trop s'y fier en rase campagne un jour d'action. La France entretient aussi plusieurs régiments étrangers, Allemands, Suisses, Irlandois, Suédois, &c. On voit dans la galerie du Louvre les plans & les modeles de 180 forteresses qui se trouvent dans ce royaume; qu'on juge de là quel nombre de troupes tant de places demandent pour garnisons. Les François en général sont fort bons soldats, braves, actifs, infatigables; mais il leur manque un peu de cet esprit de subordination qui est la source de la bonne discipline, & de cette patience qui fait soutenir les premiers efforts de l'ennemi & les fatigues de la guerre. Je ne crois pas cependant qu'il y ait de pays au monde qui ait produit de plus grands capitaines, ni de plus habiles ingénieurs. Ils excellent dans l'art d'attaquer & de défendre les places. Une ville assiégée par eux, est presque toujours une ville prise. L'école militaire fondée à Vincennes pour cinq cents jeunes gentilshommes, produira vraisemblablement de grands effets. Les hôpitaux militaires, & il y en a plus de soixante & dix dans le royaume, outre le superbe hôtel des invalides de Paris, servent d'encouragement au peuple pour se vouer avec ardeur & avec confiance au métier des armes.

§ XXXVI.

La situation locale de la France est, comme nous l'avons vu plus haut, très-avantageuse pour *la Marine*; elle peut se procurer par les mers voisines, & par conséquent, à peu de frais, tous les matériaux qui lui manquent pour la construction des vaisseaux; elle a des ouvriers habiles en tout genre de bâtisse; elle a fait enfin de bons arrangemens pour les matelots. En 1681 on a établi dans les provinces maritimes les fameufes claffes pour les officiers & les matelots de la marine royale; c'eft-à-dire, qu'on a formé en Guienne, en Bretagne, en Normandie, en Picardie, dans le pays conquis & reconquis, quatre claffes, & trois autres en Poitou, en Xaintonge, dans le pays d'Aunix, dans les ifles de Rhé & d'Oléron, en Languedoc & en Provence. Les gens de mer, enrégiftrés dans ces claffes, fervent à bord des flottes du roi, chaque claffe trois ou quatre années alternativement. Les autres peuvent s'engager dans la navigation marchande. On prétend qu'il y a plus de foixante & dix mille matelots ainfi enrégiftrés. Malgré tous ces avantages, la marine françoife étoit tombée dans une grande décadence, il y a quelques années; & les Anglois s'en prévalurent fi bien, qu'ils fe rendirent maîtres de la mer, bloquerent les ports de France, enleverent un nombre exceffif de navires marchands, & s'emparerent du Cap-Breton : capture qui contrebalança tous les fuccès brillants des François par terre, & les contraignit à faire la paix. Cet échec réveilla le miniftere, qui fentit vivement combien il importe à la France de ne pas négliger fa marine pour protéger contre les autres nations commerçantes, fa navigation, fon commerce; fes ports & fes poffeffions dans les Indes. On penfa plus férieufement au rétabliffement de cette marine, & la flotte confifte aujourd'hui en plus de cinquante vaiffeaux de guerre, qui font difperfés dans les ports de Toulon, de Breft, de Port-Louis, de Rochefort, & du havre de Grace. Il y a quinze galeres à Marfeille, dont cependant on ne fait point d'ufage. L'amirauté de Paris a la furintendance & la jurifdiction fuprême fur la marine. Trois compagnies de *Gardes*

de la marine, toutes composées de gentilshommes, font répandues dans les villes de Toulon,
de Brest & de Rochefort ; & en 1716, on en a
ajouté une quatrieme, nommée *Gardes du pavillon amiral*. Toutes ces compagnies servent sur
la flotte royale & font sous les ordres de l'amiral. Le roi entretient aussi cent compagnies fran-
ches pour la marine, chacune de quarante-cinq
hommes, & commandée par un lieutenant de
vaisseau. Tous les ports font fortifiés.

§ XXXVII.

L'entretien d'aussi grandes armées terrestres & *Revenus.*
navales, de tant de forteresses, d'une cour brillante & nombreuse, de tant d'officiers, magistrats
& autres employés dans l'état civil, d'un grand
nombre de palais & de jardins, & en un mot de
l'extrême magnificence qu'on voit regner en France
presqu'en toutes choses ; cet entretien, dis-je,
demande des revenus extraordinaires. On prétend
que ceux de la couronne montent à près d'un
million de livres par jour. Ils proviennent 1°. des
domaines consistants en fonds de terre. 2°. Des
aides ou accises sur le vin. Le roi prend le quart
ou le huitieme de celui qui est vendu en détail,
& le vingtieme de celui qui est débité en gros.
3°. Des *gabelles*, ou plutôt du monopole du sel.
Toute la France est divisée à cet égard en trois
parties, & on appelle le *pays des grandes gabelles* ou le *grand parti*, les départements d'Alençon,
d'Amiens, d'Angers, de Bourges, de Caen, de
Chalons, de Dijon, de Langres, de Laval, du
Mans, de Moulins, d'Orléans, de Paris, de Rouen,
de Saint-Quentin, de Soissons, & de Tours, où
le sel est vendu des greniers du roi à un haut prix
au peuple. Le *pays des petites gabelles* comprend
les départements du Lyonnois, du Dauphinois,

de la Provence, du Languedoc, du Rouſſillon, du Rouergue & de l'Auvergne, où le ſel eſt à beaucoup meilleur marché; & enfin, le *pays de franc-ſalé* comprend les provinces du Poitou, du Limouſin, de la Guienne, de la Gaſcogne & de la Bretagne, qui ont acheté de Henri II l'exemption des gabelles, comme auſſi les villes de Boulogne & de Calais. 4°. Des *tailles*, ou taxes perſonnelles qui, dans les généralités de Montauban & de Grenoble, & dans les trois élections de la généralité de Bordeaux, ſont réparties ſur les biens-fonds, ſans égard à leurs poſſeſſeurs; mais qui dans le reſte du royaume ſont payées par chef, & dont il n'y a d'exempts que la nobleſſe, le clergé, & quelques perſonnes en charge. 5°. De la *capitation;* 6°. de la *douane,* 7°. du *papier timbré;* 8°. de la *ferme du tabac;* 9°. des *contributions du clergé;* & de quantité d'autres impoſitions miſes ſur le peuple. Dans des temps de néceſſité, le roi prend encore de ſes ſujets, des *ſubſides extraordinaires,* comme *le taillon* pour l'entretien des gens de guerre, le *dixieme* ou le *vingtieme* des revenus, &c. Il crée quelquefois de nouvelles charges & les vend, il demande des emprunts, des dons gratuits, & ainſi du reſte. Il paroît par les remontrances de divers parlements, ſur-tout par celle que le parlement de Toulouſe vient de faire tout récemment au roi, qu'en général le peuple eſt très-foulé en France, & il eſt clair que c'eſt un vice énorme dans l'arrangement & dans l'adminiſtration des finances, qui en eſt la cauſe. Car, s'il eſt vrai que ce royaume contient vingt millions d'habitants, il eſt certain que par l'établiſſement de quelques contributions réelles, comme des taxes ſur les terres, de l'acciſe ſur les grains, ſur la boiſſon, &c. on pourroit ſans effort, avec beaucoup moins de fraix, de régie & de vexations pour les sujets, faire monter les revenus de l'état à 400 millions, en supposant que chaque personne ne paie que vingt liv. ou cinq écus d'Allemagne par an ; ce qui dans une supputation générale, (où les grands, les riches, les négociants, les gens d'affaires, les financiers & tant d'autres sujets aisés compensent ce qu'il faudroit déduire pour la moindre consomption des pauvres, des femmes & des enfants,) revient à une bagatelle pour chacun.

§ XXXVIII.

Pour la perception des tailles, le royaume de France est partagé en vingt-six *généralités*, & huit *intendances*. Les généralités sont subdivisées ou en *élections*, ou en *recettes*, ou en *bailliages*. Chacun de ces moindres districts contient plusieurs *paroisses* ; & chaque paroisse un certain nombre de *foyers*. On compte 39045 paroisses, & 3,713,563 foyers. Chaque généralité est pourvue d'un *trésorier de France*, qui a son chancelier ; d'un *intendant* qui dirige les affaires de justice & de police, &c. de deux *receveurs généraux*, & de plusieurs autres employés subalternes. Parmi les généralités, il y en a six qui forment le *pays des états*, dans lesquelles les états font entr'eux la répartition des contributions accordées au roi, & les levent eux-mêmes ; les autres sont nommées *pays d'élections*, où le roi fait lui-même cette levée. Tous les autres revenus de l'état sont affermés à une compagnie de quarante *fermiers généraux* qui résident à Paris, & y tiennent leur bureau général. La cour envisage la caisse de ces quarante fermiers généraux, comme le grand réservoir des richesses de l'état, & comme une ressource assurée. Le bail de ces fermiers est tel, qu'ils s'enrichissent en peu temps, & le gouvernement leur permet de devenir millionaires ; mais ce font des éponges qu'on fait preffer au befoin, & lorfque l'état manque d'argent, on les oblige d'en fournir fur le champ. Par ce moyen, le roi trouve toujours des fonds tout prêts pour l'exécution d'une entreprife extraordinaire ; l'opération eft prompte & douce ; & dans un auffi grand royaume que la France, cette maxime paroît préférable à celle d'amaffer un tréfor qui refte mort dans des caves, au-lieu qu'ici il eft entre les mains de quarante perfonnes, & l'argent demeure fans ceffe en circulation dans le public. (*)

§ XXXIX.

Cours fou-
veraines.

Le Contrôleur-Général eft le chef de toutes les perfonnes employées à la perception des revenus publics, & il tient les régiftres de toutes les quittances données à cet effet. La furintendance & la jurifdiction fur tous les objets qui ont rapport aux revenus du roi, eft commife à des tribunaux qu'on appelle *Cours fouveraines.* Telles font 1º. *les chambres des comptes*, dont il y en a onze dans le royaume. Celle de Paris eft la principale ; elle conferve dans fes archives les titres des principales familles, & fait prêter le ferment de fidélité à tous les vaffaux immédiats du roi. 2º. *Les Cours des aides* qui décident tous les différends qui naiffent au fujet du paiement des aides & de tous les autres deniers royaux. 3º. La
Grandé-

(*) Je ne fais fi M. de Bielfeld avoit fuffifamment balancé ici le pour & le contre. Ce n'eft pas entre les mains de quarante perfonnes, non plus que dans des caves, que doivent être les richeffes de l'état. La répartition doit être bien plus générale, elle s'étend jufqu'au payfan, afin qu'il mette le dimanche fa poule au pot. *Note de l'éditeur.*

Grande-Maîtrise, & dix-neuf *Maîtrises* inférieures *des eaux & des forêts*, qui ont l'intendance des bois, des rivieres, &c. & divers autres tribunaux semblables.

§ XL.

Après avoir vu quel est l'état de la France, Politique examinons encore briévement quelle peut être de la France ce. sa politique. On dit, *la France vise à la monar- chie universelle ;* c'est une espece de lieu commun, inventé par les envieux de cette couronne, & accrédité par des personnes qui prétendoient avoir connoissance des secrets de l'état, ou qui étoient charmés de trouver des dupes qui les en crussent sur leur parole. Il paroît que le cabinet de Versailles a un systême fixe qu'il suit avec constance ; mais il n'est pas croyable que ce soit celui de la *monarchie universelle*, par les raisons que nous avons rapportées vol. II, chap. IV, § XIX & XX. En suivant les lumieres du bon sens, on doit croire que la France tâche de se conserver dans la possession d'être le plus grand & le plus puissant royaume de l'Europe, mais non pas l'unique ; & qu'elle a pour but d'étendre ses conquêtes jusqu'aux bords du Rhin, en voulant mettre ce fleuve pour frontiere de ses états, comme il faisoit les bornes de l'ancienne Gaule. Si elle y parvient, sa puissance ne sera que trop formidable au reste de l'Europe ; si elle porte ses vues ambitieuses plus loin, elle excitera la jalousie de toutes les autres nations ; ses conquêtes au-delà du Rhin seront d'une trop difficile garde, & le moindre revers de fortune, tels que les ont éprouvé les plus formidables empires, sera l'époque de sa décadence. Le second & le plus grand objet de la politique françoise, c'est d'augmenter par tous les moyens possibles fon commerce & fa navigation. Multiplier fes conquêtes, eft prefque toujours moins difficile & moins avantageux, que faire fleurir le pays qu'on poffede; & lorfqu'une fois on a procuré à l'état une confiftance & des reffources folides, les conquêtes en deviennent la conféquence né-ceffaire. Il femble qu'on s'attache aujourd'hui en France à fuivre cet excellent principe, négligé pendant très-long-temps, comme nous venons de le faire voir, & comme les dernieres guerres que cette puiffance a faites & fait encore par mer & par terre, uniquement en faveur de fon com-merce, le confirment. Le troifieme objet de fa politique eft de divifer les autres fouverains de l'Europe pour dominer & ne rien craindre. Nous allons voir quelles font les mefures qu'elle doit fuivre pour parvenir à ce but, en examinant la conduite qu'on lui voit obferver envers chacun de ces fouverains en particulier.

§ XLI.

Conduite de la France envers le Portugal.   Le *Portugal* eft une puiffance qui ne fauroit gue-res porter de préjudice à la France, comme nous l'avons fait voir au chap. I, § XXX, mais qui peut lui être utile, foit pour des intérêts de commerce, foit en faifant au befoin quelque diverfion en fa faveur, ou en Europe, ou aux Indes. Mais depuis que des princes de la maifon de Bourbon occupent le trône d'Efpagne, la cour de Lisbonne ne peut fe fier à la France autant qu'à l'Angleterre, qui n'a point d'intérêts de famille à ménager, avec laquelle elle fait un commerce infiniment plus confidérable, qui tire en retour fes vins, fes huiles, fes fruits & autres denrées, & dont les flottes font toujours prêtes pour voler à fon fecours. Cependant la France doit entretenir, autant que poffible, une bonne harmonie avec le Portugal, tant pour s'approprier le plus qu'elle peut du commerce que les autres nations y font, & y augmenter le débit de ses manufactures, que pour prévenir que cette riche puissance n'assiste par des secours en argent la maison d'Autriche, lorsque celle-ci est en guerre avec la France. Car les liaisons de parenté formées par des mariages entre cette maison & celle de Bragance, inspirent à la cour de Portugal des sentiments très-favorables pour celle de Vienne. Elle ne sauroit l'assister de ses forces, mais bien de ses trésors; & c'est là précisément ce que la maison d'Autriche demande.

§ XLII.

Un des plus beaux coups d'état qu'ait jamais frappé le cabinet de Versailles, a été celui d'avoir placé une branche de la maison de Bourbon sur le trône d'*Espagne;* événement qui a commencé par éteindre cette longue haine nationale, & cette rivalité dans les intérêts politiques, entre les Espagnols & les François. Car, tant que des princes Autrichiens portoient la couronne d'Espagne, ils donnoient des entraves à tous les progrès de la France; & lorsque celle-ci projettoit de faire un pas vers son agrandissement, il sembloit que l'Espagne l'arrêtoit par quelque endroit. Mais quoiqu'en 1712 *Philippe duc d'Anjou* ait renoncé à tous ses droits au trône de France, & *Philippe duc d'Orléans*, petit fils de France, au trône d'Espagne, par les actes de renonciation les plus solemnels, & que par le traité d'Utrecht, l'Europe ait posé pour principe fondamental & irrévocable à perpétuité, que les couronnes de France & d'Espagne ne pourront jamais être réunies sur un même chef, les autres puissances n'ont pu empêcher cependant, que deux princes d'une même

K ij

maifon ne fuffent unis de cœur & d'intérêt, & que des mariages formés depuis dans la même famille, ne cimentaffent cette union & n'en refferraffent de plus en plus les nœuds. Car, lorfqu'on confidere que les royaumes de France, d'Efpagne, de Naples, de Sicile, le duché de Lorraine & de Bar, Parme & Plaifance, une partie de la Lombardie, & les Indes, font poffédées aujourd'hui par la maifon de Bourbon; le refte de l'Europe ne fauroit affez être fur fes gardes, & l'on ne doit pas trop fe fier à cette feuille de papier qu'on appelle *traité*. Il eft encore de la politique françoife, de fortifier de plus en plus cette union par de nouveaux mariages, & de ménager adroitement l'amitié des rois & du miniftere d'Efpagne. Ce royaume a d'ailleurs un befoin effentiel de toutes fortes de marchandifes que la France peut lui fournir fort avantageufement, & même avec plus de facilité que l'Angleterre; auffi voit-on, que les François ont débufqué les Anglois du commerce de l'*Affiento*, ou de la traite des negres, objet plus confidérable qu'on ne penfe, fans parler du refte.

§ XLIII.

Envers l'Angleterre. Prefque depuis la formation des empires modernes, l'Angleterre a été la rivale conftante de la France; les démêlés de ces puiffances, & l'antipathie naturelle entre les deux nations, ont fait couler des flots de fang, fans pouvoir éteindre leur animofité. Cette rivalité eft encore aujourd'hui fondée fur divers principes, dont voici les plus importants. 1°. La fituation locale & le voifinage des deux royaumes, fource de mille différends entre les peuples. 2°. Les anciennes prétentions de l'Angleterre fur plufieurs provinces de la France, comme la Normandie, la Bre-

tagne, la Guienne, les villes de Calais, Dunker-
que, &c. 3°. Le titre de *Roi de France*, que
le roi d'Angleterre conferve toujours parmi les
fiens. 4°. La domination fur la mer, que chacune de ces deux puiffances cherche à s'arroger. 5°. Les efforts des deux nations pour faire
fleurir leurs manufactures, leur commerce & leur
navigation, l'une à l'envi de l'autre. 6°. Les
poffeffions des Anglois & des François aux Indes, & fur-tout en Amérique, dont les limites
ne font pas bien déterminées. 7°. Les richeffes
de l'Angleterre, qui lui donnent une puiffance
acceffoire très-confidérable, & une grande influence dans les affaires générales de l'Europe,
dont elle maintient prefque feule la *balance*. 8°. La
différence de religion, qui devient ici un objet
politique; en un mot, tout ce qui eft capable de
divifer deux peuples, fubfifte entre la France &
l'Angleterre. De ces différents motifs de difcorde, les intérêts de commerce, & les poffeffions
en Amérique mutuellement conteftées, font les
plus puiffants; & l'on ne voit pas trop qu'ils puiffent jamais être terminés à fond. L'Angleterre
ne peut fe paffer du commerce que la France
lui enleve de plus en plus, parce que les François fourniffent au refte de l'Europe la plupart
des marchandifes d'Afie & d'Amérique à un prix
fort inférieur à celui des Anglois. La raifon de
cette différence de prix eft palpable. Les marchandifes qui viennent de loin, font fort renché-
ries par les fraix de tranfport. Or le navigateur
Anglois eft accoutumé à s'entretenir & à fe nourrir très-bien, tandis que le François vit fort frugalement fur fon bord, & par conféquent la moindre dépenfe de ce dernier met fon patron en état
de vendre fes marchandifes à meilleur marché;
& comme cette caufe eft prefque phyfique, &

fondée dans le caractere national, il n'eſt gueres
poſſible de porter aucun changement à cet article, ſans réformer tout un peuple. Il ſemble que
la France ait peu à craindre de l'Angleterre en
Europe , mais beaucoup dans les Indes. Une
guerre directe entre ces deux nations, ne peut
jamais commencer que par mer. Suppoſons que
la flotte françoiſe fût battue, les Anglois n'en
retireroient d'autre avantage que de pouvoir in-
ſulter & bombarder quelques ports ; car du reſté,
la France eſt trop bien gardée par ſes fortereſſes
& par le grand nombre de troupes qu'elle entretient par le ban & l'arriere-ban qui ſe convoque au moindre danger , pour craindre qu'on
puiſſe faire des invaſions & des conquêtes ſur
elle ; mais comme les Anglois peuvent être les
maîtres ſur la mer, s'ils le veulent bien ſérieuſement , ils pourroient détruire la marine françoiſe; & cette ruine ſeroit non-ſeulement un coup
mortel pour la navigation & le commerce de
ceux-ci, mais auſſi très-funeſte à leurs poſſeſſions
en Amérique , où l'Angleterre a déja de grandes
colonies, & où ſes établiſſements ſont ſoutenus
par beaucoup de troupes réglées qu'elle y entretient même en temps de paix. Il eſt donc de la
politique de la France, d'entretenir un habile miniſtre à Londres ; d'affecter toutes ſortes d'égards
extérieurs pour la nation Angloiſe, & de l'endor-
mir, s'il ſe peut, dans une grande ſécurité, pour
pouvoir, en attendant, augmenter tranquillement
ſon commerce aux dépens de celui des Anglois,
& affoiblir leur marine par une longue inaction.
Ce plan n'eſt pas toujours d'une exécution poſſible ; l'Anglois alerte en fait de commerce & de
politique, ſe réveille quelquefois, mais il ſe raſ-
ſoupit bientôt, & le miniſtere de Londres trop
ſouvent changé, ne ſuit pas toujours le même

fyftême. Nous avons vu ces deux puiffances rivales, quelquefois réunies par les alliances les plus
étroites, & entr'autres en 1729, par le fameux
traité de la quadruple alliance. Tant y a, que
des miniftres font quelquefois céder les intérêts
naturels & permanents à des intérêts momentanés.

§ XLIV.

La république des Provinces-Unies, confidérée Envers les
en elle-même, & comme ifolée, ne paroît gueres Provinces-
redoutable à la France ; mais elle le peut devenir Unies.
infiniment, lorfque, par des alliances, elle fe joint
à fes ennemis. Cette réflexion mérite d'être deve-
loppée. Lorfqu'on balance les forces réelles de ces
deux puiffances, on trouve une grande difpropor-
tion entr'elles. Étendue de pays, nombre & qualité d'habitants, fituation locale, revenus, reffources, armée, tout donne à la France un avantage immenfe fur la Hollande ; & les entreprifes que celle-ci
pourroit former contre elle, foit dans les mers de
l'Europe, foit dans celles des Indes, ne font gueres à craindre, parce que la France eft toujours
en fituation de s'en venger par terre, & de terraffer cette république, ainfi qu'on l'a vu en 1672,
en 1747, &c. Mais comme il y a plufieurs puiffances en Europe, jaloufes avec raifon de la grandeur
& des progrès de cette monarchie, la Hollande
peut facilement s'allier à celles-ci, & en multi-
pliant le nombre des ennemis de la France, lui
porter des coups très-dangereux, comme l'expérience l'a prouvé dans la *guerre de fucceffion* au
commencement de ce fiecle. Nous ferons voir
en fon lieu, que cette république eft extrêmement formidable en Afie, qu'il ne tient qu'à elle,
d'avoir une puiffante marine, & qu'ayant à fa tête
un *Stadhouder* habile, il lui feroit aifé d'enlever
à la France fes poffeffions aux Indes orientales,

& de donner de furieux échecs à sa marine en Europe. La rivalité d'ailleurs pour le commerce, n'est pas auffi grande entre ces deux nations, qu'elle l'est entre la France & l'Angleterre. Le commerce des François aux Indes orientales diffère de beaucoup de celui des Hollandois, qui y poffedent tous les pays qui produifent les épiceries, dont ils font un trafic exclufif, & en pourvoient même la France. Ils tirent de plus, de ce royaume même, quantité de vins, d'eau-de-vie, d'huiles, de fel, de fruits & d'autres marchandifes, tant pour leur propre ufage, que pour les revendre aux étrangers. Tout cela forme un commerce réciproque, dont l'utilité est mutuelle, & la balance toujours avantageufe à la France; quoique cette couronne ait accordé aux Hollandois plufieurs belles prérogatives dans les traités de commerce.

§ XLV.

Envers l'Italie. *L'Italie* ne fauroit faire un objet d'ombrage pour la France. Les républiques & les petits princes qui y réfident, feront toujours trop heureux, s'il ne prend pas envie aux François de paffer les Alpes, & de troubler leur tranquillité. Il est vrai cependant que, s'ils étoient tous bien unis, ils rendroient le paffage de ces montagnes fort difficile, fur-tout fi les trois plus grands princes, & qui ont le plus d'influence dans les affaires générales de l'Europe, s'uniffoient avec eux; je veux dire, *le Pape, le roi de Naples, & le roi de Sardaigne.* Car, bien que le Pape, à le confidérer comme un prince féculier, ne foit pas formidable, fa puiffance ne laiffe pas que d'être immenfe, relativement à fa dignité de *Chef de l'églife catholique.* La France doit ménager ce Pontife par trois raifons. 1°. Par l'influence qu'il a dans les affaires générales de l'Europe; 2°. par le crédit qu'il fait se ménager en Italie, & 3°. par l'autorité même dont il jouit en France. Car, quoique les privileges de l'églife Gallicane foient grands, & que le pouvoir du faint Siege à le confidérer extérieurement, ne foit pas confidérable en France, le Pape ne laiffe cependant pas d'avoir une influence directe dans toutes les affaires eccléfiaftiques, qui le conduit à une influence fecrete dans les affaires politiques. Les archevêques, les evêques, les prêtres, les moines, furtout les jéfuites, & en un mot tous les gens d'églife, font attachés par de certains liens au Pape; & que fera-ce, lorfque le premier miniftre eft revêtu de la pourpre?

Le roi de Naples eft un prince de la maifon de Bourbon, trop foible d'ailleurs pour pouvoir entreprendre quelque chofe contre la France, foit par mer, foit par terre. Cependant cette couronne doit tâcher de s'en faire toujours un allié propre à remplir fes vues.

Le roi de Sardaigne eft de tous les princes d'Italie, celui que la France doit le plus ménager. Il tient la porte de l'Italie, avec les principales forereffes qui en défendent l'entrée. Si fes forces ne font pas confidérables par elles-mêmes en conparaifon de celles de la France, il eft certain cependant, qu'il peut fe rendre formidable par fes alliances avec la maifon d'Autriche, les princes d'Italie & les puiffances maritimes. Enfin, pour les affaires d'Italie, il eft toujours en état de faire pencher la balance du côté où il fe tourne.

§ XLVI.

Les *Suiffes* pourroient fort incommoder la France, s'ils s'uniffoient avec d'autres puiffances; mais 1°. leur maxime n'eft point d'attaquer; 2°. ils

Envers la république helvétique.

font naturellement bons amis de la France, &
3°. ils ont grand nombre de leurs troupes au ſervice de cette couronne ; beaucoup plus même que chez les autres puiſſances. La France doit donc par les ſoins d'un habile miniſtre, entretenir l'amitié de cette république ; ce qui lui eſt d'autant plus facile, que divers cantons lui ſont entiérement dévoués, & que la Suiſſe en général ne ſauroit ſe paſſer de l'argent de la France.

§ XLVII.

Envers le corps germanique.

L'*Allemagne* doit néceſſairement occuper l'attention & la politique principale de la France. Nous verrons plus en détail quelles doivent être & les meſures & les vues de cette couronne, eu égard aux princes qui compoſent le corps germanique, lorſque nous examinerons la conſtitution, la forme, le gouvernement & les forces de l'Empire Romain. Nous nous contenterons de remarquer ici, que depuis *Rodolphe de Habsbourg*, la maiſon d'Autriche a été, pour ainſi dire, à la tête du corps germanique. Toute l'Europe s'eſt même accoutumée à l'enviſager comme le contre-poids de la maiſon de Bourbon ; & les puiſſances maritimes ſur-tout, ſe ſont fait une loi d'entretenir les forces de l'une & de l'autre dans un équilibre preſque égal, en ſoutenant celle qui paroiſſoit être la plus foible. De là eſt née une rivalité ouverte entre ces deux maiſons.

L'abaiſſement de celle d'Autriche eſt ſans contredit un des plus grands objets de la politique de la France ; auſſi a-t-on vu cette couronne y travailler depuis trois ſiecles. Il s'eſt donné plus de cent batailles pour le même but, ſans qu'il y ait eu un ſuccès décidé de part ou d'autre. À la mort de l'empereur *Charles VI*, dernier prince de la famille de Habsbourg, l'occaſion parut favorable pour la réuflite de ce plan. En effet, la dignité impériale qui avoit toujours fubfifté dans cette maifon, paffa dans celle de Baviere; & on eût dit, que le miniftere françois feroit les plus grands efforts pour empêcher qu'elle retournât jamais dans la maifon d'Autriche. Mais l'empereur *Charles VII* étant mort au commencement de l'année 1745, la cour de Verfailles fembla perdre entiérement de vue fon grand objet, & pouffant fes conquêtes du côté de la Flandre, elle ne s'oppofa que fort foiblement à l'élection de *François I*, grand-duc de Tofcane. C'eft ainfi que la dignité impériale eft rentrée dans la nouvelle maifon d'Autriche, fur laquelle eft entée celle de Lorraine. La poftérité aura de la peine à comprendre les raifons qui ont fait agir le miniftere françois d'une façon auffi peu conforme à fes grands & véritables intérêts. On a vu alors, peut-être pour la premiere fois, en France, que les cabales & les intrigues de la cour font capables de faire oublier le fyftême & l'objet principal de la politique.

Au refte, la France doit avoir pour but de foutenir toujours une autre grande maifon en Allemagne, qui puiffe contrebalancer celle d'Autriche. Dans le temps de la guerre pour la fucceffion d'Efpagne, elle crut que la maifon de Baviere feroit capable de remplir fes vues à cet égard. Mais l'expérience fit voir dans la fuite, & fur-tout dans la guerre qui éclata après la mort de l'empereur *Charles VI*, qu'on s'étoit trompé. S'il y a en Allemagne une maifon pour l'agrandiffement de laquelle la France doive s'intéreffer, c'eft fans contredit celle de Brandebourg, qui fans le fecours immédiat de fes alliés, a non-feulement arraché une des plus confidérables provinces à la maifon d'Autriche, mais qui a auffi remporté conftamment des avantages & des victoires fignalées fur les troupes Autrichiennes. Il importe donc à cette couronne de foutenir le roi de Pruffe en toute occafion, de s'en faire un allié naturel, & de concourir même à fon agrandiffement, fur-tout fi elle peut lui procurer quelque acquifition du côté feptentrional de l'Allemagne; car il ne feroit pas trop expédient pour elle, qu'il fe rendît trop formidable vers le Rhin. Enfin, la France doit entretenir des miniftres dans les cours électorales, à la diete de l'empire, & même chez les plus puiffants princes de l'Allemagne, afin qu'elle puiffe toujours s'ingérer dans leurs affaires, & fe faire des amis en leur rendant de petits fervices. Car il eft de la derniere importance pour la France, que le corps Germanique ne foit jamais bien uni, & qu'elle y ait conftamment un gros parti. Elle eft même fort en état de fe le procurer : car, outre que la raifon & l'expérience font voir qu'un corps de cette nature ne fauroit jamais être parfaitement d'accord, la France peut fe concilier l'amitié des princes Allemands en les foutenant contre le defpotifme de la maifon d'Autriche, & en les affiftant dans le maintien de leurs privileges.

§ XLVIII.

Envers les fouverains du nord. La Pologne.

Le *Nord*, malgré fon éloignement, ne laiffe pas que d'influer dans les affaires générales de la France. La *Pologne* a occupé plus d'une fois le cabinet de Verfailles, quoiqu'il n'y ait aucun commerce direct entre ce royaume & la France. Il feroit avantageux pour cette couronne, fi elle pouvoit placer fur le trône de Pologne un roi de la maifon de Bourbon. Auffi avons-nous vu, qu'elle a toujours pouffé fes deffeins de ce côté-là. *Henri III*, le dernier prince de la famille des Valois, fut roi de Pologne avant que d'être roi de France. Le cardinal de Polignac fe donna tou-tes les peines imaginables pour faire obtenir au prince de Conti cette couronne, lorfque le trône fut vacant par la mort de *Jean Sobieski*. Après le decès du roi Augufte I, il n'y eut forte de mouvements que la France ne fe donna, pour faire élire en fa place *Staniflas Lefchinski*, dont Louis XV étoit le gendre. Si jamais un pareil cas exiftoit, la puiffance de la France en acquer-roit un nouveau poids. Le feul moyen pour y réuffir, eft celui de la négociation foutenue par une abondante diftribution de ducats; ainfi que nous l'expliquerons plus amplement, en parlant de la Pologne & des conftitutions de cette ré-publique.

Le *Danemarck* eft en état de fournir à la Fran- Le Dane-ce, moyennant des fubfides, douze à quinze mille marck. hommes; c'eft pourquoi elle doit tâcher de s'en faire un allié. Ce pays d'ailleurs, tire beaucoup de marchandifes & de denrées de France, qui font payées principalement en lettres de changes fur Hambourg ou Amfterdam; ce qui eft d'un avan-tage infini pour le commerce de la France. Le Danemarck au furplus, tient le péage du *Sond* en commun avec la Suede; objet de très-grande conféquence pour tout le commerce du Nord. Par toutes ces raifons, & par plufieurs autres, il eft bon que la France ménage la cour de Copenha-gue, autant que cela eft compatible avec fes au-tres vues, fes alliances ou fes intérêts.

La *Suede* a été de tous temps amie & alliée La Suede. de la France. Une certaine conformité d'efprit & de caractere qui fe rencontre dans ces deux nations, mais encore plus un intérêt récipro-que affez facile à développer, ont cimenté cette union. On peut dire que les Suédois ont le cœur *fleurdelifé*, & la France leur a payé prefque fans interruption, des subsides pour dix à douze mille hommes de troupes. Ils ont préféré constamment les subsides de la France à ceux de l'Angleterre, lors même, que leurs troupes ont été marchandées à l'enchere par ces deux puissances. Il y a d'ailleurs un commerce réciproque entre ces deux nations : car la Suede fournit une infinité de choses nécessaires à la bâtisse des vaisseaux, & à la marine en général, dont elle pourvoit la France, qui lui envoie ses denrées & quelque peu de marchandises en échange. La Suede tient l'autre moitié du péage du Sond, dont nous venons de parler. Il s'ensuit donc que, pour toutes ces raisons, la France doit toujours ménager l'amitié des Suédois, & ne pas perdre un allié naturel. Nous ne parlerons pas ici de l'équilibre du nord, que nous expliquerons en examinant les intérêts des puissances qui le composent ; mais c'est toujours un motif de plus qui doit engager la France à faire tout au monde pour être maître des Suédois. Cette nation s'y prêtera d'autant plus volontiers, qu'elle a besoin de l'argent des François, & qu'il y a des régiments Suédois constamment au service de la France, pour resserrer d'autant mieux les nœuds de l'amitié.

La Russie. La *Russie* joue, depuis le regne de *Pierre I*, un grand rôle dans le monde. Elle a des armées nombreuses par le moyen desquelles elle est capable de faire réussir, ou de traverser bien des desseins, soit dans le nord, soit en Pologne, soit en Allemagne. La Russie entretient de plus, une flotte assez considérable, qu'elle pourroit faire agir non-seulement dans la Baltique, mais aussi dans la mer du nord, & ailleurs. Nous en avons vu l'exemple en 1733, lorsque le roi *Stanislas* se trouva assiégé dans la ville de Dantzig. Ce fut à cette occasion, que les troupes Françoises

& Moscovites combattirent la premiere fois les unes contre les autres au désavantage des premieres ; mais aussi le nombre des combattants étoit-il inégal. Il se fait d'ailleurs un commerce, quoique jusqu'ici peu considérable entre la France & la Russie. Il est donc naturel, que la France recherche son amitié. Elle en a si bien senti la nécessité, qu'elle vient de donner tout récemment le titre de *Majesté Impériale* à la Czarienne. Les liaisons entre ces deux puissances sont devenues si grandes, que même la révolution qui a placé l'impératrice aujourd'hui regnante sur le trône, a été fomentée & soutenue par la France. (*)

§ XLIX.

La *Porte Ottomane* entre pour beaucoup dans le systême françois. L'ambassadeur qui y réside, a le pas sur tous les autres ambassadeurs. En effet, les Turcs peuvent tenir trois états chrétiens en échec, savoir, *la Hongrie*, *la Russie* & *la Pologne*. Que ne doit-on pas faire pour l'avoir dans ses intérêts ? Je ne parle point de ce que la Porte pourroit, eu égard à la république de Venise, au roi de Naples & à l'Italie en général. Elle aura de grandes influences dans les affaires de l'Europe, toutes les fois qu'elle s'en avisera ; mais c'est un ours qu'il ne faut pas déchaîner sans la derniere nécessité. (†) Trop heureux que les Turcs ne soient pas gens à tenter facilement des conquêtes ! La France a d'ailleurs un commerce fort considérable en Turquie, à Smirne & dans toutes les échelles du Levant. Il

Envers la Porte Ottomane.

(*) Il est arrivé depuis quelque changement dans ces dispositions réciproques. *Note de l'éditeur.*

(†) La Russie le fait danser maintenant. *Note de l'éditeur.*

eſt donc de ſon intérêt de ménager l'amitié de la Porte, & l'on voit qu'elle y réuſſit. Cependant il importe pour le bien de l'Europe, que la France & tous les princes chrétiens, à ſon exemple, traitent les Turcs avec fierté, pour ne pas les laiſſer empiéter, & cauſer par-là des maux qui ſeroient peut-être irréparables.

Je ne parle point des *Algériens*, *Salétins*, & autres Pirates de la côte de Barbarie. Il n'y a pas de grande politique à obſerver avec eux; & la France eſt en état de les châtier, lorſqu'ils ne reſpectent pas ſon pavillon. (*)

(*) Mr. Bielfeld n'a pas indiqué les auteurs qu'il faut conſulter ſur la France. Cette énumeration ſeroit trop longue & ſuperflue. Le préſident *Henault* peut ſervir ſeul de guide, quoiqu'il ne ſoit pas infaillible. *Note de l'éditeur.*

CHAPITRE IV.

DE L'ANGLETERRE.

§ I.

Grande-Bretagne.

L'Angleterre & l'Ecoſſe réunies enſemble forment le royaume de la *Grande-Bretagne*, qui eſt un des plus conſidérables de l'Europe par ſon étendue, par ſa ſituation, par ſes richeſſes, par ſes poſſeſſions dans les Indes, par ſon commerce, par ſa navigation, par ſes flottes, & par ſon crédit chez les autres nations.

Angleterre.

L'Angleterre en ſon particulier a ſoixante milles d'Allemagne de largeur, à compter depuis l'occident juſqu'à l'orient, & quatre-vingt de longueur, du midi au ſeptentrion.

L'Ecoſſe

L'Ecosse a soixante milles de long du midi au Ecosse. septentrion, sur quarante de large de l'occident à l'orient. Ces deux royaumes ne font qu'une seule isle.

L'Irlande est une autre isle séparée de l'An- Irlande. gleterre par un détroit. Elle a du midi au septentrion près de soixante milles de longueur, & trente milles de largeur de l'occident à l'orient.

§ II.

Il n'est pas besoin de prouver, que la Grande- Avantages Bretagne est formidable par cette situation. Cha- de la situacun sent, qu'un rempart formé par la mer, doit tion. mettre ce royaume à l'abri de toute insulte, pourvu que sa marine soit bien entretenue.

La mer qui environne cette isle, fait encore qu'elle peut se passer d'un grand nombre de rivieres; aussi ne trouvons-nous en Angleterre aucun fleuve considérable, si l'on en excepte la Tamise, qui peut passer pour un des plus beaux du monde, par sa largeur, par son égale profondeur, par ses superbes bords, & par l'immense quantité de navires, dont il est sans cesse couvert. La Tamise est le soutien de Londres, la premiere ville de l'univers pour le commerce & pour la navigation.

§ III.

Les productions du pays consistent en grains, Producsur-tout en froment, car on n'y seme presque point tions. de seigle; en orge, houblon & autres ingrédients nécessaires pour brasser la meilleure biere du monde; en laine, en plomb, en étain, &c. Le vin n'y croît point, non plus que l'huile : le bois, sur-tout celui de chêne, y est admirable, mais en petite quantité. Les chevaux, les bœufs, les moutons, & tous les bestiaux en général y sont excellents. Au reſte, le terroir y eſt admirable, & la température de l'air fort douce. Toutes les choſes néceſſaires à la vie y viennent; mais il n'y en a pas aſſez pour en fournir à d'autres pays. Il s'enſuit, que ſi l'Angleterre n'avoit que les productions naturelles de ſon terroir pour ſervir de matiere & de fond à ſon commerce, ce commerce ſeroit peu de choſe.

§ IV.

Manufac-
tures.

Mais les manufactures & la navigation ſuppléent abondamment à tout ce qui peut manquer aux Anglois du côté des productions. Quant aux manufactures, il ſe fabrique en Angleterre les meilleurs draps, & en général les meilleures étoffes de laine de l'Europe. Les draps Anglois ſont de deux eſpeces. Les plus fins ſont faits de laine d'Eſpagne, & les draps communs de laine du pays. Il n'y a pas de nation qui ſache ſi bien tirer parti des laines de Ségovie; & voilà pourquoi ſes draps fins ſont ſi fort recherchés. Les draps communs le ſont par un autre côté, qui eſt le bon marché à proportion de la bonté. Car comme il eſt défendu ſous peine de la vie de faire ſortir une once de laine d'Angleterre, les fabricants s'en ſervent avec un avantage infini, & c'eſt ce qui encourage ſi fort leurs manufactures, ſur-tout celles qui ſont établies dans le comté d'*Yorck* & aux environs d'*Exom*. On prétend même que les ſeigneurs de la chambre-haute ſont aſſis ſur des eſpeces de ſophas, ou ſacs de laine, pour les faire ſouvenir de la loi qui défend l'exportation des laines, & du grand objet de la politique Angloiſe, qui eſt l'encouragement des manufactures. Les fabriques de ſoie, de demi-ſoie, de camelots, d'étoffes de poil de chevre, de bas, de toiles de coton imprimé, y ſont fort bonnes; & il s'en fait un débit pro-

digieux. Les Anglois travaillent encore admirablement bien toutes fortes de bijouteries, de même
qu'en acier, en bronze, en ménuiferie, & en
cuir. Ils font des montres excellentes & toutes
fortes d'ouvrages d'horlogerie, des verres, des
glaces, des chapeaux, des harnois pour les chevaux, des inftruments de toute efpece; & font
tout cela dans la plus grande perfection. Ils impriment très-bien, & ont d'affez bons graveurs.
J'ai remarqué cependant, qu'ils n'excellent pas
dans le deffin, & il eft fingulier que l'Angleterre
n'ait jamais produit aucun célebre peintre ou fculp-
teur. Ceux qui y ont travaillé avec fuccès étoient
étrangers. Au refte, on peut dire que les Anglois finiffent tous leurs ouvrages parfaitement,
& avec une exactitude infinie. Ils n'ont pas tout
le goût ni l'invention des François. Toutes ces
manufactures en général forment la feconde branche du commerce des Anglois.

<h2 style="text-align:center">§ V.</h2>

Mais le troifieme article, & qui eft le plus confidérable, c'eft leur navigation qui furpaffe toutes
celles des autres nations du monde. Situés prefque au milieu de l'Europe, fur un détroit par où
les vaiffeaux qui font route vers l'orient ou vers
l'occident, font obligés de paffer; ayant quantité
de bons ports, & une côte très-sûre, ils font en
état d'étendre leur commerce dans toutes les parties du monde. D'ailleurs, tout ce qui a du rapport à la navigation, foit pour l'intelligence de
la marine, foit pour la conftruction des vaiffeaux,
eft porté au plus haut point de perfection en Angleterre. La mer en un mot eft l'élément des Anglois, & ils en favent profiter. Ils vont dans le
Nord acheter les bois, le goudron, le chanvre,
le fer, le cuivre & les autres productions du pays.

Naviga-
tion.

Les villes de Hambourg & de Brême, leur fourniffent les toiles, & en général tout ce que produit l'Allemagne. Ils tirent de France du fel, des
fruits & du vin, mais le moins qu'ils peuvent.
L'Efpagne leur donne auffi quelques vins, de
l'huile, des laines, des fruits, & autres denrées.
L'Italie leur livre des marbres, des citrons, des
oranges, des vins, des confitures & d'autres frian-
difes. Le plus grand commerce eft avec le Portugal, dont ils prennent prefque tous leurs vins,
leurs fruits & autres denrées du crû de ce royaume. Ils renvoient dans tous ces endroits, ou des
ouvrages des manufactures d'Angleterre, ou des
marchandifes des Indes, ou de celles qu'ils ont
achetées des autres nations. Ces échanges perpétuels, cette circulation continuelle, forment le
commerce immenfe des Anglois; & comme ils
débitent prefque par-tout plus qu'ils n'achetent, ils
tirent l'excédent, ou en bonnes lettres de change,
ou en or & en argent en barre, & ce furplus du
bilan général devient la fource des richeffes que
l'Angleterre accumule tous les ans, & qui lui fourniffent les moyens de figurer dans l'Europe.

§ VI.

Poffef-
fions dans
les deux
Indes.

    Après avoir parlé du commerce des Anglois,
voyons quelles font leurs poffeffions dans les Indes tant orientales qu'occidentales, fur lefquelles
ce commerce eft en partie fondé.

    Ils ont en *Afrique* 1°. le Capo Corfo; 2°. Enia-
chan dans la Guinée; & 3°. l'ifle de Ste. Hélene.

    En *Afie*, ils ne poffedent pas de vaftes pro-
vinces, ni des forterefles confidérables. Ils ont
un commerce fort important à Sumatra, fur la
côte de Coromandel, & fur celle de Malabar.
On a bâti par-ci par-là de petits forts pour la
fûreté de ce commerce.

En *Amérique*, & fur-tout dans la partie feptentrionale , ils ont 1°. Terre-Neuve ; 2°. la
Nouvelle-Angleterre ; 3°. la Nouvelle-Ecoffe ;
4°. la Nouvelle-Yorck ; 5°. le Nouveau-Jerne-
fey ; 6°. la Penfilvanie ; 7°. le Mariland ; 8°. la
Virginie ; 9°. la Caroline ; 10°. la Baie de Hudfon ; 11°. l'ifle de la Jamaïque ; 12°. les Barbades ;
13°. les Barbudes ; 14°. Ste. Luce ; 15°. Saint-
Vincent ; 16°. St. Dominique ; 17°. Antejo ;
18°. Montferrat ; 19°. Néwis ; 20°. St. Chriftophe ; 21°. Anguila ; 22°. Bahama ; 23°. & les
Bermudes.

Le trafic que les Anglois font dans toutes ces
colonies, forme la quatrieme branche de leur
commerce ; & pour le faire avec d'autant plus
de fuccès, ils ont établi différentes compagnies.
La premiere eft la fameufe compagnie des Indes
orientales, qui a un fond d'un million & demi
de livres fterlings. Le commerce qu'elle fait, s'é-
tend depuis l'Arabie jufqu'à la Chine ; & on a
établi dans tout ce vafte chemin de bons comptoirs pour la facilité de ce négoce & de la navigation.

Le commerce de l'Afrique commence à Salé,
& s'étend jufqu'au Cap de Bonne-Efpérance. Il
fe fait également par une compagnie octroyée.

Pour celui de l'Amérique, ils ont établi la compagnie des Indes occidentales ; & dans toute l'A-
mérique feptentrionale les colonies en dépendent.

On peut appeller une cinquieme branche du
commerce, celui qu'ils font en Turquie & dans
les Echelles du Levant. La fameufe reine Elifabeth a établi pour cet effet la compagnie du Levant, avec un fond confidérable. Voilà qui peut
fuffire pour donner une idée générale du commerce des Anglois.

§ VII.

Autres
poffef-
fions.

Indépendamment des poffeffions dans les Indes , l'Angleterre a encore l'Ifle de *Minorque*
dans la mer Méditerranée , & la forterefle de
Gibraltar, fur le détroit du même nom. Elle
poffede auffi les ifles de *Jernefey* & de *Jarfey*
dans le canal fur les côtes de France.

§ VIII.

Popula-
tion.

L'Angleterre en particulier eft extraordinairement peuplée. La feule ville de Londres contient
au-delà d'un million d'habitants. Mais auffi doit-
on convenir que cette capitale eft trop grande en
comparaifon du refte de l'état. C'eft une tête
monftrueufe fur un corps de médiocre grandeur.
Londres attire , pour ainfi dire , toute la nation
dans fon fein; elle dépeuple la campagne , & ab-
forbe le commerce du refte du royaume. C'eft
un défaut qu'elle a de commun avec Amfterdam, qui ruine les autres villes de la province de
Hollande. Malgré cela, on ne fauroit dire que
le refte des villes & des provinces de l'Angleterre foit défert. Les villes de Briftol, d'Exom,
d'Yorck, & grand nombre d'autres, fourmillent
d'habitants. Les calculateurs politiques ont fupputé
autrefois qu'il y avoit dans tout le royaume dix
mille paroiffes, & environ fix millions d'ames.
D'autres ont calculé plus jufte, & ont fait voir
depuis, que l'Angleterre contenoit deux millions,
trois cents trente mille, quatre cents & vingt
familles, ce qui feroit près de douze millions
d'habitants, en comptant feulement cinq perfonnes par famille. On diroit au premier coup d'œil,
que cette multitude d'habitants pourroit bien fournir à l'état cinq cents mille foldats; mais on fe
tromperoit en formant un femblable calcul, &

en voici les raisons. 1°. C'eft un décompte ordinaire que celui des femmes, des vieillards, des
enfants, & en général de toutes les perfonnes
qui ne font pas en état de porter les armes.
2°. Les manufactures des Anglois occupent un
très-grand nombre d'ouvriers, que l'on ne fauroit employer à la guerre fans ruiner de fond
en comble le commerce, & par-conféquent le
foutien de la nation. 3°. Un très-grand nombre
d'Anglois fe deftinent au commerce en général.
4°. Il y a conftamment une prodigieufe quantité
d'hommes qui fervent à la navigation, & font
ainfi répandus dans toutes les mers ou dans tous
les ports du monde. 5°. La marine de l'état même
exige un nombre confidérable de matelots. 6°. Les
colonies dans les Indes emportent quantité d'Anglois. 7°. Un très-grand nombre d'hommes travaillent dans les chantiers & à la bâtiffe de vaiffeaux. Je ne parle point de ceux qui font employés à cultiver la terre, parce que cela eft ordinaire à toutes les nations; mais il eft certain
que, par toutes ces raifons, l'Angleterre ne peut
gueres entretenir en temps de paix au-delà de
trente-deux mille hommes de troupes de terre,
& un nombre confidérable de matelots à la paie
de l'état.

§ IX.

Les levées pour les troupes fe font avec une Troupes.
facilité étonnante ; mais pour le fervice de la mer,
on eft obligé d'enrôler les matelots par force,
& de les prendre à bord des navires marchands,
ou ailleurs, quelque part qu'on les trouve. Cette
nation, d'ailleurs fi jaloufe de fa liberté, fouffre
cet ufage, & ne le regarde point comme une
violence, parce que le parlement le veut ainfi,
& que le falut de l'état l'exige. Mais le com-

merce en fouffre infiniment, parce que la navigation fe trouve par-là interrompue. Quant aux troupes de terre, trente mille hommes paroiffent fuffire pour garder l'Angleterre & garantir cette ifle de toute infulte, les flottes étant naturellement obligées de faire le refte. Nous fommes dans l'idée que tous les peuples du monde font braves, lorfque leurs armées font bien difciplinées & bien menées; mais on peut dire des Anglois en particulier, qu'ils font intrépides, ardents, & vifs dans l'attaque, pour ne pas dire furieux. Mais ils ne paroiffent pas propres pour effuyer les incommodités & les fatigues de la guerre, étant trop accoutumés à vivre chez eux dans l'abondance. Les troupes Angloifes font bien payées & bien habillées; elles ont de belles armes, & la cavalerie eft parfaitement bien montée. En temps de paix la difcipline eft fort relâchée en Angleterre; mais elle eft extraordinairement févere en temps de guerre, fur-tout quand les troupes ont paffé la mer. Cette maxime cependant n'eft pas trop bonne; car il faut accoutumer de bonne heure à la difcipline qu'on eft obligé d'obferver enfuite au befoin.

§ X.

Marine. Rien n'eft plus beau, plus parfait, ni mieux entendu & entretenu que la marine des Anglois. Leurs vaiffeaux font admirablement bien conftruits : le bois, la ferraille, les cordages, & tous les autres matériaux font choifis. On ne fauroit croire combien les Anglois raffinent fur tout ce qui a du rapport à cet objet, qui eft le premier pour cette nation. Leurs vaiffeaux de guerre font bâtis fort pointus vers la proue, & larges vers la pouppe. Cela fait qu'ils fendent mieux les vagues & font excellents voiliers. Les vaiffeaux François

& Hollandois, au contraire, font larges & arrondis par la proue, ce qui les rend plus lourds. Cette différence de coupe produit l'effet que voici. Les vaiſſeaux Anglois, par la nature de leur conſtruction, jointe à la perfection de la manœuvre Angloiſe, virent & revirent avec une agilité étonnante, préſentant à chaque inſtant un autre bord, & lâchant de fréquentes bordées. Mais, d'un autre côté, les Hollandois & les François font plus fermes ſur l'eau : ſemblables à des châteaux flottants, ils réſiſtent mieux aux efforts du canon ennemi, & font fort difficiles à ébranler. Cependant les plus habiles marins préferent les vaiſſeaux Anglois. Quant à l'équipape, il faut remarquer que la navigation ordinaire des Anglois forme leurs matelots, que l'on enrôle par force, (ainſi que nous venons de le dire) pour le ſervice des flottes en temps de guerre. L'Angleterre a une double pépiniere de ces matelots. L'une eſt le commerce des charbons de terre, que de petits navires vont chercher à Newcaſtle & dans les autres ports de l'Ecoſſe, pour les tranſporter en Angleterre, & dont il y a toujours une prodigieuſe quantité en mer. La ſeconde pépiniere eſt la pêche de la morue, que les bâtiments Anglois vont prendre à Terre-Neuve pour la vendre en France, en Eſpagne & en Portugal, ſur-tout vers le temps du carême. C'eſt dans ces deux navigations que ſe forment les mariniers Anglois, & qu'ils font leur apprentiſſage. Au reſte, ce ſeroit un grand malheur pour l'Angleterre, ſi par une guerre funeſte, & par des échecs réitérés, le fond de ſes matelots venoit à s'épuiſer. Car on ne recrute pas auſſi facilement pour le ſervice de la mer que pour les troupes de terre. Il faut un temps infini pour dreſſer un matelot, pour le mettre en état d'entendre la manœuvre, & de ſervir ſur un vaiſfeau. Ce n'eſt même qu'au détriment du commerce, qu'on eſt obligé d'enlever les matelots des navires marchands. Cependant, dans un extrême beſoin, l'Angleterre auroit une derniere reſſource en tirant des manœuvres de la côte de Barbarie.

§ XI.

Revenus. Les revenus de l'Angleterre ſont immenſes; & il eſt impoſſible d'en déterminer la ſomme; car le gouvernement trouve toujours un moyen de ſe procurer autant d'argent qu'il veut. Il s'agit ſeulement d'avoir le conſentement du parlement pour les ſubſides dont le roi a beſoin; on n'eſt jamais fort embarraſſé des fonds d'où on les peut tirer. La nation entretient les troupes, la marine, & paie toutes les dépenſes du royaume. La caiſſe nationale deſtinée à cet uſage, ſe nomme l'*échiquier*, ou le tréſor royal, qui eſt dirigé par un chancelier & pluſieurs commis, dont les emplois ſont fort lucratifs. C'eſt auſſi la nation qui donne au roi une ſomme par an pour ſon entretien & pour celui de ſa maiſon. On appelle cet état la *liſte civile*. Il eſt aſſez ſingulier que le roi ait la liberté de contraĉter des dettes ſur ce fond, & qu'en cas de mort le ſucceſſeur au trône ne ſoit pas obligé de les acquitter. Ceux qui ſeroient dans l'idée d'épuiſer les finances d'Angleterre, ſe tromperoient fort, & ne pourroient qu'être étrangement ſurpris en voyant après pluſieurs années d'une guerre ruineuſe, que le parlement accorde au ſouverain des ſommes immenſes & les trouve preſque ſans peine. Deux ſources intariſſables produiſent cette abondance : c'eſt le commerce & le crédit public. Le commerce ne ſauroit qu'apporter de prodigieuſes richeſſes dans le royaume; & il ne faut aucune démonſtration pour le prouver. Le crédit eſt le pivot ſur lequel roulent les fonds publics; & c'eſt là la ſeconde reſſource. Il n'y a gueres de pays dans l'Europe dont les ſujets n'aient placé beaucoup de capitaux dans les fonds d'Angleterre. Le ſeul canton de Berne y a des ſommes prodigieuſes. On ſait que la Hollande a conſidérablement gagné par ſon commerce, & que les intérêts y étoient fort bas, tandis qu'ils étoient aſſez hauts en Angleterre pour être employés dans les actions. Il eſt incroyable combien d'argent l'Angleterre a attiré par ce moyen; & on diroit que preſque toutes les richeſſes de l'Europe ſont venues ſe perdre dans cet abyme. Il faut conſidérer d'ailleurs, que les principales guerres où l'Angleterre peut s'engager, ſe font par mer, & que toute guerre par mer ne coûte preſque rien à cette nation. Les vaiſſeaux ſe conſtruiſent dans le royaume, les proviſions s'y font de même, & le matelot auſſi-bien que le ſoldat qui eſt employé ſur la flotte, ne ſauroit dépenſer ſa paie que ſur ſon bord. Or tout cet argent retourne en Angleterre, & il n'en paſſe pas un ſol chez l'étranger. On pourroit même dire, qu'il en revient un profit au total de la nation par la circulation des eſpeces. Deux choſes ſont onéreuſes à l'Angleterre : *la guerre* qu'elle eſt obligée de faire quelquefois dans le continent, & *les ſubſides* qu'elle paie preſque continuellement aux puiſſances alliées pour les troupes étrangeres. C'eſt là un argent qui ſort réellement de la maſſe générale répandue dans le royaume.

Les dettes de la nation, à la vérité, ſont exorbitantes; & il y a d'habiles calculateurs qui prétendent, que l'Angleterre n'auroit pas de quoi les acquitter, quand même on vendroit tout le royaume arpent par arpent, en y ajoutant les effets réels qui s'y trouvent. Mais la politique Angloiſe ne s'en embarraffe gueres; & bien-loin d'envifager ces dettes comme un mal, elle y fait confifter fa profpérité & fes reffources. On a cependant établi un fond pour le paiement de ces dettes, que l'on nomme le *Sinckingfond*, ou fonds d'amortiffements; mais dans les befoins cet établiffement eft une nouvelle reffource, & fournit de nouveaux fonds à emprunter.

Ce qui contribue beaucoup à foutenir le crédit public en Angleterre, & à faciliter le commerce, c'eft l'établiffement de la banque publique. C'eft là où les richeffes des Anglois font, pour ainfi dire, en dépôt; & ils en difpofent, moyennant un billet de banque payable au porteur, qu'ils appellent dans leur langue *A banknote.*

§ XII.

Forme du gouvernement. La forme du gouvernement eft mixte, c'eft-à-dire, qu'elle tient de la monarchie, de l'ariftocratie & de l'oligarchie. Car le peuple a le droit d'élire fes députés au parlement : ce parlement eft compofé des grands du royaume, qui gouvernent l'état, & le roi regne fur toute la nation. C'eft un proverbe commun en Angleterre, de dire : *le roi regne, le parlement régit, & le peuple élit.* Développons ces idées. On fait qu'il y a huit droits que l'on nomme *régaux*, ou *droits de Majefté*, affectés à la fouveraineté; favoir, 1°. de faire la paix; 2°. de déclarer la guerre; 3°. d'exercer la juftice; 4°. de nommer aux magiftratures & aux autres emplois civils & militaires; 5°. d'envoyer & de recevoir des ambaffadeurs; 6°. de faire des traités & des alliances; 7°. de régler la légiflation; & 8°. de difpofer des impofitions & des finances. La nation Angloife a partagé ces droits régaux avec fes monarques; en forte que les fix premiers font demeurés au roi, & que les deux derniers ont été réfervés à la nation. Pour faire donc des loix d'autant plus falutaires, & afin que le peuple ne fût point accablé par des taxes in-juftes ou inutiles, on a établi un parlement qui dirige ces deux parties effentielles du gouver-nement.

Ce parlement fe divife en *Chambre-baffe* & en *Chambre-haute*. La chambre-baffe eft compofée de 558 membres; favoir, 513 pour l'Angleterre, & 45 pour l'Ecoffe, qui font les repréfentants des comtés & des villes des deux royaumes. Ces membres font élus par tous les citoyens; & c'eft en quoi confifte l'autorité du peuple. La chambre-haute eft compofée des archevêques, des ducs & pairs de la Grande-Bretagne, des évêques, des marquis, comtes, vicomtes, barons; favoir, 188 pour l'Angleterre, & 16 pour l'Ecoffe, fai-fant en tout 204 perfonnes. Toutes les réfolu-tions qui fe prennent au parlement, font foumi-fes à l'approbation du roi; & lorfque ce monar-que y a donné fon confentement, on appelle le réfultat *un acte de Parlement*, qui devient auffi-tôt une loi fondamentale, à laquelle les Anglois ont coutume d'obéir aveuglément, & même fans répugnance. Les propofitions fe font d'abord à la chambre des Communes; & paffant de là par celle des feigneurs, elles parviennent jufqu'au roi. Les réfolutions doivent paffer à la pluralité des voix, & toutes les affaires font débattues *verba-lement* avant que de voter. Depuis le regne de *George I*, le roi a prefque toujours été le maître du parlement, & l'a fait entrer dans toutes fes vues; ce qui auparavant fouffroit beaucoup de difficultés. Le chevalier *Robert Walpole*, qui mou-rut comte d'Oxford, & qui fous le regne des deux derniers rois faifoit les fonctions de premier miniftre, & en avoit tout le crédit, étoit l'homme du monde qui connoiſſoit le mieux l'état, les loix, le fort & le foible du royaume, & le génie de la nation. Il trouva d'abord le moyen de rendre le roi maître des voix dans la chambre des Communes ; ce qui eſt l'eſſentiel. Par des largeſſes & par des emplois conſidérables, il gagna ce qu'on appelle en Angleterre *une grande majorité en faveur de la cour.* Etant une fois parvenu à ce but, il obtint du parlement non-ſeulement les deniers néceſſaires pour les beſoins de l'état, mais encore le ſurplus néceſſaire pour faire élire au parlement prochain des créatures de la cour, & pour gagner encore les nouveaux membres qui pourroient lui être contraires. Cette maxime s'eſt toujours pratiquée depuis ; & le miniſtere met d'abord les nouveaux membres du parlement dans ſes intéfêts, ſoit en leur faiſant entrevoir des emplois lucratifs, ſoit en leur diſtribuant le reſte des fonds que le parlement précédent avoit accordé au roi. Il faudroit une affaire qui révoltât horriblement la nation pour détruire cette amorce, & pour faire échouer les projets de la cour. Au reſte, on fait que le parlement ſe renouvelle tous les ſept ans, & qu'il tient ſes ſéances depuis le mois de novembre juſqu'à la fin d'avril. La convocation auſſi-bien que la prorogation, dépend du roi.

§ XIII.

Droits du roi & leur limitation.

Quoique nous ayions dit plus haut, que le roi exerce ſix droits régaux, ſon pouvoir eſt cependant limité à cet égard par les loix fondamentales du royaume, & par des raiſons de politique qu'il eſt obligé de mettre en uſage pour ſe concilier l'affection du peuple. C'eſt ainſi qu'il a le pouvoir de déclarer la guerre, ou de conclure la paix, mais il ne fait ni l'un ni l'autre ſans avoir

consulté le parlement, dont il a besoin pour les
subsides nécessaires à l'entretien des troupes &
aux autres dépenses. Il dispose des charges civiles
& militaires ; mais après avoir donné un emploi,
une pension, &c. il ne sauroit en dépouiller celui
qui en est une fois en possession, à moins que ce
ne soit un mauvais sujet qui ait commis quelque
crime condamné par les loix, & qui par conséquent, en soit privé par les tribunaux de justice.
Il signe & confirme toutes les sentences criminelles ; il peut faire grace, mais il ne sauroit aggra-
ver une sentence. En général un roi d'Angleterre
peut faire autant de bien qu'il en veut, mais il
ne sauroit faire directement du mal à personne.
Il peut enfin conclure des traités & des alliances
avec les autres souverains ; mais ces traités font
mis ensuite sous les yeux du parlement, qui les
examine soigneusement, & en fait connoître son
sentiment au roi avec beaucoup de liberté. Le
roi au jour de son sacre, est obligé de confirmer
par serment les constitutions du royaume, & de
s'engager à les maintenir, & à les faire servir de
base à son gouvernement.

§ XIV.

Au reste, les affaires publiques ou étrangeres *Affaires*
font mises en délibération dans un conseil-privé ; *étrange-*
& les secretaires d'état les expédient. Il y a deux *res.*
secretaires d'état, un pour la partie méridionale
de l'Europe, & l'autre pour la partie septentrionale. Le conseil de guerre est pour les affaires
militaires ; le bureau de l'amirauté pour la marine ; le chancelier de l'échiquier est à la tête des
finances, & le grand-chancelier est le chef des
affaires de justice.

§ XV.

Clergé &
religion.

Quoique les Anglois foient de tous les peuples du monde le moins fujet aux préjugés, & celui qui penfe le plus librement, l'état eccléfiaftique y eft cependant fort refpecté, & le clergé y a du crédit. Il y a deux archevêques, celui de Cantorberi & celui d'Yorck. Le premier eft primat du royaume, & met à la tête de fes mandements : *Nous, par la grace de Dieu*, &c. Il a fous lui vingt-un évêques. Le fecond n'a que trois évêques fous lui. Les archevêques & les évêques repréfentent l'églife Anglicane, & ont par cette raifon voix & féance au parlement. On peut juger par-là combien ils influent dans les affaires publiques. Les Anglois, en fortant du papifme, ont confervé ces diftinctions eccléfiaftiques, pour entretenir l'émulation dans une profeffion où les habiles gens font fi néceffaires. Au refte, les Anglois font fort attentifs, & ont raifon de l'être, à ce que la religion catholique-romaine ne faffe de trop grands progrès, fur-tout en Ecoffe & en Irlande. La famille proteftante qui occupe maintenant le trône, feroit en danger fi les catholiques augmentoient trop en pouvoir, & pouvoient faire éclater leur prédilection pour le prétendant. C'eft auffi par la même raifon, qu'il eft défendu fous peine de mort à tout moine ou eccléfiaftique régulier, de paroître publiquement dans un des trois royaumes, ou même de s'y introduire en cachette. Cette défenfe a fur-tout en vue *les Jéfuites*, qui ne fauroient vivre dans un état fans fe mêler des affaires politiques. Quelque porté que je fois à la tolérance, je ne puis qu'approuver cette maxime des Anglois. Car, dès que les maximes d'une religion en général, ou les principes d'un ordre en particulier,

ticulier, font tels, que l'eccléfiaftique fe mêle directement ou indirectement du civil, cette religion ou cet ordre, deviennent dangereux à l'é-
tat, & on ne doit pas les fouffrir. Au refte, la
religion dominante en Angleterre eft celle qu'en-
feigne l'églife Anglicane; & c'eft une loi fondamentale, que le roi, au jour de fon couronnement, doit communier felon le rite de cette églife;
ce qui exclut du trône d'Angleterre tout prince
qui fait profeffion d'une religion différente.

§ XVI.

Voilà ce qui regarde l'Angleterre : difons encore quelques mots fur l'Ecoffe en particulier. Ce
pays eft pauvre, deftitué de commerce, & pro-
duifant peu de chofes. Il y a cependant d'affez
bons pâturages, & les mines de charbon de terre
font d'un grand rapport. Les autres mines qu'on
y trouve, ne font pas d'importance. Les manufactures y font négligées & peu confidérables;
le commerce y eft fort borné, & il n'y a prefque point de navigation. Les Ecoffois pêchent
la morue & les harengs fur leurs côtes; mais
ils n'en font que peu, ou plutôt point de débit
chez les étrangers.

L'Ecoffois eft bon foldat, & il y a des régiments de Montagnards qui dans les occafions ont
très-bien fait leur devoir. Sans entrer dans le détail de l'ancienne forme de gouvernement qui
fubfiftoit autrefois en Ecoffe, & qui appartient à
l'hiftoire, nous dirons que foùs le regne de la
reine *Anne*, en 1707, on a fait un acte d'in-
corporation ou de réunion de ce royaume avec
l'Angleterre, qui confifte en vingt-cinq articles,
dont voici les principaux, & qui peuvent nous
mettre au fait de la connexion politique qui fubfifte entre ces deux états. 1°. L'Angleterre &

l'Ecosse ne feront déformais plus féparés, mais formeront un feul & même royaume. 2°. Les deux royaumes n'auront qu'un feul parlement, qui s'affemblera à Londres, & les Ecoffois auront feize voix dans la chambre des feigneurs, & quarante-cinq dans celle des communes. 3°. Tout catholique ou toute perfonne mariée à un catholique, perdra fon droit de fucceffion. 4°. Il y aura dans l'un & l'autre royaume, même monnoie, même poids, & même mefure. 5°. Les deux nations auront la liberté de négocier partout où elles le jugeront à propos. 6°. Lorfque l'Angleterre contribuera un million, l'Ecoffe ne paiera que cinquante mille livres fterlings, & ainfi la vingtieme partie. 7°. Les Ecoffois n'entretiendront que douze mille hommes de troupes. 8°. La religion dominante en Ecoffe fera la presbytérienne; l'épifcopale cependant y fera tolérée. 9°. La juftice en Ecoffe fera adminiftrée par ce qu'on appelle la *Seffion;* & ce tribunal aura un préfident & quatorze confeillers.

§ XVII.

Remarque fur l'Irlande.

L'Irlande eft fituée fous un climat beaucoup plus doux que l'Angleterre, & par conféquent plus fertile, fur-tout vu la bonté du terroir de cette ifle. Le pays néanmoins eft plus propre au pâturage qu'à produire des grains. La grande quantité d'abeilles qu'on y trouve, fait que le miel & la cire y abondent. Les mines produifent du plomb, de l'étain, du marbre, &c. Il y croît du chanvre & du lin en quantité; & il y a beaucoup de laine. Les beftiaux en général y font admirables; & delà vient cette immenfe quantité de viande falée, de beurre, de fromages & de peaux, que les nations étrangeres en tirent, fur-tout pour les provisions des vaisseaux. On y a établi depuis quelque temps des manufactures de toile avec succès.

Les Irlandois sont spirituels, industrieux, laborieux & braves; mais en même temps, faux, intrigants, querelleurs, & enclins à la révolte. Il est certain que, vû le génie de la nation, la bonté du terroir, l'excellence du climat, qui est sans contredit un des meilleurs de l'Europe, & la situation avantageuse de l'Irlande pour la navigation, ce royaume ne manqueroit point de s'élever en peu de temps, peut-être aux dépens de l'Angleterre, si le gouvernement Anglois ne mettoit de continuelles entraves aux Irlandois, & ne tenoit cette nation sous un véritable joug. Aussi l'antipathie qui subsiste entre les Anglois & les Irlandois, surpasse celle que l'on voit regner entre plusieurs autres nations qui se piquent d'une rivalité ouverte.

L'Irlande est gouvernée par un vice-roi, qui y préside à toutes les affaires au nom du roi de la Grande-Bretagne. Il y a un parlement, mais qui n'a pas l'autorité de celui d'Angleterre, faisant simplement les fonctions d'un tribunal de justice & d'un collège de finances. Il est défendu à tout gentilhomme Irlandois d'avoir chez lui des armes, de quelque nature qu'elles puissent être. Ils n'osent entretenir qu'un certain nombre de chevaux; en un mot on leur ôte tous les moyens de fomenter quelque rebellion, ou du moins de la pousser fort loin. Presque tout le pays étant catholique, le gouvernement porte une attention particuliere à ce que cette religion n'y fasse pas de plus grands progrès; & elle emploie même toutes sortes de moyens pour l'éteindre petit-à-petit. Nous en dirons la raison plus bas.

§ XVIII.

Objets de la politique générale de l'Angleterre.

Voilà ce qui m'a paru le plus intéressant, & qui peut suffire, pour donner une idée de l'état intérieur de l'Angleterre. La politique générale de cette couronne se rapporte à trois objets principaux, qui sont 1°. la navigation & le commerce ; 2°. le prétendant, & 3°. la balance du pouvoir en Europe. Examinons ces trois objets.

Nous avons déja fourni quelques idées sur le commerce des Anglois, ainsi nous ne ferons qu'y ajouter les considérations suivantes. Tous les ministres Anglois qui résident dans les différentes cours de l'Europe, sont chargés par leurs instructions de s'enquérir soigneusement du commerce de chaque pays & de ses progrès. Comme cet article est fort important pour la nation, ils y portent une attention très-soigneuse. L'Angleterre a d'ailleurs avec la plupart des nations des traités de commerce qu'elle renouvelle de temps en temps, en tâchant toujours de s'en rendre les conditions plus favorables. Dans les villes marchandes & dans les grands ports de mer des autres royaumes, elle entretient des consuls qui semblent avoir des yeux de Linx pour tout ce qui peut contribuer au bien du commerce & de la navigation Angloise. Enfin on voit souvent cette couronne faire des démarches de la plus grande conséquence, conclure des traités, rompre des alliances, & accorder des conditions avantageuses ; le tout pour remplir ce but.

On sait que *Jacques II* fut le dernier prince de la maison de Stuart qui occupa le trône d'Angleterre. Il avoit d'abord épousé *Anne Hyde* dont il eut deux princesses, Marie & Anne. La premiere fut mariée à *Guillaume* prince d'Orange, & la seconde au prince *George* de Danemarck. L'une

& l'autre étoient de la religion proteftante. Le roi Jacques époufa en feconde noces *Marie-Beatrix*, princeffe de Modene, qui étoit catholique. C'eft de ce fecond mariage qu'eft iffu en 1688 un prince nommé *Jacques*, qui a pris le titre de *prince de Galles*, & qui eft fi connu fous le nom de *prétendant*. Il a époufé une princeffe Sobiesky, qui lui a donné deux princes, favoir, Charles, né en 1720, & Henri Benoît, né en 1725. On n'ignore pas que cette famille qui forme les débris, vrais ou fuppofés de la maifon de Stuart, a été chaffée du trône d'Angleterre par le prince d'Orange, qui regna fur la Grande-Bretagne fous le nom de *Guillaume III*, & auquel fuccéda la princeffe *Anne*. Après la mort de cette princeffe, la couronne paffa dans la maifon d'Hanover, & le prétendant établit fa réfidence à Rome. Nous n'entrons point dans la queftion, fi ce prétendant eft un prince légitime ou non. Il eft certain qu'il a joué de malheur, s'il eft légitime ; car on ne fauroit concevoir par quelle bizarrerie fes parents firent tout ce qui pouvoit le faire paffer pour *fubreptice*, en négligeant les formalités ufitées en Angleterre aux accouchements des reines, & cela dans un temps critique & fi épineux pour la fucceffion. Mais ce qu'il y a de certain, c'eft qu'il a été exclu du trône d'Angleterre, à caufe de la religion catholique qu'il a embraffée, par les loix du pays & par les actes pragmatiques que le parlement a faits en faveur de la maifon d'Hanover. Refte à difcuter fi des fujets peuvent faire de femblables actes contre un prince né pour regner fur eux ? Quoi qu'il en foit, ces barrieres n'empêchent point que le prétendant ne forme de temps en temps des entreprifes pour revendiquer fes droits ; plufieurs puiffances de l'Europe le protegent, ou plutôt fe fervent de lui comme d'un inftrument propre à remplir les vues de leur politique, & il a même un parti confidérable dans la nation. (*)

Il eft fingulier qu'en Angleterre même, à mefure qu'on avance vers le Nord, on trouve le peuple toujours plus attaché à l'ancienne maifon de Stuart. La province d'Yorck, par exemple, eft toute pleine de fes partifans. Dans Londres, au contraire, auffi-bien que du côté de Briftol & d'Exom, & plus on pouffe vers l'Oueft, plus on rencontre de *Royaliftes*, le prétendant n'y eft qu'un *être de raifon*. Au refte, la plus grande partie de l'Ecoffe & de l'Irlande lui eft attachée. Cette circonftance eft plus dangereufe pour le gouvernement préfent, qu'on ne le croiroit d'abord; car ces deux royaumes font extrêmement propres à entretenir la rebellion. Déja dans le fond de l'Ecoffe, & dans les ifles fituées au feptentrion, les Anglois n'ont jamais été bien les maîtres, même pendant la plus profonde paix. Les montagnes dont tout ce pays eft couvert, font qu'on ne fauroit jamais exterminer entiérement des partis rebelles. Autrefois toute l'Ecoffe étoit inacceffible, & par conféquent indomptable; mais fous le regne de *George I & II*, le gouvernement a trouvé moyen de pratiquer des grands chemins jufqu'au milieu du royaume. Ces chemins ont coûté des fommes immenfes; on a applani des montagnes & furmonté toutes les difficultés de la nature. Les Ecoffois ont confenti à cet ouvrage fur les ingénieufes remontrances & fur les belles promeffes du général *Weide*. La cour fe fervit de lui pour faire entrevoir aux Ecoffois les plus grands avantages pour leur pays, s'il étoit

(*) Tout cela fe réduit aujourd'hui prefque à rien. *Note de l'éditeur.*

d'un accès facile ; mais ils ne remarquerent point que c'étoit un moyen pour ouvrir l'entrée & le paffage à de formidables armées. Cependant il eft certain, que le prétendant eft toujours capable de fe foutenir dans le fond de l'Ecoffe, & de tenir les Anglois en échec, en faifant une guerre de chicane. Nous en voyons la preuve par celle qui y fubfifte dans le temps que nous écrivons cet ouvrage. L'Irlande eft encore fort portée pour le prétendant, & par fa fituation, elle peut toujours recevoir les tranfports que l'Efpagne ou la France peuvent y envoyer pour favorifer ce parti. L'enthoufiafme de la religion catholique contribue beaucoup à infpirer aux Ecoffois & aux Irlandois, des fentiments favorables aux Stuarts ; & c'eft pour cette raifon, que le gouvernement s'oppofe avec tant de rigueur aux progrès de cette même religion.

Le troifieme objet de la politique Angloife, eft le maintien de la balance en Europe ; & on entend par-là cet équilibre du pouvoir de toutes les puiffances, dont on fait dépendre la fûreté & le falut de chaque état en particulier. Cet équilibre ne fauroit fubfifter que par le moyen des alliances, qui ajoutent aux forces des plus foibles, & contrebalancent par-là la puiffance des plus forts. C'eft ainfi que, vu l'inégalité des forces de tous les états qui compofent l'Europe, l'affociation de plufieurs petites puiffances eft oppofée au pouvoir des plus formidables, & fert de frein à leurs vues d'agrandiffement. Les plus anciens peuples du monde ont fuivi cette maxime ; mais trèsfouvent fans fuccès. Au refte, elle eft fondée dans le droit de la nature, pouvu qu'on ne la pouffe pas trop loin.

Cette balance, dont il n'avoit point été queftion pendant plufieurs fiecles, fe renouvella, pour

ainfi dire, d'elle-même, lorfque les maifons d'Autriche & de Bourbon s'éleverent à un fi grand
degré de puiffance, & qu'elles fe donnerent non-
feulement de la jaloufie l'une à l'autre, mais auffi
qu'elles infpirerent à toutes les autres puiffances
de l'Europe, la crainte d'être envahies. Ces puiffances fe partagerent bientôt, & embrafferent ou
le parti de la maifon d'Autriche, ou celui de la
maifon de Bourbon, felon que leurs intérêts différents fembloient l'exiger. De pareilles alliances
ne pouvoient qu'augmenter la rivalité naturelle,
& donner lieu à des guerres violentes, qui ont
coûté peut-être plus de cent batailles, & une ef-
fufion prodigieufe de fang humain, fans que jufqu'à ce jour il y ait rien de décidé. Il eft facile
de concevoir, par ce que nous avons déja infinué, que l'Angleterre s'eft toujours fortement attachée à la maifon d'Autriche; & cette même
maifon ne fubfifteroit peut-être plus dans fa fplendeur, fi la Grande-Bretagne ne l'eût foutenue en
lui prodiguant fes tréfors. Elle continue toujours
à fuivre ces principes; & dans les dernieres guerres, on l'a vu foutenir avec une chaleur fans
égale, les intérêts de la cour de Vienne. Cependant il nous paroît, que ce zele eft pouffé
au-delà des bornes que prefcrit la faine politique,
qui veut qu'on accommode toujours fon fyftême
général aux circonftances particulieres, & qu'on
ne fe mette pas dans un danger éminent pour
fuivre avec opiniâtreté un plan qu'on eft toujours
capable de reprendre, lorfque la fituation des affaires change de face. Suivant cela, nous fommes d'avis que l'Angleterre s'attache trop à la maifon d'Autriche. Ce fyftême étoit bon, lorfque
cette maifon gouvernoit, pour ainfi dire, def-
potiquement l'Allemagne, & qu'il n'y avoit dans
l'Empire aucune puiffance qui pût égaler en quel-

que maniere celle de Habsbourg. Mais depuis l'année 1724, elle a été affoiblie par des guerres ruineuses, & par la perte de plusieurs provinces confidérables. Plusieurs autres maisons se font élevées à un point de grandeur capable de contrebalancer la puissance Autrichienne. La maison de Brandebourg sur-tout, s'est rendue très-formidable. Il semble donc, que l'Angleterre devroit chercher une autre balance, & nous croyons qu'il ne seroit pas difficile de la trouver. Une alliance avec le roi de Prusse, par exemple, nous paroîtroit plus naturelle & plus avantageuse. Car la maison d'Autriche a été de tout temps trop coûteuse à la Grande-Bretagne, & ses armées n'ont pu être mises en mouvement que par les tréfors Anglois. D'ailleurs cette maison n'a pas toujours témoigné la reconnoissance qu'elle devoit à l'Angleterre, puisqu'elle a défendu les marchandises Angloises dans la plupart de ses états, & qu'elle a fait tous ses efforts pour établir à *Oftende* une compagnie des Indes, qui pût ruiner celle des Anglois. Suppofé aussi qu'on ne voulût envifager la religion que comme un fyftême de politique, il est certain que ce devroit être un motif pour l'Angleterre, de préférer toujours l'union avec un prince proteftant, à celle d'une puissance catholique. Enfin les liaisons étroites de l'Espagne, de la France & du roi de Naples, ont changé confidérablement la balance du pouvoir en Europe : ainsi il conviendroit que l'Angleterre changeât de même son ancien fyftême, & cherchât un autre équilibre.

Au refte l'Angleterre a toujours mieux aimé payer des *fubfides* aux puissances du Nord, & à quelque prince d'Allemagne, que d'augmenter ses propres forces de terre. Cette politique n'est pas mauvaife à bien des égards, vu fur-tout, qu’un foldat coûte beaucoup moins d’entretien dans les pays du continent, qu’en Angleterre. D’ailleurs un prince qui tire des fubfides, devient un allié de plus. Mais en revanche il fort par-là du royaume un argent exceffif qui n’y rentre par aucun canal.

La nation Angloife enfin ne s’intéreffe pas directement à la confervation de l’électorat d’Hanover. Elle accufe même le fouverain de faire paroître une prédilection pour fes états héréditaires, & d’en conferver la poffeffion, foit par le moyen des tréfors Anglois, foit en faifant fervir les forces de la nation à ce même but. En un mot, l’Angleterre feroit charmée que le pays d’Hanover n’exiftât point. Je crois cependant qu’elle a tort à bien des égards.

Nous avons déja infinué, que la confervation de la marine contribue infiniment au falut de l’Angleterre, étant l’unique moyen de protéger le royaume même, fes poffeffions extérieures & fon commerce. Ainfi la politique exige que les Anglois ne perdent jamais ce grand objet de vue.

§ XIX.

Intérêts particuliers relatifs aux diverfes puiffances. A l’égard du Portugal.

Il nous refte à examiner la conduite que l’Angleterre obferve envers les diverfes puiffances en particulier, & fes intérêts réciproques à l’égard de chacune d’elles.

Le *Portugal* ne fauroit faire directement de mal à l’Angleterre, mais il lui fait beaucoup de bien par rapport à fon commerce; & celui que les Anglois font avec le Portugal, eft la branche la plus confidérable de leur trafic général. Les Anglois débitent dans ce royaume tous les ouvrages de leurs manufactures, quelques marchandifes des Indes & même des denrées. Ils en tirent en échange les vins qui fe boivent *commu-*

nément dans toute l'Angleterre, & pour cet effet, ils ont mis un très-petit impôt fur ces vins, tandis que ceux de France paient des droits d'entrée exceffifs. Le Portugal leur fournit de plus, des fruits, des peaux, du tabac de Bréfil, en un mot, tout ce que produifent ce royaume & fes domaines en Amérique. Et enfin, fi les Anglois étoient fruftrés du commerce de Portugal, ils fe verroient dans une étrange décadence. C'eft pour cette raifon, que l'Angleterre doit entretenir, comme elle le fait en effet, une étroite liaifon avec cette couronne. Auffi l'hiftoire nous apprend-elle, que les royaumes d'Angleterre & de Portugal ont toujours été bien unis, & que la Grande-Bretagne a quelquefois fait les plus grands efforts pour fecourir les Portugais attaqués. Il eft certain qu'il n'y a entr'eux aucune diverfité d'intérêts, & il ne peut pas venir dans l'efprit d'une de ces nations, de faire des conquêtes fur l'autre. On a calculé, par exemple, qu'il en réfulteroit une perte notable pour l'Angleterre, fi elle fe mettoit en poffeffion du Bréfil, ou de quelque autre poffeffion Portugaife en Amérique.

L'*Efpagne* eft à peu près dans le même cas A l'égard que le Portugal, relativement à l'Angleterre. Nous de l'Efpa- avons fait voir, en parlant dans le chapitre de gne. l'Efpagne, des intérêts réciproques des deux nations, quel immenfe commerce les Anglois ont fait avec les Efpagnols, & combien il eft défavantageux aux premiers de rompre avec les derniers. Cependant nous voyons aujourd'hui la guerre allumée entre ces deux nations. La circonftance la plus embarraffante pour le gouvernement d'Angleterre, c'eft qu'il ne fauroit faire la paix, que moyennant une condition à laquelle, felon toute apparence, la cour d'Efpagne ne confentira jamais. Car le parlement, en accordant

au roi les fubfides néceffaires pour pouffer cette
guerre, a ftipulé bien pofitivement, & comme
une *condition fine qua non*, que le roi ne feroit jamais la paix avec l'Efpagne, à moins que
celle-ci ne confentît que les vaiffeaux Anglois
puffent naviger dans les mers de l'Amérique, fans
être vifités par les gardes-côtes Efpagnols. Or il
eft à préfumer, que l'Efpagne ne s'y prêtera jamais, vu que ce feroit donner une liberté entiere au commerce illicite, & à la contrebande.
Comme nous avons déja expliqué plus haut le
fujet de la querelle qui a donné lieu à cette guerre, nous ne ferons qu'indiquer ici les raifons fur
lefquelles les Anglois fondent leur prétention. Ils
foutiennent, qu'ayant en Amérique des établiffements qui font fitués par-delà les poffeffions
Efpagnoles, il eft naturel que le chemin pour y
envoyer leurs vaiffeaux, & pour y faire leur commerce, leur demeure libre; que d'ailleurs les Efpagnols, fous prétexte de contrebande, ont faifi
plufieurs vaiffeaux qui étoient deftinés pour les
colonies Angloifes, & qu'ils ont même exercé
des cruautés envers les capitaines & le refte des
équipages; qu'ils ont avoué leur tort, & que par
la convention faite à Madrid avec M. Keene,
il paroît qu'ils ont promis de reftituer la valeur
de ces navires pris injuftement; qu'il s'agit enfin
de faire un traité par lequel l'Angleterre puiffe
être à l'abri de pareils inconvénients. L'Efpagne,
au contraire, fe récrie en général fur la mauvaife
foi des Anglois, qui fous ce prétexte font haut-
à-la-main la contrebande fur les côtes de l'Amérique Efpagnole. Le moyen le plus équitable pour
accorder ces deux nations, feroit de fixer une
certaine diftance d'éloignement de la côte, & de
convenir que tous les vaiffeaux qui approcheroient
de terre à cette hauteur, pourroient être fouil-

lés; ceux, au contraire, qui fe tiendroient hors de la diftance prefcrite, & faifant fimplement route vers les colonies Angloifes, ne pourroient être forcés par les gardes-côtes Efpagnols à fubir la vifite. Au refte, il eft incroyable combien le commerce des Anglois fouffre par cette guerre, tant par rapport à celui qu'ils faifoient avec les Efpagnols pour l'Europe, qu'à l'égard principalement de celui de l'Amérique; les Anglois tirant de l'argent comptant en échange des ouvrages de leurs manufactures que les Efpagnols envoyoient enfuite à leurs colonies, outre que le commerce que les Anglois font au Levant & ailleurs, peut être extrêmement troublé par les courfes des armateurs Efpagnols. On prétend que, durant la guerre que Cromwel eut avec l'Efpagne, ces armateurs prirent fur les Anglois plus de 1500 vaiffeaux marchands.

La *France* eft fans contredit la puiffance la plus redoutable à l'Angleterre. Nous en avons déja développé en partie les raifons; la rivalité pour le commerce en fait une de plus puiffantes. Car, outre que la France trouve la matiere pour le commerce dans les productions de fon propre territoire, elle y a fait auffi des progrès confidérables par l'établiffement de fon commerce des Indes orientales & occidentales. Tout cet accroiffement n'a pu fe faire qu'aux dépens de l'Angleterre. Car, dans les marchandifes des Indes, les fraix de tranfport font fi confidérables, que le prix auquel on peut les vendre en Europe, en dépend prefque entiérement; & il eft naturel, que la nation qui peut les donner au meilleur marché, en faffe le plus grand débit. Or les matelots Anglois font une très-grande dépenfe lorfqu'ils font en mer, au-lieu que les François vivent fort frugalement fur leur bord. Les vaiffeaux

A l'égard de la France.

Anglois d'ailleurs font plus forts d'équipage que les François. Tout cela contribue au bon marché des marchandises, & fait que la France a attiré plusieurs des plus importantes branches du commerce des Indes, tel que celui du sucre, du thé, du café, des toiles de coton, de l'indigo, de la cochenille, &c. Il est naturel que l'Angleterre, qui depuis si long-temps étoit en possession de ce commerce, en ait conçu de la jalousie. Mais seroit-il juste de déclarer la guerre à une nation parce qu'elle a l'avantage d'être plus sobre? Les François font-ils un commerce illicite au-delà de leurs concessions? Il en est de même du débit des manufactures. Les François poussent plus loin leur industrie; ils font regner plus de goût dans les fabriques: l'équité veut-elle qu'on les attaque pour cela? Mais la France est plus en état de se tirer d'affaire par la voie des armes que l'Angleterre. Il s'ensuit donc que la politique des Anglois, & non la justice, exige qu'ils tâchent de brider, autant qu'il est possible, le commerce des François. Comme l'augmentation ou la diminution de puissance des François contribue beaucoup à ce but, & que d'ailleurs l'Angleterre est intéressée à conserver l'équilibre du pouvoir en Europe, ainsi que nous l'avons fait voir plus haut; il s'ensuit, que l'Angleterre doit tâcher constamment, & même dans la plus profonde paix, de se procurer de solides alliés, dont les forces réunies avec les siennes puissent contrebalancer celles de la France. Au reste, elle doit avoir pour cette couronne toutes sortes de ménagements, & tâcher, en attendant, de conclure avec les autres nations des traités de commerce avantageux pour nuire par-là au commerce François. Les Anglois doivent encore faire tous leurs efforts pour entretenir une constante supé-

riorité fur les François dans les armées navales.
Enfin il leur importe de ne point fouffrir que les
Pays-Bas Autrichiens foient envahis par la France.

La *Hollande* a été depuis l'établiffement de la
république prefque toujours amie & alliée de
l'Angleterre. La religion, la conformité des vues
& des intérêts actuels, & plufieurs autres motifs femblables, les invitent à être toujours unies.
Il eft à croire, que leurs forces combinées font
capables de contrebalancer celles de la France.
Car fi cette couronne venoit à bout de fubjuguer
une de ces puiffances maritimes, l'autre affuré-
ment ne feroit pas une longue réfiftance, & feroit auffi immanquablement détruite. Quelles fuites
ne produiroit pas un femblable événement! Ainfi
il eft de la politique de l'Angleterre, de fe ménager toujours un parti confidérable dans la république, & d'avoir pour elle toutes fortes d'attentions. Le commerce, à la vérité, pourroit
bien faire naître de la défunion entre l'Angleterre
& la Hollande; mais l'agrandiffement de celui
de la France eft un motif qui réunira toujours
leurs intérêts, & les engagera à s'oppofer au danger commun. Nous en parlerons encore plus amplement en examinant quels font les intérêts de
la Hollande relativement à l'Angleterre.

L'*Italie* ne fauroit intéreffer directement l'Angleterre, mais elle l'intéreffe beaucoup indirectement. Car fi, d'un côté, les Anglois ne peuvent
efpérer d'y faire des conquêtes, il eft conftant
de l'autre, qu'ils font en état d'y faire de puiffantes diverfions. C'eft ainfi que l'Italie a toujours été le théâtre de la guerre, lorfque l'Angleterre s'eft vue mêlée dans les troubles qui naif-
foient entre les maifons de Bourbon & d'Autriche. En Italie même on a conftamment cherché d'entretenir un certain équilibre de pouvoir;

ce qui eſt d'autant plus facile, que ce pays eſt partagé entre pluſieurs princes & républiques de la ſeconde & troiſieme claſſe de puiſſance. Lorſque l'Europe eſt en combuſtion, chacun de ces petits princes s'attache à un grand parti, choiſiſfant celui qui lui paroît le mieux convenir à ſa politique, & c'eſt ce qui forme la balance. L'Angleterre d'ailleurs a un double intérêt à ménager, pour que les principales provinces de l'Italie ne tombent entre les mains des princes de la maiſon de Bourbon. 1°. Parce que la puiſſance générale de cette maiſon s'augmenteroit conſidérablement par-là, & 2°. parce que le commerce des Anglois en ſouffriroit, & que les marchandiſes françoiſes y auroient alors trop de préférence ſur celles d'Angleterre. Enfin tout le territoire de l'Italie étant diviſé en pluſieurs petits états, on peut auſſi contenter divers compétents, & en diſpoſer par les négociations & par les traités en faveur de quelque prince qu'on ne ſauroit accommoder d'ailleurs. Qui ſait même, ſi un jour on ne trouvera pas en Italie, ou dans quelque iſle de la Méditerranée, un établiſſement pour la famille du prétendant, moyennant une renonciation formelle au royaume de la Grande-Bretagne.

Les troupes de terre des Anglois ne ſauroient guères ſervir en Italie, parce que le tranſport en eſt fort difficile, & que le climat y eſt trop chaud. Mais ils peuvent faire un meilleur uſage de leurs flottes dans toute la Méditerranée, & dans la mer Adriatique, ſoit en empêchant qu'il ne puiſſe aborder aucun ſecours étranger ſur les côtes de l'Italie, ſoit en ſe ſaiſiſſant des bâtiments qui voudroient y apporter des munitions ou des vivres, ſoit en bloquant ou bombardant les ports de mer, ſoit en y faiſant quelques deſcentes, ſoit enfin en s'emparant des iſles de la Méditerranée.

Les

Les treize *Cantons Suisses* n'entrent pas pour beaucoup dans le syftême politique de l'Angle= de la répu= terre, parce que l'éloignement & la fituation lo= blique hel= cale des deux états empêchent les liaifons par= vétique. ticulieres entr'eux. Cependant cette couronne y entretient un miniftre qui veille à fes intérêts, en prévenant que le parti François n'y accroiffe trop. Peut-être qu'un jour l'Angleterre pourroit auffi prendre quelques régiments Suiffes à fa folde, étant fort en état de les payer largement. D'ail= leurs le canton de Berne a des fommes confi= dérables placées dans les fonds d'Angleterre, & il y a conftamment à Londres un réfident Ber= nois qui veille aux affaires de cette république. Tout cela forme des liaifons mutuelles, & met l'Angleterre dans le cas d'avoir des ménagements pour la Suiffe. Nous en parlerons plus amplement à l'article des treize Cantons.

L'*Allemagne* fait naturellement un des princi= A l'égard paux objets de la politique Angloife. C'eft en de l'Alle= Allemagne qu'elle trouve cette formidable maifon magne. d'Autriche, dont elle a depuis fi long-temps em= braffé les intérêts, & qui en revanche a fervi fes vues pour le maintien de l'équilibre de l'Eu= rope. C'eft là encore qu'elle rencontre plufieurs princes qui font charmés de lui fournir des trou= pes, moyennant des fubfides. C'eft là qu'elle fait le débit le plus confidérable de fes manufactu= res, & de toutes fes marchandifes. C'eft là que réfidoit la maifon qui occupe maintenant le trône de la Grande-Bretagne, & qu'elle trouve encore la maifon de Brandebourg qui, au défaut de celle d'Hanover, doit fuccéder à la couronne d'An= gleterre. C'eft là qu'elle a envoyé fi fouvent fes troupes pour foutenir fes alliés. En un mot, c'eft là le principal théâtre de fes guerres & de fes grandes négociations.

Nous avons déja parlé des liaisons intimes qui subsistent entre l'Angleterre & la maison d'Autriche; ainsi nous n'ajouterons ici qu'une seule réflexion; savoir, que la Grande-Bretagne n'a aucun sujet légitime de s'épuiser en faveur de la maison d'Autriche, pourvu qu'elle soit toujours bien étroitement unie avec tout le corps germanique en général, & avec quelques-uns de ses principaux membres en particulier. C'est dans cette alliance qu'elle trouvera toujours la balance qui l'intéresse si fort. Supposé donc, que la maison d'Autriche soit affoiblie par quelque perte, qu'importe, pourvu que ce soit un grand prince d'Allemagne qui en profite ! Il ne s'agit alors que de s'en faire un allié. En un mot, tant que le territoire de l'Allemagne ne passe pas en des mains étrangeres, & que les bornes du Saint-Empire Romain restent toujours les mêmes, l'Angleterre par le moyen de ses subsides, y trouvera toujours un parti puissant propre à seconder ses vues. Mais elle doit faire les plus grands efforts pour empêcher que ce corps ne soit démembré, & sur-tout qu'il n'en passe, s'il est possible, pas un seul pouce de terre entre les mains de la France.

A l'égard de la Pologne. La *Pologne* a fort peu de liaison avec la Grande-Bretagne. Aucun prince d'Angleterre ne sauroit prétendre au trône de Pologne, à moins qu'il ne voulût changer de religion. L'éloignement fait que ces deux royaumes ne sauroient guères se nuire ou se prêter mutuellement quelque secours. L'Angleterre de plus, ne fait aucun commerce direct avec les Polonois. La seule occasion où la Pologne peut entrer dans le systême politique de la cour de Londres, c'est lorsque le trône Polonois est vacant, & qu'il s'agit d'y placer un candidat selon les vues de la Grande-Bretagne, ou lorsqu'il s'y éleve quelques troubles qui peuvent avoir de l'influence dans les affaires d'Allemagne. Car enfin, quand même deux états, par la nature de leur situation, ne paroissent avoir aucune liaison directe ensemble, il y a toujours des relations indirectes entr'eux, qui sont fondées sur la liaison générale où se trouvent toutes les puissances de l'Europe. Mais, quoi qu'il arrive, l'Angleterre ne sauroit rien effectuer en Pologne, que par la voie de la négociation.

Le *Danemarck* est une puissance que l'Angleterre doit ménager ; 1°. par rapport au commerce mutuel qui se fait entre les deux nations ; 2°. parce que cette couronne tient la moitié du péage du *Sond*, & qu'elle est par conséquent maîtresse à certains égards du commerce de la Baltique ; 3°. parce qu'il subsiste des alliances de famille entre la maison qui occupe le trône d'Angleterre & celle de Danemarck ; 4°. parce que cette cour, moyennant des subsides, est en état de fournir au moins douze mille hommes de bonnes troupes ; & 5°. parce qu'elle entretient une flotte assez considérable. L'Angleterre doit sur-tout tâcher de prévaloir sur le parti François que l'on voit toujours à la cour de Danemarck, & qui y domine bien souvent. Peut-être que tôt ou tard l'établissement de la compagnie des Indes à Copenhague, pourroit faire naître quelque jalousie ou produire une mésintelligence entre ces deux nations. A l'égard du Danemarck.

La *Suede* a toujours plus penché pour la France que pour l'Angleterre. Nous en avons déja indiqué les raisons. Cette prédilection n'empêche point, que l'Angleterre ne doive toujours entretenir la bonne harmonie avec la cour de Stockholm ; 1°. par rapport au commerce de la Baltique A l'égard de la Suede.

& du befoin qu'elle a des bois & des autres denrées du nord ; 2°. parce que la Suede a une grande
influence dans les affaires générales du nord ;
3°. parce qu'elle eft garante de la *paix de Weftphalie*, & un des appuis de la religion proteftante ;
4°. parce qu'au cas que le Danemarck fût lié trop
étroitement avec la France, l'Angleterre ne man-
quât pas de trouver le moment favorable pour
s'arranger avec la Suede, y ayant une rivalité d'intérêt entre ces deux puiffances du Nord ;
enfin 5°. parce qu'il ne feroit pas de l'intérêt
de l'Angleterre, ni d'aucun prince de l'Europe, que la Ruffie fît quelques conquêtes fur les
Suédois.

A l'égard de la Ruf-fie. La *Ruffie* eft une puiffance dont l'Angleterre
doit beaucoup ménager l'amitié ; 1°. parce qu'elle
a une très-grande influence dans les affaires du
Nord, dans celles de Pologne, & même dans
celles de l'Allemagne ; 2°. par la raifon qu'elle eft
capable de tenir en bride la Porte Ottomane,
ou du moins de faire une puiffante diverfion, en
cas que la Hongrie, ou quelque autre puiffance
chrétienne fût attaquée par les Turcs ; 3°. parce
qu'elle entretient une armée nombreufe, & d'affez belles flottes, dont elle peut faire un ufage
avantageux pour l'Angleterre ; 4°. parcè que le
commerce que les Anglois font avec la Ruffie,
fur-tout depuis que cette derniere a des ports fur
la Baltique, eft fort confidérable, & que le traité
de commerce entre les deux nations a été renouvellé en 1741. Ce traité donne de grands
avantages aux Anglois ; il y eft ftipulé entre autres chofes, que la nombreufe armée Ruffe ne
fera habillée que de drap Anglois, ce qui ne
laiffe pas que de faire un grand bien aux manufactures de ce pays. Enfin, comme depuis
quelque temps la Ruffie a femblé pencher beau-

coup pour le parti de la maison d'Autriche, il est de la politique Angloise de l'entretenir dans ces dispositions.

La *Porte Ottomane* fait encore un objet pour l'Angleterre ; 1°. par rapport à son commerce du Levant qui est très-important ; 2°. parce que l'Angleterre doit tâcher constamment de prévenir que les Turcs ne se lient trop étroitement avec la France, pour laquelle ils semblent incliner d'autant plus, qu'ils ont toujours sujet de craindre la maison d'Autriche, & que les armées Ottomanes peuvent faire de terribles diversions, en attaquant la Hongrie ou la Transilvanie, dans un temps où la cour de Vienne seroit engagée dans d'autres guerres. C'est aussi pour la même raison, que l'Angleterre entretient toujours un ministre à Constantinople, qui est aussi le protecteur des négociants Anglois établis en grand nombre dans cette ville.

Quant aux Pirates de la côte de Barbarie, nous remarquerons que l'Angleterre tâche toujours d'avoir la paix avec les Algériens, les Salétins, avec le roi de Maroc, &c. Ainsi les vaisseaux marchands n'ont rien à craindre de leurs courses. Cette maxime est d'autant plus avantageuse pour l'Angleterre, que les flottes de cette nation, lorsqu'elles croisent dans la Méditerranée, peuvent toujours relâcher dans les ports de la côte de Barbarie, y faire de l'eau, se ravitailler, & même dans un grand besoin se pourvoir d'hommes propres à faire la manœuvre. Mais supposé que ces Pirates vouluffent rompre la paix, l'Angleterre a des moyens tout prêts pour les en faire repentir, en bombardant leurs villes, & en détruisant leur marine. Les Anglois leur sont devenus plus redoutables, depuis qu'ils possedent

Gibraltar, & que par-là ils font les maîtres du détroit. (*)

(*) M. de Bielfeld vouloit indiquer ici les forces actuelles de l'Angleterre, mais il a laiſſé une lacune que nous ne remplirons pas, parce que ce font des choſes qui varient d'un temps à l'autre. Il n'a pas indiqué non plus les auteurs qui traitent de l'Angleterre; mais il exiſte aſſez de répertoires auxquels on peut recourir. Il m'en vient un dans l'eſprit que j'indiquerai ici une fois pour toutes, c'eſt la *Bibliotheca Fayana*, imprimée à Paris en 1725. L'article intitulé *Hiſtoria Magnæ Britanniæ*, *id eſt Anglica*, *Hibernica & Scotica*, s'y trouve pag. 439-447. Les excellentes Hiſtoires de Mrs. Hume & Robertſon, ont paru depuis ce temps-là. *Note de l'éditeur.*

CHAPITRE V.

DES PROVINCES-UNIES.

§ I.

Origine des Provinces-Unies. TOut le monde fait que les Pays-Bas étoient autrefois diviſés en dix-ſept provinces, qui étoient :

1. Le Duché de Brabant;
2. . . . . de Limbourg;
3. . . . . de Luxembourg;
4. . . . . de Gueldres;
5. Le Comté de Flandre;
6. . . . . d'Artois;
7. . . . . de Hainaut;
8. . . . . de Hollande;
9. . . . . de Zélande;
10. . . . . de Zutphen;
11. . . . . de Namur;

12. La principauté de Frise ;
13. . . . . de Malines ;
14. . . . . d'Utrecht ;
15. . . . . d'Overyssel ;
16. . . . . de Groningue, &
17. Le marquisat d'Anvers.

Toutes ces provinces appartenoient à la monarchie d'Espagne ; mais en 1579 sept de ces provinces se révolterent contre *Philippe II* & secouerent le joug Espagnol. A la paix de Westphalie en 1648, l'Espagne fut obligée de reconnoître ces sept provinces pour une république libre & indépendante. Elles sont, 1°. la Hollande ; 2°. la Zélande ; 3°. Utrecht ; 4°. la Gueldres, avec le comté de Zutphen ; 5°. Overyssel ; 6°. Groningue, & 7°. la Frise.

§ II.

Toutes ces provinces n'ont guères plus de trente Situation milles d'Allemagne de longueur sur vingt de lar-locale. geur. Ce n'est donc point l'étendue du territoire qui rend la république de Hollande considérable ; mais comme elle est remplie d'une immense quantité d'habitants, & qu'elle regorge, pour ainsi dire, de richesses, elle joue un rôle qui la met au niveau des puissances les plus formidables, & la fait entrer pour beaucoup dans toutes les affaires de l'Europe.

La mer du nord lui sert de rempart à l'occident. Vers l'Allemagne, elle ne semble avoir guères à craindre, & n'a que peu de places fortes pour défendre l'entrée de ce côté-là. Mais comme autrefois elle redoutoit extrêmement l'Espagne, & que maintenant elle croit avoir tout à craindre de la France, elle a le plus de forteresses du côté du Brabant & de la Flandre. C'est pour cette raison qu'elle a obtenu en propriété absolue par le traité de Westphalie, en Flandre 1°. *Sluys* ; 2°. *Hulst*, & 3°. *le Sas de Gand* : & en Brabant, 1°. *Bergen-op-Zoom* ; 2°. *Bréda* ; 3°. *Bois-le-Duc* ; 4°. *Gravelines*, & 5°. *Maestricht*. Ne se croyant pas encore en parfaite sûreté, elle a conclu en 1715 le fameux traité de barriere, par lequel elle a obtenu le droit de garnison dans les villes de 1°. *Namur*, 2°. *Tournai*, 3°. *Menin*, 4°. *Furnes*, 5°. *Warneton*, 6°. *Ypres*, & 7°. *le fort de Knooke*. Il a été arrêté en même temps, que dans les villes de *Dendermonde*, & de *Ruremonde*, il y auroit garnison mixte de troupes Autrichiennes & Hollandoises. Ce sont là les fameuses barrieres qui doivent servir de rempart à la république de Hollande, & que les François ont presque anéanties en deux campagnes.

Indépendamment de la mer du nord, deux grands fleuves, le Rhin & la Meuse, coulent par ces provinces, sans compter plusieurs petites rivieres, comme la *Vecht*, & une immense quantité de canaux qui entrecoupent tout le pays. Il y a aussi plusieurs lacs de plus grande & de moindre étendue. En un mot, les sept provinces ressemblent à un amas de plusieurs isles qui s'élevent dans un vaste bassin d'eau ; & c'est ce qui contribue infiniment aux progrès du commerce.

§ III.

<table>
<tr><td>

Commerce florissant & ses causes.

</td><td>

Trois causes principales font encore fleurir ce même commerce, savoir ; 1°. l'industrie & la sobriété de la nation ; 2°. la situation locale du pays, si propre à la navigation ; & 3°. les possessions des Hollandois dans les Indes. Ce sont là les trois sources des richesses prodigieuses que l'on trouve chez les particuliers de cette république.

</td></tr>
</table>

Les Hollandois ont de fort bonnes manufac- Manufac-
tures. tures de draps, d'étoffes de laine, de foie, de camelots, d'étoffes brochées, de taffetas, de chagrins, de toiles, &c. Ils travaillent affez bien en argent, en cuivre, en boiferies & autres chofes de cette nature. Mais il s'en faut de beaucoup, que leurs ouvrages approchent de la perfection de ceux des François ou des Anglois. Et fi le goût, qualité fi néceffaire pour le fuccès de toutes les fabriques, n'y eft pas fi fin, ils poffedent en revanche, au fuprême degré l'efprit de commerce, & cette affiduité au travail, fans laquelle on ne fauroit faire aller un négoce. Le Hollandois de plus, eft fort fobre, & fort économe; il fe contente d'un petit profit, & c'eft ce qui fait que les prix des marchandifes font modiques en Hollande. Ce bon marché fait vendre beaucoup d'ouvrages des manufactures Hollandoifes qui ne feroient point recherchés pour leur perfection.

Cependant ce ne feroit pas le débit de ces Naviga-
tion. marchandifes fabriquées dans le pays, qui enrichiroit la Hollande, fi la navigation ne venoit au fecours. On n'a qu'à voir fur la carte de l'Europe, comment la Hollande eft fituée, & à faire attention à fa proximité de la mer, à fes fleuves, à fon voifinage, &c. & l'on trouvera qu'elle a de grandes facilités à recevoir les vaiffeaux des quatre parties du monde, & qu'il y a des débouchés de tous côtés pour le débit de fes marchandifes. Les Hollandois tirent merveilleufement parti de cette heureufe fituation. Ils imitent en cela avec beaucoup de fuccès les Anglois, dont nous avons parlé dans le chapitre précédent : ils envoient des vaiffeaux par tout le monde pour chercher les produits de chaque pays, & pour les vendre enfuite aux peuples qui en manquent. Il se trouve des gens qui soutiennent, que la Hollande a autant de navires marchands, que tout le reste de l'Europe, mais cette prétention me paroît outrée, sur-tout depuis que la navigation des François a fait de si grands progrès. On peut ajouter, que plusieurs causes politiques contribuent encore au succès du commerce des Hollandois ; comme, par exemple, la grande quantité de peuple, la sûreté du pays, le peu d'intérêt qu'on y donne ; ce qui est une marque évidente de l'abondance d'argent ; l'exactitude des négociants, & la part que les membres de la régence ont pour la plupart dans le commerce.

Compagnies des Indes orientales & occidentales.

La troisieme cause qui rapporte un si grand avantage au négoce général des Hollandois, c'est le commerce qu'ils font aux Indes orientales & occidentales. Il est entre les mains de deux compagnies octroyées. La compagnie des Indes orientales fut établie en 1602 par cinquante-six marchands des principales villes de la Hollande, qui rassemblerent d'abord un fond d'environ six millions d'écus. Cette entreprise fut suivie d'un succès si brillant, qu'après trois années, les intéressés retirerent non-seulement leur capital ; mais il resta encore dans la caisse générale vingt millions. Enfin, au bout de six ans, cette compagnie se trouva avoir gagné à ce commerce trentesix millions d'écus. Ce fond a augmenté depuis ; il s'accroît encore tous les ans ; & la compagnie s'est rendue si formidable, qu'elle entretient dans les Indes quinze mille soldats, cent soixante vaisseaux en mer, & on assure qu'il y a près de quatre-vingt mille ames à son service, dont les noms sont enrégistrés au comptoir général à Amsterdam. Au reste, elle négocie depuis *Balsora* à l'embouchure du Tigre dans le golfe de Perse,

tout le long de cette grande & riche côte, jufques à l'extrémité du *Japon ;* outre qu'elle eft
en alliance avec plufieurs rois des Indes, avec
lefquels elle a fait des traités de monopole. Ces
rois lui ont cédé plufieurs places, dont la capitale eft *Batavia* dans l'ifle de Java, où le gouverneur général entretient une cour de roi, ayant
la direction de toutes les autres places, & ne
reconnoiffant d'autre fouverain, que la compagnie même. Les principales places que cette
compagnie a dans les Indes, outre *les Molucques*
& les ifles de *Banda,* font *Amboine* & *Malacca*
avec la côte de *Ceilan, Paliacata, Mafulipatan*
& *Negapatan* fur la côte de Coromandel, &
Cochin, Cranganor, & *Cananor* fur la côte de
Malabar avec plufieurs autres places. Les Chinois
font un grand commerce à Batavia. La compagnie
a toute feule le commerce du *Japon,* & il n'y
a point aujourd'hui de Portugais qui ofe y aborder. Elle eft de plus, en poffeffion du *cap de
Bonne-Efpérance* fur la pointe de l'Afrique, où
elle a fait planter des vignes qui réuffiffent admirablement ; & d'ailleurs cet endroit leur eft
d'une utilité infinie, parce que les vaiffeaux deftinés pour les Indes y relâchent à la moitié de
leur courfe, & s'y rafraîchiffent. Les marchandifes qu'ils rapportent des Indes, confiftent en
thé, café, foies, perfes, indiennes, toiles de
coton, &c., mais fur-tout en épiceries, dont
les Hollandois tiennent abfolument tout le commerce, & dont ils confervent toujours une provifion pour une année d'avance dans les grands
magafins en Hollande, faifant brûler aux Indes
même le furplus de ce qu'ils ne peuvent confu-
mer & débiter en Europe.

La compagnie des Indes occidentales a été pendant long-temps en décadence, par les pertes

confidérables qu'elle a faites, & fur-tout par celle du Bréfil. Cependant elle s'eft rétablie en 1700, & poffede encore actuellement en Guinée *Saint-George de la Mine*, communément *Elmina*, les ifles de *Curacao*, & de *Bonaire* fur les côtes de l'Amérique, avec les *environs de la riviere de Surinam & la ville du même nom*; ainfi que *les environs de la riviere de Berbice* dans la Guiane, entre Cayenne & l'Orénoque. Le gouverneur général réfide à Surinam. On en rapporte plufieurs denrées, entr'autres du tabac, des cuirs, &c. Quoique cette compagnie ne foit pas tout-à-fait dans un état floriffant, & que le commerce de l'Amérique n'intéreffe pas tant la république que celui des Indes orientales, il ne laiffe pas pourtant que d'être d'un grand rapport, & de mériter les foins du gouvernement.

Quant à la Hollande même, il eft naturel que la petite étendue du terrein de la république, qui eft tout femé de villes & de villages, ne puiffe produire affez de grains, & d'autres denrées pour nourrir une auffi grande quantité d'habitants, ni à plus forte raifon en fournir aux étrangers, & en faire la matiere du commerce. Le terroir d'ailleurs eft plus propre aux pâturages qu'au labour. C'eft ce qui fait auffi, que le beure & le fromage y font excellents, & qu'il s'en fait des envois dans les pays étrangers, mais en petite quantité.

La grande & la petite pêche. La pêche du hareng & celle de la baleine, font encore deux articles confidérables pour la Hollande, & qui y apportent de grandes richeffes. On prétend que les Hollandois envoient près de mille voiles à la pêche du hareng, qui commence le 24 juin fur les côtes de l'Angleterre. On peut chercher une des caufes pourquoi ces harengs font meilleurs que ceux du Nord & des autres endroits dans la futaille; car les Hollandois ne les mettent que dans des tonneaux de bois de chêne; & ils ont d'ailleurs un secret pour les saler, que l'on n'a pu imiter nulle part. Au reste l'on sait que les harengs font tous les ans le tour de l'Angleterre, de l'Ecosse & de l'Irlande. Après avoir achevé cette tournée, ce qui arrive vers la St. Jean, ils sont gras & propres à être salés; & c'est alors qu'on va les prendre. Les Hollandois ont soutenu la guerre pour obliger les Anglois à ne pêcher des harengs que précisément sur leurs côtes; & maintenant ils en font le débit dans la plus grande partie de l'Europe, à l'exclusion de toutes les autres nations. On soutient qu'ils en vendent pour près de dix millions d'écus, & qu'il leur reste trois millions d'écus de profit annuel.

Pour la pêche de la baleine, ils envoient tous les ans au printemps une grande quantité de vaisseaux, non-seulement en *Groenlande*, mais aussi dans le détroit de Davis. Cette pêche est une espece de loterie; quoiqu'à la longue il y ait à gagner, cependant le profit n'en est pas, à beaucoup près, aussi considérable que celui de la premiere. C'est aussi pour cette raison, que les Hollandois prient Dieu dans leurs dévotions publiques *pour la grande & la petite pêche;* entendant par la grande pêche celle des harengs, & par la petite celle des baleines.

Enfin ils trafiquent d'une maniere fort avantageuse à Smyrne & dans toutes les Echelles du Levant. Ce n'est point par une compagnie octroyée qu'ils font ce commerce; mais il est entre les mains des particuliers. Ils y envoient des ouvrages de leurs manufactures qui sont adressés à des négociants Hollandois établis à Constantinople, à Smyrne, & à Alexandrette. Les draps

& les étoffes de laine y ont le plus de cours : & ces marchandiſes ſe débitent non-ſeulement par toute la Turquie, mais auſſi en Perſe & dans le reſte de l'orient. Ils en retirent en échange quelque peu d'argent en eſpece, ou bien des denrées qui en tiennent lieu, & dont ils peüvent faire un uſage avantageux en Europe ; comme des ſoies crues & du poil de chevre, qui leur ſert à fabriquer de très-beaux camelots. Parmi ces retours, on compte auſſi les tapis de pied, quelques étoffes de ſoie, des gazes, des quincailleries faites dans les ſerrails, & pluſieurs autres effets. Voilà ce qui regarde leur commerce.

§ IV.

Population & troupes.

Nous avons déja remarqué que les ſept provinces ſont extraordinairement peuplées ; & en effet, tout ce pays eſt comme ſemé de villes & de villages. Il y en a qui prétendent, que la ſeule province d'Hollande contient plus de deux millions cinq cents mille perſonnes. Cependant pour un ſi grand nombre d'habitants, la république n'entretient qu'une petite armée ; & encore auroit-elle de la difficulté à la recruter dans le pays. On peut alléguer pour cauſe de ce manque de ſoldats, toutes les raiſons que nous avons données au ſujet de l'Angleterre, & qui conviennent de tout point à l'état de la Hollande. Cette république, dans les temps tranquilles, & ſur-tout depuis la paix d'Utrecht, n'a guères entretenu au-delà de trente mille hommes. Ce nombre n'eſt pas ſuffiſant ; car, comme les ſept provinces ſont ſituées dans le continent, par conſéquent fort à portée d'être envahies, n'étant pas environnées de tous côtés de la mer, il s'en faut de beaucoup, qu'elles puiſſent ſe mouler ſur l'Angleterre, & qu'une auſſi petite armée ſuffiſe pour

leur défense. A la vérité, depuis l'année 1740,
on a fait trois augmentations consécutives, chacune d'environ vingt mille hommes. Mais cette
précaution n'a pas eu tout l'effet qu'on s'en promettoit ; car il est arrivé par-là, que plus des
deux tiers de leur armée n'a consisté que dans
un ramas de troupes nouvelles, qui ont très-mal
fait leur devoir dans la guerre contre la France,
survenue après la mort de Charles VI. La chose
ne pouvoit guères arriver autrement. On sait combien il en coûte de peines, de temps & de travail pour former, exercer & discipliner un régiment nouvellement levé, & pour y introduire
cet *esprit de corps* si nécessaire dans les troupes.
On en reconnoît la difficulté dans les pays où
le militaire semble faire le principal objet, & où
l'officier, aussi-bien que le soldat, est accoutumé
à la plus grande exactitude dans le service. Or,
à plus forte raison, que peut-on attendre d'un si
grand nombre de nouvelles troupes, dans un état
où l'esprit républicain, joint à celui de commerce, rend la discipline militaire relâchée ? C'est
aussi dans cette derniere réflexion qu'on doit chercher la cause pourquoi les troupes Hollandoises
ne sont pas les plus formidables du monde : car,
comme les officiers sont la plupart enfants des
chefs de la république, les généraux n'osent prendre sur eux toute l'autorité nécessaire, ni les punir
aussi rigoureusement que dans un état despotique.
Les richesses d'ailleurs que plusieurs de ces officiers possedent, ou qu'ils ont à espérer, font qu'ils
se déterminent plus difficilement à exposer une
vie accompagnée de beaucoup de douceurs. Enfin
l'esprit mercenaire n'est guères compatible avec
l'héroïsme. On peut voir là-dessus les solides considérations que nous trouvons dans les *causes de
la grandeur des Romains & de leur décadence,* où

M. de Montesquieu a fait la comparaison de Rome & de Carthage. Il faudra voir si la république à la fin de la guerre, congédiera les troupes nouvellement levées par les trois augmentations susdites ; mais il est certain que ce seroit une mauvaise politique ; car les Hollandois ne sauroient se passer de soixante à quatre-vingt mille hommes, sur-tout depuis que Louis XIV a inspiré aux autres souverains de l'Europe, l'idée d'entretenir de si nombreuses armées, & qui surpassent la plupart du temps les forces naturelles de leurs états.

§ V.

Marine. La marine des Hollandois pourroit être dans un état admirable, si le gouvernement prenoit de justes mesures pour cela. Car il n'y a pas dans le monde de pays qui fournisse une aussi grande quantité de bons matelots que celui-ci ; & c'est là l'article le plus essentiel pour l'équipement des flottes. Tout état qui a des ports de mer peut établir des chantiers, & se procurer des artisans habiles pour construire des vaisseaux & les équiper. Mais les matelots manquent par-tout où l'on n'a pas constamment beaucoup de navires marchands en mer. Après cette considération, croirons-nous qu'il y ait en Europe un pays comparable à cet égard à la Hollande ? De plus, les Hollandois s'appliquent fort à la marine ; leur génie les y porte aussi-bien que leur situation ; & il y a toujours parmi eux nombre d'habiles gens auxquels on peut confier le commandement des vaisseaux & celui des flottes. Les *Tromp* & les *Ruyter* ont servi autrefois de modele dans leur métier, & ils ont laissé des émules qui marchent avec succès sur leurs traces. On a remarqué que jamais les Anglois n'ont pu remporter sur les

Fran-

François, quelque avantage confidérable par mer,
que lorfqu'ils ont été accompagnés des Hollandois; & ces derniers abandonnés à eux-mêmes
ont plus d'une fois fait trembler la France, l'Angleterre & l'Efpagne. La navigation importante
des Hollandois, fource de leur félicité, demande
une puiffante protection, qui ne fauroit être ob-
tenue que par des flottes toujours prêtes. C'eft
pour cette raifon, que la république a entretenu
en temps de paix trente vaiffeaux de guerre, en
état d'être mis en mer au premier befoin. Pendant la guerre elle a équipé cinquante vaiffeaux
& davantage. Même en 1666, elle en avoit
cent à la rade du Texel. Mais depuis quelque
temps, par la plus mauvaife de toutes les politiques, la marine de la Hollande eft tombée dans
une extrême décadence. Il eft inconcevable comment les états qui gouvernent la république, ont
pu perdre totalement de vue l'objet de leur fûreté, au point de négliger en même temps leur
armée & leur marine; fur-tout fi l'on confidere
les revenus immenfes que la république pourroit
avoir au cas que les finances fuffent bien adminif-
trées. On ne fait fi on en doit attribuer la caufe
à une aveugle indolence, ou à la lenteur des réfolutions qui fe prennent dans l'état, ou à des
vues d'intérêt particulier de la part des grands.
Quoi qu'il en foit, il eft certain que la plupart des
vieux vaiffeaux font, ou pourris dans les ports,
ou rongés par les vers de mer. Les arfenaux de
la marine font affez mal fournis, & l'on ne fe
fouvient prefque plus du temps où l'on a vu une
flotte Hollandoife fur mer. Qui fait fi par-là l'art
de faire la guerre fur cet élément, ne s'eft pas
perdu chez cette nation, & fi l'on reconnoîtroit
aujourd'hui fur mer les mêmes Hollandois qui y
ont fait de fi grands exploits? Les Zélandois au

reſte paſſent pour les plus braves & les plus habiles marins.

§ VI.

Revenus. La Hollande eſt le pays du monde où l'on
paie les plus grands impôts , & où les caiſſes
de l'état ſont le plus dépourvues d'eſpeces. Ce
paradoxe paroît d'autant plus ſurprenant , que depuis bien des années la république (comme nous
venons de le remarquer) n'a fait aucune dépenſe
extraordinaire pour l'entretien de ſes armées &
de ſes flottes ; & qu'elle n'a preſque point payé
de ſubſides à d'autres puiſſances. Dans les guerres
pour la ſucceſſion d'Eſpagne , l'état s'eſt vu plus
d'une fois à la veille de faire banqueroute ; mais,
depuis ce temps-là , la république a joui pendant plus de vingt ans d'une profonde paix ;
elle n'a été ſujette à aucune charge onéreuſe ,
& ſon commerce a proſpéré de tous côtés. Malgré cela les caiſſes publiques ſont épuiſées. Il eſt
étonnant , que le peuple ne ſoit pas ſurpris de
cette contradiction. Certainement les grands qui
gouvernent cette république ſemblent avoir plus
en vue leur fortune particulière , & les riches
établiſſements de leurs familles , que le ſalut de
l'état. Les deniers publics paſſent par tant de mains
avant qu'ils parviennent à la caiſſe générale , qu'il
s'en perd au moins la moitié. Chaque ville ou
village a des receveurs ſubalternes , qui avec de
très-modiques appointements , s'enrichiſſent de
leur métier. Delà les fonds paſſent au receveur
en chef du même endroit , qui en vit largement ,
& fait une fortune conſidérable. Enſuite ils parviennent au receveur de la province , qui brille
par une belle dépenſe , & meurt fort riche ; enfin
ils tombent entre les mains du receveur général , qui mene un train de prince , & enrichit ſa

famille pour toujours. Voilà le déchet ordinaire. Qui oseroit outre cela développer les manigances qui se pratiquent pour ronger extraordinairement ces deniers, avant qu'ils soient employés aux dépenses de l'état? Dans les premiers temps de la république, les forces de l'état étoient plus redoutables, quoique naturellement il eût beaucoup moins de revenus. Les régents ne voyoient que trop clairement la nécessité d'établir la république sur un pied solide, & de la rendre formidable. Chaque particulier concouroit au bien général; & les princes d'Orange, en qualité de *Stadhouders*, étoient revêtus de l'autorité de veiller à la conduite de ceux qui administroient les finances de l'état.

Au reste, quelque délabrées que soient ces finances, quelque endettées que soient les caisses de la plupart des provinces, il y a trois sources intarissables dans la république, qui ne la laisseront jamais manquer d'argent dans ses besoins. La premiere consiste dans les revenus ordinaires du pays, qui sont perçus par le moyen des accises, des droits d'entrée sur les marchandises, & des taxes que l'on impose sur le peuple. Tant que la république fourmillera d'habitants, & que le commerce y fleurira, on voit bien qu'il est impossible d'épuiser de pareilles ressources. Une seule capitation, ou un autre impôt extraordinaire qu'on levera dans une nécessité urgente, produit d'abord sur une si grande multitude de peuples, des sommes immenses. La seconde source se trouve dans la grande quantité de gens riches qui vivent simplement de leurs revenus en Hollande, & que l'on nomme *rentiers*. Si jamais l'état se trouvoit dans quelque nécessité pressante, & qu'on voulût établir quelque nouveau fond public, il est certain que ces personnes seules seroient charmées d'avancer plusieurs millions, moyennant une rente modique ; d'autant plus que les intérêts sont fort bas en Hollande, & que la plupart des particuliers se voient obligés de placer leurs capitaux dans les fonds d'Angleterre ou ailleurs ; ce qui est une mauvaise politique. Enfin, la troisieme source c'est la banque d'Amsterdam, dans laquelle presque toutes les nations de l'Europe ont déposé leurs trésors, & que la république peut employer à son usage sans qu'il en coûte autre chose à l'état, que de garantir aux propriétaires le dommage qui peut arriver par le vol, l'incendie ou l'inondation. On peut aussi compter parmi les revenus ordinaires de la république *les droits de la traite foraine*, ou d'entrée & de sortie, lesquels, quoique fort modiques, ne laissent pas de faire le fond de l'amirauté pour ses armements.

On a toujours compté, que les Etats-Généraux devoient environ treize millions de florins ; & outre ces dettes de la généralité, la province de Hollande doit en son particulier soixante-cinq millions, dont elle paie les intérêts au denier vingt-cinq.

<h2 style="text-align:center">§ VII.</h2>

Forme du Gouvernement.　Voici quelle est la forme du gouvernement. Les sept provinces forment un systême de confédération, dont l'union d'Utrecht, faite en 1579, est la base. Ce sont proprement sept états indépendants & souverains chacun chez soi, qui réunis font une seule république ; & c'est en cette qualité qu'ils ont été reconnus par toutes les puissances de l'Europe à la paix de Westphalie.

Pour bien comprendre ce systême de gouvernement, il est bon de savoir, que non-seulement chaque province est souveraine chez elle, mais même que chaque ville jouit au moins des principales parties de la souveraineté. Nous citerons pour exemple *Amsterdam*, la capitale des sept provinces. L'autorité suprême de cette ville consiste dans les décrets & dans les résolutions de son *Sénat*, qui est composé de trente-six personnes, dont quelques-unes ont la direction des affaires de police, & les autres l'administration de la justice. La levée des deniers dépend de la volonté du sénat. Lorsqu'un sénateur vient à mourir, le sénat remplit la place vacante, sans que les bourgeois s'en mêlent. Ce sénat choisit aussi les principaux magistrats de la ville ; c'est-à-dire, les bourg-mestres & les échevins. Il y a douze *bourg-mestres*, dont quatre sont en fonction pour chaque année ; on les nomme *regnants*. Les *échevins* font la cour de justice en chaque ville. Il y en a neuf à Amsterdam, dont on continue deux pour l'année suivante, & tous les ans on en élit sept nouveaux. Le *Schout* ou *bailli*, a soin de prévenir les désordres, appréhende les criminels, conclut contre eux, & fait exécuter les sentences que la justice prononce. Le *pensionnaire*, qui est jurisconsulte, a une connoissance parfaite des ordonnances, coutumes, statuts, & privileges de la ville, dont il informe le magistrat dans les occasions, & parle pour ses intérêts dans les contestations qu'elle a avec les autres villes. Il est ministre des bourg-mestres & du sénat : il conduit leurs affaires, & il est chargé des harangues dans les occasions publiques.

Les autres emplois de la ville ne sont que *subalternes*, & les bourg-mestres en disposent.

Le sénat nomme les *députés* que la ville envoie *à l'assemblée des états de la province*, dont la souveraineté est représentée par les députés des *nobles* & des *villes*, qui font pour la province de Hollande ensemble dix-neuf voix, dont les nobles ont feulement la premiere, & les villes les autres dix-huit.

Dans cette affemblée des états de la province, les nobles opinent les premiers, & par ce moyen ils donnent beaucoup de poids à leur avis dans les délibérations. Le *confeiller penfionnaire* (de Raad Penfionaris,) qui eft toute autre chofe que le penfionnaire d'une ville, prend fa place à leur table ; & comme penfionnaire de leur ordre, il fe trouve préfent à toutes les délibérations qu'ils font avant que d'entrer dans l'affemblée, dans laquelle il opine pour eux. Il eft proprement le miniftre de la province, & un des députés perpétuels des états de la province à l'affemblée des Etats-Généraux.

Nous avons dit que les députés des villes font tirés du magiftrat de chaque ville. Leur nombre n'eft pas réglé, il dépend de la volonté de ceux qui les députent, & qui fuivent en cela ordinairement la coutume, parce qu'ils n'ont tous enfemble qu'une feule voix ; mais ordinairement l'un des bourg-meftres, & le penfionnaire, font du nombre. Les états de la province de Hollande tiennent leur affemblée dans le palais de la cour de La Haye, & s'affemblent ordinairement quatre fois l'an. Ils déliberent fur tout ce qui regarde le bien & le fervice de la province en général.

Dans les occafions extraordinaires ils font convoqués par un college que l'on appelle des *confeillers députés* (de Gecommitteerde Raaden) qui font proprement le confeil d'état de la province. Il eft compofé d'un député de la part des nobles, d'un député de chacune des huit grandes villes, & d'un député pour les trois petites villes de la Hollande méridionale ; ce qui fait dix perfonnes en tout. Ce college eft fédentaire, & demeure toujours à La Haye. C'eft lui qui envoie aux états de la province les points sur lesquels on les convoque, & qui exécute les résolutions. Il y a un autre college de conseillers députés en nord Hollande, qui réside à *Hoorn*, ou à *Enkhuyse*, alternativement.

Outre l'assemblée des états, & le college des conseillers députés, la province a encore une *chambre des comptes* qui a l'administration du revenu général & ordinaire de la province; & outre cela dans la province de Hollande, la disposition absolue de ce qu'on appelle l'ancien domaine de Hollande, sans en rendre compte aux états de la province.

Voilà le tableau de la maniere dont les choses sont réglées dans les provinces respectives. Nous avons donné le plan de la province d'Hollande : les autres sont à peu de choses près réglées sur le même pied. Voyons maintenant comment les sept provinces se réunissent & forment un corps d'état, ou une république.

§ VIII.

Chaque province nomme ses députés & les envoie à La Haye, où ils composent l'*assemblée des Etats-Généraux*, (De Staaten Generaal) le *college du conseil d'état*, (Den Raad van Staaten) & *la chambre des comptes*, (De Generaal Reeken-Kaamer.)

La souveraineté de la république réside proprement dans l'assemblée des *Etats-Généraux*, laquelle n'étoit autrefois convoquée qu'aux occasions extraordinaires, parce que, pour la rendre complette, il falloit plus de huit cents personnes; ce qui faisoit une confusion horrible, sur-tout dans les délibérations. Le conseil d'état représentoit en l'absence des Etats-Généraux, leur autorité, & les convoquoit. Mais cette nombreuse assemblée n'a pas été convoquée depuis très-long-temps. On eſt demeuré d'accord, que les députés continueroient l'aſſemblée ſous le nom d'Etats-Généraux : college qu'on a toujours connu depuis ſous ce nom, & qui ſe tient conſtamment dans la cour de La Haye. C'eſt donc lui qui repréſente la ſouveraineté de l'union, qui donne les audiences, qui expédie les dépêches aux ambaſſadeurs, & auquel tous les autres colleges ſont ſubordonnés ; mais en effet il ne fait que repréſenter les Etats-Généraux. Or chaque province envoie aujourd'hui à cette aſſemblée, tel nombre de députés qu'il lui plaît ; ce qui eſt indifférent, parce que les réſolutions n'y ſont pas priſes par les ſuffrages des perſonnes, mais par ceux des provinces. Chaque province y préſide une ſemaine par tour ; & c'eſt à celui des députés, qui précede les autres dans la province, qu'on défere l'honneur de la préſidence. Il a ſa place dans un fauteuil au milieu d'une longue table, où peuvent s'aſſeoir environ trente perſonnes. Le *greffier*, qui en eſt comme le ſecretaire, eſt aſſis au bout. Lorſqu'un miniſtre étranger prend audience, on le place au milieu de la table vis-à-vis du préſident. Les choſes ordinaires y ſont conclues à la pluralité des voix ; mais pour les affaires de grande conſéquence, il faut le conſentement unanime de toutes les provinces.

Le *Conſeil d'état* eſt auſſi compoſé de députés de toutes les provinces, mais d'une autre maniere que l'aſſemblée des Etats-Généraux, parce que leur nombre eſt réglé. La Gueldres y envoie deux députés ; la Hollande trois ; la Zélande deux ; Utrecht un ; la Friſe deux ; l'Overyſſel un ; & Groningue un ; ce qui fait en tout le nombre de douze. L'on n'y opine pas par provinces, mais par tête, & chaque député préſide une ſemaine par tour. Les gouverneurs des provinces ont auſſi voix & séance au conseil d'état ; mais le *Grand-Pensionnaire* n'y a que le droit de séance, & ne fait que donner son avis, quoique d'ailleurs son crédit y soit grand, ainsi que nous l'avons déja remarqué. Ce conseil d'état exécute les résolutions des Etats - Généraux, il leur propose les moyens les plus convenables pour lever des troupes & des deniers, la quantité des unes, & les proportions des autres ; & il a la surintendance des troupes, des fortifications, des contributions, &c. En un mot les principales affaires de la république passent par ce college.

Vers la fin de chaque année le conseil dresse un état de la dépense qu'il juge nécessaire pour l'année suivante, & il le présente aux Etats-Généraux, qui le font circuler dans leurs provinces respectives. Voici la proportion de ce que chaque province est obligée de contribuer, lorsqu'il s'agit de lever, par exemple, cent mille florins.

	flor.	sous	den.
La Gueldres paie	5612	5	2
La Hollande	58309	1	12
La Zélande	9183	14	2
Utrecht	5830	17	11
La Frise	11661	15	10
Overyssel	3571	8	4
Groningue	3830	17	11

Somme totale 100000 florins.

Le conseil d'état dispose encore de toutes les sommes destinées pour les fraix extraordinaires de l'état, & fait expédier les ordonnances pour la dépense ordinaire, sur les résolutions que les Etats-Généraux ont prises auparavant en gros.

La *Chambre des comptes* a été érigée pour le soulagement du conseil d'état, pour examiner & arrêter les comptes des receveurs généraux & subalternes, & pour enrégiftrer les ordonnances du conseil d'état, qui a la difpofition des finances. Cette chambre eft compofée de deux députés de chaque province, qui changent de trois en trois ans, mais non pas pour toutes les provinces.

Outre ces colleges, il y a encore un *Confeil d'amirauté*, lequel a la difpofition abfolue des affaires de la marine, & qui juge fouverainement de tout ce qui peut être de ce reffort. Ce confeil eft divifé en cinq colleges, dont il y en a trois en Hollande; favoir, à Rotterdam, à Amfterdam, & à Hoorn ou Enkhuyfen alternativement : le quatrieme eft à Middelbourg en Zélande, & le cinquieme à Harlingue en Frife.

Il y a outre cela *le Confeil de Brabant*, qui s'affemble à La Haye, & *celui de Flandre* qui tient fes affemblées à Middelbourg, pour la direction des affaires qui regardent les poffeffions de la république dans ces deux provinces.

Les miniftres étrangers entament les négociations avec le grand-penfionnaire, qui eft le premier miniftre de la république, & avec le greffier, qui en eft le fecretaire. Ils entrent auffi en conférence avec le préfident de la femaine pour les Etats-Généraux.

Au refte, c'eft une maxime fondamentale de la république, établie par l'union d'Utrecht, qu'aucune province ne fauroit être aliénée ou démembrée, de quelque maniere que ce foit, fans le confentement général de toute la république; & toutes les provinces s'uniffent de maniere, qu'elles ne forment plus qu'un feul & même état. Voilà qui fuffira pour donner une idée générale de la forme du gouvernement de cette république & de fa conftitution.

§ IX.

La religion dominante en Hollande eſt la ré- Religion.
formée, mais on y tolere toutes les autres. On
a compté juſqu'à ſoixante·& dix ſectes différentes qui y ont un libre exercice de leur religion.
Cependant ceux de l'égliſe romaine y ſont les
plus nombreux. Toutes les villes en ſont remplies, & il n'y a preſque pas de village qui n'ait
ſon égliſe catholique. On aſſure que, ſur-tout
dans le plat-pays, le nombre des catholiques eſt
plus grand que celui des réformés. Ce qu'il y
a de certain, c'eſt que les Etats doivent avoir
un œil attentif aux progrès de cette religion,
& particuliérement aux menées de ſes miniſtres,
qui s'ingerent ſi volontiers dans les affaires publiques. Auſſi tâche-t-on d'en arrêter l'accroiſſement, autant que cela s'accorde avec les maximes fondamentales de la république, qui favoriſent la tolérance. On ſouffre en Hollande un
vicaire apoſtolique ; mais ſon pouvoir eſt toujours ſoumis au gouvernement, & renfermé dans
des bornes fort étroites. Les moines & tous les
ordres religieux ſont proſcrits, ſous des peines
rigoureuſes, du territoire de la république. Il eſt
défendu de porter publiquement le ſaint ſacre-
ment aux malades, ou de faire la moindre pro-
ceſſion hors de l'enceinte des égliſes. Aucun catholique romain ne peut être admis aux charges
publiques de l'état : pour le reſte, ils jouiſſent
de tous les bénéfices & privileges des autres çi-
toyens.

Parmi les ſectes, les Ménonites ſont les plus
opulents & les mieux établis. Il y a auſſi une
très-grande quantité de Juifs qui font un commerce conſidérable, & qui poſſedent de grandes
richeſſes, ſur-tout les Juifs Portugais.

Lorſque dans la religion réformée il ſurvient quelque différend ſur l'opinion, ſoit en fait de dogme ou de morale, ou qu'il y a quelque affaire eccléſiaſtique de grande conféquence à diſcuter, on en renvoie la déciſion à un ſynode général compoſé de députés des égliſes des ſept Provinces-Unies. Les affaires ordinaires ſont réglées par les conſiſtoires, ſous l'approbation du gouvernement civil. Les paſteurs des égliſes y ont beaucoup de crédit, mais peu de pouvoir. Il eſt néceſſaire cependant, comme dans tous les pays du monde, que les magiſtrats aient ſoin qu'ils ne mêlent point dans leurs ſermons des choſes relatives aux affaires du gouvernement, & qu'ils n'enſeignent point des doctrines capables de troubler la tranquillité publique.

§ X.

Politique générale. Diſons encore quelques mots ſur la politique que la république obſerve. La conſervation de la liberté en fait le premier & le principal objet. Ils en ſont ſi jaloux, qu'ils éloignent tout ce qui ſemble pouvoir y donner la moindre atteinte. Cette liberté ne conſiſte pas en ce que chacun peut vivre au gré de ſes fantaiſies, ni commettre tous les écarts qui lui viennent dans l'eſprit; au contraire, toutes les loix y ſont fort ſéveres, & auſſi rigidement maintenues, que dans un état deſpotique. Mais voici ce qui fait l'eſſence de cette liberté. Le peuple eſt ſûr de n'être gouverné qu'en conféquence des loix du pays qu'il connoît; nul citoyen ne peut être dépouillé illégitimement de ſes poſſeſſions, ou chicané ſur ſes démarches par le caprice d'un ſupérieur; chacun eſt le maître abſolu des biens qu'il poſſede, & du genre de vie qu'il veut embraſſer. Les principaux membres de la république dirigent eux-mêmes les affaires, & ne rendent compte de leur adminiſtration qu'à l'état même. Cette derniere prérogative influe plus ſur les grands que ſur le peuple; & voilà auſſi pourquoi les premiers s'op-poſent toujours au rétabliſſement du *Stadhouder*, au-lieu que le commun peuple y eſt aſſez porté. Car le *Stadhouder* réunit en ſa perſonne les char-ges de *gouverneur-général*, de *capitaine-général*, & d'*amiral-général*. On peut juger par-là com-bien doit être grand ſon pouvoir, & encore plus ſon crédit. Les princes d'Orange, ces premiers fondateurs & défénſeurs de la république, ont trouvé le moyen de faire charier droit tous ceux qui étoient révêtus des emplois publics, de quel-que nature qu'ils fuſſent. C'étoient peut-être là les plus beaux temps de la république! Dans les commencements les ſept provinces n'avoient qu'un ſeul *Stadhouder* de la maiſon de Naſſau; mais cette charge fut abolie à perpétuité en 1650. Ce-pendant les déſordres qui ſe manifeſterent bientôt dans la république, la firent rétablir en 1672. Au-lieu d'un gouverneur-général, on en élut deux, l'un & l'autre de la maiſon de Naſſau, mais de deux lignes différentes. La Hollande, la Zélande, Utrecht, Gueldres, & Overyſſel choiſirent *Guil-laume III*, Prince de Naſſau-Orange, qui a oc-cupé ce poſte pendant vingt-huit ans. La Friſe & Groningue, au contraire, élurent *Henri Caſi-mir*, prince de Naſſau-Dietz, qui eut d'abord pour ſucceſſeur ſon fils *Jean-Guillaume*, & après la mort de ce dernier, ſon petit-fils *Guillaume-Char-les*. Tellement que cette charge eſt devenue hé-réditaire dans la maiſon de Naſſau pour la Friſe & Groningue. Les autres cinq provinces ne l'ont point remplie après la mort du roi *Guillaume III*, qui arriva en 1702. Ce prince n'ayant point laiſſé de poſtérité, le prince *Guillaume-Charles* étoit en droit de fe flatter d'obtenir cette dignité pour toute la république. En effet, en 1728 les provinces de Gueldres & d'Overyffel le reconnurent pour leur *Stadhouder* ; mais jufqu'ici les trois provinces de Hollande, de Zélande & d'Utrecht, ont refufé de fuivre leur exemple. Or, comme ce font les plus confidérables, on voit bien que l'autorité du prince ne fauroit être fort grande, avant qu'il y ait obtenu la même charge ; d'autant plus que jufques-là il ne fauroit difpofer en rien, ni des troupes, ni des autres forces de toute l'union. Il eft certain qu'un *Stadhouder*, homme de tête & de courage, redrefferoit bien des abus, & feroit fort capable de donner un nouveau luftre à la république, en la rendant auffi formidable qu'elle l'a été par le paffé. (*)

Le fecond objet de la politique des Hollandois, c'eft le maintien de leur commerce, de leur navigation & de leurs poffeffions dans les Indes. Comme nous avons déja parlé de tous ces articles, nous y renvoyons nos lecteurs ; & nous ajouterons feulement, que les Hollandois prennent, pour parvenir à ce but, les mêmes mefures que les Anglois, lefquelles ont été indiquées au chapitre précédent. Mais, d'autant qu'ils agiffent en tout avec beaucoup moins de vigueur que les Anglois, ils ne peuvent efpérer qu'un moindre fuccès.

Les Anglois ont auffi engagé la république dans le maintien de la balance du pouvoir en Europe ; & c'eft ce qui fait le troifieme objet de la politique Hollandoife. Comme les intérêts de l'Angleterre & de la Hollande font les mêmes à cet égard, il eft naturel que leurs maximes foient

____

(*) Perfonne n'ignore les changements arrivés depuis à cet égard, & l'état actuel des chofes. *Note de l'éditeur.*

auſſi ſemblables. Nous avons fait d'amples réflexions ſur cette matiere, en parlant de l'Angleterre; ainſi nous éviterons les répétitions inutiles dans cet endroit.

Il en eſt preſque de même du quatrieme objet
politique des Hollandois, qui eſt la conſervation
des barrieres. Nous avons indiqué au commencement de cet article, les places fortes qu'on déſi-
gne par-là, & les conventions qui ont été faites
à cet égard. Dans le temps que nous écrivons
cet ouvrage, (en 1746) la France a fait la conquête de la plupart de ces fortereſſes, & il faudra voir à la paix prochaine, les arrangements
que l'on prendra pour raſſurer la république de
ce côté-là. Il nous paroît cependant, qu'elle n'a
que quatre moyens pour rétablir ſa ſûreté : 1°. de
faire les derniers efforts pour reconquérir ces places en faveur de la maiſon d'Autriche, & y conſerver le droit de garniſon ; entrepriſe qui ſeroit
accompagnée de grandes difficultés; 2ᶜ. de former
de nouvelles barrieres, ou 3ᵘ. de tâcher par la
voie de la négociation , que la Flandre & le
Brabant ſoient remiſes entre les mains d'un prince
neutre; à quoi l'on pourroit ajouter 4ᵘ. un expédient aſſez nouveau, qui ſeroit de déclarer ces deux
provinces à perpétuité barrieres entre la France &
la Hollande, d'y mettre des garniſons aux frais
communs des trois puiſſances maritimes, & de
prendre chez les treize Cantons Suiſſes les troupes deſtinées pour ces garniſons.

En général il s'eſt gliſſé dans le gouvernement
de la république, ſur-tout depuis le commencement de ce ſiecle, une grande indolence. Les
régents ſemblent faire de leurs fortunes particulieres le principal objet de leurs ſoins. C'eſt auſſi
pour cette raiſon, qu'ils éloignent la guerre, &
qu'ils s'oppoſent au rétabliſſement du *Stadhouder*.

Dans cette derniere crise, où la conservation de la paix & le maintien de la maison d'Autriche étoient deux choses si difficiles à concilier, la Hollande en a fait trop, & trop peu. Par les trois augmentations successives de ses troupes, elle a mis toute l'Europe en mouvement; & sans déclarer formellement la guerre, elle s'est attirée tout le poids de la maison de Bourbon.

§ XI.

Politique relative aux diverses puissances. Le Portugal.

Il ne nous reste pour connoître plus particuliérement la politique de la Hollande, que d'examiner en détail la conduite qu'elle observe envers les autres puissances de l'Europe.

Il s'en faut beaucoup, que les relations de commerce entre la *Hollande* & le *Portugal* soient aussi considérables qu'elles le sont entre l'Angleterre & ce royaume; car les Portugais font beaucoup plus de cas des manufactures Angloises, que de celles de Hollande, & cette république en revanche ne tire que très-peu de vins & d'autres denrées du Portugal. Cependant le commerce qui se fait encore entre les deux nations, mérite bien que la république entretienne, comme elle le fait toujours, un ministre à la cour de Lisbonne, & divers consuls dans les ports de mer, qui protegent en même temps les négociants Hollandois établis en grand nombre dans toutes les villes marchandes du Portugal. Autrefois les Hollandois ont fait diverses tentatives avec peu de succès sur le Brésil & les autres possessions Portugaises en Amérique. Mais ils ont été plus heureux à débusquer cette nation de la plus grande partie du commerce des Indes orientales, qu'ils se sont approprié. Leur politique doit donc se porter à nuire autant qu'ils le pourront aux Portugais en Asie, mais à les laisser tranquilles en Amérique; vu le peu de

justice

justice qu'il y auroit à vouloir les en chasser, & le peu de succès qu'il y auroit à espérer de ce côté-là.

L'*Espagne* a de grandes liaisons avec la Hollande, qui sont telles aujourd'hui, qu'elles ne sauroient tourner qu'à l'avantage réciproque des deux nations. Car la Hollande n'a pas à craindre que l'Espagne veuille reclamer ses anciens droits sur les Pays-Bas. Et en tout cas, s'il s'agissoit de contester à la république sa liberté & les prérogatives qui en découlent, ce ne seroit pas à l'Espagne à former les moindres prétentions à cet égard. Les Pays-Bas étoient tombés en partage à un prince de la maison d'Autriche, l'empereur *Maximilien I*, qui épousa Marie, fille unique de Charles-le-hardi, & héritiere de Bourgogne, dont les descendants furent aussi rois d'Espagne. Le trône d'Espagne étant occupé par un prince de la maison de Bourbon, & les autres dix provinces étant demeurées à la maison d'Autriche; il est certain que, s'il y avoit des prétentions, ce ne seroit plus à l'Espagne à les former. Mais l'indépendance que les sept provinces ont acquise les armes à la main, & la reconnoissance que toutes les puissances de l'Europe en ont faite, les mettent à l'abri de toute crainte à cet égard. Au reste, le commerce qui se fait entre l'Espagne & la Hollande, est des plus considérables. Cette derniere tire une immense quantité de laines, de vins, & de tous les autres produits de l'Espagne; & les Espagnols en échange se pourvoient chez les Hollandois de draps, d'étoffes, de toiles, de cannevas & d'autres ouvrages des manufactures du pays. Ce commerce, tant pour l'intérieur du royaume, que pour l'Amérique, est si considérable, qu'il y a une grande quantité de négociants Hollandois établis dans toutes les villes d'Espagne, & la nation Hollandoise a toujours un très-grand intérêt dans les galions, quoiqu'indirectement. C'est aussi la raison pourquoi la Hollande n'a jamais vu de bon œil, que les Anglois aient empêché le retour de ces mêmes galions, en envoyant des flottes formidables croiser dans l'Océan. Enfin, lorsque l'Angleterre est en guerre ouverte avec l'Espagne, la république tâche toujours d'entretenir la neutralité, & par ce moyen; elle s'empare seule du commerce le plus vaste & le plus considérable de l'Europe. La Hollande par toutes ces raisons entretient constamment un ambassadeur à la cour de Madrid pour y veiller à ses intérêts, & des consuls dans les ports de mer pour protéger le commerce.

La France.   La *France* a été tantôt alliée intime, & tantôt ennemie déclarée de la Hollande, sans qu'on ait pu former jusqu'à présent de combinaisons raisonnables pour un système constant entre ces deux nations. Il est certain qu'à en juger par l'histoire, les plus beaux temps de la république ont été ceux où elle eut une alliance étroite avec la France. En effet, cette couronne, à bien considérer les choses, ne trouveroit pas son compte à réduire les sept provinces, quand même elle en auroit les moyens. Tout ce qu'elle pourroit obtenir, & même espérer de plus favorable, seroit de les assujettir à une espece de dépendance, & d'empêcher que la république ne prêtât des secours aux ennemis de la maison de Bourbon. Il est cependant de l'avantage de la France d'entretenir auprès des Etats-Généraux non-seulement un ministre du premier ordre, mais aussi d'envoyer des émissaires dans les différentes provinces, afin de conserver & d'augmenter, s'il se peut, le parti François que l'on y trouve toujours. La Hollande, au contraire, doit tâcher de ne pas s'attirer une puiffance auffi formidable fur les bras, ni même de mettre à tout moment fes barrieres en danger, pour des querelles qui ne la touchent qu'indirectement, ou pour des vues éloignées. Elle a d'autres moyens que le fecours de fes armées, pour favorifer le maintien de la balance du pouvoir en Europe. La maifon d'Autriche ne manquera jamais de foldats, pourvu qu'on lui fourniffe de bonne heure des fonds pour les entretenir. Si la Hollande vouloit donc fe borner à lui donner des fecours en argent, ce feroit un moyen de parvenir à fon but, fans heurter de front la couronne de France. Nous avons déja développé les intérêts de commerce qui fubfiftent entre ces deux puiffances; & nous nous bornerons à remarquer, que ces mêmes intérêts doivent former un nouveau motif pour la république, qui l'engage à fe ménager l'amitié de la France, d'autant plus que la nation Hollandoife jouit en France de plufieurs privileges relatifs à la navigation, qu'elle doit tâcher de conferver.

Naturellement il y a une diverfité d'intérêts entre la *Hollande* & l'*Angleterre*, dont le principe fe trouve dans le commerce, & qui fait l'objet principal de ces deux nations. En vain voiton les miniftres Anglois foutenir à La Haye le contraire dans tous leurs difcours publics, on ne nous perfuadera jamais, que deux peuples fitués fur la même mer, qui ont chez eux les mêmes manufactures, qui font le même commerce, qui l'un & l'autre tâchent d'étendre leur navigation, & qui ne fauroient avoir des vues d'agrandiffement que par ces mêmes endroits, puiffent fubfifter long-temps, fans qu'il naiffe entr'eux de la jaloufie, pour ne pas dire une rivalité parfaite. Mr. *de la Martiniere*, dans fa continuation de l'hiftoire de Puffendorf, compare l'Angleterre

L'Angleterre.

& la Hollande à deux négociants qui font le même commerce, mais qui ont leur boutique trop près l'un de l'autre. L'histoire même vérifie ce sentiment ; car nous y voyons fort souvent cette rivalité éclater en guerre ouverte. Mais les progrès considérables du commerce de la France, & l'agrandissement général de cette puissance, ont réuni les intérêts de l'Angleterre & de la Hollande ; & depuis le commencement de ce siecle, nous les avons vus entretenir une amitié & une union presque constante, afin de s'opposer d'autant mieux au danger commun. Cette politique n'est pas mauvaise, pourvu qu'elle ne soit pas poussée trop loin, & que la Hollande considere toujours, que la situation locale (qui est très-différente de celle de l'Angleterre) lui défend d'entrer aussi avant que cette puissance dans les mesures que l'on oppose à la France. Il lui convient de temporiser, ou si elle veut rompre, elle doit prendre de loin des précautions pour augmenter ses forces. Cette république doit aussi donner beaucoup d'attention à l'entretien de ses forces navales, afin qu'elle puisse s'opposer même à l'Angleterre, au cas que celle-ci voulût empiéter sur son négoce ou sur sa pêche.

L'Italie.   L'*Italie* n'a presque d'autres relations avec la Hollande, que celles qui naissent du commerce. Car les autres liaisons politiques sont indirectes, & ne regardent la république qu'autant que l'Italie entre dans le systême général de l'Europe, & que son intérêt exige de voir telle ou telle province entre les mains d'un prince qui puisse favoriser ses vues. Mais la voie de la négociation est celle qu'elle emploie ordinairement en pareil cas ; & nous n'avons presque jamais vû agir ses troupes par-delà les Alpes. Les raisons en font les mêmes que celles que nous avons données pour l'Angleterre. Les flottes Hollandoifes fe font quelquefois jointes à celles des Anglois pour agir dans la Méditerranée; mais la Hollande n'y a jamais fait de grands efforts. Au refte, il y a des comptoirs Hollandois établis dans toutes les villes maritimes de l'Italie, qui font protégés par des confuls, ou des miniftres du fecond ordre. Le roi de Sardaigne, le roi des deux Siciles, & le grand-duc de Florence entretiennent conftamment des envoyés à La Haye.

Les plus grandes liaifons de la Hollande avec *les treize Cantons* fe rapportent aux troupes Suiffes engagées au fervice de la république. L'on peut dire que ce corps d'infanterie eft un de ceux fur lequel les Hollandois peuvent faire le plus de fonds; & c'eft auffi pour cette raifon, qu'ils doivent employer tous les moyens propres à l'entretenir & à le recruter. Delà naiffent les égards que la Hollande doit toujours avoir pour le corps helvétique. Dans les temps des démêlés avec la France, la Suiffe peut rendre des fervices importants, même fans fe déclarer ouvertement contre cette couronne, foit en fourniffant des troupes, foit en refufant le paffage aux corps des François qui voudroient pénétrer par la Suiffe en Italie, ou dans quelque province de l'Allemagne. En un mot, il eft de l'intérêt des puiffances maritimes d'entretenir la Suiffe pour le moins dans une exacte neutralité. Au refte, les liaifons de commerce entre la Hollande & la Suiffe, font de très-petite conféquence, & la fituation de ces deux états fait qu'ils ne fauroient avoir des vues de conquête les uns fur les autres.

La république helvétique.

L'*Allemagne* occupe fort le miniftere de la république. Il y a conftamment un miniftre Hollandois à la diete de Ratisbonne, & des envoyés dans prefque toutes les cours des princes

Le corps Germanique.

de l'Empire. Le voisinage, le commerce, les
intérêts politiques, & plusieurs autres objets forment des liaisons étroites entre le Corps Germanique & les Provinces-Unies. De concert avec
l'Angleterre, la république s'est jusqu'ici toujours
attachée à la conservation de la maison d'Autriche ; mais il reste à savoir, si la saine politique
lui dicte de poursuivre dorénavant le même systême avec une égale chaleur. Le motif principal
de cet attachement consiste en ce que les puissances maritimes envisagent la maison d'Autriche
comme le contrepoids de celle de Bourbon dans
la balance de l'Europe. Or nous avons déja développé en partie nos idées sur la décadence des
forces de cette maison, & sur les inconvénients
attachés à une alliance intime avec elle. Il faut
donc considérer si la république ne trouveroit
pas mieux son compte en s'attachant au roi de
Prusse, & en favorisant ses vues. Car ce prince
d'abord est devenu un voisin respectable de la
Hollande ; & par conséquent il est à portée, ou
de secourir l'état lorsqu'il est menacé, ou de lui
faire éprouver son ressentiment, supposé que la
république l'eût désobligé. Le roi de Prusse d'ailleurs peut agir avec promptitude, au-lieu que la
maison d'Autriche est accoutumée à une lenteur
extraordinaire dans ses opérations militaires. La
maison d'Autriche ne sauroit faire la moindre entreprise sans épuiser d'abord les coffres des puissances maritimes : au-lieu que le roi de Prusse
est en état d'agir par ses propres trésors, & n'a
tout au plus besoin que d'un subside honnête. La
maison d'Autriche, au-lieu de prendre les armes
en faveur de la république, a toujours mis les
puissances maritimes dans la nécessité de faire la
guerre pour elle, par les querelles qu'elle a eues
avec la France, la Pologne, &c. Le commerce

que la cour de Vienne a tâché d'établir dans les
Pays-Bas Autrichiens, ne pouvoit avoir de fuccès, qu'autant qu'il détruifoit celui de la république. Le roi de Pruffe eft intéreffé à la confervation de l'état par toutes fortes de raifons ; & ce
prince enfin eft le plus ferme appui de la religion
proteftante, & en particulier du corps évangélique en Allemagne ; tandis que la maifon d'Autriche opprime cette même religion, & manifefte
en toute occafion un zele extraordinaire pour la
religion catholique-romaine. Ces confidérations
prouvent au moins, que la république n'a aucun
intérêt de s'oppofer à l'agrandiffement du roi de
Pruffe, & que l'appui de ce prince peut lui procurer les mêmes avantages que celui de la maifon d'Autriche. Au refte, il ne feroit pas convenable, que la Hollande fe brouillât avec cette
derniere fans de légitimes raifons. Elle doit tâcher au contraire, de vivre avec la cour de
Vienne, comme avec tous les autres princes de
l'Empire dans une bonne harmonie. Les autres
princes d'ailleurs font, ou trop foibles, ou trop
éloignés pour être fort redoutables à la république. L'électeur de Cologne même, qui joint à
cet électorat l'évêché de Munfter, ne fauroit former, & moins encore foutenir la moindre entreprife contre les Provinces-Unies. Mais fi ces
princes ne font pas en état de les attaquer, ils
peuvent au contraire feconder leurs vues de plufieurs manieres, fur-tout en leur cédant des troupes, ou en leur en fourniffant, moyennant des
fubfides. Ces confidérations font voir combien
la Hollande eft intéreffée à la confervation du
fyftême de l'Empire, & de la forme qui lui a
été donnée par la paix de Weftphalie. Le commerce d'ailleurs que les Hollandois font avec toute
l'Allemagne, eft des plus confidérables, & le plus

grand débit de leurs denrées, de leurs manufactures, & de leurs marchandiſes des Indes, ſe fait ſans contredit dans l'Empire, dont les différentes provinces leur fourniſſent en échange tous leurs beſoins.

La *Pologne* n'a preſque aucune relation directe avec la Hollande. Les produits & autres marchandiſes de ces deux pays ſe tirent mutuellement, ou par la voie de l'Allemagne, ou par la Pruſſe, ou par Dantzig. Cependant, lorſque le trône eſt vacant, la Hollande tâche par la voie de la négociation, d'y faire placer un candidat ſelon ſes vues ; & elle eſt intéreſſée en général, à ce que le ſyſtême de la république de Pologne ne ſoit point renverſé, & que ce vaſte état ne tombe pas en partage à quelque prince déja formidable par ſes autres poſſeſſions.

Le *Danemarck* eſt en grande liaiſon avec la Hollande, ce qui naît principalement du commerce. Car, ſans parler du péage du Sund, qui rend le Danemarck à certains égards maître de la navigation dans la Baltique, les Hollandois en tirent une très-grande quantité de mats de vaiſſeaux, de planches, de futailles, de goudron, & d'autres denrées que produit la Norwege. Les pays en revanche qui ſont ſous la domination du roi de Danemarck, prennent des Hollandois beaucoup d'ouvrages de leurs manufactures, beaucoup d'épiceries & de toutes ſortes d'autres marchandiſes. Ce commerce réciproque eſt conſidérablement augmenté depuis l'année 1726, que le roi de Danemarck défendit dans ſes états l'entrée de toutes les marchandiſes venant de Hambourg. Les négociants Danois depuis ce temps, ſe ſont accoutumés à ſe pourvoir de tout en Hollande, & actuellement cette branche du commerce eſt devenue aſſez importante pour la république. Deux objets cependant donnent de la jaloufie aux Provinces-Unies, & pourront peut-être dans la fuite des temps, caufer quelque méfintelligence entr'elles & le Danemarck. Le premier eft la pêche de la morue fur les côtes de l'Iflande, dont les Hollandois prétendent être en poffeffion, & que les Danois leur conteftent. Déja en 1740 les gardes-côtes du Danemarck prirent cinq bâtiments de pêcheurs Hollandois, & les menerent à Copenhague. Le miniftre de la république les réclama. Plufieurs mémoires & déductions parurent de part & d'autre, dans lefquels chaque parti s'efforçoit de prouver fon droit. Les deux puiffances commencerent même à équiper quelques vaiffeaux pour foutenir leur caufe; & tout fembloit fe difpofer à une rupture, lorfque par la médiation de la Suede, cette affaire fut accommodée. Elle pourroit cependant bien donner lieu dans un temps plus favorable à de nouvelles difficultés. Le fecond objet eft l'établiffement de la compagnie des Indes orientales, qui s'eft fait depuis peu à Copenhague, & dont nous donnerons une idée plus précife à l'article du Danemarck. Il eft certain, que cet établiffement fait un tort confidérable au commerce des Indes de la république, non pas par rapport à la vente des épiceries dont les Hollandois font feuls en poffeffion; mais à l'égard du débit des porcelaines, du thé, des toiles de coton, indiennes, des étoffes de la Chine, &c. dont le Danemarck pourvoit maintenant le nord & les provinces feptentrionales de l'Allemagne. Il eft naturel que les Hollandois foient fort jaloux des progrès de ce commerce, quoiqu'ils n'aient aucun droit fondé pour l'empêcher. Au refte, la république doit encore ménager le Danemarck par rapport aux troupes auxiliaires qu'elle peut prendre à fa folde de cette puiffance. Le roi de Danemarck eſt en état, ainſi que nous l'avons déjà inſinué ailleurs, de fournir, moyennant de bons ſubſides, au-delà de douze mille hommes de troupes; & la république doit être charmée, lorſque dans ſes beſoins elle trouve de pareils marchés à faire.

La Suede.   La *Suede* ſe trouve preſque dans les mêmes relations avec la Hollande que le Danemarck. Maîtreſſe de l'autre rivage du Sund, elle en peut diſputer le paſſage. Outre les bois, elle fournit encore à la Hollande, le chanvre, le cuivre, le fer & pluſieurs autres denrées particulieres à la Norwege Suédoiſe. Il eſt impoſſible que la Hollande puiſſe ſe paſſer de tous ces articles pour la navigation. Les loix ſomptuaires qui ſont fort rigoureuſes en Suede, empêchent que ce royaume ne tire beaucoup de marchandiſes de la Hollande ; mais néanmoins il s'y pourvoit des choſes dont il a le plus de beſoin, & dont il ne ſauroit ſe paſſer. Comme il s'eſt pareillement établi depuis quelques années une compagnie des Indes à Gottembourg, qui fait le même commerce, qui a le même débit, & qui roule ſur les mêmes principes que celle de Copenhague ; on peut auſſi y appliquer les mêmes conſidérations relativement à la Hollande, que nous avons faites au paragraphe précédent. Au reſte, la Suede eſt toujours trop intimement liée avec la France, pour que la république puiſſe eſpérer de conclure quelque traité de ſubſide avec la cour de Stockholm, toutes les fois que la France & la Hollande ne ſeront pas bien unies. Enfin, l'alliance avec la Suede peut être de grand poids pour l'équilibre du Nord ; & c'eſt encore par cette conſidération, que les Etats-Généraux doivent cultiver ſon amitié, & y entretenir conſtamment un miniſtre qui veille à leurs intérêts.

La *Ruſſie* a acquis depuis un demi-ſiecle de ſi La Ruſſie.
grandes liaiſons avec les autres puiſſances de l'Europe, & ſon autorité s'eſt tellement augmentée
dans le Nord, que toute l'Europe doit avoir des
ménagements pour elle, & rechercher les moyens
de vivre en bonne intelligence avec cette cour.
Les intérêts de commerce invitent la Hollande
en particulier à ſuivre cette maxime. Car la Ruſſie, où le luxe regne avec excès, ſans qu'il y ait
de bonnes manufactures, prend tous les ans une
prodigieuſe quantité de toutes ſortes des marchandiſes chez les Hollandois, & ceux-ci tirent en revanche beaucoup de denrées du crû de la Moſcovie. Le chanvre pour le cordage, & le cuir
de Ruſſie, font, par exemple, des articles importants. Les Hollandois s'y pourvoient auſſi de
viandes ſalées pour les proviſions de leurs vaiſſeaux ; le bœuf de Moſcovie étant plus abondant & à beaucoup meilleur marché, que celui
d'Irlande & des autres contrées. Nous avons
déja parlé au chapitre de la Grande-Bretagne, de
l'influence que la Ruſſie a dans les affaires générales de l'Europe. Or, comme le ſyſtême politique de la Hollande eſt le même à cet égard
que celui de l'Angleterre, on peut auſſi rapporter ici les mêmes principes que nous avons établis
en cet endroit ; & nous voyons que la conduite
des Etats-Généraux juſtifie notre ſentiment.

La *Porte Ottomane* peut encore favoriſer les La Porte Ottoma-ne.
vues de la Hollande, ou les contrequarrer de
pluſieurs manieres, ſur-tout lorſque cette derniere
eſt en alliance avec la maiſon d'Autriche. Les
Turcs ſont auſſi fort en état de donner de l'occupation à quelques puiſſances de l'Italie, &
peut-être à la France même ; ſur-tout ſi jamais
ils s'aviſoient de paroître avec une flotte formidable dans la Méditerranée, & qu'ils y fuſſent

foutenus par les Pirates de Barbarie. D'ailleurs, la Hollande fait un commerce confidérable à Smyrne, à Conftantinople, à Scandrone, ou Alexandrette, & dans toutes les Echelles du Levant. Dans tous ces endroits il y a des comptoirs Hollandois, dont les propriétaires, après s'y être enrichis, retournent dans leur patrie. Tant de motifs engagent la république à entretenir conftamment un ambaffadeur à la Porte, qui y veille non-feulement en général aux intérêts de la Hollande, mais auffi à ceux des particuliers.

Les Pirates Algériens & autres.

Les *Pirates de la côte de Barbarie* ont caufé autrefois de grands préjudices au commerce des Hollandois, en s'emparant des vaiffeaux marchands de cette nation, & fur-tout de ceux qui faifoient voile vers la mer Méditerranée, ou vers l'Océan atlantique occidental. Mais actuellement la république eft en paix avec les Algériens & les Salétins. D'ailleurs, quelque négligée que foit fa marine, elle a toujours affez de moyens pour faire refpecter fon pavillon, & pour châtier les Pirates, fuppofé qu'ils vouluffent rompre de nouveau avec la république.

CHAPITRE VI.

DE LA SUISSE.

§ I.

Les treize cantons, leurs noms & leur indépendance.

APrès avoir développé la conftitution & le fyftême politique des Provinces-Unies, nous pafferons à l'examen du Corps Helvétique. Les différents rapports qui fe trouvent entre la forme du gouvernement de l'une & de l'autre de ces républiques, auffi-bien que les diffemblances qui ſubſiſtent entr'elles, deviendront plus ſenſibles, ſi nous les conſidérons tout de ſuite.

Les treize *Cantons*, ou *Provinces*

1. Zurich,
2. Berne,
3. Lucerne,
4. Uri,
5. Schweitz,
6. Underwalde,
7. Zug,
8. Glaris,
9. Baſle,
10. Fribourg,
11. Soleurre,
12. Schaffouſe, &
13. Appenzell,

forment le Corps Helvétique ou la république Suiſſe. Les peuples qui habitent ce pays, dépendoient autrefois de l'Empire d'Allemagne ; mais au commencement du quatorzieme ſiecle, ils ſecouerent le joug que la maiſon d'Autriche étoit prête à leur impoſer, & acquirent les armes à la main une pleine & entiere liberté. Les circonſtances dont cette révolution a été accompagnée, appartiennent à l'hiſtoire. Il ſuffit de remarquer ici, qu'en 1648, à la paix de Weſtphalie, ils ont été reconnus par toutes les puiſſances de l'Europe, pour une nation libre, formant une république indépendante.

§ II.

La Suiſſe eſt ſituée en quarré, ayant environ quarante milles de long, ſur autant de large. Vers le Nord elle eſt voiſine de l'Allemagne, & le lac de Conſtance forme la barriere. La Souabe & l'Alſace ſont les provinces limitrophes. Du côté de l'orient elle touche au Tirol ; & le Rhin y fait à peu près la frontiere. La France est à l'occident, & le Mont-Jura la sépare de la Franche-Comté & du Dauphiné. Vers le midi, elle a pour voisinage l'Italie, dont elle est séparée par les Alpes, par-delà lesquelles il y a la Savoie & le Milanez.

§ III.

Monta-
gnes &
vallées.

Toute la Suisse est remplie de montagnes qui sont en partie d'une hauteur prodigieuse. Quelques-unes se trouvent couvertes d'une neige éternelle, du moins au sommet; d'autres sont fertiles, & produisent des vins assez bons pour ne pas faire desirer aux habitants l'entrée des vins étrangers. Les vallées servent de pâturage aux bestiaux; & ces pâturages sont si excellents, qu'il n'y a guères de pays dans le monde, qui fournisse d'aussi bon fromage, beurre, & toute sorte de laitages, que la Suisse. Aussi est-ce la nourriture la plus commune des habitants, qui par un goût né de l'habitude, la préferent à tous les autres aliments. Ces mêmes pâturages suffisent non-seulement pour nourrir les chevaux & les autres bestiaux nécessaires aux besoins du pays, mais les Italiens y envoient même quantité de bétail, pour y être engraissé; ce qui fait un revenu assez considérable. C'est encore sur les montagnes qu'on voit croître toutes sortes d'herbes aromatiques, dont les Suisses envoient de fortes provisions pour toutes les pharmacies de l'Europe. Aussi concevra-t-on facilement, que ce pays ne sauroit manquer de gibier, & que les chasses ne peuvent qu'y être admirables. On trouve sur-tout une quantité de bouquetains dans les Alpes Suisses. La volaille de toute espece y est aussi fort bonne, & assez abondante.

§ IV.

La Suisse d'ailleurs est entrecoupée de plusieurs Eaux & rivieres, de quantité de lacs, & d'un grand nom- forêts. bre de petits ruisseaux qui prennent leurs sources dans les montagnes, se répandent dans les plaines, & procurent aux habitants une abondance de poissons d'eau douce. Le bois aussi, tant pour la charpente, que pour le chauffage, n'y est pas rare. On trouve par-ci par-là des mines, surtout de fer, dans lesquelles le hazard fait rencontrer souvent des pierres rares & singulieres, des pétrifications, & plusieurs autres curiosités de la nature. Enfin il y a des eaux minérales, des bains chauds, & des sources d'eaux vives d'un goût exquis. Ce qu'il y a de moins abondant chez les Suisses, ce sont les grains en général, & le sel. Dans les temps où la récolte a manqué, ils envisagent la Souabe, le Tirol, & l'Alsace comme des greniers qui suppléent à leurs besoins, & dont ils tirent leurs principales provisions.

§ V.

Quoiqu'il y ait beaucoup d'habitants en Suisse, Manufac- les manufactures n'y sont cependant ni trop bon- tures. nes, ni en trop grand nombre. Car, quoiqu'on ait établi quelques fabriques à Berne, à Zurich, à Fribourg, à Basle & ailleurs, il n'en passe cependant guères d'ouvrages dans les pays étrangers; si ce n'est quelque peu de toiles, de crépons, & d'une étoffe de laine qu'ils appellent *Ras de Cypre.* On peut donner plusieurs raisons de ce manque d'industrie; savoir, 1°. le génie de la nation, lequel ne se porte pas naturellement à un travail qui exige du goût & de l'imagination; 2°. le manque de richesses; ce qui, soit dit en passant, prouve bien la nécessité du luxe & de l'opulence; 3°. la frugalité des Suisses, qui se contentent de leurs aliments ordinaires, & n'aiment point à s'appliquer beaucoup pour acquérir le superflu; 4°. l'éloignement de la mer & la difficulté du charroi par les montagnes; 5°. le voisinage de peuples chez lesquels les manufactures sont déja en train; 6°. le manque de matériaux primitifs pour les manufactures, & les difficultés aussi-bien que les dépenses pour les faire venir.

§ VI.

Commerce. Les mêmes raisons à peu près servent à développer les causes du défaut de commerce, que l'on voit en Suisse. Car d'abord, le génie du peuple n'est guères propre à former de vastes entreprises de commerce; les fonds & les ressources nécessaires à cet effet lui manquent; les mers sont trop éloignées, & sans elles il est presque impossible de faire un commerce étendu; l'Italie, la France, & l'Allemagne sont déja en possession de négocier, d'où il s'ensuit, que la Suisse ne sauroit avoir aucun débouché pour le débit des marchandises, que sa situation locale ne lui permet pas de faire venir avec aisance & à peu de fraix. Enfin le pays n'a point de manufactures, & ne produit pas des denrées suffisantes pour pouvoir en fournir aux autres nations. Car, quoique nous ayions indiqué plus haut toutes les productions de la Suisse, il faut néanmoins comprendre, qu'elles ne sont pas assez abondantes pour servir de matiere primitive à un vaste commerce, & qu'il y a à peine de quoi suffire aux besoins des habitants, qui y sont en très-grand nombre. S'il est donc vrai, (ainsi que nous l'avons fait voir dans la premiere partie de notre ouvrage, pag. 451.) que le commerce n'est autre chose que *l'échange du superflu contre le nécessaire;* il est clair que

la

la Suisse, qui n'a que très-peu ou point de superflu de quoi que ce soit, ne peut se donner un grand essor à cet égard. Car le débit que font ces peuples de leur beurre & de leurs fromages, de leurs eaux-de-vie, de leurs herbes pour la pharmacie, de leurs toiles & crépons; tout cela ne forme qu'un négoce peu important, & ne sauroit faire entrer de grosses sommes dans le pays.

La Suisse, comme nous venons de le remarquer, n'étant située sur aucune mer, & s'en trouvant même fort éloignée, il s'ensuit naturellement, qu'elle ne sauroit avoir de navigation, & encore moins des possessions, ou quelques trafics dans les Indes; articles qui néanmoins sont essentiels à une nation commerçante.

§ VII.

Toute la Suisse est extraordinairement peuplée. On n'a pu calculer jusqu'ici avec quelque apparence d'exactitude, le nombre de ses habitants. Mais on peut juger qu'il doit être fort considérable, si l'on veut faire les considérations suivantes. 1°. Que la Suisse ne produit pas assez de grains pour nourrir ses peuples, quoique le pays soit d'une assez vaste étendue, & qu'on n'y manque pas de mains d'hommes pour cultiver & labourer les terres. 2°. Que les treize Cantons fournissent un grand nombre de troupes à plusieurs autres puissances de l'Europe, ainsi que nous l'allons voir bientôt. 3°. Que cette république peut mettre en quelques jours des armées considérables sur pied, qui servent à la défendre, lorsqu'elle se trouve attaquée. 4°. Qu'il y a des colonies entieres de marchands & de manufacturiers Suisses, établis en Angleterre, en France, & dans plusieurs autres états de l'Europe, qui

Population.

forment une partie de la nation, dont le pays a, pour ainſi dire, regorgé.

Il eſt certain que l'on pourroit tirer un très-grand parti de cette quantité extraordinaire d'habitants, ſi le gouvernement agiſſoit ſur d'autres principes qu'il ne fait. Nous expoſerons plus bas nos idées à cet égard.

§ VIII.

Forces militaires.

Les Suiſſes n'ont que peu ou point de places fortes ; car tout le pays eſt fortifié, pour ainſi dire, par la nature. Les montagnes, les précipices, les cols, & les défilés le rendent inacceſſible ; principalement lorſque toutes les avenues ſont garnies de bonnes troupes qui connoiſſent le terrein. Auſſi la république n'entretient pas en temps de paix des troupes réglées ſur le pied que le font les autres états de l'Europe. Toutes ſes forces conſiſtent dans une milice conſtante ; & lorſqu'elle eſt attaquée, elle peut en peu de jours lever une armée de deux cents mille hommes. Chaque citoyen eſt cenſé ſoldat-né pour la défenſe de ſa patrie. C'eſt par ce principe que chaque habitant eſt en même temps milicien ; & cette milice générale ſe trouve enrégimentée de façon, que chaque homme eſt aſſigné à un régiment auquel il appartient. (*) Ce régiment a ſon propre chef & ſes officiers. Lorſque l'état eſt en danger, on allume ſur la crête des montagnes de certains ſignaux, par le moyen deſquels les payſans miliciens ſont avertis de ſe rendre à leurs drapeaux aux endroits déſignés pour l'aſſemblée des régiments. Les officiers qui ſont nommés du corps de l'état, s'y rendent

____

(*) Cela s'étend même aux eccléſiaſtiques, qui ont leur temps d'exercices & de revues. *Note de l'éditeur.*

auſſi en toute diligence. Chaque ſoldat eſt obligé d'apporter avec ſoi, & à ſes propres dépens, ſon habillement complet, qui eſt l'uniforme du régiment auquel il appartient, ainſi que ſes armes, quatre livres de plomb, deux livres de poudre, & des proviſions pour huit jours.

En temps de paix la république n'a point de généraux. Certaines raiſons politiques, fondées ſur le pouvoir que ces généraux pourroient acquérir, s'y oppoſent; mais, lorſque la guerre ſurvient, elle nomme un ou pluſieurs généraux, auxquels on donne le commandement des armées, & qui ſont choiſis pour l'ordinaire parmi les généraux Suiſſes engagés au ſervice des puiſſances étrangeres.

Le canton de Berne fournit cent vingt mille hommes de ſes troupes miliciennes; le canton de Zurich environ ſoixante mille hommes, & les autres cantons à peu près autant. On peut juger facilement, qu'un pareil nombre de troupes forme une armée formidable, ſur-tout ſi l'on conſidere que ces troupes ſont naturellement braves, qu'elles combattent pour leur patrie & pour leur liberté; qu'elles ſont toutes de la même nation; qu'elles connoiſſent parfaitement le pays, les chemins, & les avantages qu'elles peuvent tirer des ſituations; enfin, qu'elles n'agiſſent que dans un pays où un petit nombre d'hommes peut arrêter une armée entiere, & l'abymer du haut des montagnes, preſque ſans danger, & d'une maniere infaillible. Il faut ajouter à tout ceci, que la république a une artillerie ſuperbe, & que ſes arſenaux, auſſi-bien que ſes magaſins, ſont admirablement bien pourvus.

§ IX.

Quant aux *revenus* de la Suiſſe, on n'en ſauroit déterminer préciſément la ſomme, parce que

Revenus.

Q ij

cet état n'a point de caisse générale. En temps de guerre chaque canton fournit une caisse militaire, qui est proportionnée au nombre de troupes qu'elle donne; & cela sert à payer les dépenses de ces mêmes troupes, ainsi que les autres fraix de la guerre. Si, en temps de paix, il survient quelque dépense extraordinaire, & qui regarde la totalité de la république, chaque canton y contribue alors sa quote-part, en se réglant selon les circonstances, & en suivant une proportion équitable; mais d'ailleurs il n'y a rien de fixe à cet égard. L'argent que l'on contribue, est tiré des caisses particulieres de chaque canton, qu'ils appellent le *trésor secret.* Quant aux revenus des cantons en particulier, ils different selon la capacité & la force intrinseque de chaque canton. Quelques-uns sont considérables; & tous thésaurisent du superflu de leurs dépenses tant ordinaires, qu'extraordinaires. Le canton de Berne l'emporte de beaucoup sur les autres; car il a des capitaux immenses placés en Angleterre, en Hollande, & à Venise; & il a prêté de l'argent au roi de Sardaigne, au roi de Pologne, & à la cour de Hesse. Cet envoi d'especes me paroît être tout-à-fait contraire à la bonne politique; car on diminue visiblement par-là tous les ans le total du fond qui est répandu dans le public, & que l'on ne sauroit trop tâcher d'augmenter, surtout dans un pays où le commerce ne fait pas rentrer des sommes importantes. Je pose en fait que, si le gouvernement retiroit tous les fonds qu'il a dispersés dans l'Europe, & qui montent à plusieurs millions; s'il rassembloit ensuite une grande partie d'habitants superflus des provinces qui en abondent le plus; qu'il employât & ces capitaux, & ces ouvriers, à réparer les chemins, à applanir des montagnes, & à rendre douces & praticables toutes les avenues ; qu'enfuite il établît des manufactures & des univerfités ; qu'il encourageât les arts & les fciences, & qu'il pouffât le luxe un peu plus loin qu'on ne le voit actuellement ; je fuis., dis-je, perfuadé, qu'alors la Suiffe prendroit une toute autre face, & que les fommes d'argent répandues dans le pays par fes travaux, y feroient infiniment mieux employées, qu'en les envoyant aux Anglois, & ailleurs. (*)

§ X.

Nous voici parvenus à l'examen de la forme du gouvernement de cet état. La Suiffe eft un fyftême de confédération, qui a beaucoup de rapport avec celui de la république des Provinces-Unies. Nous ferons connoître cette reffemblance plus bas, en indiquant la maniere dont toutes les provinces ou cantons fe réuniffent ; après que nous aurons vu préalablement l'origine de la confédération d'un côté, & de l'autre, la façon dont chaque canton eft réglé.

L'empereur *Albert I* déja indifpofé contre les Suiffes, parce qu'ils avoient embraffé le parti de fon compétiteur, *Adolphe* de Naffau, forma le deffein d'annexer ce pays aux états héréditaires de la maifon d'Autriche. Il n'y a forte de vexations, d'affronts & de violences qu'il ne fit effuyer aux habitants de la Suiffe ; jufqu'à ce que ceux-ci, ne pouvant plus foutenir une pareille tyrannie, penferent à s'en délivrer. Les trois petits cantons de Schweitz, Uri, & Underwalde rompirent la glace, & firent en 1307, le 17 de feptembre, la premiere ligue, dont l'exécution

Forme du gouvernement.

(*) Je doute que ces réflexions faffent beaucoup d'effet fur les Suiffes qui en favent un peu plus que M. de Bielfeld en fait d'adminiftration. *Note de l'éditeur.*

fut commencée le 1 janvier de l'année fuivante.
Quelques jours après, (favoir le jour des Rois
de l'année 1308) cette union, qui n'avoit d'a-
bord été faite que pour dix ans, fut renouvellée
par ferment, & à perpétuité. On peut dire que
ce fut là proprement le jour de naiffance de la
république; & c'eft auffi l'origine du nom *d'alliés par ferment*, que les Suiffes ont porté depuis. Pendant tout le quatorzieme fiecle la ligue
eut beaucoup de fuccès. Les cantons de Lucerne, Zurich, Zug, Berne & Glaris y entrerent
l'un après l'autre. Quelque temps après, le duc
de Bourgogne *Clarles-le-hardi*, entreprit de bouleverfer cette république naiffante; mais les Suiffes
remporterent en 1477 une victoire complette près
de Nanci en Lorraine; & le duc perdit la vie
dans ce combat.

Tant de fuccès engagerent à la fin les cantons
de Fribourg, de Soleurre, de Bafle, de Schaffoufe & d'Appenzel, à fe joindre aux autres cantons; ce qui néanmoins ne fe fit que fucceffivement. Celui d'Appenzel fut le dernier, n'étant
entré dans la ligue qu'en 1513. C'eft ainfi qu'a-
près 205 ans de peines & de travaux, la confédération fut enfin portée à fa perfection, & la paix
de Weftphalie y mit le fceau, comme nous l'a-
vons déja remarqué. La fufdite confédération
forme donc la bafe de toute la république Suiffe,
tout ainfi que l'union d'Utrecht fert de fondement
à celle des Provinces-Unies.

Les cantons fe partagent en deux claffes, eu
égard à la forme de leur gouvernement. Les
uns font *ariftocratiques*, comme, 1°. Zurich,
2°. Berne, 3°. Bafle, 4°. Fribourg, 5°. Soleurre, 6°. Schaffoufe, & 7°. Lucerne. Ils ont chacun une ville capitale, & font gouvernés par
les chefs des principales familles, de la maniere

que nous allons voir. Les six autres cantons font politiques ou *démocratiques*, comme on les appelle communément. Ils n'ont point de capitale ; toutes les délibérations y passent par le peuple, qui gouverne comme il l'entend. Aussi ne font-ils pas considérables, & leur gouvernement n'est pas assez digne de remarque, pour que nous nous arrêtions à l'examiner en détail. Il n'en est pas de même des cantons aristocratiques. Leurs constitutions méritent que nous nous appliquions à les développer. Nous tâcherons d'en donner l'idée, en faisant l'examen du canton de Berne, qui est le principal : les autres font tous à peu près sur le même modèle.

L'état entier à Berne, (comme dans les autres cantons, est composé de différents corps de métiers, que l'on nomme *abbayes*, en Allemand *Zünfer*, au nombre de quatre, savoir, les *Maréchaux*, les *Boulangers*, les *Ménuisiers*, & les *Tanneurs*. Ces quatre Abbayes forment toute la bourgeoisie ; & c'est du droit de cette bourgeoisie, que les Bernois font si jaloux. C'est une prérogative que personne au monde ne sauroit obtenir, sans être issu d'une ancienne famille du pays, & même du canton. La raison n'en est pas difficile à développer. On ne sauroit parvenir aux bailliages & aux emplois lucratifs, que par ce même droit de bourgeoisie ; & il est naturel que l'on ne cherche pas à multiplier le nombre des candidats, & qu'on ne veuille pas accorder de pareils avantages à des étrangers. Il y a cependant quelques exemples de cas où l'on s'est mis au-dessus de cette regle fondamentale, comme, par exemple, en faveur de la maison de Hesse, des comtes & bourggraves de Dohna, & de quelques autres familles illustres, qui ont rendu des services signalés à la république, & dont on ne croyoit pas sur-

tout, que les descendants voulussent jamais aspirer aux émoluments des emplois du canton.

Les quatre corps de métiers susdits sont chargés
de veiller à la conservation des Bourgeois, & au
bien commun en général, & d'assister les pauvres dans leurs besoins.

Le Sénat se partage en deux classes, que l'on
nomme le *grand* & le *petit conseil*. Le grand conseil est composé de deux cents membres ou sénateurs : le petit conseil, qui est le principal, n'est
composé que de vingt-quatre personnes. L'union
de ces deux conseils forme un corps où réside la
souveraineté, le pouvoir suprême du canton.

Dans le canton de Berne il faut qu'un candidat
qui aspire à entrer dans le grand conseil, soit nécessairement bourgeois de Berne, de la religion
réformée, & membre d'une des quatre abbayes.
Ces trois qualités le rendent éligible, & le défaut
d'une seule l'exclut à jamais. Il est même à remarquer que, dans ce canton, il est absolument défendu d'épouser une femme catholique, si l'on
ne veut perdre le droit de bourgeoisie.

Les places vacantes dans le grand conseil, ne
sont remplacées qu'après qu'il y a quatre-vingt
membres qui manquent, & cette qualité de membre du conseil, ne se perd qu'avec la vie, ou par
quelque crime énorme.

Lorsque le nombre de quatre-vingt décédés est
complet, on fixe le jour pour les nouvelles élections, & les deux conseils s'assemblent pour y procéder. Il est facile de s'imaginer qu'une pareille
élection est précédée de bien des brigues & des
cabales ; cependant tout s'y passe dans un très-
grand ordre, & avec la décence qu'exige un acte
aussi solemnel. Les vingt-quatre membres du petit conseil ont le droit de nommer à cette charge
leurs fils, leurs neveux, ou leurs parents, & c'est

ce qu'on appelle la *nomination*. Les candidats qui n'ont point de parents dans le petit conseil, font obligés de paffer par les voix.

Les membres du petit conseil font pris dans le conseil des deux cents. Lorfqu'il y a une place vacante, les deux conseils s'affemblent, & la remplissent par voie d'élection, ce qui fe fait pareillement par les fuffrages, & immédiatement après que la place vient à vaquer. Il eft à remarquer ici, que tous ceux qui entrent dans ce petit conseil, & qui par hazard fe trouvent engagés dans les régiments Suiffes au fervice de France, font obligés de quitter non-feulement ce fervice, mais auffi de rappeller leurs fils, fuppofé que ceux-ci y foient, & cela au bout d'une année. On voit par-là, que la France eft de toutes les puiffances celle contre laquelle les Suiffes font le plus en garde.

Le lundi après Pâques de chaque année, le grand & le petit-conseil s'affemblent pour examiner & cenfurer réciproquement la conduite de ceux qui les compofent. Si quelque accufation grave eft portée contre un des membres, on en fait un mûr examen; & s'il eft trouvé coupable, furtout de quelque action contre l'état, on le raie, & il eft non-feulement exclu du fénat, mais auffi il eft privé du droit de bourgeoifie. Enfuite ils renouvellent leurs ferments de fidélité.

Tout le fénat eft partagé en plufieurs chambres, qui font autant de colleges deftinés à régler toutes les affaires de l'état. Il y a, par exemple,

La *chambre des Bannerets* qui eft la premiere, & qui a l'adminiftration, & le réglement des finances.

La *chambre de la guerre*, qui eft un conseil de guerre perpétuel.

La *chambre du commerce*.

La *chambre des appellations* de la juftice Françoife.

La *chambre des appellations* de la juftice Allemande.

La *chambre des affaires eccléfiaftiques.*

La *chambre des affaires de police.*

Il y en a plufieurs autres, trop longues à fpécifier. Toutes ces chambres relevent du fénat,
auquel on peut appeller en dernier reffort dans
tous les cas.

Au feul canton de Berne il y a un *Avoyer*,
qui eft le premier magiftrat, & que l'on peut
comparer en quelque maniere, au Doge de Vé-
nife, tant pour le pouvoir, que pour la confidération extérieure de fa charge. Dans le fénat fa voix eft comptée pour deux; & c'eft
là jufqu'où s'étend fon autorité; car pour le
refte, il ne fauroit agir fans le fénat, ni entreprendre la moindre chofe qu'avec fon confentement.

Le petit confeil s'affemble réguliérement tous
les jours, mais le grand ne le fait que deux fois
la femaine. C'eft donc dans ce fénat, que fe jugent en dernier reffort toutes les affaires tant particulieres que générales du canton; & l'on doit
remarquer en paffant, que la juftice criminelle eft
fort douce à Berne, & la police admirable. Les
affaires d'état tant intérieures qu'étrangeres, s'a-
dreffent en premiere inftance au petit confeil qui
les porte enfuite au grand; & par ce grand confeil on entend la réunion des deux autres, favoir, des *vingt-quatre*, & des *deux cents* membres de la régence. C'eft là où tout eft décidé
définitivement à la pluralité des voix.

Les loix & les conftitutions fondamentales de
l'état, font recueillies dans un code qu'on appelle
le livre rouge, & qui forme la regle de toutes les

réfolutions, de tous les décrets, & de toutes les fentences du fénat.

Les revenus du canton confiftent principale-ment dans les *dîmes* que les baillis levent dans leurs provinces, non-feulement fur les grains, mais auffi fur toutes fortes de denrées, & des produits du pays. Ces baillis perçoivent encore pour le compte de l'état, les deniers qui provien-nent des cas mortuaires : car, dès qu'un pay-fan, chef de famille, vient à décéder, une cer-taine partie de fes biens immeubles & autres ef-fets, retombe au canton ; ce qui produit des fom-mes confidérables. Les baillis rendent tous les ans, trois femaines avant Pâques, le compte de leur adminiftration aux Bannerets, entre les mains def-quels ils remettent auffi l'argent qu'ils ont levé dans le cours de l'année, & qui paffe de là dans la caiffe publique du canton. C'eft de cette caiffe que l'on tire les fonds néceffaires pour la dépenfe de l'état ; & le furplus qui refte, eft dépofé dans le tréfor.

Les Bannerets ont auffi la furintendance de ce même tréfor. Il y a outre cela un grand-tréfo-rier de l'état, qui garde une clef du tréfor, & une autre eft entre les mains du plus jeune mem-bre du petit confeil, que l'on nomme dans le ftyle du pays *Monfieur le fecret*.

Tout le plat-pays de la république eft divifé en *bailliages*, & l'on envoie dans chacun de ces bailliages, un bailli qui y gouverne au nom & fous l'autorité du fénat, qui adminiftre la juftice, qui perçoit les deniers publics, & qui s'enrichit en fon particulier au bout de quelques années. Le canton de Berne a..... bailliages, qui font divifés en quatre claffes, relativement aux reve-nus qu'ils rapportent. Les baillis peuvent y acqué-rir au bout de quelques années jufqu'à cent cinquante mille écus de biens ; en déduisant même une dépense honorable qu'ils font pendant le temps qu'ils exercent cet emploi. On ne peut avoir un bailliage que six ans. Ce terme expiré, on retourne à Berne, où l'on continue d'avoir séance dans le grand conseil. Il faut au moins quatre années d'intervalle, avant que l'on puisse aspirer à un nouveau bailliage.

Ces grands revenus des baillis proviennent de deux sources ; la premiere consiste dans les amendes pécuniaires que l'on fait payer aux paysans qui ont contrevenu aux loix, & sur-tout à ceux qui ont commis quelques désordres contraires à la bonne police. Ces amendes font toutes au profit du bailli, lequel naturellement ne se fait pas scrupule d'en imposer pour des fautes assez légeres. Le second revenu, & le plus considérable, consiste dans un certain *surplus* du prix auquel le bailli ose vendre les grains, & autres denrées qui sont provenues de la dîme, au-delà de la taxe qui lui est fixée. Le sénat, par exemple, ordonne de vendre tout le bled que la dîme aura rapporté, & qui fait une quantité très-considérable dans un grand bailliage, à tel ou tel prix par mesure. Le bailli peut hardiment le débiter à quelques sols de plus, & ne réndre compte à l'état du produit, que conséquemment au prix qui lui aura été prescrit. Le profit qui excede, il le garde, & n'a pas même besoin d'en faire mystere. On ne parle pas seulement ici des petits tours de bâton, qui font inévitables dans des provinces où le gouverneur est revêtu d'une si grande autorité, & où il est membre du corps dans lequel réside la souveraine puissance.

Tous les baillis font tirés du conseil des deux-cents. Lorsque les bailliages se trouvent vacants, on prend trois conseillers qui par leur tour sont en droit d'y aspirer, & on les propose. Ces candidats balotent ensuite ; ce qui se fait de cette maniere. On met trois boules, deux d'argent, & une d'or, dans un sac : chacun des aspirants en tire une, & celui qui attrape la boule d'or, obtient le bailliage. Cette cérémonie se fait avec beaucoup de bonne foi, en présence du premier magistrat, qui est assis sur un trône. Voilà ce qui regarde en raccourci la forme du gouvernement du canton de Berne.

Indépendamment des treize Cantons dont le Corps Helvétique est composé, cette république a encore des *sujets* & des *alliés* que nous devons faire connoître en peu de mots.

§ XI.

Les sujets consistent en diverses petites contrées qui sont entrées dans la confédération, non à titre de cantons regnants, ni en qualité d'associés ou d'alliés, mais comme de simples sujets. Il y en a de deux sortes ; les uns qui sont soumis à la république en général, & d'autres qui vivent sous l'obéissance de quelque canton en particulier. *Etats sujets du corps helvétique.*

Du côté de l'Allemagne on trouve,

1. *Le comté de Bade*, près du Rhin.

2. *Les bailliages libres* situés près de Bade, dans une contrée qu'on appelloit autrefois *le comté du Roure.*

3. *Le Turgow*, bailliage très-considérable situé non loin de Schaffouse.

4. *Le Rheinthal*, ou la vallée du Rhin, située sur le fleuve de ce nom.

5. *Le comté de Sargance* sur les frontieres des Grisons.

6. *Le pays de Gastel*, ou *Gaster.*

7. *Le bailliage de Garris*, non loin de Gaster.

8. La ville de *Rapperswil*.
9. La ville de *Bruck*.
10. La ville d'*Oeran*.
11. La ville de *Zoffingen*.
12. La ville de *Bifchafs-Zelle*.
13. La ville de *Dieffenhofen*.
14. La ville de *Winterhus*.
15. La ville dé *Stein*.
16. Le bourg de *Gériffan*.

Du côté de la France ils ont,
1. *La ville, & le bailliage de Granfon*, près du canton de Berne.
2. *La ville & le bailliage de Murten*, ou *Morat*.
3. *Le bailliage d'Orbe, & le château d'Efcha-lans*.
4. *Le bourg, & le bailliage de Schwartzen-bourg*.

Vers l'Italie font fitués en premier lieu les quatre bailliages Milanois;
1. *Lugano*,
2. *Locarno*,
3. *Mendrifio*, &
4. *Valmagia*.

Les Suiffes les obtinrent en 1512, après qu'ils eurent rétabli le duc *Maximilien Sforce* dans fes états. Il y a outre cela encore trois bailliages fur les frontieres d'Italie, dont ils font en poffeffion, favoir;
1. *Bellinzona*,
2. *Valbrena*, &
3. *Riviera*.

Le gouvernement que les Suiffes exercent fur ces fujets, eft fort doux & équitable.

§ XII.

Les *associés*, ou *alliés* perpétuels de la répu- Associés
blique, font fitués tout-à-l'entour de la Suiffe. ou alliés.
Il y a,

1. Les *Grifons*, république fituée entre la Suiffe,
l'Allemagne & l'Italie.

2. *Le comté de Chiavenne*, fitué fur les frontieres de l'Italie jufqu'au lac de Côme.

3. La *Valteline* fur la riviere d'Adda.

4. Le pays de *Bormie*, ou *Wermie* vers l'Italie.

5. *Le pays des Vaudois* : (*Walifferland*) fur
les confins de l'Italie.

6. *Le pays de Biel* ou *Bienne*, près de l'évêché de Bafle.

7. *La principauté de Neuf-Châtel & de Val-
lengin*, fituée fur la frontiere de la Bourgogne,
& appartenant au roi de Pruffe.

8. *La république de Geneve.*

9. *La ville de St. Gall, & l'abbaye de St. Gall*,
l'une & l'autre fituées fur le lac de Conftance.

10. *Le comté de Toggenbourg*, non loin de la
ville de St. Gall.

11. La ville de *Mulhaufen*, dans la haute Alface.

12. La ville de *Rottweil* en *Suabe*.

Ces alliés ne tiennent à la Suiffe que par les
traités d'affociation qu'ils ont faits, & en vertu
defquels ils fe prêtent mutuellement toutes fortes
de fecours.

§ XIII.

Examinons maintenant de quelle maniere les Union des
treize Cantons fe réuniffent, & quelles font les treize can-
maximes générales de leur politique. tons.

Chaque canton en particulier jouit chez foi d'une
indépendance & d'une fouveraineté parfaite, relativement à tout ce qui regarde la police, la juf-

tice, les finances, l'état militaire, & les autres affaires domestiques. Mais il n'en est pas de même des intérêts généraux de la Suisse, & qui sont communs à tous les cantons. Il se tient ordinairement tous les ans, quelquefois seulement tous les deux ans, à Bade (*) une diete générale, à laquelle tous les cantons envoient leurs députés. Cette assemblée commence pour l'ordinaire au mois de juillet ou d'août, & on y agite les affaires qui concernent la guerre ou la paix, les alliances, les traités avec les autres puissances ; on y fait tous les réglements qui peuvent tendre au bien de la république, tant pour l'intérieur de l'état, que pour ses intérêts au-dehors. Cette diete représente tout le Corps Helvétique, & les résolutions qui y sont prises, obligent les treize Cantons en général, & chacun d'eux en particulier.

Les différents traités de confédération que les cantons ont faits successivement entr'eux, & en vertu desquels ils se sont réunis, servent de base aux résolutions que prend la susdite diete sur tous les objets qui se présentent. L'équité naturelle y regle le reste. On pose pour premiere loi fondamentale, *de distribuer* (comme s'en expriment les Suisses) *le bien & le mal dans une juste proportion* dans tous les cantons. La seconde maxime consiste à réunir les forces générales de la Suisse, pour s'opposer au danger dont chaque province peut être menacée en particulier. Si, par exemple, la maison d'Autriche venoit à déclarer la guerre à ceux de Schaffouse, tous les cantons se trouveroient attaqués par cette démarche ; & on seroit obligé de s'y opposer *unitis viribus*.

Dans les occasions extraordinaires, sur-tout dans celles

(*) Bade, capitale du comté de ce nom, sujette de la Suisse, est située sur le Rhin vers l'Allemagne.

celles qui regardent l'intérieur de l'état, on convoque les députés. Les cantons de Zurich & de Berne opinent les premiers, & on se regle pour l'ordinaire sur leur avis.

Les ministres étrangers qui sont accrédités de la part des autres puissances auprès du Corps Helvétique, se partagent en deux classes. Ceux des princes catholiques, comme de France, d'Espagne, de Sardaigne, de Naples, &c. résident à Fribourg, à Soleurre, & à Basle. Les protestants, comme ceux d'Angleterre, de Hollande, &c. font leur résidence ordinaire à Berne.

Les propositions de tous les ministres étrangers, tant catholiques que protestants, se font ordinairement au canton de Berne, comme étant le plus considérable. Celui-ci en fait par ses députés un rapport en forme à la diete générale de Bade, laquelle agite les questions, délibere sur leurs objets, prend les résolutions qu'elle juge convenables pour le bien de l'état, & fait continuer la négociation avec le ministre étranger, jusqu'à ce qu'on soit parvenu à une entiere conclusion. Lorsqu'un envoyé d'une cour étrangere fait une proposition qui exige une prompte discussion, & qu'on voit qu'il y a *periculum in mora* pour la république, on a soin de faire circuler incessamment l'affaire chez tous les cantons. Celui de Berne se charge de la communiquer aux autres, fait rédiger l'état de la question, & y joint d'abord son avis le premier.

Telle est l'heureuse constitution de la Suisse, où le gros de la nation jouit paisiblement du fruit de ses travaux, & où les familles patriciennes sont soutenues par le rapport des bailliages, & par le service étranger. Mais comme le monde n'offre rien de parfait, & que tous les gouvernements sont sujets à divers inconvénients, il est aussi très-certain, que cette république n'en est pas exempte.

Le plus grand de tous est sans contredit le mélange de la religion catholique avec la protestante; sources éternelles de disputes & de divisions funestes. Si jamais la Suisse fait un pas vers sa décadence, ce sera vraisemblablement par cet endroit.

§ XIV.

Politique générale de la Suisse.

Au reste, la politique générale de cette république roule principalement sur trois objets, 1°. la liberté, 2°. le maintien de son état tel qu'il est, & 3°. le service étranger. Développons ces trois chefs.

La *liberté* est le plus bel apanage de la nation Suisse. Ses anciens malheurs, qui lui firent secouer le joug, doivent naturellement lui inspirer la crainte de retomber dans la servitude. Selon la constitution actuelle des états de l'Europe, elle paroît être fort à l'abri de cette crainte; car, indépendamment de la situation locale & des forces naturelles de la Suisse, il est certain que la jalousie soutiendra beaucoup cette république, & qu'aucune des grandes puissances voisines ne souffrira jamais qu'on l'envahisse. Quant à la liberté intérieure, qui résulte de la nature de son gouvernement, elle n'est pas générale pour tous les citoyens. Car, quoique cette république se conforme beaucoup au modele de l'ancienne Rome, on voit néanmoins qu'elle n'en suit pas toutes les maximes & tous les usages, & surtout dans les cantons *aristocratiques*. Le peuple n'y a point de tribuns qui le protegent, & qui plaident pour ses intérêts. Les familles patriciennes, sous le titre emmiellé de *liberté*, exercent un despotisme réel sur ce même peuple, & surtout sur les habitants du plat-pays. Car, comme les amendes pécuniaires sont dévolues au profit du bailli de chaque province, ce bailli, fous prétexte d'une févere police, écorche le pauvre payfan pour le moindre défordre qu'il aura commis, pour la plus légere querelle qu'il aura eue, ou la plus petite irrégularité à laquelle il aura donné lieu. La chimere de la liberté Suiffe qu'on exagere fans ceffe, l'aveugle entiérement fur ces fortes d'exactions. Les grands en qui réfide la fouveraineté, engloutiffent les petits ; & il n'y a perfonne qui mette des bornes aux excès de leur cupidité : inconvénient confidérable attaché à l'état républicain, dans une telle conftitution.

La feconde maxime fondamentale de la politique des Suiffes eft, de ne jamais fonger à s'agrandir, ni à étendre leurs limites, mais de fe conferver tels qu'ils font. Rien n'eft plus fage qu'un pareil fyftême ; car cette république d'abord eft environnée de puiffances fur lefquelles elle ne fauroit jamais efpérer de pouvoir faire les moindres conquêtes. En fecond lieu, toutes les acquifitions que même elle pourroit faire, feroient fituées, pour ainfi dire, hors de l'enceinte de fes murs, favoir, par-delà la chaîne des montagnes ; & par conféquent la confervation en deviendroit infiniment difficile. En troifieme lieu, de pareilles poffeffions dans un pays de plaines, la mettroient dans la néceffité de changer tout le plan de fon état militaire, de fe pourvoir de cavalerie, de bâtir de nouvelles places de guerre, &c. à quoi il faut ajouter comme une quatrieme raifon, qu'elle n'en feroit pas plus heureufe dans le fond, & ne feroit qu'exciter la jaloufie, la haine & le reffentiment de fes formidables voifins. Enfin, fa conftitution intérieure s'oppofe à l'agrandiffement de fon territoire ; & l'expérience a fait voir que les républiques *modernes* ne font pas faites pour jouer le rôle de

R ij

conquérant, mais que tout ce qu'elles peuvent faire, c'eft de fe foutenir. Cependant, quoique nous approuvions ici la maxime qu'obferve le Corps Helvétique à cet égard, il s'en faut de beaucoup que nous envifagions cette maxime comme générale & fans exception. Un état, quel qu'il foit, qui ne penferoit jamais à étendre fes limites dans le temps que les voifins dont il eft environné de tous côtés, s'agrandiffent, verroit bientôt arriver le moment de fa chûte, & ne manqueroit pas d'être envahi tôt ou tard. Ceux qui reftent dans une parfaite inaction tandis que les autres agiffent, courent toujours de très-grands rifques. Cette vérité fe manifefte dans la politique plus qu'ailleurs. (*)

Le troifieme objet de la politique des Suiffes, c'eft le fervice étranger. On a beau s'exhaler en déclamations, & mettre en avant tous les arguments de la morale chrétienne pour prouver que ce commerce de troupes, ce trafic de fang humain, eft contraire au droit de la nature, aux préceptes de la religion, & aux fentiments de l'humanité ; les Suiffes trouveront toujours *qu'il eft néceffaire de vivre*, & que n'en ayant pas les moyens chez eux, ils font fagement de s'expatrier pour débarraffer leur pays du fuperflu de fes habitants, & pour y faire entrer en échange des fonds pécuniaires dont ils manquent. Tant que la conftitution fondamentale de cette république fera telle qu'elle eft maintenant, on ne la verra pas changer de fyftême à cet égard. Fondée par conféquent fur ce principe, la Suiffe fournit des troupes par capitulation à toutes les puiffances qui en veulent avoir, lorfque la paix générale

(*) Ces réflexions ne me paroiffent pas juftes, ou du moins ne conviennent pas à la Suiffe. *Note de l'éditeur.*

regne en Europe. Il n'y a pas de souverain à qui elle en refusât alors, pourvu qu'on lui fît des conditions avantageuses. Mais lorsque la guerre est allumée dans quelque partie de l'Europe, on ne fait que continuer les anciennes stipulations, sans contracter de nouveaux engagements. On n'augmente pas même alors le nombre des troupes Suisses qui sont déja au service des puissances étrangeres, par la raison que la république tient pour maxime constante, d'observer toujours la plus exacte neutralité, & de ne donner sujet de plainte ou de jalousie à personne; au-lieu qu'une conduite contraire marqueroit une partialité manifeste. Ce n'est qu'avec la France & avec la Hollande, que la Suisse a des capitulations stables & perpétuelles; & il n'y a que ces états à qui elle fournit constamment des troupes. Les capitulations avec toutes les autres puissances sont limitées à un certain temps, & ne subsistent qu'en vertu de quelque traité particulier, comme, par exemple, avec la maison d'Autriche, le roi de Sardaigne, le roi de Naples, &c. Les conditions qui s'y trouvent stipulées, sont à l'ordinaire fort avantageuses & lucratives pour le Corps Helvétique. Déja il est certain que ces troupes coûtent toujours beaucoup plus que ne feroit un nombre égal de soldats nationaux. La république d'ailleurs se réserve le droit de nommer les officiers; & il faut que tous ceux qui sont dans les régiments au service des étrangers, soient nécessairement originaires de Suisse. Ces troupes ont leur propre conseil de guerre, qui juge de tous les cas punissables qui arrivent dans les régiments. Sans parler de plusieurs autres prérogatives, ils ont obtenu celle de ne porter les armes que jusqu'à certaines limites. Les Suisses, par exemple, qui sont au service de France, ne servent que fur les bords du Rhin, & ne paffent pas ce fleuve. Mais on a trouvé moyen d'éluder cette derniere ftipulation ; & dans les occafions où le befoin preffe, on accepte une proteftation formelle de la part des chefs de chaque régiment, mais on n'en force ni plus ni moins les troupes de cette nation, de paffer le Rhin, & de faire la guerre à tel endroit que le fervice de la France l'exige.

§ XV.

Politique particuliere envers les autres puiffances.

Il ne nous refte qu'à examiner la conduite que les treize Cantons obfervent à l'égard des différentes puiffances de l'Europe. Si nous en exceptons la Hollande, (*) il eft certain que la Suiffe n'eft dans aucune relation directe avec les autres états qui ne font pas précifément fes voifins. La fcrupuleufe neutralité qu'elle obferve conftamment au milieu de toutes les révolutions qui agitent l'Europe, fait qu'elle entre pour peu de chofes dans le cabinet des princes qui font éloignés de fes frontieres. Le fyftême auffi qu'elle embraffe, & que nous venons d'expliquer, fait qu'on ne la regarde pas comme une puiffance dangereufe. Enfin, comme elle n'a pas un vafte commerce, fes intérêts ne s'étendent pas fort loin à cet égard. Cependant, il femble que les fouverains même les plus éloignés s'intéreffent à la confervation d'une république qui fe conduit avec tant de droiture & de décence, & dont la conftitution eft appuyée fur des fondements fi folides. Cette même république réciproquement eft intéreffée au maintien du fyftême général de l'Europe, & de la balance du pouvoir. Par cette raifon, elle en-

(*) Les Suiffes envoient en Hollande du bois par le Rhin.

tretient des liaisons avec toutes les cours. Mais elles sont si vagues, si générales & si indirectes, que nous nous dispenserons de les considérer; nous nous contenterons de faire voir simplement quelles mesures la Suisse garde avec les puissances les plus voisines.

Nous avons dit plus haut, que ce pays est environné par la France, l'Allemagne, & l'Italie. La France est sans contredit la puissance que les Suisses devroient craindre le plus, & pour laquelle néanmoins ils témoignent la plus grande prédilection; car il est certain qu'elle y a plus d'amis qu'on ne pense. Le grand nombre de troupes Suisses que cette couronne entretient à son service, les bonnes manieres qu'elle a toujours pour la république, & l'ancienne haine invétérée que ces peuples ont pour la maison d'Autriche; toutes ces choses peuvent bien contribuer au penchant qui les entraîne vers la France; mais il est certain qu'ils doivent toujours être en garde contre un voisin si formidable. Leur plus grande attention doit se porter à prévenir que les passages qui aboutissent à la Suisse, ne tombent entre les mains d'une même puissance; & depuis que la Franche-Comté appartient aux François, il est de la derniere importance pour la république, que Neuf-Châtel, Geneve, Constance, les villes forrestieres, &c. ne subissent pas le même sort; sans quoi elle se verra bloquée. Au reste, il paroît bien éloigné, pour ne pas dire tout-à-fait incroyable, que la France veuille entreprendre la conquête de la Suisse, vu le peu d'apparence qu'il y auroit de réussite. Car, sans compter les propres forces de cette république, & la nature de sa situation, il est certain que l'Empire, la Hollande, & les états d'Italie seroient obligés pour leur propre intérêt, de voler à son secours à la premiere tentative ; & ce feroit le moyen d'ouvrir les yeux à toute l'Europe, & de la réunir contre la France, fi celle-ci vouloit faire la moindre démonftration d'envahir la Suiffe. On doit même confidérer, s'il n'eft pas plus avantageux pour cette couronne, de conferver un pays neutre qui lui ferve de rempart, qui foit fon ami & allié conftant, & qui lui fourniffe des troupes, que de conquérir une province dont les habitants feroient toujours des fujets revêches & inquiets; province qui donneroit lieu à mille troubles, & dont la poffeffion cauferoit des jaloufies perpétuelles aux voifins de la France, & multiplieroit fes ennemis. Nonobftant toutes ces confidérations, & malgré l'amitié naturelle pour les François, il femble que les Suiffes fe tiennent naturellement en garde contre les vues du cabinet de Verfailles. Auffi en fait de politique, on ne fauroit ufer de trop de circonfpection.

Nous avons indiqué une preuve de cette défiance des Suiffes, lorfque nous avons parlé des membres du petit-confeil de Berne. Au refte, la république fournit.... mille hommes à la France, qui lui coûtent.... mille livres tournois par an. (*) Elle doit s'en tenir là, & n'en point augmenter le nombre : il lui convient encore d'entretenir par toutes fortes de moyens la bonne harmonie avec une puiffance auffi refpectable.

Rien n'eft plus naturel que l'union qui doit fubfifter entre *le Corps Germanique*, & les Suiffes ; & ces derniers doivent tâcher de la conferver foigneufement. Ceux qui auront lu avec attention le paragraphe précédent, fentiront la

(*) M. de Bielfeld n'a pas rempli ces lacunes, ni celles qui précedent, ni celles qui fuivent : & je ne fuis pas dans ce moment à portée d'y fuppléer. *Note de l'éditeur.*

néceffité de cette conduite. L'Empire d'ailleurs a befoin d'un rempart ; & il le trouve dans la république, dont d'un autre côté, la conftitution eft telle, qu'elle ne fauroit entreprendre de conquêtes. Ainfi la Suiffe n'a jamais de danger à craindre de l'Allemagne, mais elle peut au contraire en efpérer toujours des fecours. De plus, les états de l'Empire qui touchent à la Suiffe, ne font pas affez puiffants pour inquiéter cette nation. Ces réflexions cependant ne portent que fur les princes d'Allemagne en général ; & nous devons en excepter la maifon d'Autriche, qui ne manque, ni de forces pour attaquer les Suiffes, ni de ce levain qui excite l'idée de réunir à un état ce qui en faifoit autrefois partie, & qui pourroit fournir des prétextes pour l'exécution. Car il eft certain, que l'Autriche ne fauroit avoir oublié la domination qu'elle a exercée autrefois fur ces contrées, & qu'elle doit conferver le defir d'y faire revivre fon ancien gouvernement. Cette fuppofition paroît d'autant plus conforme au fyftême de la cour de Vienne, que dans ces derniers temps nous lui avons vu contefter l'indépendance & la liberté à la république de Gênes, après que la mauvaife fortune de la guerre eut livré cette ville entre fes mains. Mais, nous l'avons déja dit, la jaloufie foutiendra long-temps la Suiffe dans l'état où elle eft. Auffi-tôt que la maifon d'Autriche feroit mine de vouloir attaquer cette république, la France & les puiffances de l'Italie fe verroient dans la néceffité de la fecourir efficacement, fans compter que les forces naturelles de ce pays fuffifent pour fa défenfe, au moins pendant un temps, contre la puiffance la plus formidable qui entreprendroit feule de l'envahir. Malgré toutes ces confidérations, la Suiffe doit fe tenir fur fes gardes, & ne pas fe fier aveuglément à l'Autriche, ni irriter cette puissance, soit par une conduite altiere envers elle, soit par une partialité outrée pour ses ennemis. Il semble que les grandes républiques doivent user de plus de circonspection que les princes médiocrement puissants. Au reste, il y a divers intérêts de commerce qui engageront toujours le Corps Helvétique à ménager l'Allemagne, & à se conserver ce débouché.

La Suisse se trouve presque dans le même cas avec l'*Italie* qu'avec l'Empire. L'Italie est composée de plusieurs princes & états trop foibles pour oser tenter la moindre entreprise contre un corps de nation aussi formidable que celui des Suisses. Le roi de Sardaigne, quoique le plus puissant de tous, ne seroit cependant jamais en état de les tenir en bride, supposé même que par un hazard inattendu, il se trouvât avoir des forces suffisantes pour les conquérir. Cette raison engage les puissances d'Italie à se faire des alliés & des amis utiles de leurs voisins; & la Savoie, aussi bien que le roi de Naples, prennent ordinairement des troupes Suisses à leur solde. D'ailleurs, quelques intérêts de commerce, comme celui du pâturage des bestiaux, & divers autres, unissent le Corps Helvétique avec l'Italie. Ces différentes raisons engagent la république à garder avec les princes Italiens toutes sortes de ménagements, & à resserrer de plus en plus les nœuds de l'amitié qui subsiste depuis si long-temps entr'eux.

L'Italie enfin est une des portes de la Suisse; il convient, non-seulement de la conserver ouverte, mais aussi de s'en faire un passage pour toutes sortes de secours, lorsque les autres avenues sont bouchées.

La *Hollande* est de toutes les puissances éloignées la seule avec laquelle les treize Cantons ont quelque intérêt immédiat ; & cet intérêt ne consiste proprement que dans la capitulation pour les troupes Suisses qui sont au service des Provinces-Unies. Elle est constante & perpétuelle : le nombre fixe de ces troupes est stipulé à .... mille hommes, qui coûtent à la Hollande .... florins. Or, comme nous avons déja insinué que le service étranger contribue beaucoup au soutien des familles Suisses, & que cette république ne sauroit jamais en fournir avec plus d'avantage & moins de danger qu'aux Hollandois, il est certain qu'elle doit toujours tâcher de maintenir cette capitulation dans sa vigueur, & il y a apparence qu'elle y réussira ; car les républiques suivent d'ordinaire pendant fort long-temps le même systême, au-lieu que les états monarchiques le changent souvent en changeant de souverains, dont chacun a des idées différentes de celles de son prédécesseur. Par les traités d'ailleurs que la Suisse fait pour fournir des troupes aux autres puissances, elle intéresse ces mêmes puissances à sa propre conservation, & les met dans la nécessité de lui fournir des secours directs ou immédiats, au cas qu'elle fût attaquée.

Les autres puissances de l'Europe n'ont pas assez de liaisons avec les treize Cantons, pour que nous examinions en détail la conduite qu'elle observe envers chacune d'elles. Elle a des capitaux placés dans les fonds d'Angleterre, elle prête aux uns, elle trafique avec les autres, & dans toutes ces occasions elle prend la prudence pour regle de ses démarches. Il n'y a point de vues politiques à développer, ni de systême fixe à établir à cet égard. Ce que nous en avons dit jusqu'ici suffira pour donner une idée générale de la république Suisse, & des maximes sur lesquelles elle se gouverne. Le plan de notre ouvrage ne nous permet pas d'entrer dans un plus grand détail.

CHAPITRE VII.

DE L'ITALIE.

§ I.

Dimen-
fions de
l'Italie.

L'Examen que nous venons de faire de l'état de la Suiffe, nous conduit naturellement à développer le fyftême d'un pays confidérable qui y touche; favoir, de *l'Italie*. La contrée fameufe connue fous ce nom, comprend une étendue de pays qui a environ 200 milles d'Allemagne de long, mais dont la largeur eft fort inégale; car la partie fupérieure de l'Italie a autour de *cent* milles de large; le centre environ *trente*, & la partie inférieure en bien des endroits, à-peu-près *vingt*. La figure de la botte que ce pays forme fur la carte, eft de toutes les repréfentations idéales que les géographes ont imaginées, peut-être la feule où il fe trouve une reffemblance affez naturelle, & quelque ombre de bon fens.

§ II.

Situation
locale.

L'Italie eft fituée comme une langue de terre, qui s'avance dans la mer Méditerranée. Cette mer porte différents noms, felon les différents bords qu'elle touche. C'eft ainfi qu'elle eft appellée tantôt la *mer Ligurienne*, tantôt la *mer Tyrrhénienne*, & tantôt la *mer Adriatique*.

Du côté où l'Italie eft contiguë à la Terre-ferme & au refte de l'Europe, elle a pour voifins l'Allemagne, la France & la Suiffe. Mais les Alpes, qui forment une chaîne de montagnes d'une hauteur prodigieufe, la féparent d'avec ces mêmes voifins, & lui fervent de rempart contre eux.

On ne fauroit arriver en Italie que par mer, ou en traverfant des montagnes immenfes, qui forment des précipices affreux, & qui ne font même praticables qu'en fort peu d'endroits, où les travaux des hommes femblent avoir furmonté la nature pour faire des avenues à ce jardin de l'Europe.

§ III.

C'eft avec raifon qu'on donne le nom de *jardin* à un pays qui le mérite par tant d'endroits. Beauté du climat. Tous ceux que la curiofité ou leurs affaires ont conduit en Italie, conviennent unanimement qu'on n'en fauroit donner une plus jufte idée. Le voyageur, après avoir employé plufieurs jours à traverfer les Alpes, tantôt en tremblant du danger qu'il croit appercevoir lorfqu'il paffe fur les bords d'immenfes abymes, ou quand il grimpe avec des difficultés infinies des hauteurs prodigieufes qui lui paroiffent inacceffibles, ou lorfqu'il gagne les vallées par les defcentes les plus rapides; qui voit des ruiffeaux fe précipiter dans les plaines, & fe brifer avec un bruit épouvantable contre les rochers; qui fe gele fur les fommets des montagnes toujours couvertes de neige & de glaces, & qui s'ennuie mortellement de n'avoir devant les yeux que la nature marâtre, des contrées arides, & des objets hideux; ce même voyageur, en entrant dans l'Italie, fe trouve tout d'un coup comme tranfplanté par enchantement dans un paradis terreftre. Le plus beau climat de l'Europe lui fait goûter l'air le plus doux; il découvre, pour ainfi dire, d'un coup d'œil, une plaine immenfe arrofée par de grands fleuves, & coupée par une infinité de ruiffeaux; il voit un pays d'une fertilité admirable, dont chaque arpent produit, ou le néceffaire, ou l'agréable. C'eft un parterre orné d'orangers, de fleurs & de fruits qui s'offre à ſes yeux; enfin la quantité des villes & des villages, & la magnificence des bâtiments qui paroiſſent de tous côtés, achevent de lui faire trouver l'Italie un pays incomparable.

§ IV.

Ses pro-
duĉtions.
De ſi heureuſes diſpoſitions ne demeurent pas ſans effet, & l'induſtrie des Italiens acheve ce que la nature a commencé chez eux. Ce pays produit des vins admirables de toute eſpece, & en ſi grande abondance, qu'outre les beſoins des habitants ils en pourvoient preſque toute l'Europe. Leurs oranges, leurs citrons, leurs grenades, & leurs autres fruits ſuſceptibles de tranſport, ſe débitent chez toutes les nations ſeptentrionales; les ſoies d'Italie ſont les plus belles du monde, & ſi abondantes, qu'on s'en ſert dans toutes les manufaĉtures. Les huiles, les olives, & les confitures ſont encore d'un très-grand rapport pour les Italiens. La mer, les rivieres, & les entrailles de la terre contribuent encore à enrichir ſes peuples. Les premieres leur fourniſſent des poiſſons qu'ils ſavent mariner, & dont ils font un grand débit; les carrieres leur donnent les plus beaux marbres, qu'ils emploient non-ſeulement à la magnificence de leurs propres bâtiments, mais qui ſervent auſſi au luxe des rois & des grands de toute l'Europe, auxquels ils les vendent fort cher.

§ V.

Génie de
la nation.
Telles ſont en général les produĉtions de la nature en Italie. Le génie de la nation ne contribue pas moins aux progrès de ſon commerce. Déja tous les beaux arts ſemblent y avoir établi leur ſiege; la peinture, la ſculpture, l'architec-

ture, & la muſique y ſont portées au plus haut
degré de perfection. Les autres nations ne ſont
à certains égards, que les émules des Italiens. Ce
pays renferme les modeles les plus parfaits de
l'antiquité, & les académies ſervent à y perpétuer
les talents. Tant de prérogatives attirent en Italie
une foule d'étrangers, qui y brillent par une belle
dépenſe; & les artiſtes s'y rendent de tous côtés
pour ſe perfectionner dans leur art. C'eſt auſſi
pour cette raiſon, que le peuple ne ſouffriroit jamais qu'on voulût vendre, ou faire ſortir de l'Italie, les figures parfaites, & véritablement originales qui reſtent de l'antiquité, & qui ſont conſervées à Rome, à Florence, & dans quelques autres villes de ce pays : car il n'y a aucun prix
qui pût les dédommager de la perte des étrangers,
qui viennent y dépenſer leur argent, ſoit pour
copier ce chef-d'œuvre, ſoit pour les admirer.

Les ſciences & les lettres ne ſont pas moins
cultivées en Italie que les arts. Nous y voyons
quantité d'univerſités, des académies, & des ſavants de grande réputation, diſperſés dans toutes
les villes. Les ſpectacles, & ſur-tout les opéra y
ſont dans le plus beau luſtre; les édifices deſtinés à cet uſage l'emportent ſur ceux de tous
les autres pays du monde; & en général les Italiens ſurpaſſent les autres peuples en fait de bâtiments. En un mot, rien ne manque dans ces
contrées pour exciter, & pour ſatisfaire la cu-
rioſité des étrangers. Ce n'eſt pas ſeulement de
leur ſimple dépenſe dont les Italiens profitent ;
mais ils attirent auſſi beaucoup d'argent par le
débit qu'ils font de leurs tableaux, & du travail
du ciſeau, dont les palais des grands de toute
l'Europe ſont ornés. Enfin, il y a pluſieurs manufactures admirables d'étoffes, de ſoieries, de
velours, de bas, de mouchoirs, de gazes, &

de mille autres chofes utiles ou fervant au luxe, que les autres peuples s'empreffent d'acheter.

§ VI.

Commer-
ce.

Tant de parties différentes produifent un to-
tal de commerce fort vafte & fort étendu, qui eft facilité par quatre grandes rivieres, le *Pó*, le *Tibre*, l'*Arne* & l'*Adige*, qui coulent dans l'Italie, & qui portent les marchandifes à peu de fraix dans les différents ports de mer fitués tout le long de la côte ; d'où enfuite elles paffent dans toute l'Europe. Avec tant d'avantage du côté de la nature & du côté du climat, l'Ita-
lie manque d'un objet infiniment confidérable ; c'eft de grains. Il s'en faut beaucoup que ce pays en produife fuffifamment pour nourrir tous fes habitants. Mais ce défaut eft réparé par le voi-
finage de la Sicile, des ifles de l'Archipel & de l'Afrique, d'où les Italiens tirent avec facilité, & à petits fraix, autant & plus de bled qu'ils n'en confument. Les volcans que l'on trouve dans le pays de Naples & dans la Sicile, ne forment pas un inconvénient bien confidérable, & ne nui-
fent en rien au commerce. Ils n'incommodent que les peuples qui habitent tout-à-l'entour, & qui font déja fort miférables. Les fréquents tremble-
ments de terre que l'on fent par toute l'Italie, font d'une conféquence infiniment plus dangereufe.

Les Italiens ne s'appliquent guères à la navigation, & ils font en général de fort mauvais ma-
rins. Ils fe bornent au commerce intérieur du pays, & les autres nations viennent trafiquer avec leurs propres vaiffeaux dans tous les ports de l'Italie. Les Italiens favent tout au plus conduire quelques Tartanes en mer, & naviger fur les côtes, ou faire le trajet de quelques ifles voifines. Il s'enfuit de là, qu'ils n'ont point de poffeffions

dans

dans les Indes, & qu'ils n'entretiennent point de vaiſſeaux armés en guerre, articles dont nous exceptons néanmoins la république de Veniſe, ainſi que nous l'allons voir bientôt.

§ VII.

Toute l'Italie n'eſt pas également bien peuplée. *Popula-*
Il y a une grande différence à cet égard entre le *tion.*
royaume de Naples, & le duché de Milan; ce dernier renferme, (proportions gardées) infiniment plus d'habitants. Mais, généralement parlant, on peut dire que l'Italie fourmille de monde, ſur-tout ſi l'on conſidere cette prodigieuſe quantité de grandes villes, dont tout le pays eſt comme ſemé, ſans compter les petites villes, les bourgs, les villages & les monaſteres dont il eſt rempli. Malgré ce grand nombre d'habitants, l'Italie ne fournit pas beaucoup de gens de guerre. La raiſon en eſt, à ce que je crois, que, depuis la décadence de l'ancien Empire Romain, pluſieurs nations étrangeres ſe ſont diſputé la poſſeſſion de ce pays, & en ont fait le théâtre de la guerre. C'eſt ainſi que, ſur-tout pendant les derniers ſiecles, les Eſpagnols, les François & les Allemands ſe ſont mis alternativement en poſſeſſion, tantôt d'une province & tantôt d'une autre; & les guerres qu'ils ont entrepriſes à cet effet, ſe ſont faites avec des troupes de leur nation; de façon que les naturels du pays y ont eu très-peu de part, & que l'eſprit guerrier s'eſt, pour ainſi dire, éteint chez eux. Il ne ſe trouve pas d'ailleurs en Italie des princes aſſez puiſſants pour pouvoir ſoutenir par leurs propres forces le fardeau d'une guerre conſidérable, ou entretenir de nombreuſes armées. Le roi de Sardaigne eſt le ſeul qui y joue une eſpece de rôle : auſſi voit-on que les troupes Piémontoiſes font parler avanta-

geufement d'elles , & fe trouvent dans un bon
état. Enfin l'Italie eſt devenue le fiege de la religion catholique , & par conféquent l'afyle , le rendez-vous , & la principale pépiniere des cardinaux,
des archevêques, des évêques, des prélats, des
prêtres, des abbés, des moines, & de tous les fainéants de l'églife. On peut juger par-là combien
de gens vivent en Italie dans le célibat, & combien
il s'en trouve qui fe nourriffent ou de bénéfices,
ou de charités, & qui pourroient être employés à la
défenfe de ce même état auquel ils font à charge.

§ VIII.

Divifion
de l'Italie.

Les géographes ont coutume de partager l'Italie
en quatre parties, qui font la partie fupérieure,
le centre, la partie inférieure, & les ifles.

I. Dans la *partie fupérieure* ils placent fept duchés confidérables;

  1. Le duché de Savoie ,
  2. . . . . . . de Piémont ,
  3. . . . . . . de Montferrat ,
  4. . . . . . . de Milan ,
  5. . . . . . . de Parme & Plaifance ,
  6. . . . . . de Modene , &
  7. . . . . . de Mantoue.

Enfuite dix petits duchés; favoir ,

  1. Le duché de la Mirandole ,
  2. . . . . . . de Guaſtalla ,
  3. . . . . . . de Sabionede ,
  4. . . . . . . de Bozzollo ,
  5. . . . . . . de Caſtiglione ,
  6. . . . . . . de Solfarino ,
  7. . . . . . . de Norellara ,
  8. . . . . . . de Maſſa & Carrara ,
  9. . . . . . . de Monaco , &
  10. . . . . . . de Maſſerano ,

Enfin trois républiques, qui font,

>   1. Venife,
>   2. Gênes, &
>   3. Luques.

II. Dans le *centre* ils mettent,

>   1. Le grand-duché de Tofcane, &
>   2. Les états du Pape.

Enfuite quelques principautés, qui font,

>   1. L'état d'*Egli Prefidii*, (ou des garnifons)
>   2. Le duché de Piombino,
>   3. Farnefe,
>   4. Paleftrina,
>   5. Bracciano,
>   6. Pagliano,
>   7. Meldola, &
>   8. La république de St. Marin.

III. La *partie inférieure* ne renferme que le feul Royaume de Naples.

IV. Les *ifles* qui appartiennent à l'Italie, font,

>   1. La Sicile, royaume,
>   2. La Sardaigne, royaume,
>   3. L'ifle de Corfe, royaume,
>   4. L'ifle de Malthe,

& quelques petites ifles, dont les unes font fituées dans la mer Adriatique, & les autres entre Naples & la Sicile, & appartiennent à ces deux royaumes; mais elles font de fort petite conféquence.

§ IX.

Voilà en peu de mots ce que c'eft que l'Italie. C'eft à l'hiftoire à nous faire connoître les différentes révolutions qui font arrivées à tous ces petits états, lefquels ont appartenu pendant un temps à des princes particuliers, & ont paffé enfuite entre les mains de quelque grande puiffance. On verra facilement qu'il feroit contraire au plan de cet ouvrage, & à l'étendue que nous nous fommes propofés de lui donner, de nous engager dans un examen détaillé de toutes ces principautés peu confidérables, & de développer le fyftême de leur politique. Il feroit d'ailleurs impoffible de déterminer quelque chofe de fixe & de précis à cet égard. Car comme la plupart de ces états font fouvent fujets à changer de maître, quel plan fuivi, folide & durable pourroit-on leur prefcrire, qui dût fervir de bafe à leurs démarches? Chaque grand événement produit en Italie un grand changement de fcene, & oblige par conféquent à prendre d'autres mefures. Tel prince qui aujourd'hui eft l'allié le plus zélé de la maifon d'Autriche, fera peut-être dans une guerre prochaine fon plus cruel adverfaire, & agira dans les deux circonftances felon les regles de la faine politique. Telle ville qui aujourd'hui fera une place d'armes de la France, fe verra peut-être obligée au bout de quelques années d'effuyer un fiege de la part de cette même puiffance.

On peut cependant pofer pour principe général, qu'il eft de l'intérêt de tous les princes & de toutes les républiques d'Italie, qu'il y fubfifte toujours un certain équilibre, & qu'aucune des puiffances, foit étrangeres, foit du pays, n'y gagne trop de terrein, ou n'acquiere des forces fupérieures. Cette regle eft fondée dans la nature même des chofes, & n'a par conféquent befoin d'aucune démonftration. En fecond lieu, on peut confeiller aux petits princes & aux états médiocres, de s'abftenir autant qu'il eft poffible, de s'ingérer dans les querelles des grandes puiffances.

Les malheurs tout récents que la république de Gênes vient d'essuyer pour s'être écartée de ce principe, justifie mon opinion à cet égard. *Caton* le Censeur avoit pour maxime, après son retour d'Afrique, de finir toutes les harangues qu'il prononçoit dans le sénat de l'ancienne Rome par ces mots ; *Et je suis d'avis de détruire Carthage.* Le sénat de Gênes ne devroit dorénavant jamais procéder aux délibérations, sans qu'au commencement de chaque assemblée le Doge dise à haute voix : *N'oubliez pas, sénateurs, que le salut de cette république dépend de sa neutralité.* L'expérience sert ici de guide & de précepteur ; elle enseigne qu'on doit se tirer d'affaire par des complaisances & par la souplesse, lorsqu'on ne peut se mesurer du côté des forces. La politique veut qu'on sache coudre la peau du renard à la peau du lion, lorsque cette derniere est trop courte. Aussi avons-nous vu qu'autrefois les Italiens suivoient très-exactement cette méthode. C'est même ici où l'on doit chercher l'origine de ces *finesses Italiennes* qui se font introduites dans plusieurs cabinets de l'Europe. Comme les petits princes de l'Italie étoient trop foibles pour s'opposer à force ouverte aux entreprises des grands, & qu'ils ne pouvoient même entretenir suffisamment des troupes pour se faire la guerre les uns aux autres, ils suppléerent à ce défaut de forces par les ressources de la politique. Les petites ruses, les finesses, les stratagêmes, les subtilités & les équivoques devinrent les armes dont ils se servirent pour combattre. Le génie dominant en Italie, qui est naturellement porté à alambiquer & à quintessencier les choses, vint merveilleusement au secours de cette politique ; & l'on s'apperçut par-ci par-là de son succès. Les autres puissances de l'Europe en furent même éblouies, & voulurent imi-

ter cette conduite. Enfin quelques cardinaux &
d'autres miniftres Italiens ayant été employés dans
les cabinets, & mis à la tête des affaires des plus
grandes puiffances, ils porterent avec eux l'efprit
de leur nation, & empoifonnerent toute la politique de l'Europe. Si l'on examine bien foigneufement les refforts fecrets des grands événements
arrivés depuis deux cents ans, on découvrira les
mauvaifes fuites de la vérité que je viens d'établir
ici. C'eft une maxime abfolument fauffe· & pernicieufe, quand un grand état eft capable de jouer
un beau rôle dans l'Europe, de vouloir qu'il fe
départe de la fermeté, de la candeur & de la
folide droiture qui doit regner dans fes promeffes
& dans fes démarches. Qu'un prince de Monaco
fe maintienne par des fubtilités, à la bonne heure:
mais, fi un royaume comme la France, vouloit
fuivre un pareil exemple, ce feroit une politique
entiérement fauffe, & qui lui feroit bientôt perdre la confiance de toute l'Europe. Qu'on me
paffe cette digreffion en faveur de fon utilité.

Je reviens aux fouverains de l'Italie. Comme
il eft impoffible de donner une idée fuccinte de
chaque petit état, ni de prefcrire des regles particulieres à leur politique, je ne puis que leur recommander de fuivre toujours les lumieres de la
raifon & les confeils prudents de quelques fideles
miniftres. S'agit-il après tout d'embraffer le parti
de quelque grande puiffance ? Ils ne doivent s'y
déterminer qu'à la derniere néceffité, & après
avoir réfléchi mûrement fur leurs intérêts, auffi-
bien que fur la probabilité du fuccès d'une pareille démarche.

Le maintien de la tranquillité en Italie fait encore un objet de la politique des divers princes
qui y font établis. Leur peu de puiffance les prive
de l'efpoir de s'agrandir par les armes; fur-tout

étant environnés par des voisins formidables. Les alliances de famille forment presque la seule voie pour augmenter leurs états. Il y a cependant en Italie quelques princes qui jouent un rôle trop considérable dans l'Europe, & qui ont une trop grande influence dans les affaires publiques, pour que je les puisse passer sous silence. Je ne parlerai, ni de la France, ni de l'Espagne, ni de la maison d'Autriche. Ces puissances étant, pour ainsi dire, étrangeres en Italie, on trouvera des réflexions sur leur système en d'autres endroits de cet ouvrage; mais je me bornerai à faire connoître plus particuliérement les états & la polique du *Pape*, du *roi de Sardaigne*, du *roi des deux Siciles*, & de la *république de Venise*; à quoi j'ajouterai quelques considérations sur l'ordre des *chevaliers de Malthe*.

§ X.

LE PAPE.

Si l'on considere le Pape comme prince séculier, il est certain que sa puissance n'est pas des plus formidables. Les états, à la vérité, qui sont sous sa domination temporelle, ne laissent pas d'être importants; car leur longueur, à compter depuis les frontieres de Venise jusqu'à celles de Naples, le long de la mer Adriatique, embrasse une étendue de plus de quatre-vingt milles d'Allemagne. La plus grande largeur est de cinquante milles. Les provinces dont cet état est composé, sont:

1. La compagnie de Rome,
2. Le patrimoine de St. Pierre,
3. Le duché de Castro,
4. L'Orviétan,
5. Le Pérugin,

6. L'Ombrie, ou le duché de Spolete,
7. La Sabine,
8. La Marche d'Ancone,
9. Le duché d'Urbin,
10. La Romagne,
11. Le Bolonez,
12. Le duché de Ferrare : à quoi il faut ajouter,
13. Le duché de Bénévent, enclavé dans le royaume de Naples, &
14. Le comtat d'Avignon, situé dans le comté de Provence.

Sa milice & sa marine. Malgré tant de pays, le Pape n'entretient que fort peu de troupes. Celles même qu'il a, font plus pour la forme que pour l'usage : car ce ne font proprement que des milices peu aguerries & peu redoutables. Quelques Suisses bien payés servent de gardes à Sa Sainteté. Les Sbirres, la plupart natifs de l'Isle de Corse, font le guet, & font les valets de ville. La marine du Pape n'est pas formidable. Tout consiste environ en vingt-cinq galeres, qui font entretenues dans le port de *Civita-Vecchia*. Ce n'est pas que les états du faint fiege ne puiffent fournir une plus grande quantité de foldats; il y a eu des temps où l'on a vu une armée de vingt mille hommes au Pape. Je ne parle pas même ici de ces époques d'enthoufiafme, où la politique de Rome trouva moyen de former des armées nombreufes pour les expéditions fanatiques dans la Terre-fainte, & pour les Croifades.

Mais la cour de Rome a d'autres moyens que le refte des fouverains de l'Europe, pour fe foutenir, & d'autres armes pour fe défendre. La dignité que le fouverain Pontife occupe dans l'église, fait refpecter le rang qu'il tient dans le monde.

L'hiftoire nous fait connoître de quelle maniere la puissance temporelle des Papes s'est accrue par degrés, & comment les limites de leurs états se font étendues. Le baron de Puffendorf remarque que les trente-un Pontifes qui avoient occupé la chaire de St. Pierre avant le regne de l'empereur *Conftantin*, étoient bien éloignés de songer à accumuler des richeffes; ils favoient qu'ils n'avoient hérité de St. Pierre que des chaînes, & qu'étant toujours à la veille d'être traînés au martyre, ils ne théfaurifoient que pour le ciel.

Quoi qu'il en foit, on compte que la cour de Rome tire bien trois ou quatre millions d'écus de revenus de fes états. Mais il faut convenir, que les peuples font en quelque maniere foulés par les chefs, les intendants, & les autres officiers de la chambre du Pape; fur-tout pour ce qui regarde les grains, dont les propriétaires n'ofent faire le débit, qu'après l'avoir offert aux traitants & aux financiers de Sa Sainteté, qui l'achetent à bas prix, & en font un trafic honteux. En un mot, les fujets du Pape font généralement miférables, & le pays eft fucé par la rapacité de tant d'eccléfiaftiques qui voltigent fans ceffe autour du Pontife. Ajoutons à tout cela, que chaque nouveau Pape eft pourvu d'un nombre de *Nepoti*, ou neveux, qui acquierent auffitôt la dignité de princes, & pour lefquels il faut amaffer des richeffes proportionnées à ce titre éminent. Ces intérêts de famille toujours renouvellés coûtent cher aux peuples.

Ses revenus.

Voici quelle eft la forme du gouvernement temporel du fiege de Rome. Le Pape eft un prince fouverain, qui gouverne fes états felon fon bon plaifir. Tout le monde fait que cette dignité eft élective. Les cardinaux fervent à deux mains, tantôt à l'églife, & tantôt au gouvernement féculier. Le confeil du Pape eft compofé

Son gouvernement temporel.

de cardinaux. A la tête de tous les autres colleges des différents départements de l'état, se
trouve placé un cardinal. Dans les grandes occasions ils servent aussi d'ambassadeurs, & portent le titre de *Légats à latere*. Quoique ces légats ne soient chargés pour l'ordinaire que de négociations qui ont pour objet des affaires temporelles, ils sont regardés néanmoins chez tous les
souverains catholiques, comme des ambassadeurs
du chef de l'église, & reçoivent en cette qualité des honneurs & des distinctions extraordinaires. On en peut voir le détail dans *le parfait
Ambassadeur de Wiquefort*, & dans *l'Art de négocier de Caillieres*.

Les ministres du second ordre que le Pape envoie aux puissances étrangeres, sont appellés *Nonces*, & prennent le pas dans toutes les cours catholiques sur les envoyés des autres souverains.
Ce sont pour l'ordinaire des prélats ou des abbés,
mais toujours gens d'église. Le Pape entretient des
nonces ordinaires à Vienne, à Paris, à Lisbonne, à Madrid, à Dresde ou à Varsovie, en
Suisse, à Venise, à Bruxelles, & à Cologne.
Il envoie aussi un nonce extraordinaire à la diete
d'élection, lorsque le trône impérial est vacant.

Les quatorze provinces papales que nous venons d'indiquer, sont administrées chacune par un
gouverneur, qui porte pareillement le titre de
légat. La ville de Rome a aussi son propre gouverneur ; & cette charge est une des plus considérables de la cour papale.

Dans tous les états du Pape, on ne tolere aucune religion étrangere, la catholique-romaine y
étant naturellement dominante. Il y a cependant
près de dix mille Juifs qui habitent dans Rome,
& que l'on y souffre par connivence.

L'intérêt général du Pape est de maintenir la

tranquillité en Italie autant qu'il lui eſt poſſible ;
mais lorſque la guerre y éclate malgré lui, il doit
uſer d'une circonſpection infinie, pour ne pas marquer trop de prédilection envers aucun des partis. Sur-tout il ne doit jamais s'engager dans les
querelles des puiſſances belligérantes ; car il n'y a
rien à gagner pour lui par les armes, & beaucoup à perdre. D'ailleurs il n'en eſt pas du Pape
comme des autres ſouverains de l'Europe. Ceux-
ci n'ont qu'un intérêt ſimple à conſulter dans toutes leurs démarches ; c'eſt leur conſervation, ou
leur agrandiſſement. Ils entretiennent la paix ou
déclarent la guerre pour ce but. Le Pape, au
contraire, ne ſauroit ſéparer ſes intérêts entant
que *Prince ſéculier*, d'avec ceux qu'il a comme
chef de l'égliſe. Il n'y a pas de pays catholique
dont ce Pontife ne tire quelques revenus. Or,
en ſe brouillant ouvertement avec une puiſſance,
il court riſque de tarir une des ſources qui porte
les richeſſes dans le grand réſervoir de Rome :
outre que l'autorité du Pape ſouffre toujours quelque échec chez les peuples qui ont une fois éclaté.
Enfin, il ne paroît pas convenable au caractere
du Pere de l'égliſe chrétienne, de troubler la
paix, & de combattre avec des armes qui ne
ſont pas ſpirituelles.

Les voiſins les plus formidables du Pape ſont,
le grand-duc de Toſcane, la république de Veniſe, & le roi de Naples. C'eſt avec ceux-ci
qu'il doit ſur-tout tâcher d'entretenir une bonne
intelligence ; car ils ont tous les trois des forces plus grandes que ne ſont celles qu'il eſt en
état de leur oppoſer. Le grand-duc de Toſcane
d'aujourd'hui eſt ſoutenu par toute la puiſſance
de l'empire d'Allemagne ; la république de Veniſe
eſt extraordinairement ſur ſes gardes contre les
entrepriſes de la cour de Rome ; & le roi de Na-

ples, quoiqu'il reçoive du Pape l'inveſtiture de ſes états, y regne néanmoins ſouverainement ; & ſans compter ſes propres forces, il trouve un ſoutien très-puiſſant dans celles de l'Eſpagne. C'eſt une prérogative éblouiſſante, mais dangereuſe, d'avoir un vaſſal plus puiſſant que ſoi. Enfin la cour de Rome a autant de meſures à garder avec le roi des deux Siciles par rapport au duché de Bénévent, qui eſt iſolé des autres terres papales, qu'avec le roi de France, eu égard au comtat d'Avignon, lequel ſe trouve dans le même cas. Le Pape d'ailleurs eſt obligé d'entretenir une bonne amitié avec tous ſes voiſins, pour pouvoir s'oppoſer dans le beſoin, à forces réunies, contre les entrepriſes des Turcs, & prévenir par-là qu'ils ne pénetrent un jour en Italie, & peut-être dans toute l'Europe. Pour dire enfin tout en un mot, le ſyſtême pacifique convient à tous égards à un gouvernement de prêtres, qui peut quelquefois être dangereux, mais qui n'eſt jamais formidable. Voilà ce qui regarde la puiſſance temporelle du Pape : ajoutons encore quelques mots ſur ſa monarchie ſpirituelle.

Sa monarchie ſpirituelle. . Selon le ſyſtême de l'égliſe Romaine, le Pape eſt le *chef ſouverain* de la chrétienté dans le ſpirituel ; & en effet, il uſe de cette prérogative dans tous les états de l'Europe où la religion catholique domine. Son pouvoir, à la vérité, n'eſt pas également étendu dans tous les royaumes ; il eſt bridé, par exemple, en France, par les *Privileges de l'égliſe Gallicane ;* en Allemagne, par ce qu'on nomme les *Concordats de la nation Germanique,* & ainſi du reſte. Mais dans tous ces pays, on reconnoît cependant en général ſon autorité ſouveraine dans les affaires eccléſiaſtiques ; & cette autorité ſe fait même ſentir, quoique foiblement, chez quelques princes proteſtants, qui ont un nombre considérable de sujets attachés à la religion catholique-romaine.

Ceux qui se font accoutumés à méditer soigneusement fur les affaires d'état, envifagent l'établissement de cette monarchie spirituelle comme le plus grand phénomene qui soit jamais arrivé dans la politique. C'est une des premieres regles de cette fcience, *qu'il est de la perfection d'un état, que la souveraineté n'en soit jamais divisée, & qu'elle ne souffre aucune diminution.*

Et c'est auffi la raifon pourquoi les princes font fi jaloux de cet important objet. Or il est conftant que, d'un autre côté, cet empire spirituel affoiblit beaucoup la puiffance féculiere, par les entraves qu'il lui donne, & par les changements qu'il y apporte. Comment comprendre donc ce phénomene extraordinaire dont l'hiftoire dans tous les fiecles, chez tous les peuples, & dans toutes les religions, ne fournit aucun autre exemple ? Comment débrouiller 1°. ce mêlange de religion & de politique, pour en donner une idée claire à ceux qui tâchent de devenir habiles dans cette derniere fcience ? Comment concevoir 2°. pourquoi les fouverains ont accordé & accordent encore fans répugnance au Pape, une autorité qui est d'autant plus grande, qu'elle est cachée ? 3°. Comment développer enfin les moyens par lefquels cet édifice immenfe fe foutient ?

Quant au *premier objet*, qui confifte à donner une idée de l'effence de cette monarchie spirituelle, nous tâcherons d'éclaircir cette matiere par les confidérations fuivantes.

Les politiques trouvent deux chofes à confidérer dans la religion en général, favoir 1°. le miniftere de l'églife, & 2°. le gouvernement extérieur de la religion.

Le miniftere de l'églife confifte dans la doc- Le minif,

trine, dans la prédication, dans l'adminiftration des facrements, & dans certains actes de piété. Or il eft clair que ces fonctions doivent appartenir à des gens d'un ordre féparé dans la fociété ; & ce font eux qui forment l'état eccléfiaftique. Tous les peuples de l'antiquité & de l'Europe moderne conviennent de cette néceffité. Il n'y a que les *Quackers* qui ont un fentiment différent, qui permettent à des perfonnes de tous métiers, de tout fexe & de tout âge, d'exercer le miniftere de l'églife. Comme ce principe eft faux dans le fond, on en voit auffi réfulter des conféquences ridicules ; car il eft également indécent & rifible, de voir une femme décrépite débiter publiquement fes rêveries comme de faintes infpirations, & prêcher en radotant devant des gens fenfés. Les matieres de religion d'ailleurs font d'une telle importance, qu'elles méritent bien d'être entre les mains de gens habiles, & qui en faffent leur unique étude. Que peut-on attendre en général d'un fermon compofé par un homme d'épée, par un négociant, par un artifan, ou par une perfonne qui a un autre emploi à exercer dans la fociété ? De plus, la bonne politique veut que tout membre de l'état ait un métier, & qu'il faffe tous fes efforts pour y atteindre à la perfection, fans fe laiffer diftraire de ce but par des fpéculations inutiles, ou en voulant faire le docteur dans un autre genre. Des gens d'un moyen étage employeroient mal leur temps en voulant étudier des controverfes théologiques, & feroient détournés par-là de leurs travaux ordinaires, utiles & lucratifs. Enfin, fi tout le monde vouloit fe mêler de prêcher, & s'alambiquer l'efprit fur ces fortes de matieres, rien ne feroit plus propre à faire naître des fchifmes, des difputes & des divisions. Il est donc très-juste, qu'il y ait un état séparé pour l'église, auquel le ministere en doit être commis. Mais la politique veut que cet ordre, cet état, soit subordonné & soumis *à tous égards* au gouvernement séculier, & à cette partie de l'état, en laquelle réside la puissance souveraine. L'établissement du contraire forme ce qu'on appelle *Statum in statu*, affoiblit le pouvoir suprême, & entraîne après soi les conséquences les plus dangereuses.

Par le *gouvernement extérieur de la religion*, on entend, 1°. le pouvoir de choisir certaines personnes pour exercer publiquement le service divin; 2°. la jurisdiction absolue sur leurs personnes; 3°. la direction des biens qui sont consacrés à la religion; 4°. la puissance de faire des loix pour servir au bien extérieur de la religion, & pour la maintenir; 5°. le pouvoir de décider les différends & les disputes qui peuvent naître entre les ecclésiastiques, & plusieurs autres choses de cette nature. C'est donc ce gouvernement extérieur qui appartient, comme nous venons de le dire, aux souverains; & cela en conséquence des regles les plus saines & les plus claires de la politique, qui sont fondées sur le droit naturel : ni un chef commun de la chrétienté, ni aucune autre puissance, ne doit se l'arroger, sous quelque prétexte que ce puisse être.

Mais, dans la religion catholique, il semble qu'on ait établi un principe tout différent. Rome est devenue le siege de la religion. Le Pape y réside en qualité de *Vice-Dieu*, de *vicaire de Jesus-Christ*; de *chef spirituel de la chrétienté*. C'est le tronc d'un arbre dont les branches & les rameaux s'étendent non-seulement par toute l'Europe, mais même dans les quatre parties du monde connu. Le Pape exerce le gouvernement extérieur

Le gouvernement extérieur de la religion.

de la religion dans tous les royaumes, dans tous les états, & dans toutes les provinces, où la foi catholique eſt reçue ; mais l'autorité de ce Pontife eſt dans chaque pays plus ou moins grande, ſelon qu'une nation a fait ſes conditions avec le ſaint ſiege ſur cet objet. C'eſt ainſi, par exemple, que Rome déploie en Eſpagne un deſpotiſme ſpirituel beaucoup plus grand qu'elle n'oſeroit le faire en France, où ſon pouvoir eſt très-bridé. Mais ce n'eſt là qu'une différence du plus au moins ; & dans le fond tous les eccléſiaſtiques catholiques-romains ſont, ou directement, ou indirectement ſubordonnés au Pape, & relevent de lui, dans quelques pays qu'ils ſe trouvent. La monarchie ſpirituelle ne ſauroit donc être enviſagée que comme une machine compoſée avec un art infini, & dont les reſſorts ſubtils tendent à procurer au Pape deux avantages conſidérables, ſavoir, la *puiſſance* & les *richeſſes*.

Origine de la monarchie papale. A l'égard du *ſecond objet*, qui regarde l'*origine* de la monarchie ſpirituelle du Pape, j'eſpere qu'on n'attendra pas de moi que je montre hiſtoriquement de quelle maniere, & par quels moyens cette puiſſance s'eſt accrue par degrés. Il faut faire une étude ſérieuſe & particuliere de l'hiſtoire tant eccléſiaſtique que profane, pour en remarquer toutes les époques, & pour en découvrir tous les reſſorts. J'obſerverai ſeulement que, dans les premiers temps du chriſtianiſme, les ſouverains qui regnoient alors, ne pouvoient ſe charger du gouvernement extérieur de la religion chrétienne, parce qu'ils étoient païens, & que par conſéquent ils perſécutoient cette nouvelle religion, bien-loin de la protéger. Le ſoin des affaires eccléſiaſtiques reſta donc entre les mains de quelques évêques, ou autres perſonnes du clergé, qui s'aſſembloient, & délibéroient ſur tout

tout ce qui pouvoit tendre au bien & à l'avancement de la religion. Dans les cas de grande importance, on s'adreſſoit aux principaux eccléſiaſtiques des provinces voiſines ; on convoquoit des aſſemblées plus nombreuſes ; & delà naquirent les *conciles*. Enfin les Papes s'éleverent au-deſſus des évêques, des conciles, & trouverent moyen de s'attribuer, avec une habileté & une dextérité infinies, l'autorité des uns & des autres. Tout cela fut encore augmenté & ſoutenu par le bras ſéculier, & par la puiſſance temporelle que les Papes acquirent peu-à-peu. Il eſt certain que le période le plus favorable à la grandeur du Pontife de Rome, & le premier fondement de ſon autorité, a été le regne de *Conſtantin* le Grand ; tout comme le temps de la réformation a penſé devenir ſon période fatal. Au reſte toute religion entre les mains de gens ruſés, & dans des ſiecles d'ignorance, eſt capable d'opérer les effets les plus ſinguliers, & de produire les événements les plus inattendus. Auſſi n'en falloit-il pas moins pour entraîner les puiſſances de l'Europe petit-à-petit dans des connivences que les premiers éléments de la politique leur défendoient d'avoir. C'eſt ici le nœud de l'affaire ; il ne m'eſt pas permis de le délier davantage. Pour oſer le couper tout-à-fait, il faudroit être un Alexandre. (*)

Voyons maintenant comment cet édifice politique ſe ſoutient. C'eſt *le troiſieme* objet qui nous reſte à développer. En conſidérant les moyens que l'on emploie pour cela, nous verrons auſſi encore plus particuliérement de quelle façon ce gouvernement ſpirituel s'exerce.

____

(*) Le dénouement approche, & chaque ſouverain ſera bientôt cet Alexandre. *Note de l'éditeur.*

Le Pape. JESUS-CHRIST eſt le chef de l'égliſe, ſon protecteur, & ſon avocat auprès de Dieu le Pere, réſidant dans le ciel.

Le St. Eſprit eſt chargé de porter au Pape les ordres de ce chef, d'illuminer ſon entendement, de diriger ſon cœur & ſes démarches, en un mot, de lui donner l'*infaillibilité*.

Le Pape eſt le vicaire & le lieutenant de Jeſus-Chriſt ſur la terre ; il y gouverne l'égliſe en ſon nom d'une maniere infaillible.

Les cardi- Soixante & dix cardinaux, qui doivent repré-
naux. ſenter les *ſeptante* diſciples de Jeſus-Chriſt, ſervent de conſeillers privés à Sa Sainteté. Ils ſont nommés par le Pape, qui ne conſulte à l'ordinaire, que ſon propre mouvement dans leur création.

L'empereur cependant, & les couronnes d'Eſpagne, de France, ainſi que quelques autres, ont obtenu le droit de nommer un ſujet *cardinalable*. L'uſage auſſi a introduit qu'au retour de certaines ambaſſades, les nonces ont été décorés du chapeau ; & cet uſage s'eſt preſque changé en loi. Quelquefois auſſi le Pape crée un cardinal à la recommandation de telle ou telle puiſſance. On a fabriqué pour eux le titre nouveau d'*éminence :* titre qui, à ce qu'ils prétendent, doit ſuivre immédiatement celui de majeſté. L'aſſemblée des cardinaux à Rome, eſt nommée le *ſacré college*. C'eſt le grand ſénat, le *Sanhedrin* des affaires ſpirituelles du monde catholique.

Les pa- Les patriarches poſſedent proprement la troi-
triarches. ſieme dignité de l'égliſe. Il y a cinq patriarches ; ſavoir, à Rome, à Alexandrie, à Antioche, à Jéruſalem, & à Conſtantinople. Le Pape lui-même eſt proprement patriarche de Rome. Les quatre autres ſont des titres chimériques. Le roi de Portugal a créé, avec la permiſſion du St. Siege, un

patriarche dans son royaume, mais hors de ce pays, il n'a ni préséance, ni prérogative.

Les archevêques suivent en rang après les cardinaux & les patriarches. Ils jouent un très-beau rôle, & dans l'église, & dans le monde. Il y a trois électeurs en Allemagne qui le font. Les archevêques ont des évêques pour suffragants, & plusieurs métropolitains qui dépendent d'eux. Leurs revenus font pour l'ordinaire proportionnés à leur glorieux titre. Ils consacrent les évêques, & ont une grande autorité dans leur district pour tout ce qui regarde les affaires ecclésiastiques. Ils convoquent même les principaux du clergé pour tenir un concile provincial en cas de besoin. *Les archevêques.*

L'évêque occupe la cinquieme dignité de l'église, savoir, celle qui est immédiatement inférieure à l'archevêque. Son premier foin doit être, que les curés de son diocese servent bien l'église, & instruisent les peuples qui leur sont commis. La plupart des évêchés font fort bien rentés, & nourrissent largement ceux qui les possedent. Il y a des évêchés *in partibus infidelium*, que le Pape donne à ceux qu'il veut décorer du simple titre. *Les évêques.*

Les archidiacres suivent les évêques, & font leurs fonctions à leur place. Les diacres ont été établis pour servir l'évêque, pour avoir soin de l'administration des biens de l'église, & pour en rendre compte. Ils ont toujours été compris dans l'ordre de la hiérarchie de l'église; & après les prêtres ils y ont le premier degré d'honneur. *Les archidiacres.*

Les prélats & les abbés mitrés & croffés, suivent immédiatement après les évêques; & ce font des gens considérables dans l'église. Les derniers ne peuvent porter la mitre & la croffe sans un privilege particulier. Il y a fur-tout en Allemagne, de ces fortes d'abbés, dont la dignité est *Les prélats & abbés.*

fort refpectable ; & on en voit qui font *princes
du Saint-Empire*, ayant voix & féance à la diete.

Les abbés ordinaires font, ou réguliers, ou féculiers, ou commandataires, ou électifs, &c. Ordinairement c'eft le chef d'une abbaye ; & il poffede la feptieme dignité de l'églife. Les pays catholiques fourmillent de ces fortes de gens. Il y
en a qui fe mêlent de toutes fortes de métiers. Ils
fe fourrent fouvent jufques dans la politique, &
on en voit très-fréquemment d'employés dans les
affaires. De mauvais plaifants ont défini un abbé,
*un homme qui vit de l'autel, & qui n'en approche
point*. Il y a cependant dans ce corps, des perfonnes refpectables par leur mérite.

Les curés.   Les curés font des prêtres qui ont des bénéfices où il y a charge d'ames ; qui deffervent
les églifes, célebrent la meffe, & font les fonctions eccléfiaftiques. Ils dépendent des évêques,
& ils ont des vicaires.

*Les chape-
lains.*   Les chapelains ont des bénéfices qui confiftent
dans le revenu d'une chapelle ; ou bien, on nomme
de ce nom des prêtres gagés pour dire la meffe de
quelque prince, ou de quelque perfonne qualifiée.

*Les cha-
noines.*   Les chanoines font ceux qui poffedent un ca-
nonicat eccléfiaftique, & qui vivent, ou plutôt
qui devroient vivre, felon les canons de l'églife.
Ils font auffi, ou réguliers, ou féculiers.

*Les moi-
nes.*   Les moines, ou ceux qui profeffent les ordres
religieux, font innombrables. Nous ne nous ar-
rêterons point à donner une lifte de ces ordres
différents. Ceux qui font le plus connus, & qui
font le plus de bruit dans le monde, font les
Jéfuites, les *Capucins*, les *Dominicains*, les *Char-
treux*, les *Francifcains*, &c. chacun de ces ordres a un religieux pour chef, qui eft appellé
Général, qui réfide à Rome, & qui y jouit de
grandes diftinctions.

Il est incroyable à quel nombre excessif montent tous ces ecclésiastiques. On en peut juger à peu près par la supputation du Pape *Paul IV*, qui se vantoit d'avoir sous sa domination deux cents quatre-vingt-huit mille paroisses, & quarante-quatre mille couvents. Si ce calcul est juste, on peut compter sur quelques millions de gens appartenants au clergé romain.

L'état militaire le mieux composé n'offre pas un système de subordination & d'exactitude plus parfaitement établi, que l'est celui de la monarchie spirituelle du Pape. Chaque ecclésiastique en particulier, dans quelque rang, dignité ou fonctions qu'il puisse se trouver, peut être envisagé comme un ressort qui concourt au mouvement perpétuel de cette ingénieuse machine. Ceux qui occupent les premieres dignités de l'église, sont pour l'ordinaire des personnes d'une grande naissance, qui tiennent par les liens du sang, ou aux souverains, ou du moins aux premiers de l'état. La nature de leur place leur donne d'ailleurs un grand crédit, les rapproche des grands, & leur procure une influence plus ou moins considérable dans les affaires. Comme ils peuvent parvenir tous en général au cardinalat, ils sont non-seulement intéressés d'une maniere immédiate au maintien du système de l'église, mais ils ont aussi un intérêt visible à ménager le Pape, qui est le souverain dispensateur de toutes les distinctions ecclésiastiques. *Système de la politique de Rome.*

Les abbés ordinaires, les curés, & sur-tout les moines, s'introduisent d'un autre côté par-tout, & gagnent la confiance des particuliers. La charge des ames est une voie naturelle pour leur donner entrée dans toutes les familles. Point de maison qui n'ait son directeur, ou quelque pieux personnage domestique. C'est une espece de devoir *Directeurs spirituels.*

religieux ; la pratique du contraire, l'éloignement des gens d'église feroit criminel & fcandaleux. Quel moyen plus excellent pour être au fait des fecrets les plus intimes, pour venir à bout de tous les deffeins, & pour parer tous les inconvéniens ! Seroit-il poffible que jamais un édifice appuyé fur de tels fondements pût crouler ! (*)

La confef-
fion auri-
culaire.

L'invention de la *confeffion auriculaire* eft encore un moyen fort fûr & fort efficace pour l'affermiffement de l'autorité du Pape, & de fa puiffance. N'eft-ce pas une méthode infaillible pour découvrir tout ce qui fe paffe de plus caché fur la furface de la terre, & pour voir d'un coup d'œil tout ce qui mérite quelque attention ? L'artifice eût été trop groffier, fi l'on n'eût préfenté un antidote apparent à côté du poifon réel, en défendant aux prêtres, fous les peines les plus rigoureufes, de révéler quoi que ce foit, de ce qui leur a été confié dans la confeffion. Mais, fuppofé même qu'ils tinffent parole aux particuliers, & dans des chofes qui regardent le cours ordinaire de la vie, peut-on s'imaginer qu'ils agiffent de même à l'égard des grands, & pour des objets qui fe trouveroient être contraires au fyftême & au maintien de l'églife ? Les *Jéfuites* fur-tout en poffeffion depuis long-temps d'être confeffeurs des fouverains catholiques, s'ils venoient à découvrir quelques fecrets qui puffent être contraires à leur intérêt, les cacheroient-ils à leur général, qui réfide à Rome ? Peut-on fe figurer une pareille conduite chez des gens dont l'ordre fondé fur la politique la plus raffinée, n'a d'autre but que fon agrandiffement, en employant mille moyens inconnus au vulgaire pour y parvenir ? Jamais en

____

(*) S'il ne croule pas encore, il chancele du moins beaucoup. *Note de l'éditeur.*

un mot, on ne s'imagineroit combien Rome a d'influence dans toutes les affaires publiques, & combien font infaillibles les moyens par lefquels elle foutient fa puiffance. Il faudroit écrire un énorme volume pour développer tous les reffortis qu'elle fait jouer.

Le fecond objet de la monarchie fpirituelle du Pape confifte, comme nous venons de le dire, dans l'acquifition des richeffes. Les eccléfiaftiques, felon leurs différentes dignités, font autant de canaux par où les biens de ce monde coulent dans le grand tréfor de l'églife. Chacun y contribue felon fes facultés, à proportion de fes bénéfices, ou du gain qu'il peut faire.

Les moyens que l'on a inventés pour mettre les laïcs à contribution, afin d'augmenter les richeffes de l'églife, & les revenus de ceux qui fervent l'autel, font infinis. Tous ces différents moyens d'acquérir dérivent néanmoins d'un feul & même principe, & repofent fur un feul & même fondement. Le *mérite des bonnes œuvres* eft un fyftême théologique, érigé en dogme de religion.... mais j'abandonne cette difcuffion à meffieurs les controverfiftes. En qualité de citoyen & de politique, il me paroît que les bonnes œuvres ont un très-grand mérite dans la fociété, & qu'on ne fauroit trop en encourager la pratique, fût-ce même par l'efpoir d'une récompenfe incertaine dans l'autre vie. Mais je fuis mortifié de voir qu'on faffe fervir un dogme raifonnable en lui-même à un but qui ne l'eft pas, & qu'en attribuant un jufte prix aux bonnes actions, on veuille en faire une mauvaife, qui eft de couper la bourfe aux particuliers, & de leur efcamoter de l'argent pour des chofes qui ne font fufceptibles d'aucune valeur numéraire. C'eft cependant ce que fait l'églife Romaine. D'abord les princes & les perfon-

Autres inventions.

Donations.

T iv

nes aifées, crurent faire une chofe agréable à Dieu, en faifant des libéralités à l'églife & aux eccléfiaftiques. On perfuadoit aux chrétiens, que les bonnes œuvres, entre lefquelles les donations pour des œuvres pies, tenoient le premier rang, étoient le vrai chemin du ciel. Delà toutes les fondations pieufes, & ces dons immenfes qui furent faits à l'églife, & qui fervirent de fond à fon tréfor. Mais ce fond ne fuffifoit pas encore pour affouvir la cupidité de Rome; il fallut trouver d'autres reffources, qui fuffent abondantes & continuelles : l'invention merveilleufe de deux nouveaux dogmes, *des œuvres de furérogation* & *du purgatoire*, fervit admirablement bien à ce but.

Œuvres de furérogation.

1°. On fuppofe donc que les faints, ainfi que les martyrs dans tous les fiecles, & encore aujourd'hui les moines, & quelques perfonnes d'une piété extraordinaire, peuvent non-feulement fatisfaire à Dieu pour eux-mêmes; mais qu'outre cela, ils ont beaucoup de mérite de refte, qu'ils gardent au fervice des pauvres laïcs. Mr. de Puffendorf dit : « C'eft de ce furcroît, ou fuperflu, qu'on a fait un magafin inépuifable de » marchandifes fort profitables au clergé, qui ne » coûtent rien à garder, qui ne moififfent point » par la longueur du temps, qui ne fouffrent » aucune diminution, & qu'enfin l'acheteur ne » peut point rendre à fon vendeur, après qu'il » en a reconnu l'inutilité & le néant, &c. » Enfin, ce font ces œuvres de furérogation, ce fuperflu des vertus d'autrui, que l'on débite avec un front d'airain, & pour de l'argent comptant, aux imbécilles qui en veulent faire emplette.

Purgatoire.

2°. En imaginant ce chimérique lieu tiers, dit *Purgatoire*, on n'eut d'autre vue, que d'engager les agonifants, (qui pour l'ordinaire ne font alors aucun cas des biens du monde qu'ils font prêts

de quitter) à en donner une partie aux ecclésiastiques, afin que par leurs messes & par leurs
prieres, ils pussent sortir d'autant plutôt d'un sé-
jour si chaud. C'est ce qui a donné lieu aux
offices & aux messes pour les morts, dont il se
dit une si prodigieuse quantité dans tous les pays
catholiques, & dont il y a toujours tant de commandées & de payées d'avance, qu'elles ne sauroient être célébrées que bien des années après.
Les deux objets seuls que nous venons d'indiquer, portent des sommes immenses au clergé
catholique-romain.

Ce n'est pas encore tout. Ce peuple d'ecclé-
siastiques dépendant du Pape, veut vivre avec
aisance, sans travailler de ses mains. Rome veut
thésauriser. Il falloit donc encore de nouvelles
ressources pour fournir à l'une & à l'autre de
ces vues. Delà mille artifices pour épuiser les
laïcs en faveur du clergé. Nous avons déja parlé
du *Purgatoire*, & des *messes* pour les morts &
pour les vivants : ajoutons à cela l'invention des
dispenses, des *pélérinages*, des *jubilés*, des *annates*, des *indulgences*, des *excommunications*,
des *péchés véniels*, & *des péchés mortels*, de la
rémission des péchés, des *œuvres de la satisfaction*, des *cas réservés*, des *pénitences* changées
en amendes pécuniaires, de la *vénération des re-
liques*, des *canonisations*, & mille choses pareilles. Tout enfin tourne au profit de l'église,
le sacrement du mariage & *les affaires matrimoniales*, *les degrés défendus*, dont on donne dispense, *l'établissement des cloîtres & des monasteres*, *les ordres mendiants* qui emportent des sommes prodigieuses, *l'extrême-onction* pour exhorter
les mourants à des donations pieuses, *l'invocation
des saints*, prétexte pour bâtir des églises, *les
miracles*, *les apparitions*, *les exorcismes*, *la dé-*

fenſe des viandes, les offrandes, les donations, les vœux ; & qui pourroit en un mot faire l'énumération de tous les moyens que l'on a imaginés pour enrichir les eccléſiaſtiques en général, & le ſaint ſiege en particulier ! L'ébauche que nous venons de faire ici, ne ſert qu'à indiquer ſimplement les moyens que Rome emploie pour ſoutenir ſa monarchie ſpirituelle, & pour remplir les deux objets ſuſdits, qu'elle a conſtamment devant les yeux, la puiſſance & les richeſſes. Ceux qui ſe donneront la peine d'approfondir cette matiere que nous ne faiſons qu'effleurer, & qui voudront examiner chaque reſſort que nous avons ſimplement touché, conviendront que ce n'étoit pas ſans de bonnes raiſons, que nous avons dit, dans un autre endroit de cet ouvrage, que l'introduction de la religion catholique-romaine dans un état, étoit dangereuſe, pour ne pas dire abſolument contraire aux regles de la ſaine politique. Car un ſage légiſlateur ne doit-il pas ſonger à éloigner un clergé occupé ſans ceſſe du ſoin de ſe procurer une grande influence dans les affaires publiques, qui affoiblit la ſouveraineté par l'établiſſement d'une monarchie ſpirituelle, & qui ne ceſſe de forger des inventions pour s'approprier les biens des ſujets laïcs ?

Sentiment de l'auteur à l'égard de la politique de Rome.　Malgré tout ce que je viens de dire contre le ſyſtême de la cour de Rome, je déclare bien poſitivement qu'aucune animoſité, aucun eſprit de parti ne m'anime contre la religion catholique. Je n'entre dans aucune diſpute théologique à cet égard ; je raiſonne ſimplement comme un homme d'état, qui tâche de puiſer ſes maximes de politique dans les regles du bon ſens, fondées ſur l'expérience. Je ne ſaurois même refuſer à la politique de Rome les hommages de mon admiration, ſur les moyens ingénieux qu'elle a ſu employer depuis tant de siecles, pour faire durer & faire respecter son système. Il y a même beaucoup d'art, & beaucoup de prudence à ne pas pousser son autorité plus loin qu'elle ne va chez la plupart des peuples. L'équilibre que le Pape observe à cet égard, est merveilleux : le moindre attentat pour se procurer un plus grand pouvoir, feroit peut-être crouler toute la machine ; ainsi qu'un atome fait pencher la balance, lorsqu'elle se trouve dans un équilibre parfait. Voilà en peu de mots ce que j'avois à dire pour développer la monarchie spirituelle du Pape. (*) Il me reste à ajouter quelques courtes réflexions sur la maniere dont le Pontife est élu.

D'abord après la mort du Pape, les cardinaux *L'élection du Pape.* s'assemblent à Rome dans un bâtiment construit à cet usage, qui est nommé le *Conclave*, dont ils ne sortent qu'après que le successeur est élu.

Le nouveau Pape doit avoir les deux tiers des voix du conclave, pour éviter tout schisme, & afin qu'il ne déplaise pas à un trop grand nombre de cardinaux.

Les cardinaux ont seuls le droit d'élire le chef de l'église : aucune des puissances de l'Europe, n'ose leur prescrire des loix, ni leur donner des entraves à cet égard. Les têtes couronnées prétendent cependant avoir le droit d'exclure des candidats qui les ont désobligés manifestement. Depuis quelque temps ces exclusions n'ont pas été sans effet ; sur-tout de la part des princes dont la puissance se fait respecter.

Toute simonie est rigoureusement défendue dans le conclave : l'élection d'un candidat, qui auroit toutes les voix requises, feroit nulle, si on pou-

(*) Il y a un peu de jaserie dans ce qu'on vient de lire ; mais je n'ai pas cru devoir le supprimer. *Note de l'éditeur.*

voit lui prouver qu'il en eût gagné une seule par des largesses.

Le conclave, au contraire, est le théâtre des brigues, des cabales, des souplesses, des intrigues, & des tours les plus rusés que peut suggérer la plus fine politique entée sur l'esprit des prêtres.

Aujourd'hui on n'élit aucun Pape qui ne soit originairement Italien : la sûreté, & la conservation du saint siege semble exiger cette précaution, à cause de la balance que le saint Pere est obligé de tenir entre les principales puissances de l'Europe, & parce qu'il seroit à craindre, qu'un Pape *Ultramontin* ne favorisât toujours sa nation. On a aussi égard, que celui qu'on éleve à cette dignité, ne soit ni parent, ni allié du Pape précédent, afin qu'il puisse d'autant mieux réformer les abus que son prédécesseur pourroit avoir introduits; mais sur-tout de peur que tous les bénéfices ne tombent dans une seule & même famille. L'âge & l'expérience, les mœurs, le crédit, l'habileté dans les affaires du monde, & plusieurs qualités de cette nature, contribuent beaucoup à rendre un candidat éligible.

Après l'élection le nouveau Pape est couronné incessamment de la *thiarre*, ou triple couronne, dans l'église de saint Jean de Latran, & il prend le titre de *Sainteté*.

§ XI.

LE ROI DE SARDAIGNE.

Son domaine.

Les provinces qui forment les états du roi de Sardaigne, sont,

1°. *L'isle de Sardaigne*, érigée en royaume, située dans la mer Méditerranée. Elle a environ 120 milles d'Allemagne de circonférence. Le terroir eft fertile, & produit des grains, du vin, des olives, des oranges & des citrons. Il y a fuffifamment de beftiaux, de bœufs, de brebis, & de chevaux. On y trouve beaucoup de gibier de toute efpece; & dans la petite ifle nommée *Afinara*, il y a une grande quantité de tortues. On prétend que l'air y eft mal-fain, à caufe des marais qu'on y rencontre fréquemment. Le commerce n'y eft pas fort important, ni le nombre des habitants bien grand. En 1720 le duc de Savoie obtint ce royaume comme un équivalent pour la *Sicile* qu'il venoit de perdre. Il le fait gouverner par un vice-roi, qui réfide ordinairement à *Cagliari*, capitale de l'ifle. Les revenus de ce pays ne fauroient être fort confidérables; car le vice-roi & le grand nombre d'eccléfiaftiques emportent beaucoup des deniers qui devroient entrer dans les caiffes du roi. Les officiers de l'inquifition détournent le refte : ce tribunal horrible y eft introduit depuis l'année 1491, & fe tient à *Saffari*. Il bride la liberté qui devroit regner dans ce royaume, & il en devient à tous égards la fang-fue.

2°. *Le duché de Savoie* touche du côté de l'orient à la Suiffe, & du côté de l'occident à la France. Il a 18 milles d'Allemagne de long, fur autant de large. Tout ce pays eft rempli de montagnes d'une hauteur prodigieufe, qui étant couvertes de neiges éternelles, rendent le climat plus froid qu'il ne le feroit par fa fituation. Les plaines qu'on trouve par-ci par-là, produifent affez imparfaitement les chofes les plus néceffaires à la vie. Il n'y a prefque point de commerce; & cette contrée ne fauroit fournir aux étrangers que quelques marrons ou chataignes qui y viennent en abondance. On peut juger facilement delà, que les habitants, dont le nombre eft affez grand,

font en genéral fort pauvres & miférables. Ils fubfiftent plus par leur efprit fingulier d'économie,
que par leur induftrie. Les plus indigents s'expatrient, & on voit rouler ces pauvres malheureux par toute l'Europe, promenant avec eux
pour tout gagne-pain, quelques marmottes, &
une *lanterne magique.* La curiofité des badauts
& du bas peuple, leur fournit non-feulement une
fubfiftance, fort mince, à la vérité, mais ils amaf-
fent encore un petit tréfor avec lequel ils s'en retournent chez eux, font un modique établiffement, & vivent affez bien pour le refte de leurs
jours. D'autres parcourent les pays étrangers, &
s'y vouent (fur-tout à Paris) aux métiers les plus
abjects, en décrottant les fouliers dans les rues,
ou en frottant les parquets, &c. Au refte, les
Savoyards font bons foldats, & fideles fujets de
leur maître. Le duché de Savoie eft un fief du
Saint-Empire; & le duc a la qualité de *vicaire en
Italie.* La régence du pays eft établie à Cham-
béri. On peut croire, vu la pauvreté de ce pays,
que les revenus ne fauroient monter à grand'chofe.

3°. La *principauté de Piémont* eft fituée aux
pieds des montagnes qui féparent l'Italie d'avec
la France. La longueur de cette principauté du
midi au feptentrion, eft comptée à 40 milles d'Allemagne, & fa largeur à 20. Quoiqu'il fe trouve
plufieurs montagnes dans ce pays, on y voit
auffi quantité de plaines fertiles & agréables, qui
produifent tout ce qui eft néceffaire à la vie humaine. On y recueille du vin, du riz, des grains,
du lin, du chanvre, & fur-tout de la foie en très-
grande abondance. Cette foie paffe pour la meilleure de toute l'Italie, & peut-être du monde;
auffi s'en fait-il un grand débit. On trouve entre
autres chofes en Piémont, des truffes d'un goût
exquis. Le *Pô*, qui arrofe cette délicieufe contrée,

eſt d'une grande utilité au commerce. Quoique ce commerce ſoit aſſez vaſte, & d'un grand rapport, il pourroit cependant l'être encore beaucoup davantage, ſi les habitants étoient nés plus laborieux, & qu'ils vouluſſent ſe donner plus de peine. Il y a une très-grande quantité de villes & de villages dans ce pays. *Turin*, qui en eſt la capitale, & la réſidence ordinaire des rois, eſt ſuperbe à tous égards. Le Piémont fourmille d'habitants; ils ſont ingénieux, adroits, polis, fins, ruſés, & très-bons ſoldats. Il y a dans pluſieurs ſervices étrangers des généraux natifs de ce pays, dont la réputation eſt à juſte titre reconnue & récompenſée. La nobleſſe a été fort bridée par le roi *Victor-Amédée*, & elle n'eſt pas encore aujourd'hui tout-à-fait quitte de ces entraves. Au reſte, cette principauté forme le plus beau fleuron de la couronne du roi de Sardaigne; & le prince royal porte le titre de *prince de Piémont*. Dans les vallées qui font partie de cette principauté, & qui ſont ſituées ſur la frontiere entre la France & l'Italie, on trouve quantité de lieux, habités par des *Vaudois*, dont les dogmes approchent beaucoup de ceux des réformés. Ils ont été expulſés, mais on les a vus toujours rentrer dans leurs anciennes retraites. Toutes les difficultés entre la France & la Savoie par rapport aux frontieres & aux fortereſſes qui y ſont conſtruites, ont été applanies par la paix d'Utrecht en 1713.

4°. La *principauté d'Onéglia*. Cette contrée eſt compriſe par quelques géographes dans celle de Piémont; mais il eſt certain qu'elle forme une principauté ſéparée, qui appartenoit anciennement à la maiſon *Doria* de Gênes, qui la vendit en 1579 au duc de Savoie. Elle eſt ſituée ſur la mer, & tout-a-fait enclavée dans le territoire de la république de Gênes.

5°. *Le comté de Nice* eſt ſitué ſur la mer Ligurienne. Il a fait autrefois partie de la Provence dont il eſt maintenant ſéparé par le *Var*, riviere auſſi reſpectée pour le paſſage, que le *Rubicon* des Romains. Ce comté eſt aſſez conſidérable; & les habitants fourniſſent beaucoup de bois aux Génois pour la bâtiſſe de leurs vaiſſeaux. Il ſe fait d'ailleurs un commerce aſſez important dans ce pays en bois, en toiles, en draps, en papiers, en huiles, en vins, & en miel.

6°. Le *Montferrat* eſt un duché ſitué entre le Piémont & le Milanez. Il n'eſt guères poſſible d'en déterminer la grandeur, à cauſe de ſa ſituation irréguliere. *Caſal* en eſt la capitale. Il y a pluſieurs autres villes de moindre importance. Anciennement ce pays avoit ſes propres marquis. Le duc de Savoie en a été inveſti par l'empereur en 1708.

7°. Il y a auſſi *quelques états, villes, & contrées dans le Milanez* qui appartiennent au roi de Sardaigne; ſavoir,

1. La ville & le territoire d'*Alexandrie*.

2. Le canton de *Lauméline*, ou plutôt *Lumello*, & ſon territoire.

3. La ville de *Bobio*, & ſes dépendances.

4. La ville & le territoire de *Tortone*.

5. La moitié du territoire de *Pavie*.

6. La ville de *Vigevano*, & ſes dépendances.

7. La ville de *Novare*, & la contrée y appartenante.

8. La plus grande partie du territoire d'*Anghiera*.

A quoi il faut ajouter,

9. *Le duché de Plaiſance* avec la ville de ce nom; place fort importante ſituée ſur le Pô.

Ces

Ces derniers endroits ayant été cédés au roi de Sardaigne par le traité de Worms, conclu en 1743, entre ce prince, la reine de Hongrie, & le roi d'Angleterre, la possession n'en paroît cependant pas encore fort assurée, d'autant plus que la France & l'Espagne s'y opposent vigoureusement, & que la guerre en Italie continue encore avec un succès douteux.

8°. Les *Langhes,* connues sous la dénomination latine de *Teuda Langharum,* sont des terres, ou seigneuries qui sont des arriers-fiefs du Saint-Empire Romain; & toute cette contrée fertile a été cédée en la même qualité au roi de Sardaigne, en vertu du traité de paix de l'année 1731, par le dit empire & l'empereur. Voilà un détail abrégé de toutes les provinces dont les états de Sa Majesté Sarde sont composés.

Les derniers princes qui ont regné sur ces pays, ont été bons économes, habiles politiques, & grands guerriers. Combien ces trois qualités réunies dans une succession de quelques souverains, ne sont-elles pas propres, & presque infaillibles pour rendre une puissance formidable! Aussi voit-on que le roi de Sardaigne joue un rôle fort brillant dans l'Europe, & sur-tout dans ce qui concerne les affaires de l'Italie. La situation de ses états contribue beaucoup à sa puissance. Les Alpes lui servent de rempart contre la France; & le traité d'Utrecht a confirmé ce que la nature avoit fait à cet égard. Ces montagnes en effet ont été posées pour barriere. Il tient aussi par ce moyen la porte de l'Italie, & peut en ouvrir & fermer le passage; ce qui fait rechercher son amitié & son alliance par les plus grandes puissances de l'Europe.

Sa politique doit naturellement se rapporter à deux objets, sa *conservation* contre de formida- *Sa politique générale.*

bles voisins, & son *agrandissement* insensible. Pour parvenir à ce but, il lui importe d'entretenir un équilibre, qui exige une grande dextérité & une conduite extraordinairement réfléchie. Car on voit en Italie deux puissances continuellement opposées l'une à l'autre, qui sont la maison d'Autriche & celle de Bourbon. Une rivalité perpétuelle d'intérêts, un but constant de s'étendre les anime toutes deux. Ce sont des poids dans une balance que tient le roi de Sardaigne. Il est obligé d'ajouter ses forces au côté le plus foible, pour contrebalancer le plus fort, & pour prévenir les suites fâcheuses qui en résulteroient, si une de ces puissances venoit à détruire entiérement l'autre en Italie. Voilà la raison pourquoi nous avons vu la cour de Turin en 1734, dans une alliance fort étroite avec la France, l'Espagne & ses alliés; & dix ans après, agir avec beaucoup de chaleur en faveur de la maison d'Autriche, soutenue par les puissances maritimes. Dans les assemblées des personnes d'état, qui se tiennent à La Haye au centre de la politique, on avoit coutume de demander en badinant au ministre de Sardaigne : *De quel parti votre maître est-il aujourd'hui ?* Quoique ce mot soit plaisant, il est certain néanmoins, que les fréquents changements du roi de Sardaigne sont fondés sur la raison la plus juste. En 1734, il s'agissoit de fixer en Italie un prince Espagnol pour diminuer la puissance de l'empereur d'alors. Cela étoit convenable aux intérêts de la cour de Turin; mais ces mêmes intérêts exigent qu'il n'y ait pas *deux* princes Espagnols établis en Italie aux dépens de la maison d'Autriche, & que le roi de Sardaigne ne soit pas bloqué de tous côtés par les Bourbons. Ainsi le système étoit changé, & il falloit changer de conduite. Si les Autrichiens parvenoient à être

tout-à-fait les maîtres en Italie, qu'ils y acquiſ-
ſent plus de forces, & qu'ils vouluſſent en expul-
ſer le roi de Naples, & détruire la république
de Gênes, pour s'emparer de ſes dépouilles; je
ſuis aſſuré que le roi de Sardaigne changeroit
de parti, & tourneroit ſes forces contre celles
d'Autriche. D'ailleurs, on achete ſon alliance à
l'enchere; & chaque nouveau traité lui procure,
ou du moins lui promet quelque nouvelle acquiſition. Voilà ſes deux objets remplis.

Mais les mêmes raiſons qui obligent le roi de
Sardaigne à changer quelquefois de parti, doivent auſſi l'engager à garder de certaines meſures avec la puiſſance même contre laquelle il
prend les armes, & à ne heurter, ni la France,
ni la maiſon d'Autriche, à un point qui pût les
aigrir à jamais, & en faire des ennemis irréconci-
liables. C'eſt ainſi que les plus habiles politiques
n'ont pas approuvé le plan qu'avoit formé ce
prince, de faire une invaſion en France, & de
pénétrer, ou en Dauphiné, ou en Provence. Il
devroit pour pluſieurs bonnes raiſons, penſer auſſi
peu à un pareil deſſein, qu'à celui d'attaquer l'Autriche dans ſes états d'Allemagne.

Les vues du cabinet de Turin peuvent bien,
& doivent même naturellement tendre à annexer
le Milanez aux autres états du roi de Sardaigne,
& à former ainſi une puiſſance preſque ſemblable
à celle de l'ancienne Lombardie. Mais il me paroît qu'un pareil but eſt plus facile à atteindre
en s'étendant peu-à-peu, & en faiſant des ac-
quiſitions inſenſibles, qu'en forçant la choſe tout
d'un coup, & en voulant faire la conquête de
ce pays dans une ſeule guerre.

Le roi de Sardaigne a diverſes raiſons pour ménager l'amitié des Suiſſes, & pour entretenir avec
eux une conſtante harmonie. Ce ſont de paiſi-

bles voisins dont il n'aura jamais rien à crain-dre, sur lesquels il ne doit pas espérer de pou-voir faire des conquêtes, & qui peuvent lui donner toutes sortes de secours. Il a même cons-tamment... mille hommes de troupes de cette nation à sa solde, dont l'entretien lui est fort avantageux, par la proximité du pays, par la facilité de faire arriver les recrues, par la con-formité du climat, & par plusieurs autres con-sidérations.

Envers la république de Geneve. Quelque envie au reste que puisse avoir ce prince, de s'emparer d'une maniere ou d'autre de la ville de Geneve, & de réduire cette ré-publique sous son obéissance; quelque avanta-geuse même que lui seroit cette acquisition, qui est extraordinairement à sa bienséance, il doit cependant beaucoup réfléchir à une pareille en-treprise, où il y a si peu d'espoir de réussite. Car, indépendamment des considérations de la justice & de l'équité, (peu consultées, à la vérité, par les conquérants, & dans les cabinets,) il est sûr que d'autres puissances, & sur-tout les Suisses, vien-droient d'abord efficacement au secours de Gene-ve, qui est dans la ligue du Corps Helvétique.

Envers la république de Gênes. Le voisinage de Gênes, les différentes provin-ces que possede cette république, & dont la con-quête seroit très-utile au roi de Sardaigne, plu-sieurs anciennes prétentions de part & d'autre, qui n'ont pas été trop distinctement liquidées; toutes ces choses sont autant de pommes de dis-corde, qui font naître des démêlés continuels entre ces deux puissances. La guerre qui embrase aujourd'hui toute l'Italie, & dont les suites sont jusqu'ici fort funestes aux Génois, peut changer si considérablement la face des affaires, qu'il est impossible de déterminer pendant cette crise, quelque chose de positif sur les mesures que Gênes, ou la Sardaigne, doivent prendre à l'avenir pour réuffir dans leurs deffeins.

L'afcendant qu'a le Pape fur l'efprit de tous les peuples d'Italie en qualité de monarque fpirituel, doit être plus redoutable à la Savoie que fa puiffance temporelle. Car comme prince féculier, le roi de Sardaigne n'a rien à craindre de fa part ; mais entant que chef de l'églife, fon autorité eft grande ; & il y a plufieurs différends entre la cour de Rome & celle de Turin, comme pour la nomination au cardinalat, pour les revenus des bénéfices pendant leurs vacances, &c. Par le moyen des négociations, ces chofes ont toujours été tenues en fufpens, & on n'éclate que lorfque la mefure eft comble.

Les Vénitiens ont avec le roi de Sardaigne une ancienne querelle par rapport au titre de *roi de Chypre* ; mais elle eft devenue entiérement frivole & chimérique à l'heure qu'il eft. Un intérêt plus réel, qui eft l'équilibre en Italie, doit unir ces deux puiffances, & entretenir une harmonie conftante entr'elles. Il leur convient de travailler de concert, & à forces réunies, au maintien de ce fyftême : fi elles étoient bien d'accord, leurs efforts ne feroient pas fans fuccès.

Nous ne parlons pas ici du grand-duc de Tofcane, ni du roi des deux Siciles. Le premier eft aujourd'hui empereur d'Allemagne, & on peut l'envifager dorénavant comme l'allié perpétuel de la maifon d'Autriche : le fecond eft un prince de la maifon de Bourbon, & par conféquent tenant toujours à l'Efpagne & à la France. Ainfi les réflexions que nous avons faites au fujet de ces deux formidables maifons, fe rapportent auffi aux mefures que le roi de Sardaigne doit prendre dans fa conduite à l'égard des cours de Florence & de Naples.

Envers le corps germanique.

Le roi de Sardaigne étant *feudataire* du Saint-Empire Romain, il est naturel que cette qualité l'engage à certains égards pour le Corps Germanique. Il ne sauroit d'ailleurs avoir, ni de meilleurs voisins, ni des amis plus naturels, que les princes d'Allemagne.

Envers l'Angleterre & la Hollande.

L'Angléterre & la Hollande peuvent être pour lui des alliés très-utiles; & leur inimitié pourroit lui devenir fort funeste, à cause des flottes formidables qu'ont ces puissances, & qui seroient fort en état d'envahir son royaume de Sardaigne, & d'en disposer en faveur de quelque autre prince. Si d'un côté il veut se plier au systême des puissances maritimes, il ne tient qu'à lui d'en tirer des subsides considérables.

Envers le Portugal & les puissances du Nord.

Le Portugal est trop éloigné, & n'a aucune liaison avec lui. Il en est de même des puissances du Nord. Elles n'ont point d'intérêts directs avec le roi de Sardaigne; pas même ceux du commerce.

Réflexions sur ses troupes.

Les forces qu'entretient ce prince montent à.....
Ces troupes sont très-bien entretenues, bien disciplinées, & bien aguerries. Il n'y a guères de pays, où l'on entende mieux l'article important des vivres, des munitions & des fourrages pour l'armée, ainsi que les moyens pour leur transport. Il faut voir les arrangements qu'on a faits à cet égard, pour s'en former une juste idée, & pour sentir combien ils sont admirables. Enfin ses places fortes sont situées très-avantageusement, & bien munies.

§ XII.

LE ROI DES DEUX SICILES.

Son origine.

La partie inférieure de l'Italie, qui portoit anciennement le nom de *grande Grece*, ayant été conquise dans le onzieme siecle par les Normands, ceux de cette nation qui y gouvernoient, prirent d'abord le titre de *comtes*, enfuite de *ducs*, & enfin de *rois de la Pouille*, & ceux qui regnerent fur ces pays, furent nommés *rois des deux Siciles*. On appelloit alors *Sicilia Cis-Pharum* la partie qui tient à la Terre-ferme, & qui eft fituée en-deçà du Phare de Meffine, fi fameux chez les anciens par l'écueil dit *Scylla*, & le gouffre de *Charybde*, que l'on y rencontre : l'autre partie étoit nommée *Sicilia Trans-Pharum*.

Pendant près de trois cents ans on a donné le nom de *royaume de Naples* à la partie citérieure, & celui de *Sicile* à cette ifle qui forme la partie en-deçà de ce détroit. Enfin ce fut en 1734 que l'infant Don Carlos, fils de Philippe V, par le fecours du roi d'Efpagne fon pere, & par celui de la France, fe rendit maître de ce pays; & s'étant fait couronner à Palerme le 3 juillet 1735, il rétablit l'ancien royaume des deux Siciles, qui lui fut confirmé par la paix. Ce roi joue un trop grand rôle en Italie, pour que nous puiffions nous difpenfer d'examiner les fondements de fa puiffance, & les refforts de fa politique.

Ses poffeffions.

I. Le royaume de Naples eft une prefqu'ifle environnée de trois côtés par la mer. Il n'a d'autre voifin que le Pape; car l'état de l'églife eft le feul pays qui touche à la partie fupérieure de cette langue de terre. La longueur du royaume de Naples eft de 90 milles d'Allemagne, fur 20 à 24 de largeur. Le climat eft le plus chaud de l'Europe; plufieurs caufes y contribuent. Premiérement la fituation locale du pays que le mont Apennin divife, pour ainfi dire, en deux amphithéâtres, l'un & l'autre exceffivement échauffés par l'ardeur du foleil qui en fait de véritables ferres. Peut-être auffi que les feux fouterreins qui, felon l'opinion de quelques naturaliftes, fe font

Naples, & fa fituation locale.

appercevoir même fous le lit des mers voifines, qu'ils font bouillir comme l'eau dans un chaudron, y contribuent beaucoup.

Ses productions. Quoi qu'il en foit, il eft certain que ce degré de chaleur, joint à la bonté du terroir, rend ce pays extraordinairement fertile, fur-tout en fruits & en productions rares que peu de pays donnent; ce qui eft d'un grand avantage pour le débit. Sans compter les grains qui y viennent en médiocre quantité, on y trouve en abondance des citrons, des oranges, des grenades, des amandes, des dattes, des capres, des lauriers, des figues, du fafran, du poivre, de la manne, &c. Les vins y font exquis ; & quel eft le gourmet qui ne connoiffe le *Lacrima-Chrifti*, le vin de *Calabre*, & plufieurs autres femblables nectars qui y croiffent ? Le pays produit outre cela du lin, du chanvre, du coton, de l'huile d'olives, du miel & de la cire. Les mines fourniffent du fer, de l'acier & de l'alun; la volaille, les beftiaux, le gibier, le poiffon, & toutes fortes de denrées y font abondantes. On eftime beaucoup les chevaux Napolitains.

Caractere de la nation. Malgré tant d'excellentes productions du pays, les habitants n'en font pas plus riches. La ville de Naples, capitale du royaume, eft à la vérité fuperbement bâtie ; mais l'extrême bon marché auquel on y vit, prouve bien que l'argent n'y doit pas être fort abondant. Les habitants du plat-pays, fur-tout ceux qui font établis aux environs du mont *Véfuve*, font très-miférables. Vêtus de toile groffiere, mangeant peu, ufant même de la nourriture la plus mauvaife, ne faifant qu'exifter au-lieu de vivre, ils s'eftiment pourtant fort heureux, & craignent beaucoup les tremblements de terre, & les éruptions des volcans. Au refte, ce pays eft bien peuplé, & le peuple n'y manque pas de génie. Mais il semble que la trop excessive chaleur épuise les forces du corps, & l'empêche de seconder par son travail la volubilité de l'imagination. Le pays de Naples a cela de commun avec l'Espagne, le Portugal & tous les climats trop brûlants. L'expérience fait voir que l'ingénieuse industrie a besoin d'un climat assez chaud, tel que peut être celui de quelques contrées de l'Italie, de la France, &c.; mais aussi-tôt que le degré de chaleur est excessif, il cause une espece d'indolence & de paresse du corps humain, qu'il rend impropre aux travaux. Avec cela le peuple Napolitain n'est pas pêtri de la meilleure pâte du monde; & le mélange des différents gouvernements qu'on a vu dans ce royaume, n'a pas produit une excellente race d'hommes. Cependant depuis qu'on a trouvé le moyen d'expulser les bandits & les scélérats qui s'étoient nichés dans ces pays, les mœurs ont changé, & on a vu diminuer considérablement les excès criminels.

Le royaume de Naples est un fief du saint siege. Les Normands ayant occupé ce pays, il y a environ 600 ans, les papes l'érigerent d'abord en *duché*, & ensuite en royaume, se réservant néanmoins le domaine direct. C'est pour reconnoître ce droit, que le roi de Naples est obligé d'envoyer tous les ans à Rome le connétable du royaume de la maison de Colonne, qui y présente au Pape le jour de *St. Pierre* & de *St. Paul*, une haquenée, ou cheval blanc (les armes du royaume) & une bourse de sept mille sequins d'or. Cette cérémonie se fait avec beaucoup de solemnité. On sent assez, que ce droit du Pape est maintenant dans le fond un vain fantôme, & que le roi des deux Siciles n'en gouverne pas moins souverainement ce royaume. Mr. de Voltaire dit

Naples est un fief de l'église.

à ce sujet, *que le Pape a l'honneur & le danger d'avoir un vassal trop puissant.*

Nombre des ecclésiastiques. Il seroit à souhaiter que le pouvoir indirect de Rome n'y fût pas si considérable, & que le trop grand nombre d'ecclésiastiques n'énervât point le royaume, en emportant plus de la moitié de ses revenus. Car dans un pays qui n'a pas plus d'étendue que Naples, on compte vingt-un archevêchés, & cent vingt-trois évêchés, qui absorbent plus de 700 mille sequins d'or, sans compter ce que le clergé en excroque par des ruses & des tours d'adresse. Le peuple d'ailleurs y est superstitieux, & les ecclésiastiques savent profiter de sa foiblesse. Tantôt c'est le mont Vésuve, dont les flammes extraordinaires annoncent la colere divine ; tantôt ce sont des tremblements de terre ; tantôt c'est le sang de *St. Janvier* qui ne se liquéfie point, & mille inventions pareilles. Les gens d'église deviennent alors nécessaires ; leur crédit augmente ; ils parviennent à tous leurs buts, on les paie ; ils prient, & le ciel qui ne sauroit se refuser à des offrandes de si bonne odeur, arrête d'abord ses justes châtiments. Le peuple ne comprend pas que les effets des volcans, ainsi que les tremblements de terre, sont des suites de causes très-naturelles, & que tous les apothicaires d'Allemagne savent opérer le miracle de la liquéfaction du sang de *St. Janvier.*

La Sicile, & sa situation locale. II. La *Sicile* est le second royaume dont le roi de Naples est en possession. C'est une isle qui peut avoir cinquante milles d'Allemagne de long, sur quarante de large. Sa forme est triangulaire. Les plus proches voisins sont, le royaume de Naples, l'isle de Malthe, & les Corsaires d'Afrique. Ces derniers ont fait autrefois de grands ravages sur les côtes de la Sicile ; mais depuis l'établissement des chevaliers de *St. Jean* dans l'iſle de Malthe, ils n'oſeroient tenter la moindre entrepriſe.

Comme le climat de la Sicile reſſemble parfaitement à celui de Naples, ces deux pays produiſent auſſi des fruits de même eſpece, & d'égale bonté. Mais la Sicile a un grand avantage pour les bleds, qui viennent dans cette iſle en ſi grande abondance, que déja les anciens Romains l'enviſageoient comme leur grenier, & qu'aujourd'hui elle en fournit conſidérablement à l'Italie & à ſes voiſins.

Le pays n'eſt pas fort peuplé; bien différent en cela de ce qu'il étoit anciennement. Peut-être que les fréquents tremblements de terre, & ſurtout les peſtes qui y font ſouvent d'effroyables ravages, contribuent beaucoup à le dévaſter. Le caractere des naturels de ce pays n'eſt pas excellent; ils ne ſont, ni trop bons, ni trop fideles, ni bien laborieux. L'induſtrie n'y eſt pas non plus fort grande. Le pays, par exemple, produit de fort bonne ſoie, que les nations étrangeres achetent pour la travailler, & dont elles tirent un profit que la nature ſembleroit avoir deſtiné aux Siciliens.

La Sicile eſt un royaume ſouverain. Le roi *Charles*, qui la poſſede aujourd'hui en cette qualité, la fait gouverner par un vice-roi, dont la réſidence eſt fixée à Palerme. Il ſemble néanmoins, que le deſpotiſme du monarque ſoit bridé en quelque maniere par le parlement qui y ſubſiſte. Ce parlement eſt compoſé,

1°. De la nobleſſe d'épée, parmi laquelle on comprend tous les ducs, princes, comtes & barons.

2°. Du clergé, compoſé des archevêques, des évêques, des abbés, des prieurs, & des chefs d'ordres religieux.

3°. De l'état des domaines; c'eſt-à-dire, de toutes les villes royales qui ont leurs propres terres patrimoniales, dont elles fourniſſent toutes les dépenſes.

Lorſque le roi ſe trouve dans un beſoin d'argent, il convoque ce parlement. Les deux premiers états y envoient leurs plénipotentiaires, & les villes leurs députés. Palerme & Catane ont ſeules le privilege d'y comparoître par des envoyés. La contribution ordinaire qu'on accorde au monarque, eſt de trois cents mille écus, dont le parlement fait la répartition ſur tout le royaume; ayant encore le privilege de propoſer au roi des établiſſements ou des loix pour le bien de la patrie. Les ordonnances qui ſont érigées en loix fondamentales, ſont nommées *Conſtitutioni, é Capitoli del regno.* Les Siciliens ont outre cela, 1°. le droit Romain; 2°. les ordonnances royales, & 3°. les coutumes des villes.

Religion eccléſiaſtique. La religion y eſt à peu près ſur le même pied qu'à Naples: grand nombre d'eccléſiaſtiques, beaucoup de liaiſons avec le ſaint ſiege, & une aveugle crédulité dans le peuple pour tous les contes merveilleux dont on le berce. Les empereurs de la maiſon d'Autriche qui regnoient en Sicile, voulurent que tous ceux du clergé euſſent à comparoître devant le grand tribunal toutes les fois qu'ils y ſeroient cités. Le Pape, au contraire, prétendoit que les eccléſiaſtiques étoient immédiatement ſubordonnés au ſaint ſiege. Mais en 1728, le Pape céda, & renonça, par l'avis du cardinal *Coſcia,* à cette prétention; & depuis ce temps-là, il n'en a plus été queſtion.

Revenus des deux royaumes. Voilà donc les deux royaumes d'Italie qui font l'établiſſement du prince *Don-Carlos,* fils du roi d'Eſpagne *Philippe V.* (*) Les revenus que ce

____

(*) A préſent roi d'Eſpagne. Son troiſieme fils, *Ferdinand-Antoine,* regne ſur les deux Siciles. *Note de l'éditeur.*

prince en tire ne font pas des plus confidéra-bles. On prétend que ceux de Naples ne mon-tent guères au-delà de fix cents mille écus, qui font confumés par l'entretien des places fortes , & par les autres befoins de l'état ; de maniere que les coffres du roi ne s'en reffentent guères. Il y a outre cela dans ce royaume cent petits du-chés, foixante principautés, cent marquifats, & plus de mille baronnies, qui jouiffent de grands priviléges & immunités. Les Génois d'ailleurs qui, dès le temps de Charles V, ont avancé de groffes fommes, tirent plufieurs revenus des plus clairs du royaume pour les intérêts.

Quant à la Sicile, on affure que les revenus montent à plus de deux millions d'écus ; mais, fi l'on en déduit également l'entretien des forte-reffes & des galeres, avec les autres dépenfes né-ceffaires de l'état, il en refte fort peu au roi. Il eft vrai que ce prince a une grande reffource dans l'Efpagne ; & comme il tient au fyftême de la maifon de Bourbon, il eft clair qu'il ne fauroit manquer.

Ce n'eft pas au refte qu'on ne pût, moyen-nant une fage adminiftration des finances, l'ac-croiffement de l'induftrie, & une plus grande in-telligence du commerce, pouffer les revenus de cet état beaucoup plus loin : car fi l'on confidere les avantages que la nature donne à ce pays, il paroît furprenant que l'habileté des hommes n'en profite pas davantage pour le faire fleurir. Sa fitua-tion eft admirable ; il femble fait pour fervir d'en-trepôt au commerce du Levant ; fes ports font bons, d'une entrée facile, & d'une grande fû-reté ; les matieres primitives du commerce fe trouvent dans les deux royaumes ; car, outre les grains & les fruits dont nous avons parlé, la *Sicile* fournit encore des marbres, & le ter-

Réfle-
xions fur
fon com-
merce, &
fur les
Juifs.

ritoire de *Naples* des vins qui devroient être re-cherchés par toutes les nations de la terre. Le danger des vaisseaux marchands, eu égard aux Corsaires, disparoît par la vigilance des Maltois; & d'ailleurs, il ne tiendroit qu'au roi de Naples d'avoir des galeres armées en course, pour croiser dans la Méditerranée, & courir sur tous ces Pirates que l'on tiendroit facilement par-là en respect. Enfin, il semble qu'il ne dépendroit que de la régence de Naples, de s'emparer d'une grande partie du commerce de Venise. Peut-être que, dans des temps où le calme de la paix sera rétabli en Italie, la cour ouvrira les yeux sur cet objet important. Il paroît même déja, qu'elle en sent la nécessité, mais qu'elle est indécise sur les moyens les plus propres à la faire parvenir à ce but. Car, sans parler de certaines propositions que le roi des deux Siciles a fait faire, dans les cours du Nord pour la conclusion d'un traité de commerce réciproque, & sans considérer les efforts que l'on fait pour encourager les manufactures du pays, on a pu juger en quelque maniere des vues de ce ministere, par l'encouragement qu'il donna, il n'y a pas long-temps, à la nation juive, pour venir s'établir dans les deux royaumes. En effet, ils accoururent de tous côtés à Naples, & crurent y trouver une *nouvelle Jérusalem* ; mais malheureusement, quelques secousses de tremblements de terre, & la peste qui ravageoit la Sicile, servirent de prétextes aux prêtres, pour se déchaîner contre cet établissement. Par leurs criailleries ils firent révoquer tous les privileges qui avoient été accordés aux Juifs ; & ces errants infortunés eurent ordre finalement, de vuider le royaume. Ce fut une fausse démarche à tous égards. Il ne falloit pas les appeller, & bien moins les chasser si peu de temps après. Je dis qu'il ne falloit pas les appeller ; car lorsqu'un pays a besoin d'habitants, on ne doit pas le farcir de Juifs, qui en effet font une très-méchante peuplade. Un état doit toujours tâcher d'attirer dans son sein des colonies d'honnêtes citoyens, qui travaillent de leurs mains, & s'enrichissent par leur industrie ; au-lieu que les Juifs ne font que des fainéants, qui, selon leurs propres maximes, & par systême, ne s'appliquent ni à la culture de la terre, ni à aucun art méchanique, & dont l'esprit avide est sans cesse tendu à duper les hommes par des souplesses, & souvent par des fripponneries dans de petits trafics. Le métier de changeurs d'especes, ou de frippiers, pourroit être fait avec plus d'honnêteté par quelques chrétiens ; & d'ailleurs, il n'est guères considérable dans la société. Il y a plus : pour un Juif à son aise qui vient s'établir, il arrive mille gueux qui font à charge à l'état, & sucent les particuliers. Mais, d'un autre côté, lorsqu'une fois des Juifs sont établis dans un pays, il est aussi injuste que désavantageux de les expulser. Ils ont acquis de pere en fils le droit de tolérance & de protection. On n'est pas autorisé de leur refuser la qualité de citoyens, parce qu'ils choisissent une autre voie pour faire leur salut ; & il est toujours odieux & cruel de persécuter des gens qui ne commettent rien contre l'état, simplement par la raison qu'ils font profession d'une autre croyance. D'ailleurs, ces sortes d'émigrations font un trop grand vuide dans un pays ; les naturels, aussi-bien que les étrangers, font ordinairement en commerce & en affaires d'intérêt, les uns avec les autres ; ce qui occasionne alors beaucoup de banqueroutes, & détourne le commerce au profit des voisins. L'Impératrice-reine de Hongrie fit la même faute politique, en 1746 avec les Juifs de Bohême qu'elle chaffa.

Suite des mêmes réflexions. Revenons au roi de Naples. Si, au-lieu de donner entrée aux Juifs dans fes états, ce prince eût tâché d'attirer des manufacturiers de foie & d'autres artifans; qu'il eût encouragé la navigation, & déclaré francs quelques-uns de fes ports; qu'il eût cherché à conclure des traités de commerce avec quelques autres nations, fur-tout avec des princes du Nord; enfin qu'il eût porté fon attention à mettre fur un bon pied le négoce de la Turquie & des Echelles du Levant; il eft à croire que, par ces moyens, fon pays feroit devenu en général plus commerçant, & fes reffources beaucoup plus grandes.

Nombre de fes troupes. Dans le temps où j'écris ces réflexions, le roi de Naples entretient près de quarante mille hommes de troupes. Ce nombre paroît trop grand à proportion de celui de fes fujets, & de fes revenus. Mais il faut confidérer 1°. que l'Efpagne contribue beaucoup à leur entretien, & 2°. qu'il y a même fix mille Efpagnols qui font compris dans le nombre fufdit; 3°. que ce prince s'eft vu enveloppé, depuis la mort de l'empereur Charles VI dans le tourbillon général de la guerre, & fes états ont été menacés par terre par les Autrichiens, & par mer par les Anglois; ce qui le met dans une fituation forcée; & 4°. que depuis la paix de Drefde conclue en 1746, l'orage prêt à crever, a toujours été fufpendu fur fa tête. Ainfi il eft à croire, qu'à la paix générale, il fera une réforme dans fon armée. Pour le refte, les troupes Napolitaines font affez mauvaifes, mal difciplinées, peu aguerries, & n'ont jamais été redoutables.

Sa marine. La marine de cet état ne fignifie rien non plus. Le tout fe réduit à quelques galeres : cependant il importeroit pour la sûreté du pays, & pour la protection du commerce, que le roi pût entretenir un petit nombre de vaisseaux de guerre. Au moins ne souffriroit-il plus un affront semblable à celui que lui fit l'amiral Anglois, qui, par une bravade soutenue d'une petite escadre, le menaça dans sa capitale, s'il ne signoit la neutralité en vingt-quatre heures.

La politique générale du roi des deux Siciles doit se borner uniquement à se maintenir dans la possession de ce qu'il possede, & à rendre ses états florissants. Car il n'a qu'une médiocre perspective pour faire des conquêtes. Peut-être pourroit-il un jour tenter quelques entreprises sur le grand-duché de Toscane ; mais cela paroît encore fort éloigné, & le succès très-douteux. En qualité de prince de la maison de Bourbon, il tient au système de cette maison, & par conséquent ses alliés naturels sont l'Espagne & la France. Son principe constant doit être de resserrer les nœuds de l'amitié avec ces deux formidables puissances, & de ne point s'en départir sans la derniere nécessité. Mais, quoiqu'il soit attaché à l'Espagne par les liens les plus étroits du sang, par les devoirs de la plus juste reconnoissance, & par les intérêts les plus naturels, il ne doit pas cependant se laisser gouverner aveuglément par la cour de Madrid, comme par le passé. Les intérêts immédiats doivent toujours être préférés aux intérêts communs & généraux. Notre propre conservation & la prospérité de nos états est ce qui nous touche de plus près. On peut avoir des complaisances, mais il ne faut jamais se faire ni victime, ni esclave. Au reste, la neutralité paroît être le parti convenable à ses intérêts, lorsque la guerre est allumée en Italie. Trop foible pour résister par terre aux Allemands, &

Sa politique.

Tome III.   X

expofé aux puiffances maritimes du côté de la mer, nous avons vu ce monarque à la veille d'être fubjugué dans fon pays ; & il peut même difficilement être fecouru par la France, ou par l'Efpagne.

Ce prince fera toujours bien de cultiver l'amitié du Pape, de la république de Venife, & de quelques princes d'Italie. Ce font des états qui fervent de barriere à fon pays, & par lefquels on eft obligé de paffer pour l'attaquer dans fon *cul-de-fac.*

Au refte, le Portugal, l'Angleterre, la Hollande, l'Empire, & les royaumes du Nord, font des puiffances avec lefquelles le roi des deux Siciles doit tâcher de vivre en bonne intelligence, foit pour éloigner de fes rivages leurs flottes menaçantes, foit pour établir avec eux un commerce qui puiffe procurer un avantage réciproque.

Il fera bien encore de cultiver foigneufement l'amitié de l'ordre de Malthe, qui non-feulement tire toutes fes provifions de la Sicile, & y porte beaucoup d'argent, mais qui la garantit auffi des incurfions des Corfaires d'Afrique.

Si jamais les Turcs s'avifoient de pénétrer en Europe par la voie de l'Italie, les états du roi des deux Siciles feroient exceffivement expofés. Mais un pareil danger réuniroit tous les intérêts des princes chrétiens, & de toute part on voleroit à fon fecours.

§ XIII.

LA RÉPUBLIQUE DE VENISE.

Réflexions préalables. En me mettant à continuer cet ouvrage par l'examen de l'état de Venife, une réflexion importante vient fe préfenter à mon efprit ; & je

fuis tenté de fufpendre mes recherches fur cet
article, lorfque je confidere que plufieurs auteurs
connus ont épuifé tout ce que l'òn peut dire fur
cette fameufe république. Le célebre *Amelot* entr'autres, nous a donné une defcription rai-
fonnée de Venife, qui femble ne plus laiffer
rien à defirer fur cette matiere. Je confeille à
tous ceux qui voudront être exactement inftruits
de tout ce qui regarde le gouvernement de cet
état, de lire fon livre, qui eft fi excellent & fi
vrai, qu'il a été défendu à Venife même par
ordre du Sénat. (*) Mais, quand je réfléchis
d'un autre côté, que je n'oferois laiffer mon ouvrage incomplet, par la raifon qu'un autre a traité
avant moi cette branche de mon fyftême, je ne
balance point à continuer mes remarques ; d'autant plus que je préfente une fimple efquiffe de
Venife, pour frapper d'autant plus vivement l'i-
magination, & pour concentrer ce qui peut &
ce qui doit en refter dans la mémoire. Je dois
auffi à cette occafion avertir mes lecteurs, une
fois pour toutes, qu'ils trouveront dans le cours
de cet ouvrage, & fur-tout dans le tableau que
je donne de toute l'Europe, des chofes qui peut-
être ont déja été rapportées par d'autres. Je me
flatte qu'ils ne s'en formaliferont point, & qu'ils
daigneront confidérer que telle eft la nature des
defcriptions, qu'il eft impoffible d'y éviter ces
fortes de redites. Pouvois-je, par exemple, me
difpenfer de faire mention dans ce traité, du parlement d'Angleterre, de la forme du gouvernement des Provinces-Unies, & de mille chofes
pareilles, parce que d'autres en ont déja parlé?

(*) Il a pour titre : *Hiftoire du gouvernement de Venife par le fieur* Amelot de la Houffaie. Paris 1676. III volumes in-12.

Et n'étois-je pas obligé de suivre les justes idées que ces auteurs en donnent, ou bien de n'être pas exact & véridique ? Il suffit que je rende mon système complet, c'est là mon grand objet. Je ne crois pas me tromper d'ailleurs, si j'assure qu'on trouvera sur chaque matiere quelques réflexions neuves, & qui pourront avoir leur utilité.

Son origine.   *Attila*, roi des Huns, ayant ravagé l'Italie l'an 453, quantité des peuples fugitifs & désolés quitterent le continent, & se refugierent dans de petites isles qui étoient situées au nombre de soixante & douze dans la mer Adriatique. On les appelloit les *Lagunes ;* & *Rialta* étoit la plus considérable. Ces isles avoient chacune sa paroisse, son pasteur & son tribun. Ce gouvernement séparé dura pendant l'espace d'environ 300 ans. A la fin ils convinrent de choisir un chef commun. En réunissant leur gouvernement, ils réunirent aussi les isles, & par le moyen de quais, de ponts, de pilotis, & de quantité de magnifiques bâtiments, ils formerent peu-à-peu la superbe ville de Venise, qui fait maintenant l'admiration de tout le monde, & l'objet de nos réflexions présentes. Cette république naissante trouva le moyen de s'agrandir : ses entreprises & les époques de ses conquêtes, appartiennent à l'histoire, où nous renvoyons le lecteur. Venise est aujourd'hui maîtresse d'un pays qui, par son étendue, sa valeur intrinseque, sa situation & ses ressources, ne le cede pas à bien de grands royaumes. Elle a d'abord ;

Son domaine, & ses possessions.   I. La *Terre-Ferme*, qui comprend tout ce que les Vénitiens possedent dans le continent, entre la mer Adriatique & l'Allemagne. C'est une étendue de pays qui peut avoir 60 milles d'Allemagne de long sur quinze de large. La Terre-Ferme est divisée en cinq provinces. 1°. Le *duché de Venise ;* 2°. La *Lombardie Vénitienne ;* 3°. La *Marche Tré-*

visane; 4°. Le *duché de Frioul*, & 5°. environ la moitié de l'*Istrie*. Il y a dans ce pays nombre de grandes villes, superbes par leurs bâtiments, & très-considérables par leurs richesses. Telles sont, *Venise*, *Padoue*, *Vérone*, *Vicence*, *Bergame*, *Trévise*, *Palmanova*, *Aquilée*, & plusieurs autres, avec les territoires qui en dépendent.

II. *La principale partie de la Dalmatie.* Ce royaume est situé sur la côte orientale de la mer Adriatique, vis-à-vis de l'Italie. Les Vénitiens y ont la ville de *Zara*, capitale du royaume; place forte, bon port, & le siege d'un archevêque. Ils y possedent encore quantité de petites villes, de forts, de contrées, d'isles, & entr'autres le pays qu'habite dans la Dalmatie la fameuse nation des *Morlaques*. C'est une poignée de gens qui ayant quitté le service des Turcs, se sont donnés volontairement à la république. Ce sont des especes de *Miquelets*, qui en temps de guerre rendent de très-bons services, & ne reçoivent pour tout salaire ou paiement, qu'un ducat, ou sequin, de chaque tête Turque qu'ils apportent. Le reste du royaume de Dalmatie, qui a pour le moins 60 milles d'Allemagne de longueur, appartient en partie à la Porte Ottomane, en partie à la maison d'Autriche, & en partie à la petite république de Raguse.

III. *Une grande portion du Levant.* Les Italiens nomment Levant, tout ce qui est situé sur ou dans la mer Méditerranée, depuis la Dalmatie jusqu'à Constantinople. Autrefois les Vénitiens y occupoient de belles provinces, savoir, le royaume de Morée, & celui de Candie, avec plusieurs isles considérables; mais tout cela a été envahi successivement par les Turcs. Aujourd'hui la république y possede encore;

1. En Terre-ferme, dans la province d'Epire,

quatre places fortes, favoir, *Butrinto*, *Voiniza*, *Larta*, & *Prevefa*.

2. Dans la mer Ionienne, *l'ifle de Corfou*, très-confidérable par fa fituation, par fes productions, par cinquante mille habitants qu'elle renferme, & par trente forts qui la défendent. *L'ifle de Sainte-Maure*, autrefois nommée *Leucas*, a été prife & reprife, tantôt par les Turcs, & tantôt par les Vénitiens. Ces derniers l'ont gardé par la paix de Paffarowitz, & ont fortifié la capitale du même nom. *L'ifle de Céfalonie*, vis-à-vis des Dardanelles, dont la capitale porte le même nom, eft placée fur une montagne, & bien fortifiée. Les habitants y font la plupart Grecs, & les produits confiftent en huiles, mufcades & raifins. *L'ifle de Theacki*, qu'on appelle auffi *la petite Céfalonie*, & que plufieurs prennent pour l'ancienne *Ithaque d'Uliffe*. *L'ifle de Zante*, vrai paradis terreftre, & qui produit des fruits admirables, fur-tout ces petits raifins appellés *de Corinthe*, qu'on envoie dans toute l'Europe, & dont on fait un grand commerce. On y compte jufqu'à vingt-cinq mille habitants. La capitale du même nom n'eft pas bien forte. Le château & le port font affez bien défendus. Cette ifle eft fujette à de fréquents tremblements de terre. *Les Curzolaires*, trois petites ifles fituées dans le golfe de Lépante. Elles font fameufes par la grande bataille navale de Lépante, que les Vénitiens gagnerent aux environs fur les Turcs, en l'année 1572. *L'ifle de Cérigo*, fituée entre la Morée & la Candie. C'eft la derniere que les Vénitiens poffedent fur la mer Méditerranée dans le Levant.

Produc-
tions.
Telles font les poffeffions de la république de Venife, dont on peut voir un plus ample détail dans différentes defcriptions particulieres, ainfi que dans plufieurs ouvrages géographiques en général.

Tous ces différents pays fourniſſent non-ſeulement de quoi nourrir les habitants, dans ce qu'on appelle les beſoins de la vie, ſur-tout pour ce qui regarde les grains, les beſtiaux & autres denrées; mais ils produiſent auſſi du bled, des vins, de l'huile, & ſur-tout des ſoies en aſſez grande abondance, pour que l'on puiſſe en faire la matiere premiere d'un commerce avec les étrangers. Il y a outre cela de fort bonnes manufactures de ſoie, & d'autres ; auſſi y trouve-t-on d'habiles artiſtes, & des gens à talents dans preſque tous les métiers.

Voilà bien des avantages pour former un vaſte commerce. Les productions naturelles du pays que nous venons d'indiquer ; la ſituation locale ſur la mer Méditerranée ; des ports de mer ſûrs, & par-tout d'un facile accès ; le voiſinage de la Turquie, & de tout le Levant ; l'induſtrie, l'eſprit de commerce qui regne ordinairement beaucoup plus dans une république que dans un état monarchique ; la liberté, l'affluence des étrangers; les tréſors pour fournir aux entrepriſes, une marine capable de protéger la navigation ; l'emplacement le plus propre & le plus naturel pour ſervir d'entrepôt, & pluſieurs autres prérogatives de cette nature. Auſſi a-t-on vu pendant long-temps les Vénitiens maîtres de la mer & du commerce de l'Europe. Ils avoient ſeuls celui d'*Alep*, de *Smyrne* & d'*Alexandrie*. Ils en tiroient le poil de chevre, les tapis, les épiceries, & toutes les autres marchandiſes orientales qu'ils vendoient aux nations de l'Europe aux prix qu'ils vouloient. Car il eſt bon de remarquer, qu'avant que les Portugais & les autres peuples commerçants euſſent trouvé le chemin des Indes orientales, les épiceries, & généralement toutes les marchandiſes des Indes, étoient tranſportées par

Son commerce.

X iv

la mer rouge jufqu'à Alexandrie, où les Vénitiens étoient feuls dépofitaires du commerce. Cependant ce même commerce des Vénitiens a confidérablement déchu. Les Anglois, les François
& les Hollandois les ont fupplantés pour celui
du Levant, qu'ils font à l'heure qu'il eft en droiture. Les fabriques Vénitiennes, de glaces de miroir, de criftaux, de points de dentelles, de mouchoirs, &c. font tombées totalement, par la défenfe qui en a été faite en différents pays, &
par les manufactures qui ont été établies de ces
mêmes chofes en France, en Angleterre, à Berlin, & ailleurs. La perte de la Morée, & de
Candie a auffi beaucoup contribué à la décadence
de fon commerce. Enfin les vaiffeaux des nations
commerçantes viennent naviger en foule dans la
mer Méditerranée, dans le Golfe, & dans toutes
les Echelles du Levant, pour y trafiquer fous les
yeux des Vénitiens, qui, à ce qu'on prétend,
ont perdu par-là plus de trois millions d'écus de
revenus annuels. Il leur refte cependant encore
quelque commerce avec l'Allemagne, avec la Turquie & les Arméniens, qu'ils ménagent beaucoup. Les autres nations y viennent auffi trafiquer avec leurs propres vaiffeaux. Il y a plufieurs
comptoirs Anglois, François, Hollandois & Hambourgeois, domiciliés dans Venife; & il s'y fait
un change fort confidérable. On y trouve enfin
la fameufe banque, qui fert non-feulement d'une
maniere fort avantageufe au commerce, mais auffi
à attirer l'argent des étrangers, que toutes les nations viennent y placer, comme dans un fond
d'une parfaite fûreté.

Popula-
tion, & ca-
ractere de
la nation.
    Les différents pays que la république poffede,
ne font pas également peuplés; mais on peut
dire qu'en général, elle a un grand nombre de
fujets. Le caractere de tous ces différents peuples,

ne fauroit être le même ; & il eft, par conféquent, impoffible de le dépeindre. Autre chofe
eft un habitant de Terre-ferme, un du Levant,
ou un de la Dalmatie. Il y a même d'une province à l'autre, des nuances de caractere & de
mœurs, qui varient infiniment la façon de penfer
de tous ces peuples. En général, on peut dire
que les Vénitiens mêmes ne paffent pas pour
avoir la fubtilité & la délicateffe d'efprit que l'on
trouve chez les Tofcans. Mais leur longue confervation prouve bien qu'ils ne manquent, ni de
jugement & de prudence, ni de politique. Ils
font jaloux de leur liberté, & ils ont trouvé le
moyen de l'affermir ; en quoi les Florentins n'ont
pu les imiter. Auffi ce n'eft pas le bel efprit qui
fait réuffir les affaires. Au refte, ils font circonfpects, diffimulés, fort fenfibles, & adonnés à
toutes fortes de débauches ; à quoi la vie diffo-
lue qui regne à Venife, & les courtifannes qui y
font publiquement tolérées, contribuent beaucoup.

La licence des mœurs y eft fur-tout fort grande *Le carna-*
dans le temps du carnaval. Les Vénitiens font *val.*
les trois quarts de l'année en mafque. Ces carna-
vals y attirent un grand nombre d'étrangers, dont
on compte jufqu'à vingt mille à la fois dans cette
capitale. Il y a auffi dans ces temps de réjouif-
fances des opéra magnifiques, des comédies, des
redoutes, des combats d'animaux, des faltim-
banques, des danfeurs de cordes, des aftrologues,
des gladiateurs ; & en général, tout ce qu'on
peut comprendre fous le nom de fpectacles.

La république entretient en temps de paix feize *Sa milice.*
mille hommes de troupes réglées, qui pendant
fort long-temps ont été commandées en chef par
le comte de *Schulembourg*, ancien général d'origine Allemande, & dont le nom fera toujours
honorablement placé dans les faftes de la répu-

blique. Ce commandement général est pour l'ordinaire confié à quelques seigneurs étrangers; mais on leur donne pour adjoints deux *provéditeurs* généraux. Ces troupes sont dispersées dans tous les états qui font partie de la domination de Venise. Cet état a outre cela, dix mille hommes de milices, qu'on nomme *Cernidi*, & que l'on mêle en cas de besoin, avec les vieux corps.

Sa marine.   La principale force des Vénitiens consiste dans leur marine. Ils peuvent armer en très-peu de temps plus de quarante galeres, quantité de galéasses, & d'autres vaisseaux. Ce qui contribue le plus à la promptitude avec laquelle ils sont en état de faire leurs armements maritimes, est le fameux *arsenal* qu'ils entretiennent constamment, & qui est fourni d'une si prodigieuse quantité d'armes, de munitions & d'agrès, qu'une flotte est équipée tout d'un coup. Cet arsenal est une des plus grandes curiosités de l'Europe. Le nombre des ouvriers qui y travaillent sans cesse en temps de paix, monte à cinq cents hommes, & en temps de guerre on l'augmente jusqu'à deux mille. La moitié des revenus qu'on tire du Bressan est employée à cet usage. En temps de guerre la république ne confie pas ses forces maritimes à un amiral étranger, comme elle fait celles de terre; mais elle crée un noble Vénitien *généralissime de la mer*, qui commande à tous les officiers généraux, & à tous les gouverneurs des places maritimes. Ce généralissime est accompagné d'un général étranger pour commander les troupes que l'on débarque. En temps de paix, elle entretient une petite flotte de quelques vaisseaux de guerre, frégates & galeres, destinée à protéger le commerce du Levant, & à couvrir le port de Corfou. Cette flotte est relevée tous les six mois. Elle a de plus constamment dans le golfe de Venise six galeres, avec quelques galiotes ou brigantins, pour éloigner les Corfaires. Cette efcadre eft commandée par un noble du premier rang, qui a le titre de *général du Golfe*, & qui eft changé tous les trois ans.

Les revenus de la république font proportionnés à fes dépenfes, & les furpaffent même de beaucoup. Car, fi l'on en croit *Amelot de la Houffaie*, que tous les autres auteurs qui parlent de Venife, ont copié à cet égard,

1. Le duché de Venife, & les ifles des environs rapportent tous les ans à l'état, y compris le produit du fel . . . . 3000000 ducats.

Ses revenus.

2. La Marche Trévifane . 280000
3. Padoue & fon territoire . 400000
4. Vicence & le Vicentin . 200000
5. Vérone & le Véronez . 360000
6. Bergame & fon diftrict . 300000
7. Le Crémaffe 160000
8. Breffe & le Breffan . . 1200000
9. Le Polefin 140000
10. Le Frioül 400000
11. L'état de mer qui comprend l'Iftrie, la Dalmatie, & une partie de l'Albanie avec les effets du Levant. 800000

Total. 7240000 ducats.

Amelot évalue le ducat à cinquante fols argent de France; ainfi le revenu total fufdit monteroit à dix-huit millions, cent mille livres, ou à 4525000 écus d'Allemagne. Le calcul de M. de *St. Didier* s'accorde avec celui-ci. On ne comprend point dans cette fomme, ni les confifcations, ni tous les revenus cafuels, comme les décimes, & autres charges extraordinaires. Mais *Amelot* étoit né en 1632, & cet ouvrage fut le premier qu'il publia; ainfi il écrivoit vers le milieu du fiecle paffé. Or, depuis cent ans les Vénitiens n'ont fait aucune acquifition; ils ont au contraire reperdu la *Candie* & la *Morée* qu'ils avoient conquifes. D'ailleurs, leur commerce eft confidérablement déchu. Si l'on ajoute à cela les changements qui font arrivés dans les prix des chofes, on verra que les fommes ci-deffus rapportées, ne fauroient être aujourd'hui fort exactes, ni conformes à la réalité. Cependant elles fuffifent à notre but, qui eft de faire connoître en gros les proportions de ces fortes de chofes, fans nous arrêter à des études arithmétiques. Le fecret qui regne dans cette république fur tous les objets qui font relatifs au gouvernement, fait que nous ne faurions donner un état plus précis de fes revenus. Quoi qu'il en foit, on compte que les dépenfes ordinaires de la république, en temps de paix, vont au-delà de quatre millions de ducats Vénitiens. D'où il s'enfuit, qu'elle peut amaffer des tréfors confidérables dans l'intervalle d'une longue paix. Auffi a-t-on vu qu'avant la guerre de Candie, le tréfor de *St. Marc* renfermoit des richeffes immenfes.

Son gouvernement.

Voyons maintenant de quelle maniere cette célebre république eft gouvernée. La plus grande perfection d'un gouvernement confifte dans l'arrangement de fon fyftême; & particuliérement lorfqu'il a été établi d'une maniere fi ingénieufe & fi folide, qu'il ne fauroit, fans une révolution totale, ou fans une force majeure, tomber dans une autre forme de gouvernement. Les républiques fur-tout doivent éviter tout ce qui pourroit les faire dégénérer en monarchie. Or il eft certain qu'on ne voit guères d'état, ni dans l'antiquité, ni dans l'Europe moderne, qui mérite à plus jufte titre que Venife, le nom de *Refpublica elaboratiſſima ;* dans lequel on ait plus habilement prévenu les dangers de tomber dans l'état monarchique ; où les emplois ſoient mieux diſtribués, & toutes les proportions du pouvoir plus exactement calculées. C'eſt pour cette raiſon, que nous nous étendrons un peu plus qu'à l'ordinaire, pour examiner ce chef-d'œuvre, & ce grand modele de politique.

Le gouvernement de Veniſe eſt *ariſtocratique :* toute l'autorité, tout le pouvoir, en un mot la puiſſance ſouveraine eſt tombée entre les mains d'un certain nombre de familles écrites au *Livre d'or*, qui eſt le regiſtre de la nobleſſe Vénitienne. Ces familles nobles peuvent ſe diviſer en ſix claſſes.

1º. La premiere comprend les douze anciennes maiſons qu'on appelle *électorales*, parce que leurs chefs élurent en 709 le premier *Doge* de la république. Par une eſpece de miracle, elles ſe ſont toutes conſervées juſqu'à préſent. On les nomme auſſi *les douze apôtres*.

2º. La ſeconde claſſe comprend quatre familles qu'on appelle *les quatre évangéliſtes*, qui ſignerent l'an 800 le contrat de fondation de l'abbaye de ſaint George majeur, avec les douze maiſons précédentes.

3º. La troiſieme renferme les familles de ceux qui commencerent à être écrits dans le *livre d'or*, lorſque le doge *Gradénigo* établit l'ariſtocratie, ou le conſeil des principaux, l'an 1289. Cette nobleſſe eſt encore fort eſtimée.

4º. La quatrieme comprend quelques familles plus nouvelles, qui ayant avancé à la république de grandes ſommes d'argent, dans le temps qu'elle ſe trouvoit enveloppée dans la cruelle guerre contre les Génois, furent créés *Nobles* l'an 1385, comme une récompenſe due à leur zele.

5°. La cinquieme comprend environ quatre-vingt familles qui, dans la guerre de Candie, l'an 1646, acheterent le droit de la noblesse pour cent mille ducats de Venise. Ils sont rarement employés dans les charges de la république.

6°. La sixieme classe est celle de la noblesse que la république donne à quelques personnes illustres des pays étrangers, qu'elle aggrege par déférence à la noblesse Vénitienne. On a vu des rois & des princes accepter cette distinction, à peu près comme ils prennent la bourgeoisie de Berne.

Les quatre premieres classes de noblesse, que nous venons d'indiquer, sont celles qui gouvernent la république ; le peuple n'entre pour rien dans tout ce qui regarde le gouvernement de cet état. Il y a proprement cinq principaux colleges ou conseils, dans lesquels reside la majesté & la puissance souveraine de la république.

Colleges.　1°. Le grand-college appellé *Il consiglio grande*, comprend tout le corps de la noblesse, dans lequel chaque noble, en vertu de sa naissance, a voix & séance, & qui est quelquefois composé de plus de mille personnes. C'est là où se font toutes les élections aussi-bien des différents magistrats, que des sujets qui doivent former les autres colleges. On y fait aussi les loix nécessaires pour le bien & la conservation de l'état. Tous les autres conseils sont suspendus, lorsque celui-ci est assemblé ; & c'est pourquoi on ne le convoque que les dimanches, ou les jours de fête.

2°. Le conseil des priés, nommé *Il consiglio dei pregadi*, est composé d'environ trois cents nobles. C'est là ce qu'on appelle proprement le sénat, & l'ame de la république. Il décide de toutes les affaires qui concernent la paix ou la guerre, les alliances, &c.

3°. Le college appellé *Il configlio proprio*, eft compofé de vingt-fix nobles, y compris la *Signoria*. Les *Savii grandi* font auffi comptés dans ce nombre. Ce college donne audience aux ambaffadeurs étrangers, & porte leurs propofitions au fénat, à qui feul il appartient d'y répondre.

4°. Le college des dix, nommé *Il configlio delli dieci*, eft compofé de dix nobles. Ces *décemvirs* font des juges inflexibles qui examinent tous les crimes d'état, & qui en décident. Ils font renouvellés tous les ans.

5°. La feigneurie, ou le petit-confeil, appellé en Italien *Signoria*, préfide à tous les autres colleges. C'eft un *feptemvirat* compofé du Doge, & de fix confeillers d'état.

Ce font ces cinq confeils qui gouvernent toute la république, dont tous les magiftrats relevent, & auxquels ils font refponfables.

Quant aux magiftrats de Venife, ils peuvent être compris fous trois claffes; 1°. les *domeftiques* qui ont leur jurifdiction dans la ville ; 2°. les *provinciaux*, qui ont l'adminiftration au dehors, & 3°. les *militaires* qui fervent à la défenfe de l'état par terre & par mer. L'ordre des magiftrats.

Les premiers fe fubdivifent en ceux qui manient les affaires du gouvernement, & ceux qui exercent la judicature.

1. *Le Doge* occupe la premiere charge de l'état ; c'eft la perfonne la plus confidérable de la république. Il préfide à tous les confeils ; mais il n'eft reconnu prince qu'à la tête du fénat, dans les tribunaux où il affifte, & dans le palais ducal de St. Marc. Hors de là, il n'a aucune forte d'autorité, n'ofant fe mêler d'aucune affaire. Il ne porte point de marque extérieure qui foit capable de le diftinguer des autres nobles. Quoiqu'on lui donne le titre de *Sérénité*, que toutes les lettres Le Doge.

aux puissances étrangeres soient signées en son nom, & que les monnoies portent son empreinte, il n'est pourtant en effet que le premier citoyen soumis à la sévérité des loix. Il donne audience aux ambassadeurs, & leur répond en termes généraux. C'est l'organe de la république, mais qui ne sauroit rien prononcer qui n'ait été conçu dans le sénat, qui en est l'ame. Le Doge a le rang après les têtes couronnées, & marche avec une grande pompe aux cérémonies solemnelles. Il représente alors la majesté extérieure de l'état; & on peut le comparer à ces *Aigles Romaines*, à ces étendards des corps militaires, qui n'étant en effet que des êtres inanimés, frappent néanmoins l'imagination, servent à réunir la troupe, & reçoivent toutes les démonstrations extérieures d'honneur, dont les gens de guerre ont coutume de rendre au chef qui les conduit. Il conserve sa dignité pendant toute sa vie; le choix se fait par une élection libre, qui pourtant donne ordinairement la préférence à quelque personne illustre. Quand il est une fois en charge, il ne quitte point la ville sans en demander une espece de permission à six conseillers d'état. Il a quelques nominations assez avantageuses. La république ne cherche point à placer un homme trop habile dans ce poste éminent; & d'ailleurs, son pouvoir est si bridé, son autorité extérieure si fort contrebalancée par les colleges & les autres officiers, que l'état ne sauroit tomber par-là dans une autre forme de gouvernement.

2. *Les procurateurs de St. Marc* possedent la seconde dignité de l'état. Ils sont fort distingués dans la république. L'essentiel de leur charge consiste dans la direction & dans la distribution des grandes richesses laissées à l'église de St. Marc. Leurs fonctions consistent aussi à être les protec-

teurs

teurs des veuves, les tuteurs des orphelins, &
les peres nourriciers des pauvres.

3. *Les conseillers de la seigneurie*, sont au
nombre de six. Ils représentent avec le Doge,
le corps de la république. Ils font próprement
deux sortes de fonctions : les unes publiques, en
présidant à tous les conseils, y faisant les rapports,
& envoyant pendant l'interregne les ordres à
tous les podestats & les officiers de la république.
Les autres fonctions font particulieres, & regardent les principaux jugements entre les sujets, la
réception & l'ouverture des lettres que la république reçoit, &c.

4. *Le grand-chancelier* est choisi parmi les ci-
tadins, dont il est le chef. Il tient les sceaux de
la république, & affiste à tout ce qui se traite au
sénat. Après les conseillers de la seigneurie, &
les procurateurs de St. Marc, il a la préféance sur
tous les autres magistrats.

5. *Les trois chefs de la quarantiere criminelle*
font trois gentilshommes qui font proprement l'office de *surveillants* au troisieme conseil, qu'on appelle *Il consiglio proprio*; ils observent tout ce
qui s'y traite, & empêchent que ce conseil ne
forte des bornes qui lui font prescrites par les
loix.

6. *Les sages-grands* font au nombre de six : ils
manient les plus grandes affaires de l'état, dont ils
font proprement les ministres; ils composent avec
les sages de Terre-ferme & de mer le college;
ils s'assemblent aussi entr'eux pour examiner les
affaires qui doivent aller au sénat, où ils les présentent, pour ainsi dire, toutes digérées; ils ne
font que six mois en charge.

7. *Les sages de Terre-ferme* ont proprement la
surintendance des affaires militaires, & le paiement des soldats. Il y en a cinq.

Tome III. Y

Les ſages de mer. 8. *Les ſages des ordres* ou *les ſages de mer*, ſont pareillement au nombre de cinq. Ce ſont de jeunes nobles de la premiere qualité, à qui l'on donne entrée au collège, non pas pour y délibérer, mais pour ſe former au gouvernement. Les affaires de mer ſont d'ailleurs toutes de leur reſſort, & ils y ont voix délibérative. Ils ſervent également par ſemeſtre.

Les Décemvirs. 9. Les *décemvirs*, ou *les nobles qui compoſent le conſeil des dix*, décident des affaires criminelles; & nous aurons encore occaſion d'en parler. Il y a parmi eux trois préſidents de mois, qu'on appelle *Capi-Dieci*.

Différentes cours. 10. Il y a outre cela trois cours à Veniſe appellées *quarantieres*, parce qu'elles ſont compoſées de quarante juges chacune. La premiere eſt la *quarantiere civile nouvelle*, où toutes les cauſes civiles vont par appel des ſentences rendues par les magiſtrats de dehors. La ſeconde eſt la *civile vieille*, qui juge par appel des magiſtrats ſubalternes de la ville. La troiſieme quarantiere eſt la criminelle, qui juge tous les crimes, excepté ceux de leze-majeſté. Parmi ces trois compagnies la derniere eſt la plus conſidérable.

Les Avogadors. 11. Les *Avogadors*, au nombre de trois, ſont des gens de loi, dont la charge a beaucoup de rapport avec celle des avocats généraux en France. Ils rapportent les procès, &c. Ils ſont auſſi les gardiens des loix de l'état. Cette magiſtrature dure ſeize mois.

Magiſtrats ſubalternes. Il y a outre cela dans la république :

12. *Deux Cenſeurs.*
13. *Trois Syndics.*
14. *Les Seigneurs criminels de nuit.*
15. *Les Seigneurs civils de nuit.*
16. *Trois Provéditeurs du commerce.*

17. *Trois Provéditeurs qu'on appelle* Alle Ragioni vecchie.

18. *Quatre Provéditeurs* alla Giuftitia vecchia.

19. *Trois Sopra-Proveditori* alle Biave.

20. *Quatre Sopra-Proveditori* del Sal.

21. *Trois Sopra-Proveditori* alla Sanita.

22. *Trois Sopra-Proveditori* alla Pompe.

23. *Trois Governatori* delle Entrate.

24. *Dix fages qui taxent les biens des particuliers.*

25. *Quatre juges* della meffe traria.

26. *Trois juges* al Foreftiers.

27. *Trois* Cattaveri.

28. *Trois Seigneurs* alli Banchi.

Ce font là les magiftrats de la ville de Venife même, prépofés aux affaires de juftice, de police, des finances & du commerce. On peut voir le détail & l'explication de toutes ces charges dans *Amelot*.

Il y a outre cela des magiftrats provinciaux, qui font diftribués de la maniere fuivante. *Magiftrats des provinces.*

1. *Les Podeftats* adminiftrent la juftice dans les lieux de leur département, comme les prêteurs faifoient autrefois à Rome & dans les provinces. Quand ils tiennent leurs féances, ils font affiftés de quelques jurifconfultes qu'ils choififfent à leur volonté. La province de Venife a plufieurs podeftaries, dont la principale eft *Chiozza*. L'état de Terre-ferme comprend fept de ces podeftaries, ou principaux gouvernements, qui font 1°. Trevife ; 2°. Padoue ; 3°. Vicence ; 4°. Vérone ; 5°. Breffe ; 6°. Bergame ; & 7°. Creme. Il eft permis aux nobles dans ces emplois de faire éclater toute leur magnificence, parce qu'ils y repréfentent la majefté de la république. Tous ces gouvernements ne durent que feize mois ; pour

ne pas laiſſer le temps à ceux qui en ſont pourvus de s'y rendre les maîtres.

2. Les *capitaines des armes*, qui commandent aux ſoldats de la ville, & à toutes les garniſons des places & châteaux qui ſont de leur département. Ils font faire les réparations des fortifications, & ont la direction de tous les revenus & impôts de la ville, & des lieux qui en dépendent. Ce ſont ordinairement des ſénateurs illuſtres, qui occupent ces deux importantes places.

3. Dans le Frioul, le *Provéditeur général* de Palmanova eſt le premier officier de toute la province, & il a ſous lui différents magiſtrats ſubalternes.

4. Dans l'Iſtrie, la ville capitale eſt gouvernée par un *podeſtat* & *trois conſeillers*, qui ſont ordinairement des nobles pauvres, qui trouvent le moyen de s'y enrichir, comme les baillis en Suiſſe. Les autres places ont auſſi leurs podeſtats particuliers.

5. Dans la Dalmatie, le *Provéditeur général* tient le premier rang, & commande à tous les gouverneurs & autres officiers de la province.

6. Dans les iſles de la Méditerranée la république tient un *Provéditeur*, & *deux conſeillers* à Corfou. Les iſles de Céfalonie & de Zante ſont gouvernées chacune par un Provéditeur, & trois conſeillers, qui tous ſe renouvellent de deux ans en deux ans. Ces trois iſles ont un *général* à qui les Provéditeurs particuliers doivent obéir. Il eſt ſeize mois en charge. Le ſénat crée tous les cinq ans trois *Syndics* pour faire la viſite de toutes les villes & autres lieux de l'état de terre & de mer, pour ouïr les plaintes des ſujets, & éplucher rigoureuſement l'adminiſtration de ceux qui y régiſſent.

Charges militaires. En troiſieme lieu, il y a les *charges militaires.*

Les trois principales pour les troupes de terre, font;

1. *Le généralissime de terre.*
2. *Le général d'infanterie.*
3. *Le général de cavalerie.*

Ces emplois lucratifs sont toujours donnés à quelque général étranger de famille, de mérite & de réputation. Leur pouvoir est cependant fort borné, pour ne pas dire anéanti, par deux sénateurs que l'on appelle *Provéditeurs généraux de l'armée*, qu'on leur adjoint en temps de guerre, qui leur servent d'espions plutôt que d'assistants, & sans le conseil desquels ils n'oseroient rien entreprendre.

A l'égard *des charges de mer*, elles méritent un examen plus détaillé.

1°. Le *généralissime*, ou *capitaine général de la mer* n'est créé qu'en temps de guerre par le sénat pour commander la flotte de la république. Ce commandement néanmoins ne lui est commis que pour l'espace de trois ans. Son autorité s'étend non-seulement sur la flotte, mais encore sur tous les ports, toutes les isles & toutes les forteresses, où l'on reçoit ses ordres sans replique. C'est un crime de leze-majesté de lui désobéir. On lui rend les mêmes honneurs, que si le sénat étoit avec lui. Malgré cela on n'a rien à craindre d'une personne qui est dépositaire d'un aussi grand pouvoir. Car, comme il n'est maître d'aucune autre place, il ne trouveroit nulle part un asyle, supposé qu'il fît quelques fausses démarches, ou qu'il entreprît la moindre chose contre l'état. Au reste, s'il perd quelque bataille, il est sévérement jugé.

2°. Le *Provéditeur général de la mer* est perpétuel dans la république, non pas quant à la perſonne, qui n'eſt que deux ans en fonction, mais eu égard à la charge qui n'eſt jamais vacante. Son autorité s'étend ſur toute la flotte, qu'il conduit lorſqu'il n'y a point de généraliſſime. Il a droit de vie & de mort, même ſur des officiers nobles. Il manie tout l'argent de la flotte, & en rend compte au ſénat. En temps de guerre, le capitaine général & le provéditeur ſe ſervent réciproquement d'eſpions; d'où il naît une défiance utile à la république. La réſidence ordinaire du provéditeur eſt à Corfou.

3°. *Le général*, ou *gouverneur du Golfe*, eſt le plus ancien officier de mer de la république; & pour ce ſujet il a toujours l'avant-garde dans tous les combats. Au défaut du généraliſſime, il remplit ſa place préférablement à tous les autres commandants juſqu'à ce que le ſénat en ait ordonné. La charge eſt perpétuelle, mais le gouvernement eſt triennal. En temps de paix, il a le commandement de ſix galeres, & des autres bâtiments que la république entretient toujours dans le Golfe.

4°. *Le général des galéaſſes.* Ces galéaſſes ſont des châteaux & des fortereſſes en mer, où il **y** a d'ordinaire mille hommes, & cent pieces de canon. Les capitaines en ſont appellés gouverneurs, & ſont tous nobles Vénitiens. Ils ne reconnoiſſent que leur général; & ce général obéit aux ordres du généraliſſime. Il y a encore,

5°. *Un général des galions*, qui eſt le ſurintendant de toutes les munitions de l'armée. Ces deux généraux ne ſont qu'en temps de guerre.

6°. Outre cela le ſénat entretient *deux capitaines*, qui commandent chacun quatre galeres, les unes appellées de *bonne volonté*, & les autres de *forçats.*

Toutes les galeres ſont commandées par des

officiers qu'ils appellent *Supra-Comiti*. Ils font à l'ordinaire les levées des foldats à leurs dépens, & ont en revanche tout pouvoir fur eux, hormis celui de vie & de mort.

Voilà pour ce qui regarde les principaux officiers de terre & de mer de la république. Voyons maintenant fur quel pied font les affaires éccléfiaftiques.

La religion catholique-romaine eft la feule qui domine à Venife, à l'exclufion de toutes les autres. On y tolere néanmoins des Grecs, des Juifs, des Turcs & des Perfans. Mais les proteftants n'y ont point d'exercice libre de leur religion. La monarchie fpirituelle du Pape y eft reconnue; on y met cependant plufieurs bornes. *Religion & clergé.*

1°. Le chef du clergé eft le *patriarche de Venife*. Il met à la tête de fes mandements : *N. divinâ miferatione Venetiarum patriarcha*, fans ajouter, *& fanctæ fedis apoftolicæ gratiâ*. Il eft primat de Dalmatie, & métropolitain des archevêques de Candie & de Corfou, ainfi que des évêques de Chiozza & de Torcello. Il faut de néceffité qu'il foit noble Vénitien, & c'eft au fénat à le nommer. Le Pape ne conferve que l'honneur de le confirmer. *Le patriarche de Venife.*

2°. L'églife ducale de faint Marc a un évêque particulier, qu'on nomme le *Primicere* : il ne reconnoît point le patriarche, & officie avec la mitre, la croffe & l'anneau ; il eft auffi nommé par le fénat & le Doge. *L'évêque de St. Marc.*

3°. Il y a divers archevêchés & évêchés, dont les principaux font occupés par des nobles Vénitiens. Le Pape confere ceux de moindre conféquence aux bourgeois & à des gentilshommes de Terre-ferme, ou à des religieux. *Archevêques & évêques.*

4°. Il y a encore un autre *patriarche* dans les états de la république; c'eft celui *d'Aquilée*, dont le fiege eft à *Udine* dans le Frioul. Sa jurifdiction *Le patriarche d'Aquilée.*

eccléfiaftique s'étend fur l'Iftrie, le Frioul, & fur la plupart des évêques de Terre-ferme. La ville d'Aquilée appartenant aujourd'hui à la maifon d'Autriche, elle a prétendu avoir le droit de nommer à ce patriarchat; mais les Vénitiens ont trouvé moyen de ne jamais le laiffer vaquer, en donnant pouvoir au patriarche de choifir lui-même après fon élection un coadjuteur, que le fénat confirme fous le titre *d'Electo d'Aquileja*.

Inquifi-tion. 5°. L'inquifition eft établie à Venife, mais fur un pied différend de ce qu'elle eft dans d'autres pays. Car la feigneurie a affigné un fond pour les dépenfes que le Saint-Office eft obligé de faire; mais elle touche en échange tous les deniers qui en proviennent par les amendes, ou autrement: ce qui eft bien différent de l'ufage de l'inquifition des autres états, où tout l'argent va aux inquifi-teurs. Cet horrible tribunal eft mixte à Venife, c'eft-à-dire, compofé d'eccléfiaftiques & de fécu-liers. Les premiers font juges, & les feconds af-fiftants. Le nonce du Pape, le patriarche de Ve-nife, & le grand inquifiteur y fiegent; mais ils ont à leurs côtés trois fénateurs, fans lefquels ils n'o-fent rien entreprendre. Leur pouvoir ne s'étend, ni fur autant de perfonnes, ni fur autant d'ob-jets qu'ailleurs. Les Grecs, les Juifs, & les autres nations font à l'abri de leurs pourfuites; plufieurs livres peuvent circuler dans le public, fans crain-dre leur confifcation. On peut voir des détails cu-rieux fur cette matiere dans le *traité de l'inquifi-tion de Fra-Paolo, & dans Amelot*.

Politique particulie-re de la ré-publique. Voilà une ébauche du gouvernement de la ré-publique de Venife. On verra aifément que cette machine eft fort ingénieufement compofée. La courte durée des charges prévient que le pouvoir ne fe perpétue dans une feule perfonne. L'autorité que donne un emploi, quelque confidérable qu'il foit, eft toujours contrebalancée par la puiſſance de quelque furveillant. Toutes les rivalités ſont dans un équilibre perpétuel; & l'expérience a fait connoître que toutes les conſpirations ont toujours échoué, & que l'état s'eft maintenu dans ſon ancien luſtre, & dans le premier ſyſtême de ſon établiſſement. Il nous reſte à examiner quelles ſont les maximes fondamentales de la république, & quelle eſt ſa conduite envers les autres puiſſances.

Sa politique générale roule ſur différents objets. La conſervation eſt le but naturel de chaque état. Veniſe eſt infiniment plus jalouſe de ſa liberté que toute autre république. Son gouvernement, où toutes les parties ſont agencées d'une maniere ſi ſinguliere, n'a d'autre but que celui-ci; elle eſt armée pour défendre la liberté contre les attaques du dehors, & beaucoup plus attentive encore à ne la point perdre par quelque entrepriſe au-dedans. C'eſt ſur-tout pour éviter ces révolutions intérieures, qu'a été établi le *Décemvirat*, ou le conſeil des dix: tribunal terrible qui exerce une rigueur cruelle envers tous ceux qui ont le malheur de devenir l'objet de ſes recherches, & qui ſe ſert de toutes ſortes de voies pour exterminer ceux qui lui donnent quelque ombrage. Développons ces idées. *Politique générale.*

Les maximes fondamentales de ce conſeil ſont: *Que non-ſeulement il ne faut jamais pardonner les crimes d'état; mais qu'il en faut même punir les apparences; que c'eſt un grand crime que d'être ſuſpect à ſon prince; que ſi, dans toutes les autres affaires, c'eſt ſageſſe de croire moins qu'il n'y en a, c'eſt au contraire une néceſſité d'en croire plus que l'on n'en voit, lorſqu'il s'agit d'aſſurer le repos de l'état; qu'il importe peu de faire une injuſtice à des particuliers, pourvu qu'il en revienne un avantage au public; & qu'il eſt impoſſible de gou-* *Maximes aſſez ſingulieres.*

verner un état sans faire tort à personne. A quoi ils ajoutent la maxime, *de se défaire de ceux que l'on a commencé de maltraiter sur de faux soupçons, de peur que le ressentiment ne les fasse devenir ensuite criminels par vengeance.* Avec de tels principes on peut juger combien est grand le malheur de quiconque comparoît devant ce tribunal, sans avocat pour défendre sa cause, sans connoître ses accusateurs, & sans que même ses plus proches parents, quelque crédit qu'ils aient, osent s'intéresser pour lui, de peur de se rendre suspects. Autrefois il se faisoit assez fréquemment des exécutions pour des crimes d'état *entre les colonnes de St. Marc ;* mais aujourd'hui le college des dix, pour ne pas décréditer la noblesse dans l'esprit du peuple qui croiroit être gouverné par des scélérats, s'il voyoit trop souvent décapiter ou pendre ses maîtres, se sert de supplices qui font moins d'éclat. Les *poignards,* & les *submersions nocturnes* dans le canal *Orfano,* sont des moyens qui font disparoître assez souvent un noble, un citadin, ou un étranger qui aura causé de l'ombrage, ou qui se trouvera accusé même injustement.

Effets des maximes de cette république. Quelque odieuses que paroissent de pareilles maximes, quelque rapport affreux qu'elles puissent avoir avec celles du tribunal de l'inquisition, il est constant néanmoins, que ce conseil des dix n'a pas peu contribué au maintien de la république, & l'on a démontré qu'elle ne subsisteroit plus sans ce college redoutable. En effet, quand on pense que, s'il y avoit eu du temps de *Marius* & de *Sylla,* ou de *César* & de *Pompée,* un pareil tribunal à Rome, il est à croire, que cette république ne seroit jamais dégénérée en monarchie, cela ne peut qu'engager à la conserver & à la maintenir dans ses droits. Je voudrois seulement qu'on ne poussât point la sévérité trop loin, & qu'en étant bon politique, & zélé citoyen, on ne se dépouillât pas de toute humanité.

Pour se mettre au fait de tout ce qui se passe, & pour découvrir les trames les plus fines & les plus secretes, la république entretient un grand nombre d'espions. Ce sont des gens de tout âge & de toute condition, que personne ne connoît, & qui s'introduisent dans toutes les sociétés; de maniere que l'on n'est jamais sûr de ne point se trouver avec quelque traître; ce qui jette la défiance dans tous les esprits. Un parent n'est pas sûr de l'autre; personne n'ouvre la bouche sur des objets qui ont un rapport direct ou indirect avec le gouvernement; & la maxime de ne parler que de choses indifférentes, s'est convertie en habitude. Un étranger sur-tout fait très-sagement de ne pas s'enquérir des affaires d'état, & de n'en pas porter le moindre jugement. Les louanges même sont suspectes, & paroissent annoncer des vues & une dissimulation réfléchie. Il est vrai que le salaire de tant d'espions emporte des sommes considérables; mais la république ménage par-là l'entretien d'une nombreuse garnison, qu'il lui faudroit pour servir de frein contre les séditions.

Le second moyen qu'a le conseil des dix pour découvrir le premier germe des conspirations, consiste dans ce qu'on appelle *le secret*. Il y a dans la place de saint Marc, & dans le palais ducal, des lions dont la gueule ouverte sert à recevoir des lettres, des billets & des avis, ou anonymes, ou signés, sur tous les complots qui peuvent se tramer dans la république. Lorsque quelque noble, ou autre citoyen, est accusé de cette maniere, on le fait guetter par des espions ou des mouches, qui éclairent ses actions, le suivent par-tout, & savent rendre un compte exact de sa conduite.

Toutes ces précautions rendent le commerce avec les nobles Vénitiens & les autres naturels du pays fort difficile, & font qu'on a beaucoup de peine de se mettre au fait des affaires de l'état. Les ambassadeurs étrangers y sont sur-tout fort suspects ; & ce n'est qu'avec mille soins & embarras, qu'ils parviennent à leur but, & qu'ils apprennent les nouvelles qu'ils ont besoin de savoir. Car on n'y traite qu'avec des muets, & il semble qu'on y exprime tout par énigme. Au reste, messieurs les Vénitiens font un peu trop d'exagération des prétendus mysteres de leur gouvernement. Ils parlent sans cesse d'un secret impénétrable qui en dérobe jusqu'à la moindre connoissance aux yeux du vulgaire ; c'est un sanctuaire dans lequel nul mortel n'oseroit seulement regarder. Cependant quelques téméraires ont pris la liberté de développer tout le système, & ont fait imprimer l'arrangement de l'état & de toutes les charges. Quant à la conduite que les Vénitiens observent, les principes s'en découvrent par les effets, & il n'y a guères de cours, ni d'habiles politiques qui les ignorent. Je ne sais pas s'il peut y avoir un autre mystere, un autre *Arcanum*, dans un gouvernement ; mais je ne saurois me résoudre à le croire de fort grande conséquence. Savoir ce que j'ai maintenant dans ma poche, est un secret pour tout homme qui l'ignore ; mais il faut convenir que ce secret vaut peu de chose. Il n'y a jamais eu dans le monde de secret tant soit peu important, qui n'ait été découvert, & exposé aux yeux du public au bout de quelque grande révolution d'années.

Cérémonie qu'observe la république. Un autre objet fort considérable pour la république, & qui contribue beaucoup à son lustre & à son maintien, c'est la souveraineté qu'elle a sur la mer Adriatique, qui s'appelle aussi le *golfe de*

Venise, du nom de ses maîtres. Elle en possede la domination en vertu de plusieurs titres incontestables. C'est pour conserver la mémoire de ses anciens titres d'acquisition & de ses droits, & pour en donner un témoignage public aux yeux de toute l'Europe, que le Doge va épouser la mer au jour de l'ascension. Le vaisseau qu'il monte alors, est appellé le *Bucentaure*. Il a cent pieds de long, vingt-un de large, & contient quarante-deux bancs de rameurs. La structure & les ornements en sont superbes; le dernier a été construit en 1728. Le Doge jette un anneau d'or dans la mer, en prononçant ces paroles : *Desponsamus te, mare, in signum veri & perpetui dominii.* Cette cérémonie n'est pas aussi frivole qu'elle le paroît au premier coup d'œil. C'est un acte qui constate le droit de souveraineté d'une maniere incontestable, & qui est réitéré tous les ans en présence de tous les ambassadeurs des princes de l'Europe, qui font par-là une reconnoissance manifeste de ce droit important pour la république.

Je ne saurois finir cet article, sans dire deux mots *du conseil de santé* qui est établi à Venise pour veiller à cet égard à la sûreté de l'état. Le voisinage de la Turquie est fort capable d'attirer des pestes & des contagions, qui deviennent toujours plus dangereuses, à mesure qu'elles sont portées vers l'occident. Une peste dont on ne parle presque point à Constantinople, est capable de dépeupler des provinces entieres en France, ou de dévaster l'Allemagne. Elle est même déja fort dangereuse en Italie, & dans les pays qui sont sous la domination de la république. C'est pourquoi elle a établi un conseil à part, qui, en cas de besoin, forme un cordon de troupes sur les frontieres; qui fait observer la quarantaine aux vaisfeaux; qui examine les marchandifes; qui ordonne des confultes de la faculté, & qui en un mot, eft d'une rigidité infinie pour empêcher que ce fléau terrible ne puiffe fe communiquer, & gagner les états de Venife.

Sa politique générale envers les autres puiffances.

Voici enfin la conduite que les Vénitiens obfervent à l'égard de leurs voifins. En général ils n'oublient rien pour entretenir la bonne intelligence avec le Turc. Ce font des préfents continuels aux principaux officiers de la Porte, des complaifances fans nombre; un ambaffadeur qu'ils appellent *Baile*, eft conftamment entretenu à Conftantinople; ils diffimulent les infultes, ils fouffrent les Pirateries; & ils ont mille foibleffes de cette nature. C'eft pourquoi auffi les Italiens les appellent des *demi-Turcs*; les Efpagnols les nomment la *concubine du Grand-Seigneur*. Je ne fais fi ces fortes de facrifices font les meilleurs moyens que l'on puiffe employer contre un ennemi tel que le Turc, qui juge certainement de la foibleffe de fes voifins, par les complaifances que ceux-ci témoignent, & s'il n'y auroit pas de meilleurs expédients à choifir. Le Pape, la maifon d'Autriche, le roi de Naples, la Pologne & la Ruffie font tous intéreffés à l'abaiffement de cet ennemi commun. Peut-être les Vénitiens trouveroient-ils leur compte, s'ils tâchoient de conclure avec ces puiffances une alliance étroite, au moins défenfive contre la Porte. La république au refte, doit être fort fenfible aux pertes qu'elle a faites de plufieurs pays importants, qui lui ont été enlevés par les Turcs; & fi jamais l'occafion s'en préfente, il eft à croire qu'elle tâchera d'en recouvrer une partie. Tout le fuccès d'une pareille entreprife dépend de la conquête de l'ifle de *Négrépont*, fituée dans l'Archipel. Si les Vénitiens pouvoient la reprendre un jour, les royaumes de

Morée & de *Candie* retomberoient prefque d'eux-mêmes en leur puiffance. D'un autre côté, il n'eft pas à croire, que les Vénitiens rompront les premiers avec la Porte, à caufe du commerce confidérable qu'ils font en Turquie, & qui leur rapporte de grandes fommes, lefquelles pourront un jour les mettre en état d'entreprendre quelque chofe de réel.

La république confine avec le *Pape* par le Polefin. La puiffance temporelle de ce Pontife ne lui eft pas fort redoutable ; mais elle craint fes armes fpirituelles. Les Vénitiens prennent toutes les mefures imaginables pour prévenir que la cour de Rome ne fe mêle des affaires de leur gouvernement politique ; & pour cette raifon ils en ont exclu tous les gens d'églife, ainfi que de tous les emplois qui peuvent y avoir du rapport. Ils contentent le faint Pere par de magnifiques ambaffades, & en créant fes neveux nobles Vénitiens. Sa Sainteté en revanche leur accorde des décimes fur le clergé, & plufieurs autres prérogatives, furtout lorfqu'ils font en guerre avec les infideles.

Envers le Pape.

Venife a eu neuf fois la guerre avec la *république de Génes;* ce qui a fait naître une grande rivalité, & un efprit de jaloufie entre ces deux puiffances, qui eft fans ceffe réveillé par des railleries, & des quolibets frivoles en apparence, mais fouvent plus dangereux qu'on ne penfe. Il feroit bon cependant que ces deux républiques entretinffent une bonne intelligence, pour pouvoir dans les cas de befoin réunir leurs intérêts & leurs forces. La chûte d'un de ces états entraîneroit, à ce que je crois, la décadence de l'autre. Il y a bien des princes qui regardent les poffeffions de ces deux républiques avec des yeux de convoitife. Si elles étoient unies, elles trouveroient moyen de réfifter long-temps.

Envers la république de Gênes.

<table>
<tr><td>Envers le roi des deux Siciles.</td><td>

Le roi de Naples & de Sicile, eft un prince dont les Vénitiens peuvent attendre des fecours contre les entreprifes des Turcs, & qui d'ailleurs eft intéreffé au maintien de l'équilibre en Italie, tout comme la république. Elle doit donc tâcher de conferver fon amitié le plus foigneufement qu'il lui eft poffible ; d'autant plus que ce monarque eft foutenu par les forces de la maifon de Bourbon, qui font fort à redouter comme ennemis, & d'un fecours efficace entant qu'alliés.</td></tr>
<tr><td>Envers le roi de Sardaigne.</td><td>

Le roi de Sardaigne a pris le titre de *roi de Chypre*, ce qui bleffe infiniment la république. Il y a eu d'ailleurs quelques différends par rapport aux honneurs que l'on rend réciproquement aux ambaffadeurs. Mais comme ces objets font devenus aujourd'hui chimériques, il eft naturel qu'ils cedent à des intérêts réels, & le gouvernement de Venife doit tâcher, par toutes fortes d'attentions, d'entretenir une bonne harmonie avec la cour de Turin. Le monarque Sarde tient la clef de l'Italie, & peut par conféquent nuire aux ennemis de la république, ou les fervir.</td></tr>
<tr><td>Envers les autres princes d'Italie.</td><td>

Tous les autres *princes, états & républiques d'Italie* recherchent l'amitié de la république, qui de fon côté a pour eux toutes fortes d'égards. Venife eft une ancienne idole, que les Italiens encenfent en partie par une longue habitude, & en partie parce qu'ils l'envifagent comme la *pierre angulaire* de tous leurs édifices politiques. S'il naît quelque difpute entr'eux, on la termine par des négociations, dans lefquelles les fubtilités & les petites fineffes ne font par épargnées.</td></tr>
<tr><td>Envers l'Allemagne.</td><td>

A l'égard de l'*Allemagne*, les Vénitiens craignent que l'empereur devenant trop puiffant en Italie, ne faffe revivre les anciennes prétentions de l'empire fur *Padoue, Trévife, Vicence*, & quelques autres places de leur domination. Mais, d'un autre</td></tr>
</table>

autre côté, ils croient devoir toujours être unis avec le Saint-Empire & la maison d'Autriche, dont ils font fondés d'espérer des secours contre les Turcs. Il subsiste aussi une dispute de rang entre la république & les électeurs pour la préséance des ambassadeurs, mais qui ne tire pas à fort grande conséquence. Au reste, la république doit tâcher d'entretenir avec beaucoup d'adresse une espece d'équilibre, afin que les Allemands ne fassent pas de trop grands progrès en Italie, & que d'un autre côté ils soient en état, & aient la volonté de les assister contre l'ennemi commun de la chrétienté.

Les intérêts de voisinage, & les démêlés pour les limites, ayant cessé entre l'Espagne & la république, ces deux puissances n'ont plus ensemble d'autres liaisons, que celles qui naissent du commerce ; & pour cette raison elles peuvent toujours être amies, & doivent y concourir mutuellement. La république peut d'ailleurs attendre des secours de l'Espagne, ou par des avances d'argent, ou par des flottes, ou par le moyen des troupes de Naples. Ainsi son intérêt exige qu'elle témoigne des égards au roi catholique, & qu'elle recherche son amitié.

Envers l'Espagne.

L'équilibre en Italie & la sûreté de Venise dépendent beaucoup de la fameuse balance entre la maison d'Autriche & celle de Bourbon. Ainsi, pendant que la cour de Vienne s'est fait craindre en Italie, la politique des Vénitiens a toujours été de ménager la *France*, qui n'a aucun titre pour la troubler dans ses possessions, & qui, d'un autre côté, se mêle assez volontiers des affaires d'Italie, pour accorder ses secours dans le besoin. La puissance de la France est d'ailleurs si grande, qu'elle peut faire dans toute l'Europe beaucoup de bien, ou beaucoup de mal ; d'où il s'ensuit qu'on doit cultiver son amitié.

Envers la France.

Envers l'Angleterre.

L'*Angleterre* n'a d'autres liaisons avec Venise, que celles qui résultent du système général de l'Europe, & du commerce. Cela fait néanmoins qu'il y a souvent un ambassadeur Anglois à Venise, & pour l'ordinaire un résident de la république à Londres. L'Angleterre domine par ses flottes dans toutes les mers; les Vénitiens y ont leurs plus précieux fleurons; ainsi on en conclut aisément que le plus foible doit tâcher de conserver l'amitié du plus fort.

Envers les puissances du Nord.

Le *Portugal*, la *Hollande*, & les *puissances du Nord* n'ont presque rien à démêler avec Venise. Il se fait néanmoins un commerce considérable entre les sujets de la république & ces nations; ce qui engage les Vénitiens à demeurer en bonne intelligence avec elles.

Envers la Russie & la Pologne.

La *Russie* & la *Pologne* sont dans le cas des autres, relativement à la république, avec cette différence néanmoins, qu'étant voisines de la Porte Ottomane, & très-souvent brouillées avec elle, elles peuvent concourir à rabaisser la puissance de ce formidable ennemi des Vénitiens.

Réflexions & conclusion.

Je ne puis achever cette esquisse de l'état de Venise, sans toucher en deux mots les causes qui pourront un jour causer sa décadence, & qui lui ont fait perdre beaucoup de son lustre. La premiere de ces causes est d'avoir tâché d'acquérir plus qu'elle ne pouvoit conserver; la seconde, la lenteur de ses délibérations; la troisieme, que le sénat est composé d'un trop grand nombre de personnes; ce qui fait que souvent les mauvais avis, sous des apparences spécieuses, l'emportent sur les bons; la quatrieme, que ce sénat est sujet à suivre dans les conjonctures fâcheuses la voie du tempérament, qui dans les grandes affaires est presque toujours la plus mauvaise; la cinquieme, est la trop grande épargne; & la sixieme, la mauvaife éducation que reçoit la jeune nobleffe. Ces raifons font indiquées par Mr. *Amelot*; j'en ajouterai une feptieme, qui eft la ruine du commerce, & par conféquent des reffources néceffaires pour la confervation d'un pareil état. On voit par-là, que ce gouvernement, malgré la fageffe de fes mefures, n'eft pas fans défauts, & que l'on a raifon de dire, que rien n'eft parfait en tout fens.

§ XIV.

L'ORDRE DES CHEVALIERS DE MALTHE.

L'ordre de Malthe jouit d'une fouveraineté trop indépendante; il a trop de liaifons avec l'Italie; & la guerre continuelle qu'il fait aux Turcs & aux Corfaires d'Afrique, lui donne trop de part dans les affaires du commerce du Levant, & dans la navigation de la Méditerranée, pour que nous puiffions nous difpenfer d'en donner quelque idée à nos lecteurs. Les réflexions abrégées que nous allons faire fur cet ordre, fe placent d'autant plus naturellement en cet endroit, que la fituation locale du fiege de ces chevaliers, les annexe à l'Italie, & que le grand-maître eft placé au rang des princes Italiens.

L'Ifle de Malthe, fituée dans la Méditerranée, appartient proprement à l'Afrique; mais, depuis que les chevaliers s'y font établis, elle eft cenfée faire partie de l'Europe. Elle eft placée entre la Sicile & la côte d'Afrique. Sa longueur eft de fept milles d'Allemagne, fa largeur de trois, & la circonférence d'environ vingt milles. La capitale de l'Ifle & la réfidence du grand-maître, eft nommée *la Valette*. Cette place eft très-bien fortifiée, & prefque dans un roc pelé qui avance dans la mer, & fur la pointe duquel on voit le château de *St. Elmon*. Le port est vaste & commode. Le palais du grand-maître, l'arsenal & l'hôpital des invalides, sont des bâtiments superbes. Il y a un archevêché & un tribunal de l'inquisition. On trouve encore dans l'Isle de Malthe d'autres places aussi-bien fortifiées, comme *Civita-vecchia*, située au centre de l'Isle, la forteresse dite *Burgo S. Angelo*, & *Marzia Muscietta*.

Possef-fions de l'ordre.   L'Isle de *Gozzo* est située tout près de celle de Malthe, & appartient aussi aux chevaliers. Il y a un fort au milieu de cette Isle, & quelques redoutes, ou forts de moindre conséquence sur le rivage.

La petite isle de *Cumino* est placée entre Malthe & Gozzo. Il y a également une forteresse peu importante; & toute cette isle n'est pas de grande valeur.

Commanderies.   Les commanderies que l'ordre possede en Espagne, en France, en Italie & en Allemagne, sont très-importantes, non-seulement à l'égard des revenus qu'elles produisent, mais aussi par rapport aux liaisons qu'elles donnent avec plusieurs souverains.

Climat.   Quant à l'isle de Malthe même, la chaleur y est excessive. Aucun climat de l'Europe n'est si brûlant. Toute l'isle n'est qu'un roc presque entiérement dépouillé de terre. Aussi n'y croît-il ni grains, ni aucun des fruits de la terre. Mais le voisinage de la Sicile supplée à tout cela. Les denrées de Sicile font vivre les Maltois, & l'argent de Malthe fait vivre les Siciliens. Comme le trajet est court, il y a continuellement des bâtiments en mer, qui transportent toutes les nécessités de la vie, depuis le bled jusqu'à la terre pour les jardins de Malthe. Il y a cependant dans l'isle du vin, mais en petite quantité, beaucoup de mélons, & quelques fruits. Le coton y est

très-bon. Le soleil y fait mûrir admirablement
bien tout ce qui peut prendre racine dans les
fentes du roc, & dans une croûte de terre très-
mince qui le couvre. L'air ne s'y rafraîchit pas
même de nuit ; les moucherons y font infup-
portables. A cela près, on n'y trouve quafi point
d'infectes, de ferpents, ni d'autres bêtes véni-
meuses.

Il n'y a ni riviere, ni fource d'eau-vive dans *La valeur*
toute l'étendue de l'ifle ; ce qui fait que les ha- *de l'eau de*
bitants ne s'abreuvent que d'eau de pluie. On *pluie.*
prend des foins particuliers pour la recueillir &
la conferver. C'eft la chofe la plus précieufe à
Malthe. Tous ceux qui bâtiffent, font obligés
de creufer des citernes dans le roc, de la même
grandeur & capacité que le bâtiment qu'ils élevent au-deffus de la terre. Ces réfervoirs font
très-proprement entretenus. Toutes les maifons
ont des plates-formes, & des conduits pour recevoir l'eau du ciel, & la faire couler dans les
citernes.

On compte jufqu'à quatre-vingt-dix mille ha- *Popula-*
bitants dans l'ifle de Malthe, qui fe nourriffent *tion, &*
de la dépenfe des chevaliers, & de la culture *commer-*
des chofes que le terroir eft capable de produire. *ce.*
Le commerce n'y .eft pas fort confidérable ; &
il arrive affez rarement, que des navires marchands viennent relâcher dans les ports de Malthe
pour y trafiquer.

C'eft donc dans cette ifle que les *Chevaliers de* *L'origine*
St. Jean de Jérufalem fe font établis depuis l'an *des cheva-*
1530. Car, après qu'ils eurent été forcés par les *liers.*
Turcs en 1523 de quitter l'ifle de Rhodes, où
ils habitoient, l'Empereur *Charles V.* les proté-
gea, & leur accorda la poffeffion indépendante
de Malthe. Cet ordre eft compofé de chevaliers des premieres nations de l'Europe ; & les

personnes les plus qualifiées se font une gloire d'y être admises.

Je ne prétends point donner ici une relation historique de l'origine & des progrès de cet établissement. Nous avons un ouvrage excellent ; c'est l'*Histoire des Chevaliers de l'ordre de Malthe, par Mr. l'Abbé de Vertot*, auquel je renvoie tous ceux qui sont curieux de s'instruire à fond des différentes révolutions arrivées à cet ordre.

Leur commencement & leurs succès. Je me contenterai de remarquer ici, qu'il eut d'abord de très-foibles commencements. Peu avant que *Godefroi de Bouillon* arrivât dans la Terre-sainte, & prît Jérusalem, (ce qui arriva en 1099) certains marchands de la ville de *Melphi* dans le royaume de Naples, qui négocioient dans le Levant, obtinrent du Caliphe d'Egypte la permission de construire à Jérusalem une maison pour eux, & pour ceux de leur nation qui viendroient en pélerinage dans la Palestine. Quelque temps après, ils y bâtirent encore deux églises ; & ce succès en ayant encouragé quelques autres à de semblables œuvres de piété, on fonda une église sous l'invocation de *St. Jean*, avec un hôpital, où l'on avoit soin de traiter les malades, & de recevoir ceux que la dévotion attiroit dans ce pays.

Leur premier nom. Les rois de Jérusalem, successeurs de Godefroi de Bouillon, protégerent cet établissement. Ceux qui desservoient cet hôpital, & que l'on appella quelque temps les *freres hospitaliers*, prirent un habit d'uniforme. Il étoit noir, avec une croix à huit pointes, ou pattée ; ils firent les trois vœux ordinaires de la religion, sous la regle de St. Augustin, & y ajouterent un quatrieme, par lequel ils s'engageoient à recevoir, nourrir & défendre les *pélerins*. La fondation est de l'an 1104. Cette derniere obligation les engageoit à efcorter les pélerins dans les paffages les plus dangereux. Ils s'accoutumerent peu-à-peu à la guerre, par les combats qu'il falloit livrer de temps en temps aux bandes de voleurs. Leur ordre devint infenfiblement un ordre militaire, & d'*hofpitaliers* ils furent transformés en *Chevaliers*. Leur but fut toujours de donner la chaffe aux infideles & aux ennemis de la religion chrétienne. Les libéralités des rois & des princes de l'Europe augmenterent leur puiffance; ils furent bientôt en état de faire des conquêtes, & de rendre de grands fervices aux rois de Jérufalem. La fortune de l'ordre fut douteufe dans la fuite des temps. Les guerres continuelles qu'ils firent aux Turcs, furent fujettes tantôt à de bons, tantôt à de mauvais fuccès, jufqu'à ce qu'enfin, ne pouvant plus réfifter à la puiffance Ottomane, ils perdirent toutes leurs conquêtes, & trouverent par bonheur un afyle dans l'ifle de Malthe.

Voici quel eft aujourd'hui le fyftême politique de cet ordre fameux. Le gouvernement eft monarchique & ariftocratique tout enfemble. Le grand-maître de l'ordre eft fouverain de l'Ifle de Malthe & de fes appartenances. Il fait battre monnoie, accorde la grace aux criminels, & jouit de la plupart des prérogatives attachées à la fouveraineté. Les ambaffadeurs qu'il envoie aux puiffances étrangeres, font fort diftingués, & reçoivent les honneurs immédiatement après ceux des têtes couronnées. (*) Jufqu'ici donc le grand-maître de Malthe exerce les droits de la fouveraineté; mais dans les grandes affaires qui regardent les intérêts de l'ordre, il y a un confeil établi qui en décide.

Gouvernement & politique de l'ordre.

____

(*) Il faut bien fe garder de confondre le grand-maître de Malthe avec celui de l'Ordre Teutonique, qui eft prince du Saint-Empire, & qui a le rang immédiatement après les archevêques d'Allemagne.

Ce conseil est composé du grand-maître comme chef, des grands-croix, des baillis conventuels, des grands-prieurs, des baillis capitulaires, & des deux plus anciens chevaliers de chaque *Langue*. Or c'est en ceci que ce gouvernement est aristocratique. On distingue encore entre *le conseil ordinaire* & *le conseil complet*.

Différentes classes des chevaliers.
L'ordre de Malthe comprend trois états. Le premier est celui des chevaliers; le second celui des chapelains, & le troisieme celui des servants d'armes.

Les *chevaliers* sont nobles de quatre races, du côté paternel & maternel, & portent les armes. On a vu des fils de roi & des princes s'honorer de ce rang.

Les *chapelains*, ou prêtres conventuels, sont nobles, ou du moins de famille considérable.

Les *servants d'armes* sont nobles, mais non pas de quatre races, ou du moins issus d'une famille élevée au-dessus du commun. On a vu de grands hommes dans ce dernier rang.

Les langues sont les différentes nations dont l'ordre est composé, au nombre de huit : savoir, Provence, Auvergne, France, Italie, Arragon, Allemagne, Castille, & Angleterre. Chaque langue a un chef qu'on nomme *Pilier*, & qui est pourvu d'une grande charge dans l'ordre.

Dans chaque langue, il y a des commanderies, qui sont appellées, ou commanderies de justice, ou commanderies de grace. Les premieres sont celles que l'on possede par droit d'ancienneté, ou par *amélioriffement*. Les dernieres ont ce nom, quand elles sont données par le grand-maître, ou par les grands-prieurs, par un droit qui appartient à leur dignité.

L'âge & leurs vœux.
L'âge requis par les statuts, est de seize ans complets, pour entrer au noviciat à dix-sept, &

faire profession à dix-huit. Tous les chevaliers &
freres, de quelque rang, qualité ou dignité qu'ils
soient, sont obligés, aussi-tôt qu'ils ont fait leurs
vœux, de porter sur le manteau, ou sur le juste-
au-corps, du côté gauche, une *Croix-Octogone*, à
huit pointes, de toile blanche cirée, qui est la véritable marque de leur profession, la croix d'or
émaillée n'étant qu'un ornement extérieur.

La réformation, qui dut beaucoup de ses succès
en Allemagne à des vues d'intérêt, fit que les
princes d'Empire s'approprierent plusieurs revenus
ecclésiastiques, & entr'autres le droit de conférer
les commanderies qui sont dans leurs états, comme aussi de donner l'ordre de saint Jean de Jérusalem à des hommes mariés qui portent la croix
de Malthe. Mais l'ordre ne les reconnoît qu'im-
parfaitement ; & à le bien prendre, ils n'en sont
point, ne faisant ni les vœux, ni le noviciat, ni
les caravanes.

La maxime fondamentale de l'ordre, est de
faire constamment & perpétuellement la guerre
aux Turcs & aux infideles, sans jamais conclure
ni paix, ni treve avec eux ; maxime qui ne s'accorde guères avec les préceptes de l'évangile &
les principes de l'humanité ; & dont aussi tôt ou
tard, messieurs les chevaliers pourroient facilement être la dupe ou la victime. Quoi qu'il en soit,
c'est pour ce but qu'ils entretiennent quelques vaisseaux de guerre & quantité de galeres, qu'ils font
armer formidablement, qui sont montées par d'anciens chevaliers commandants, & par ceux qui y
font leurs caravanes sous eux, & avec lesquels
ils vont croiser sur les côtes d'Afrique, & dans
toute la Méditerranée, pour découvrir quelque
Corsaire, ou autre bâtiment Turc, qu'ils attaquent
d'abord avec le plus grand acharnement, & dont
l'équipage, s'il est pris, ou périt, ou subit une cruelle

Chevaliers sans vœux.

Guerre continuel-le avec les Turcs.

servitude. On ne sauroit croire combien sont pénibles ces sortes de caravanes, où il faut essuyer pendant des mois entiers toute l'ardeur du soleil, vis-à-vis de l'Afrique, ni combien est dangereuse & terrible, l'attaque des bâtiments Turcs.

L'intérêt, ce pivot sur lequel roule la plupart des actions humaines, fait encore que des personnes de la premiere naissance vont courir à des combats si peu raisonnables, & se vouent pour le reste de leur jour à un célibat peu naturel, dans l'unique but d'accrocher quelques commanderies capables de fournir à leur luxe.

Usage assez singulier.

Enfin, il ne faut pas oublier que cet ordre, qui n'a rien moins que des maximes saintes, est appellé par excellence *la religion*. C'est un mélange singulier de profane & de sacré. Ils tiennent l'épée d'une main & la croix de l'autre. Lorsqu'un chapelain ou prêtre conventuel célebre la messe, il est botté & éperonné ; on place sur l'autel, du côté de l'évangile, un pistolet, & une épée du côté de l'épître. Dans les grandes cérémonies, tous les chevaliers tirent l'épée lorsqu'on leve le St. Sacrement, & se tiennent dans une attitude de combattants assez plaisante.

Les chevaliers doivent être protégés.

Le Pape, l'empereur, & presque tous les rois, princes, états & souverains de l'Europe, protegent beaucoup l'établissement de l'ordre de Malthe ; & en effet, c'est avec raison qu'ils agissent ainsi. Le commerce du Levant & de l'Italie, aussi-bien que toute la navigation dans la Méditerranée, seroient sans cesse troublés par les courses des Pirates d'Alger & de la côte d'Afrique, si les Maltois ne leur donnoient continuellement la chasse. Les nations commerçantes sur-tout ne sauroient assez les protéger, & leur donner de l'encouragement ; car c'est proprement pour elles que les chevaliers de Malthe forment une espece d'a-

vant-garde; ils font placés à la pointe, ils donnent l'alarme, & combattent fans ceffe. C'eft
auffi pour cette raifon, que les rois de Portugal,
de France, d'Efpagne, d'Angleterre, les royaumes du Nord, & même les Provinces-Unies,
qui commercent & navigent dans les parages où
leurs vaiffeaux courent rifque d'être attaqués par
des Corfaires, ont toujours tous témoigné beaucoup de déférence envers l'ordre, & ont accordé
de fi grands honneurs aux ambaffadeurs de *la religion*. La maifon d'Autriche, le roi de Pruffe &
d'autres princes, qui, fans avoir une navigation
fort étendue, ont dans leurs états plufieurs commanderies, entretiennent par cette raifon diverfes liaifons avec l'ordre, & en reçoivent des
miniftres.

Au refte, ceux qui voudront s'inftruire plus particuliérement de tout le fyftême du gouvernement
de Malthe & des ftatuts de l'ordre, peuvent lire
un ouvrage fort curieux que Mr. *le chevalier d'Ar-
gens* a publié fur cette matiere.

INSTITUTIONS
POLITIQUES.
TOME TROISIEME.
SECONDE PARTIE.

CHAPITRE VIII.

DE L'ALLEMAGNE, ou DU SAINT-EMPIRE ROMAIN.

§ I.

NOus voici parvenus à l'examen de l'Alle- Réflexions générales sur l'Allemagne. magne, ce pays fameux, qui eſt le plus vaſte & le plus conſidérable entre tous les empires modernes qui partagent maintenant l'Europe ; ce pays, dont la forme de gouvernement, ainſi que les conſtitutions, ſont d'autant plus difficiles à débrouiller, qu'une foule d'auteurs, rarement d'accord entr'eux, ſe ſont attachés à éclaircir cette matiere.

Il y a long-temps que les politiques ont compris que, ſi toute la Germanie pouvoit être réunie ſous un ſeul ſouverain abſolu, on verroit bientôt éclorre cette monarchie univerſelle qui n'a été juſqu'ici qu'un être de raiſon, & qui anéantiroit la liberté des autres puiſſances, ou plutôt les ſubjugueroit entiérement. En effet, lorſqu'on conſidere la grande étendue, la ſituation favorable, le nombre prodigieux d'habitants, & les reſſources de l'Allemagne, ce raiſonnement ne paroît pas être deſtitué de fondement.

Si nous voulions traiter ſéparément de chaque pays ou province qui compoſe l'Allemagne, & qui par ſon importance mériteroit une diſcuſſion particuliere, cet examen du Saint-Empire Romain occuperoit ſeul un volume entier, & paſſeroit les bornes de cet ouvrage. Ainſi nous nous contenterons d'examiner l'Allemagne, & ſon ſyſtême politique en général ; après quoi nous tâcherons de faire connoître la forme de son gouvernement, & de développer les intérêts des membres qui composent ce vaste corps.

§ II.

Origine de son nom. Les François appellent ce pays *Allemagne*, du nom d'un peuple particulier qui y demeuroit & qu'on nommoit *Allemani*. Les Allemands même le nomment *Teutsch-landt*, c'est-à-dire, *pays des Teutons*, qui en étoient les premiers habitants. Les Latins enfin lui donnent le nom de *Germania*. Le mot *Gerre* exprimoit chez les anciens peuples de cette contrée, ce qu'il exprime encore aujourd'hui chez les François, savoir, la *Guerre* : le mot *Mann* signifie encore maintenant en Allemand *Homme*. Ainsi *Germain* vouloit dire *Homme de guerre*, nom par excellence que se donnoit cette nation. En style de *Barreau*, on dit le *Saint-Empire Romain de la nation Allemande*. L'épithete de *Saint*, a été attribuée à l'Empire dès le temps des empereurs païens ; & *Constantin-le-Grand* en orient, aussi-bien que *Charlemagne* en occident, conserverent cette dénomination. Les mots *de la nation Allemande* qu'on ajoute, ne sont usités que depuis le temps que *Charles VIII*, roi de France, entreprit de se faire couronner en Italie.

§ III.

Dimensions de l'Allemagne. La longueur de l'Allemagne proprement ainsi dite, & sans y comprendre tout ce que l'on peut appeller conquête, est estimée par les meilleurs géographes à 200 milles de l'orient à l'occident, & sa largeur du midi au septentrion à 174 milles. Ce vaste pays à la Hongrie & la Pologne au levant ; la Suisse & l'Italie au midi, la France &
les

les Pays-Bas au couchant, & la mer du Nord avec la Baltique au septentrion.

§ IV.

Indépendamment de ces deux mers, l'Allemagne touche encore du côté du midi à la mer Adriatique; ce qui rend sa situation merveilleuse pour le commerce. Il est fâcheux que la diversité apparente d'intérêts, & la fausse politique de quelques princes, donnent des entraves au commerce, & fassent qu'ils ne profitent pas de tous les avantages que la nature leur a dispensés. Car, si l'on considere que les plus grands & les plus beaux fleuves du monde, comme le *Danube*, le *Rhin*, le *Mein*, le *Wéser*, l'*Elbe*, l'*Oder*, &c. coulent par toute l'Allemagne, & combinent, pour ainsi dire, la mer Méditerranée avec l'Océan & la Baltique, il est surprenant que les puissances d'Allemagne ne cherchent pas à combiner aussi par ce moyen, le commerce du Levant & de la Méditerranée, avec celui du Nord & de la mer Germanique. Pour développer mon idée & la rendre plus sensible, voici un seul exemple. En jettant simplement les yeux sur la carte, tout le monde comprend que le transport des marchandises, soit par charroi, soit par de petites rivieres, soit par des canaux, n'est pas fort difficile depuis *Trieste*, ou un des ports de l'état de Venise, jusques dans le Danube, environ entre Vienne & Presbourg, à l'endroit où la Morave se jette dans ce fleuve. La même riviere de Morave traversant la plus grande partie de la Moravie, s'approche, avant que de passer à Olmutz, de la source de l'Oder, non loin d'un endroit nommé *Weisskirch*. Si les princes s'entendoient, ou bien si ces états étoient réunis sous un même chef, rien ne seroit plus facile que de creuser un canal qui joignît la Mo-

Avantage de sa situation.

Tome III. 2. Part.   Aa

rave à l'Oder. Or l'Oder traverse la Siléfie, la Marche, la Poméranie, & fe jette dans la Baltique; d'un autre côté, elle eft combinée avec la Sprée, le Havel, & l'Elbe qui fe décharge près de Hambourg dans la mer du nord. Ainfi, par ce feul canal, (ce qui paroît un moyen fimple, & d'une dépenfe nullement exorbitante,) les marchandifes du Levant, de la Méditerranée, & de la plus grande partie de l'Italie, pourroient paffer par eau, depuis l'Autriche, à travers toutes les plus belles contrées de l'Allemagne, & pourroient être répandues enfuite, ou dans tout le nord au moyen de la Baltique, ou dans tous les autres pays de l'Europe par la mer Germanique. D'ailleurs, l'intérieur, le centre de l'Allemagne fe pourvoiroit bien plus aifément de foies, de vins, & en un mot de tout ce qui vient de l'Italie ou du Levant, & même de la Hongrie. Les anciens Romains & les François modernes ont entrepris & achevé des travaux bien plus confidérables, pour des vues moins grandes & moins utiles.

§ V.

Température du climat.

Mais, quoique le commerce ne foit pas foutenu & encouragé par des entreprifes de cette nature, il ne laiffe pas que d'être infiniment confidérable dans plufieurs provinces de l'Allemagne, comme nous le verrons plus bas. Car déja ce pays produit tout ce qui eft néceffaire, foit pour les befoins, foit pour le luxe. La ville de Nuremberg eft fituée pofitivement au centre de l'Europe, autant que la figure irréguliere de cette partie du monde le permet. On peut donc juger, que le climat dans la plupart des provinces de l'Allemagne, ne fauroit être que doux & gracieux. Il n'y a que les contrées feptentrionales, & qui touchent à la Baltique, où le froid eft fenfible,

& les hivers longs & rudes. Si l'Allemagne ne
jouit pas de toutes les prérogatives que donnent
les climats de tous les pays méridionaux de l'Europe, & de ce ciel serein de l'Italie, il est certain
qu'elle n'a point en revanche les inconvénients
dont les grandes chaleurs sont ordinairement ac-
compagnées. Un air pur & sain regne par toute
l'Allemagne; elle n'est pas sujette à voir ses mois-
sons brûlées, ni ses villes renversées par des tremblements de terre. On n'y trouve ni volcans,
ni serpents, ni scorpions, ni d'autres bêtes, ou insectes venimeux, qui désolent les habitants. Les
pestes & les maladies contagieuses y sont rares,
sans compter que le climat tempéré rend les hommes très-propres à l'ouvrage, & qu'un artisan
peut vaquer tout le long du jour sans interruption
à ses travaux.

§ VI.

Il y a par toute l'Allemagne une abondance de
bleds & de toutes sortes de fruits de la terre. Les
bords du Rhin, du Mein, de la Moselle, & du
Nécker, fournissent des vins dont le goût flatte
le palais, & qui sont très-convenables à la santé.
On en fait même beaucoup de cas chez les nations étrangeres. Anciennement presque toute l'Allemagne étoit couverte de forêts, dont il en est
resté assez pour fournir non-seulement tout le bois
dont les habitants peuvent avoir besoin, mais aussi
pour en pourvoir les étrangers; ce qui forme
même une branche de commerce fort importante.
Dans la Westphalie, la Lusace, le pays de Hanovre, & quelques autres provinces, mais sur-
tout en Silésie, le lin & le chanvre croissent en
si grande abondance, qu'il n'y a pas dans le
monde entier des manufactures de toile aussi considérables. Dans la Marche, en Saxe, en Pomé-

ranie, dans le Mecklembourg, & ailleurs, les bergeries fourniffent confidérablement des laines, dont on fait des draps ordinaires, des étoffes, des étamines, des bas, des chapeaux, &c. Les poiffons d'eau douce, le gibier de toute efpece, les chevaux, le gros & le menu bétail y abondent. Quoiqu'il n'y ait pas beaucoup de montagnes en Allemagne, & que ce foit en général un pays de plaines, on trouve cependant dans le Hartz, en Boheme, en Saxe, en Siléfie, & ailleurs, des mines très-riches de cuivre, de fer, de vif-argent, de falpêtre, de plomb, d'étain, d'argent, & même d'or. Ces mines fourniffent auffi des topafes & d'autres pierres rares & précieufes, du marbre, de la pierre de taille, &c. Enfin il y a par-ci par-là des fources falées, dont on tire du fel excellent.

§ VII.

Productions de l'art.

Outre la fertilité du terroir & la quantité de productions réelles, l'induftrie n'eft point oifive en Allemagne. Il y a des manufactures de toute efpece. La plupart des habitants, à la vérité, font occupés, ou à la culture de la terre, ou par la profeffion des armes; mais cela n'empêche point qu'il n'y ait des ouvriers habiles dans toutes fortes de métiers. Les différents pays qui compofent la Germanie, n'ont ni les mêmes productions, ni les mêmes fabriques. En général, les provinces méridionales, comme celles qui font fituées le long du Rhin, le Palatinat, & autres, s'entretiennent plus des vins qu'elles font, ou des fruits de la terre qu'elles cultivent, que du produit des manufactures; tandis que les provinces feptentrionales, comme la Siléfie, la Marche, la Saxe, la Luface, &c. font remplies de toutes fortes de fabriques. On y fait des toiles, des cotonnades, des bafins, des futaines, du napage, des batiftes, des dentelles, en un mot tout ce qu'on peut fabriquer avec du fil ; il y a auffi des manufactures de draps fins & ordinaires, fur-tout pour l'habillement des troupes ; on y fabrique des camelots, & autres étoffes, foit de laine, foit de poil de chevre. Il y a des imprimeries de coton, de toile, & de flanelle ; on y fabrique des tapifferies, des galons, des dorures de toutes efpeces, des bas, des chapeaux, & tout ce qui eft néceffaire pour le vêtement. La Saxe fournit des porcelaines infiniment fupérieures à celles de la Chine & du Japon. *Berlin* a des glaces de miroir qui l'emportent fur celles de Venife. Les verreries y font admirables. On y fait par-ci par-là du papier, de la poudre à canon, de l'huile de lin ou de chanvre, du verd de gris, de l'amidon, du goudron, de la poix réfine, &c. Il y a en plufieurs endroits de l'Allemagne, des forges, où le cuivre, le fer & les autres métaux font fondus, & préparés pour être mis en œuvre. L'orfévrerie d'Augsbourg eft renommée par toute l'Europe.

§ VIII.

Ce qu'il y a de moins perfectionné en Allemagne, ce font les manufactures de foies, & les ouvrages qui dépendent abfolument du goût. Toutes les fabriques qui roulent fur le fimple méchanifme, y réuffiffent à merveille, par la raifon que les Allemands font excellents méchaniciens, qu'ils ont inventé les plus belles machines, & qu'ils font fort laborieux. C'eft ainfi qu'en fait de toiles, & d'autres manufactures de cette efpece, ils iront toujours plus loin qu'une autre nation qui ne fauroit foutenir un travail auffi affidu. Mais avec les fabriques qui exigent néceffairement du goût, comme les étoffes en or, en argent & à fleurs, les broderies, les ouvrages de bijouterie, les tapifferies, &c. il y a apparence qu'ils refteront encore quelque temps en arriere ; & cela par la raifon que jufqu'ici les deffins leur manquent. Ils n'ont point d'académies de peinture, & par conféquent, peu de gens qui s'appliquent au deffin ; ce qui néanmoins eft un point fi effentiel à tous les arts & à toutes les fabriques de cette efpece, qu'on ne fauroit réuffir à faire le moindre meuble, ou autre chofe de cette nature fans cela, ainfi que nous l'avons fait voir plus amplement dans la premiere partie de ce traité. A l'égard des manufactures d'étoffes fimples de foie, on fait que leur fuccès dépend prefque entiérement de l'abondance de la bonne foie, laquelle ne fe fait point en Allemagne, & dont le tranfport eft affez difficile & fort difpendieux. Au refte, tous les différents métiers y font établis, & on y trouve des artifans habiles pour toutes les chofes néceffaires à la vie.

Réfle-xions.   Avec tant d'excellentes productions naturelles, & tant de manufactures folides, qui ne diroit que l'Allemagne eft pourvue de tout, & qu'elle a tort de tirer quoi que ce foit des nations étrangeres ! En effet, fi les Allemands vouloient fe contenter fimplement du néceffaire, il eft certain qu'ils fe trouveroient dans ce cas ; mais, fans vouloir faire ici des réflexions philofophiques fur le bonheur des hommes, entant qu'il réfulte de la multiplicité de leurs befoins, & de la jouiffance des chofes fuperflues ; fans vouloir confidérer même que la nature fage n'a pas difpenfé tous fes dons & tous fes tréfors à un feul pays, nous remarquerons fimplement en politique, qu'un peuple qui fe contenteroit de ce qu'il trouve dans les contrées qu'il habite, ne feroit nullement opulent, & ne feroit tout au plus que conserver la somme d'argent dont il a été en possession lorsqu'il s'est formé. Car, n'ayant aucun commerce passif à faire, il est à croire qu'il ne feroit guères de commerce actif, & que les autres nations se garderoient, autant qu'il est en leur pouvoir, de porter leur or & leur argent à ce peuple, pour en acheter le superflu de ses denrées. Or nous avons fait voir ailleurs, qu'un chef des finances doit songer principalement à augmenter la totalité d'especes qui est répandue dans le public, & qu'il est beaucoup plus essentiel d'attirer des fonds étrangers, que d'empêcher que rien ne sorte de l'état ; enfin, c'est une erreur politique, que de vouloir avoir tout chez soi.

§ IX.

Le luxe est donc venu fort heureusement au secours des peuples, & en particulier des Allemands. Non contents de leurs propres produits, ils ont voulu avoir des vins de France & d'Italie, des laines & des huiles d'Espagne, des draps d'Angleterre, des étoffes & des dorures de France, des épiceries d'Hollande, & ainsi du reste. Tout cela forme le commerce général que l'on voit fleurir actuellement en Allemagne. On peut le considérer sous deux points de vûe différents ; ou comme se faisant d'une province & d'un état à l'autre, ou comme étant établi avec les nations étrangeres. Le commerce intérieur de l'Allemagne se fait avec facilité, soit par charroi, soit par les rivieres qui coulent d'une province à l'autre. Mais, quoique tout l'Empire soit réuni à certains égards par son chef commun, aussi-bien que par ses constitutions & ses loix, il ne s'ensuit pas de là, que le commerce soit entiérement libre en Allemagne, & que les marchandises circulent sans obstacles d'une contrée dans l'autre. Au contraire,

État du commerce général.

les princes de l'Empire, en vertu des droits de souveraineté qu'ils exercent chez eux, ont mis toutes sortes d'entraves au commerce par les défenses qu'ils ont faites à l'égard de l'entrée & de la sortie de certaines denrées & marchandises dans leurs états, ainsi que par les péages qu'ils ont obtenus sur les rivieres. Tel prince défend ou l'importation, ou l'exportation des grains; tel autre celle des laines; tel autre ne permet pas que des draps étrangers entrent chez lui; tel autre encore tâche d'encourager ses manufactures de toiles, en interdisant l'entrée des toiles étrangeres; & ainsi du reste. Il faudroit écrire un gros volume, si l'on vouloit donner les tarifs des marchandises dont l'entrée ou la sortie est, ou permise, ou défendue, dans chaque province de l'Allemagne. Quel prodigieux changement pour le commerce, si toutes ces provinces étoient réunies, & que la circulation devînt générale !

§ X.

Commerce extérieur.

A l'égard du commerce extérieur, il se fait aussi du côté de l'Italie, de la Suisse, de la Hongrie, de la Transilvanie, de la Pologne, &c. par terre, ou bien par les fleuves qui coulent dans tous ces pays. Mais le plus vaste & le plus important, est celui qui se fait par mer. Les trois différentes mers qui touchent à l'Allemagne, & dont nous avons déja parlé, sont d'un grand secours à cet effet. Il y a sur la mer Adriatique les ports de *Fiume* & de *Trieste*; sur la mer Baltique *Lubec, Kiel, Stettin, Colberg, Konigsberg, Dantzig,* &c. Sur la mer du Nord, *Hambourg, Breme,* &c. Tous ces différents ports de mer sont autant de bouches qui reçoivent les productions de tous les pays étrangers, & qui rendent en revanche à ces mêmes étrangers, le superflu des denrées naturelles de l'Allemagne. Les principaux articles qu'elle tire, consistent en vins, eaux-de-vie, tabac, poissons secs, sucres bruts, thé, café, épiceries, drogues de teintures, cochenilles, indigo, draps fins d'Angleterre & de Hollande, étoffes de France, dentelles, & batistes de Brabant, Indiennes & toiles de coton, étoffes des Indes, porcelaines, & plusieurs autres marchandises que le luxe rend nécessaires, & qui se font dans une plus grande perfection chez d'autres nations, que chez les Allemands. L'Allemagne au contraire fournit aux étrangers des bois, du chanvre, du lin, du cuivre, du goudron, des toiles, des draps communs, de petites étoffes, des camelots, des cotonnades, de la cire, du miel, & diverses autres choses, dont nous avons déja fait l'énumération.

§ XI.

Indépendamment de la consomption intérieure, l'Allemagne sert encore, pour ainsi dire, d'entrepôt au commerce que les pays meridionaux de l'Europe font avec plusieurs pays du Nord. Car, sans parler du *transit*, il est bon de remarquer, que les négociants Allemands se pourvoient de toutes sortes de marchandises, en Portugal, en Espagne, en Italie, en Angleterre & en Hollande, dont ils fournissent à leur tour la Hongrie, la Transilvanie, la Pologne, la Russie, & à bien des égards la Suede, le Danemarck & la Norwege. Outre cela plusieurs villes, comme Leipsick, Breslau, Brunswic, Francfort sur le Mein, Francfort sur l'Oder, Nauembourg, &c. ont des foires, où les marchands des pays susdits viennent faire des emplettes considérables. La ville la plus commerçante de l'Allemagne est sans contredit *Hambourg*, petite république qui se soutient par la jalousie de ses voisins, & qui s'enrichit par sa

Commerce de passage & d'entrepôt.

fituation favorable fur l'Elbe, ainfi que par fa banque, qui eft la caiffe générale de toute l'Allemagne. Les villes de Breme & de Hambourg ont auffi la liberté d'envoyer tous les ans un nombre indéterminé de vaiffeaux en *Groenlande*, & dans le détroit de Davis pour la pêche de la baleine.

§ XII.

Navigation.
Quant à la navigation, il s'en faut beaucoup qu'elle foit auffi confidérable que celle des Anglois, des François, ou des Hollandois. Le projet d'un établiffement de marine à Fiume & à Triefte, que la maifon d'Autriche avoit conçu, s'eft évanoui par les obftacles que les puiffances maritimes y ont apportés, directement & indirectement. Les navires que les négociants établis dans les ports de la Baltique entretiennent pour leur compte, font en petit nombre, & ne vont que dans cette même mer, ou tout au plus dans celle du Nord. Il n'y a que Breme & Hambourg qui faffent quelque figure fur mer. Cette derniere ville envoie fes vaiffeaux jufqu'aux extrémités de l'Europe, & lorfque les autres puiffances font en guerre, elle tâche de faire refpecter fon pavillon, les négociants étrangers fretent alors des navires Hambourgeois, & cette république en profite confidérablement. Au refte, toutes les nations commerçantes de l'Europe viennent relâcher dans tous les ports de l'Allemagne, & y font librement toutes fortes de commerce. Ils y portent leurs propres denrées, & s'en retournent chargés des productions de l'Allemagne, & quelquefois fimplement de left. La navigation pourroit être fortement encouragée, & pouffée très-loin fur les côtes de l'Allemagne; car il n'y a guères de pays où tous les matériaux pour la bâtiffe des vaiffeaux foient meilleurs & à un prix plus modique, fur-

tout dans les provinces situées tout le long de la Baltique. La France & les autres nations y font non-seulement les emplettes de leur bois, mais y font même construire des vaisseaux entiers. Il est à croire que, si les Allemands savoient tirer tout le parti possible de cette circonstance favorable, ils pourroient faire beaucoup de tort à la navigation des autres peuples. Le plus grand inconvénient pour la marine Allemande, sera toujours le manque de matelots, ce qui est un mal irréparable; car, pour former une pépiniere de ces matelots, il faut avoir une côte de mer d'une vaste étendue. Les habitants du rivage s'accoutument à cet élément, & apprennent la manœuvre dès le berceau, soit en allant à la pêche, soit en servant de pilotes, ou bien en poussant leurs courses plus avant dans la mer. Or, comme l'Allemagne en général n'a qu'une petite côte, il n'est pas vraisemblable qu'on y fasse de grands progrès du côté de la navigation; mais on pourroit toujours faire beaucoup plus qu'on ne fait. La prudence ne veut pas qu'on abandonne totalement une entreprise, par la raison qu'on ne voit pas apparence de la faire réussir d'abord dans toute sa perfection.

§ XIII.

Les princes & les états de l'Allemagne n'ont point de possessions dans les Indes, & ne poussent pas leur commerce au-delà des bornes de l'Europe. L'empereur *Charles VI* forma une compagnie à Ostende, pour faire le commerce des Indes dans les mers & sur les côtes où la navigation est libre à tous les peuples. Le magasin & le comptoir de cette compagnie étoit à la vérité établi dans un port de Flandre; mais l'Allemagne avoit beaucoup de part à cette entreprise; & la grande noblesse répandue dans les états de la maison d'Autriche, qui eſt puiſſamment riche, auroit fourni des fonds conſidérables à cet effet. Les puiſſances maritimes s'apperçurent des ſuites qu'auroit cette affaire ; & comme l'empereur avoit renoncé par des traités antérieurs à l'établiſſement d'une compagnie à Oſtende, ils ſuſciterent tant de difficultés & tant de querelles à ce monarque, que l'octroi qui avoit été donné à cet effet fut révoqué. Il n'y a que trois puiſſances en Allemagne qui pourroient former une pareille entrepriſe ; la maiſon d'Autriche, mais qui eſt bridée, comme nous venons de le dire, par des traités ; l'électeur de Hanovre qui a des ports dans le duché de Breme, comme Stade, ou autres, mais ce prince n'oſeroit tenter une pareille choſe pour ne pas heurter de front la nation Angloiſe ; enfin le roi de Pruſſe, qui non-ſeulement a des ports de mer, mais auſſi des droits bien établis. Comme nous aurons occaſion de parler de l'état Pruſſien en particulier, nous ſuſpendons nos réflexions à cet égard. Voilà pour ce qui regarde les productions, le commerce & la navigation de l'Allemagne. Venons aux habitants, & au caractere de la nation.

§ XIV.

Population.

Je ne crois pas qu'il y ait actuellement un pays au monde, qui ſoit auſſi peuplé que l'eſt l'Allemagne. On en jugera par les conſidérations ſuivantes.

La maiſon d'Autriche entretient de troupes reglées . . . . hommes.
Le roi de Pruſſe . . . .
L'électeur de Saxe . . . .
L'électeur de Hanovre . . . . .
L'électeur de Baviere . . . . .
L'électeur Palatin . . . .

L'électeur de Mayence . . . . . hommes.
L'électeur de Cologne . . . . .
L'électeur de Treves . . . . .
La maison de Hesse . . . . . .
La maison de Würtemberg . .
Le duc de Brunswic . . . . .
Les autres princes, états, & villes
   libres de l'empire . . . . .
pour leur propre usage (*)
                 faisant ensemble   hommes.

A quoi il faut ajouter l'armée de l'empire qui va, selon le pied ordinaire, à quarante mille hommes environ. Ce grand nombre de troupes se recrute avec une facilité incroyable, sur-tout celles de la maison d'Autriche. Car la Boheme, l'Autriche, la Carinthie, la Stirie, le Tyrol, & les autres états héréditaires de cette maison, fourmillent d'habitants, sans compter les levées qui se font pour la même armée dans les villes libres de l'empire. Les autres princes trouvent pareillement moyen de compléter leurs troupes sans beaucoup de difficulté. Si l'on considere avec cela, que la France & le roi de Sardaigne entretiennent constamment plusieurs régiments Allemands, qui ne font recrutés que de soldats de cette nation, & que d'ailleurs la Hollande, le Danemarck, & quelques autres voisins font constamment des recrues en Allemagne pour l'entretien de leurs armées, on conviendra aisément que ce pays est une source inépuisable de gens de guerre.

La seconde considération sur laquelle j'appuie mon opinion, c'est qu'on n'a qu'à jetter les yeux simplement sur la carte, & l'on verra que l'Alle-

____

(*) M. de Bielfeld n'avoit pas rempli ces lacunes ; & je n'ai pas cherché à y suppléer. *Note de l'éditeur.*

magne eſt ſemée de villes & de villages, qui ſont dans la plupart des provinces, ſi près les uns des autres, que l'on conçoit à peine comment les habitants peuvent ſe nourrir du petit terroir qui reſte pour chacun. Ceux qui ont étudié la géographie, ſe rappelleront que la carte de l'empire leur a coûté plus de peine à bien comprendre & bien retenir, que celles de tous les autres pays de l'Europe enſemble ; ce qui eſt une marque bien certaine de la quantité de lieux & de noms qui s'y trouvent.

Une troiſieme preuve, qui découle en partie de la ſeconde, c'eſt qu'on ne trouve en Allemagne, pour ainſi dire, pas un pouce de terre inculte. Tout eſt labouré, tout eſt employé ; & dans la plupart des provinces, le terroir manque aux hommes, bien-loin qu'on y manque d'hommes pour cultiver le terroir. Les forêts qui reſtent encore dans la Germanie, ſont habitées; on y trouve des villages, ou des métairies de diſtance en diſtance, & des maiſons iſolées, où les chaſſeurs, & les gens qui trafiquent en bois, ſont leur demeure. Dans pluſieurs contrées, comme au Hartz, en Saxe, & ailleurs, les entrailles de la terre ſont, pour ainſi dire, peuplées ; & il y a un nombre conſidérable d'habitants employés dans les mines. Si à tout ceci l'on ajoute la réflexion que des colonies immenſes ſont ſorties de l'Allemagne, qu'elles ont peuplé les plus grands royaumes, & qu'encore aujourd'hui un nombre incroyable d'Allemands s'expatrient tous les ans, & font des voyages par terre & par mer, enfin, qu'il n'y a pas de grande ville commerçante dans toute l'Europe, où il n'y ait quantité de négociants & d'ouvriers de cette nation d'établis; on ſe rangera fort facilement de mon ſentiment, & l'on ne balancera point à convenir, que l'Allemagne eſt plus peuplée qu'aucun pays de l'Europe moderne.

§ XV.

Parmi tous les préjugés, celui des nations eſt le plus commun. Ils gagnent les eſprits les plus ſolides, & attaquent les têtes les plus ſaines. Semblable aux maladies épidémiques du corps, ce préjugé acquiert un plus grand degré de force dans les climats chauds, & à meſure qu'on avance dans les pays Méridionaux. Je ne parle point de la ridicule manie des Portugais, des Caſtillans & des autres Eſpagnols, qui demeurent comme engourdis à l'ombre de leurs anciens lauriers chimériques; & tandis qu'ils négligent les arts, les ſciences, l'induſtrie & le commerce, ils mépriſent les autres peuples qui travaillent pour le bien du genre-humain. Mais il eſt d'autres nations plus en droit de juger d'une pareille matiere, & plus accoutumées à réfléchir, qui n'étant pas exemptes de ces mêmes préjugés, prennent à tâche de ravaler les Allemands, & de fronder leurs mœurs, pour donner par-là une eſpece de relief & de ſupériorité à leur propre pays. Voici ce que les François & les Italiens reprochent communément à la nation Allemande. 1°. Que leurs mœurs ſont ſauvages; 2°. qu'ils s'adonnent trop aux excès de la boiſſon; 3°. qu'ils n'ont pas l'eſprit créateur & le talent d'inventer; 4°. qu'ils manquent de goût, non-ſeulement dans leurs bâtiments, mais en général dans tout ce qu'ils font; 5°. que leur langue n'eſt pas cultivée; 6°. qu'ils n'ont point de bons auteurs qui aient mérité d'être traduits; & 7°. que la littérature, les arts & les ſciences ſont négligées en Allemagne, où l'on ne connoît que la pédanterie. Si tous ces reproches étoient fondés, il eſt certain que la nation Allemande ſeroit fort inférieure aux autres peuples; mais qu'on me permette, en qualité de citoyen du monde, de répondre d'une maniere impartiale à toutes ces imputations.

§ XVI.

Apologie de la nation Germanique.

1°. Il n'y a pas de nation au monde qui foit fondée à donner fes mœurs pour la regle & le modele de celles des autres peuples. Les François different dans leurs habitudes des Anglois; les Hollandois des Efpagnols; les Italiens des Allemands, & ainfi du refte. L'amour-propre & l'habitude font croire à chacun, que ce qu'il trouve chez foi eft le plus parfait. On ne fauroit reprocher cependant aux Allemands qu'ils tombent dans ce défaut; au contraire, ils n'imitent que trop les nations étrangeres, & empruntent d'elles les modes, les coutumes, la façon de penfer & les genres de plaifirs. Peut-être que du temps des anciens Germains, leurs mœurs étoient farouches; mais l'Europe en général étoit peu polie alors, fi l'on en excepte l'Italie & l'Efpagne. Au contraire, aujourd'hui le grand nombre de grands & de petits princes qui réfident en Allemagne, y forme une quantité de cours brillantes, où l'on s'efforce de faire regner la politeffe; & par ce moyen les manieres prévenantes fe communiquent infenfiblement jufques parmi le peuple. Les Allemands ne font pas habitués à ces démonftrations extérieures d'une amitié qui naît chez les François au premier moment de la connoiffance; mais ils ne font pas non plus fi froids, ni fi réfervés que les Anglois. Peut-être que ce jufte milieu eft préférable aux deux extrêmes. Au refte, toutes les loix de l'Allemagne font douces, & tendent au bonheur des peuples. Tout le monde y eft en fûreté pour fa vie, pour fes biens, & pour

fa

fa confcience. Les plaifirs des gens de goût &
d'efprit, tels que les fpectacles, la mufique, les
beaux-arts, &c. y exiftent peut-être moins parfaitement qu'ailleurs, mais cependant dans un degré qui peut contenter tout honnête homme. Enfin, on trouveroit peut-être étrange en Allemagne de fe promener pendant huit mois de l'année en mafque, de s'abandonner affez publiquement à des goûts contre lefquels les fentiments
de la nature fe révoltent, de pouffer la jaloufie
ou le reffentiment jufqu'au point de faire affaffi-
ner fon ennemi ou fon rival, & mille chofes de
cette nature; mais je laiffe à décider de quel côté
eft la raifon, & quelles font les mœurs qui ope-
rent le plus efficacement la félicité des hommes?

2°. Quant à la boiffon, il fe peut que les Allemands en abufent plus que les peuples qui habitent les pays méridionaux de l'Europe; mais il
eft conftant que le climat, à mefure qu'il devient
plus froid, met les habitants d'un pays dans la
néceffité de faire plus d'ufage des liqueurs fortes.
Cette gradation fe fait remarquer d'une maniere
bien fenfible dans l'Europe. Le François boit plus
de vin ou d'eau-de-vie que l'Efpagnol ou l'Italien. L'Allemand & l'Anglois en font plus d'u-
fage à leur tour que le François. Le Polonois,
le Danois & le Suédois font moins fobres encore
que l'Allemand; le Ruffe s'inonde véritablement
de liqueurs brûlantes. Dans tous ces pays cependant, les hommes vieilliffent, & atteignent à
peu près le même âge; au contraire, fi l'Efpagnol vouloit boire autant d'eau-de-vie que le
Ruffe, & le Ruffe autant d'eau de fontaine que
l'Efpagnol, tous deux finiroient bientôt leur carriere. Au refte, un voyageur impartial, qui aura
fréquenté les honnêtes gens, & ce qu'on appelle
la bonne compagnie en Allemagne, fera obligé

de convenir qu'on n'y remarque plus ces excès d'ivrognerie, qu'on dit y avoir été en usage anciennement, & qui ont donné sujet à quantité de proverbes & de quolibets que l'on débite sur le compte des Allemands.

3°. Je ne sais comment on peut disputer l'esprit créateur à une nation qui a par devers elle l'invention de la poudre à canon, de l'imprimerie, de l'électricité des corps, (*) de la porcelaine de Dresde, des plus belles machines, & qui a enrichi toutes les sciences de tant d'excellentes découvertes. Je ne crois pas qu'il y ait un peuple moderne dans l'univers, qui puisse se glorifier de tant de grandes inventions. Nous pouvons ajouter ici, que la premiere découverte de l'Amérique est due à un Allemand, quoique le fameux *Colomb* en ait eu la gloire & l'avantage; car *Martin Béhaim*, né d'une famille noble de Nuremberg, s'étant appliqué à la cosmographie & à la navigation, il obtint vers l'an 1460, de la duchesse *Isabelle*, un navire pour aller à la découverte de l'Amérique, dont il avoit conçu la premiere idée. Il découvrit l'isle *Tajel*, le *Brésil*, le détroit qui dans la suite a porté le nom de *Magellan*, &c. L'an 1485 le roi JEAN II créa *Béhaim* chevalier; il mourut à Lisbonne en 1506.

4°. Le goût pris dans le sens vulgaire, est un talent très-difficile à définir. Il frappe les sens, & se fait peu sentir à l'esprit. Il n'y a point de regles établies qui le déterminent. La nation Françoise passe peut-être pour avoir le plus de goût; mais ce même goût change du blanc au noir dans un instant. Les bâtiments, les habits, les ameublements, la cuisine, le genre d'amusement & de plaisir, tout cela est sujet à des révolutions

(*) Due à *Otton de Gericke.*

infinies. Aujourd'hui une tapifferie aura paffé à Paris pour un meuble de goût; demain ce fera une boiferie. Une manche courte fera fortune chez les gens à la mode; & le lendemain ce fera une longue. Aujourd'hui le régulier eft de mode, & demain c'eft le baroque; & ainfi du refte. Le moyen de préfcrire des regles à une chofe purement idéale, & fur laquelle d'ailleurs chaque homme en particulier varie! Car les goûts font auffi différents que les traits des vifages. Comment peut-on s'imaginer d'afficher le goût d'une feule nation, comme la regle de celui de tous les autres peuples? Au refte, je dirai hiftoriquement, qu'il y a en Allemagne d'auffi beaux morceaux d'architecture, qu'on en trouve en-deçà des Alpes; & que cette nation a produit des peintres qui ont été admirés chez les étrangers, comme *Holbein*, *Lucas*, *Kranach*, *van-der-Werff*, le chevalier *Gotfried Kneller*, *Dennor*, &c. Le fameux médailleur *Hédelinger*, le graveur *Schmidt*, & d'autres, ont de la réputation de nos jours. Si l'on y penfe bien, on trouvera qu'à Londres & à Paris, parmi les plus habiles ouvriers dans tous les arts & les métiers, il y a un grand nombre d'Allemands, & que ce ne font pas les plus maladroits. Tout cela prouve bien que cette nation ne manque fonciérement ni de génie, ni de goût.

5°. Venons à la langue Allemande, elle n'eft point cultivée, dit-on. La beauté d'une langue dépend principalement de quatre qualités qui doivent lui être propres; 1°. de la richeffe, ou de l'abondance des mots & des phrafes; 2°. de la douceur & de la netteté des fons que les mots forment à l'oreille; 3°. de la politeffe des expreffions, & 4°. des regles fixes auxquelles elle eft affujettie. Or, quant à la richeffe, on peut dire avec vérité, que la langue Allemande furpaffe

toutes les autres. On n'a qu'à ouvrir le premier
dictionnaire, & l'on trouvera que les Allemands
ont un mot particulier, ou une expreffion dif-
tincte, pour exprimer chaque chofe ; au-lieu que
dans les langues Françoife, Italienne, & autres,
un mot eft employé à quantité d'ufages, & fe
prend en plufieurs fens ; ce qui les rend fort fujettes à l'équivoque. La langue Françoife, ainfi
que les autres qui y ont du rapport, adoptent
d'ailleurs des mots latins fans fcrupule, & les na-
turalifent au moyen d'un fimple changement de
terminaifon ; au-lieu que ceux qui fe piquent d'é-
crire purement en Allemand, n'emploient que
des mots d'origine Allemande, & bien reconnus
pour tels ; en un mot, il eft hors de doute que
la langue Allemande eft fort abondante en expreffions. Mais, s'il s'agit de la douceur de cette
langue, je conviens qu'au premier abord, l'Allemand a quelque chofe de rude, qui paroît choquer l'oreille : cependant fi l'on y réfléchit bien,
on conviendra que cette prétendue dureté n'eft
en effet qu'une chimere. L'habitude fait tout fur
les fens. Le palais s'accoutume à goûter avec plaifir
des chofes qui fouvent lui paroiffoient défagréa-
bles au premier inftant. L'œil fe plaît bien des
fois à la vue d'un objet qui lui avoit paru laid
au premier abord ; on s'accoutume à fentir une
odeur qui avoit repugné au commencement. Il
en eft de même de l'oreille ; elle fe fait aux fons,
& je fuis perfuadé qu'un homme qui n'aura jamais entendu parler que l'Allemand, trouveroit
une premiere converfation Grecque fort choquante
à fes oreilles, quoique felon la plus commune
opinion, cette langue foit la plus douce de toutes.
Mais, fuppofé que l'aménité ou la rudeffe des
fons, foit une chofe réelle, doit-on condamner
une langue, parce qu'elle manque de douceur à

cet égard ? Le fifflement perpétuel des Anglois, ou le gazouillement monotone des François, a-t-il quelque chofe de fi gracieux; ou bien pourroit-on dire pour cela, que ces deux langues ne foient pas belles? A l'égard de la politeffe des expref-fions, je n'en pourrois donner d'autre preuve, que celle qui feroit tirée des exemples, ce qui m'engageroit trop loin : mais je voudrois qu'on daignât m'en croire fur ma parole, quand j'af-fure qu'un Allemand, homme du monde, & qui faura fa langue, peut s'exprimer en termes auffi polis & auffi gracieux, qu'un autre homme, de quelque nation qu'il foit. Enfin, pour ce qui re-garde les regles, il n'y a pas fort long-temps que les Allemands ont commencé à en établir pour leur langue. Ils font peut-être de foixante ans en arriere à cet égard ; mais on doit les excu-fer par les confidérations que voici. Il n'y a eu jufqu'ici aucune académie qui ait pu fixer les re-gles, & donner de l'autorité aux mots Allemands; ce qui fert infiniment à perfectionner une langue. Lorfqu'une fociété particuliere s'eft établie par-ci par-là pour travailler à cette perfection, les pro-vinces voifines n'ont pas toujours voulu fe fou-mettre à fes décifions. D'ailleurs, fi l'on veut comparer, par exemple, l'Allemagne & la Fran-ce, on trouvera que peu de François favent plus que leur langue naturelle, & peut-être affez im-parfaitement le latin; au-lieu qu'en Allemagne les perfonnes de mife, & les gens de lettres, en-tendent cinq ou fix langues. La bulle d'or en pref-crit quelques-unes aux jeunes princes de l'empire, & leur ordonne de s'y appliquer. Je connois des ouvrages écrits en langue Françoife par des au-teurs Allemands, dont le ftyle me paroît fi beau, & fi pur, que je défie tout François d'en faire autant, je ne dis pas feulement en Allemand, mais dans toute autre langue vivante qui lui eſt étrangere. (*) Or, ſi les Allemands employoient le temps qu'il en coûte pour apprendre & cultiver tant de langues différentes, à perfeƈtionner celle de leur pays, je ſuis perſuadé que celle-ci ſurpaſſeroit bientôt toutes les autres. Ce qui contribue enfin le plus à fixer l'uſage des mots, ce ſont les ouvrages des bons & judicieux auteurs, qui paroiſſent dans une langue; mais les Allemands qui ont écrit pour éclairer toutes les nations, ſe ſont ſervi du langage univerſel des gens de lettres, & ont donné ordinairement leurs livres en latin, ce qui a beaucoup reculé la perfeƈtion de leur langue; au-lieu qu'en France tout le monde écrit preſque en François. Il y a même beaucoup plus de gens qui y compoſent des ouvrages, qu'il n'y en a qui ſavent le latin. C'eſt peut-être ce défaut dans la nation Françoiſe, qui eſt la cauſe de la pureté de ſa langue.

6°. Le ſixieme reproche roule ſur la ſtérilité de bons auteurs Allemands, qui aient mérité d'être traduits. S'il s'agiſſoit de défendre dans un traité particulier la gloire de la nation Allemande à cet égard, je donnerois ici la liſte d'un millier d'habiles gens, que l'on y connoît dans chaque branche de la littérature. Mais, malgré les bornes étroites que je preſcris à cette digreſſion, qu'on me permette de nommer quelques ſavants du premier

(*) Je crois que M. de Bielfeld étend ici trop loin ſes aſſertions, & qu'il ſeroit difficile d'indiquer un ouvrage écrit en François par un Allemand, qui réunit les perfeƈtions des meilleurs ouvrages écrits par les auteurs François du premier ordre. Mais auſſi, je crois qu'il en eſt de même réciproquement de quiconque n'écrit pas dans ſa langue maternelle, & qu'en particulier le plus beau latin moderne tant en proſe qu'en vers, paroîtroit fort ridicule à Virgile & à Ciceron. *Note de l'éditeur.*

ordre, que l'Allemagne a fournis. Qui ne connoît dans la philofophie, le fameux *Leibnitz*, *Thomafius*, & *Wolff*; dans la théologie, *Luther*, *Lampe*, *Reinbeek*; dans le droit, *Coccejus*, *Strick*, *Bohmer*; dans la médecine, *Hofman*, *Stahl*, *Eller*; dans l'hiftoire, *Puffendorf*, *Bünau*, *Mafcow*, *Hübner*; dans la critique & la littérature, *Fabricius*, *Ludwig*, *Gefner*; dans la phyfique, *Géricke*, *Lieberkühn*, *Winckler*; dans les fatyres & l'éloquence, *Lifcow*, *Königsdorff*, *Gottfcheid*; & dans le nombre prodigieux des poëtes, *Haller*, *Canitz*, *Hagedorn*, *Neukirch*, *Pietfch*, *Gunther*, *Brocks*, *Richey*, & une infinité d'autres? (*) Les véritablement grands hommes, les efprits créateurs font rares chez tous les peuples; il faut des fiecles pour en produire : le médiocre au contraire eft commun par-tout. Nous avons, par exemple, vingt-huit mille auteurs qui ont travaillé fur l'hiftoire de France, & dont on peut voir les noms dans la *bibliotheque hiftorique* de LE LONG. Combien peu y en a-t-il dans toute cette foule, qui méritent le nom d'hiftoriens? *Mézérai* & le *pere Daniel*, font peut-être les feuls qui peuvent prétendre à l'épithete de *bons* : tandis qu'on ne fauroit refufer le titre d'*excellents* à un *Mafcow*, à un *Bünau*, qui ont écrit en Allemand, & qui mériteroient d'être traduits dans toutes les langues. Si les bons ouvrages des Allemands ne font pas traduits, ce n'eft pas leur faute ; c'eft celle des François qui, ou par préfomption, ou faute de favoir, ne s'en donnent pas la peine. Il y a trois mille Allemands qui entendent le François, contre un feul François demeurant en France,

____

(*) Il y a des hommes illuftres dans cette énumération; mais c'eft un peu de la marchandife mêlée. *Note de l'éditeur.*

qui entende l'Allemand. C'est là la cause pourquoi on voit plus de livres François traduits en Allemand, que de livres Allemands traduits en François. Je n'en connois point d'autre.

7°. Enfin voici la derniere imputation qui roule sur la prétendue décadence des arts & des sciences en Allemagne, & sur le regne du pédantisme qu'on y croit établi. Ce que nous venons de dire au sujet des gens de lettres de cette nation, ainsi que de leur mérite & de leur réputation, suffiroit peut-être pour détruire ce reproche; car il est impossible que ces objets soient négligés dans un pays, où il y a de si grands hommes dans presque tous les genres. Mais remarquons encore, qu'on compte dans l'empire vingt-trois universités fameuses, avec peut-être le double d'académies & d'écoles illustres. Tout cela est rempli d'étudiants. Comment se pourroit-il que, de siecle en siecle, & les professeurs, & leurs écoliers eussent manqué à leur devoir, jusqu'au point de laisser tomber les arts & les sciences dans la barbarie? Il paroît d'ailleurs tous les ans en Allemagne, un nombre prodigieux de livres nouveaux. A Dieu ne plaise que je prétende que tout cela soit bon. Bien au contraire, je n'en connois que trop le frivole. Mais, parmi la quantité de nouveaux ouvrages qu'on enfante chez les autres nations, trouve-t-on beaucoup d'excellentes productions? Enfin il faut être, ce me semble, au fait d'une chose, pour en juger: peu d'étrangers se donnent la peine de s'instruire de l'état de la littérature en Allemagne, & ils se plaisent néanmoins à décrier cette nation sur de simples préjugés. Malgré cela il est certain qu'il y a plusieurs choses sur lesquelles les Allemands sont encore en arriere. Le théâtre, par exemple, si fort épuré en France, ne l'est nullement en Allemagne. Les seules bonnes pieces dramatiques qu’on y trouve, font traduites du François. Peut-être y a-t-il encore d’autres chofes de même nature ; mais on peut dire que fi les François ont l’avantage fur les Allemands dans les chofes qui partent de l’imagination, & qui ne font qu’amufer l’efprit, ces derniers l’ont à leur tour fur les François dans les chofes réelles & folides. Quant au pédantifme, je conviens qu’il regne un peu trop par-ci par-là en Allemagne ; mais tout pédantifme n’eft pas condamnable. L’expérience (comme je l’ai déja dit dans mon introduction) m’a fait connoître, qu’on ne poffede jamais une fcience, un art ou un métier à fond, fi l’on n’y eft parvenu par ce même pédantifme. Il y auroit moins de hableurs & de gens fuperficiels dans le monde, s’il y avoit plus de pédants. D’ailleurs, on prend fouvent pour pédantifme, ce qui ne l’eft pas. Tel livre paroît fec & pédantefque, qui feroit ridicule, écrit dans un autre goût ; car chaque chofe doit porter la phyfionomie de ce qu’elle eft. Il y a des nations & des auteurs qui prennent à tâche de donner des tours galants aux matieres qui en font le moins fufceptibles. La philofophie, par exemple, a eu le malheur de tomber en de pareilles mains. On lui a mis des pompons & des ornements qui la défigurent. C’eft peindre une hiftoire du martyrologe avec le pinceau du doux *Pater*, & du gracieux *Laneret*, ou bien une fête champêtre dans le goût de *Rembrand*. On lit avec plaifir un roman de Crébillon ; mais fi le même auteur eût voulu répandre les ornements qui y font femés, dans un ouvrage de controverfe, la chofe eût été ridicule. De plus, ces ornements du ftyle font toujours unis avec des comparaifons brillantes, mais qui ne font jamais juftes dans tous leurs rapports ; ce qui fait naître dans les matieres abftraites des illufions continuelles. La philofophie doit aller pas-à-pas, avec la plus grande simplicité du monde; s'il est possible, selon la méthode des mathématiciens que le célebre *Wolff*, ce grand anatomiste de l'esprit humain, a si heureusement employée.

J'espere qu'on me pardonnera cette courte digression que je viens de faire, pour disculper la nation Allemande des accusations qu'on forme contre elle. Je ne la crois pas même tout-à-fait hors de saison, dans un ouvrage où il s'agit de faire connoître, par la façon de penser d'un peuple, tout ce qu'il est capable d'entreprendre. Au reste, l'esprit & les mœurs sont en Allemagne, comme dans tous les pays, fort différents d'une province à l'autre ; & le *Souabe* ne ressemble pas en tout au *Saxon* ; mais en général, on peut dire sans exagération, que l'Allemagne a produit un très-grand nombre de grands hommes de guerre, d'état & de loi, qui ont illustré leur patrie. Revenons à notre sujet.

§ XVII.

Caractere des Allemands.

Le caractere dominant de la nation Allemande est une forte passion pour la guerre, à laquelle ils sacrifient tout, jusqu'à leur liberté. Je ne crois pas qu'il y ait de peuple qui plie aussi aisément sous le joug de la subordination & de la discipline militaire, que celui-ci. Un esprit d'obéissance les y porte naturellement; le flegme & l'habitude les y retiennent. Ils ne sont pas aussi vifs dans l'attaque que les François, mais en revanche leur ardeur ne se ralentit pas sitôt ; & à tout prendre, les Allemands sont les meilleurs soldats du monde. La bonne foi de cette nation est généralement reconnue & estimée. Mais le même esprit d'équité qui me porte à entreprendre la défense des Allemands, lorsqu'on les décrie, m'engage aussi à ne pas les exalter au-dessus des autres peuples, en leur attribuant des vertus qui ne leur font pas particulieres. Il y a en Allemagne, comme par-tout ailleurs, un grand nombre de gens de probité, mais auffi quantité de mauvais fujets, fort vicieux & fort adroits à nuire. Voilà ce que j'avois à dire fur la fituation locale, les productions, les manufactures, le commerce, la navigation, & les habitants de l'Allemagne en général. Il me refte à faire un effai pour développer le fyftême du gouvernement de l'Empire; mais j'efpere qu'on ne s'attendra pas à trouver ici un cours complet de droit public. Je me bornerai fimplement à faire connoître les liens les plus effentiels qui uniffent ce vafte corps.

§ XVIII.

Si l'on examine le fyftême de l'Allemagne felon les principes d'Ariftote, on ne peut le ranger fous aucune des *quatre claffes* ou formes de gouvernement qu'il indique. Et lorfqu'on veut être bien exact, on ne fauroit même dire que ce foit un état *mixte*, ou compofé de ces mêmes formes de gouvernement. A la vérité, le mal n'eft pas grand; car les conféquences défavantageufes que l'on prétend tirer de ce que le fyftême de l'Allemagne eft irrégulier & bizarre, font purement frivoles, & ne fubfiftent que dans la fpéculation. Dans le fond, il importe peu qu'une forme de gouvernement entre dans les regles d'un fyftême imaginé par un fimple particulier, pourvu qu'il foit folide en lui-même, & fondé fur les principes de la vraie politique. Le gouvernement de l'Angleterre, felon moi, le plus parfait de l'Europe, eft irrégulier. Ariftote n'a pas lu dans l'avenir, & n'a point prévu que plufieurs princes fe lieroient l'un à l'autre par des liens étroits, tels que font ceux qui uniffent les princes d'Allemagne. Pour donner donc une description de cette forme de gouvernement, je crois en présenter l'idée la plus exacte en disant ; *Que le Saint-Empire Romain est gouverné par un sénat de souverains, tous de la nation Allemande, qui sont constamment assemblés pour prendre d'un commun accord les résolutions nécessaires au bien de la patrie, & qui réunissent leurs forces pour la défendre. Le prince qui préside à ce sénat, est choisi parmi ses membres. Il obtient par son élection le titre d'EMPEREUR, avec la premiere dignité de l'Europe ; il représente la majesté de tout le corps Germanique, & en cette qualité on lui accorde toutes les marques extérieures du plus profond respect. Mais il est obligé de gouverner selon les loix fondamentales du pays, & les conditions qui lui ont été prescrites ; aussi ne sauroit-il rien entreprendre sans le consentement de ce même sénat, dont il n'est que le premier membre.*

Conformément à cette idée qu'il faut bien s'imprimer pour avoir de justes notions de la forme du susdit gouvernement, nous allons examiner plus en détail tout le systême.

§ XIX.

Diete de l'Empire.   Le *Sénat* qui préside aux affaires générales de l'Allemagne, est nommé la *diete de l'Empire*. Autrefois cette diete n'étoit pas constamment assemblée. Dans les temps les plus reculés, les empereurs convoquoient de leur chef & de leur propre mouvement, les membres qui la composoient. *Charles-Quint* fut le premier qui promit dans sa capitulation, de ne convoquer la diete que du consentement des électeurs, & de convenir avec eux du temps & du lieu. Depuis ce temps, les empereurs se sont toujours engagés dans leurs capitulations à suivre cette loi.

Mais elle paroît peu néceffaire depuis l'année 1663, que la diete dure fans interruption. Elle fe tient communément à Ratisbonne en Baviere, à moins que des troubles ou des guerres ne la faffent transférer en lieu de fûreté, comme il arriva en 1743, après l'élection de l'empereur *Charles VII*, où elle s'affembla à Francfort fur le Mein.

On ne fauroit fe repréfenter plus nettement les feffions de cette diete, ni mieux connoître les membres qui la compofent, qu'en confultant la table ci-jointe (*) avec les petites notes que nous avons cru néceffaires d'y ajouter pour plus d'intelligence. Ceux donc qui veulent acquérir une connoiffance exacte de l'état de l'Allemagne, feront bien de fe rendre cette table familiere, & d'en conferver de profondes traces dans la mémoire. Mais, pour donner une idée complette de tout le fyftême, il fera néceffaire que nous faffions connoître plus particuliérement toutes les perfonnes illuftres qui font repréfentées dans le tableau, & que l'on comprend fous le nom des états du Saint-Empire. Nous y ajouterons les réflexions néceffaires fur les prérogatives d'un chacun.

§ XX.

L'empereur eft, comme nous venons de le dire, le chef de la nation Germanique. Deux fentiments, peut-être également erronés, partagent les politiques & les favants, fur le rang qu'il tient en Allemagne. Ceux qui ont fait une fimple lecture des ftatuts de l'empire, & fur-tout du traité de paix de Weftphalie, & qui y trouvent les grands mots de *fidélité*, *d'obéiffance* & de *foumiffion*, que tous les princes d'Allemagne font obligés de promettre à l'empereur; ceux-là envifagent ce prince comme un monarque fouverain & defpotique. Les

L'Empereur.

marques extérieures d'un profond respect que les électeurs lui rendent le jour de son sacre, en exerçant les fonctions de leurs archi-offices, paroissent confirmer cette opinion. Enfin, plusieurs auteurs, partisans de la maison d'Autriche, ont fait paroître le même sentiment, non-seulement dans leurs ouvrages, mais aussi dans les leçons publiques qu'ils ont données. On devroit cependant considérer que, dans toutes les cérémonies publiques, l'empereur représente l'empire en corps, & que c'est à la majesté de ce même empire, & nullement à la simple personne de l'empereur, qu'on fait promesse de *fidélité*, ou qu'on rend des actes d'hommage. Un serment de fidélité pris dans un sens absolu, seroit contraire aux droits de souveraineté, que les princes exercent chez eux dans toute leur étendue, & quadreroit mal avec les capitulations qui rétrécissent si fort les bornes du pouvoir de l'empereur. Car, dans ces mêmes capitulations, les empereurs s'engagent, *par maniere de contrat*, à certaines conditions; & les états qui les prescrivent, font assez connoître qu'ils ne deviennent pas ses sujets. D'autres politiques ont donné dans une extrémité opposée, & regardent l'empereur comme une *figure automate* qui n'a presque aucun pouvoir, & qu'ils comparent avec le *Doge* de *Venise*. L'expérience & les constitutions de l'empire font contraires à cette opinion. Ceux qui se font appliqués à l'histoire de l'Allemagne, savent combien les empereurs ont toujours eu de crédit & d'autorité dans l'empire, sur-tout depuis que la couronne impériale est restée dans la maison d'Autriche; & quoique cette autorité ait été souvent poussée au-delà de ses justes limites, il est toujours certain, que les loix mêmes accordent beaucoup de pouvoir à l'empereur, comme on peut le voir par la *Bulle d'or*, & par toutes les

autres conftitutions fondamentales de l'Allemagne,
ainfi que dans les plus habiles auteurs en matiere
de droit public. Nous fommes obligés d'y renvoyer nos lecteurs, pour ne pas étendre davantage un article qui eft déja trop long ; & nous
nous contenterons de remarquer, que le pouvoir
& l'autorité de l'empereur font plus grands, à
mefure que le prince qui occupe cette dignité,
eft plus ou moins puiffant par lui-même, & qu'il
a des forces par fes propres états héréditaires.
C'eft de quoi l'hiftoire & l'expérience fourniffent
des preuves inconteftables.

§ XXI.

Les *électeurs* tirent leur nom du privilege ex- Les élec-
clufif, dont ils jouiffent, de choifir un empereur. teurs.
Ce droit leur a été confirmé d'une maniere in-
conteftable par la *Bulle d'or*. Loi fondamentale,
dont nous parlerons plus bas. Il y a actuellement
neuf électeurs ; & il n'eft pas hors de vraifemblance, que ce nombre ne foit encore augmenté.
Voici le rang qu'ils tiennent dans l'empire, &
les offices qu'ils y exercent.

1. L'électeur de Mayence eft archichancelier
en Allemagne.

2. L'électeur de Cologne, archichancelier en
Italie.

3. L'électeur de Treves, archichancelier en
France & dans le royaume d'Arles. Ces trois princes font archevêques, & par conféquent de l'ordre eccléfiaftique.

4. Le roi de Boheme eft électeur, & ar-
chiéchanfon du Saint-Empire.

5. L'électeur Palatin eft architréforier.

6. L'électeur de Baviere, architruchfes, ou
grand écuyer-tranchant.

7. L'électeur de Saxe, archimaréchal.

8. L'électeur de Brandebourg, archichambellan.

9. L'électeur de Hanovre, n'a proprement point d'office. On lui a destiné celui d'archiporte-banniere; mais la maison de Würtemberg qui est en possession de cette charge, s'y oppose. Il est aussi en contestation avec l'électeur Palatin pour la dignité d'architrésorier.

Il seroit superflu d'entrer dans des détails circonstanciés sur la maniere dont ces princes font l'élection d'un nouvel empereur, & sur les cérémonies qu'ils observent à cette occasion; d'autant plus, qu'on en trouve d'amples descriptions dans un grand nombre d'ouvrages, publiés en toutes sortes de langues. Nous nous dispenserons aussi de faire des recherches sur la premiere origine du *Septemvirat* des électeurs, matiere qui partage l'opinion des historiens, & qui a occasionné beaucoup de disputes littéraires. Il importe plus à notre but de connoître l'état actuel des choses, que leur origine. Mais il y a une autre question qui nous paroît plus importante, & que nous tâcherons d'éclaircir, parce que les connoissances qu'on en peut tirer, ne sont nullement frivoles. On sait que les princes d'Allemagne en général jouissent dans leurs états du droit de souveraineté, & que les plus considérables d'entre ces princes ont, comme nous venons de le dire, le privilege de choisir un empereur, dont la dignité n'est nullement héréditaire. Il s'agit donc de savoir, *si ce droit est légitime* ou *usurpé ?* Les partisans de l'autorité impériale prétendent qu'il est *usurpé*, & par conséquent *illégitime*. Ils soutiennent que, sans remonter à des temps plus reculés, la dignité impériale étoit héréditaire dans la famille des Carlovingiens; que les ancêtres des princes

d'Alled'Allemagne d'aujourd'hui, n'étoient que des officiers & des domeſtiques des ces empereurs ; que les noms de *Marggraves*, *Landgraves*, *Pfaltz-Graves*, déſignoient ſimplement les charges qu'ils occupoient ; que ces officiers acquirent de grands biens, & devinrent formidables dans leurs gouvernements ; qu'enfin, ils ſe ſouleverent contre leur légitime ſouverain, ſe rendirent indépendants, & s'arrogerent le droit d'élire un chef commun. D'autres célebres auteurs ſont d'une opinion bien différente, & font voir, que dès le temps de *Tacite*, (*) les principaux d'entre les différents peuples de la Germanie, s'aſſembloient pour choiſir un chef qui gouvernoit toute la nation ; ils trouvent de plus, dans les hiſtoriens Allemands du moyen âge, qu'il y avoit dans ce pays ſept peuples principaux, dont chacun avoit ſon chef ou ſon duc particulier, qui jouiſſoit d'une entiere indépendance ; qu'à la verité *Charlemagne* ſe rendit maître de l'Allemagne par la force des armes, mais que la dignité impériale étoit ſi peu héréditaire, que même les deſcendants de ce conquérant, laiſſoient toujours l'image de la liberté aux Germains, en ſe faiſant élire empereurs, ce dont on cite pluſieurs exemples. Mais, ajoutent-ils, ſuppoſé même que l'empire ait été héréditaire ſous les Carlovingiens, il eſt toujours certain, qu'après l'extinction de cette famille, en la perſonne de LOUIS *l'Enfant*, les princes Allemands rentrerent dans leur ancienne liberté par le droit qu'on appelle *Jus poſtliminii*, & l'on voit clairement, qu'ils ſe prévalurent de cet avantage, en plaçant ſur le trône impérial de leur pure volonté, CONRAD I, & enſuite HENRI *l'Oiſeleur*. Enfin, ces auteurs prouvent que tous les empereurs ſui-

(*) *Tacitus, de moribus Germanorum.* Cap. 11.

vánts ont été élevés à l'empire par voie d'élection, & que cette coutume a été pratiquée jufqu'à
nos jours fans exemple du contraire. J'avoue que j'a-
dopte volontiers ce dernier fentiment ; & que l'hypothefe des fept peuples anciens, me paroît non-
feulement prouvée, autant qu'on peut le faire en
matiere d'hiftoire, mais qu'on eft en droit auffi d'en
déduire d'une maniere naturelle & palpable, l'origine de toutes les conftitutions & les coutumes
de l'empire. Je ne fuis cependant nullement entêté
de cette opinion ; & comme je ne cherche que
la vérité, je ferai très-obligé à celui qui me prou-
vera par l'évidence, que je me trompe. Au refte,
ce n'eft pas une queftion frivole pour les princes
d'Allemagne, de favoir, fi le fouverain dont ils
font dépofitaires, eft acquis légitimement, ou
non ? Il fe rencontre fouvent des cas de litige,
où l'on eft obligé d'avoir recours à la préfomption, lorfqu'il n'y a point de conftitution pofitive
qui determine la chofe. Or, dans ces cas-là,
l'alternative dont il s'agit, change du tout au
tout la thefe. Car fi les princes ont obtenu la fouveraineté territoriale de la grace des empereurs,
il eft à préfumer que ces empereurs leur ont accordé le *moins* de privileges qu'ils ont pu. Si,
au contraire, les princes déja fouverains chez eux,
fe font donné un chef commun, on doit préfumer qu'ils fe font réfervés pour eux le plus de
prérogatives qu'ils ont pu, & qu'ils n'en ont voulu
accorder à ce chef, que le moins qui leur a été
poffible. Quoi qu'il en foit, il eft certain qu'aujourd'hui tous les électeurs, princes, comtes &
villes librés de l'Allemagne, jouiffent de tous les
droits de la fouveraineté, & n'ont d'autre obligation envers l'empire, que celle qui réfulte du
lien & de la nature de toutes les fociétés, qui
eft de concourir au bien de la caufe commu-

ne, & de ne rien entreprendre qui puiſſe lui préjudicier.

§ XXII.

Les princes de l'Empire ſe rangent en deux claſ- Les prin-
ſes ; ils ſont *eccléſiaſtiques* ou *ſéculiers*. La pre- ces de
miere claſſe comprend les archevêques, évêques, l'empire.
abbés, prévôts, prélats, & grands-maîtres des ordres. Ils ont à leur tête *l'archevêque de Salzbourg*,
qui eſt primat de l'Allemagne, & légat-né du
ſaint fiege dans toute la Germanie. Toutes ces
dignités également lucratives & honorables, ſont
électives ; & les chapitres ont conſervé une entiere liberté dans le choix qu'ils font entre les
poſtulants. Mais malgré cela, le crédit des empereurs, ſur-tout depuis que la dignité impériale
a été dans la maiſon d'Autriche, s'eſt fait ſentir
d'une maniere bien ſenſible dans ces élections ;
ce qui a conſidérablement augmenté le nombre
des créatures de cette maiſon en Allemagne.

Quant aux princes *ſéculiers*, on peut encore
diſtinguer entre les anciens, & ceux qui ſont
d'une création nouvelle. Il y a onze anciennes
maiſons ſouveraines en Allemagne ; ſavoir, 1°. les
archiducs d'Autriche ; 2°. les comtes Palatins du
Rhin ; 3°. les ducs de Saxe ; 4°. les Marggraves
de Brandebourg ; 5°. les ducs de Brunswick-
Lunebourg ; 6°. les ducs de Würtemberg ; 7°. les
ducs de Mecklembourg ; 8°. les Landgraves de
Heſſe ; 9°. les Marggraves de Bade ; 10°. les
ducs de Holſtein, & 11°. les princes d'Anhalt.
Les princes nouvellement élevés à ce rang par
les empereurs, & qui ont obtenu voix & ſéance
à la diete, ſont, 1°. Aremberg ; 2°. Hohenzol-
lern ; 3°. Eggenberg ; 4°. Lobkowitz ; 5°. Salm ;
6°. Naſſau ; 7°. Aversberg ; 8°. Oſt-Friſe ;
9°. Furſtemberg ; 10°. Schwartzenberg ; 11°. Oet-

tingen ; 12°. Lichtenſtein ; 13°. Diedrichſtein ;
14°. Piccolomini ; & 15°. Portia. Tous les princes
tant eccléſiaſtiques que ſéculiers, qui ont ſéance
au banc des princes, & qui ont été introduits
dans leur college, ainſi qu'ils ſont marqués dans le
tableau général, votent chacun en particulier dans
les délibérations, & ont ce qu'on appelle en ſtyle
du Barreau, *votum virile*, ou un ſuffrage *perſonnel*.

§ XXIII.

Les comtes
du Saint-
Empire.

Les comtes du Saint-Empire jouiſſent également chez eux des droits attachés à la ſouveraineté ; mais comme leurs forces ne répondent
point à la grandeur de cette prérogative, ils s'attachent pour l'ordinaire à quelques grandes maiſons, & ſur-tout à celle d'Autriche ; au moyen
de quoi ils ſe ſoutiennent contre les oppreſſions
des autres. C'eſt un ſpectacle aſſez plaiſant de
voir ces comtes, auſſi-bien que les petits princes
d'Allemagne, imiter chez eux les plus grands
monarques ; avoir toutes les marques extérieures
de la ſouveraineté ; excepté ce qui en fait l'eſſence ; & de trouver enſuite ces mêmes ſouverains dans les anti-chambres, & dans les armées
des rois, confondus avec les plus ſimples particuliers, & obligés à toute la ſoupleſſe des cour-
tiſans. Au reſte les comtes de l'empire ſont diviſés à la diete en quatre bancs différents.

1°. Sur le banc de la Wétéravie ſont placés
dix-huit comtes.

2°. Le banc de Suabe comprend vingt - deux
comtes.

3°. Le banc de Franconie eſt occupé par quinze
comtes.

4°. Le banc de Weſtphalie a dix-ſept comtes.

Ils ont ce qu'on nomme *Vota curiata*, c'eſt-à-
dire, qu'après avoir voté préalablement entr'eux,

chaque banc enfemble n'a qu'un fuffrage perfonnel
aux délibérations générales; & ainfi tous les comtes de l'empire n'ont que quatre voix à la diete.

§ XXIV.

Les villes libres de l'empire font auffi partagées
en deux bancs; favoir, 1°. le banc du Rhin, qui
comprend feize villes, dont *Cologne* fur le Rhin
eft la premiere, & 2°. le banc de Suabe occupé
par trente-fept villes, à la tête defquelles eft *Ratisbonne*. Toutes ces villes font autant de républiques indépendantes chez elles; mais elles different par rapport à la forme de leur gouvernement, qui eft *ariflocratique* ou *démocratique*. Chaque banc n'a qu'un fuffrage commun; les autres
colleges leur difputent même la voix décifive,
& ne veulent leur accorder qu'un *votum delibe-
rativum*, quoique la paix de Weftphalie ait décidé cette matiere de conteftation en leur faveur.

Les villes
libres de
l'Empire.

§ XXV.

Je ne faurois paffer ici fous filence la *ligue
anféatique*, que plufieurs villes de l'Allemagne
conclurent entr'elles aux milieu du treizieme fiecle, & par laquelle elles s'engagerent à une affiftance mutuelle pour la confervation de leurs
privileges, & pour les progrès de leur commerce.
Cette union eut tant de fuccès, qu'en l'année
1494 on comptoit jufqu'à foixante & douze villes
qui y étoient entrées. Elles fe partagerent en
quatre diocefes, ou quartiers principaux, ayant
à leur tête les villes de Lubeck, de Cologne,
de Brunfwick, & de Dantzig. Cette ligue fe rendit très-formidable, & donna même un grand
poids aux affaires des princes qui firent alliance
avec elle. Mais la diverfité des intérêts fervit à
rompre infenfiblement les liens qui uniffoient tou-

La ligue
Anféati-
que.

tes ces villes ; & il n'y a maintenant que *Hambourg*, *Lubeck* & *Breme*, qui, après avoir renouvellé le traité d'union en 1641 conservent encore le titre de *villes Anséatiques*. Ce nom dérive, selon la plus commune opinion, du mot *hanse*, qui signifioit en vieux langage Allemand, *alliance*, & en latin *fœdus*.

§ XXVI.

La Noblesse immédiate de l'empire.

La noblesse immédiate de l'empire (appellée en Allemand, *die freye Reichs-Ritterschapfft*,) jouit dans les terres immédiates qu'elle possede, des droits de la souveraineté, lesquels lui ont été accordés par les constitutions de l'empire, & confirmés par toutes les capitulations des empereurs. Mais, comme ces nobles tiennent plusieurs terres en fief des princes de l'empire, ils sont asservis à cet égard, à toutes les obligations qui résultent du lien féodal. Au reste, ces nobles de l'empire se divisent en trois classes, qui sont celle de *Franconie*, celle de *Suabe*, & celle du *Rhin*. Chaque classe a ses loix & ses ordonnances particulieres, son propre directeur, son capitaine, ses conseillers, son syndic, son secretaire, & autres officiers. On ignore l'époque précise de la réunion des nobles ; mais la plus commune opinion est, qu'elle se fit l'an 1422, & que l'empereur *Sigismond* leur accorda, sur-tout à ceux de Suabe, les premiers privileges. Ce corps n'a point de voix en chapitre : il s'est donné beaucoup de peine pour obtenir à la diete de l'empire trois *vota curiata*, ou suffrages communs, selon les trois classes susdites ; mais les électeurs & les princes n'ont jamais voulu y consentir.

§ XXVII.

Représen-

Voilà en peu de mots la description de tous

les souverains qui composent le grand sénat de l'empire d'Allemagne; voyons maintenant ce qui en fait l'essence. Tous les princes & les états ne comparoissent jamais à la diete en personne, mais ils y envoient leurs députés. L'empereur y a constamment deux ministres, dont le premier est nommé *commissaire principal*, & l'autre *second commissaire*. Ce font ordinairement des personnes d'une grande distinction, qui occupent ces charges. Les électeurs y entretiennent chacun un *ambassadeur*, à qui on rend en cette qualité de grands honneurs. Les princes, tant ecclésiastiques que séculiers, y paroissent par des *envoyés* qui prétendent le titre d'*excellence*, mais qui ne le reçoivent pas des ministres électoraux, & bien moins de ceux de l'empereur. Les comtes & les villes y envoient des *députés*. La diete générale embrasse tout le gouvernement de l'Allemagne; elle maintient les droits de la majesté de l'empire; elle déclare la guerre, ou conclut la paix; elle fait des alliances, elle dicte les loix, & elle explique celles qui font douteuses; elle prononce en dernier ressort sur les affaires litigieuses, lorsqu'elles font de grande importance; elle regle les contributions, les levées des troupes, les quartiers, la construction des forteresses, & la maniere de les entretenir; elle fait les réglements pour les monnoies, & elle examine les affaires de religion. Il n'y a que la diete qui puisse mettre un prince au banc de l'empire; & enfin c'est elle qui décide des affaires de police, de justice, & de tout ce qui peut tendre au bien général de l'Allemagne.

§ XXVIII.

La diete se partage en trois *colleges* différents, savoir, 1°. celui des électeurs; 2°. celui des princes, & 3°. celui des comtes, conjointement avec les villes libres. Lorfqu'une affaire eft portée à la diete, la propofition s'en fait de la maniere fuivante. L'ambaffadeur de Mayence fait affembler dans une falle deftinée à cet ufage, tous les clercs de la chancellerie des états de l'empire. Le fecretaire de légation de Mayence, y dicte la propofition, ou l'affaire dont il s'agit ; chacun de ces clercs couche par écrit ce que l'on dicte, & remet enfuite le mémoire à fon miniftre refpectif ; & voilà ce qu'on appelle en ftyle de Barreau, *porter une affaire, ou un décret impérial, à la dictature.* Le miniftre envoie la propofition à fa cour, qui l'inftruit de fes intentions à cet égard. Au bout d'un mois, ou de fix femaines, l'ambaffadeur de Mayence remet la chofe en délibération ; & après avoir interrogé tous les autres miniftres, s'ils fe trouvent munis des inftructions néceffaires, les trois colleges entrent chacun dans leur appartement. C'eft là que le directeur de chaque college propofe de nouveau l'affaire, la remet en délibération, & va aux voix. Les fecretaires de légation ont foin de les récueillir. Il y a rarement quelque débat ; car le fang froid des Allemands fait que chacun dit fon fentiment avec douceur, & donne tout uniment fon fuffrage. Enfin, lorfque la pluralité des voix a décidé l'affaire, le college des électeurs & celui des princes, fe communiquent réciproquement la réfolution qu'ils ont prife. Si elle n'eft pas uniforme, on tâche par de mutuelles députations, de concilier les efprits, & à force de délibérer, d'ajouter, de diminuer & de changer, on parvient enfin à mettre d'accord les réfolutions des deux colleges fupérieurs. Cela fait, on procede à ce qui s'appelle, en ftyle du Barreau, la *relation & la correlation ;* c'eft-à-dire, que le troifieme college, qui eft celui des villes & des comtes, envoie fes députés dans une falle particuliérement deſtinée à cet uſage, où on leur communique la réſolution priſe par les autres colleges. Ordinairement ils s'y conforment, d'autant plus, qu'une oppoſition de leur part ne changeroit pas la pluralité, qui a déja eu lieu par les deux colleges ſupérieurs. Cependant il eſt certain que le troiſieme college a donné ſouvent des avis ſi équitables, ſi motivés, & ſi ſalutaires au bien de la patrie, que les deux autres ont jugé à propos de s'y conformer, & de changer leurs réſolutions. Après que les trois colleges ont réuni leurs ſuffrages, on les couche par écrit; & c'eſt ce qu'on nomme *dreſſer une réſolution de l'empire*. Cette réſolution eſt remiſe au commiſſaire principal, qui l'envoie à ſa majeſté impériale. Lorſque l'empereur l'a renvoyée avec ſa confirmation, on l'appelle un *decret de l'empire*; & quand ces décrets ont été rédigés par écrit, que tous les états les ont ſignés, & qu'ils y ont appoſé leur ſceau, ils obtiennent force de loi. Ceux que l'on publioit anciennement lorſqu'une diete ſe ſéparoit, furent nommés en Allemand *Reichs Abſchiede*; terme que l'on ne ſauroit mieux rendre en François, que par *acte de congé* de la diete du Saint-Empire. Mais depuis l'année 1654, on n'a point fait d'ordonnance de cette derniere eſpece.

§ XXIX.

Outre l'aſſemblée générale de la diete, il y avoit encore autrefois cinq aſſemblées particulieres, dans leſquelles les différents états de l'empire délibéroient ſur les matieres ou les objets qui ſont de leur reſſort. Nous croyons devoir les faire connoître ici; car, quoique ces aſſemblées n'aient pas été convoquées depuis long-temps, le droit de le faire n'eſt pas éteint pour cela. Il y a donc;

Les élec-
teurs.

1°. *L'assemblée des électeurs*, à laquelle l'empereur a droit d'affister, à moins qu'on n'y traite de certaines prérogatives des électeurs, ou bien qu'on n'y difcute quelques démêlés qu'ils peuvent avoir avec S. M. I. Le droit *d'élire un empereur* eft un des plus beaux privileges des électeurs ; mais celui de dreffer la capitulation impériale, & de prefcrire à l'empereur les conditions fous lefquelles on lui remet le fceptre de l'empire, n'eft pas moins important. Auffi les autres princes de l'Allemagne ont-ils fait toutes fortes de tentatives pour y participer ; mais, comme les électeurs ont par devers eux la derniere raifon, qui eft *le pouvoir* & *la force*, toutes les remontrances des princes ont été infructueufes. Le college électoral eft fi puiffant, que les autres devroient fe contenter de conferver les prérogatives dont ils font en poffeffion, fans chercher à obtenir de nouveaux avantages. Au refte, ce college des électeurs regle toutes les affaires qui peuvent avoir du rapport au bien général de la patrie, comme les alliances avec les étrangers, les divifions dans l'empire, &c. On peut voir des particularités fur ce fujet dans le titre XII de la *Bulle d'or*, dans l'article VII de la capitulation de *Ferdinand III*, dans l'article VII, § *Gaudeant* de la paix de Weftphalie. Autrefois les électeurs s'affembloient de temps en temps dans une des villes de l'empire qui leur paroiffoit la plus convenable ; mais, depuis l'an 1663, que la diete eft permanente, & que les ambaffadeurs réfident conftamment à Ratisbonne, l'affemblée fe tient dans cette ville ; & l'électeur de Mayence qui en eft le directeur, propofe les affaires, & dreffe les réfolutions à la pluralité des voix.

Princes
d'empire.

2°. *La congrégation des princes* de l'empire eft univerfelle, ou particuliere. On la nomme *univerfelle*, lorfque tous les princes, tant eccléfiafti-

ques que féculiers, catholiques & proteftants, s'affemblent pour délibérer, foit fur des affaires générales de l'Allemagne, foit fur certaines prérogatives du college des princes en particulier. C'eft
l'archiduc d'Autriche & l'archevêque de Salzbourg,
qui font la convocation en qualité de directeurs,
qui indiquent le lieu ou le temps; mais ils font
obligés d'employer le ftyle de la fupplication,
bien-loin d'ofer prendre le ton impératif. La *congrégation particuliere* eft, lorfque quelques princes s'affemblent à tel endroit qui leur paroît le
plus propre pour prendre des mefures fur certains
objets particuliers. On en a vu tenir dans le dix-
feptieme fiecle pour la ligue de Smalcalde, &
en l'année 1700 à Goflar, à l'occafion de l'érection de la neuvieme dignité électorale.

3°. Les *prélats*, auffi-bien que les *comtes de l'em-* Comtes
pire, tiennent auffi quelquefois des affemblées en d'empire.
vertu du droit que leur donne la qualité d'états
immédiats du Saint-Empire. Chaque banc y élit
fon directeur, & on y traite des affaires qui ont
du rapport aux intérêts particuliers du college des
comtes, ou des repréfentations que l'on croit devoir faire à la diete.

4°. Les *villes libres* jouiffent également du droit Villes li-
des affemblées par députés, pour délibérer fur leurs bres.
intérêts particuliers, & fur le bien de la patrie
en général. On trouve dans l'hiftoire, que, dès
l'année 1256, les villes tinrent une pareille congrégation à Mayence. En 1523 on convint que
Strasbourg, Nuremberg, Ulm & Francfort, feroient deftinées à l'avenir, pour ces conférences.
Ces villes ont auffi obtenu le droit de convocation, & celui de faire par leurs députés l'office
de directeurs à cette diete; mais, depuis que
Strasbourg appartient à la France, cette ville a
perdu fes prérogatives.

Nobleſſe.   5°. *La nobleſſe* (ou l'ordre équeſtre de l'Allemagne) étant comptée à certains égards au nom-
bre des états de l'empire, elle a auſſi le droit de
tenir ſes dietes particulieres. On ſait déja que
ce corps des nobles ſe partage en trois claſſes,
qui ſont celle de Suabe, celle de Franconie, &
celle du Rhin. En 1577 les trois claſſes convinrent entr'elles, à Mergentheim, que pour le
bien de leurs intérêts communs, elles s'aſſemble-
roient dorénavant tous les ans, & que chaque
claſſe auroit alternativement la direction. Les villes
que l'on indiqua pour cet effet, furent Nordlingen, Mergentheim & Spire. Mais toutes ces réſolutions peuvent être changées ſelon les conjonctures des temps, & les intérêts du corps
de la nobleſſe. Au reſte, la diete générale de
l'empire, qui eſt permanente à Ratisbonne, ſuf-
pend toutes ces aſſemblées particulieres, à cauſe
de la commodité qu'on trouve d'y traiter des
affaires; le droit cependant, comme nous l'avons
déja dit, n'en ſubſiſte pas moins, & nous voyons
même de temps à autre, quelques exemples de
l'exercice de ce droit.

§ XXX.

Cercle de   Mais il eſt important de connoître encore le
l'empire.   Saint-Empire ſous un autre point de vue; ſavoir,
ſelon ſa diviſion en *dix cercles*. Dans les temps reculés, tous les princes & les états de l'empire, ainſi
que ceux de la nobleſſe immédiate, jouiſſoient d'un
droit fort ſingulier, & fort contraire à la ſaine
politique, qui étoit celui de ſe faire la guerre
entr'eux. On l'appelloit en Allemand *das Taüſt
Recht* (*jus belli privati.*) En vertu de ce privilege le moindre petit gentilhomme qui prenoit
querelle avec ſon voiſin, lui déclaroit la guerre,

l'avertiſſoit quelques jours d'avance, lui tomboit ſur le corps, armoit ſes domeſtiques & ſes vaſſaux, appelloit quelque autre à ſon ſecours, & ſe battoit contre ſon adverſaire juſqu'à ce qu'il fût ou vainqueur, ou vaincu. Ce droit pour le dire en paſſant, prouve bien à quel point les princes d'Allemagne ont toujours exercé la ſouveraineté dans leurs états; mais auſſi il eſt aiſé de voir, que ce même droit ne pouvoit manquer de devenir la ſource perpétuelle de mille & mille déſordres, qu'il affoibliſſoit la puiſſance réelle de l'Allemagne, & que les ennemis du dehors trouvoient toujours des moyens tout prêts pour y ſemer la diſcorde, & pour mettre intérieurement la combuſtion dans l'empire, au moment qu'ils voudroient l'attaquer.

Les empereurs *Wenceſlas*, *Sigiſmond*, *Albert II*, & d'autres, publierent toutes ſortes de réglements pour abolir ce pernicieux uſage; mais leurs efforts furent inutiles. Il n'y eut que *Maximilien I* qui ſurmonta toutes les difficultés, & qui fit publier, du conſentement de l'empire, à la diete de Worms, en l'année 1495, une ſanction pragmatique, qu'on appelle la *paix publique*, ou la *paix perpétuelle*. Pour donner de l'efficace à cette loi, il fonda la chambre impériale de Wetzlar, à laquelle on attribua l'autorité de juger tous les différends des membres de l'empire ſans exception. Mais, comme il falloit faire reſpecter les décrets de ce tribunal, *Maximilien* partagea toute l'Allemagne en ſix cercles, & commit aux directeurs & aux principaux états de chaque cercle, l'exécution des ſentences qui ſeroient rendues par la chambre impériale. Quelques années après, en 1512, à la diete de Cologne, on ajouta encore le cercle d'Autriche, celui de Bourgogne, celui du Bas-Rhin, & celui de la Haute-Saxe, aux fix autres ; & c'eft ainfi que les dix cercles prirent leur origine.

Vraifemblablement les empereurs, & fur-tout *Maximilien* d'Autriche, n'avoient pas en vue le feul bien de l'Allemagne, mais auffi leurs intérêts particuliers, lorfqu'ils firent l'arrangement dont nous venons de parler. *Maximilien* prévoyoit bien que c'étoit brider la fouveraineté des états de l'empire, que de la foumettre à un tribunal dont lui-même devenoit l'ame & le chef ; mais, quelque fubtile qu'ait pu être la politique de la maifon d'Autriche dans cette démarche importante, les effets en ont été très-avantageux pour l'Allemagne ; & on n'en doit pas même craindre des fuites fâcheufes, lorfque le trône impérial eft occupé par un prince qui n'eft pas trop formidable par fes propres forces.

Les dix cercles font donc ; 1°. celui d'Autriche ; 2°. celui de Bourgogne ; 3°. celui du Bas-Rhin, dit auffi cercle électoral ; 4°. celui de la Haute-Saxe ; 5°. celui de Suabe ; 6°. celui de Franconie ; 7°. celui de Baviere ; 8°. celui du Haut-Rhin ; 9°. celui de Weftphalie, & 10°. celui de la Baffe-Saxe. Chaque cercle a un ou deux directeurs, un chef ou colonel de fes troupes, & quelques officiers fubalternes. On peut comparer à certains égards les dix cercles d'Allemagne, aux douze grands gouvernemens de France ; avec cette différence que, dans les premiers, les charges font occupées par des princes fouverains en vertu du droit de leur naiffance, & de leurs états qui s'y trouvent fitués ; au-lieu que, dans les gouvernemens de France, le roi donne des emplois à de fimples particuliers felon fon bon plaifir. Dans le cercle d'Autriche, c'eft l'archiduc de ce nom qui fait l'office de directeur. Le cercle de Bourgogne étant prefque entiérement tombé au pouvoir de la France, & la maison d'Autriche ayant détaché du lien de l'empire les états qu'elle y conserve, il est naturel que les offices du cercle y cessent d'eux-mêmes. Dans le cercle de Baviere, c'est l'électeur du même nom qui dirige avec l'archevêque de Salzbourg. L'évêque de Bamberg, & les deux Marggraves de Brandebourg, Bareit & Anspach, alternativement ont la direction dans le cercle de Franconie. Dans celui de Suabe, c'est l'évêque de Constance & le duc de Wirtemberg qui dirigent. Les limites du cercle du Haut-Rhin ont été fort rétrécies : l'évêque de Worms & le comte Palatin de Simmern, y font la charge de directeurs. L'électeur de Mayence dirige seul le cercle du Bas-Rhin. Dans celui de Westphalie, le directoir est partagé entre l'évêque de Munster d'un côté, & l'électeur de Brandebourg de concert avec la maison Palatine de Neubourg de l'autre. L'électeur de Saxe est seul directeur du cercle de la Haute-Saxe. Dans le cercle de la Basse-Saxe, l'électeur de Brandebourg, en qualité d'archevêque de Magdebourg, est le premier directeur, & l'électeur de Hanovre exerce le co-directoire comme archevêque de Breme.

Le droit de convoquer les états du cercle, est étroitement uni avec celui de la direction dans les assemblées ; mais avec cette différence, que tous les princes directeurs ont le droit de convocation, au-lieu que tous ceux qui ont le droit de convocation, ne font pas nécessairement directeurs. Les princes qui ont le droit de convoquer, sont chargés du soin de fixer le lieu & le temps pour l'assemblée du cercle, d'en avertir les autres états par des lettres circulaires, de leur communiquer les points de délibération, de mettre en exécution ce qui a été résolu, de main-

tenir les loix & les décrets de l'empire, & d'exécuter les sentences des tribunaux supérieurs. Les
colonels du cercle leur prêtent main-forte à cet
effet, & commandent les troupes. L'exécution
d'une sentence peut aussi être commise à un autre prince, ou état du cercle ; mais c'est une
affaire bien scabreuse pour celui qui en est chargé.
Rien n'est plus aisé que de faire obéir les petits,
mais les grands se cabrent à l'ordinaire ; & quel
est le prince de l'empire qui en pareil cas puisse
mettre à la raison, par exemple, un archiduc
d'Autriche, un électeur de Brandebourg, ou un
électeur de Hanovre ? La voie de la négociation
est alors plus efficace que celle de la force, &
on tâche de faire comprendre à ces princes, qu'ils
doivent beaucoup de leur grandeur & de l'état
formidable dans lequel ils se trouvent, au maintien du système de l'empire & de ses loix ; &
que ce seroit bouleverser l'un & l'autre que de ne
pas se soumettre aux sentences rendues. Au reste
les directeurs ont aussi des adjoints (*Zugeordente*)
qui les assistent de leurs conseils ; & outre cela
encore, des secretaires du cercle, des trésoriers,
caissiers, clercs, copistes, & des bédaux. Les
provinces de l'Allemagne les plus voisines de la
France, sont dites *Vorliegende craise* ou les *cercles
exposés* ; & comme en effet elles ont beaucoup
souffert depuis quelques siecles par les invasions de
la France, & par les guerres funestes entre la
maison d'Autriche & de Bourbon, la moitié des
cercles de l'empire se sont réunis entr'eux par une
alliance encore plus étroite ; & on les appelle les
cercles associés. Mais la lenteur qui regne dans
leurs délibérations, & le manque de vigueur, lorsqu'il s'agit d'exécuter, sont cause qu'ils n'ont jamais pu s'opposer avec assez d'efficace à ces tor-
rents de guerre, qui ont passé par leur territoire,
&

& qui y ont fait de funeftes ravages. Au refte, chaque cercle tient fes affemblées particulieres, lorfque le befoin l'exige. Il y a des villes deftinées à cet ufage ; le directeur fait la convocation ; les états y envoient leurs députés, & l'empereur a le droit d'y comparoître par un commiffaire délégué.

§ XXXI.

Nous avons dit plus haut, que pour décider les différends qui peuvent furvenir entre les princes & les états de l'Allemagne, comme auffi pour juger les procès des particuliers, l'empereur *Maximilien I* a fondé la chambre impériale, à laquelle on a ajouté dans la fuite le *Confeil-Aulique*. Il importe de connoître un peu plus particuliérement ces deux fuprêmes tribunaux de l'empire. La chambre impériale.

La chambre impériale, établie en 1495, tient fes affifes à *Wetzlar* dans la Wétéravie depuis l'an 1690. Elle y fut transférée à caufe de la guerre, comme en lieu de fûreté, & elle eft compofée de la maniere fuivante.

1°. Le juge de la chambre, qui eft prince ou comte.

2°. Quatre préfidents, deux catholiques, & deux proteftants.

3°. Cinquante affeffeurs ; favoir, vingt-fix catholiques & vingt-quatre proteftants. La moitié de ce nombre eft prife dans l'ordre des nobles, & l'autre moitié parmi les gens de loi. C'eft ce qui fait naître la diftinction entre ceux qui font affis au *banc des nobles*, & ceux qui occupent le *banc des lettrés*. Tel étoit l'arrangement qui fut fait par la paix de Weftphalie ; mais, comme l'entretien de tant de perfonnes eût coûté au-delà de foixante mille écus par an, & que les revenus ne fe trouverent pas fuffifants pour cette dépenfe, le nom

bre des affeffeurs a été confidérablement diminué ; il en refte néanmoins toujours affez pour
faire les affaires. Chacun des membres de l'empire eft taxé felon fon état & fes facultés à payer
pour l'entretien de ce tribunal, un certain contingent ; & c'eft ce qu'on nomme en Allemand
Gammer-Zieler. Au refte, la chambre impériale
repréfente la majefté de l'empereur, des électeurs, des princes & des états de l'empire en
corps. Elle a une jurifdiction commune avec le
Confeil-Aulique, & juge les mêmes cas. Les parties litigantes ont le choix de s'adreffer auquel des
deux tribunaux il leur plaît, pour faire juger leurs
caufes. Cependant, comme le Confeil-Aulique dépend plus immédiatement de l'empereur (ainfi que
nous l'allons voir tout à l'heure,) il eft de la politique des électeurs de foutenir par tous les moyens
poffibles, l'autorité & l'activité de la chambre de
Wetzlar. Les conftitutions fondamentales de l'empire, les loix reçues, & la théorie générale du
droit civil, telle qu'elle eft ufitée en Allemagne,
fervent de regle à ce tribunal pour décider les
affaires, & dreffer les fentences. Mais elle fuit encore outre cela, des ordonnances particulieres
pour la forme & la maniere de conduire les procès, & de prononcer ; c'eft ce qu'on appelle *le
réglement de la chambre impériale.* Toutes ces
ordonnances ont été recueillies dans un volume
qui a paru à Francfort en 1742, fous le titre de
Corpus juris cameralis. Enfin la diete de l'empire
envoie de temps en temps une députation pour
vifiter ce tribunal, & pour examiner fi la juftice
y eft duement adminiftrée.

§ XXXII.

Le confeil-
aulique.   Le *confeil-aulique,* fecond tribunal fuprême,
dépend uniquement de l'empereur, en qualité

de premier juge de la Germanie. Ce conseil siege dans la ville où l'empereur fait sa résidence ordinaire ; & il juge de tous les cas litigieux qui surviennent dans l'empire, à l'exception de quelques-uns qui font expressément marqués dans les constitutions. Lorsque l'empereur fait quelque voyage éloigné, ou de longue haleine, le conseil-aulique suit S. M. I., & à la mort de ce monarque, on met le scellé sur la chancellerie ; au-lieu que la chambre de Wetzlar demeure en activité pendant que le trône de l'empire se trouve vacant, & elle est régie alors par les deux vicaires. L'empereur nomme aussi à tous les emplois de ce tribunal, & il paie ceux qui y ont des charges ; c'est pourquoi tous les officiers prêtent serment à l'empereur seul, & non à l'empire. Ces officiers font ;

1. Le président, qui est aussi pour l'ordinaire un prince ou un comte, & qui représente la personne sacrée de S. M. I.

2. Le vice-chancelier de l'empire.

3. Le vice-président du conseil-aulique.

4. Huit conseillers auliques, ou assesseurs nobles.

5. Dix conseillers ou assesseurs lettrés.

Dans le nombre de ces conseillers auliques il y a six protestants, & parmi ceux-ci un de la religion réformée.

Au reste, nous ne faisons point mention ici des officiers subalternes qui font employés à ce tribunal, comme fiscal, avocat du fisc, trésorier, caissier, avocats ordinaires, procureurs, protonotaires, secretaires, régistrateurs, copistes, bedaux, & autres que l'archevêque de Mayence, en qualité de chancelier de l'empire, a droit de placer non-seulement au conseil-aulique, mais aussi à la chambre de Wetzlar. Le même électeur de Mayence fait aussi de temps à autre ce qu'on appelle la *visitation* du conseil-aulique ; c'est-à-dire, qu'il recherche si la justice y est bien rendue. Ce tribunal a ses réglements particuliers pour instruire les procès, & les conduire jusqu'à la décision. Mais il suit les mêmes principes de jurisprudence que la chambre impériale dans les affaires litigieuses. Le dernier des réglements du conseil-aulique a été émané de l'empereur *Ferdinand III*, & il est de 1654. Nous avons déja dit que les deux tribunaux supérieurs ont jurisdiction commune ; mais les empereurs tâchent sans cesse d'étendre les bornes de l'autorité du conseil-aulique, en resserrant le pouvoir de la chambre. La raison n'en est pas difficile à concevoir.

§ XXXIII.

Loix de l'empire.

Après avoir appris à connoître la forme du gouvernement en Allemagne, les personnes qui composent le sénat dans lequel réside la souveraine puissance, & les tribunaux qui ont droit de juger les affaires particulieres, il est temps d'examiner quelles sont les *loix fondamentales* qui servent de base à tout le systême du Saint-Empire Romain. Les loix de l'empire sont, ou *écrites*, ou *coutumieres*. A l'égard de celles qui sont écrites, on peut dire avec les plus habiles jurisconsultes, que ce sont *des conventions faites entre l'empereur & les états de l'empire, par lesquelles on régla la forme & le systême de la république soit en entier, soit en partie*. Cette définition générale est d'autant plus essentielle, qu'elle détruit l'erreur de ceux qui pourroient regarder l'empereur comme le souverain législateur de l'Allemagne, & qu'au contraire, elle fait voir que les membres de l'empire concourent très-efficacement, lorsqu'il s'agit de dicter quelque nouvelle loi. Il est bon même de remarquer, que ce qu'on appelle dans la jurisprudence *l'interprétation authentique des loix*, n'appartient qu'à l'empereur & aux états de l'empire conjointement.

La premiere de ces loix fondamentales est appellée la *bulle d'or*. Elle tire cette dénomination du grand sceau d'or, aux armes impériales, qui y est attaché. Cette loi fut publiée en 1356, sous le regne de l'empereur *Charles IV*, à la diete de Nuremberg, & à celle de Metz. Elle contient plusieurs réglements sur la maniere d'élire un empereur & de le couronner ; elle fixe la dignité & les droits des électeurs ; elle regle la cour de l'empereur ; elle établit les officiers du palais, & détermine leurs fonctions. L'exemplaire authentique de cette loi, écrit en langue latine & en caractere gothique, est conservé comme un monument très-précieux dans la ville de Francfort sur le Mein, où se fait ordinairement l'élection de l'empereur. Toutes les cérémonies qui ont été réglées par la *bulle d'or*, parmi lesquelles il y en a d'assez bizarres, s'observent encore aujourd'hui fort exactement, quoiqu'il y ait près de quatre siecles que cette loi a été donnée. Il y a cependant quelques articles que le changement des temps & des mœurs a abolis, comme ceux qui prescrivent le convoi que les princes doivent fournir aux électeurs ou à leurs ambassadeurs, lorsqu'ils se rendent à la diete d'élection d'un nouvel empereur ; ou ceux qui ont pour objet les guerres particulieres entre les états de l'empire, & divers autres.

Nous avons déja rapporté plus haut, que l'empereur *Maximilien I*, ayant voulu détruire l'usage de ces guerres particulieres qui désoloient l'Allemagne, fit publier, du consentement des états de l'empire, l'an 1495, à la diete de Worms, une *sanction-pragmatique*, qui a été nommée, la paix

Bulle d'or.

Paix publique.

D d iij

publique, ou perpétuelle. Cette feconde confti=
tution fondamentale de l'empire a été reconnue
pour telle; & elle contient principalement les ar=
ticles fuivants.

1°. Nul ne déclarera la guerre à autrui, ne l'atta=
quera, ne le pillera, ne le fera prifonnier, ni ne le dé=
boutera de fes juftes poffeffions; mais tout membre
de l'empire fe foumettra aux décifions de la juftice.

2°. Chacun accordera un paffage libre par fon
territoire aux fujets des autres, & n'exercera au=
cune violence contre eux.

3°. Perfonne ne féduira les fujets d'autrui, ne
les foulevera contre leur feigneur, ni ne pro=
tégera ceux qui fe font enfuis pour crime.

4°. Les états fe faifiront des vagabonds & des
gens fans aveu, qui rodent par le pays.

5°. Perfonne n'affiftera les infracteurs de la paix
publique; mais au contraire chacun fera tenu de
prêter main-forte, pour faire exécuter contre eux
les fentences prononcées.

6°. Les violateurs de la paix publique feront
condamnés au ban de l'empire, ou bien à une
amende de deux mille marcs d'or.

Paix de Weftpha lie.

Le traité de la paix de Weftphalie doit être
envifagé comme une loi fondamentale de l'em=
pire, non-feulement parce qu'elle a été reconnue
pour telle, mais auffi parce qu'en effet cette paix
a changé la face entiere de l'Allemagne, & lui
a donné la forme où nous la voyons aujourd'hui.
Car, toutes les provinces de l'empire ayant été
défolées par la guerre de trente ans, on parvint
enfin à terminer les démêlés des puiffances belligérantes dans deux congrès différents, dont l'un
fut tenu à Munfter, & l'autre à Ofnabruck, &
qui produifirent cette double paix de Weftphalie,
fi fameufe dans l'hiftoire, & dont les traités
font envifagés comme les fondements de la fé=

licité Germanique. Les parties contractantes sont d'abord, pour ce qui regarde la pacification intérieure de l'Allemagne, d'un côté l'empereur & les états catholiques de l'empire, & de l'autre, la Suede & les états protestants. En second lieu, la couronne de France & ses alliés y reglent les conditions de leur accommodement avec l'empereur & l'empire. La paix avec la Suede fut conclue le 6 août 1648, & avec la France le 14 octobre de la même année. On dressa deux instruments différents, l'un à Munster, & l'autre à Osnabruck. Ce deux pieces remarquables se trouvent dans tous les recueils des traités. La nature & les bornes de cet ouvrage ne nous permettent pas de donner ici un extrait de tous les articles qu'elle contient; mais comme la paix de Westphalie a été toujours prise pour base des autres traités qui se font faits entre les plus grands princes de l'Europe, & que d'ailleurs elle détermine d'une maniere fort claire & fort précise, les droits & les prérogatives de chaque état de l'Allemagne en particulier, nous conseillons à tous ceux qui veulent devenir habiles dans la politique, de se rendre ces deux traités extrêmement familiers. (*)

§ XXXIV.

Les capitulations impériales doivent encore être regardées comme autant de loix fondamentales *Capitulations impériales.*

(*) Mr. le professeur *Böhm*, célebre par d'autres ouvrages historiques & politiques, a donné les actes ou pieces authentiques de cette paix, avec les éclaircissements nécessaires, en latin, en deux volumes *in-quarto*. Il seroit à souhaiter que quelqu'un prît occasion de là de composer une nouvelle histoire de cette paix, qui fût préférable à celle du *P. Bougeart*, d'ailleurs très-estimée & digne de l'être. *Note de l'éditeur.*

de l'empire. Dès le temps des empereurs Carlovingiens, les chefs des peuples de l'Allemagne
firent promettre à ces princes, quand ils prenoient les rênes du gouvernement, qu'ils auroient
soin de maintenir les droits des peuples & de
l'église ; mais ces engagements étoient vagues,
& rarement écrits. Il n'y eut que lors de l'é-
lection de l'empereur *Charles-Quint*, qu'on pensa
à traiter cette affaire plus sérieusement, & qu'on
rédigea par écrit les conditions auxquelles la couronne impériale fut déférée à ce prince. L'instru-
ment dressé à ce sujet étoit partagé en divers
chapitres, qu'on appelloit alors en mauvais latin
Capitula ; & c'est ce qui a donné lieu à la dénomination plus barbare encore de *capitulatio*.
Depuis ce temps, les électeurs seuls ont obtenu
le droit de dresser, dans les conférences qu'ils
tiennent avant l'élection d'un empereur, une capitulation convenable aux besoins & à l'état actuel de l'Allemagne, ainsi que de la faire accepter
& ratifier solemnellement par ce nouveau chef
de l'empire. Les autres princes & états de l'Allemagne qui envient aux électeurs la prérogative
de conclure seuls un acte aussi important, ayant
tenté inutilement toutes sortes de moyens pour
y concourir, ont proposé à la fin, de faire une
capitulation perpétuelle qui pût servir à toutes les
élections futures d'un nouvel empereur. Cette
proposition n'a pas laissé que de trouver ses ap-
probateurs & ses partisans ; mais, comme dans
cette affaire, les électeurs sont jusqu'à présent
en possession, & du droit, & de la force, il est
à croire qu'ils se conserveront ce privilege exclusif.
D'ailleurs, la vicissitude des choses humaines empêche de prévoir toutes les révolutions qui peuvent arriver à un empire ; & par conséquent il
est plus expédient pour l'Allemagne, de laisser

les mains libres aux électeurs, afin qu'ils puissent retrancher ou ajouter certaines conditions qui paroissent, ou superflues, ou nécessaires au bien de la patrie. Par tout ce que nous venons de dire, il paroît qu'en général *la* CAPITULATION *est un accord que les électeurs font avec un empereur élu, par laquelle ce nouveau chef s'oblige par serment à ne gouverner l'empire que selon les regles & les maximes qui y sont prescrites.* Cette définition est d'autant plus essentielle, qu'elle sert à caractériser la forme du gouvernement de l'Allemagne, & à déterminer au juste les bornes de l'autorité impériale. Car il est bien à remarquer que le texte, ou la lettre de cette convention, dit positivement, & en termes formels, que l'empereur s'engage, *par maniere de pacte ou de contrat*, à observer ce qui est stipulé après, & que chaque article commence presque toujours par ces mots : *Nous devons aussi & nous voulons* agir de telle ou telle maniere dans tel, ou tel cas, &c. Ceux qui voudront s'instruire plus à fond de cette matiere, peuvent lire avec fruit la belle traduction françoise que M. le baron *de Spohn* a donnée de la capitulation de l'empereur *Charles VII* avec des notes très-judicieuses & très-instructives.

§ XXXV.

Les décrets de la diete de l'empire, sont aussi comptés au nombre des loix fondamentales. Le nom Allemand, (*) qu'on leur donne, signifie proprement *Acte de congé de la diete ;* ce qui dérive encore des temps où cette assemblée n'étoit pas permanente. Car on convoquoit alors une diete quand le besoin l'exigeoit ; on y faisoit

Décrets de la diete.

(*) *Reichs Abschied.*

les loix ; & après qu'on les avoit publiées, l'affemblée étoit congédiée, & les états fe féparoient.
Aujourd'hui l'ufage a changé, car depuis l'année 1654, que la diete fubfifte conftamment,
l'empire fait émaner fes décrets fur tous les objets qui fe préfentent; ces décrets font des loix,
& en obtiennent d'abord toute la vigueur. Il ne
fera pas néceffaire de remarquer, que tous les
états de l'empire concourent auffi dans cette partie de la légiflation. On trouve plufieurs recueils
de ces décrets de la diete, tant des anciens que
des modernes; mais il n'y en a aucun qui foit
exact & authentique. Il feroit à fouhaiter que l'é-
lecteur de Mayence, (qui en qualité d'archichancelier de l'empire, eft dépofitaire de la chancellerie) voulût en former une collection complette, & la faire publier; ce qui feroit d'autant
plus utile, que, felon les conftitutions de l'empire, aucun décret ne doit être imprimé, ni
réputé authentique, qui n'ait été revu & trouvé
conforme à l'exemplaire de Mayence, lequel eft
muni de la fignature de l'électeur & du fceau impérial.

§ XXXVI.

<table>
<tr><td>

Ordon-
nances de
la cham-
bre impé-
riale & du
confeil-au-
que.

</td><td>

Nous avons déja dit, que *les ordonnances de
la chambre impériale, & du confeil-aulique* ont
été données à ces tribunaux par l'empereur &
par l'empire, pour leur fervir de regle dans la
décifion des affaires litigieufes qui font portées
devant eux. Ces réglements font auffi placés au
rang des loix fondamentales de l'empire; & on
les trouve en entier dans un ouvrage qui porte
pour titre, *Schmaufens corpus juris publici.* Ce
livre, pour le dire en paffant, forme le recueil
le plus complet qui ait paru jufqu'ici de toutes
les conftitutions du Saint-Empire Romain. Il eft

</td></tr>
</table>

d'une utilité infinie à tous ceux qui s'appliquent à ce genre d'étude, ou que leurs emplois obligent de travailler sur ces matieres. Les pieces originales qu'on y a compilées, sont écrites en langue Allemande ou Latine ; de maniere que ce sont les Allemands qui peuvent en faire le plus grand usage, & qui en effet sont les plus intéressés à connoître tous les détails & toutes les particularités de leurs loix.

§ XXXVII.

Voilà ce qui regarde les loix écrites. *Le droit coutumier* n'est pas moins d'un grand poids & d'une grande considération en Allemagne. On l'appelle dans la langue du pays *das Reichs Hertommen* ; ce qui veut dire *la pratique du Saint-Empire.* Ce mot se trouve à tout moment dans les actes publics, & dans les ouvrages qui paroissent sur cette matiere. Nous le rapportons ici pour empêcher que nos lecteurs ne tombent dans l'erreur de cet auteur François qui assure gravement, qu'il y a en Allemagne un savant du premier ordre en fait de droit public, dont les écrits sont cités fort souvent, & qui s'appelle Mr. Herkommen, (*) mais dont il n'a jamais eu le bonheur de voir les ouvrages. Au reste, tout le monde sait que *la coutume est une répétition fréquente d'actions toujours homogenes :* ainsi le droit coutumier n'est autre chose qu'une regle qui est venue jusqu'à nous par tradition, & que nous suivons dans la décision des affaires qui n'ont point été réglées par quelque loi positive. Au reste, il faut qu'une coutume soit bien solidement & authentiquement prouvée, si on

Droit coutumier.

(*) C'est à peu près comme les Encyclopédistes ont cité *le chevalier Novenaire*, pour le *Chronicon Novenarium.* Note de l'éditeur.

veut s'en prévaloir en Allemagne. Les archives font les meilleurs guides dans des routes auſſi incertaines : on y voit toutes les meſures que l'on a priſes dans chaque cas particulier.

§ XXXVIII.

Ban de l'empire. La plus grande punition què dictent les loix contre les princes ou les états de l'Allemagne, qui ſe rendent coupables de rebellion & de félonie, c'eſt le *ban de l'empire* qui forme une eſpece de proſcription, par laquelle, ſelon la premiere inſtitution, celui qui y eſt mis, perd ſes états, ſon honneur, & même ſa vie ; étant déclaré digne de mort, & permis à chacun de lui *courre ſus*, & de le tuer. On comprend bien qu'un arrêt auſſi ſévere, ne ſauroit être prononcé que par l'empereur & par tout l'empire en corps, & qu'il faut que le crime ſoit bien grand, pour en venir à une pareille extrémité. Auſſi les conſtitutions ne font-elles mention que de *trois cas*, où l'on puiſſe punir du ban ; ſavoir, 1°. pour crime d'infraction de la paix publique ; 2°. pour crime de leze-majeſté, ce qui s'entend contre tout l'empire, & 3°. pour crime de perduellion. On trouve des particularités ſur le ban de l'empire dans le vingtieme article de là capitulation de l'empereur *Charles II*. Les exemples de ce châtiment ſont très-rares ; & aujourd'hui la rigueur en eſt fort modérée.

§ XXXIX.

Affaires de religion. Nous voici parvenus aux affaires de religion. Les anciens Germains adoroient en général un Dieu qu'ils appelloient *Teuton*, lequel étoit iſſu, ſelon eux, de la déeſſe *Erda*, & qui avoit un fils nommé *Man*. (*) Outre cette divinité com-

(*) Le mot de *Erde* veut dire en Allemand la *terre*.

mune, les différents peuples en avoient encore de particulieres, auxquelles ils rendoient un culte religieux. C'eſt ainſi qu'on voyoit en Allemagne le Dieu *Crodon*, la déeſſe *Trigla*, l'*Irmenſaul*, & quantité d'autres idoles. Cette derniere fut détruite par Charlemagne (*) l'an 773. Quoique le *Paganiſme* ait ſubſiſté fort tard dans ce pays, il eſt certain néanmoins, que du temps même de l'égliſe primitive, pluſieurs évêchés furent fondés ſur les bords du Rhin & du Danube ; mais la grande migration des peuples qui arriva dans le cinquieme ſiecle, & qui changea toute la face de l'Europe, détruiſit auſſi tous ces établiſſements. Charlemagne qui rétablit l'empire d'Occident, & qui en transféra le ſiege en Allemagne, y introduiſit en même temps le *Chriſtianiſme*. ſaint Boniface, dans le huitieme ſiecle, parvint à y fonder pluſieurs évêchés. Une entrepriſe auſſi difficile ne pouvoit guères réuſſir ſans la participation du ſaint ſiege ; & les Pontifes de Rome contribuerent beaucoup au ſuccès qu'elle eut ; cependant il eſt conſtant, que jamais les Papes n'ont pu obtenir le droit de diſpoſer des évêchés, mais que les chanoines ont toujours conſervé le privilege d'élire leurs évêques. Dans les commencements, il n'appartenoit même qu'aux empereurs d'inveſtir ces nouveaux évêques, comme on diſoit, *per annulum & baculum ;* mais Rome n'eut point de repos

Le Dieu *Teuton*, ou *Tuiſton*, donna ſon nom à tout ce peuple. Le mot de *Mann* ſignifie *homme*. Tout cela étoit vraiſemblablement allégorique.

(*) On peut recourir au traité d'Elie Schedius, *de Diis Germanorum*, ou à *l'hiſtoire des Celtes* de M. Pelloutier qu'on réimprime actuellement à Páris, avec une continuation que l'auteur avoit laiſſée en manuſcrit. *Note de l'éditeur.*

qu'elle n'eût obtenu ce droit d'inveſtiture, qui lui fut cédé par l'empereur l'an 1122. Cependant, comme les évêques d'Allemagne ſont en même temps princes, & qu'ils forment les états de l'empire, ils ſont obligés de ſe faire inveſtir de leur *dignité temporelle* par l'empereur ; & le Pape les met en poſſeſſion du *pouvoir ſpirituel*, & de tous les droits qui y ſont attachés. Les archevêques, ainſi que quelques évêques, ſe voient même contraints d'aller chercher à Rome le *pallium*, ou manteau épiſcopal, ſans lequel ils ne ſauroient exercer les ſaintes fonctions de leur charge. Ce meuble ſacré de la toilette épiſcopale, reſſemble à un manteau autant qu'à un moulin-à-vent. C'eſt une eſpece de collier qui a quatre doigts de large, & auquel ſont attachés deux rubans, dont l'un pend par devant, & l'autre par derriere, & dont les bouts ſont cachetés d'un ſceau de plomb. Il eſt tiſſu de la laine *de deux agneaux fameux*, à cauſe qu'ils ſont choiſis d'entre ceux que les religieuſes de ſainte Agnès à Rome nourriſſent, & qui ſont bénis ſur l'autel le 21 janvier, fête de cette ſainte. Jamais ornement frivole ne coûta ſi cher que ce manteau Romain; car les fraix d'achat & de tranſport, montent à plus de vingt-cinq mille écus d'Allemagne; & pour comble de malheur, cette dépenſe eſt renouvellée à chaque élection d'un nouvel archevêque, parce que cette piece de garde-robe n'eſt point héréditaire. Il n'eſt pas difficile de comprendre que cette invention doit être miſe au rang de celles que le ſaint ſiege a trouvées pour augmenter ſes revenus. Mais ce n'eſt pas là le ſeul abus que les Papes firent d'abord du pouvoir d'inveſtir les évêques, que *Henri V* avoit accordé à *Calixte II*. Les griefs & les clameurs des Allemands étoient ſi conſidérables, que l'em-

pereur *Fréderic III* se vit obligé d'y porter remede, en faisant avec le Pape *Nicolas V*, en
1148, la fameuse convention qui est si connue
sous le titre de *Concordat de la nation Germanique*, & qui a été reçue comme une loi fondamentale de l'empire, mais dont cependant les
états protestants ont été déclarés libres & exempts
par la paix de religion, & par celle de Westphalie. Ces concordats comprennent principalement
les six articles suivants.

1°. Les bénéfices ecclésiastiques à Rome, &
à deux journées à l'entour, demeureront à la
disposition du saint siege.

2°. Dans les autres chapitres, l'élection canoni-
que aura lieu, & le Pape ne se réserve que la
confirmation.

3°. Le Pape & les évêques disposeront alternativement des petits bénéfices.

4°. Le Pape donnera les bénéfices qui vien-
dront à vaquer dans les mois de janvier, mars,
mai, juillet, septembre & novembre, que l'on
nomme *menses papales*.

5°. Les évêques disposeront de tout ce qui
viendra à vaquer dans les autres six mois, que
l'on appelle *menses épiscopales*. Il est à remarquer
que l'avarice de Rome n'a pas laissé échapper les
mois qui ont trente-un jours.

6°. On donnera une somme d'argent au Pape
pour les *annates*, ou revenus de la premiere année que le saint siege tiroit auparavant de tous
les bénéfices ecclésiastiques qui vaquoient.

Après cette convention, la religion catholique
fit les progrès les plus grands & les plus rapides
en Allemagne. Elle s'y soutint constamment jusqu'au commencement du seizieme siecle, & n'é-
prouva aucune révolution fatale pendant ce grand
nombre d'années. Mais le malheur voulut que

le catholicifme produisît plufieurs effets funeftes, & fur-tout que la barbarie la plus honteufe s'introduisît avec lui. L'induftrie, le commerce, les arts, les fciences, les belles-lettres, en un mot, tout ce qui peut faire le bonheur & la gloire d'une nation, fut prefque anéanti. Au contraire, l'ignorance, la fuperftition, le fanatifme monacal & la groffiéreté des mœurs, regnoient par-tout. Les débris des fciences étoient renfermés dans les couvents; mais le pédantifme les y défiguroit. D'un autre côté, Rome étoit toute-puiffante en Allemagne; les prêtres & les moines exerçoient un empire tyranique fur les peuples & fur les confciences. Il n'eût peut-être tenu qu'à eux, de faire brouter l'herbe aux hommes; les évêques hargneux & trop puiffants fufcitoient toutes fortes de querelles dangereufes aux princes; enfin l'édifice de la religion Romaine s'affaiffa, pour ainfi dire, par fon propre poids. Les maux que cette religion faifoit naître, comblerent la mefure; &, fi j'ofe m'exprimer ainfi, un atome fit couler à fond cette maffe furchargée d'impuretés. Les indulgences que le Pape vendit, & dont on fit un indigne trafic, revolterent les Allemands. *Luther* parut, & leur défilla les yeux. Son nouveau fyftême, ou plutôt fa réforme de religion, fut adoptée par la moitié de l'Allemagne. Il fut mis au ban de l'églife, mais fes fectateurs protefterent contre cet attentat en 1529, à Spire, & obtinrent par-là le nom de *proteftants*. D'abord après la mort de *Luther*, les princes qui avoient fuivi fa doctrine, s'unirent à Smalcalde, & la guerre de religion éclata. Malgré les victoires que *Charles-Quint* remporta fur les proteftants confédérés, on en vint à la fin à un accommodement; & l'an 1553, on fit une tranfaction à Paffau, qui fut bientôt fuivie de la paix générale. Celle-ci fut

conclue

conclue à Augsbourg en 1555, elle est connue dans l'empire sous le nom de *la paix de religion*, & y a obtenu force de loi. Les principaux articles sont ;

1°. Les états protestants jouiront d'une entiere sûreté par rapport à leur religion, & seront rétablis dans la possession des biens de l'église qui leur ont été enlevés.

2°. Si un évêque ou prélat veut changer de religion, & embrasser celle des protestants, il sera permis au chapitre d'en élire un autre à sa place.

3°. La jurisdiction ecclésiastique est entiérement abolie dans tous les pays appartenants aux protestants.

4°. Il sera libre aux sujets qui embrassent une religion différente de celle de leur prince, d'établir leur domicile ailleurs, moyennant qu'ils paient le dixieme de leurs biens, & les autres droits usités dans les cas d'émigration.

5°. Les violateurs de cette paix subiront la même punition que ceux qui enfreignent la paix publique.

6°. Par un décret particulier on pourvoit à la sûreté des sujets protestants qui vivent sous la domination d'un prince catholique.

Les traités de paix font naître les guerres, & les guerres donnent lieu à des traités de paix : l'Allemagne éprouva ces révolutions. Après que la paix de religion eut été conclue, l'empire resta quelque temps tranquille ; mais la guerre de trente ans, qui commença avec le dix-septieme siecle, avoit fonciérement pour objet, des différends survenus pour cause de religion. Des puissances étrangeres y furent impliquées, & le sort des armes fut tantôt favorable, & tantôt funeste aux états protestants ; mais en général toute l'Allemagne fut défolée par ces troubles, qui furent terminés enfin par voie d'accommodement. C'eft ce qui, fe fit au congrès de Munfter, & à celui d'Osnabruck. Dans cette fameufe *paix de Weftphalie*, on confirma

1°. La paix de religion, & on déclara très-expreffément, que ceux qui font profeffion de la religion réformée, feroient compris dans les privileges accordés aux proteftants luthériens, & qu'ils jouiroient des mêmes droits & libertés.

2°. Qu'à l'égard des biens & des fondations eccléfiaftiques, les chofes feroient laiffées dans l'état où elles étoient le 1 janvier 1614, & c'eft ce qu'on appelle *annus regulativus*, *l'année de regle*.

3°. Que fi un prélat ou eccléfiaftique proteftant embraffoit la religion catholique, il perdroit également fa dignité & fes revenus.

Ce font là les articles les plus remarquables de la paix de Weftphalie, qui ont pour objet les affaires de religion. C'eft le fondement de la liberté de confcience dont jouiffent les catholiques, les luthériens & les réformés, que l'on nomme pour cela *ceux des trois religions tolérées dans le Saint-Empire*. Toutes les ftipulations rapportées ci-deffus ont été confirmées encore par les traités de paix de Ryfwick, de Bade, de Vienne, & autres.

§ XL.

Corps catholique & corps évangélique.

La diverfité des trois religions dominantes dans l'empire, y fait naître la diftinction entre *le corps catholique* & *le corps évangélique*, comme on s'exprime ordinairement : c'eft-à-dire, que tous les états catholiques font caufe commune pour veiller aux intérêts de la religion Romaine, tandis que les luthériens & les réformés de leur côté, fe réuniffent pour travailler d'un commun accord au maintien & à l'avancement de la religion proteftante. Ceux de l'églife Romaine s'affemblent fous la direction de l'électeur de Mayence ; mais ces affemblées, ou conférences, ont été tenues fort rarement : car, comme depuis la réformation jufqu'à nos jours, les catholiques ont toujours été les plus puiffants en Allemagne, & qu'ils ont tâché fans ceffe d'empiéter fur les droits & privileges des proteftants, il ne falloit pas beaucoup de pourparler pour cela, & chaque prince catholique travailloit en particulier à ce but. Au contraire, les états proteftants, plus foibles par eux-mêmes, & perpétuellement attaqués par les autres, fe font vus dans la néceffité de fe concerter fort fouvent fur les moyens les plus propres, pour parer les coups qu'on avoit deffein de leur porter, & pour réfifter aux entreprifes du catholicifme. Voilà pourquoi le corps évangélique eft fi connu dans l'empire ; & c'eft auffi la raifon pour laquelle nous fommes obligés d'en parler en cet endroit. C'eft la maifon de Saxe qui eft chargée de la direction du corps-évangélique. Lorfque l'électeur Fréderic-Augufte de Saxe prit le parti d'abandonner la religion luthérienne pour occuper le trône de Pologne, les proteftants fe trouverent dans un étrange embarras. Il n'étoit pas convenable de laiffer à la tête de leur corps un prince catholique, & qui pouvoit avoir pris les fentiments perfécuteurs, qui font ordinairement une fuite de l'apoftafie. D'un autre côté, on ne vouloit pas perdre une puiffance auffi confidérable que la Saxe, ni la voir fur-tout paffer dans le parti oppofé, ce qui eût détruit l'équilibre encore bien davantage. Cette derniere raifon l'emporta, & la maifon de Saxe conferva la direction du corps évangélique fous des conditions qui lui furent préscrites, & auxquelles elle s’engagea solemnellement.

Les mémoires que ce corps présente à la diete, sont signés de la maniere suivante, par où l’on pourra voir aussi tous ceux qui le composent.

L’électeur de Saxe, l’électeur de Brandebourg, l’électeur de Hanovre.

Magdebourg, Saxe-Weimar, Eisenach, Cobourg, Gotha, Altenbourg, Brandebourg-Culmbach, Brandebourg-Anspach, Brunswick-Zell, Calenberg, Grubenhagen, Halberstadt, Poméranie-Antérieure, Mecklembourg, Schwérin, Gustrow, Würtemberg, Hesse-Darmstadt, Hesse-Cassel, Saxe-Lauenbourg, Minden, Anhalt, Henneberg, Ratzebourg, Montbeillard, Nassau-Dillenbourg, Nassau-Siegen, & Nassau-Dietz. Les comtes de Wétéravie, les comtes de Franconie, les comtes de Westphalie.

Les villes libres du banc du Rhin, Brême. Trideberg.
Les villes libres du banc de Suabe, Heilbron. Nordlingen.

Il est certain qu’aujourd’hui ce corps évangélique n’est plus si foible, depuis que les maisons de Brandebourg, de Hanovre, de Hesse, de Brunswic, & autres, ont acquis tant de puissance. Au reste, nous dirons, pour finir cet article, que le clergé catholique est tout aussi puissant en Allemagne qu’ailleurs; qu’il a des revenus immenses, & que les archevêques, les évêques, ainsi que quelques abbés, y sont princes souverains. Les ecclésiastiques protestants au contraire, n’ont ni pouvoir, ni titre, ni richesses, ni autorité. Ils sont par-tout soumis au pouvoir temporel, & on ne leur a pas même laissé de quoi exciter l’émulation dans leur étude.

§ XLI.

Quant à *la guerre & à la paix*, nous avons Droit de déja dit plus haut, qu'il n'appartient qu'à la diete la guerre générale, c'eſt-à-dire, à l'empereur & aux états & de la conjointement, de faire ou l'un, ou l'autre. Lorſ- paix. que, dans des temps de troubles, ou quand l'empire eſt attaqué, la guerre a été réſolue à la diete, on y traite auſſi d'abord des moyens qu'il convient d'employer pour la conduire avec ſuccès; & il s'agit alors ordinairement des queſtions ſuivantes; 1°. de quelle maniere on aſſemblera l'armée de l'empire; 2°. comment on la pourvoira de vivres & d'autres munitions; 3°. quelle artillerie on lui donnera; 4°. combien d'argent on levera pour les fraix de la guerre; 5°. ſi on formera une caiſſe générale pour les opérations de la guerre; ou bien ſi les cercles auront chacun leur caiſſe particuliere; 6°. de quelle façon on remédiera aux déſordres commis par les ſoldats; 7°. ſur quel pied on réglera les marches, les charrois & les quartiers d'hiver; 8°. comment on diſpoſera du commandement de l'armée; 9°. de quelle maniere un cercle pourra le mieux ſeconder les opérations de l'autre, & venir à ſon ſecours en cas de beſoin, &c.

§ XLII.

Il ſeroit à ſouhaiter que les ennemis vouluſ- Armée de ſent toujours avoir la complaiſance d'attendre que l'empire. tous ces points fuſſent tranquillement diſcutés; mais malheureuſement la lenteur, auſſi-bien que la diverſité d'opinion & d'intérêt, qui regnent dans ces ſortes de délibérations, font que les entrepriſes militaires de la part du Saint-Empire, ont rarement de bons ou de brillants ſuccès, & qu'il en

a fouvent coûté des provinces à l'Allemagne,
lorfqu'elle a été entraînée dans des guerres avec
fes voifins. L'empire d'ailleurs eft une machine
trop compofée, pour qu'il puiffe faire des conquêtes, & il eft trop facile aux ennemis d'en déranger les refforts. Autrefois, la plus grande difficulté étoit d'affembler les troupes de l'empire.
Cette matiere a fait pendant long-temps l'objet
des principales délibérations de la diete ; mais
enfin il a été réfolu en 1687 de tenir conftamment fur pied une armée de quarante mille hommes, parmi lefquels il doit y avoir dix mille hommes de cavalerie. On a affigné à chaque cercle,
le nombre de troupes qu'il doit fournir, felon
fes facultés & fa fituation ; & c'eft ainfi que

Le cercle électo- ral entretient	600 cav. &	2707	fantaff.
Le cercle de la Haute-Saxe . .	1321 . . &	2507	
Le cercle de la Haute-Autriche	2521 . . &	5507	
Le cercle de Bour- gogne	1321 . . &	2707	
Le cercle de Fran- conie	980 . . &	1901	
Le cercle de Ba- viere	800 . . &	1493	
Le cercle de Suabe	1321 . . &	2707	
Le cercle du Haut- Rhin.	491 . . &	2853	
Le cercle de Weft- phalie	1321 . . &	2707	
Le cercle de la Baffe-Saxe . .	1321 . . &	2707	
	11997 cav. &	27996	fantaff.

Faifant en tout 39993 hommes.

Dans les cas de nécessité, on a vu augmenter ce nombre. En 1703, lors de la guerre pour la succession d'Espagne, on le tripla, & l'empire eut cent vingt mille hommes à sa solde. Chaque cercle fait ensuite la répartition de son contingent sur tous les princes qui y ont leurs états, ainsi que sur les villes qui y sont situées, & chacun est obligé de fournir à ce nombre selon ses facultés. Quoique nous ayions dit que l'état ordinaire de l'armée de l'empire est de quarante mille hommes, & que l'Allemagne étant extraordinairement peuplée, il seroit aisé de la doubler, il ne faut pas croire cependant, que cela fasse un corps d'armée bien formidable. Car 1°. on n'est pas fort exact dans tous les cercles à entretenir ce que chacun doit contribuer. 2°. Rien n'est plus mauvais que les troupes ordinaires des cercles, qui ressemblent en tout à de simples miliciens. 3°. Ces soldats rassemblés de tous les coins de l'Allemagne, ne sont jamais, ni bien exercés, ni bien aguerris. 4°. Les armes que chaque cercle en particulier fournit aux troupes qu'il envoie, different les unes des autres autant que l'exercice militaire. 5°. L'artillerie, les bagages, munitions, en un mot tous les besoins de la guerre y manquent presque toujours; ce qui montre bien le peu de fond qu'un général peut faire sur de pareilles troupes. Il faut ajouter encore à ceci, que la diversité d'intérêt fait que l'armée de l'empire n'est jamais complette, lorsqu'il s'agit d'agir; & quand même on trouve moyen de la rassembler, elle ne paroît ordinairement en campagne, que lorsque les autres troupes sont prêtes à entrer en quartier d'hiver; ce qui est presque toujours arrivé sous le regne de *Charles VI*, & qui a fait dire à des plaisants, que l'empereur prenoit le titre de *semper Augustus*, parce que ses armées ne paroiſſent en campagne qu'au mois d'août. En un mot, il y a de grands princes qui appartiennent à l'empire, & qui ſont très-puiſſants en leur particulier ; mais les forces de l'empire en lui-même ne ſont que fort médiocres.

Autrefois les empereurs menoient eux-mêmes l'armée de l'empire à la guerre, & la commandoient : on ne manque pas auſſi d'exemples récents à cet égard. Cependant on a trouvé bon de créer *deux maréchaux du Saint-Empire*, qui ſont conſtamment entretenus, & dont l'un eſt catholique, & l'autre proteſtant. On ajoute à cela *un général de la cavalerie, un grand-maître de l'artillerie, & deux lieutenants-généraux.* Parmi ces officiers généraux, on a vu des hommes du premier ordre ; le fameux prince *Eugene*, le prince d'*Anhalt*, le duc de *Würtemberg*, & d'autres qui ont été maréchaux de l'empire. On établit auſſi *un conſeil de guerre*, dont les membres doivent être en partie catholiques, & en partie proteſtants. L'armée prête ſerment à l'empereur & à l'empire ; mais l'empereur ne ſauroit conduire ces troupes qui ſont levées pour la défenſe de la patrie, hors des limites de l'Allemagne, ſans le conſentement exprès des électeurs & des autres princes Germains.

§ XLIII.

Places fortes de l'empire.

L'empire n'a que deux places fortes qui ont été conſtruites ſur les bords du Rhin pour ſervir de rempart contre les invaſions des François : ce ſont *Kehl* & *Philipsbourg*. La premiere eſt une Bicoque ſituée vis-à-vis de Strasbourg, qui ne ſauroit faire aucune réſiſtance, & qui n'a ſoutenu en 1733, qu'un ſiege de quelques jours. Philipsbourg au contraire, eſt une place formidable, dont la priſe coûta extrêmement cher aux François en

1734, & qui pourroit être rendue, maintenant qu'elle est retournée aussi-bien que Kehl au pouvoir de l'empire, une des plus fortes villes de l'Europe, si tout l'argent qu'on exige annuellement des états pour sa réparation, étoit payé avec exactitude, & employé avec fidélité à cet usage.

§ XLIV.

Un état ne sauroit s'entretenir sans dépenses; mais l'Allemagne en a moins besoin que d'autres royaumes, & la raison en est fort facile à comprendre. Le Saint-Empire Romain ne faisant qu'un système de confédération de plusieurs souverains, qui ont soin chacun en particulier de leur propre entretien, & decelui de leur pays, il est clair que les fraix communs ne sauroient être fort considérables. Cependant l'empire avoit anciennement plusieurs domaines publics, mais qui ont été aliénés par la succession des temps, & que les princes de ce même empire se sont appropriés sous divers prétextes. On a travaillé pendant long-temps à remédier à cet inconvénient, & on a imaginé plusieurs moyens pour fournir aux dépenses qu'exige le soutien de la patrie. Sans entrer dans tous ces détails, nous dirons simplement, quel est l'arrangement actuel de cet état économique.

Les contributions sont, *ordinaires*, ou *extraordinaires*. On appelle contributions ordinaires, celles qui se paient pour l'entretien de la chambre impériale, & que l'on nomme en langue Allemande *Gammer-Zieler*. Elles ne sont pas fort considérables; c'est le trésorier de ce tribunal qui les perçoit, les distribue à l'usage auquel elles sont destinées, & en rend compte à l'empereur, & à l'empire.

Les contributions extraordinaires sont employées pour toutes les autres dépenses de l'empire, selon que le befoin l'exige. Autrefois on faifoit la répartition de la fomme que l'on étoit obligé de lever, fur les états à proportion des terres que chacun poffédoit, & on appelloit cette contribution *le denier commun.* Mais, dans la fuite, on a changé la méthode de percevoir ces deniers publics, & on demande aujourd'hui *des mois Romains.* Dans des temps plus reculés, les empereurs faifoient des expéditions en Italie, ou bien ils alloient à Rome pour y prendre la couronne impériale. Dans l'un & dans l'autre de ces cas, les princes d'Allemagne étoient obligés de fournir un certain nombre de troupes pour les accompagner, ou une fomme d'argent pour fubvenir aux fraix de l'entreprife; & c'eft ce qu'on nommoit *payer les mois pour une expédition Romaine.* Il s'agiffoit donc d'établir la jufte proportion de ce que chacun devoit contribuer à cet effet; & cette proportion fut enfin déterminée, après de longues conteftations, par un cadaftre qu'on appelle *la Matricule du Saint-Empire.* Cette défignation a été faite à la diete de Worms, en l'année 1521, & elle fert de bafe à toutes les taxes qu'on exige depuis des états de l'Allemagne. On y prefcrit exactement le nombre d'hommes, à pied & à cheval, que chacun doit fournir, & l'on évalue chaque cavalier à douze florins d'Allemagne, & chaque fantaffin à quarante-un florins. Lors donc que l'empire a befoin de fecours pécuniaires, & non d'hommes, on demande de l'argent, & le calcul eft bientôt fait. Un prince qui aura cinquante cavaliers & cent fantaffins à fournir, paie mille florins pour un mois Romain. A mefure que les befoins font grands, la diete exige plus de mois Romains; & il y a des exemples qu'on en a demandé jufqu'à cent à la fois. La matricule n'eft donc qu'une lifte des contributions, foit en hommes, foit en argent, que chaque état de l'Allemagne en particulier eft obligé de donner ; & les contributions mêmes que l'on paie en conféquence de cet arrangement, font nommées mois Romains. Cette matricule eft fort importante en matiere de droit public ; on la trouve en entier dans le recueil qui a pour titre, *Schmaufs corpus juris publici*. Plufieurs princes qui fe font crus léfés dans cette répartition, ont formé de grandes plaintes à la diete ; & même dès le temps de la paix de Weftphalie ; mais jufqu'à préfent, on n'a fait aucune réforme à cet égard.

Ceux de l'ordre équeftre, ou les nobles de l'empire, ne font point compris dans la matricule ; mais ils paient *un don gratuit* à l'empereur. Les états d'Italie qui relevent de l'empire, s'accordent en temps de guerre avec S. M. I. fur les fecours en argent qu'ils font obligés de fournir. Enfin, fi l'empire fe trouve enveloppé dans une guerre contre les Turcs, on peut exiger avec juftice des fubfides du faint fiege, d'autant plus que le Pape ne tire les *Annates*, ou revenus de la premiere année de tous les bénéfices eccléfiaftiques, que fous prétexte d'en former un tréfor pour fervir au befoin contre les infideles.

§ XLV.

Voyons maintenant quelles font les maximes de politique que l'empire obferve, tant pour le maintien de fa conftitution intérieure, que pour être fur fes gardes contre les autres puiffances de l'Europe. On ne peut envifager le Saint-Empire Romain, que comme *un corps politique, compofé de plufieurs membres, qui fe réuniffent pour concourir, chacun felon fes facultés, à leur confervation commune, à leur repos & à leur félicité.* Rien n'eft plus raifonnable que ce but ; &

rien ne convenoit peut-être mieux à la situation, aussi-bien qu'au caractere de la nation Allemande, que le systême qui fut établi pour cela, & que nous venons de développer. En effet, dans les temps de la premiere origine de l'empire, & pendant plusieurs siecles après, aucun des princes de l'Allemagne n'étoit assez puissant pour se soutenir par lui-même contre les entreprises des puissances étrangeres. Ainsi rien n'étoit plus sage, que de former un engagement, par lequel chacun de ces princes acquéroit, pour ainsi dire, des alliés perpétuels, & les trouvoit toujours prêts à le secourir au besoin. Si l'on considere même encore aujourd'hui l'empire avec attention, on verra qu'aucun des électeurs (qui y sont cependant les plus formidables) ne pourroit soutenir une guerre longue & opiniâtre contre une des autres grandes puissances de l'Europe ; sur-tout, si l'on supposoit que cet électeur ne possédât d'autres pays que ceux qui font partie de son électorat, & que ses ancêtres avoient lors de la formation de l'empire. Il me paroît que cet état de médiocrité, pour ne pas dire foiblesse naturelle, des princes d'Allemagne, a été la principale cause de cette longue & tranquille durée du systême de l'empire. Mais, comme il n'arrive rien dans le monde sans une raison suffisante, morale ou physique, on est fondé à croire que, si la cause du soutien de l'empire vient à changer, les effets seront pareillement tout contraires à ce qu'ils ont été jusqu'ici, & que l'édifice politique croulera, parce qu'il cessera de reposer sur les mêmes fondements. Notre these a été que l'empire s'est soutenu jusqu'ici, parce que tous ses membres, trop foibles par eux-mêmes, étoient également intéressés à leur conservation : mais que dirons-nous, si ces membres parviennent à une grande supériorité de forces? Croit-on qu'une maison d'Autriche, ou de Brandebourg, puisse espérer de puissants secours d'un corps, dont peut-être un jour l'une ou l'autre ne voudra plus, par bonnes raisons, faire partie? Tandis qu'il n'y avoit en Allemagne qu'une seule grande puissance qui dominoit, pour ainsi dire, sur toutes les autres, il n'en résulta aucun mal. Tous les petits princes s'attacherent à cette formidable maison, qui de son côté eut toutes sortes d'attentions extérieures pour les membres de l'empire, & qui les mit dans ses intérêts, tantôt par des menaces, & tantôt par des bienfaits. C'est ainsi que la plupart des maisons souveraines de l'Allemagne, doivent une grande partie de leur fortune à celle de Habsbourg. Mais, en même temps, cette maison les entraînoit dans toutes ses vues, & dans toutes les guerres qu'elle faisoit pour son propre agrandissement : tandis qu'elle combloit de biens quelques particuliers, la totalité de l'empire souffroit des maux pour les querelles de l'Autriche. Ces maux cependant n'étoient pas assez sensibles, pour rompre le lien commun, & l'union subsista toujours. Mais que doit-on conjecturer, s'il s'éleve en Allemagne une seconde grande puissance, capable de contrebalancer le pouvoir de la premiere? On doit supposer avec beaucoup de vraisemblance que, tôt ou tard, ces puissances deviendront rivales; que chacune tâchera de se former un parti; que les princes Germains, soit par intérêt, soit par passion, se partageront pour suivre la fortune ou de l'un, ou de l'autre; qu'on verra naître un schisme dans l'empire; que la guerre intestine éclatera; que les voisins s'en mêleront pour pêcher *en eau trouble*, & que le systême général sera bouleversé. Nous sommes cependant fort éloignés de vouloir donner nos conjectures pour des prophéties.

Quant à la politique des Allemands, relativement à l'empereur, l'expérience nous a fait connoître, que les plus puissants princes de l'empire veulent un chef foible; au-lieu que les princes foibles font charmés d'avoir un empereur puissant. La raison n'en est pas difficile à deviner. Moins les forces de l'empereur font considérables, plus l'autorité du college électoral s'accroît, plus les grands princes ont voix au chapitre, & plus ils peuvent agir librement chez eux. D'un autre côté, un empereur, quelque foible qu'il soit, est toujours assez formidable pour contenir dans les bornes du respect & de la dépendance, les membres & les états de l'empire, dont les forces font petites. Ceux-ci ont appris par l'expérience à plier fous l'autorité impériale ; & ils font par raison, ou par habitude, ce à quoi ils ne fauroient se fouftraire. Leur objet principal est d'avoir un chef affez puissant pour les protéger envers & contre tous les étrangers qui voudroient envahir leurs états, ou empiéter fur leurs prérogatives. D'ailleurs, plus ce chef est grand, plus il est en état de leur accorder dès bienfaits, foit en élevant leurs maifons, foit en y mettant de nouvelles dignités, foit en leur donnant des fiefs vacants, ou des emplois honorables & lucratifs dans fes armées. Un fecond objet de la politique des princes de l'Allemagne, c'est la confervation de toutes les provinces du Saint-Empire. La perte d'une feule affoiblit la puissance du fyftême général. Si l'on confulte l'histoire, & cette partie du droit public qui traite des limites anciennes & modernes du Saint-Empire, on fera étonné de voir combien de pays qui en faifoient autrefois partie, font tombés en des mains étrangeres depuis quelques fiecles. Il eft certain que plufieurs de ces provinces ont été démembrées par les guerres particulieres des empereurs, dans lefquelles l'empire a été malheureufement engagé, & fur-tout par la rivalité entre la maifon d'Autriche & celle de Bourbon. Cette confidération feule prouve affez combien l'état de *neutralité* eft convenable à l'empire, lorfque les autres puiffances de l'Europe ont les armes à la main; car cet empire, qui n'eft proprement qu'un être moral, qu'un fyftême idéal, ne fauroit jamais rien gagner en fe mêlant des querelles étrangeres, & il rifque toujours de perdre beaucoup. Chaque nouvel empereur promet, à la vérité, de la maniere la plus folemnelle par fa capitulation, qu'il fera tous les efforts poffibles pour reconquérir & rejoindre à l'empire ce qui en a été démembré; mais, pour peu que l'on réfléchiffe à la puiffance des couronnes voifines, au peu de forces de l'empire même, à la diverfité des intérêts de fes membres, à la forme du gouvernement en Allemagne, à la lenteur de fes opérations, & à mille autres inconvénients, on verra que ces prétendues conquêtes doivent être mifes au rang des chofes que l'on fouhaite fans en voir la poffibilité.

Mais il y a encore un autre moyen par lequel des terres ou des provinces, font en quelque maniere arrachées du lien de l'empire à fon grand préjudice, c'eft par ce que l'on nomme *l'exemption*. On entend par-là ce qui arrive, quand un prince de l'empire (ou même un étranger) acquiert une terre, un pays, ou une province d'Allemagne dont le Seigneur eft déja membre de l'empire, & dont l'activité à la diete fe perd, pour ainfi dire, par-là, dans celle du prince qui le range fous fon obéiffance. Cette exemption fe fait de deux manieres : 1°. lorfque celui qui fait l'acquifition, prend à la diete la place de celui qu'il exempte, & paie les contributions que celui-ci devoit payer; ou 2°. lorfqu'il ne paie rien de ces contributions, qu'il envifage le pays dont il s'eft rendu maître, comme une conquête abfolue, & l'ancien propriétaire comme un vaffal. Ces fortes d'exemptions peuvent fe faire à différents titres, & par différents droits; comme, par héritage, par les fiefs de l'empire, par une prefcription immémoriale, par une foumiffion volontaire de celui qui eft exempté, par les conceffions impériales; & enfin, à l'égard des puiffances étrangeres, par voie de conquête. C'eft de cette derniere façon, que, par exemple, la France a fouftrait à l'empire, la ville de Strasbourg, l'Alface, les trois évêchés, & d'autres provinces. On trouve dans plufieurs auteurs Allemands les liftes des pays qui font tombés au pouvoir d'un autre prince par cette voie, & à un de ces titres; mais elles font trop longues pour être tranfcrites ici. La maniere la plus dangereufe, c'eft lorfqu'un état obtient l'exemption par les conceffions impériales, qui n'ont aucune borne. On en a vu des exemples fréquents depuis que la dignité impériale fubfifte dans la maifon d'Autriche; car ces empereurs fe font accordé ces fortes de privileges à eux-mêmes, & ont affranchi une grande partie de leurs états des contributions & autres charges de l'empire. On eft furpris de voir que cette maifon ait détaché infenfiblement fes propres provinces du lien général de l'empire, dans le même temps qu'elle faifoit toutes fortes de démonftrations extérieures pour y réunir ce qui en avoit été démembré par les étrangers. Auffi s'eft-on vu obligé de brider l'autorité impériale à cet égard, par l'article III de la capitulation de l'empereur *Jofeph*, & par l'article VI de celle de *Charles VI.*

Au

Au refte, nos lecteurs fentiront d'eux-mêmes combien il importe à tout membre de l'empire, que fes co-états n'acquièrent des forces trop redoutables; que l'égalité de puiffance fe conferve autant qu'il eft poffible, & que le fyftême général ne foit détruit par le trop grand pouvoir d'un feul.

§ XLVI.

Il nous refte à examiner quelle eft la conduite que l'empire obferve relativement aux puiffances étrangeres.

Le *Portugal* n'a aucune relation directe avec le Corps Germanique. Ce royaume, fitué à l'extrémité de l'Europe, eft entiérement féparé de l'Allemagne par l'Efpagne & par la France. Le commerce maritime qui fe fait entre le Portugal & les villes Anféatiques, eft de trop petite conféquence, pour faire le fujet de quelques réflexions politiques. En un mot, l'empire n'a d'autres liaifons avec cette couronne, que celles qui naiffent du fyftême général de toutes les puiffances Européennes.

L'*Efpagne*, au contraire, attiroit autrefois la plus grande attention du Corps Germanique; car, dans le temps où le trône d'Efpagne étoit occupé par des princes de la maifon d'Autriche, on s'imagine aifément qu'il y avoit divers intérêts réciproques entre ces deux monarchies. En 1700, mourut *Chales II*, dernier roi d'Efpagne de la ligne Autrichienne. *Philippe*, duc d'Anjou, & *Charles* archiduc d'Autriche, réclamoient tous les deux cette fucceffion; la guerre éclata bientôt entre ces deux princes & leurs alliés; elle mit prefque toute l'Europe en combuftion, & l'empire y fut également entraîné. En 1713, la paix fut fignée à Utrecht. *Charles VI* y fut reconnu empereur, & *Philippe V*

Politique de l'empire quant à l'extérieur.

Le Portugal.

L'Efpagne.

roi d'Espagne. Par cette réconciliation, l'Allemagne a été délivrée de toutes les querelles que lui attiroit l'intérêt étranger de l'Espagne ; & les grands de cette nation ont perdu peu-à-peu le crédit qu'ils avoient autrefois à Vienne, ainsi que l'influence dans les affaires de l'empire. Cependant, comme il y a encore plusieurs états en Italie qui faisoient partie de la succession d'Espagne, & qui étoient fiefs de l'empire, on n'a jamais pu régler les choses assez solidement, pour déterminer au juste les droits & les possessions de chaque compétiteur. La maison de *Philippe V* d'Espagne forme à tout moment quelque nouvelle prétention sur les provinces d'Italie ; & ces prétentions sont toujours contestées par la maison d'Autriche. Pendant tout le siecle présent, ces deux puissances ont eu presque sans relâche les armes à la main en Italie, & y ont attiré chacune ses alliés. L'empire a été entraîné, directement ou indirectement, dans la querelle ; & il seroit à souhaiter pour son repos, que cette pomme de discorde fût une fois digérée pour jamais, d'une maniere ou d'une autre.

La *France* est de toutes les puissances celle que l'empire doit craindre le plus, & pour laquelle il lui convient d'avoir les plus grands ménagements. S'il est vrai, comme nous l'avons dit ailleurs, que cette couronne cherche à étendre sa domination jusqu'aux bords du Rhin, on voit que cet agrandissement ne peut se faire qu'aux dépens de l'Allemagne, qui y perdroit des domaines considérables. Le Corps Germanique doit donc réunir toutes ses forces, pour empêcher que la France ne fasse de plus grands progrès de ce côté-là, & pour faire que les choses restent au moins dans l'état où elles sont actuellement. Cet article forme l'objet le plus impor-

La France.

tant de la politique de l'empire ; car, lorfqu'il s'agit de fa propre confervation , on ne doit épargner, ni les négociations, ni les armes. Cependant je voudrois que cette oppofition aux vues d'agrandiffement de la France, fe fît avec vigueur & réflexion, mais fans y faire entrer une efpece de haine nationale. Quelques docteurs Allemands , plus recommandables par leur favoir que par leur jugement & leur pénétration, ont fait envifager le Grand-Turc & la couronne de France, comme les deux *ennemis héréditaires du nom Germain*. Ils ont inculqué ce principe à la jeuneffe ; & comme les préjugés de l'école fe détruifent difficilement, ce dicton a paffé en proverbe , & la maifon d'Autriche a trouvé fon compte à entretenir ce préjugé. Rien cependant ne me paroît plus faux ; il me femble au contraire, que les princes d'Allemagne ont été trop heureux de trouver en Europe une puiffance auffi formidable que la France, & qui ait pu donner de l'occupation à celle d'Autriche. Il y a longtemps que la liberté Germanique ne feroit plus qu'un être de raifon, fi la maifon de Habsbourg n'avoit pas trouvé un contrepoids dans celle de Bourbon. Qu'on fe fouvienne comment les plus grands princes de l'Allemagne ont été mal menés par *Charles-Quint*, & par tous les empereurs dont la puiffance a été exceffive. A mefure que ces empereurs portoient quelque coup funefte à la France, ils hauffoient le ton en Allemagne; & je fuis fûr que les princes Germains ne feroient aujourd'hui que de fimples vaffaux, fi la France n'eût été la protectrice indirecte de leurs prérogatives. Combien de fois n'a-t-elle pas affifté la maifon de Baviere, foit pour lui faire obtenir juftice fur fes prétentions, foit pour la mettre à l'abri des deffeins qu'on avoit contre elle ? Cette couronne n'eſt-elle pas devenue l'allié naturel de la Baviere, & ce prince n'eſt-il pas un membre reſpectable de l'empire ? N'y a-t-il pas pluſieurs autres états de l'Allemagne qui ſe trouvent dans le même cas ? Toute guerre d'ailleurs que l'empire entreprend contre cette couronne, expoſe infiniment une grande étendue de pays, & nommément ceux de l'électeur Palatin & de l'électeur de Treves. Qui eſt-ce qui dédommage ces princes des maux que leurs états ne peuvent manquer de ſouffrir pour un prétendu bien public ? Je conclus de là, que le Saint-Empire doit avoir toutes ſortes de ménagements pour le roi de France ; éviter, autant qu'il eſt poſſible, la guerre avec lui ; ne point ſe mêler dans des querelles étrangeres ; mais, d'un autre côté, ne pas ſouffrir auſſi que la cour de Verſailles s'ingere dans les affaires intérieures de l'Allemagne, & bien moins qu'elle enleve la plus petite partie de ſon territoire. Si la néceſſité veut qu'on ait recours aux armes pour cet effet, il eſt abſolument néceſſaire de prendre au préalable, de meilleures meſures qu'on n'a fait par le paſſé.

Le Corps Helvétique. *Les treize Cantons Suiſſes* ſont de bons & tranquilles voiſins de l'Allemagne. Leur pays ſert de rempart à l'empire. Ils peuvent être de grande utilité au Corps Germanique, & il n'y a pas d'apparence, qu'ils veuillent jamais lui nuire. Ainſi il convient d'entretenir avec ces républicains une bonne & ſincere amitié.

L'Italie. L'*Italie* a des intérêts fort compliqués avec l'Allemagne. *Charlemagne* rétablit l'empire d'occident. Le Pape *Léon V*, le proclama empereur du conſentement des grands & du peuple Romain ; & il le couronna à Rome l'an 800. Les empereurs d'Orient même, le reconnurent en cette qualité. Preſque toute l'Italie faiſoit alors partie de ce nouvel empire, dont le siege étoit fixé en Allemagne, à Aix-la-Chapelle. Rome même y appartenoit, & les empereurs exerçoient les actes les plus solemnels de leur autorité en Italie. L'histoire nous apprend comment, par la suite des temps, toutes ces provinces furent démembrées & tomberent en différentes mains. Vers le milieu du dixieme siecle, l'empereur *Othon I*, surnommé *le grand*, commença par rendre le prétendu roi d'Italie, *Bérenger*, feudataire de l'empire Germanique; mais ce roi étant devenu traître & rebelle, *Othon* le dépouilla tout-à-fait de ses états, accepta la couronne impériale qui lui fut offerte par le Pape & par le peuple Romain, se fit couronner à Rome en 962 par *Jean XII*, & soumit ainsi le royaume d'Italie à l'Allemagne, l'annexant à l'empire. C'est aussi depuis ce temps que la dénomination du *Saint-Empire Romain de la nation Germanique* a été en usage. Il paroît encore, qu'*Othon* conquit l'Italie pour l'empire, & non pour sa propre maison; 1°. parce que cette conquête se fit par les armées de l'empire; 2°. parce que d'abord *Bérenger* en reçut l'investiture à la diete de l'empire, & 3°. parce que les empereurs qui succéderent, se firent tous couronner à Rome, y amenerent avec eux les troupes de l'empire, & y exercerent leur autorité. Il ne seroit pas difficile de prouver, que l'empire Germanique a des droits de souveraineté sur l'Italie, soit qu'on la regarde comme une dépendance de l'ancien empire d'occident, fondé par *Charlemagne*, soit qu'on veuille l'envisager comme un royaume annexé par *Othon I* à l'empire d'Allemagne. C'est à une de ces époques, & surtout à la derniere, qu'il faut rapporter l'origine des droits seigneuriaux, en vertu desquels plusieurs états de l'Italie relevent encore aujourd'hui de l'empire, tandis que d'autres provinces en ont été entiérement détachées. Car cette contrée a presque toujours servi de théâtre à la guerre, & ses différentes provinces ont passé successivement à plusieurs maîtres. Lors des troubles & des querelles entre les *Guelfes* & les *Gibelins*, les liens se relâcherent ; mais l'empire n'a jamais renoncé à ses droits, & il ne lui faudroit que la force, pour les faire valoir dans toute leur vigueur. Notre dessein n'est pas d'expliquer historiquement les révolutions qui sont arrivées à chaque état de l'Italie en particulier ; nous nous contenterons de dire, que la plus grande partie du Milanez, le grand-duché de Toscane, le territoire de Luques, les duchés de Parme & de Plaisance, les duchés de Modene & de Reggio, le duché de Mantoue, le Montferrat, les *Feuda Langharum*, le Piémont, le Marquisat de Finale, & divers autres pays Italiens, sont incontestablement des fiefs du Saint-Empire. Les princes qui les possedent, n'ont pas tous été également exacts à en prendre l'investiture, & ils ont quelquefois prétendu se souftraire au lien féodal. C'est pour cette raison que, vers la fin du siecle passé, l'empereur voulut établir un college particulier, pour examiner cette matiere, & rétablir l'activité des fiefs de l'empire en Italie. Tous les derniers empereurs ont promis la même chose à leurs capitulations ; mais les troubles continuels & le sort inconstant des armes, en ont empêché l'exécution. Au reste, les princes & les états de l'Italie appartiennent bien à l'empire, mais ils n'en sont pas membres, n'ayant ni voix, ni séance à la diete. Le duc de Savoie, à la vérité, y a comparu, mais ce duché faisoit partie anciennement de la Bourgogne, & non de l'Italie. Le duc de Savoie a la prérogative néan-

moins d'être vicaire perpétuel du Saint-Empire
dans toute l'Italie. Lorsque l'empire est attaqué,
on s'accommode le mieux que l'on peut avec
les états d'Italie, pour le contingent des contributions qu'ils sont obligés de payer ; & c'est là
l'objet des principales négociations qui se font
entre l'empire & les princes Italiens. Si l'on
examine bien les droits de cet empire sur l'Italie,
& la situation actuelle où se trouvent ses différentes provinces, on conviendra qu'il y a là un
vaste camp pour des disputes, des guerres &
des traités. Il ne sera pas nécessaire de faire remarquer, que l'Allemagne est intéressée à voir
ses droits maintenus en Italie, & à y conserver
cet équilibre de pouvoir, qui empêche que cette
superbe contrée ne tombe dans les mains d'un
seul prince, qui, tranchant toutes les difficultés, & annullant toutes les anciennes prétentions, pourroit former de l'Italie un puissant
royaume.

L'*Angleterre* auroit fort peu à démêler avec L'Angle-
l'Allemagne, si le prince qui occupe le trône terre.
de la Grande-Bretagne, n'étoit lui-même un électeur du Saint-Empire Romain. Cette circonstance
fait confondre souvent les intérêts de la nation
Angloise avec ceux de la maison de Hanovre.
Les forces de l'une sont obligées de soutenir les
vues de l'autre. Nous ne parlerons pas ici des
liaisons qui subsistent depuis long-temps entre la
cour de Londres & celle de Vienne, parce que
nous allons les développer séparément. Mais nous
croyons que le Corps Germanique est fort médiocrement intéressé aux révolutions qui peuvent
arriver au commerce, à la navigation & à la
puissance maritime des Anglois ; tout comme il
importe peu à ses insulaires, si le système de
l'empire subsiste, ou si les ressorts de cette ma-

chine politique fe détraquent. Les fecours que
les princes d'Allemagne & l'Angleterre peuvent
fe fournir mutuellement, ne font en effet que
fort médiocres, fi on les envifage d'une maniere directe. Mais il y a des cas, où ils peuvent fe rendre des fervices réciproques d'une
très-grande importance. C'eft 1°. lorfque l'empire eft engagé dans une guerre avec la France,
ou avec quelque autre grande puiffance : l'Angleterre devient alors fon allié naturel, qui eft intéreffé à fa confervation, qui peut l'affifter par
des fecours en argent, & fur-tout faire une puiffante diverfion en fa faveur, par le moyen de
fes forces navales. D'un autre côté, quand la
Grande-Bretagne fait la guerre dans le Continent,
elle peut attendre une affiftance réelle de la part
des princes Germains, qui ayant dans leurs états
une affez grande abondance d'hommes propres
à la guerre, font charmés de conclure avec la
cour de Londres, quelques traités de fubfides,
& d'échanger leurs troupes contre les tréfors des
Anglois. Il convient donc que l'empire ménage
cette puiffance par toutes fortes d'attentions &
de bons procédés envers elle.

La *république des Provinces-Unies* a été prefque de tout temps fidelle amie & alliée de l'empire, & elle a payé largement les troupes auxiliaires que les princes Allemands lui ont fouvent
fournies. Le fyftême pacifique, fi utile à la Hollande, paroît auffi convenir à tous égards aux intérêts de l'Allemagne, & le Corps Germanique
doit tâcher de conferver la bonne harmonie avec
cette république, par tous les moyens qu'on peut
raifonnablement exiger de lui. Le voifinage, le
commerce, les révolutions, & plufieurs autres
confidérations doivent rendre les Allemands &
les Hollandois toujours amis.

La *Pologne* est une puissance fort peu redouta- La Polo-
ble, tant que son gouvernement subsistera sur le gne.
pied où il est aujourd'hui. Ce mêlange du gouvernement monarchique & républicain, rend toujours une nation peu propre aux conquêtes. Ainsi
l'empire, de même que tous les autres voisins de
ce royaume, doivent être attentifs qu'il ne s'y
fasse aucun changement à cet égard. Aussi long-
temps qu'un électeur de Saxe portera la couronne
de Pologne, il n'y aura vraisemblablement rien à
craindre des incursions des Polonois, qui d'ailleurs
ne sont redoutables que dans cette partie de la
guerre qui fait beaucoup de malheureux, & ne
décide de rien. Les seuls intérêts que l'empire
peut donc avoir, eu égard à la Pologne, c'est
que ce soit toujours un prince Allemand, & jamais un François, ou un Piastre, qui y regne; &
en second lieu, que la Russie ne gagne dans ce
pays un trop grand crédit, ou une dangereuse
autorité. (*)

Les puissances du Nord n'ont presque rien de Le Dane-
commun avec le Saint-Empire. Les rois de Da- marck, la
nemarck & de Suede en sont à la vérité mem- Suede, la
bres; l'un pour le *Holstein*, & l'autre pour *la* Russie.
Poméranie; mais les intérêts qu'ils ont à ménager
à cet égard, sont si petits, qu'ils échappent à la
vue de ceux qui ne veulent traiter que des objets d'un certain ordre. La Russie a encore moins
de liaisons avec l'empire, que les deux autres.
Elle a négocié depuis long-temps le titre d'*Empereur* pour son *Czar;* & il n'est pas impossible
qu'elle n'obtienne cette sublime prérogative de la
part du Corps Germanique, sur-tout si elle peut
accorder en échange quelques avantages réels à

(*) M. de Bielfeld paroît avoir eu ici la vue assez per-
çante. *Note de l'éditeur.*

l'Allemagne. Il y a eu des occasions, où l'on a introduit une armée Russienne dans l'empire contre la teneur expresse de ses constitutions fondamentales. Les bons patriotes Allemands n'ont vu passer qu'en tremblant ces troupes Russes ; & ils se sont souvenu combien il est dangereux de montrer un chemin vers les contrées méridionales, à un peuple nombreux & peu policé.

La Porte Ottomane.   La *Porte Ottomane* a fait peur plus d'une fois à l'Allemagne, sur-tout lorsque ses armées avoient mis le siege devant Vienne. Maintenant la Transilvanie & la Hongrie servent de barrieres à l'empire contre les Turcs, depuis que ces provinces appartiennent à la maison d'Autriche. Quand il n'y auroit que cette seule considération, on voit combien il importe à l'empire de ne pas laisser trop affoiblir cette maison, qui tient entre ses mains la porte de l'Allemagne du côté des infideles. Au moins doit-on avoir l'œil, que la Hongrie soit toujours au pouvoir d'une puissance Allemande & formidable. Au reste, la façon de penser des Turcs & le souverain mépris qu'ils témoignent pour les pays Européens, mettent l'empire en repos contre leurs entreprises ; mais si jamais la guerre se déclaroit contre eux, il faudroit prendre des mesures plus solides, que la cour de Vienne n'en a prises dans les dernieres campagnes que les armées Autrichiennes ont faites en Hongrie.

C'est ainsi que nous croyons avoir satisfait à la tâche que nous nous sommes imposée, qui étoit de faire connoître l'empire Germanique par sa situation locale, par toutes ses qualités naturelles, & par le systême compliqué de son gouvernement. Nous finirons donc ici le présent article ; mais l'Allemagne nous présente encore une puissance si grande & si formidable, en la maison d'Autriche, que notre ouvrage resteroit imparfait, si nous nous dispensions de traiter séparément de son état & de ses forces. Nous allons donc joindre ici quelques réflexions sur ce sujet; mais nous tâcherons de les abréger, non que l'objet nous paroisse de trop petite importance, mais parce que l'article de l'Allemagne a déja passé les bornes que nous comptions de lui donner.

CHAPITRE IX.

DIGRESSION SUR LA MAISON D'AUTRICHE.

Les provinces qui forment ce qu'on appelle les états héréditaires de la maison d'Autriche sont, *Ses possessions.*

1. *Le royaume de Boheme*, qui est situé de maniere qu'il touche à la Franconie, au Haut-Palatinat, à la Silésie, à la Moravie, à l'Autriche, à la Baviere, à la Misnie & à la Lusace. Il a 45 milles d'Allemagne de long sur 35 de large, & 124 de circonférence. On prétend qu'il y a dans la Boheme 41 villes royales, 61 villes seigneuriales, 150 châteaux, 210 bourgs, 171 couvents & 20362 villages. Sans vouloir garantir scrupuleusement ce calcul, il est certain que ce pays fourmille d'habitants, & qu'on n'exagere point, lorsqu'on en fait monter le nombre à plus d'un million. Le climat est tempéré, le terroir fertile, quoique montueux; les denrées abondantes, le gibier excellent, de même que le poisson d'eau douce. Le peuple n'y est pas fort industrieux, & l'on voit peu de manufactures dans ce royaume, quoique le fleuve de l'Elbe y prenne sa source, & que plus de deux cents petites rivieres y serpentent & portent toutes leurs eaux hors de ce pays;

circonſtance qui faciliteroit infiniment le commerce, ſi l'on en ſavoit profiter. Malgré cela les revenus que la maiſon d'Autriche en retire, ſont très-conſidérables.

2. Dans la *Haute-Siléſie*, la maiſon d'Autriche a conſervé, par le traité de paix conclu à Breſlau en 1742, & par celui de Dreſde fait en 1745, 1°. la principauté de *Teſchen* avec huit ſeigneuries qui y appartiennent ; 2°. les villes de *Troppau* & de *Jagerndorff*, avec une portion de terrein dans les principautés de ce nom ; 3°. les ſeigneuries d'*Olbersdorff* & de *Hennersdorff* avec quelques terres près de *Zuckmantel*, qui en font partie. Tout cela n'eſt pas bien conſidérable.

3. Le *Marggraviat de Moravie*, qui touche à l'Autriche, à la Hongrie, à la Boheme & à la Siléſie. Ce pays a trente milles d'Allemagne de long ſur vingt de large, & environ quatre-vingt de circuit. Il eſt, proportions gardées, auſſi peuplé, auſſi abondamment ſemé de villes & de villages, & d'un auſſi grand rapport, que la Boheme.

4. L'*archiduché d'Autriche*, dans lequel eſt ſituée *Vienne*, la capitale de tous les états de la maiſon d'Autriche, & la réſidence ordinaire des ſouverains. Cet archiduché touche à la Boheme, à la Moravie, à la Hongrie, à la Stirie, à la Baviere & au pays de Saltzbourg. Il a quarante milles de long ſur dix-huit de large. La riviere d'Ens le partage en deux parties inégales, dont l'une s'appelle la *haute* & l'autre *la baſſe Autriche*. Ce pays eſt admirable & d'un très-grand rapport. Il abonde non-ſeulement en hommes, mais auſſi en toutes ſortes de denrées néceſſaires à la vie.

5. Le *duché de Stirie* qui touche à l'Autriche, & qui a vingt-ſix milles de long, ſur quatorze de large. On compte juſqu'à vingt-deux villes, & deux cents mille habitants dans ce pays, qui a tou-

jours fourni de bons foldats aux empereurs Autrichiens. Les grains y viennent en très-grande abondance.

6. Le *duché de Carinthie* eft à la vérité un pays affez vafte, mais dont le produit n'eft pas confidérable. On lui donne vingt-huit milles de longueur & quatorze de largeur. Il y a de bons pâturages; & les habitants vendent tous les ans une grande quantité de beftiaux aux Vénitiens, dont ils ne font pas fort éloignés. On y trouve douze villes & environ foixante mille feux dans tout ce duché.

7. Le *duché de Carniole* s'étend jufqu'au golfe de Venife, & a tout au plus trente milles d'Allemagne de long, fur vingt-cinq de large. Le pays ne produit pas beaucoup de grains, mais il y a des mines, fur-tout de vif-argent, qui font d'un affez grand rapport. Le vin qui y croît en abondance, n'eft pas des meilleurs. On y compte vingt-une villes & quatre mille villages. On n'a pas lieu de faire un trop grand éloge du caractere de la nation.

8. L'*Iftrie* eft une prefqu'ifle formée par la mer Adriatique, & qui a environ dix-huit milles de long fur huit de large : elle appartient en partie aux Vénitiens, en partie à la maifon d'Autriche. Cette derniere y tient principalement trois fameux ports de mer, Triefte, Vindolo, ou Port Royal, & Fiume, dont elle pourroit tirer un avantage infini pour fon commerce, fi ces fortes d'établiffements fe faifoient toujours avec les connoiffances & les précautions néceffaires.

9. Dans la *Dalmatie*, cette maifon poffede une étendue de pays qui peut avoir environ fix milles de long fur autant de large, & dans laquelle eft fituée la ville & forterefse de *Zeng*, qui a un évêché.

10. Le *comté de Tirol* est fort vaste, on lui donne trente milles de long sur vingt-quatre de large. Il touche d'un côté à la Baviere, & de l'autre à l'Italie. On y compte vingt-huit tant villes que bourgs, deux évêchés, & plus de cent mille habitants, qui sont bons pour la défense du pays, mais assez mauvais soldats hors de là. *Inspruck* est la capitale, & l'endroit de passage de tous ceux qui veulent se rendre d'Allemagne en Italie. Ce pays, quoique montueux, est d'un rapport considérable.

11. Les *états incorporés au Tirol.* On entend par-là quelques villes, contrées & seigneuries, qui sont dispersées dans le cercle de Suabe, qui appartiennent à la maison d'Autriche, & qu'on a réunies au Tirol, en les soumettant à la régence de l'Autriche antérieure qui est établie à Inspruck. Tels sont 1°. la *Préfecture de Suabe*, contrée qui a environ huit milles de long sur quatre de large, & qui s'étend le long du Lac de Constance. 2°. Les quatre *villes forestieres, Rheinfeld, Seckingen, Lauffenbourg & Waldshutt.* 3°. Le *Landgraviat de Nellenbourg*, petit pays, qui a environ neuf milles de circuit. 4°. Le *Bourggraviat de Burgow*, situé sur le Danube, & ayant dix milles de long sur quatre de large. 5°. Le *Brisgau* s'étend le long du Rhin, vis-à-vis de l'Alsace. Les forteresses de *vieux Brisac* & de *Fribourg* sont situées dans ce pays, qui a environ dix milles de long & six de large. 6°. Le *territoire d'Ortenau*, vis-à-vis de Strasbourg, petite contrée qui a quatre milles en quarré. 7°. Le *comté de Hohenberg*, sur le Necker dans le Würtemberg, a environ six milles de long. 8°. Le *comté de Montfort*, situé au milieu de celui de Brégenz. 9°. Le *comté de Brégenz* sur le lac de Constance. 10°. Le *comté de Veldkirch*, situé dans la vallée

du Rhin (*Rheinstahl.*) 11°. Le *comté de Sonnen-berg*, ou *Pluden*, situé sur les frontieres du Tirol & des Grisons. 12°. Les seigneuries & villes de *Schelkingen*, *Munderikirchen*, *Reidlingen* & *Weissenhorn* proche d'Ulm. 13°. La ville de *Constance*, assise sur le lac auquel elle donne son nom. Elle est fort importante & fort fameuse dans l'histoire.

12. Le *royaume de Hongrie* qui touche à l'Autriche, à l'Esclavonie, à la Pologne & à la Transilvanie. C'est un pays fort étendu, & qui produit tout ce qui est nécessaire aux besoins de la vie. Les grains, les fruits, le gibier, le poisson y abondent. Entre les productions naturelles, on peut mettre sur-tout un vin exquis, & l'immense quantité de bestiaux admirables qu'on y trouve. Il y a des mines d'or à Kremnitz & ailleurs; entre les autres minéraux, le vif argent est d'un rapport infini, & sert à pourvoir presque toute l'Europe. Le Danube traverse à peu près tout ce royaume; & les rivieres de la *Save* & de la *Theisse* y coulent. Le climat n'y est pas fort sain. La Hongrie fourmille d'habitants; c'est une pépiniere inépuisable d'hommes. La nation est belliqueuse, mais elle n'est bonne qu'à cette partie de la guerre, où le courage & le danger sont récompensés par le pillage & le butin, bien plus que par la gloire. L'Europe moderne ne connoît que trop les *Tolpatsches*, les *Pandoures*, les *Insurgents*, & tous ces essaims de troupes légeres qui sortent de la Hongrie, pour défoler l'Europe en faisant la petite guerre.

13. Le *duché de Transilvanie* est situé entre la Hongrie, la Pologne, la Walachie & la Moldavie. Il a trente-cinq milles de long sur trente de large. Tout le pays est montueux, mais ces montagnes ne sont point stériles; elles fournissent des grains & d'autres denrées aux habitants; &

les entrailles de la terre produifent toutes fortes de métaux, de l'alun & de vif-argent. Tout ce duché & partagé (comme la Hongrie) en plu-fieurs palatinats avec quelques comtés. Beaucoup de proteftants y habitent.

14. Le *royaume d'Efclavonie* eft fitué entre les deux rivières de la *Save* & de la *Trave*. C'eft une efpece de langue de terre qui n'a que dix à quinze milles de large, mais dont la longueur s'étend jufqu'à foixante milles. La partie occi-dentale de ce royaume porte le nom *d'Efcla-vonie*, & la partie orientale, celui de *Prafcie*. Cette derniere eft habitée par une nation parti-culiere, qui fait profeffion de la religion Grecque. Le pays eft affez abondant en grains, en miné-raux & en hommes. C'eft la patrie des *Warafdins*.

15. *Dans le royaume de Croatie*, la maifon d'Autriche poffede toute la partie feptentrionale, que quelques géographes nomment la *Corbavie*. Le gouverneur Autrichien qui réfide à Carlsftad, porte le titre de *Ban de Croatie*. Ce royaume eft fitué entre le Save & la mer Adriatique, ayant vingt-cinq milles de long fur huit de large. Les Turcs occupent la partie méridionale.

Tout le royaume de *Servie* avec la forterefse importante de *Belgrade*, a été perdu par la mal-heureufe paix que la maifon d'Autriche fut obli-gée de conclure avec les Turcs en 1739.

16. En *Italie dans le duché de Milan*, l'Au-triche poffede.

1. La ville de *Milan* avec fon territoire.

2. La ville de *Pavie* avec la moitié du Pavéfan.

3. Les vallées de *Seffia* fur les frontieres du Piémont.

4. La moitié du comté *d'Anghiéra*, favoir, ce qui eft fitué en deçà du lac Maggiore.

5. La

5. La ville de *Côme* & son territoire.

6. La ville de *Lodi* & son territoire.

7. La ville de *Crémone* & son territoire. Tout cela forme une belle & grande étendue de pays, dont nous avons déja fait connoître l'importance & les beautés, dans la description de l'Italie.

17. Le *duché de Parme*, situé près du *Pô*, avec la capitale de même nom.

18. Le *duché de Plaifance*, à côté de celui de Parme, appartient auffi à la maifon d'Autriche; mais par le traité de Worms, elle a cédé la ville capitale de ce nom, au roi de Sardaigne.

19. L'*état de Bufetto*, petite contrée entre Parme & Plaifance, fur le Pô.

20. Le *Val de Tara*; contrée de peu d'étendue fur les frontieres de Gênes. Ces deux dernieres appartiennent aux duchés de Parme & de Plaifance, & le tout enfemble forme une étendue de pays qui a vingt-cinq milles d'Allemagne de long, fur quinze de large.

21. Le *duché de Mantoue*, qui a douze milles de long fur fix de large; le *Pô* traverfe ce pays. La capitale qui porte le nom du duché, eft une des meilleures fortereffes de l'Europe, fur-tout par fa fituation. Auffi eft-ce la clef de l'Italie du côté de l'Allemagne; & celui qui la tient, fera toujours formidable. Ce pays produit du lin admirable; & les chevaux qu'il fournit, font eftimés autant que ceux de Naples.

Comme la guerre dure encore en Italie, il eft impoffible de déterminer exactement les poffeffions Autrichiennes dans ce pays. Les préliminaires de la paix qui ont été fignés à Aix-la-Chapelle, font perdre les duchés de Parme & de Plaifance à la maifon d'Autriche, & en difpofent en faveur de dom *Philippe*, troifieme fils de *Philippe V*, roi d'Efpagne.

22. *Les Pays-Bas Autrichiens*, comprennent une étendue de pays qui a trente milles d'Allemagne de long, fur quarante de large. Ils touchent à la mer du Nord, aux Provinces-Unies, à l'Allemagne, à la France & à la Lorraine. C'eft un pays admirable, qui produit abondamment tous les befoins de la vie, qui eft comme femé de villes & de villages, que le commerce & la navigation enrichiffent, qui eft fort bien peuplé, où l'induftrie des habitants porte l'abondance, & qui eft rempli de places fortes. La guerre même, quelque fréquente qu'elle y ait été, n'a pu porter atteinte à l'opulence des Pays-Bas. Il y a dix provinces particulieres. Lorfque l'empereur *Charles VI* mourut en 1740, la maifon d'Autriche poffédoit

1. Une grande partie du comté de *Flandres*, avec les villes de Gand, Bruges, Oftende, Neuport, Furnes, Ypres, Ménin, Tournay, Dendermonde, &c. toutes places de guerre confidérables.

2. Tout le comté de *Namur*, excepté Charlemont.

3. La plus grande partie du duché de *Luxembourg*, avec la ville de ce nom, qui eft la premiere forterefle de l'Europe.

4. Le duché de *Limbourg*.

5. Une partie du duché de *Gueldres*.

6. La plus grande partie du duché de *Brabant*, avec les villes confidérables de Bruxelles, Louvain, *&c.*

7. La Seigneurie de *Malines* avec la ville du même nom.

8. Le Marquifat & la ville d'*Anvers*.

On fent facilement combien ce pays doit être confidérable, pourvu qu'on jette un fimple regard fur la carte, & qu'on réfléchiffe à la quantité prodigieufe de villes, bourgs & villages qu'on y trouve ; & par conféquent on peut juger à quel point la maifon d'Autriche eft intéreffée à fa confervation. Cependant la guerre qui éclata en 1740 pour la fucceffion de *Charles VI*, fut fi funefte en Flandre, que la France conquit en trois campagnes, tout ce que l'Autriche poffede dans les Pays-Bas. Mais, après les plus brillants fuccès des armes Françoifes, fous la conduite du maréchal de Saxe, le cabinet de Verfailles jugea à propos de rendre, par la paix fignée à Aix-la-Chapelle, tous les Pays-Bas à la maifon d'Autriche. Si l'on réfléchit fur la fituation où étoient les affaires de l'Europe en 1748, on n'eft pas peu furpris de cette reftitution gratuite & volontaire ; & l'on n'en fauroit trouver guères d'autre motif raifonnable, que la générofité peu commune de *Louis XV.*

Voilà quelles font les vaftes poffeffions de la maifon d'Autriche en général. On n'attendra pas de nous des réflexions particulieres fur l'état intérieur de chacun de ces royaumes & états : ils different fi fort entr'eux, qu'on n'en fauroit rien dire de général, ni prefcrire des maximes qui leur foient également appliquables. Car les Pays-Bas, par exemple, font très-peuplés, les narurels du pays font induftrieux, & le commerce y fleurit d'une maniere brillante. La Hongrie, au contraire, ne préfente qu'une contrée déferte, qui, à proportion de fa grandeur, n'a que peu d'habitants ; & ces habitants n'ont ni mœurs, ni humanité, ni induftrie, ni commerce. Ils ne fe font connoître que par les vols, les rapines & les horreurs qu'ils commettent, lorfque la maifon d'Autriche les emploie à faire la petite guerre, ne pouvant s'en fervir pour les grandes actions. Ainsi nous nous contenterons de faire quelques observations sur l'état de la maison d'Autriche en général, & sur la politique qu'elle emploie dans le gouvernement de ses vastes états.

Ses productions en général. Les productions naturelles des pays héréditaires sont fort considérables. Les mines de la Hongrie renferment toutes sortes de métaux, sur-tout de l'or & du vif-argent, & il y a diverses rivieres qui charrient un sable chargé de grains d'or, que les habitants séparent, en le lavant, & dont ils tirent un profit considérable. L'Autriche & la Stirie, mais sur-tout la Hongrie, fournissent une si grande quantité de sel, qu'on en pourroit fournir à toute l'Europe. Les grains & tous les fruits de la terre y abondent. Les prairies servent à nourrir des bestiaux de toute espece. Il y a par-tout une quantité de gibier. Les rivieres sont fort poissonneuses. Les abeilles donnent du miel & de la cire en abondance. Le safran de l'Autriche est renommé. Mais le vin de Hongrie est sur-tout fameux ; & il en croît encore d'assez bon en Autriche & ailleurs. Les laines de Boheme, d'Autriche & de Moravie, sont employées utilement. Le bois n'y est pas rare, & on tire des carrieres toutes sortes de pierres, parmi lesquelles il y a du marbre & quelques pierres précieuses. La Hongrie pourroit fournir toute l'Europe de soufre, d'antimoine, & d'autres minéraux. La Boheme rend une immense quantité d'Alun. Il y a aussi dans tous ces pays d'excellents haras qui produisent de fort bons chevaux. Je ne parle point des denrées & des autres productions naturelles des Pays-Bas & de l'Italie. J'en ai déja donné une légere idée dans les chapitres précédents. Et quel est le lecteur qui ignore la fertilité & l'abondance de ces pays si favorisés par la nature ?

Un homme d'état qui réfléchiroit avec attention sur ce que nous venons de dire de la maison d'Autriche, qui considéreroit l'immense étendue des pays qu'elle possede, la situation avantageuse de ses provinces, les mers qui les touchent, les fleuves qui les traversent, la prodigieuse quantité d'hommes dont ils sont peuplés, les denrées de toute espece qu'ils produisent ; un tel homme certainement seroit fondé à croire que la puissance de la monarchie Autrichienne devroit l'emporter sur celle de tous les autres états de l'Europe, & qu'il ne tiendroit qu'à elle de terrasser ses rivaux par la force des armes, & par les ressources de ses finances aussi promptes qu'intarissables. Cependant l'expérience de plusieurs siecles nous a prouvé le contraire ; & quoique la dignité impériale ait subsisté depuis si long-temps dans cette auguste maison, (ce qui a infiniment augmenté son crédit, son autorité, ses revenus & ses forces,) elle n'a cependant pas été capable de se soutenir contre ses ennemis, qui lui ont enlevé des royaumes & plusieurs riches provinces ; sur-tout depuis la paix de Vienne conclue en 1724, qui est l'époque de sa vraie grandeur.

Réflexions sur sa grandeur & sa décadence.

Cette décadence de la puissance Autrichienne suppose nécessairement quelque vice dans la nation & dans le gouvernement. Tâchons d'en découvrir les causes.

Les provinces que cette maison possede en Allemagne, fourmillent d'habitants ; mais le peuple en général y est d'une stupidité, qui dans quelques contrées, comme dans la *Carinthie* & dans la *Stirie*, par exemple, va jusqu'à l'imbécillité & à la folie. On n'a presque jamais vu sortir de Vienne un bon livre, un habile artiste, ou quelque autre production qui pût ca-

Manufactures.

ractérifer l'efprit de cette nation. (*) De là vient le manque de cette induftrie fi néceffaire pour mettre en œuvre les produits de la nature & en tirer parti. Les manufactures y font fort négligées, ou plutôt il n'y en a point. Car je ne parle pas de quelques petites fabriques peu confidérables, & prefque inconnues chez les étrangers, comme la broderie de Vienne, &c. La plupart des denrées, telles que la laine, le chanvre, les toifons & autres, font exportées toutes crues hors de ces états, & y rentrent transformées en toutes fortes de marchandifes par la main des voifins. La Boheme, par exemple, avoit autrefois des forges pour le fer blanc, & plufieurs fabriques d'une couleur bleue, qu'on nomme en latin *Smalta*. Elles font aujourd'hui dans la Mifnie, qui en fournit actuellement une grande partie de l'Europe, & en tire un profit fort confidérable ; & ainfi du refte.

Commerce & navigation. Mais, fi les manufactures font peu importantes dans les états d'Autriche, le commerce & la navigation y languiffent bien davantage. La Hongrie n'en a prefque point du tout, quoique ce pays faffe, pour ainfi dire, le grand chemin qui conduit à toute l'Afie, & que le Danube, la Save, & d'autres rivieres y coulent. On a effayé à la vérité d'établir une navigation dans les ports de Fiume & de Triefte, fur la mer Adriatique, & même une compagnie des Indes orientales à Oftende (port de mer fitué dans les Pays-Bas fur la mer du Nord ;) mais ces projets fe font évanouis prefque auffi-tôt qu'ils ont été conçus ; & le miniftere de Vienne, fouvent opi-

---

(*) Ces jugements paroiffent outrés ; & fi l'auteur publioit aujourd'hui fon ouvrage, il les rectifieroit fans doute. *Note de l'éditeur.*

piâtre fur un point de cérémonial , ou d'étiquette, a montré peu de fermeté dans une affaire de fi grande conféquence pour la maifon d'Autriche. Il eft certain, qu'après la guerre de Sicile, heureufement terminée en 1724, l'empereur poffédoit tant de pays, qu'il eût été inutile de fonger à de nouvelles acquifitions. Sa politique auroit dû fe porter fur la confervation de fes provinces, & fur les moyens de les rendre floriffantes. Il fembloit même que la cour de Vienne fût perfuadée de cette vérité; & on commençoit à former quelques établiffements. L'empereur octroya une compagnie à Oftende, qui devoit trafiquer à la Chine, & fur les côtes des Indes, où toutes les nations ont un commerce libre. Les puiffances maritimes s'oppoferent à ce deffein, fous prétexte que l'empereur avoit renoncé à ce commerce maritime par des traités antérieurs. Cette affaire penfa mettre toute l'Europe en combuftion; & après quelques alliances & bien des menaces faites de part & d'autre , elle fe termina, par la révocation de l'octroi que S. M. Imp. avoit accordé. On crut s'affurer par cette complaifance de l'amitié inviolable des puiffances maritimes ; & on s'en repentit , lorfque dans la guerre contre la maifon de Bourbon, qui éclata en 1733, & dans celle contre les Turcs, qui fuivit peu après, l'Angleterre & la Hollande abandonnerent totalement la maifon d'Autriche. Elle perdit plufieurs provinces; & fes états héréditaires refterent fans commerce. C'eft ce qui fait bien voir, combien ces fortes de complaifances entre des fouverains font inutiles, & combien peu on doit s'y prêter. Au refte, la maifon d'Autriche n'a aucun établiffement dans les Indes; mais elle peut naviger dans les mers qui ne font pas comprifes dans les conceffions ; &

Gg iv

d'un autre côté, elle pourroit faire avec succès le commerce du Levant par ses ports sur le golfe Adriatique.

Ses chefs & ses miniftres. Outre le manque d'induftrie & de commerce, il faut encore confidérer que la monarchie Autrichienne a été gouvernée par une fuite d'Empereurs de la maifon de Habsbourg. Ces princes infiniment refpectables par leur haute naiffance, par la premiere dignité du monde qu'ils occupoient, & par les vertus civiles & particulieres que l'on voyoit éclater en eux, ne poffédoient pas tous les talents néceffaires aux fouverains. Ils ont manqué de cette activité, de cette application aux affaires, de cet œil fcrutateur qui perce dans les plus petits détails, fans perdre de vue l'objet général de l'état. Ils ont donné trop de crédit & trop de pouvoir à des généraux, à des miniftres, à des gouverneurs de provinces, & fouvent à de fimples confeillers. Les grands, employés dans le miniftere & dans l'armée, les vice-rois de Naples, les gouverneurs des Pays-Bas, & bien d'autres perfonnes moins confidérables, ont fait des fortunes prodigieufes, tandis que les caiffes impériales ont été fans ceffe épuifées, & que la cour n'a jamais eu d'argent pour former la moindre entreprife. L'Italie & les Pays-Bas, quelque riches que foient ces contrées, rapportoient fort peu à l'Empereur. Enfin, foit pour la perception des revenus de l'état, foit pour le paiement de l'armée, foit pour la diftribution des deniers publics, l'économie de Vienne étoit fort mal réglée.

Etat militaire. L'état militaire n'a pas été jufqu'ici non plus fur un trop bon pied; au moins y remarque-t-on plufieurs défauts. Toutes les provinces Autrichiennes fourmillent d'habitants. Cela fait une pépiniere intariffable de recrues. La maifon d'Autriche a d'ailleurs la liberté de faire des levées dans tout l'empire. Par ce moyen elle acquiert une facilité in-croyable à compléter fes armées; mais, d'un au-tre côté, cela forme fouvent un ramas de mau-vaifes levées. Si l'on ajoute à cette confidération, que les officiers Autrichiens ne font pas les gens d'élite de la nation, qu'on n'emploie pas affez de gentilshommes, & qu'on ne les anime pas autant qu'on le devroit faire par le véritable point d'hon-neur; on concevra aifément, que l'activité, fi né-ceffaire aux opérations militaires, ne regne pas af-fez dans ces troupes; que l'ordre & la difcipline n'y font pas exacts, & que l'officier ne s'appli-que pas affez à former les nouveaux foldats, & à entretenir les vieux dans l'exercice des armes. Cette réflexion porte fur-tout fur l'infanterie, qui n'a jamais été fort bonne; au-lieu qu'autrefois la cavalerie étoit excellente, parce que les mêmes maximes n'y regnoient pas. Je ne prétends point flétrir la gloire que les armées impériales fe font fouvent acquife, ni faire croire que ces troupes aient été toujours mauvaifes; l'hiftoire me démen-tiroit. Mais il n'en eft pas moins certain, que les défauts que j'indique, y fubfiftent actuellement, que les dernieres guerres, en Italie, en Hongrie, en Siléfie & en Flandre, ont ruiné l'ancienne cavalerie Autrichienne; que ces troupes qui fai-foient jadis l'honneur de l'Allemagne, ont été battues plufieurs fois de fuite à Parme, à Guaf-talla, à Bitonto, à Grotiska, à Molvitz, à Gzaf-lau, à Friedberg, à Sohr, & dans plufieurs au-tres batailles, où elles fe font trouvées avec des alliés. Si mon deffein étoit d'entrer dans un grand détail, je pourrois indiquer plufieurs caufes phy-fiques & morales de la décadence des troupes Au-trichiennes, en faifant voir, que leur entretien n'eft pas réglé avec affez d'ordre; que le confeil de guerre ne prend pas toujours le meilleur parti;

que c'est un grand abus de laisser les chefs des régiments maîtres absolus de tout ce qui s'y fait; que les généraux sont rarement d'accord; que les brigues de la cour influent trop sur les opérations militaires, & plusieurs autres choses de cette nature. Mais le développement de ces assertions me meneroit trop loin, & je me contenterai de remarquer encore, que l'art de défendre & d'attaquer les places, est excessivement négligé parmi les Autrichiens; qu'ils n'ont point de bons ingénieurs; & qu'il n'y a presque point d'exemple dans l'histoire, qu'ils aient pris une ville, au moins sans le secours de leurs alliés. (*)

Au reste, la maison d'Autriche n'entretient aucune marine, & n'a pas besoin en effet de vaisseaux de guerre pour protéger sa navigation.

Ses revenus. Il est très-difficile de savoir au juste les revenus d'une aussi grande puissance, qui a des provinces aussi éparses, & aussi peu d'ordre dans ses finances. Ceux qui croient être le plus au fait de l'état Autrichien, supputent la recette totale à.... millions, & voici comme ils comptent.

La Boheme rend . . . . . . d'écus.
Le reste de la Siléfie . . . .
La Moravie . . . . . .
L'Autriche . . . . . .
La Stirie . . . .
La Carinthie . . . . . .
La Carniole . . . . . .
L'Istrie & la Dalmatie . . .
Le Tirol . . . .
Les états disperfés en Suabe . .

(*) Les qualités éminentes de l'empereur qui regne aujourd'hui, feront disparoître rapidement tous ces défauts, & annoncent à son auguste maison une brillante époque. *Note de l'éditeur.*

La Hongrie , la Tranſilvanie   .
L'Eſclavonie & la Croatie   .   .
L'Italie   .   .   .   .
Les Pays-Bas Autrichiens   .   .   .
   (*) Somme totale   .   .   .

A quel immenſe revenu tout cela pourroit-il être porté, ſi un *Colbert* parvenoit à la régie libre des finances en Autriche !

La forme du gouvernement eſt totalement monarchique. L'impératrice reine, MARIE THÉRESE, qui regne aujourd'hui ſur les pays héréditaires, jouit d'une ſouveraineté abſolue. Il y a un conſeil d'état établi à Vienne, auquel préſide le grand-chancelier; un département pour l'expédition des affaires étrangeres; un conſeil de guerre ſupérieur, & diverſes chancelleries pour les affaires intérieures de l'état & pour l'armée.

Son gouvernement.

Par la ſanction pragmatique que l'empereur *Charles VI* a établie dans ſa maiſon, & qui a été garantie par la plupart des puiſſances chrétiennes, l'ordre de ſucceſſion y a été établi de maniere, qu'au défaut d'héritiers mâles, les archiducheſſes peuvent ſuccéder; & cette loi fondamentale a été d'abord confirmée par un exemple en la perſonne de l'auguſte fille de cet empereur, qui monta ſur le trône en 1740.

La cour de Vienne eſt très-magnifique & très-bien réglée. Il eſt ſeulement ſurprenant que, dans un ſiecle auſſi éclairé que le nôtre, & où l'on penſe avec tant de juſteſſe ſur les préjugés, cette cour continue encore de s'aſſervir à l'ancienne étiquette de Bourgogne, dont le cérémonial eſt

Etiquette.

____

(*) J'ignore ſi M. de Bielfeld eſpéroit de ſe procurer l'indication de ces ſommes; mais je ne crois pas devoir prendre la peine de la chercher. *Note de l'éditeur.*

également ridicule & gênant. On ne comprend pas trop le but, l'avantage, où le plaisir qu'il peut y avoir, dans la contrainte perpétuelle où une pareille étiquette jette les souverains & les sujets qui les environnent.

Religion.

La religion dominante dans tous les états héréditaires, est la catholique-Romaine, poussée jusqu'à la plus aveugle superstition, & intolérante jusqu'à la persécution. Les protestants répandus en Hongrie essuient toutes sortes de disgraces & de vexations, malgré leurs privileges, & malgré la fidélité extraordinaire qu'ils ont fait éclater dans les temps les plus critiques. Dans plusieurs provinces, la bigotterie regne avec tant d'empire, que l'on est tenté de croire que ce zele outré, cette crédulité aveugle, cette abnégation perpétuelle du raisonnement, ce respect pour les décisions des prêtres, contribue infiniment à entretenir le peuple dans le fanatisme & dans la grande stupidité où il est, même pour les affaires de la vie civile. Il y a un archevêque à Prague, plusieurs évêchés, & quantité de riches bénéfices, dont des prêtres peu savants & souvent grands ivrognes, vivent fort à l'aise.

Politique envers les autres puissances. Le Portugal.

Examinons maintenant quelle peut être la politique dont la maison d'Autriche fait usage relativement aux autres puissances de l'Europe.

Le *Portugal* est trop éloigné pour que la maison d'Autriche puisse avoir d'autres liaisons avec ce royaume, que celles qui résultent du systême général de l'Europe. Nous avons vu cependant, au commencement de ce siecle, lorsque *Charles* d'Autriche disputoit la succession d'Espagne à *Philippe*, prince de la maison de Bourbon, que le Portugal favorisa les vues de la cour de Vienne, & la secourut efficacement. La maison d'Autriche agira prudemment, en se conciliant la constante amitié du roi de Portugal, afin que ce prince qui déja ne fauroit voir de bon œil l'agrandiffe-ment d'un voifin, tel que l'Efpagne, puiffe faire une puiffante diverfion, ou du moins, donner de l'ombrage aux Efpagnols, toutes les fois que ceux-ci voudront tenter quelque nouvelle conquête en Italie. La cour de Lisbonne d'ailleurs eft naturel-lement portée en faveur de la maifon d'Autri-che; & les liaifons d'intérêt qui fubfiftent entre ces deux puiffances, font encore cimentées par le parentage & par des alliances de famille affez étroites. Enfin les richeffes du Portugal peuvent, dans le befoin, fournir de grands fecours aux monarques Autrichiens.

L'*Efpagne* eft tombée fous la domination d'un prince François; la maifon d'Autriche avoit des droits fur la couronne d'Efpagne, auxquels la force des armes l'a fait renoncer. Des princes Efpagnols poffedent en Italie deux royaumes, & plufieurs grandes provinces qu'ils ont enlevées à la maifon d'Autriche. Voilà trois objets qui peuvent donner lieu à bien des querelles, & devenir à tout mo-ment la caufe d'une foudaine rupture. Il eft rare qu'on oublie ces fortes de pertes dans les cabi-nets. La premiere occafion favorable met en ac-tion ce levain de reffentiment, qu'on avoit con-fervé, & ce defir de reprendre ce qu'on a perdu. On ne manque jamais de prétextes pour colorer fa conduite, ni de faifeurs de déductions, pour éluder les ceffions & les renonciations les plus folemnelles. Le fimple droit de conquête devient enfuite un nouveau droit. Tout cela peut arriver en Italie, ce théâtre perpétuel des querelles étran-geres. Il eft donc de l'intérêt de la maifon d'Au-triche, de travailler autant qu'elle le peut, à l'a-baiffement de l'Efpagne, & d'avoir fur-tout l'œil à ce que cette couronne ne faffe quelques nou-

veaux progrès en Italie, qui foient capables d'affermir enĉore plus les conquêtes qu'elle y a faites
depuis quelques années.

La Fran-
ce.

   La *France* eft la puiffance qui caufe le plus
jufte ombrage à l'Autriche. Tout le monde eft
inftruit de l'ancienne rivalité qui fubfifte entre
la maifon de Habsbourg & celle de Bourbon.
Le cardinal de Richelieu fut le premier qui conçut le grand deffein d'abaiffer la puiffance Autrichienne. Ses fucceffeurs dans le miniftere ont
fuivi ce plan avec affez de fuccès, fur-tout après
le grand coup d'état qui mit la monarchie d'Efpagne entre les mains du petit-fils de *Louis XIV*.
On fentira donc parfaitement la néceffité, où la
cour de Vienne fe trouve, de traverfer de tout
fon pouvoir toutes les vues d'agrandiffement que
la France pourroit avoir. La partie ne paroît
prefque plus égale à l'heure qu'il eft, & il femble que la maifon de Bourbon ait emporté l'a-
vantage à tous égards. La France, par fon commerce & fon induftrie, s'eft procurée des reffources intariffables pour le foutien de la guerre ;
au-lieu que l'Autriche eft d'abord épuifée, & fe
trouve dans la néceffité d'avoir recours à des
puiffances financieres. L'Autriche eft ouverte de
tous côtés ; nous avons vu des armées Françoifes
au cœur de la Boheme : & fans les fautes les
plus énormes du miniftere François, elles auroient
été jufqu'aux portes de Vienne. La France, au
contraire, eft comme fermée par une double
chaîne de places fortes, que les Autrichiens font
hors d'état d'emporter. Enfin il femble que l'on
prenne de meilleures mefures, & qu'on entende
mieux l'art de la politique dans le cabinet de Verfailles que dans celui de Vienne. Je ne blâmerai
pas le miniftere Autrichien, lorfqu'il fera agir
tous les refforts poffibles pour rétablir cet équili-

bre, en nuifant directement ou indirectement à la France. [La propre fûreté de la maifon d'Autriche, & la confervation de fes états, femblent juftifier pleinement cette conduite.

L'*Angleterre & la Hollande* font les alliés & les amis préfque naturels de la maifon d'Autriche. Leurs intérêts fe trouvent fi fortement liés les uns aux autres, qu'elles ne fauroient fe refufer des fecours mutuels. Si l'on a vu quelquefois ces puiffances agir d'une maniere oppofée à ce principe, elles n'ont pas tardé à s'en repentir. Dès que la guerre s'allume dans le continent, les puiffances maritimes ne fauroient fe paffer des troupes Autrichiennes, & la maifon d'Autriche eft hors-d'état de foutenir une guerre longue & onéreufe, fans le fecours de l'argent Anglois & Hollandois. D'ailleurs, ces trois puiffances ne fauroient fe nuire réciproquement, ni avoir des vues de conquêtes les unes aux dépens des autres ; mais elles font caufe commune contre la France & l'Efpagne, lorfque celles-ci tentent d'étendre leur commerce ou leurs frontieres. Ces confidérations font fi fortes & fi claires, qu'elles n'ont befoin, je penfe, d'aucune démonftration ; & tout lecteur fentira la néceffité où fe trouve la cour de Vienne, de refferrer fon union avec les puiffances maritimes, & d'avoir les meilleurs procédés vis-à-vis d'elles.

La *Suiffe* eft plus amie de la France & de l'Efpagne, que de la maifon d'Autriche. Les guerres que cette république a faites pour fe délivrer de la domination Autrichienne, ont laiffé un levain qui fermente encore dans le cœur des Suiffes contre leurs anciens maîtres. Ils donnent d'ailleurs des troupes aux rois de France, d'Efpagne & de Naples, & non à l'Autriche. Mais comme la neutralité parfaite eft le principe conftant fur lequel les Cantons agiffent, il eft facile à la cour de Vienne, de les y entretenir; & c'eft le parti le plus fage qu'elle peut prendre avec ces peuples Montagnards, qu'elle ne fauroit jamais attaquer avec fuccès, & qui pourroient lui nuire beaucoup, en prêtant du fecours à fes ennemis dans des temps de guerre.

L'Italie.   Avant que la maifon d'Autriche eût perdu les royaumes de Naples & de Sicile, & les duchés de Parme & de Plaifance, elle jouoit en Italie un rôle fort brillant, pour ne pas dire qu'elle y étoit la maîtreffe. Mais la fortune a bien changé de face dans ce pays. Les poffeffions qu'elle y a confervées, ne font plus fi importantes : & elle doit donner une attention finguliere à fe les conferver. Il eft certain qu'ayant encore le duché & la ville de Mantoue, elle tient toujours la porte de l'Italie. La rigueur que la cour de Vienne & fes armées ont exercée pendant cette derniere guerre contre la république de Gênes, a fufcité beaucoup d'ennemis dans ces contrées à la maifon d'Autriche. Le Pape, Venife, & les petits états ont été jettés dans la crainte. *Le roi de Sardaigne* eft le feul qui ait tenu bon pour l'Autriche, par la raifon qu'il ne fauroit voir d'un œil indifférent, la meilleure partie de l'Italie entre les mains des Bourbons. C'eft un prince dont la cour de Vienne doit toujours conferver l'amitié, & elle fera fort fagement encore, d'effacer par toutes fortes de bons procédés, les impreffions fâcheufes que les autres puiffances d'Italie peuvent avoir reçues contre elle. Il peut fe trouver bien des occafions, où le fecours de ces mêmes puiffances lui fera d'une néceffité indifpenfable; & fi jamais les Turcs faifoient quelque forte entreprife fur les états d'Autriche, le Pape & la république de Venife deviendroient les

alliés

alliés les plus naturels & les plus utiles de cette cour.

La maison d'Autriche a une très-grande in-fluence dans le *Saint-Empire*, qui eſt à ſon tour le plus puiſſant ſoutien qu'elle ait. Tant d'empe-reurs ſortis de la maiſon de Habsbourg, qu'on a vu ſucceſſivement regner ſur l'Allemagne, ont fait naître dans le cœur des Germains un atta-chement extrême pour cette maiſon. Il tient même plus de la ſujétion que d'une inclination libre. Le préjugé national l'a peut-être fait naî-tre, l'habitude l'a entretenu ; & il eſt affermi par la reconnoiſſance que la plupart des grandes maiſons d'Allemagne doivent à celle d'Autriche, pour avoir fait leur fortune. Mais comme il eſt aiſé à la cour de Vienne de mettre les princes qui compoſent le Corps Germanique dans ſon parti, elle ne doit pas, ce me ſemble, abuſer de cette facilité, & entraîner l'empire dans des malheurs pour des querelles étrangeres, & ſou-vent frivoles. C'eſt le moyen de révolter à la fin les eſprits les plus dociles, & les cœurs les plus affectionnés. Elle fera bien encore de ne pas compromettre ſon autorité, en voulant la pouſſer trop loin à la diete de l'empire. Les actes de deſpotiſme ont pour l'ordinaire un mauvais ſuccès dans les aſſemblées libres ; & on expoſe tout ſon crédit, dès qu'on prétend en abuſer. Enfin elle doit protéger & ſecourir l'Allemagne, ſi elle prétend en tirer une aſſiſtance réciproque.

Le *roi de Pruſſe* n'a pas vraiſemblablement acquis l'amitié de la maiſon d'Autriche, en fai-ſant ſur elle la conquête du duché de Siléſie. Ce-pendant, comme cette perte eſt une fois faite, qu'il y a peu d'apparence que jamais on puiſſe reprendre cette province par les armes, & que les principales puiſſances de l'Europe en ont ga-

L'empi-re en gé-néral.

Le roi de Pruſſe.

ranti la poffeffion à la maifon de Brandebourg ;
je crois que la politique veut qu'on oublie ce
qu'on n'a pu conferver, & qu'il vaudroit mieux
pour la cour de Vienne, fe faire un ami, un
allié utile du roi de Pruffe par de bonnes manieres, qu'un ennemi dangereux & implacable par
de vaines tentatives pour reconquérir la Siléfie.
Il n'y a guères de puiffance qui ne poffede quelques provinces, quelque portion de terre, que
fon voifin, fon allié a poffédé autrefois. Le temps
efface à la fin tout reffentiment ; & les intérêts,
la convenance & mille autres motifs, peuvent
faire de deux princes belligérants, les amis les
plus intimes.

La Polo-
gne.

La *Pologne* peut être fort utile à la maifon
d'Autriche par quelques diverfions, lorfque celle-
ci eft attaquée par les Turcs. Et d'ailleurs cette
république fe trouve dans une certaine connexion
avec la Ruffie, la Saxe & les puiffances du
Nord, que nous expliquerons ailleurs, & dont
la cour de Vienne peut tirer un parti avantageux.
Sa plus grande attention doit fe porter, à ce
que jamais un prince François ne vienne occuper
le trône de Pologne. Un plus grand inconvénient encore feroit, fi cette nation changeoit la
forme de fon gouvernement, & que de mixte,
il devînt monarchique. Ce qu'il y a de plus de-
firable pour les puiffances voifines, c'eft que la
conftitution de la Pologne, telle qu'on la voit aujourd'hui, fubfifte toujours, & que, s'il eft poffible, un Piafte, ou un Seigneur Polonois, foit le
chef de cette république en portant le titre de roi.

Le Dane-
marck &
la Suede.

Le Danemarck & la Suede ont peu de relations directes avec la maifon d'Autriche. Il eft
vrai que, du temps des *Guftave-Adolphe*, des
Charles-Guftave, & des *Charles XII*, la Suede
jouoit un rôle brillant dans l'Europe, & influoit

plus qu'aucune autre puissance étrangère dans les affaires de l'Allemagne. Mais ce temps n'est plus. La Suede aujourd'hui épuisée, a assez de peine à se soutenir contre ses formidables voisins. Elle a besoin d'argent & de subsides; & l'Autriche ne sauroit lui en donner. Les Suédois d'ailleurs ont le cœur fleurdelisé, si j'ose m'exprimer ainsi; ils sont depuis long-temps amis de la France; & tout ce que la cour de Vienne pourroit faire, c'est d'acheter dans un besoin l'alliance de cette nation par les trésors des puissances maritimes. Mais il faudroit que plusieurs circonstances concourussent, pour venir à bout d'une pareille entreprise. Il importe aussi à la maison d'Autriche, d'entretenir l'équilibre dans le Nord; ce que nous expliquerons ailleurs.

La Russie se trouve dans des relations intimes avec l'Autriche. Ces deux puissances sont également exposées par le voisinage des Turcs; & on les a vu plus d'une fois faire *cause commune* pour contenir l'ambition de la Porte Ottomane. Il y a bien d'autres occasions, (encore trop éloignées pour être clairement prévues, & trop compliquées, pour qu'on puisse les développer ici,) où la Russie & l'Autriche peuvent se prêter des secours mutuels. La cour de Vienne doit se ménager fort soigneusement l'amitié & l'appui de celle de Pétersbourg. Je crois cependant qu'il n'est pas de la bonne politique, d'attirer dans le cœur de l'Europe des troupes qu'on devroit laisser éternellement dans ce recoin, où la nature les a placées. On peut se servir d'elles de loin, mais non de près. Montrer à une nation brave, pauvre & nombreuse, le chemin qui conduit à un pays plus beau, & à un climat plus doux que le sien, c'est faire une faute d'une conséquence dangereuse.

La Porte Ottomane est une puissance très à craindre pour l'Europe entiere, mais sur-tout pour la maison d'Autriche. Si jamais il prenoit envie aux Turcs de s'étendre du côté de l'Occident, la Hongrie essuieroit les premiers efforts de leur puissance. Nous avons vu plus d'une fois ce royaume envahi, & les armées Ottomanes faire le siege de Vienne. L'équilibre du pouvoir en Europe me paroît si heureusement & si exactement établi à l'heure qu'il est, que je ne prévois pas de révolution capable de le détruire, & de changer tout-à-fait la face de cette partie du monde. On ne connoît plus de peuples féroces & barbares qui puissent, comme autrefois, sortir de quelques pays écartés, inonder l'Europe, & bouleverser les états & les royaumes. Les Turcs paroissent être la seule nation capable de former une pareille entreprise. Ils en ont même fait le commencement par leurs conquêtes sur les Vénitiens & sur la maison d'Autriché. Ce danger commun, quoique fort éloigné, doit réunir tous les intérêts des puissances chrétiennes; & il ne seroit pas prudent de laisser tomber tout-à-fait la maison d'Autriche, quand il n'y auroit pas d'autre raison que celle-là. La cour de Vienne fera bien de traiter toujours les Ottomans avec une certaine fierté & hauteur; cette conduite étant seule capable d'en imposer à ces infideles. Si, d'un autre côté, elle se voit obligée d'entrer en guerre avec les Turcs, il faut qu'elle prenne des mesures plus justes, & des résolutions mieux digérées que celles qu'elle a prises par le passé. La perte de *Belgrade*, la clef de l'Europe, n'a été due qu'à la mauvaise manœuvre du cabinet de Vienne, & aux arrangements pitoyables de son conseil de guerre.

Enfin l'Autriche n'ayant aucune navigation,

elle n'a rien à démêler avec les Pirates de la côte de Barbarie.

Si l'on réfléchit avec attention sur la situation de la maison d'Autriche, telle que nous venons de la crayonner, sur la quantité d'ennemis dont elle est environnée, & sur tout ce qu'on trouve de défectueux dans son gouvernement, on dira peut-être : Comment est-il possible que cette puissance se soutienne encore avec autant d'éclat ? Mais je crois qu'on peut répondre à cela ; la maison d'Autriche se soutient toujours, parce qu'une aussi grande puissance ne sauroit manquer de se soutenir ; elle fait d'un autre côté des pertes, & ces pertes résultent naturellement des vices de son gouvernement. Une monarchie aussi vaste ne sauroit crouler en peu de temps ; son propre poids la retient toujours dans une espece d'équilibre ; mais elle tombe en décadence, parce que les mesures qu'elle prend, ne font pas justes, & que de fausses mesures ne sauroient produire de bons effets. Enfin c'est une considération passée en proverbe dans toute l'Europe ; que le ciel opere souvent un miracle en faveur de la maison d'Autriche pour la relever des chûtes qu'elle fait, & la préserver de la ruine totale dont elle a été si souvent menacée.

Cette maison entretient ordinairement

12	Régiments de cuirassiers à .	font	hommes.
	Régiments de dragons . à .	font	
	Régiments d'infanterie . à .	font	
	Régiments d'housards . à .	font	
	Artillerie , &c.	font	

Somme totale . . .

Sans compter un très-grand nombre de milice Hongroise, de Pandoures, d'Insurgents, de Croates, & d'autres troupes irrégulieres, qui servent à désoler les armées composées de troupes les plus braves & les mieux réglées.

CHAPITRE X.

DE LA PRUSSE.

Réflexions générales sur la puissance Prussienne.

SI j'avois travaillé à la composition de cet ouvrage dans des temps plus reculés, l'état de la Prusse n'auroit point exigé des réflexions particulieres; mais le rôle brillant que cette puissance joue à l'heure qu'il est dans l'Europe, me met dans la nécessité d'en former un article séparé. Je tâcherai de le rendre également utile & intéressant, en y développant les moyens par lesquels les princes du Brandebourg sont parvenus à leur grandeur actuelle. Ainsi ce pays fournira une suite d'exemples qui serviront tous de preuves aux maximes de politique que j'ai établies dans ce systême.

Nous voyons dans l'histoire des états qui sont, pour ainsi dire, ignorés des autres peuples, qui ne se font remarquer que par la place qu'ils occupent sur le globe, & qui tout d'un coup se présentent sur le théâtre du monde, y agissent avec éclat, fixent sur eux les regards de toutes les nations; mais qu'une seconde révolution précipite bientôt dans le néant, d'où ils étoient sortis. Ces états sont semblables aux phénomenes célestes qui paroissent tout d'un coup au firmament, qui étonnent le peuple, & se perdent bientôt dans l'espace pour ne laisser après eux que le souvenir de leur apparition.

Sans recourir à des exemples anciens, nous n'en citerons qu'un seul, qui est arrivé, presque sous

nos yeux. Vers la fin du siecle passé, la Suede étoit,
comme aujourd'hui, un royaume assez puissant pour
se soutenir contre les attaques de ses voisins, mais
trop foible pour entreprendre de vastes conquêtes.
Charles XII naquit; ce n'étoit qu'un homme de
plus pour l'état; mais ce prince fit sur son Royaume l'effet que peut faire un esprit vif & pétulant
sur un corps foible & cacochyme. Il l'usa & le fit
tomber dans un état de langueur. Les victoires
éblouissantes que *Charles XII* remportoit dans des
pays lointains, n'ajouterent rien à la force naturelle de la Suede. En triomphant sans cesse, il
ne faisoit jamais de conquêtes; au contraire, ses
peuples devinrent des victimes qu'il immoloit perpétuellement à sa gloire chimérique; l'Europe fut
surprise de ses progrès rapides, & plus encore de
sa chûte soudaine. Le nom de *guerrier intrépide*
demeura le partage de *Charles;* mais la postérité
éclairée, qui veut des plans solides & des fins raisonnables dans les actions des princes, lui refuse
avec justice le titre de *grand-homme.*

L'histoire nous présente un bien plus grand nombre de ces empires qui se sont formés insensible-
ment, & qui ont acquis par degrés une puissance
formidable. Si l'on y réfléchit soigneusement, ces
monarchies ne sont parvenues au point de leur
grandeur, qu'en suivant les loix de la sage politique; & elles ont trouvé l'époque de leur décadence au moment qu'elles en ont négligé la
pratique. La Prusse, qui avance à grands pas vers
son beau période, nous fournit un exemple de
la premiere partie de cette proposition.

§ II.

Lorsque la guerre de trente ans défoloit l'Allemagne, l'électeur *George-Guillaume* gouvernoit
la Marche de Brandebourg. On peut juger de l'é- Etat du Bran de-bourg.

fous l'élec-
teur Geor-
ge-Guil-
laume.

tat de fes forces par celui de fes finances. Il jouif-
foit environ de deux cents mille écus d'Allemagne de revenus. Quelques compagnies de foldats
répandus dans trois places fortes, faifoient toute
fon armée. Quand le pays étoit menacé de quelque invafion, on raffembloit un certain nombre
de payfans armés; mais cette milice mal difciplinée faifoit une foible réfiftance aux entreprifes de
plufieurs puiffants voifins. L'électeur d'ailleurs étoit
un prince foible, qui ne trouvoit dans fon efprit
aucune reffource pour fuppléer au défaut de fes
forces, & qui pour comble d'infortune, fe laiffoit gouverner par un miniftre traître à la patrie,
& vendu à l'empereur. Dans un auffi grand état de
foibleffe, le Brandebourg fut en proie à la rapacité de toutes les parties belligérantes. Ce pays fut
ruiné au point qu'il n'y refta que la terre toute
nue, avec un petit nombre d'habitants fort miférables. On comprend bien que l'induftrie, le
commerce, les arts & les fciences étoient totalement détruits dans une dévaftation auffi générale.

§ III.

Sous l'é-
lecteur
Fréderic-
Guillau-
me.

Fréderic-Guillaume prit les rênes du gouvernement au fort de ces triftes circonftances. Jamais
prince n'eut un plus beau génie comme fouverain. Ses vertus civiles & militaires lui ont acquis le titre de *grand*, que la poftérité lui décerne
encore, tandis qu'elle le refufe à *Louis XIV*, &
à quantité d'autres qui en ont joui pendant leur
vie. La guerre continuoit toujours. *Fréderic-Guillaume* fentit bien qu'il ne pourroit jamais mettre
fes états à couvert d'infulte, ni obtenir juftice fur
les vaftes prétentions qu'il avoit; ni fe faire refpecter dans l'Europe, fans fe pourvoir d'une bonne
armée. Il commença donc par lever un nombre

fuffifant de troupes, & par les difcipliner; mais comme cette entreprife ne pouvoit réuffir, qu'autant qu'elle étoit appuyée fur les fecours pécuniaires, les finances furent réformées en même temps, & l'on chercha les moyens d'augmenter les revenus de l'état. A mefure que le peuple refpiroit, & fe refaifoit de fes pertes, l'électeur hauffoit les taxes. La recette générale des revenus fut portée jufqu'à près de deux millions d'écus dans les dernieres années de fa régence; cependant il faut y comprendre tout ce que rapportoient les nouvelles acquifitions faites par ce prince. Ses fujets n'eurent garde de murmurer contre les nouvelles impofitions, parce qu'ils virent l'ufage avantageux qu'on en faifoit. Car, depuis ce moment jufqu'à nos jours, le Brandebourg a joui d'une tranquillité non interrompue; & un fiecle entier s'eft écoulé fans qu'il ait effuyé aucune invafion ennemie; ce qui fans contredit eft une des plus grandes félicités d'un état. L'électeur d'ailleurs s'appliquoit à procurer à fes peuples les moyens de payer les fommes qu'il exigeoit d'eux. Il encourageoit l'induftrie, les arts étoient cultivés; on faifoit fleurir les fciences; on étendoit le commerce, on attiroit de tous côtés d'habiles artiftes. Ce grand prince fit creufer le fameux canal qui réunit l'Oder avec la Sprée, & qui par ce moyen facilite le débouché des marchandifes dans la mer Baltique, auffi-bien que dans celle du Nord. Les colonies nombreufes des François refugiés fervirent furtout à porter dans le Brandebourg des manufactures de toute efpece, & la véritable intelligence de l'agriculture. Les naturels du pays ne manquerent point de profiter de leurs inftructions, & ils fe perfectionnerent bientôt. La navigation même fut entreprife avec fuccès. L'électeur obtint un établiffement fur la côte de Guinée, & il auroit étendu son commerce maritime dans toutes les quatre parties du monde, si des distractions continuelles, & enfin la mort, ne l'en eussent empêché. D'un autre côté, ce grand prince se fit des amis & des alliés puissants. Avec ces précautions & ce secours, il repoussa les ennemis qui vouloient l'attaquer, & porta ses armes victorieuses jusques dans le sein de leurs états. La situation des affaires générales de l'Europe, aussi-bien que ses intérêts particuliers, ne lui permirent point de rester constamment attaché au même parti; mais il est certain, qu'il ne changea jamais sans de bonnes raisons. Il vouloit jetter les fondements de la puissance de sa maison, & relever ses provinces de l'état misérable où elles avoient été réduites. D'aussi grands desseins, soutenus par d'aussi petites forces, exigeoient que l'électeur se pliât aux circonstances du temps. On doit permettre quelques entorses de politique à un prince accablé, & qui ne les met en usage que pour devenir le pere de ses peuples. *Fréderic-Guillaume* battit les Polonois à Varsovie; il vola au secours des Hollandois; il défit les Suédois à la miraculeuse bataille de *Fehrbellin*, & les mena toujours battant jusqu'au fond de la Prusse. Ses exploits brillants, & ses sages négociations au congrès de Munster, lui valurent les acquisitions les plus considérables. Il ajouta à ses états la Poméranie antérieure, l'évêché de Camin, les principautés de Butow & de Lauenbourg, l'archevêché de Magdebourg, l'évêché de Halberstadt, l'évêché de Minden, le duché de Cleves, le comté de la Marck, avec celui de Ravensberg, & le cercle de Schwibus en Silésie. Enfin ce grand prince laissa en mourant, un état bien différent de celui qu'il avoit trouvé en parvenant à la régence.

§ IV.

Fréderic son fils lui succéda ; & son regne de vingt-cinq ans fut beaucoup plus pacifique, que celui du pere. L'état cependant acquéroit tous les jours de nouvelles forces intérieures. Le luxe fut introduit dans le Brandebourg, & en même temps les moyens de le satisfaire. La capitale fut ornée de plusieurs bâtiments superbes. La cour étoit magnifique ; & on établit toutes sortes de manufactures pour y subvenir. La grande émigration des François protestants se fit sous ce regne, & *Fréderic* en profita très-habilement. L'argent fut mis en circulation, le public en profita beaucoup, & les revenus de l'état augmenterent considérablement. Les arts & les sciences fleurissoient. La société royale de Berlin fut fondée ; & l'on fit toutes sortes de beaux établissements. *Fréderic* mit la couronne dans sa maison, & fit ériger le duché de Prusse en royaume. Il acquit la principauté de Neufchâtel & de Vallegin en Suisse, le pays de Gueldres, & diverses terres considérables. Il se défit sans nécessité du cercle de *Schwibus*. La Providence sembloit en disposer ainsi, pour laisser à son petit-fils la gloire de le reconquérir avec usure. Enfin ce premier roi de Prusse mourut regretté de ses sujets, qui étoient devenus opulents sous son regne.

Sous le roi
Fréderic I.

§ V.

Fréderic-Guillaume porta sur le trône des vertus toutes différentes de celles de son pere. Il étoit né avec beaucoup de génie ; il avoit un esprit d'ordre, une sagacité merveilleuse pour les affaires de détail, & une inclination naturelle à l'équité. D'un autre côté, ce grand esprit de détail empêchoit qu'il n'étendît ses vues sur la tota-

Sous le roi
Fréderic-
Guillau-
me.

lité des objets, & qu'il confidérât les chofes en grand. Comme d'ailleurs fon penchant le portoit à l'économie, les finances s'en reffentirent bientôt. Il les réforma plus en fimple calculateur, qu'en homme d'état. Des confeillers ambitieux flatterent la paffion du prince pour faire leur propre fortune. Sous prétexte de mettre de l'ordre dans les affaires, on pouffa les impôts au-delà des bornes; & les financiers inventerent chaque jour de nouveaux moyens pour augmenter les revenus du maître. L'état reffembloit à un cadavre livré à l'anatomie, que des chirurgiens diffequent pour faire toutes fortes d'expériences. D'un autre côté, le roi théfaurifoit & ne faifoit guères de dépenfe; par-là cette maffe qui doit fe répandre dans le public au moyen de la circulation, fut confidérablement diminuée; l'argent ne roula plus, les coffres du fouverain abforberent les fonds, qui étoient l'ame de l'induftrie; de capitaux animés on fit des capitaux morts, & le commerce n'alla plus qu'en baiffant. D'ailleurs, *Fréderic-Guillaume* avoit une véritable paffion pour le militaire; le prince d'Anhalt fon ami, qui vouloit déployer fes talents guerriers à la tête d'une belle & nombreufe armée, dreffée à fa fantaifie, ne manqua point d'entretenir le roi dans ces idées. Il eut l'adreffe de lui faire croire que l'art de la guerre devoit être l'unique objet d'un roi, à l'exclufion de toute autre chofe, comme fi un fouverain ne devoit pas être auffi fage légiflateur, auffi grand politique, auffi habile financier, que bon capitaine. A cette premiere illufion, le prince d'Anhalt en joignit une feconde, & fit concevoir au roi, que fon état ne devroit former qu'un état militaire. Or cette idée qui, dans le fond, ne confifte que dans un jeu de mots, fit tant d'impreffion fur l'efprit du monarque, que tout fut

sacrifié au militaire. Tandis que le droit naturel &
la raison veulent que la félicité & le repos du
peuple fassent l'objet principal du souverain, &
que le militaire ne soit qu'un accessoire, une suite
de ce premier but, on prit le systême à rebours.
L'armée devint le premier objet du roi, & on
ne regardoit les autres parties du gouvernement,
que comme les moyens destinés à l'entretien des
troupes, & à former un trésor propre à grossir
l'armée. On n'estimoit rien qu'autant qu'il pouvoit favoriser ce but. Le militaire dans les moindres grades étoit plus considéré, que le plus sage
magistrat qui veille au bonheur de l'état, que le
plus habile ministre qui du fond de son cabinet,
met l'Europe en mouvement, que l'homme de
lettres duquel les plus grands héros sont obligés
de demander le suffrage, s'ils prétendent passer à
la postérité. Toutes ces personnes ne passoient aux
yeux du monarque, que pour de viles Scribes.
Le pays en attendant diminuoit d'hommes & d'argent, au sein de la plus profonde paix. Malgré
cela, il faut convenir que la plus grande faute
de *Fréderic-Guillaume* fut de pousser trop loin
son inclination pour le militaire & pour l'épargne ; car, à la mort de son pere, ces deux objets avoient effectivement besoin de réforme. Si
le nouveau roi l'eût entreprise sans y faire entrer de passion, & sans heurter d'autres établis-
semens, il est certain qu'on n'auroit pu assez
l'admirer, & qu'il seroit devenu le second créateur de l'état Prussien. Et malgré tout ce que le
regne de *Fréderic-Guillaume* peut avoir eu de défectueux & d'outré, il s'y est fait néanmoins de
grandes choses ; & les successeurs de ce prince
lui auront toujours, à certains égards, de très-
grandes obligations. A son avénement au trône,
il trouva une armée de vingt à trente mille hom-

mes. Il l'augmenta jufqu'à quatre-vingt mille. Ces troupes étoient les plus belles du monde, & il les exerçoit dans une difcipline digne des anciens romains. A mefure que l'armée groffiffoit, il falloit accroître les revenus, & comme on n'imagina point de nouveaux moyens pour introduire dans l'état de l'argent étranger, il eft clair que cette augmentation de revenus ne pouvoit s'obtenir qu'aux dépens des fujets & de leurs fortunes. Ce fut là le feul mal, mais il étoit grand. D'un autre côté, ce roi montra en plufieurs occafions de la grandeur d'ame & de la générofité. Il fit l'acquifition de la ville de Stettin, & d'une partie confidérable de la Poméranie. Il recueillit la plus forte moitié de la fucceffion particuliere du roi d'Angleterre *Guillaume III*, & fit pour cet effet un traité de partage avec le prince d'Orange. Il porta toutes fes vues fur l'acquifition du pays de Juliers & de Berg, qui devoient lui retomber à titre d'héritage après la mort de l'électeur Palatin. Il s'étoit mis en état de foutenir fon bon droit par les armes, envers & contre tous fes compétiteurs; mais fa mort arrivée en 1740, changea tout le fyftême de la cour de Pruffe. (*)

§ VI.

Sous le roi regnant.   *Fréderic II* en montant fur le trône, trouva un état exactement réglé, un tréfor fort riche & une armée auffi belle que nombreufe. C'étoient là de puiffants moyens pour exécuter toutes fortes de projets brillants; mais ce prince trouva en lui-même des reffources bien plus grandes encore,

(*) On puifera une idée plus exacte du caractere & des actions des deux premiers rois de Pruffe, dans *l'abrégé de l'hiftoire de Brandebourg* fait de main de maître. *Note de l'éditeur.*

pour faire des choses dignes d'une admiration universelle.

Je suis sûr, que ceux de mes lecteurs qui aiment
à connoître dans les hommes le principe qui leur
fait faire de grandes actions, me sauront gré, si
j'essaie de crayonner ici le portrait du monarque
dont je vais raconter les principaux faits. Je n'ai
garde de vouloir peindre les agréments de sa physionomie, la vivacité de ses yeux & les graces
de sa figure; ce sont des objets qui n'intéressent
pas assez le philosophe & l'homme d'état. C'est
par d'autres endroits que je voudrois leur faire
connoître FRÉDERIC. Ce prince n'est pas d'un
tempérament fort robuste, son corps craint le
froid; mais son ame qui ne craint rien, mene ce
corps à travers les neiges, les glaces, & les dangers, lorsque la gloire ou le bien de la patrie le
demandent. Ce sont là les deux grands motifs
qui déterminent toutes ses actions. Peu d'hommes
sont nés avec autant d'esprit, & il n'y a point
d'exemple qu'un roi ait eu tant de talents. Il n'a
de l'inclination, ni pour les femmes, ni pour le
jeu, ni pour la chasse. Tous ses goûts sont ceux
d'un homme de génie; il aime l'étude, les belles-lettres, les spectacles, les jardins, les bâtiments, la musique, & tous les arts. Il a le bonheur rare de se connoître parfaitement à tout ce
qu'il aime. Il est lui-même excellent auteur, &
grand musicien, sans daigner s'en piquer. Il fait le
plan de ses jardins & de ses maisons, avec la même
facilité qu'il compose des vers qui augmenteroient
la réputation de nos meilleurs poëtes; & ce qu'il
y a de plus étrange, c'est qu'il en fait au milieu des
plus grandes affaires, & quelquefois le moment
après des batailles. Ces agréments font la superfi-
cie de son esprit; la justesse & la force forment
le fonds; le tout ensemble fait un génie universel.

C'eft ce génie qui le rend également grand homme d'état & de guerre. A la tête des armées il réunit les qualités de fon bifaïeul & de fon pere. Il a un coup d'œil jufte, la réfolution prompte, une fermeté admirable, une activité fans relâche, & un efprit de détail furprenant. Il lui faudra toujours de grandes occupations, & il embráffera probablement toutes les occafions légitimes, pour augmenter fes états & fa gloire. (*) Il entretient 140 mille hommes de troupes; & pendant les intervalles de la guerre, fa principale occupation eft de les exercer dans une difcipline militaire digne des anciens Romains. Avec ces forces & celles de fon génie, il prend fon parti foudainement. Dans le cabinet il voit au-delà de la portée des autres hommes, & fuit fes vues fans être ébranlé par les incertitudes de ceux qui ne font qu'entrevoir.

Il parle la langue Françoife mieux que jamais étranger ne l'a parlé, & il l'écrit auffi purement qu'un académicien. Il femble qu'il y ait en lui deux natures, la nature royale & la nature humaine. Quand il fait le roi, il imprime tout le refpect de la majefté; quand il veut être homme, dans un fouper agréable, il enchante par les charmes de fa converfation. Son caractere eft mal connu de l'Europe. Ses ennemis & fes envieux ont tâché de lui faire une réputation odieufe. Je ne parle pas de la réputation dans les cabinets des cours; quiconque y eft craint, l'a fort bonne. Je parle de cette réputation qu'ambitionnoient les

Marcus-

(*) M. de Bielfeld tire ici un des Horofcopes qui ont été le mieux accomplis. En général on voit qu'il eft pénétré de la grandeur d'un maître qu'il avoit vu pendant long-temps de près, & auquel il étoit attaché au delà de toute expreffion. *Note de l'éditeur.*

Marcus-Aurelius, les *Henri IV*. Cependant il eſt certain que ce prince eſt très-juſte, & que ſon cœur eſt tendre. Les fortunes à ſa cour ne ſont pas immenſes; mais de telles fortunes montrent plutôt la foibleſſe du gouvernement que la grandeur du maître. Il donne de quoi vivre, mais non pas de quoi ſe livrer au faſte.

§ VII.

Fréderic monta ſur le trône à la fin d'un hiver fort rude, & qui par ſa longueur extraordinaire, avoit épuiſé toutes les proviſions des particuliers. On étoit au moment de voir la diſette dans le pays. Le nouveau roi commença par faire ouvrir ſes propres greniers pour ſoulager ſes ſujets. Ce fut le premier acte de ſouveraineté que ce monarque exerça, & qui étoit l'augure le plus favorable de la félicité de ſon regne. Il donna enſuite ſon attention à rendre au feu roi les derniers devoirs. Non content de verſer des larmes ſinceres à ſa mort, il fit inhumer ſon corps avec une pompe & une magnificence vraiment royale.

Hiſtoire abrégée du regne de Fréderic II.

Fréderic-Guillaume entretenoit à Poſtdam un régiment compoſé de ſoldats d'une taille énorme. Il en coûtoit des ſommes immenſes, des peines incroyables, & ſouvent des violences cruelles, pour raſſembler dans toute l'Europe, des coloſſes qui puſſent entrer dans ce corps. Le roi le caſſa d'abord, & de l'argent qu'avoit abſorbé ce régiment inutile, il trouva moyen de lever & d'entretenir pluſieurs bataillons d'infanterie, qui dans la ſuite rendirent les ſervices les plus eſſentiels.

Mais ce n'étoit pas ſeulement la force de ſes armes qu'il vouloit faire reſpecter; il avoit pour but de gagner dans l'Europe cette confiance que les ſouverains acquierent par la juſtice, par la droiture, & par une grandeur d'ame inébranla-

ble : fentiments que ce monarque dépeint fi heureufement, & qu'il recommande fi fort dans fon
livre intitulé l'*Anti-Machiavel*, qui parut au commencement de fon regne. Pour mettre en pratique les fages maximes qui y font prefcrites, il
envoya d'abord des ambaffadeurs aux trois principales cours de l'Europe, à Vienne, à Paris &
à Londres, pour y faire l'offre de fon amitié,
& pour fe procurer dans le befoin celle de ces
puiffances.

Peu après le nouveau roi fit le tour de fes
vaftes provinces, non-feulement pour y recevoir l'hommage de fes peuples, mais auffi pour
connoître leurs befoins, & apprendre par foi-
même les détails les plus intéreffants de tout fon
état.

Ce fut pendant le voyage qu'il fit à Cleves,
que l'évêque de Liege lui donna de grands fujets
de plainte, en empiétant fur fes droits de fouveraineté à *Herftall*, & en maltraitant des perfonnes de confidération qui furent envoyées vers ce
prélat, pour terminer les affaires à l'amiable. Le
roi prit un parti digne de lui. Il envoya quelques compagnies de grenadiers fur les terres de
Liege, qui, fans verfer une goutte de fang, ni
commettre le moindre défordre, réduifirent l'é-
vêque à plier, en achetant à un prix raifonnable
la baronnie de Herftall, fource des différends.

Cette petite expédition fut le prélude d'une
guerre terrible qui fuivit peu de mois après. Vers
la fin de l'année 1740 mourut *Charles VI*, dernier empereur de la maifon d'Autriche. Le roi
de Pruffe avoit des droits fur la *Siléfie*, & il
crut l'époque favorable pour les faire valoir. Il
commença par la voie de la négociation, mais
en même temps il fit tous les préparatifs néceffaires, pour foutenir par les armes, ce que fes

miniftres propofoient à Vienne. Après que toutes les reffources qui pouvoient produire un accommodement amiable eurent été épuifées, l'armée Pruffienne entra en *Siléfie*, furprit Glogau, battit les Autrichiens à Molwitz, s'empara de Brieg, de Neifs, & de toutes les places fortes. En un mot ce duché important fut conquis dans une feule campagne. Le roi conduifoit tout lui-même; il étoit l'ame de fon armée; & après que ce grand prince eut reçu l'hommage de fes nouveaux fujets à Breflau, il revint à Berlin pour y goûter quelque repos pendant l'hiver.

Au milieu de cette guerre fanglante, on fit à Berlin des établiffements qui ailleurs ne femblent être que le fruit de la plus profonde paix. Le roi forma, à fes propres fraix, un *opéra Italien*, & une *comédie Françoife*. Ces fpectacles fi néceffaires pour orner une grande ville, & l'enrichir indirectement, furent donnés *gratis* au public. Les foins paternels du monarque s'étendirent encore à d'autres objets. Il établit une maifon, où la plus pernicieufe vermine de la fociété, les mandiants publics, furent renfermés, & dans laquelle on rendit leur travail utile, en pourvoyant à leur fubfiftance.

Cette année eft encore remarquable par le mariage du prince de Pruffe. Le roi, qui avoit une tendreffe véritablement paternelle pour fon frere ainé, lui donna pour époufe la fœur de la meilleure reine qui fut jamais, & fuivit en cela la derniere volonté du feu roi fon pere. Les noces fe firent avec une magnificence digne de cet augufte couple.

Du fein des plaifirs de Berlin, le roi vola de nouveau aux travaux militaires. Sous fa conduite l'armée entra en *Moravie*, s'empara d'Olmutz & y féjourna jufqu'à l'ouverture de la campagne. Au mois d'avril, elle perça jufques dans le cœur de la *Boheme*. Les Autrichiens l'y fuivirent de près, ayant à leur tête le prince Charles de Lorraine. Les deux armées fe rencontrerent dans les plaines de Czaflau, où le roi triompha une feconde fois de ces troupes autrefois fi redoutables. La victoire de Czaflau fut fuivie de la paix de Bref-lau, que la cour de Vienne offrit au monarque Pruffien, & par laquelle il obtint toute la *baffe-Siléfie* & la plus grande partie de la *Haute*. Si ce prince fut obligé de fe féparer en cette occafion de fes alliés, les François, les Bavarois & les Saxons, il eft certain que la plus grande néceffité l'y força. Tout le fardeau de la guerre étoit tombé fur lui. Il livroit des batailles fanglantes uniquement en faveur de ces puiffances alliées, qui de leur côté agiffoient foiblement, ou n'agiffoient point du tout. Le falut de fes peuples, le premier foin du fouverain, exigeoit qu'il ne fe facrifiât pas plus long-temps pour une caufe étrangere. Le repos de la paix fut employé aux foins les plus utiles pour le bien de l'état. Le roi travailla avec fuccès à l'avancement du commerce, & aux progrès des manufactures. Il établit une nouvelle académie royale des fciences à Berlin; il fit conftruire une maifon d'opéra, dont l'architecture eft digne de l'ancienne Rome & de la Grece. On commença plufieurs autres bâtiments magnifiques, foit dans la capitale, foit à Potf-dam, foit à Charlottenbourg. L'armée ne fut pas non plus oubliée. Non content de réparer les pertes qu'elle avoit faites, le roi l'augmenta & l'embellit. La cavalerie, & fur-tout les Houfards, fe reffentirent de cette augmentation confidérable.

Charles Edzard, dernier duc d'Oftfrife, étant mort fans laiffer de poftérité, le roi de Pruffe recueillit fa fucceffion, qui lui étoit dévolue. La cour de Hanovre n'ofa s'oppofer à la prife de poffeffion, que par des proteftations inutiles. Les Hollandois furent obligés de retirer les garnifons qu'ils entretenoient dans quelques places de l'Oft-frife. Le roi en demeura tranquille poffeffeur, & reçut l'inveftiture de ce pays quelque temps après.

Ce fut à peu près vers ce temps, qu'on célébra à Berlin les noces de la princeffe *Louife Ulrique* avec le prince *Adolphe-Fréderic* de Holftein, défigné fucceffeur au trône de Suede. Les fêtes fuperbes que le roi donna à cette occafion, firent affez connoître la tendreffe extrême qu'il avoit pour cette fœur chérie, & fervirent à faire éclater fon goût & fa magnificence.

Dans le temps qu'on ne fembloit refpirer à Berlin que la joie & les plaifirs, perfonne ne s'attendoit à voir reparoître fi tôt les troupes Pruffiennes fur le théâtre fanglant de l'Europe. Le calme le plus doux regnoit fur la phyfionomie du roi, qui cependant digéroit le plan d'une nouvelle guerre, au milieu des fêtes matrimoniales. Le lendemain du départ de la princeffe de Suede, tout le public fut fort étonné d'apprendre l'ordre que S. M. avoit donné à fon armée, de fe tenir prête à marcher. L'exécution fuivit cet ordre avec une promptitude fans égale. Les Pruffiens fe trouverent en *Boheme*, tandis qu'on fe difputoit encore à Vienne, fur la poffibilité de leur marche. Voici les motifs qui déterminerent le roi à cette feconde rupture.

Sa gloire demandoit qu'il maintînt fur le trône de l'empire, l'électeur de Baviere, qu'il venoit d'y placer. La bonté de fon cœur ne pouvoit permettre qu'on accablât ce digne prince, qui étoit chaffé de fes états, & à la veille d'être entiérement écrafé. Son intérêt & la fûreté de fa conquête, ne fouffroit pas que la maifon d'Au- triche fe rendît toujours plus formidable par les progrès de fes armes ; & fa politique vouloit qu'il fît une diverfion en faveur de la France fon alliée, qui étoit vigoureufement attaquée du côté de l'Alface. Enfin, il ne put plus réfifter aux vives follicitations de l'empereur, & des princes qui s'étoient joints enfemble par l'union de Francfort, & qui fondoient leur unique ef- poir fur fon affiftance.

Prague, Tabor & Budweis furent pris rapi- dement ; & le roi étoit le maître en Boheme, lorfque le prince Charles fortit de l'Alface avec précipitation pour fauver ce royaume. L'intérêt propre, & les promeffes les plus folemnelles, engageoient alors les François à attaquer l'armée Autrichienne avec toute la vigueur poffible, lorf- qu'elle repaffa le Rhin ; mais, par un procédé in- concevable, les généraux François n'en firent rien, & le prince Charles continua tranquille- ment fa marche jufqu'en Boheme, où un gros corps de troupes, & les Saxons qui avoient pris fon parti, le joignirent. Avec ces forces il avança contre le roi, non pour le combatre, mais pour le harceler dans un pays montagneux, difficile, & rempli d'habitants qui avoient pour les Pruf- fiens une haine inexprimable. Le roi, qui n'a- giffoit qu'en qualité d'*Auxiliaire*, ne jugea pas à propos de ruiner, par une efpece de petite guerre continuelle, une armée faite pour acquérir une gloire immortelle dans les plus grandes ac- tions, ni d'oppofer des Pruffiens à un ramas de troupes irrégulieres. Il fortit donc des montagnes de la Boheme pour attendre l'ennemi dans les plaines de la Siléfie. Mais les Autrichiens & les Saxons étant reftés en Boheme, l'armée Pruffienne fut mife en quartier d'hiver en Siléfie. Dix mille Pruffiens qui avoient compofé la garnifon de Prague, firent à travers les ennemis une retraite la plus glorieufe, & le roi revint à Berlin pour fe repofer de fes fatigues incroyables.

Pendant l'hiver de 1745, ce monarque s'occupa, (même au milieu des plaifirs publics qui continuoient toujours) à rétablir les pertes de fon armée, à mettre en œuvre fes reffources naturelles pour la continuation de la guerre, à régler les affaires de l'état, à former de nouveaux établiffements pour le bien de fes fujets, & à foutenir ceux qu'il avoit déja faits. On commença à creufer des canaux confidérables pour faciliter le tranfport des marchandifes, & encourager par-là le commerce.

Le roi retourna de bonne heure à l'armée, & la raffembla. Les Autrichiens & les Saxons, forts de cent mille hommes, defcendirent des montagnes & pénétrerent en Siléfie. Le 6 juin fe donna la fameufe bataille de *Friedberg*, où l'armée combinée fous les ordres du prince Charles, fut battue à platte couture par les Pruffiens qui avoient leur roi à leur tête. L'hiftoire ne fournit guères d'exemple d'une victoire auffi fignalée. Le vainqueur pourfuivit les vaincus fort avant dans la Boheme, & y vécut tout l'été aux dépens des ennemis & du pays. Mais, lorfqu'à la fin de la campagne il fallut retourner en Siléfie, pour avoir des quartiers d'hiver tranquilles, les Autrichiens attaquerent de nouveau l'armée Pruffienne dans fa marche; & quoiqu'ils euffent fur elle un avantage infini par le nombre des combattans, par le terrein & par une efpece de furprife, ils furent néanmoins battus une quatrieme fois près du village de *Sohr*, & pourfuivis jufques dans leurs quartiers. Après ce nou-

veau triomphe l'armée fe fépara, & le roi revint à Berlin.

Il trouva au tombeau quelques perfonnes pour
lefquelles il avoit eu une tendre affection, &
d'autres prefque à l'article de la mort. La bonté
de fon cœur fe fit fentir dans cette occafion.
Le tumulte de la guerre & la gloire de fes armes victorieufes, ne purent affoiblir la douleur
qu'il reffentoit de ces pertes.

Vers la fin du mois de novembre, on porta
en triomphe à Berlin les drapeaux, étendards,
timbales, canons & autres trophées, que les Pruffiens avoient pris aux ennemis dans les batailles
de *Friedberg* & de *Sohr*. Mais le public fut fort
furpris d'apprendre le lendemain, que les ordres
étoient donnés à l'armée, pour fe raffembler
au plus vîte, & pour faire une campagne d'hiver.
Voici quel en fut le fujet. Le roi ayant eu des
nouvelles certaines, que les cours de *Vienne* &
de *Drefde*, avoient formé le dangereux projet
de l'attaquer avec toutes leurs forces, par cinq
endroits différents, & que leurs troupes, malgré
la rigueur de la faifon, étoient en marche pour
pénétrer de tous côtés dans fes états; ce prince
prit foudainement le meilleur de tous les partis,
qui étoit d'aller au-devant de l'ennemi, & de le
combattre par-tout où il le trouveroit. Il fe
rendit pour cet effet à fon armée en Siléfie, &
envoya le vieux prince d'Anhalt à celle qu'il
avoit fait affembler près de Halle. Le roi entra
en Saxe, défit l'avant-garde ennemie à *Hennerf-
dorff*, s'empara de toutes les villes & des magafins de la Luface, prit Meiffen, & s'avança
vers Drefde, en faifant toujours reculer le prince
Charles devant lui. Le prince d'Anhalt imitant
l'activité du roi, marche de fon côté droit à
Leipfick, qui lui ouvre fes portes; il continue fa

route, foumet tout, & en longeant la rive gauche de l'Elbe, il se propose de joindre le roi qui étoit à la droite de ce fleuve. Dans son chemin il rencontra l'armée Saxonne, l'attaqua près du village de *Keffelsdorff*, & la défit totalement. Cette cinquieme victoire des Prussiens mit les ennemis aux abois. Les Autrichiens s'enfuirent dans les montagnes de la Boheme, les deux armées Prussiennes se joignirent ; le roi entra victorieux à Dresde, fit chanter dans cette capitale le *Te Deum* au bruit du canon Saxon, y vit représenter des opéra, & y conclut par la médiation de l'Angleterre, une paix qui lui assura à jamais la Siléfie.

Cette paix étoit d'autant plus glorieuse, qu'elle ne lui procuroit aucun nouvel avantage, & qu'elle prouva clairement, que ce n'étoit pas par une ambition outrée, ni par des vues de conquête, qu'il avoit entrepris la seconde guerre. Car, dans le temps qu'il n'auroit tenu qu'à lui de joindre à ses titres, celui d'*électeur de Saxe*, & que même le roi de Pologne s'étoit retiré à Prague, il ne voulut pas garder un seul village Saxon, se contentant de donner la paix à ses ennemis, en confirmant fimplement ce qui avoit été ftipulé par le traité de Breflau. Une chose bien digne de remarque encore, c'eft que, pendant tout le cours de cette guerre onéreuse, où le roi avoit toutes les forces de l'Autriche & de la Saxe fur les bras, ce prince n'a pas mis un fol de nouvel impôt fur fes peuples, & que tous fes anciens états n'ont pas fouffert la moindre invafion ennemie.

Vous allez voir FRÉDERIC fur un nouveau théâtre, & on peut dire de lui ce qu'on dit de Cirus, *qu'il eft encore plus grand dans fon repos, que dans fes conquêtes.* Voici l'ufage qu'il fait de la paix.

Les bâtiments commencés font achevés, & on en entreprend de nouveaux. Poftdam eft embelli par un château véritablement royal. D'une montagne feche & aride, le monarque crée une vigne riche & fertile ; il y éleve un palais qui, pour le goût & la magnificence, n'a guères de pareil en deçà des Alpes. Les beaux arts, l'architecture, la peinture & la fculpture, y brillent dans leur plus grande perfection. A leurs plus rares productions modernes le roi veut joindre encore les beautés de la Grece & de Rome ; le cabinet du cardinal de Polignac, qu'il avoit acheté, lui fournit une collection fuperbe de ftatues antiques, qui font placées par-tout avec choix. Charlottembourg s'en reffent principalement. A Berlin il fait bâtir une églife cathédrale, & un temple pour les catholiques ; un palais magnifique pour le prince *Henri* fon frere, & un autre pour l'académie des fciences, & pour celle de peinture. Enfin la reconnoiffance qu'il fent pour la valeur de fes troupes, le porte à faire conftruire un hôtel des invalides, auffi vafte que bien entendu, & il y met pour infcription, *Laefo & invicto militi.* (*)

Le commerce & les manufactures deviennent de nouveau les objets de fes foins paternels ; il les encourage de toutes les manieres poffibles. Tout eft mis en mouvement. La navigation s'accroît dans la Baltique. Stettin réunit fon commerce avec celui de la Siléfie, par le moyen de l'Oder. On établit une foire à Breflau. On commence à faire des étoffes, des galons, des velours, des draps, des meubles, des glaces, des carroffes, & mille autres chofes auffi belles que chez les nations étrangeres les plus induftrieufes. L'Oder eft détourné

(*) Cette infcription a été fournie par M. de Maupertuis. Le mot *laefo,* a été critiqué. *Note de l'éditeur.*

dans fon cours; & dans la grande étendue de pays que le roi gagne par-là, on place de nouvelles colonies, qui s'y nourriffent en cultivant ce terrein autrefois ftérile. L'agriculture eft par-tout perfectionnée. Des ouvriers habiles font attirés de tous côtés.

Au milieu de tant de travaux, le roi n'oublie pas les mufes fes favorites. Il fe livre aux études avec le plus grand fuccès. Tous les ouvrages qu'il compofe, font des chefs-d'œuvres. Il a pour fa famille des entrailles de pere. Les grands biens de fes freres font adminiftrés avec la plus fage économie. Il porte à la reine fa mere le refpect le plus tendre & la comble de bienfaits. Des princes étrangers qu'on éleve à fa cour, y reçoivent par les préceptes & par l'exemple, une éducation admirable. Son cœur eft charitable pour les pauvres. Il foulage les indigents honteux par des aumônes tirées tous les ans de fa caffette particuliere.

Il fait une réforme totale dans la juftice. Les anciens procès font décidés, & les nouveaux abrégés; les avocats font contenus dans leur devoir, & les juges affervis aux maximes de l'équité par les meilleurs moyens, favoir, par les peines & les récompenfes. Dans les procès criminels, la queftion eft abolie, & ce généreux prince fent une répugnance extrême, toutes les fois qu'il eft obligé de figner une fentence de mort.

Enfin il fait conftruire quantité de fortereffes qui paroiffent imprenables, & dont il trace luimême les plans.

Si j'avois deffein d'emprunter le ftyle de l'orateur, je dirois : Voilà quels font les miracles du *regne de* FRÉDERIC! Ceux qui connoiffent la difficulté qu'il y a de conduire les affaires ordinaires de la vie, & combien la plus petite entreprife coûte de foins & de réflexions, feront étonnés de la grandeur & de la variété des choses, que ce monarque a entreprifes en huit années de temps, & des grands fuccès dont le ciel a béni tous fes deffeins. (*)

§ VIII.

Provinces qui compofent la monarchie Pruffienne.

Mes lecteurs ayant vu jufqu'ici par quels moyens politiques la monarchie de Pruffe eft parvenue à fa grandeur actuelle, il ne me refte qu'à leur faire connoître briévement les provinces qui compofent cet état, & les maximes par lefquelles il eft gouverné.

1. *Le royaume de Pruffe*, (c'eft-à-dire, cette partie de la Pruffe qui eft fituée autour de la petite riviere de Prégel, & qu'on nomme Brandebourgeoife pour la diftinguer d'avec la Pruffe Polonoife,) ce royaume, dis-je, a une affiette très-favorable pour le commerce. Il touche à la Poméranie, à la Pologne & à la Lithuanie, &

(*) Ce long morceau fur l'hiftoire du regne de *Fréderic le Grand*, jufqu'au temps où l'auteur écrivit, montre en lui un véritable enthoufiafme d'admiration & d'amour pour ce prince fi digne, ou plutôt fi fort au-deffus de fes éloges. Nous n'avons pas cru devoir le fupprimer, quoiqu'il n'appartient pas au plan de cet ouvrage. La poftérité écoutera toujours avec plaifir un témoin oculaire qui lui parle de chofes intéreffantes, qu'il a vues & confidérées exactement. M. de Bielfeld en auroit eu de bien plus merveilleufes encore à raconter, s'il avoit enchaffé dans fon ouvrage l'hiftoire de la derniere guerre, de la maniere dont le roi de Pruffe a foutenu les efforts réunis des plus grandes puiffances de l'Europe, des exploits inouis qu'il a faits au moment où il fembloit accablé, des reffources qu'il a trouvées dans les fituations les plus critiques, & de la glorieufe paix par laquelle il a terminé cette incroyable carriere. *Note de l'éditeur.*

communique par ce moyen avec la Courlande, la Livonie & tout l'empire de Ruffie. Il a plufieurs ports fur la mer Baltique, qui facilitent le débit de fes denrées. Ce royaume, ou plutôt le pays que le roi poffede, peut avoir.... milles d'Allemagne de long, fur une largeur inégale, d'environ.... milles. Il y a deux Golfes, qu'on nomme en langue du pays le *Frifch-Hafft*, & le *Curifch-Hafft*. La viftule & la riviere de Prégel coulent à travers ce pays. On ne fauroit dire que la Pruffe foit extrêmement peuplée, & la pefte y a fait de grands ravages. Cependant le roi *Fréderic-Guillaume* y a envoyé plufieurs colonies de Saltz-bourgeois & d'autres étrangers, qui commencent à fe multiplier & à faire de bons établiffements. Cette contrée eft très-fertile. Elle produit beaucoup de grains. Le gibier de toute efpece y abonde, de même que le poiffon. Les pâturages font excellents. On y trouve des buffles & des élans, dont la peau & les pattes font fort recherchées. La mer y jette fur le rivage une quantité d'ambre, dont il fe fait un grand trafic. *Tacite* en parle déja dans fon livre des *Mœurs des Germains*. Les forêts immenfes qu'on y voit, fourniffent beaucoup de bois & de goudron. Enfin les nations étrangeres s'y pourvoient de toutes les chofes les plus néceffaires pour la bâtiffe des vaiffeaux, & de plufieurs denrées, parmi lefquelles il ne faut pas oublier les foies de cochon, le chanvre, le lin, &c.

2. Le *duché de Poméranie* fe divife en *Poméranie citérieure*, & en *Poméranie ultérieure*. Après diverfes révolutions, le roi de Pruffe a acquis par la paix du Nord, conclue en 1720, toute la Poméranie ultérieure, & la plus importante partie de la citérieure. La Suede n'a confervé que le cercle de Barth avec la ville de Stralfund, celle

de Grypswald & l'ifle de Rugen. Tout le refte eft réuni pour jamais à la domination Pruffienne. Ce duché peut avoir cinquante milles de long fur dix à quinze de large. Il eft fitué le long de la mer Baltique, & touche à la Marche, à la Pologne, & à la Pruffe. La ville de Stettin eft la capitale, peu éloignée de la mer, floriffante & faifant un grand commerce. Stargard, Rugenwalde, & quelques autres villes du pays, font affez importantes. La Poméranie produit abondamment toutes les néceffités de la vie, & fon commerce maritime eft confidérable. Ce pays eft plus peuplé que la Pruffe; les habitants font bons foldats, mais ils ne fe piquent pas de briller par la fineffe de l'efprit & l'étendue du génie.

3. La *Marche de Brandebourg* qui touche à la Poméranie, au Mecklenbourg, à la Pologne, à la Siléfie, à la Luface, à la Saxe, au duché de Magdebourg, & au pays de Hanovre. L'Elbe, l'Oder, la Sprée, la Warthe & le Havel, y coulent. Ce Marggraviat fe partage en cinq parties, qui font la *vieille Marche*, la *Prignitz*, la *Marche moyenne*, l'*Uckermarck*, & la *nouvelle Marche*. Le pays, quoique fort fablonneux, ne laiffe pas que de produire des grains, & toutes fortes de denrées. Les François refugiés qui s'y font établis, ont appris aux naturels à rendre ce terrein ingrat très-fertile. Les légumes, les fruits, & furtout les raifins y font excellents. Il y a plufieurs vignobles. Les laines y font abondantes, & on les emploie utilement. L'encouragement que les princes de Brandebourg ont donné à l'induftrie, a fait de ce pays le rendez-vous de toutes fortes d'habiles ouvriers. *Berlin* eft la capitale, & on peut dire hardiment que c'eft la plus belle ville d'Allemagne. On compte que la Marche a près de cinquante milles de long fur vingt-cinq de large.

Elle ne manque pas d'habitants, quoiqu'elle ne soit pas aussi peuplée que la plupart des provinces Autrichiennes.

4. Le *duché de Magdebourg* étoit autrefois un archevêché, qui fut sécularisé en faveur de la maison de Brandebourg par la paix de Westphalie. Il est situé de maniere que l'Elbe passe directement au milieu, ayant vingt milles de long sur douze de large. Ce pays est extrêmement riche. Le sol est peut-être le plus beau & le plus fertile de l'Allemagne. On y voit des plaines à perte de vue, qui produisent le plus beau froment du monde ; on n'en doit pas être surpris. C'étoit anciennement un domaine ecclésiastique. Le cercle de la Sahle avec la ville de Halle, est compris dans ce duché. L'université qui y est établie, est la plus célebre de l'Allemagne. Les salines sont d'un grand rapport.

5. Le *duché de Halberstadt* touche à celui de Magdebourg, ayant huit milles de long sur six de large. La riviere qui y passe, se nomme la Bode. Le terrein y est admirable, & rapporte beaucoup. Dans la capitale du même nom, il y a un chapitre composé de vingt chanoines des trois religions.

6. Le *duché de Minden* est situé dans la Westphalie, entre l'évêché d'Osnabruck & la Wéser. Il est partagé en cinq bailliages. Minden, la capitale de ce duché, est assise sur la Wéser, & a le droit d'Echelle sur cette riviere. Il y a un chapitre de dix-huit chanoines.

7. Le *comté de la Marck* est pareillement dans la Westphalie, entre le duché de Berg, & l'évêché de Munster. Il a douze milles de long sur huit de large. La ville de Hamm en est la capitale.

8. Le *comté de Ravensberg* est situé entre Osnabruck & Paderborn, pas loin de Minden, &

confifte en quatre bailliages. Les villes de Her-
vorden & de Bielefeld y appartiennent. On y
fabrique des toiles qui ont beaucoup de réputation & de débit par toute l'Europe.

9. La *ville de Lipftadt*, capitale du comté de
Lippe, appartient pour la moitié au roi de Pruffe,
qui y eft confeigneur avec le comte regnant de
la Lippe. Il y a garnifon Pruffienne.

10. Le *comté de Tecklenbourg* eft entouré de
l'évêché de Munfter. Le roi de Pruffe en a fait
l'acquifition en 1707 par voie d'achat. La capitale porte le même nom.

11. Le *comté de Lingen* eft fitué également au
milieu du pays de Munfter, fur la riviere d'Ems.
La ville du même nom a une école illuftre. Le
roi a obtenu ce comté par la fucceffion d'Orange.

12. Le *duché de Cleves* eft fitué des deux côtés du Rhin; il a douze milles de long fur quatre
de large. Il touche aux Pays-Bas, & comprend
les villes de Cleves, Wéfel, Rées, Duisbourg,
Emmerick, &c. C'eft un fort beau pays, qui ne
manque ni de commerce, ni de toutes les néceffités de la vie. Duisbourg a une univerfité fameufe.

13. Le *duché de Meurs* eft fitué au-delà du
Rhin, entre Cologne, Cleves & Gueldre. Il n'a
qu'environ fept milles de circuit. La maifon de
Brandebourg l'a hérité du roi d'Angleterre *Guillaume III*, dernier prince de la maifon d'Orange.

14. Le *duché de Gueldre* eft fitué le long de
la Meufe jufqu'au Zuiderzée, & a vingt milles
de long fur environ cinq de large. En vertu de
la paix d'Utrecht & du traité des barrieres, ce
duché eft partagé entre la maifon d'Autriche, le
roi de Pruffe & les Hollandois. Le roi de Pruffe
y poffede la ville capitale de Gueldre, qui eft
importante par fes fortifications, de même que
plufieurs petites villes moins confidérables. La ville
&

& le bailliage de *Montfort* lui font auffi dévolus par la fucceffion d'Orange.

15. *Quelques feigneuries & domaines dans les Pays-Bas*, provenus de la fucceffion de *Guillaume III*, ont été acquis à la maifon de Brandebourg en vertu du traité de partage avec le prince d'Orange, figné à Berlin le 14 mai, & à Dieren le 16 juin 1732. Il y a

1. La feigneurie de *Swaluwe*. On la partage en haute & en baffe-Swaluwe.
2. La feigneurie de *Naaltwyck*.
3. La feigneurie de *Hoenderland*.
4. La feigneurie de *Wateringen*.
5. La feigneurie d'*Orange-Polder*, avec un petit port du même nom fur la Meufe.
6. *s'Gravefande*, feigneurie, château & village. Ces fix feigneuries font toutes fituées dans la province de Hollande.
7. Le péage de la ville de *Genep*, fituée fur les frontieres de Namur.
8. La baronnie de *Thurnhout* avec la petite ville du même nom, dans le duché de Brabant.
9. Le palais à La Haye, nommé la *vieille Cour*.
10. Le château de Honslardyck avec toutes les dépendances.

16. Le *duché d'Oftfrife* eft fur la mer du Nord. Il a dix milles de long & fix de large. Ce pays eft échu au roi de Pruffe en 1744, par la mort du dernier duc. Il y a des ports, comme Embden, Grutfiehl, Norden, & autres, qui pourroient encore être rendus beaucoup meilleurs qu'ils ne font, fi l'on faifoit quelques dépenfes pour le déblaiement. La réfidence des princes étoit dans la

ville d'*Aurich*. Le pays eft très-fertile , & les haras d'Oftfrife, de même que les beftiaux en général, font en grande réputation. Les inondations y caufent fouvent de grands dommages ; on les prévient par les digues , qui coûtent un louis d'or la toife à refaire.

17. Le *duché de Neufchatel & Valangin* eft fitué en Suiffe, fur les frontieres de Bourgogne. Il a fix milles de long fur deux de large. Le terrein y eft fertile , & les contrées font charmantes. Il y a trois villes, un bourg, & quatre-vingt-dix grands villages. Le plus grand commerce s'y fait en vins ; il y a des fabriques d'horlogerie, de coutellerie , & de plufieurs autres chofes utiles. Cette province eft extraordinairement bien peuplée. Le roi la fait régir par un gouverneur, qui eft à la tête du confeil d'état. Neufchatel a des pactes de confédération avec les cantons de Berne, Fribourg , Soleurre & Lucerne, qui fubfiftent depuis l'an 1529.

18. Le *duché de Siléfie* fait un des plus beaux fleurons de la couronne de Pruffe. Il confine à la Pologne , à la Hongrie , à la Boheme , à la Moravie , à la Luface & à la Marche de Brandebourg. Sa longueur eft eftimée de foixante milles d'Allemagne fur vingt de large. Il eft comme femé de villes & de villages. Des géographes modernes affurent qu'on y compte 300 villes , 500 bourgades, & environ 4000 villages. On a fupputé le nombre des habitants à deux millions d'ames. Je n'oferois garantir l'exactitude de tous ces calculs, car je fais combien il eft difficile, pour ne pas dire impoffible , de compter des hommes. Mais quand je confidere qu'on ne fait pas un pas en Siléfie, fans rencontrer quelque ville ou village , que toutes les villes font fort bien peuplées , & que les montagnes fur-tout

fourmillent d'habitants qui y travaillent aux manufactures; je suis tenté de donner beaucoup de créance au dénombrement que je viens de rapporter. Ce duché se partage en *Haute* & *Basse-Siléfie*. La derniere contient dix principautés & cinq feigneuries. La Haute-Siléfie n'a que fept principautés & deux feigneuries. Le roi de Pruffe ayant fait la conquête de tout ce pays, la maifon d'Autriche n'en a confervé que la principauté de Tefchen, les villes & diftricts de Troppau & de Jaegerndorff, avec les feigneuries d'Olbers-dorff & de Hennersdorff; tout le refte a été cédé à perpétuité à la maifon de Brandebourg, & l'on peut voir au long dans le traité de paix de Bref-lau, comment les limites ont été réglées. La Siléfie abonde de tout ; le terroir y eft en général très-bon, & il n'y a pas un pouce de terre qui ne foit cultivé. Indépendamment des denrées ordinaires, il y croît beaucoup de lin & de chanvre, ce qui fait la matiere premiere des fabriques de toiles, de napages, de batiftes & de fil, que l'on trouve dans ce pays en fi grande quantité, qu'il n'y a point d'exagération à dire, que la Siléfie fournit de toiles le quart de l'Europe & des Indes. Les montagnes en plufieurs contrées renferment des métaux & du marbre fort beau. Le roi a fait rétablir les carrieres. Il y a auffi des manufactures de draps communs qui ont beaucoup de vogue, & dont il fe fait un débit confidérable à la foire de Leipfick. Les Polonois conduifent une quantité furprenante de chevaux, de bœufs & d'autres beftiaux à Brieg, où il fe tient des foires qui font fréquentées par des marchands de plufieurs contrées d'Allemagne, de Flandre & même de France.

19. Le *comté de Glatz* a appartenu dans les temps les plus reculés, à la Baffe-Siléfie; il avoit

été incorporé au royaume de Boheme, dont il formoit le dix-huitieme cercle; & enfin il a été cédé au roi de Prusse, par la paix de Breslau. Cette province est située entre la Siléfie & la Boheme, au pied des *Monts gigantesques*. Tout le pays est montueux; & l'on ne sauroit y entrer, que par des défilés pratiqués à travers des rochers fort hauts. Mais, lorsqu'une fois on se trouve dans la capitale, nommée aussi *Glatz*, on est étonné de l'abondance qui y regne en toutes choses. Le pain, l'eau, le gibier, le poisson, le fruit, tout y est excellent. Le pays a de même différentes mines, des carrieres, & il donne du bois & de la houille en abondance. On y trouve aussi les eaux minérales de *Landeck* qui font fort salutaires. Le comté de Glatz a neuf milles de long, cinq de large & vingt-quatre de circonférence.

20. *Dans la Basse-Lusace* la maison de Brandebourg possede encore

1. La ville de *Cotbus*, qui est jolie, assez peuplée, & dont les habitants se nourrissent à l'aide de la brasserie, & de toutes sortes de fabriques. Elle est munie d'un château fortifié.

2. La ville de *Peitz* qui est petite, mais bien fortifiée.

3. La ville de *Besckau*, petit endroit.

4. *Storckau*, autre ville peu considérable avec une seigneurie du même nom, sur les bords de la Sprée.

5. *Sommersfeld*, encore une petite ville.

21. Dans la Thuringe est situé le comté *de Mansfeld*, proche des frontieres de Magdebourg & d'Anhalt. Les comtes qui la tenoient à titre de fief, s'endetterent au point, que leurs créan-

ciers alloient se saisir de ce pays. Mais l'électeur de Saxe & l'archevêque de Magdebourg, en qualité de seigneurs suzerains, s'y opposerent, & mirent l'an 1570 ledit comté en sequestre. Ce sequestre dure encore aujourd'hui. La ville d'*Eislében* & la grande moitié de cette province, est sous le gouvernement de la Saxe. Le roi de Prusse, comme duc de Magdebourg, tient la *ville de Mansfeld*, avec tout le reste du pays, qui consiste en plusieurs seigneuries, terres, châteaux, &c. Les princes de Mansfeld d'aujourd'hui n'ont conservé que certains revenus qui leur sont assignés, & cinq petits villages.

22. En Thuringe, le roi de Prusse a encore *le comté de Hohenstein*, qui est composé des villes d'*Ellrich*, de *Lohra*, de *Clettenberg*, de *Bleicherode*, & de quelques autres petits endroits.

Je ne citerai point ici le droit de protection que le roi de Prusse a sur la ville & le chapitre de *Quidlinbourg*, sur l'ordre de St. *Jean de Sonnenbourg*, non plus que diverses autres prérogatives dont il jouit en divers endroits de l'Allemagne. Je me suis contenté de décrire, le plus briévement qu'il m'a été possible, les états dont il est réellement en possession.

On voit donc que les différentes provinces qui composent la monarchie Prussienne, ne forment qu'une chaîne de pays, tantôt contigus, & tantôt séparés par des états voisins. Ces pays s'étendent sur la carte depuis *Mémel*, c'est-à-dire, depuis les frontieres de Courlande, jusques par-delà *Wésel* sur le Rhin, ce qui fait un espace de 160 milles d'Allemagne. Il n'y a point de royaume en Europe qui soit aussi étendu, mais la largeur du territoire Prussien ne répond nullement à sa prodigieuse longueur. Il n'y a que du côté de la Silésie, que ce pays s'arrondit :

le reste forme une espece de langue de terre, qui traverse environ la moitié de l'Europe. Pour peu que l'on considere attentivement la situation locale de cet état, on comprendra ce qu'il faudroit au roi de Prusse pour joindre ses provinces, & se procurer une communication non interrompue de l'une à l'autre.

Cette vaste longueur de pays a encore un autre inconvénient, en ce qu'elle multiplie trop les voisins du roi de Prusse. On en compte jusqu'à quarante, tant grands que petits, avec lesquels il y a mille incidents à discuter, soit pour les limites, soit pour d'autres objets.

Les principales forteresses que ce prince entretient contre tant de voisins, sont *Wésel* sur le Rhin dans le duché de Cleves; *Minden* sur le Wéser; *Magdebourg* sur l'Elbe; *Spandau* sur le Havel; *Custrin* au confluent de l'Oder & de la Warthe; *Stettin* en Poméranie vers la mer Baltique; *Glogau, Brieg, Neiffs, Schweidtnitz, Glatz,* & *Cosel* en Siléfie, tout le long de l'Oder; *Königsberg*, *Pillau* & *Mémel* en Prusse, avec plusieurs autres forts de moindre importance. Toutes ces places sont extraordinairement bien fortifiées & fournies de toutes les munitions imaginables pour soutenir un siege long & opiniâtre.

§ IX.

Etat des arts & du commerce. Nous avons déja indiqué les principales denrées du pays, en parlant de chaque province en particulier. Mais, indépendamment de ces produits naturels, il y a plusieurs excellentes manufactures, qui font la base du commerce. En général, on pourroit dire que tout se fabrique dans le Brandebourg. Le roi a des châteaux meublés avec la plus grande magnificen-

ce; (*) & tous ces meubles fans exception, ont
été faits dans fes états. Peut-être même que les
habitants entreprennent trop de chofes; & qu'en
voulant tout faire & tout avoir, ils fe laiffent diftraire des objets où ils réuffiffent fupérieurement
pour des manufactures où il n'y a guères d'apparence qu'ils aillent jamais loin. Les principales fabriques y font celles des draps fins & ordinaires de
Berlin, des draps communs de Siléfie, des étamines & de toutes fortes de petites étoffes de Berlin,
des toiles & des napages de Siléfie & de Weftphalie; du fil de Siléfie, des miroirs, des glaces, dés
verres & des criftaux de Berlin; des carroffes, des
galons & des dorures; des étoffes riches à la maniere de Lyon; des armes à feu, des armes blan-
ches & de coutellerie; des fabriques de bas &
de bonnets de laine, de velours, de la couleur
bleue qu'on nomme *le bleu de Berlin*, & de plufieurs autres chofes femblables. Il y a outre cela
de fort habiles artiftes, peintres, fculpteurs, ar-
chitectes, graveurs, & autres, dont les ouvrages
font avidement recherchés. En un mot le peuple
y eft très-induftrieux.

Ces denrées & ces manufactures font la matiere premiere du commerce de ces pays. La Pruffe
eft avantageufement fituée pour faire le commerce avec fuccès. Les ports qu'elle a fur la mer
Baltique, la mettent en état de trafiquer avec
toutes les nations de l'Europe; auffi voit-on continuellement beaucoup de navires étrangers dans

(*) Il auroit été à fouhaiter, que M. de Bielfeld eut
pu voir le *nouveau château*, conftruit dans le voifinage
de Poftdam. Il furpaffe de beaucoup ceux qui exiftoient
auparavant dans nos contrées, & n'a guères d'égal dans
les autres. La magnificence la plus fplendide & le goût
le plus exquis s'y tiennent fidelle compagnie. *Note de
l'éditeur.*

K k iv

ces mêmes ports. Il feroit même à fouhaiter, que la conftruction des vaiffeaux, & la navigation des fujets Pruffiens mêmes, y fût plus encouragée, afin que les Anglois, les Hollandois, & d'autres ne fuffent pas les voituriers maritimes des marchandifes de ce pays. Cette entreprife feroit d'autant plus facile, que la Pruffe abonde en matériaux pour la conftruction des vaiffeaux, & que la côte qui eft fort longue, pourroit fournir beaucoup de matelots. Au refte ce royaume a d'admirables débouchés en Pologne, en Ruffie, en Courlande, & en Livonie. Il faut bien cependant qu'il y ait encore quelque chofe de défectueux dans les arrangements du commerce ; car la Pruffe n'eft pas riche, & les denrées y font à trop vil prix. Je ferois tenté de croire, qu'on n'y eft pas affez entreprenant, & qu'on ne tire pas affez parti des avantages de la fituation. Qu'eft-ce qui empêcheroit, par exemple, que les Pruffiens fiffent venir des bœufs de Pologne, qu'ils les engraiffaffent dans leurs excellents pâturages, & qu'ils en revendiffent la chair falée aux François, aux Hollandois, aux Hambourgeois, &c. La Ruffie tire un argent confidérable de ce feul article de commerce, que la Pruffe pourroit faire avec beaucoup plus d'avantage encore, fur-tout fi le roi y permettoit l'entrée du fel de mer pour cet objet feulement. La *Poméranie* a encore de fort bons ports fur la Baltique ; & l'Oder qui paffe près de Stettin, eft d'une utilité infinie pour le commerce de cette province. Depuis que la Siléfie eft entre les mains du roi, & qu'on boit dans ce pays des vins de France, au-lieu des petits vins de Hongrie, qu'on y buvoit autrefois, le feul commerce du vin eft devenu un objet fort confidérable à Stettin. La *Siléfie* répand fes toiles & fon fil dans la moitié du monde ; les nations commerçantes les y achetent, & les envoient jufques dans les deux Indes. Il s'y fait encore un commerce affez fingulier avec la Pologne. Le Polonois s'en va dans la forêt muni d'une fimple hache. Il y coupe un arbre dont il trouve moyen de fabriquer un chariot, fans y mettre un feul clou de fer. Ce chariot fait, il le charge de cire, de miel & de toutes les denrées qu'il trouve chez lui, il y attele deux bœufs, & le conduit ainfi jufques fur la grande place de Breflau. Là il vend fes denrées & fes bœufs; il brûle petit-à-petit le chariot, & s'en chauffe la nuit. Enfuite il fait emplette des marchandifes dont il peut avoir befoin, & s'en retourne à pied, fon paquet fur le dos, jufques dans fon hameau. La *Marche*, quoi qu'en difent des financiers peu habiles, eft le pays du monde qui femble être le mieux fitué pour le commerce. Elle a des débouchés de tous côtés. Il n'y a qu'à jetter un coup d'œil fur la carte pour en être convaincu. Quatre grandes rivieres, *l'Oder*, *l'Elbe*, le *Havel* & la *Sprée*, y paffent & lui donnent une communication aifée avec la mer du Nord par Hambourg, & avec la Baltique, par Stettin. Il femble néanmoins, que ceux qui font chargés des affaires de commerce dans le Brandebourg, ne tirent pas tout l'avantage qu'ils pourroient de cette fituation favorable, & des intentions glorieufes du grand prince qui y regne aujourd'hui. Peut-être qu'à force de vouloir bien faire, ils font mal; peut-être auffi que de faux principes invétérés leur font illufion. Quoi qu'il en foit, le malheur eft, que le commerce qui veut une liberté entiere, y eft gêné, forcé, & qu'il reçoit à tout moment quelque nouvelle entrave. *Les provinces de la Weftphalie* ont le Wéfer & quelques rivieres moins grandes, qui leur fervent à faire paffer chez l'étranger leurs denrées

& leurs manufactures. Le *pays de Cleves* a la Hollande & tous les Pays-Bas pour débouché ; & le Rhin, qui passe près de Wésel, lui procure tous les moyens possibles pour négocier avantageusement avec ses voisins. Je n'ose presque parler de *l'Ostfrise*. Cette province a des ports sur la mer du Nord, qui sont placés, pour ainsi dire, au centre de l'Europe, & d'une maniere si favorable, qu'on y pourroit former les plus grandes entreprises. On diroit qu'il n'y a que les Hollandois qui en sentent l'importance. Au reste, je suis tenté de croire, que tant de vastes provinces mériteroient l'établissement d'un conseil général de commerce, qui pût porter ses vues de tous côtés, & favoriser d'une maniere efficace le commerce de chacun de ces pays en particulier.

La navigation des Prussiens n'est pas fort considérable. Le roi n'entretient pas une chaloupe armée pour la défendre ; & les établissements que l'électeur *Fréderic-Guillaume* avoit formés pour cela, sont tombés totalement. Les négociants de Kônigsberg, de Pillau, de Colberg & de Stettin, mettent à la vérité de temps en temps quelques bâtiments en mer, mais le nombre n'en est pas grand. Depuis peu Stettin a envoyé un vaisseau dans la Méditerranée, & encore est-ce avec un très-grand risque d'être pris par les Corsaires de la côte de Barbarie, qui ne respectent pas le pavillon Prussien. En temps de guerre, on a presque autant de peine à faire entendre raison sur cet objet aux Anglois (*) qu'à ces Pirates. Mais

____

(*) Voyez là-dessus un ouvrage curieux qui vient de paroître, intitulé : *Observation du Droit de la Nature & des Gens, touchant la capture & détention des vaisseaux & effets neutres en temps de guerre*, &c. tirée du Nouveau Droit controversé, *Latin de* Frédéric Behmer, Consl. Privé, &c. à Hambourg, 1771. in-4to. *Note de l'éditeur.*

toutes les réflexions que je fais ici fur le commerce & fur la navigation des fujets du roi de Pruſſe, peuvent porter totalement à faux, avant qu'il foit peu. Ces pays ayant une difpofition naturelle très-favorable, & un maître univerſellement grand homme, l'état de toutes ces chofes changera peut-être en un inftant.

Autrefois la Pruſſe avoit un établiſſement en Afrique fur la côte de Guinée; & l'électeur *Fréderic-Guillaume* y fit cultiver en 1683 le fond de *Friéderichsbourg*, ainfi que la *Dorothée* & *Tacrama*, qui étoient de petits endroits. Ils étoient fitués dans une contrée qu'on nomme *Axim*; mais quelque temps après, tout cela fut cédé aux Hollandois. On peut lire dans la vie de *Fréderic-Guillaume*, faite par *Puffendorff*, un ample détail des droits de la maifon de Brandebourg pour le commerce d'Afrique. Aujourd'hui les fujets du roi ne peuvent trafiquer aux Indes, que dans les mers qui font abfolument libres & qui ne font afſervies à aucune conceſſion.

§ X.

Les pays qui appartiennent au roi de Pruſſe, ne font pas trop bien peuplés, fi vous en exceptez la Siléfie qui l'eſt beaucoup. (*) La Pruſſe a été épuifée d'habitants par une pefte affreufe qui l'a ravagée. Le Brandebourg femble encore toujours fe reſſentir de la dévaftation qu'il eſſuya pendant la guerre de trente ans. Le terrein fablonneux de ce pays d'ailleurs ne paroît pas propre à nourrir un peuple nombreux. C'eſt auffi la raifon pourquoi le monarque d'aujourd'hui ménage fes fujets avec tant de foin, & les emploie le moins qu'il

Population.

____

(*) Encore la derniere guerre a-t-elle fort diminué cette population. *Note de l'éditeur.*

peut dans son armée. Car, quoique toutes les provinces Prussiennes soient divisées par cantons, & que chaque régiment soit assigné sur un de ces cantons pour y prendre les hommes qui sont propres à la guerre ; on voit cependant, que les chefs sont obligés à en user avec beaucoup de modération ; & le roi aime mieux faire des recrues pour son compte dans toute l'Allemagne, que d'énerver ses états, & de nuire à la culture des terres ou aux fabriques. D'ailleurs, il est bon d'observer, que la taille élevée qu'on demande en Prusse dans un homme de guerre, contribue beaucoup à soulager le pays. Il y naît peu de gens assez grands, pour pouvoir entrer dans les bons régiments Prussiens; c'est ce qui fait que les cantons sont moins foulés. Chaque régiment envoie donc des enrôleurs dans l'étranger ; & il est incroyable combien de beaux hommes on voit arriver, qui prennent parti dans ces troupes. Qu'on ne croie pas que ces enrôlements emportent beaucoup d'argent hors de l'état : point du tout. Le nouveau soldat y apporte avec lui tout ce qu'il a reçu d'engagement, & souvent le peu de bien qu'il pouvoit déja posséder auparavant.

Mais on feroit peut-être fondé à croire que ce ramas d'hommes pris dans les différents pays de l'Europe, ne sauroit former que de mauvaises troupes, sans amour pour la patrie, sans ambition nationale, sans bravoure naturelle. L'expérience cependant a fait voir tout le contraire. Depuis le temps du grand électeur, les troupes Brandebourgeoises sont en possession d'une estime universelle, & elles ont mis le comble à leur gloire sous le regne de *Fréderic II.* On peut donner plusieurs raisons physiques & morales des succès des Prussiens. L'œil du maître, le choix d'hommes forts & robuftes, la quantité de nobles qui fervent, les foins particuliers que l'on a pour l'entretien du foldat, la maniere dont il eft vêtu & armé, la paie exacte, mais principalement la difcipline admirable qui regne dans cette armée, & les peines infinies qu'on fe donne pour rendre le foldat adroit; toutes ces chofes ne fauroient que former des troupes excellentes. Avec cela un nouveau foldat prend prefque toûjours l'efprit du corps où il entre, les régiments Prufliens fe piquent à l'envi, à qui aura le plus de diftinction. Enfin je crois dire une vérité dont l'Europe convient, quand j'affure que les troupes Prufliennes font aujourd'hui les meilleures du monde connu.

§ XI.

Il eft très-difficile de déterminer au jufte à com- Revenus. bien montent les revenus du roi de Pruffe. Ceux qui le favent, font affez honnêtes gens pour en faire un fecret; & ceux qui le difent pofitivement, font cenfés l'ignorer. Le public les taxe à... millions. Je ne faurois rien déterminer de fixe à cet égard. Mais fi l'on confidere l'arrangement que le roi *Fréderic-Guillaume* a mis dans les finances, les tréfors qu'il a amaffés, l'armée nombreufe que le roi d'aujourd'hui a fur pied, la maniere dont il l'entretient; le grand nombre d'autres perfonnes dans l'état civil qu'il a à fon fervice, les bâtiments qu'il éleve, & les autres dépenfes qu'il fait; on jugera aifément que le public ne fauroit fe tromper beaucoup dans fon calcul.

§ XII.

La forme du gouvernement eft dans ce pays Forme du toute monarchique. Le roi de Pruffe eft comme gouvernele *Jupiter de l'Olympe*, qui d'un mouvement de ment. fes fourcils ébranle tout. Il hérite la couronne de son prédéceffeur, fans être obligé de fe faire facrer, & devient fouverain au moment que celui-ci expire. Le peuple & l'armée lui prêtent le ferment de fidélité. Il dicte les loix felon fon bon plaifir ; il prononce en dernier reffort fur tous les cas poffibles, & n'eft affervi à aucune formalité. Il n'y a ni parlement ni autre corps de cette nature, entre le monarque & le peuple, & ce n'eft qu'à Dieu feul, qu'il rend compte de fes actions.

Dans chaque grande province on a établi un *tribunal de judicature*, que l'on nomme la *régence*, & qui rend la juftice aux fujets en premiere inftance. Il y a un préfident à la tête, un directeur, des confeillers, & des fecretaires. Les parties qui fe croient léfées par la premiere fentence, ont le bénéfice de l'*appel* au tribunal, ou à la chambre de juftice fupérieure de Berlin. Il leur refte encore la voie de *révifion*, qui forme la troifieme inftance, & dans des cas extraordinaires, on peut enfin avoir recours immédiatement au roi.

Pour la perception des impôts & des contributions, pour l'adminiftration des finances, ainfi que pour la régie des domaines du roi, chaque province a également fa chambre particuliere, que l'on nomme *la Chambre de guerre & des domaines*. Elle eft compofée d'un préfident, d'un directeur, de plufieurs confeillers, & des autres perfonnes néceffaires. Ces chambres entrent dans tous les détails qui regardent le pays, le commerce, la navigation, l'économie rurale, &c. Les préfidents de la chambre dans les provinces y ont une grande autorité ; c'eft de leur habileté & de leur droiture, que dépend en grande partie le falut des peuples, & l'état floriffant de la province où ils réfident. Chaque province eft encore partagée en différents cercles; & chacun de ces cercles a un conseiller provincial, qui est, ou qui plutôt devroit être, l'homme de la noblesse établie dans son district. Il est proprement entre eux & la chambre des finances; c'est à lui à défendre leurs droits; mais d'un autre côté, il est chargé du soin d'entretenir l'ordre dans son cercle, & d'y veiller au bien public.

Toutes ces chambres établies dans les différentes provinces, ressortissent au *directoire général* de Berlin, & elles viennent y aboutir comme des lignes à un centre commun. C'est proprement le *Grand-Conseil* pour les affaires intérieures de l'état. Il est composé de plusieurs ministres d'état, de douze conseillers privés des finances, & quantité d'officiers subalternes. Chacun des ministres est chargé en particulier de la régie d'une ou de plusieurs provinces, selon qu'elles sont considérables; mais les affaires de grande conséquence sont discutées en plein conseil, & toutes les expéditions se font au nom du roi, sous la contre-signature de tous les ministres en corps. Indépendamment de la direction d'une province, chaque ministre a encore des emplois particuliers. Tel, par exemple, fait l'office de grand-maître des postes, tel celui de contrôleur-général des finances, & ainsi du reste. Le grand directoir a une chancellerie particuliere, des archives, & une chambre des comptes pour les calculs.

L'armée est payée par des caissiers particuliers, établis à cet effet. On appelle *commissariat* un college que le roi a formé pour tous les besoins de l'armée en général. Ce college a un ministre d'état à la tête; & il est composé de quelques officiers entendus, que le roi nomme, & de plusieurs conseillers. Le commissariat regle en temps de paix & en temps de guerre, les comptes de l'armée, les vivres, les munitions, les fourrages, les uniformes, en un mot, tout ce qui eſt néceſſaire pour l'entretien des troupes, & pour mettre l'armée en état d'agir.

Le département des affaires étrangeres a deux miniſtres d'état au moins à ſa tête, pluſieurs conſeillers privés qui expédient les décrets, & qui en cela ne font que l'office de premiers commis, & des officiers de la chancellerie, qui mettent les dépêches au net. Il y a des déchiffreurs, des copiſtes, & d'autres ſubalternes qui travaillent dans ce département. On y obſerve beaucoup d'ordre & de diligence ; on a ſoin d'expédier les affaires avec toute la promptitude dont elles ſont ſuſceptibles, & ſans les laiſſer accumuler. Le roi ayant connu par expérience, qu'un négociateur habile, (qui s'éleve au-deſſus du commun de ces miniſtres entre les mains deſquels on voit ſouvent avec étonnement & douleur les grandes affaires de l'Europe,) en un mot, qu'un envoyé qui ſert ſupérieurement eſt un homme rare, & qu'il faut bien des talents, d'étude & de l'expérience pour apprendre ce grand art ; ce monarque a formé une pépiniere de jeunes gens de condition, qui ſous le titre de *conſeillers de légation*, ſont attachés au département des affaires étrangeres, reçoivent une légere penſion, pour leur encouragement plutôt qu'en guiſe de ſalaire, & ſont obligés de travailler pour ſe mettre en état de ſervir un jour le prince & la patrie avec ſuccès. C'eſt proprement une école politique. Les miniſtres que la cour de Pruſſe emploie dans les différentes cours de l'Europe, tirent leurs appointements d'une caiſſe particuliere annexée au département des affaires étrangeres, & qu'on nomme *la caiſſe de légation*.

La *direction des affaires eccléſiaſtiques* eſt encore

core commife à un département particulier. Un
miniftre d'état en eft le chef; il a fous lui un
préfident, plufieurs confeillers & une chancellerie
pour les expéditions. Les églifes des villes & des
provinces ont leurs confiftoires particuliers, qui
font fubordonnés aux confiftoires fupérieurs, &
ceux-ci au département des affaires eccléfiaftiques, lequel a auffi la nomination aux cures vacantes.

Les affaires de religion font fur un très-bon
pied dans les états du Brandebourg; & je puis
dire hardiment, que je ne connois point de pays
où elles foient mieux dirigées. Un efprit de tolérance y regne non-feulement chez le fouverain,
mais auffi dans la nation. Toutes les communions
y jouiffent d'une égale protection; ce font les
mêmes prérogatives, les mêmes privileges.

Les proteftants y vivent dans une union fi parfaite, que les luthériens & les réformés font confondus par les mariages, par l'exercice du fervice divin dans les mêmes églifes, &c. Les catholiques y font nombreux. A leur égard il faut
diftinguer entre les anciens états du roi & la Siléfie. Dans les premiers, l'évêque de Hildesheim
eft vicaire apoftolique, & regle les affaires qui
regardent la confcience des fujets Pruffiens attachés à l'églife Romaine. Il ne leur eft pas permis, à
l'exacte rigueur, de faire bénir leurs mariages, ni
baptifer leurs enfants par des prêtres catholiques;
les pafteurs proteftants font ces fonctions; mais il
y a de fréquents exemples modernes, qu'on a
paffé par-deffus cet ufage. En Siléfie, il y a l'é-
vêque de Breflau, qui a de très-gros revenus,
cet évêque étant en même temps prince de Neifs
& de Grotkau, & ayant la direction des affaires
de la religion catholique dans tout le duché. Il y
a outre cela plufieurs riches prélatures, comme

celle de *Sand*, & de *Ste. Croix* dans Breflau, celles de *Leibus*, de *Griffau*, de *Camentz*, & autres; enfin la religion catholique a été fort avantagée par les empereurs de la maifon de Habfbourg, anciens poffeffeurs de la Siléfie; & le roi de Pruffe, en conformité du traité de paix de Breflau, a laiffé fubfifter toutes les affaires de religion fur le pied où il les a trouvées, hormis les contributions que paient les bénéfices eccléfiaftiques, qui ont été confidérablement augmentées; & l'on prétend que les gens d'églife qui poffedent ces bénéfices, en paient près de foixante pour cent au roi. Un pareil impôt paroîtroit exceffif, fi l'on ne confidéroit que ces bénéfices font donnés par le roi à des perfonnes qui fans cela n'auroient rien, & qui pour la plupart ne font chargées de rien; qu'en France & ailleurs on fait à peu près la même chofe, fous une autre forme, en affignant des penfions à des officiers invalides, ou à d'autres perfonnes fur de pareils bénéfices, & qu'en Siléfie les curés ne paient rien.

Il y a encore outre cela, quantité de colleges établis, comme pour la *direction des Poftes*, pour celle des *hôpitaux*, des *univerfités* & des *académies*, pour la manutention des *deniers des Pupilles*, &c.

Le grand-véneur a l'intendance fur les *chaffes du roi* & fur les *foréts*; le grand-écuyer fur les *chevaux* & les *haras*, & ainfi du refte. La ville de Berlin a un *lieutenant de police* & des *commiffaires de quartiers*. En général on doit convenir qu'il regne beaucoup d'ordre dans le fyftême du gouvernement de la monarchie Pruffienne; qu'on y a introduit une grande exactitude en toutes chofes; qu'il n'eft guères poffible que des miniftres, ou autres perfonnes employées dans les charges, puissent fouler les sujets, ou s'enrichir, soit par des exactions, soit par d'autres voies. Mais, comme rien n'est parfait sous le soleil, on ne sauroit disconvenir que le gouvernement Prussien n'ait aussi ses inconvéniens; comme, par exemple, celui d'être trop militaire, & d'en porter l'esprit jusques dans la régie des affaires civiles; celui d'énerver l'état & le commerce, par une économie mal entendue, & poussée à l'excès, & ainsi du reste. Cependant il faut convenir que ces inconvéniens ne naissent point du système, ou des principes du souverain, mais plutôt de l'ignorance & de l'ambition de quelques personnes en charge, qui croient trouver leur intérêt à faire les bons valets aux dépens du public & des honnêtes gens.

On a grand soin de dresser annuellement l'état de toutes les dépenses du royaume; chaque dépense est assignée sur certains revenus, sur certaines caisses; & tout se paie avec une régularité & une promptitude admirables. Le roi se réserve une certaine somme pour sa dépense particuliere & pour ses plaisirs. En Prusse la recette générale des revenus du pays excede toujours la dépense; ce surplus est déposé dans le *trésor du roi*, lequel trésor forme, pour ainsi dire, le grand réservoir où le monarque peut puiser les sommes dont il a besoin dans les occasions extraordinaires.

Il y a encore un fonds public, qu'on nomme *la Landschafft*. Ce sont les états du pays qui négocient de certaines sommes d'argent, & en répondent aux particuliers qui veulent y placer leur argent. Ce fonds est fort sûr, & la Landschafft paie cinq pour cent d'intérêt à ceux qui y placent des capitaux. Il est à croire que, plus la Prusse ira en augmentant, plus on rendra cet établissement grand & considérable; & il ne seroit

pas impoſſible, ce me ſemble, d'en faire une reſſource intariſſable pour l'état.

Dans tout ce que nous venons de rapporter,
il ne faut pas comprendre la Siléſie, où le gouvernement n'eſt pas tout-à-fait le même que dans
les autres provinces du roi. Le miniſtre, par exemple, qui eſt à la tête des affaires de ce duché, n'a
aucun compte à rendre au directoire général de
Berlin; il releve immédiatement du roi. Les tribunaux de juſtice & leurs officiers, ont conſervé
les anciens titres & les dénominations qu'ils avoient
ſous les empereurs de la maiſon d'Autriche; enfin
cette province a été comme iſolée du reſte du
gouvernement Pruſſien; & cela avec d'autant plus
de raiſon, que la nature du pays eſt bien différente; que les manufactures & le commerce y
ſont plus conſidérables; que la religion catholique y a de grands privileges & de gros revenus; qu'il y a des établiſſements importants, qui
ne ſont pas dans les autres états du roi, comme
des commanderies fort riches de l'ordre de Malthe, que ce prince donne, &c. Mais, dans le
fonds, les mêmes principes du gouvernement y
ſubſiſtent; & la principale différence conſiſte dans
la forme & dans les dénominations.

§ XIII.

Politique
générale
de la Pruſ-
ſe.

Voyons maintenant quelle eſt la politique générale que la Pruſſe obſerve à l'égard des autres
puiſſances; & quelles ſont les meſures qu'elle a
à garder avec chacune d'elles en particulier.

La Pruſſe eſt une monarchie qui ne paroît pas
avoir atteint tout-à-fait ſon période de grandeur;
mais qui y marche à grands pas, ſur-tout ſous
les auſpices du grand prince qui la gouverne aujourd'hui. Une pareille puiſſance ne ſauroit manquer de jaloux & d'envieux. Il faut une circonſ-

pection infinie pour imprimer la crainte aux uns, inspirer la confiance aux autres, gagner l'amitié des principaux états, & paroître formidable à tous. La maison de Brandebourg a déja fait valoir plusieurs de ses anciennes prétentions ; elle en a encore, & elle voit dans un certain éloignement de brillantes perspectives. Sa grande politique doit être de se saisir de toutes les occasions justes & légitimes, qui se présenteront, pour obtenir la possession des états qui lui seront dévolus. Nous avons vu d'ailleurs, que les provinces Prussiennes sont extraordinairement éparpillées ; qu'elles forment une espece de chaîne de pays, qui n'a qu'une très-petite largeur, & qui pourroit par conséquent être entamé facilement. Cette étendue de pays donne outre cela beaucoup de voisins petits & grands au roi de Prusse ; on en pourroit compter une quarantaine. Les conquêtes brillantes de ce prince ont fixé sur la Prusse les regards & l'attention de toute l'Europe. Toutes ces raisons prises ensemble mettent le roi de Prusse dans la nécessité d'entretenir en premier lieu, une armée très-considérable ; aussi compte-t-on 140 mille hommes effectifs, que ce monarque a sur pied. Toutes ces troupes sont toujours complettes & assujetties à la plus exacte discipline ; mais, pour les faire agir avec d'autant plus d'efficace & de promptitude, il faut une caisse proportionnée & capable de donner de l'activité à un aussi grand corps d'armée, & c'est là le but du trésor que les rois de Prusse accumulent par leurs épargnes.

Le second objet de la politique Prussienne, (objet aussi important & peut-être plus que le premier,) est de faire fleurir chaque province en particulier par l'agriculture, le commerce, la navigation & l'industrie. Cela demande le calme de la paix, & l'entretien d'une bonne harmonie avec les autres puiſſances de l'Europe, & ſur-tout avec les états voiſins. C'eſt ici où la politique doit s'attacher à conclure des traités de commerce avantageux, à rechercher les privileges & les prérogatives qui ont été accordés par d'autres nations aux Pruſſiens, ou à en ſtipuler de nouveaux. La puiſſance du roi de Pruſſe n'eſt pas non plus inutile à ce but ; elle fait reſpecter le pavillon Pruſſien & les droits de cette nation.

§ XIV.

Politique particuliere. Quant aux meſures politiques qui conviennent à la Pruſſe à l'égard de chaque puiſſance de l'Europe en particulier, voici les maximes que l'on peut établir en général.

Envers le Portugal. *Le Portugal* eſt ſi éloigné de la *Pruſſe*, la navigation de l'un & de l'autre de ces royaumes eſt ſi peu étendue, le commerce réciproque eſt de ſi petite conſéquence, & ces deux puiſſances peuvent ſi peu s'aider ou ſe nuire, qu'il n'y a preſque aucune relation entr'elles, & qu'on n'a point d'exemple qu'elles ſe ſoient envoyées des miniſtres. Les correſpondances réciproques ne conſiſtent qu'en compliments, en notifications cérémonielles. Objets trop minces pour mériter des réflexions de notre part.

Envers l'Eſpagne. *L'Eſpagne*, également ſituée dans un grand éloignement de la Pruſſe, n'a pas beaucoup de rapports directs avec elle. Cependant il y a eu autrefois des liaiſons entre ces puiſſances, & dans la ſuite du temps il pourroit y en avoir de bien conſidérables. Nous voyons même dans l'hiſtoire, que le grand électeur, pour ſe faire rendre juſtice ſur quelques prétentions qu'il avoit à la charge de l'Eſpagne, fit armer une eſcadre, prit un vaiſſeau Eſpagnol richement chargé, &

l'emmena dans un de ses ports sur la Baltique. Il semble cependant, que toutes les prétentions de la maison de Brandebourg, n'ont pas été éteintes par cet acte de vigueur, puisqu'elle forme encore des comptes de plusieurs millions d'arrérages & de subsides, qui lui sont dus par l'Espagne. Milord *Stanhope*, pendant son ambassade à Madrid, a été même chargé de la commission de solliciter ces sommes à la cour d'Espagne. Mais, sans parler de ces anciennes relations, il semble que l'Espagne & la Prusse pourroient faire un commerce réciproque, très-considérable & très-avantageux. L'Espagne ne sauroit se passer des toiles de la Silésie, & il lui faut des étamines, de petites étoffes de laine & de filoselle, des bois, des futailles, toutes sortes de verreries, & mille choses qui se tirent des états du Brandebourg. Ceux-ci, au contraire, ont nécessairement besoin de laines d'Espagne pour les draps fins qui se fabriquent à Berlin, ainsi que de vins, d'huiles, de fruits & de quelques autres denrées Espagnoles. Qu'est-ce qui empêcheroit qu'on n'établît un commerce réciproque entre ces puissances, qui fût direct, & sans que les Anglois & les Hollandois le fissent pour les Prussiens? Il se peut qu'il y ait encore d'autres relations politiques entre l'Espagne & la Prusse, par l'intérêt que l'une & l'autre prennent au systême général de l'Europe. C'est ainsi que nous les avons vu alliées en 1741 contre la maison d'Autriche; mais l'une agissoit en Italie, & l'autre en Boheme. De pareilles occasions pourroient revenir; & il n'est pas inutile que ces deux puissances entretiennent une bonne amitié.

La France est de toutes les puissances celle avec laquelle la Prusse a le plus de liaisons. Si nous considérons d'un œil attentif le systême de tous

Envers la France.

les princes & états du monde, nous verrons qu'il n'y en a point qui puisse prendre moins d'ombrage de l'agrandissement de la maison de Brandebourg que la France. Au contraire, étant intéressée à entretenir dans l'empire une puissance qui contrebalance l'autorité de la maison d'Autriche, & n'en trouvant point d'autre que la Prusse, elle doit concourir à augmenter les forces de la monarchie Prussienne, jusqu'à ce que cet équilibre soit obtenu. Aussi avons-nous vu la France & la Prusse étroitement alliées, lors de la guerre qui éclata pour la succession de l'empereur *Charles VI*, jusqu'à la paix de Dresde. Il eût été à souhaiter que le cabinet de Versailles eût agi pendant tout le cours de cette guerre avec assez d'intégrité, de zele & de bonne volonté pour ses alliés, pour que la Prusse fût engagée par-là à mettre dorénavant une confiance entiere dans un allié aussi formidable que la France; mais si l'on savoit les anecdotes secretes des négociations & des motifs qui ont déterminé plusieurs opérations militaires pendant cette guerre, on verroit que la Prusse, à la vérité, doit toujours rechercher l'amitié de la France, la cultiver & se servir de ses secours, mais qu'elle ne sauroit trop se reposer sur son assistance, & qu'elle doit mettre son plus grand espoir en ses propres forces. Il est bon encore, que ces deux puissances ne soient pas voisines; car il est à croire que l'amitié de la France cesseroit d'être aussi vive, dès que la Prusse posséderoit quelque province limitrophe des siennes. Il se pourroit d'ailleurs qu'il naquît dans la suite du temps quelque rivalité entre ces deux puissances, pour différentes branches du commerce, & sur-tout pour certaines manufactures de soie qui font tous les jours de grands progrès dans le Brandebourg. Il faut conclure de tout cela, que la

Pruſſe a toutes ſortes de raiſons pour ménager la France, en faire ſon principal allié, & cultiver ſon amitié ; mais qu'elle doit toujours agir avec elle comme avec un ami qu'elle peut perdre un jour.

Autrefois la cour de Berlin regardoit *l'Angle-*
terre comme ſon alliée naturelle. Je n'examine point ſi l'on a eu raiſon alors ; mais il paroît, ſuppoſé que cela fût, que ce ſyſtême a totale-ment changé depuis que la maiſon de Brande-bourg a fait l'acquiſition de la Siléſie. L'Angle-terre eſt intime amie de la maiſon d'Autriche, & elle l'eſt trop par principe, pour pouvoir l'être ſincérement de la Pruſſe, dans des temps où les cours de Vienne & de Berlin ſont brouillées. On dira peut-être, que c'eſt l'Angleterre cependant qui a fait les traités de Breſlau & de Dreſde, par leſquels la Siléſie a été aſſurée au roi de Pruſſe ; mais je réponds, qu'il ne faut point être la dupe de certaines démarches involontaires, auxquelles les circonſtances du temps forcent quelquefois les ſouverains, ni prendre pour ſervice d'ami, ce qui ſe fait par intérêt. Il étoit d'une néceſſité abſolue pour l'Angleterre, de débarraſſer alors la reine de Hongrie d'un ennemi victorieux, tel que le roi de Pruſſe, afin qu'elle pût agir ailleurs ſelon les vues de la Grande-Bretagne. Or la paix ne pou-voit ſe faire que par la ceſſion de la Siléſie ; le roi d'Angleterre engagea la cour de Vienne à faire ce ſacrifice, & à céder aux circonſtances, èn at-tendant une occaſion plus favorable pour regagner ce que l'on venoit de perdre. En politique encore plus qu'ailleurs, il eſt très-néceſſaire de réduire toujours les choſes au terme le plus ſimple & le plus naturel. Le ſyſtême de l'Angleterre demande de ſoutenir dans le Continent la puiſſance de la maiſon d'Autriche, pour s'en ſervir dans le be-

foin ; la Pruffe eft intéreffée que cette même maifon ne devienne pas plus formidable qu’elle l’eft ;
la France, rivale naturelle de l’Angleterre, s’attache à la Pruffe. En combinant toutes ces circonftances, il ne faut qu’un difcernement médiocre, pour reconnoître que l’amitié du roi de la
Grande-Bretagne ne fauroit être fort fincere pour
le roi de Pruffe, malgré toutes les démonftrations
& les proteftations que la politique fait faire fouvent. Ajoutons encore à ceci, que le gouvernement d’Angleterre ne voit pas avec plaifir, que
la Pruffe étende fon commerce & fa navigation,
foit par fes ports fur la *Baltique*, foit par *Emden*
& *Greetfiel* fur la mer du Nord. Nous avons vu
pendant cette derniere guerre, que les armateurs
Anglois ont fait des infultes impardonnables au pavillon Pruffien, & qu’il n’y a jamais eu moyen
d’en obtenir juftice ou fatisfaction, de l’amirauté
de l’Angleterre, parce qu’on n’avoit point de forces navales pour fe la faire rendre. L’Angleterre
exerce fur la mer un empire chimérique, qui eft
foutenu par des forces réelles. Des attentats pareils de la part de la Grande-Bretagne ne fauroient
cimenter une bonne harmonie. Concevons enfin,
que le roi d’Angleterre eft en même temps électeur de Hanovre ; que l’électeur de Hanovre ne
fauroit voir de bon œil l’agrandiffement de l’é-
lecteur de Brandebourg, & que le miniftere Anglois eft obligé de fuivre toutes les vues du roi,
pour le maintien de fes états en Allemagne. Toutes ces confidérations n’empêchent point, que la
cour de Berlin ne doive avoir pour celle de Londres toutes les attentions & tous les égards convenables, & tâcher fur-tout, de détourner tout ce
qui pourroit faire éclater une inimitié ouverte entre deux grands princes, unis par les liens du fang
les plus étroits. La politique eft faite pour adoucir,

pour calmer, pour diffiper les ombrages, & conduire les chofes à leurs fins par les voies les plus
amiables.

La Hollande fuit les impulfions de l'Angleterre
dans les mefures politiques qu'elle prend ; elle
adopte le même fyftême pour les affaires générales de l'Europe, & elle a les mêmes intérêts
de commerce, le même defir d'en débufquer les
autres nations. Par toutes ces raifons, il eft fort
aifé à concevoir, que l'Angleterre n'étant pas en
bonne union avec la Pruffe, la Hollande ne fauroit y être non plus. Il y a même encore différents motifs particuliers de jaloufie que cette république peut avoir contre le roi de Pruffe ; comme,
par exemple, que ce prince eft un voifin trop proche & trop formidable ; qu'il touche à la république par le duché de Gueldre & celui de Cleves ; qu'il poffede même plufieurs feigneuries &
domaines à lui dévolus par la fucceffion d'Orange,
qui font enclavés dans le territoire de la Hollande,
& qui peuvent occafionner des difputes ; & qu'il
a encore diverfes prétentions de fommes confidérables à la charge des Provinces-Unies, qu'il
pourroit reclamer un jour. Mais ce qui pourroit
devenir fur-tout la pomme de difcorde entre la
Pruffe & les Hollandois, c'eft le duché d'Oftfrife,
échu depuis peu au roi. Comme la ville d'Emden
eft très-avantageufement située pour le commerce, ayant un port fur la mer Germanique, qui
pourroit être rendu excellent, (ainfi que nous l'a-
vons fait voir plus haut,) la nation Hollandoife,
qui eft toute adonnée à fon commerce, en feroit
affectée le plus vivement du monde, & elle tâ-
cheroit de nuire de tout fon pouvoir à la navigation des Pruffiens ; fur-tout s'il venoit à fe former
quelque compagnie des Indes en Oftfrife. Mais
il n'en eft pas des Provinces-Unies comme de

l'Angleterre, que l'on ne sauroit attaquer qu'avec une flotte formidable. Le roi de Prusse a un grand vaisseau de guerre nommé *Wésel*, qui tiendra toujours les Hollandois en respect, & qui protégera contre eux le pavillon Prussien, jusques dans les mers des Indes. Au reste, il subsiste depuis plus d'un siecle, une harmonie & une amitié si bonne entre les princes de Brandebourg & la république, qu'il ne seroit ni avantageux, ni décent de la rompre sans nécessité. Un prince, quelque grand qu'il soit, ne sauroit avoir trop d'amis; & lorsqu'il a des envieux, il est expédient d'user de tant de politique, que cette envie ne puisse éclater en inimitié ouverte. Lorsque les ennemis sont réduits à l'inaction, ils ne sont pas fort dangereux.

Envers le corps helvétique. Le roi de Prusse n'a guères d'autres relations avec *les treize Cantons Suisses*, que celles qui résultent de la con-bourgeoisie, établie entre cette république & le duché de Neufchatel & Valengin; mais ces pactes d'association deviennent fort utiles au roi de Prusse, parce que le pays de Neufchatel étant entiérement isolé du reste de ses états il ne pourroit jamais le protéger contre quelque entreprise voisine, sans le secours des Cantons. La qualité de con-bourgeois donne plusieurs prérogatives dans toute la Suisse au roi, & beaucoup de distinctions à celui qu'il nomme gouverneur de Neufchatel. Enfin la cour de Berlin ménage soigneusement l'amitié de la République Helvétique, pour obtenir de temps en temps la permission de faire chez elle quelques recrues pour l'armée Prussienne.

Envers les princes d'Italie. Autrefois la cour de Berlin n'avoit aucune liaison avec les *princes d'Italie*. Depuis l'acquisition de la Silésie, elle a quelquefois de petits intérêts à discuter avec le Pape, par rapport à l'évêché de Breslau, & aux affaires de la religion catholique-romaine. Elle a aussi une espece de relation avec le grand-maître de l’ordre de Malthe, pour les commanderies qui font dans la Siléfie. Mais tous ces intérêts font des bagatelles que nous n’examinons point dans cet ouvrage. La Prusse n’a point de relations avec les autres princes ou républiques de l’Italie, si ce n’est celles qui naissent des affaires générales de l’Europe. D’ailleurs, nous avons vu passer depuis quelques siecles les provinces d’Italie, tantôt entre les mains de la maison d’Autriche, tantôt entre celles des Bourbons, tantôt enfin à quelque prince particulier. Le moyen d’établir quelque système politique dans de si fréquentes révolutions? Il faut que la prudence guide toujours la conduite que le cabinet de Berlin doit tenir avec les princes Italiens dans chaque conjoncture particuliere. Cependant nous ne faurions nous empêcher de remarquer, qu’il ne feroit pas hors de propos d’établir un traité de commerce entre le roi de Prusse & le roi de Naples, pour le débit des toiles & d’autres ouvrages des manufactures Prussiennes, & pour l’achat de plusieurs marchandises du Levant.

Le roi de Prusse a une très-grande influence dans le *Saint-Empire*, & dans toute *l’Allemagne*; car, comme électeur de Brandebourg, il a une voix dans le college électoral, & il jouit dans le degré le plus éminent de toutes les prérogatives attachées à la dignité électorale. Mais il a encore outre cela, *cinq voix* au college des princes, & à la diete de l’empire; favoir, comme *duc de Magdebourg, prince de Halberstad, duc de la Poméranie citérieure, prince de Minden & prince de Camin*; & l’on ne sauroit disconvenir que les décisions de l’assemblée des princes ne donnent un grand poids aux résolutions générales de la diete. Dans le cercle de la Basse-Saxe, le roi

Envers le Saint-Empire.

de Pruffe exerce alternativement avec la maifon de Brunfwick-Lunebourg, la charge de directeur; ce qui lui donne beaucoup d'autorité dans tout ce pays. Dans le cercle de Weftphalie, la maifon de Brandebourg jouit auffi de la direction du Cercle, conjointement avec l'évêque de Munfter & la maifon de Neubourg, en vertu du traité fait en 1665. (*) Enfin, le roi de Pruffe eft le plus ferme appui du corps évangélique établi dans l'empire, dont nous avons déja traité plus haut. Tant de prérogatives, tant de droits, doivent néceffairement donner au monarque Pruffien un très-grand crédit dans tout l'empire; fur-tout fi l'on confidere que ce prince poffede un feptieme de l'Allemagne, fans compter même la Siléfie; qu'il entretient une formidable armée, & que les maifons de Bareuth & d'Anfpach, qui figurent avec éclat dans le cercle de Franconie, tiennent encore à la maifon de Brandebourg, dont ils font iffus. Quoique la qualité de membre de l'empire fuppofe une certaine dépendance du Corps Germanique en général; qu'elle affujettiffe à certains devoirs; qu'elle impofe certaines contributions, certains contingents, &c. il eft conftant néanmoins, que le roi de Pruffe eft plus grand & plus puiffant, comme membre de l'empire, que fi tous fes états étoient détachés de la Germanie, & que ce prince les poffédât avec une fouveraineté illimitée, tous les liens avec la diete étant rompus. Car, (réduifons les chofes au vrai,) le roi de Pruffe tire tous les avantages qu'il peut de fa qualité de membre de l'empire, & ne s'affujettit aux inconvénients qui en réfultent, qu'autant qu'il veut. En effet, fuppofé qu'il y eût quelque fen-

(*) Le traité fe trouve *in extenfo* dans Lunig, archives de l'empire, *part. fpec. 3. th. art. 58.*

tence prononcée contre lui, quel est le prince, ou électeur, qui voulût se charger de l'exécution contre un roi de Prusse? Ce monarque d'ailleurs se forme un parti considérable dans l'empire. Les maisons de Baviere, Palatine, de Würtemberg, de Hesse, de Mecklembourg, & autres, s'attachent beaucoup à lui; & il doit de son côté leur fournir de justes raisons de continuer le même système. Cela ne sauroit se faire que par les bons procédés qu'il aura pour elles, par le zele avec lequel il épousera leurs intérêts & les protégera, & par l'amitié qu'il leur témoignera. Il peut rendre à l'empereur tous les égards extérieurs, & toute la déférence qui est due au chef de la nation Germanique; mais il ne doit pas permettre, que ce même chef abuse de son droit, ni qu'il s'imagine être plus que le *premier* entre des *égaux*. Un roi de Prusse ne reçoit la loi de qui que ce soit; & s'il reconnoît un empereur au-dessus de lui, c'est toujours avec de fortes restrictions. Au reste, le roi de Prusse est intéressé au maintien du système général de l'empire, de ses tribunaux, sur-tout de la chambre impériale, & de tous les bons établissements qui y existent.

La Pologne exige une fort grande attention de la cour de Berlin. Ce pays vaste, peuplé d'une nation belliqueuse, touche d'un côté à la Prusse, de l'autre à la nouvelle Marche & à la Silésie. Il est certain que, si jamais le système, ou la forme du gouvernement en Pologne, vient à changer, & que cette nation commence à sentir ses forces, elle pourroit devenir une voisine formidable & dangereuse de la monarchie Prussienne. C'est pour cette raison, que les rois de Prusse tâchent d'entretenir, autant qu'ils le peuvent, les Polonois dans cette indolence & dans ce déclin de forces, où ils se trouvent, afin que leur gouvernement amphibie se perpétue heureusement. Tout ce qui peut affoiblir la nation Polonoise, est utile à la Prusse. Elle est intéressée à ce que l'esprit guerrier des anciens *Sarmates* s'éteigne chez les Polonois modernes; que les rois soient élus selon ses vues; qu'ils n'acquierent jamais une grande autorité sur le peuple; que les dietes soient rompues; que l'armée de la couronne tombe de plus en plus en décadence, &c. Car, non-seulement la maison de Brandebourg possede plusieurs provinces qui anciennement ont fait partie de la Pologne, mais elle auroit besoin de quelques lieues de terrein pour joindre la Prusse à la Marche & à la Poméranie, & ce terrein appartient à la Pologne. Le roi a d'ailleurs plusieurs prétentions à la charge de la république, qu'il lui seroit avantageux d'échanger un jour, contre une petite langue de terre, qui rendroit ses états contigus. Mais, en tâchant de diminuer la puissance de la Pologne, il doit avoir toutes sortes de bonnes manieres pour elle, gagner la confiance des grands, les protéger contre d'autres voisins qui veulent leur donner la loi, & ne point aigrir cette nation pour des vétilles, par de petites intrigues, ni manquer à respecter leur territoire. Plus on veut frapper de grands coups, plus on doit sacrifier de petits intérêts. Au reste, il ne faut pas beaucoup d'art, ni de finesse, ni de manege pour faire rompre les dietes de Pologne; elles se rompent d'elles-mêmes; & ce seroit un miracle d'en voir subsister une à l'heure qu'il est, ainsi que nous le ferons voir à l'article de la Pologne.

Envers le Danemarck. *Le Danemarck* a peu de liaisons avec la Prusse; leurs états ne sont point contigus, si ce n'est par un très-petit coin, où le duché d'Ostfrise confine au duché d'Oldenbourg. Il ne se fait guères

de

de commerce réciproque entre les deux nations: en un mot, les relations qui pourroient naître entr'elles, ne peuvent guères être qu'indirectes, & naissent du système politique de l'Europe en général. La Prusse a cependant sujet de ménager cette cour; parce que le Danemarck tient la clef du Sund & de la mer Baltique, sur laquelle tous les ports Prussiens sont situés. Tous les navires qui passent par ce détroit, sont obligés d'y payer des droits de péage, qui ne laissent pas que de charger beaucoup les marchandises, & de gêner le commerce. Autrefois la ville de Stettin étoit exempte de cette charge; ses bâtiments passoient librement; mais, lorsque cette ville tomba au roi de Prusse, les ministres de Danemarck eurent l'adresse d'insérer dans le traité, que les habitants de Stettin resteroient sur le même pied que les sujets du roi de Danemarck, *relativement au péage du Sund*. On trouva après, que ceux-ci sont obligés de payer ces mêmes droits; & le ministere de Prusse se vit pris pour dupe. Il s'agiroit donc de trouver quelque correctif pour remédier à cette faute. Le roi de Danemarck peut encore être très-utile à la Prusse, lorsqu'il s'agit de maintenir l'équilibre dans le Nord.

Autrefois *la Suede* vivoit dans une mésintelligence presque perpétuelle avec le Brandebourg; & le grand électeur eut presque toujours les armes à la main contre elle. La bataille de Fehrbellin & les suites qu'elle eut, délivrerent le Brandebourg des Suédois; & la paix de Westphalie calma tout. Le roi *Fréderic-Guillaume* fit de nouveau la guerre à la Suede, & lui enleva Stettin avec une bonne partie de la Poméranie. Cette province étoit la pomme de discorde entre ces deux puissances. Aujourd'hui les choses ont bien changé de face. La Suede n'est plus redoutable à la Prusse;

Envers la Suede.

elle ne sauroit penser à s'étendre du côté de la Poméranie, étant toute occupée à défendre ses foyers & sa liberté contre les entreprises de la Russie. Elle a même un très-grand besoin des secours du roi de Prusse pour ce but; & ce prince, par une politique fort naturelle, se voit obligé de la protéger de tout son pouvoir; en un mot, la puissance de la Russie, qui a éclaté tout d'un coup sous *Pierre I*, réunit les intérêts de la Prusse & de la Suede. Ces liens fondés sur des intérêts d'état, ont encore été resserrés par les liens du sang; le roi de Prusse a donné sa sœur au prince royal de Suede, & de ce mariage sont sortis des princes dont la postérité occupera vraisemblablement assez long-temps le trône de Suede. Tant que la Russie restera aussi formidable qu'elle l'est, & qu'elle gardera ses conquêtes sur la mer Baltique, la Prusse doit entretenir une fort bonne harmonie avec la cour de Stockholm, pour faire face conjointement à cette puissance, dont l'agrandissement pourroit devenir funeste à tout le Nord. Le commerce qui se fait entre la Suede & les sujets Prussiens, est presque tout passif pour ces derniers; ils ne sauroient cependant s'en passer, puisque c'est du cuivre, du fer & des choses de cette nature, qu'ils tirent de la Suede, & qui ne se trouvent point chez eux.

Envers la Russie. *La Russie* est de toutes les puissances celle que la Prusse a le plus à craindre. Elle est formidable par ses propres forces, par la facilité avec laquelle elle peut se rétablir de ses pertes, mais plus encore par sa situation. N'ayant que la Courlande à passer pour arriver aux frontieres de la Prusse, elle est capable d'arrêter ce monarque toutes les fois qu'il veut marcher en avant d'un autre côté. Ce qui rend cette situation encore plus gênante, c'est que depuis un certain temps, la Russie a

époufé avec chaleur les intérêts de la maifon d'Autriche, & de celle de Saxe; ce qui ne paroît pas
trop avantageux pour les intérêts de la Pruffe. Il
eft vrai qu'il n'y a nulle apparence, fi les armées
Ruffes & Pruffiennes en venoient aux mains, que
les premieres en fortiffent victorieufes; (*) mais
quel avantage en reviendroit-il au roi de Pruffe,
fuppofé qu'il battît les Ruffes dix fois de fuite?
Voudroit-il, & pourroit-il s'avancer dans le Nord,
& faire des conquêtes fur la Ruffie? Tout ce
qu'il pourroit acquérir de ce côté-là, vaudroit-il
la peine & les fraix d'une guerre? Le roi de Pruffe
ne peut rien gagner avec les *Czars*, & il rifque
de beaucoup perdre contre eux; au moins la Pruffe
courroit-elle le plus grand danger d'être ravagée
par ces peuples féroces. Il feroit à fouhaiter pour
le monarque Pruffien, ainfi que pour la plupart
des puiffances de l'Europe, que la nation Ruffe
rentrât dans cette barbarie & ce néant dont
Pierre I l'a fait fortir; (†) qu'elle perdît les conquêtes qu'elle a faites fur les Suédois, & qu'elle
n'eût ni port, ni un pouce de terre fur la mer Baltique; en un mot, qu'elle fût reléguée dans l'Afie,
& n'eût plus rien à démêler avec les affaires de
notre Europe. On prétend que le grand électeur
difoit fouvent : *J'ai là un ours dans le fond du
Nord, que je pourrois lâcher contre les Suédois;
mais je crains de ne plus pouvoir le remettre à
l'attache, lorfque je l'aurai une fois démufelé.* Mais

____

(*) L'auteur s'eft trompé ici dans fes conjectures.
Note de l'éditeur.

(†) Le fouhait n'eft pas humain. Il eft bien plus à
fouhaiter que cette nation, en s'éclairant de plus en
plus, fe gouverne par des principes qui la faffent aimer & refpecter. Le regne de l'immortelle CATHE-
RINE II y contribuera fans doute beaucoup. *Note de
l'éditeur*.

comme il n'eſt guères croyable que les puiſſances Européennes puiſſent jamais venir à bout d'une pareille entrepriſe, la cour de Berlin a pris un parti bien plus ſage avec la Ruſſie. Sa politique eſt d'entretenir une bonne harmonie avec la cour de Pétersbourg, d'avoir pour elle tous les égards convenables, de conclure des alliances avec elle, d'envoyer en Ruſſie des princes ou des princeſſes qui puiſſent un jour monter ſur le trône de cet empire, ou du moins en approcher de près; enfin, d'avoir la Ruſſie pour amie autant que cela ſe peut. Cette conduite eſt d'autant plus ſenſée, qu'il ſe fait un commerce fort important entre les ſujets du roi de Pruſſe & ceux de la Ruſſie. Ces derniers tirent de Berlin des étoffes, des dorures, des nippes, des carroſſes, & toutes ſortes d'ouvrages de manufactures & de marchandiſes; les Pruſſiens, au contraire, prennent en Moſcovie des pelleteries, du cuir de Rouſſi, de la rhubarbe, & toutes les denrées dont ce pays abonde, qu'ils vendent enſuite aux autres nations de l'Europe. Ce commerce eſt fort avantageux aux ſujets du roi de Pruſſe, qui par cette raiſon & par pluſieurs autres, entretient la meilleure harmonie qu'il peut avec la Ruſſie; en donnant cependant toute ſon attention à ce que cette formidable puiſſance ne faſſe des progrès du côté de l'Europe, & en particulier qu'elle n'acquiere pas une plus grande influence dans les affaires de la Pologne, de la Courlande, &c.

Envers la Porte Ottomane. La *Porte Ottomane* eſt une puiſſance avec laquelle le roi de Pruſſe n'a rien à démêler. Les ſujets Pruſſiens n'ont aucun commerce direct en Turquie, les états ne ſe touchent point, & il n'y a rien de commun entr'eux. Cependant, lorſqu'en 1744 & 45 la Pruſſe ſe trouva en guerre avec la maiſon d'Autriche, & qu'elle étoit menacée par d'autres voisins, il eût été fort avantageux pour elle, que le Grand-Seigneur eût voulu faire agir seulement quelques milliers de Tartares, ou d'autres troupes, qui auroient tenu à la fois en échec la reine de Hongrie, la Pologne & la Russie. (*)

Les *Pirates de la côte de Barbarie* sont encore de minces objets pour la politique du cabinet de Berlin. Cependant, comme les négociants de Stettin & d'autres ports de la mer Baltique, viennent d'envoyer des vaisseaux dans la Méditerranée, qui courent risque d'être pris par ces Pirates, il seroit bon que le roi de Prusse trouvât moyen de faire quelque accord avec eux, dût-il même leur donner quelque redevance pour chaque navire marchand qui est fretté pour ces mers. On pourroit leur faire entendre par le consul Anglois ou François, que s'ils ne se contentent pas d'une certaine petite rétribution, qu'ils n'y gagneront rien du tout, & qu'on chargera dorénavant les marchandises pour ces pays-là sous pavillon étranger.

Je finis ce chapitre, en disant que la succession de la maison de Brandebourg ne tombe que sur les enfants mâles ; les princesses en sont entiérement exclues.

Envers les Algériens & les autres Pirates.

(*) Les liaisons de la Prusse avec la Porte sont devenues beaucoup plus étroites depuis ce temps là. *Note de l'éditeur.*

CHAPITRE XI.

DE LA POLOGNE.

§ I.

Situation locale de la Pologne.

LA Pologne embrasse une étendue très-vaste de pays. Ce royaume & tout ce qui y appartient aujourd'hui, est estimé par nos meilleurs géographes, à 240 milles de long, à compter depuis les frontieres de l'Allemagne jusqu'à celles de Russie, & à 200 milles de large, depuis le midi jusqu'au septentrion. Il touche du côté du nord à la Prusse, à la Courlande & à la Livonie; vers le midi à la Hongrie, à la Transilvanie, & à la Turquie Européenne; vers l'Orient à la Russie, au pays des Cosaques & à la Tartarie; & enfin, du côté de l'occident, à l'Allemagne, mais sur-tout à la Silésie, à la Marche de Brandebourg, & à la Poméranie.

Toute la Pologne est un pays plat & uni; ce sont des plaines continuelles qui s'étendent de tous côtés à perte de vue; on n'y trouve point de contrées montueuses, excepté vers la Hongrie qui est séparée de la Pologne par une petite chaîne de montagnes, que les géographes nomment les *monts Carpates*. De quelque côté qu'on tourne ses regards, on ne voit que des champs fertiles, des bois ou des prairies; & les habitants pourroient être très-heureux & très-opulents, si leur industrie secondoit la nature libérale.

Il y a d'ailleurs quatre rivieres considérables, indépendamment des petites qui coulent dans la Pologne, ou qui la bordent. La *Vistule*, qui se décharge dans la mer Baltique; le *Niester* ou *Dnies-*

ter, (*) qui se jette dans la mer noire ; le *Boristhene*, qui coule depuis la Russie également dans la mer noire ; & enfin la *Duna*, qui prend sa source en Lithuanie, & qui porte ses eaux jusques dans la Baltique.

§ II.

Les principales denrées que la Pologne produit, consistent en toutes sortes de grains, dont la nation se nourrit abondamment, & envoie le superflu en très-grande quantité à ses voisins. Le principal débit du bled de Pologne se fait par la voie de Dantzig, où des flottes entieres de bateaux le portent en descendant la vistule, & d'où les navires marchands le font passer ensuite dans tous les autres pays de l'Europe, où l'on en a besoin. La Hollande sur-tout tire de Dantzig la plupart du froment qu'elle consume. Les pâturages sont excellents dans ce pays ; on y voit les prairies couvertes de bestiaux ; & les bœufs de Pologne sont fort recherchés de tous ses voisins. L'Allemagne seule en tire une immense quantité, qui y vont par la Siléfie. Il se tient deux fois par an un marché ou foire aux bestiaux, dans la ville de *Brieg*, où l'on voit des marchands & des bouchers de toute l'Allemagne, de la Flandre, & même des frontieres de la France, qui y font leurs emplettes. Les chevaux Polonois sont fort estimés ; les grands seigneurs en font cas, & on en fait un usage admirable pour remonter les housards & la cavalerie légere, pourvu qu'on en puisse avoir suffisamment. Mais ce qui se trouve dans la plus grande abondance en Pologne, ce sont les abeilles, dont tout le pays fourmille. Delà vient cette quantité immense de

Produc- tions du pays.

(*) Les anciens le nomment *Lycas*.

Mm iv

cire & de miel, dont les Polonois fourniſſent toute l'Europe, mais ſur-tout l'Italie & les provinces catholiques, où la ſuperſtition donne des cierges aux ſaints. Ils font auſſi de leur miel un hydromel excellent, & ſouvent ils préferent cette boiſſon aux vins les plus délicats. Une autre denrée fort importante encore, c'eſt la laine de Pologne, dont il ſe fait un débit conſidérable, qui forme une des plus grandes richeſſes de ce royaume. Enfin, le *ſel minéral*, le meilleur, ſans contredit, de tout le monde, que l'on trouve en abondance en Pologne, eſt un article très-important pour cette nation. Je ne parle pas de pluſieurs autres denrées de moindre conſéquence, comme des bois, du goudron, &c.

§ III.

Etat de décadence de la Pologne.

Quel ſujet d'étonnement, qu'un grand royaume, qui produit tant de denrées conſidérables, qui renferme un peuple nombreux, & qui eſt ſitué ſi avantageuſement, n'aie, ni manufactures, ni commerce, ni navigation! On compte juſqu'à trente-ſix ſortes de denrées toutes naturelles du pays, qui ſortent annuellement de la Pologne. Or, comme chacune de ces denrées eſt importante par elle-même, & de nature que les autres nations ne ſauroient s'en paſſer, on voit que cela ſeul pourroit former le fond d'un commerce très-vaſte, & la ſource des plus grandes richeſſes pour ce royaume. Mais c'eſt tout le contraire en Pologne. La nation (ſi l'on en excepte quelques-unes des premieres familles,) eſt pauvre & miſérable, ſans commerce, & preſque ſans reſſources. Il ſemble que la cauſe de tout cela réſide dans l'eſprit & dans le caractere général du peuple Polonois, qui n'eſt nullement induſtrieux, & dont la plus grande ſagacité paroît confifter dans le talent de dreffer des ours. D'ailleurs la chimere de la nobleffe, qui peut avoir fon coin d'utilité dans d'autres pays, eft fort funefte à la Pologne. Car on peut partager la nation Polonoife en deux claffes, qui font les *nobles* & les *ferfs*; on n'y connoît pas d'état mitoyen. Or les nobles, quelque indigents qu'ils foient, font trop entichés d'une vanité déplacée, pour s'appliquer aux arts méchaniques; & les ferfs ne pouvant rien poffeder qui leur appartienne en propre, prennent ce découragement, cette indolence & cet efprit de fervitude, qui eft toujours attaché à l'efclavage. Comme ils manquent d'occafions pour apprendre toutes fortes de métiers, il ne leur refte que les occupations les plus viles, & tout au plus le labourage de la terre. Delà naît le manque de ce goût, de cette induftrie & de cette application qui font fleurir les états & profpérer les peuples. On n'y connoît prefque ni les arts, ni les manufactures; tout fe prend chez l'étranger. Par une fuite néceffaire, le commerce y eft anéanti; à moins qu'on ne veuille appeller commerce, cette efpece de trafic qui fe fait fur les frontieres, lorfque les Polonois cedent à vil prix à leurs voifins, le fuperflu de leurs denrées, qui fans cela pourriroient chez eux, & achetent en échange, toutes fortes de marchandifes fabriquées, dont ils ont befoin dans la vie. Comme les Polonois qui viennent de cette maniere, foit en Pruffe, foit en Siléfie, foit dans la Poméranie, ou ailleurs, rapportent rarement chez eux de l'argent comptant, mais au contraire, qu'ils font obligés de convertir tout le produit de leurs denrées en marchandifes étrangeres; on voit clairement combien peu il leur refte de voies pour attirer dans leur pays de l'argent étranger, prefque tout leur commerce étant paffif, & la balance générale leur demeurant toujours défavorable. C'eſt proprement aux dietes, & fur-tout aux élections des rois, qu'il entre le plus d'argent étranger en Pologne, par les efforts que les autres puiſſances y emploient pour faire réuſſir les différentes vues politiques qu'elles peuvent avoir ; mais lorſqu'on confidere les fuites de ces fortes d'élections, les guerres qu'elles ont cauſées, les dégats que les troupes étrangeres & nationales ont commis dans le pays, & tous les inconvénients qui en réfultent, je crois qu'il n'y a pas un profit à tout cela. S'il exiſte encore une forte de commerce en Pologne, ce font les Juifs qui le font. Il s'en trouve une grande quantité d'établis ; chaque feigneur en a un qui eſt comme affecté à fon domeſtique, qui fait l'office d'*Intendant*, ou de pourvoyeur de fa maifon, qui lui vend tout ce dont il peut avoir befoin, qui trafique dans la province, qui s'enrichit quelquefois, & qui plus fouvent fait banqueroute, au bout de quelques années.

Au reſte comme la Pologne ne touche directement à aucune mer, il s'enfuit qu'elle ne peut avoir ni navigation, ni marine, ni vaiſſeaux, ni poſſeſſions dans les Indes, ni rien de femblable. Mais il eſt certain que, fi cette nation vouloit, elle pourroit tirer grand parti de fa fituation locale, de fes voifins & de fes fleuves.

§ IV.

Population.

La Pologne eſt très-bien peuplée. Les pertes que la nation a faites par les guerres & les peſtes, ont été réparées, & tout le pays eſt fort bien habité. Il y a des auteurs qui prétendent que le roi, la nobleſſe, & le clergé, poſſedent enfemble juſqu'à deux cents cinquante mille, tant villes que bourgs & villages; mais ce calcul paroît être fort exagéré; & supposé qu'il fût exact, on doit se former une autre idée des villes & des villages de Pologne, que de celles des autres pays florissants de l'Europe. *Varsovie* même, la capitale du royaume, ne forme qu'un assemblage confus de quelques palais dispersés çà & là, & entremêlés de plusieurs maisons très-chétives, qui servent de demeure au peuple, & cette ville n'est ni murée, ni pavée. Les villages, pour la plupart ne font que des hameaux, petits & misérables; mais tout cela ne laisse pas que de renfermer beaucoup d'habitants. On trouve par-ci par-là en Pologne, des Juifs & des Turcs qui y font domiciliés; il y a même dans la Lithuanie, aux environs de Wilna, une fort grande colonie de Tartares qui y font établis depuis plus de trois siecles. Le caractere des Polonois est assez bizarre. On y voit beaucoup d'orgueil avec beaucoup de pauvreté; ce qui forme un contraste fort singulier. Il s'y trouve des gens d'esprit & de beaucoup de savoir; mais ils font très-rares. Outre la langue naturelle du pays, (qui dérive de l'Esclavon) tout le monde, jusqu'au plus bas peuple, y parle un mauvais Latin. On ne trouve plus chez les Polonois d'aujourd'hui cette valeur qu'on voyoit chez les anciens *Sarmates*, dont ils font descendus. Leurs armées font peu propres à soutenir avec fermeté & constance, une guerre longue & opiniâtre; les exploits qu'elles font, ne consistent qu'en un pillage & brigandage perpétuel, par lesquels elles défolent à la vérité les troupes ennemies & le pays, mais ne décident jamais rien.

§ V.

Quant aux revenus de la Pologne, ils ne font Revenus. pas fort confidérables, relativement à la grandeur de ce royaume; car un pays presque sans commerce & sans induſtrie, ne ſauroit rendre beaucoup; & d'ailleurs comme la Pologne ne foudoie que cette poignée de monde qui eſt connue ſous le nom d'*armée de la Couronne*, qu'elle n'envoie point d'ambaſſadeurs aux autres puiſſances, (car les miniſtres du roi que nous voyons aujourd'hui dans les différentes cours de l'Europe ſont proprement des envoyés de Saxe, & payés par la Saxe;) & qu'enfin la république n'a pas un grand nombre de places fortes, ni beaucoup de colleges, de dicaſteres & de tribunaux à entretenir, il s'enſuit de là qu'elle n'a pas beſoin d'auſſi grands revenus que les autres états. On peut diviſer les revenus de la Pologne en trois claſſes qui ſont,

1. Les revenus de l'état,
2. Les revenus des rois,
3. Les revenus eccléſiaſtiques.

Les revenus de l'état ſont pris ſur certaines taxes, que l'on nomme *Quartae*, qui ont été impoſées ſur les terres, ſur l'acciſe du vin, de la biere, de l'hydromel & autres boiſſons, ſur certains droits que paient les marchandiſes étrangeres, ſur une capitation appellée *don gratuit*, que la nation paie tous les ans, ſur un impôt des cheminées, ſur le tribut que paient les Juifs, ſur les péages & droits d'entrée, ſur l'acciſe du tabac, & ſur pluſieurs autres taxes pareilles. Le produit de tous ces différents impôts, tant de la grande & petite-Pologne, que de la Lithuanie, eſt porté au tréſor de l'état, qui ſe garde dans le château de *Rava*, ſitué dans la Grande-Pologne. Le grand-tréſorier de la Couronne, deux ſénateurs & quelques députés de la nobleſſe, ont l'inſpection & la direction des finances de l'état. Les comptes font ordinairement réglés dans des conférences qui fe tiennent à la Pentecôte, & auxquelles on admet le commandant dudit château de Rava. Telle eft la regle qui eft prefcrite, mais il y a dans tout ceci une infinité d'abus. Par exemple, on nomme à chaque diete quelques députés pour examiner les comptes du grand-tréforier; & on raconte à cette occafion, qu'un jour un feigneur Polonois qui poffédoit cette charge, & qui apparemment ne pouvoit pas rendre un compte trop exact de fon adminiftration, préfenta aux députés examinateurs, d'un côté une paire de piftolets, & de l'autre deux bourfes remplies de ducats, en leur difant; *Meffieurs, fi vous trouvez mes comptes juftes, les ducats font pour vous; fi vous m'accufez de malverfation, vous me déclarez un malhonnête homme, & en ce cas il faudra que nous nous battions à coup de piftolets.* Les députés prirent les bourfes & approuverent les comptes. Comme, pendant tout le regne d'*Augufte III* il n'y a point eu de diete qui ait eu de l'activité, le grand-tréforier n'a rendu & ne rend compte à perfonne de fon adminiftration.

Les revenus du roi, qui lui font accordés à fon avénement au trône, & réglés par les *pacta conventa*, ne font pas fixes, ni d'un rapport égal. On ne fauroit même déterminer bien exactement à quelle fomme ils peuvent monter. Ceux qui font les mieux au fait des affaires de Pologne, prétendent qu'ils vont, année commune, à trois millions de florins de Pologne; ce qui reviendroit environ à un million d'écus en efpece. En 1736 on a accordé outre cette fomme, à la reine de Pologne, au cas que le roi vînt à manquer, un douaire de 200 mille florins, & 2 mille ducats pour fes épingles. L'argent qui eft octroyé au roi pour fon entretien, & pour celui de fa cour, comme nous venons de le dire, est pris sur certains fonds, que les Polonois appellent *économies royales*, & que ce prince peut faire administrer par ses propres officiers. Ces fonds consistent dans des terres & starosties destinées à cet objet, dans les produits des salines de Cracovie & autres, dans de certains péages qui sont particuliérement assignés pour cela, comme la moitié du revenu du port de Dantzig, &c. Si l'on compte les fraix que le roi est obligé de faire, tant pour obtenir la couronne de Pologne, que pour la conserver, les présents qu'il donne aux grands, les dépenses que causent ses fréquents voyages en Pologne ; on verra aisément, qu'il n'y a que l'appas du titre de roi qui puisse engager un prince étranger à rechercher cette dignité, & que les revenus qu'ils en tirent se perdent en faux fraix.

Les revenus ecclésiastiques sont les mêmes en Pologne que dans les autres pays catholiques. Ils consistent en deux archevêchés, quinze évêchés & quantité de riches bénéfices. Ceux qui occupent les premieres dignités de l'église, sont aujourd'hui de grands seigneurs, qui jouissent voluptueusement des dons pieux que les fondateurs des bénéfices ecclésiastiques avoient destinés à un emploi bien différent, pour faire le salut de leurs ames ; & s'ils revenoient dans le monde, ils seroient fort surpris de voir que leurs charités servent à entretenir le luxe & la pompe d'un certain nombre d'illustres fainéants.

§ VI.

Forme du gouvernement. La forme du gouvernement de Pologne mérite d'être développée moins succinctement ; mais, avant que nous procédions à cet examen, il sera nécessaire de se prêter à l'ennui d'une courte description géographique de ce royaume, & de la maniere dont il eſt diviſé, afin de pouvoir comprendre d'autant mieux les loix fondamentales de cet état, les prérogatives des grands, & les intérêts de chaque province.

La Pologne eſt diviſée en quatre parties, qui ſont, 1°. la Grande-Pologne ; 2°. la Petite-Pologne ; 3°. la Ruſſie mineure, & 4°. la Lithuanie. La premiere renferme trois provinces qui ſont la *Grande-Pologne*, proprement dite, la *Cujavie* & la *Maſovie*, ayant Varſovie pour capitale du royaume. La Petite-Pologne eſt compoſée des ſtaroſties de *Cracovie*, de *Sendomir* & de *Lublin*. La Ruſſie mineure, ou *Rouge*, comprend les diſtricts de *Ruſſie*, proprement ainſi dite, de la *Volhinie*, de la *Podolie*, & d'une petite partie de l'*Uckraine*. La Lithuanie ſe ſubdiviſe en *Lithuanie* propre, en *Ruſſie blanche*, & en *Samogitie*. La réunion de toutes ces provinces forme le royaume, ou la république de Pologne, un des plus grands états de l'Europe ; & chacune de ces provinces a conſervé certains privileges qui font la baſe des conſtitutions de ce même état.

Le gouvernement de la Pologne eſt *mixte*, & ne ſauroit ſe ranger ſous aucune des claſſes que nous avons indiquées au commencement de cet ouvrage. Il y a d'un côté un roi qui ſe ſoumet par convention à une certaine forme de gouverner ; de l'autre, une république qui ſe range ſous un chef ; on y voit un ſénat qui ne ſauroit entreprendre rien de conſidérable ſans l'autorité du roi, & un roi qui ne peut rien faire d'important ſans le concours des états ; une diete qu'il faut toujours convoquer, & qui ne prend jamais d'activité ; enfin, une anarchie perpétuelle ſous l'apparence extérieure d'un état très-régulierement compoſé. On pourroit dire, que c'eſt un gouvernement *monarchique* & *ariſtocratique* à la fois ; mais on ne donneroit point encore par-là une idée exacte de celui de la Pologne. Cependant, quelque compliqué, quelque confus que soit ce gouvernement, nous tâcherons d'en débrouiller le chaos, & d'expliquer la maniere dont s'y traitent les affaires publiques.

Le roi, les sénateurs & les nobles, gouvernent la république, ou, si vous voulez, le royaume de Pologne. C'est ce que les loix appellent *les trois ordres.* Ce n'est pas d'aujourd'hui qu'on remarque que les républiques affectent toujours de se mouler sur le modele de l'ancienne Rome ; aussi voit-on les Polonois imiter le plus qu'ils peuvent dans leur gouvernement, les usages & jusques aux dénominations des Romains. Il n'y a qu'un article où ils ne les imitent pas ; c'est dans cet héroïsme, dans cet esprit de conquête, qui rendit les Romains avec un petit état, maîtres du monde, tandis que les Polonois possedent un vaste pays fort inutilement.

§ VII.

Comment les rois parviennent à la couronne.

Originairement les rois de Pologne étoient absolus. *Salluste* même en parle ainsi dans son livre *de la guerre de Catilina,* chap. VI, & l'on en trouve par-tout les traces dans les anciens historiens. Louis de Hongrie, qui obtint l'an 1370 la couronne de Pologne, après l'extinction de la famille des *Piartes,* fut le premier qui se relâcha de ses droits. La nation acquit encore une plus grande autorité aux dépens de celle des rois sous les regnes des *Jagellons ;* & enfin le pouvoir des souverains a été renfermé successivement dans des bornes toujours plus étroites, par les capitulations qu'on leur a fait signer. Aujourd'hui un roi de Pologne n'en porte que le titre, & n'est proprement qu'un *chef de nation.* Dans les temps les
plus

plus reculés, le trône de Pologne étoit héréditaire, & on fuivoit en cela les degrés de parenté, comme dans les autres royaumes; un pere
avoit même le droit de partager les provinces entre fes fils, comme nous en avons un exemple
en la perfonne de *Boleflas III.* Depuis, l'ufage
des élections s'eft introduit; mais ces élections
n'étoient autre chofe dans les commencements,
qu'une affemblée folomnelle des états du royaume, dans laquelle on examinoit quel prince étoit
le plus proche héritier de la couronne; on le déclaroit au peuple, & le prince avoit même le
droit de porter le titre de *roi héréditaire* de la
Pologne; ce qui fut abrogé vers le milieu du
feizieme fiecle, après la mort de *Sigifmond-Au-
gufte.* Enfin, aujourd'hui le roi de Pologne eft
électif, & il eft permis à la nation de choifir,
ou un prince étranger, ou un feigneur Polonois.
On préfere d'ordinaire les étrangers, par la raifon qu'une pareille élection fait entrer beaucoup
d'argent dans le royaume, chaque candidat y
achetant les fuffrages au poids de l'or; & en fecond lieu, parce qu'un roi qui feroit Polonois
d'origine, & appartenant par conféquent à quelque grande famille, préféreroit naturellement fes
parents, pour tous les emplois confidérables; &
cette famille devindroit bientôt fi puiffante, que
la couronne à la fin pourroit n'en plus fortir.

Dès que le trône eft vacant, il exifte un *interregne*, & l'archevêque de Gnefne, primat du
royaume, eft *eo ipfo interrex*, ou chef de la nation. Si l'achevêché de Gnefne étoit vacant, ce
feroit l'évêque de *Cujàvie*, qui auroit cette charge,
également importante & lucrative. L'*interrex* eft
chargé du foin de notifier la mort du roi défunt;
de convoquer la diete de l'élection, & les diétines qui la précedent; de préfider à toutes les

délibérations ; de recevoir les lettres & les ambassades des puissances étrangeres ; d'écouter toutes les propositions, & d'en faire rapport aux états ; de régler toutes choses, soit de sa propre autorité, soit du consentement du sénat, & de veiller à tout ce qui peut tendre au salut de la république. On concevra aisément combien il importe aux candidats qui se présentent pour occuper le trône, de se concilier l'amitié d'un personnage aussi considérable, & de le mettre dans leurs intérêts : aussi voit-on l'argent étranger affluer de tous côtés dans la caisse du primat, & sa protection mise à l'enchere.

Peu après la mort du roi, les nonces ou députés des états & des provinces, se rendent à Varsovie, pour y former ce qu'on appelle en Pologne, la *diete de convocation*, qui précede celle de l'élection. Le primat préside ; les sénateurs se rangent à ses côtés, & le reste de cette assemblée est composée des députés des états. On commence par élire un *maréchal* de la diete, qui acquiert une grande autoité & un grand poids dans les délibérations. C'est dans cette assemblée que réside proprement alors la souveraineté de l'état. On y regle le jour & le lieu de la future élection, & on prend toutes les mesures convenables pour entretenir la paix, tant au-dedans qu'au-dehors du royaume. Si l'on craint la guerre, c'est dans cette diete que sont prises les résolutions nécessaires pour la faire avec succès : on y nomme un général, & les principaux officiers. Tous les réglements qui se font dans la diete de convocation, sont couchés par écrit, & l'on en forme un acte public, que les Polonois appellent la *confédération générale*. Cette piece est signée par le primat, les sénateurs, le maréchal, & les nonces ou députés de la noblesse ; on la fait imprimer, & on la fait circuler dans les provinces, l'original étant déposé dans les archives de Varsovie.

Quant à l'élection même, voici ce qui s'y observe. Le jour en est réglé par la diete de convocation, & il n'y a point de terme fixé pour
cela par les loix. Depuis la mort de *Sigismond-*
Auguste, l'élection ne s'est jamais faite ailleurs
que près du village de *Wola*, qui est situé à une
demi-lieue de Varsovie. C'est là où l'on dresse
une espece de grande halle, couverte de planches, que les Polonois appellent *Szopa*. Ce lieu
est entouré d'un fossé, & on y entre par plusieurs portes; toutes les personnes qui composent
la diete d'élection s'y rendent. Le nouveau roi
est élu par les sénateurs & les nobles; & ces
derniers non-seulement envoient des députés,
mais ils y comparoissent aussi en personne, &
on voit une cohue incroyable d'électeurs. Ils
prétendent que l'équité veut, que quiconque porte
les armes pour sa patrie, participe aussi au droit
d'élire le souverain. Mais il est aisé de concevoir qu'une assemblée aussi nombreuse ne sauroit qu'entraîner beaucoup de tumulte & de désordre. Si on lit les constitutions de la Pologne,
on y voit des réglements qui devroient apporter
l'ordre & la régularité dans les dietes d'élection;
mais, si l'on consulte l'expérience, on ne découvre qu'une confusion horrible, que des corruptions, des brigues, des cabales & des violences qu'on a vu dans ces mêmes dietes depuis bien des siecles. Comme il seroit presque
impossible, parmi un si grand concours de monde, de recueillir les suffrages avec ordre, on
propose les candidats qui se présentent, & qui
sont pourvus des qualités nécessaires pour occuper le trône. Ce peuple d'électeurs alors, par
des huées, donne à connoître pour lequel il se

déclare, foit en nommant à haute voix le nom du candidat, foit en criant VIVAT, PLACET, ou des mots qui peuvent défigner qui il préfere. La multitude l'emporte ; il eft affez facile d'entendre à qui elle donne fes fuffrages ; & comme tous ces électeurs font armés, il ne feroit pas expédient pour le parti le plus foible, de s'oppofer aux cris des plus forts. Il y a cependant des exemples, que le parti qui a eu le deffous dans une pareille élection, après avoir cédé ce jour-là au torrent, a formé une confédération dans une autre ville, & a procédé à une nouvelle élection. C'eft de cette maniere qu'en 1733 *Augufte III* fut élu roi à.... après que *Staniflas* l'avoit été à Varfovie. Notre deffein n'eft point d'entrer dans un plus grand détail de toutes les formalités qui s'obfervent à ces élections ; ceux qui font curieux d'en favoir les particularités les plus effentielles, peuvent s'inftruire entr'autres, dans un traité imprimé à Dantzig en l'année 1742, & qui porte pour titre *Gotfridi Lengnich Jus publicum regni Poloni*, 2 vol. 8vo. (*) Il eft néceffaire cependant de remarquer, que le trône de Pologne fe vend prefque à l'enchere ; que le candidat qui a le plus d'argent à répandre, eft prefque fûr de la couronne, s'il n'y a pas d'ailleurs des obftacles invincibles qui s'oppofent à fon élection. Une des qualités les plus effentielles eft, qu'un pareil candidat faffe profeffion de la religion catholique-romaine, en vertu de la fameufe *Bulle de* SIXTE V, donnée dès l'an 1589.

(*) Le même *Lengnich* a fait imprimer les *Pacta Conventa* d'AUGUSTE II, avec d'amples notes. Cet ouvrage a été traduit en François par M. *Formey*, & imprimé à La Haye en 1741, fous le titre de *Mémoires pour fervir à l'hiftoire & au droit public de Pologne*. Note de l'éditeur.

Auguste II, qui étoit luthérien, embrassa le papisme pour monter sur le trône de Pologne.

L'élection faite, on en dresse un acte juridique, & le diplôme est envoyé au nouveau roi élu avec beaucoup de solemnités. Mais, avant qu'il puisse exercer le moindre acte de royauté, on lui présente ce qu'on appelle les *Pacta Conventa*, qu'il est non-seulement obligé de signer, mais encore de s'engager par serment à garder & à maintenir. Ces *Pacta Conventa* sont une capitulation que la nation fait avec son roi, qui sert de regle à son gouvernement, qui détermine les privileges de la république & les droits de chacun en particulier, & que le prince est obligé de suivre religieusement pendant tout son regne ; enfin, c'est cette capitulation qui bride tout le pouvoir du souverain, & qui le rend, comme nous venons de le dire, simple chef de la nation, en conservant cependant la majesté du rang qu'il occupe. Après que le nouveau roi a signé les *Pacta Conventa*, il est couronné & sacré dans la ville de Varsovie par l'archevêque de Gnesne, primat du royaume, qui perd dès ce moment la qualité d'*interrex*. Entre les prérogatives des rois de Pologne, la plus importante est de pouvoir nommer à tous les emplois vacants, de conférer les dignités & les titres, de disposer des charges de l'état & de l'église, & de donner certains biens que les Polonois appellent *bona regia*, qui consistent dans des starosties, gouvernements & advocaties fort lucratives, qu'ils nomment en latin *Capitaneatus*, *Tenutae*, & *Advocatiae*. Le roi nomme également aux évêchés, & le Pape les confirme. S. M. a le droit, ainsi que les autres rois catholiques, de proposer au Pape des candidats pour la pourpre. La charge, ou le bienfait une fois donné, ne sauroit plus fe reprendre. Un prince qui a le pouvoir de décerner tant de marques d'honneur, & de faire tant de bien, ne peut jamais manquer d'avoir beaucoup de créatures, & de fe former un puiffant parti; l'intérêt & l'ambition étant les deux refforts qui gouvernent tous les hommes. Les autres prérogatives des rois de Pologne confiftent en ce qu'ils font à la tête de toutes les affaires, & gouvernent toute la république de concert avec les ordres; ils ont le droit de convoquer toutes les dietes, ordinaires & extraordinaires; les dietes générales n'ont point d'activité, fi le roi n'y affifte. Les *Senatus-Confilia* ne fe tiennent également que lorfqu'il eft préfent. On ne fauroit donner de nouvelles loix fans lui, & elles font publiées fous fon nom. Il eft le protecteur de ces mêmes loix, & les tribunaux fubfiftent fous fon autorité. Il confirme les anciens privileges, & en donne de nouveaux. Dans les cas qui ne font pas de la plus grande importance, il peut envoyer des miniftres aux cours étrangeres; & les envoyés qui lui font adreffés par les autres puiffances, il les écoute & les renvoie fans la participation de la diete. Lorfque le roi eft à l'armée, il en a le commandement; les chefs des troupes prêtent ferment de fidélité au roi & à la république. Le roi feul eft autorifé à convoquer la nobleffe pour prendre les armes, & à publier le ban & l'arriereban. Il a feul le droit de fonder des académies & des écoles illuftres; enfin un roi de Pologne, quoique borné dans fon pouvoir, ne laiffe pas que d'avoir une grande autorité dans le royaume.

§ VIII.

Des féna-   Le fecond ordre, (fi l'on compte le roi pour
teurs.   le premier) qui participe au gouvernement de la

Pologne, eſt celui des *ſénateurs*. Anciennement les *prélats & les barons* compoſoient le ſénat; mais aujourd'hui les choſes ſont réglées différemment, & on peut partager les ſénateurs en quatre claſſes; ſavoir,

1. Les ſénateurs eccléſiaſtiques, qui ſont les deux archevêques, & quinze évêques, faiſant . . . .   17 perſonnes.

2. Les Palatins, ou gouverneurs de provinces, au nombre de 37 ——— parmi leſquels on comprend trois Caſtellans & un Staroſte de Samogitie, qui jouiſſent de la même dignité de Palatin.

3. Les Caſtellans, ou commandants des châteaux & de certains diſtricts, au nombre de 82 ———

4. Les cinq grands officiers de la Pologne, & cinq de la Lithuanie, ſavoir, le grand-maréchal de la Couronne, le grand-chancelier, le vice-chancelier, le grand-tréſorier, & le ſecond-maréchal; faiſant . . . .   10 ———

——————
Total 146

Toutes ces perſonnes poſſedent la qualité de ſénateurs, comme une dépendance de leurs charges dans la république; & comme c'eſt le roi qui ſeul a le droit de conférer ces charges, on peut dire auſſi, que c'eſt lui ſeul qui crée les ſénateurs. Ces ſénateurs ſont les miniſtres & les conſeillers du roi, à l'excluſion de tous les étrangers, qu'il eſt expreſſément défendu d'employer à cette fonction, & aucun d'eux n'ose sortir du royaume sans une permission expresse ; cependant aujourd'hui la Saxe est exceptée de cette défense générale. Au reste, le sénat a été établi pour régler, selon la justice & l'équité, tout ce qui regarde le bien & la sûreté de l'état. On voit par-là, que les sénateurs ne sauroient être envisagés simplement comme des conseillers du roi, puisque c'est dans le sénat que réside une partie de la puissance souveraine, & qu'un sénateur a voix délibérative & décisive dans le gouvernement. Tout le sénat n'est pas constamment assemblé, chaque sénateur ayant à vaquer aux devoirs de sa charge dans sa province ; mais il est ordonné par les loix que, lorsque le roi est dans le royaume, il doit avoir auprès de sa personne, indépendamment des grands officiers de la couronne, un archevêque ou évêque, un Palatin & deux Castellans. Ceux-ci veillent, pour ainsi dire, constamment à sa conduite, afin qu'il ne puisse rien entreprendre qui soit contraire à la liberté de la république ; & en général on peut dire que le sénat est un ordre mitoyen entre le monarque & la nation. Ces sénateurs résidents aident aussi le roi à rendre la justice : & c'est par cette raison qu'ils s'obligent par leur serment à ne prononcer que selon les regles du droit & de l'équité. Lorsqu'il s'agit d'affaires importantes, le roi peut convoquer tout le sénat, pour prendre avec lui les mesures convenables. Mais pour les choses qui sont de la derniere conséquence, & dont peut dépendre le salut de l'état, il faut l'autorité de toute la diete, de laquelle nous allons parler bientôt, ainsi que du *Senatus-Consilium*, que l'on forme ordinairement après les dietes rompües, & par où l'on y supplée en quelque maniere.

§ IX.

Le troisieme ordre eſt la *nobleſſe*. Elle eſt ſi De la no-
nombreuſe en Pologne, que ce ſeroit une diſ- bleſſe.
tinction avantageuſe dans ce pays, de n'être pas
noble, ſi les loix n'euſſent accordé beaucoup de
prérogatives à cette même nobleſſe pour la ſoutenir. Mais, malgré tout cela, on voit beaucoup
de gentilshommes Polonois réduits à traîner la
charrue, ou à ſe faire domeſtiques, ou bien à ſe
livrer à toutes ſortes d'emplois vils, pour gagner
leur vie. La miſere de ces gentilshommes prouve
aſſez qu'ils ne ſont point en état de donner à
leurs enfants une éducation convenable à des perſonnes de naiſſance. Or, comme les talents, le
mérite, les ſentiments d'honneur, & les qualités
qui doivent diſtinguer les gens de condition, ne
ſont qu'une ſuite de l'éducation qu'on ſuppoſe chez
eux, on voit bien que l'eſſentiel de la nobleſſe
manque au gros des gentilshommes Polonois,
qu'ils ne ſont en effet que du bas peuple, & qu'il
ne leur reſte que la chimere & la vanité. Mais
il faut bien diſtinguer de ce ramas de gentilshommes Polonois, certaines familles illuſtres qui,
depuis un temps immémorial, ſont en poſſeſſion
de pere en fils, des principales charges de l'état,
qui ont acquis des biens conſidérables, & qui ſe
font reſpecter par leurs vertus, leurs ſervices, leur
mérite, & leur façon de vivre noble & diſtin-
guée. Cependant les loix de la Pologne défendent
très-expreſſément cette diſtinction entre la grande
& la petite nobleſſe, voulant que tous les gentilshommes Polonois puiſſent aſpirer indifféremment aux charges de l'état. Mais l'uſage & l'expérience ſont bien contraires à cet égard aux loix.
Les rois, diſpenſateurs des charges, cherchent à
s'attacher les grandes familles; & il eſt très-rare

de voir un de ces petits gentilshommes Polonois
parvenir à des emplois éminents. Il s’obferve auffi
un rang parmi la nobleffe ; c’eft ainfi qu’un fénateur prend le pas fur un fimple gentilhomme ; un
évêque fur un fénateur féculier, & ainfi du refte.

Les prérogatives de la nobleffe confiftent d’a-
bord, en ce qu’il n’y a que les nobles qui peuvent
obtenir les charges de l’état, & que tout étranger
en eft abfolument exclus. Tout gentilhomme Polonois peut être élu roi, & ils ont prefque tous la manie de s’imaginer qu’ils font du bois dont on les
fait. Les nobles ont feuls le droit de pofféder des
terres ; & ces terres font exemptes de fournir
des quartiers à la milice & aux gens de guerre ;
ils ont certaines immunités pour les droits d’entrée ; ils font revêtus de diverfes charges hors
du fénat, & d’emplois dans les palatinats &
les provinces ; & ils jouiffent de plufieurs autres
privileges de cette nature. A l’égard de la part
que la nobleffe prend au gouvernement, on peut
dire que le roi, affifté du confeil de quelques
fénateurs, dirige les affaires ordinaires de l’état ;
que le fénat concourt à la décifion des affaires
de la plus grande conféquence, & qu’il n’y a que
le roi, le fénat & les nobles enfemble, qui puiffent régler celles dont le falut de la république
dépend directement ou indirectement. C’eft pour
ce but que s’affemble la diete dont nous allons
faire tout-à-l’heure une defcription plus ample.
On trouve les premieres traces du droit qu’ont
les nobles de participer au gouvernement, fous
le regne d’*Uladiflas Jagellon*, qui demanda l’an
1404 leur confentement pour lever des tributs
dont il avoit befoin, afin de dégager certaines
terres hypothéquées. L’autorité des nobles s’accrut
fous *Cafimir III*, qui leur promit l’an 1454, qu’il
ne feroit point de nouvelle loi, ni n’entrepren-

droit point d'expéditions contre les ennemis, fans
avoir confulté l'affemblée des gentilshommes. Depuis ce temps-là , des rois qu'on créoit par voie
d'élection , & qui étoient charmés d'obtenir une
couronne à quelque prix que ce fût , fe relâcherent infenfiblement de leurs droits ; & la nobleffe les rogna petit-à-petit par les capitulations
qu'on leur fit figner.

§ X.

Il nous refte à examiner ce que c'eft que la Des dietes.
diete de Pologne , & la maniere dont elle fe tient.
Le roi peut convoquer autant de dietes qu'il veut ,
ou que le befoin le requiert ; mais , comme leur
tenue engage à beaucoup de dépenfes , & à mille
incommodités , les princes ne les font affembler
que le plus rarement qu'ils peuvent ; à moins que
ce ne foit pour des vues politiques , pour alarmer des voifins , pour obtenir certains objets particuliers qu'on fe propofe , ou lorfque l'état fe
trouve dans quelque danger éminent. *Augufte III* ,
qui regne aujourd'hui en Pologne , s'eft engagé
par fa capitulation , à convoquer pour le moins
tous les trois ans , une diete générale. Lorfque
le terme approche , le roi fe rend à *Frauftadt* ,
qui eft la ville de Pologne la plus voifine de la
Saxe ; & S. M. y figne les *univerfaux* , qui font
des lettres circulaires que l'on envoie dans les provinces & aux grands du royaume , pour la convocation des *diétines* , ou petites dietes , qui précedent la diete générale. Ces lettres circulaires
font imprimées & fignées du roi ; elles contiennent l'ordre qui enjoint aux gentilshommes des
différentes provinces , de s'affembler dans leurs Palatinats , un lundi , fix femaines avant le commencement de la grande diete. C'eft là la regle
ordinaire ; mais dans les cas preffés , on abrege ce

terme. La nobleffe s'affemble donc dans chaque province, en la ville qui eft la plus convenable, & y tient la diétine. On commence par y élire, à la pluralité des voix, un maréchal, qui préfide à cette affemblée; enfuite on choifit d'entre les gentilshommes préfents, le nombre de députés que chaque Palatinat a droit d'envoyer; on délibere enfuite fur les intérêts de la province, & on dreffe, en conféquence des réfolutions qu'on a prifes, les inftructions qu'on donne aux députés, qui doivent veiller à tout ce qui peut tendre à l'avantage de leur province; après quoi les députés partent pour fe rendre à la diete générale; & les députés qu'on y choifit, font nommés *nonces terreftres*. Voilà comme les chofes doivent aller felon les regles; mais il arrive toujours que, dans quelque province, les dietines fe rompent; alors, faute d'activité, cette province ne peut point envoyer des députés à la diete.

La diete générale s'affemble, ou à *Varfovie*, ou à *Grodno*; ce qui a été réglé en l'année 1673, de maniere qu'après qu'on a tenu deux dietes à *Varfovie*, la troifieme doit s'affembler à *Grodno* en Lithuanie. Lorfque la diete eft dans cette derniere ville, le maréchal doit être élu d'entre les Lithuaniens. C'eft donc, ou à Varfovie, ou à Grodno, que fe rendent, vers le temps indiqué, le roi, les fénateurs, & les nonces terreftres, ou députés de la nobleffe, pour y régler les affaires les plus importantes de l'état. Pour cet effet, le roi envoie auffi, trois femaines avant la diete, des lettres qu'on nomme *délibératoriales*, aux fénateurs, & qui contiennent les matieres principales qu'on va décider. Après l'arrivée des membres de la diete, les maréchaux de la couronne leur affignent des quartiers francs, & il eft dé-

fendu, fous des peines très-rigoureufes, de tirer
l'épée, ou de commettre le moindre défordre
pendant la tenue de la diete. Le roi forme fa
cour & fon confeil; les fénateurs forment le fénat; & les députés de la nobleffe forment ce
qu'on appelle le *conclave des nonces terreftres.*
Le nombre de ces nonces feroit réguliérement
de 182; mais, comme il arrive prefque toujours que
quelque diétine particuliere eft rompue, & que
cette province perd par-là le droit d'envoyer des
députés cette fois-là; auffi le conclave des nonces
n'eft quafi jamais complet. La diete étant ainfi
réglée, on commence par célébrer la grand'meffe, & enfuite on procede à l'élection du maréchal des nonces, dont le pouvoir eft très-grand
à la diete. Ceci fait, les nonces ont l'honneur
de faluer le roi, & de lui baifer la main; après
quoi les conférences commencent : on difcute toutes les affaires qui ont été mifes en délibération;
on examine l'état du royaume, tant par rapport
aux démêlés particuliers que les grands peuvent
avoir entr'eux, qu'à l'égard des affaires générales
du pays, comme la manutention des deniers publics, l'état de l'armée de la couronne & de l'artillerie, la fituation des affaires politiques, les pactes & les alliances avec les voifins, & mille chofes femblables. Tous ces objets font premiérement
examinés par le fénat, & enfuite portés devant la
chambre des nonces.

Le roi de fon côté, affifté de quelques fénateurs & des députés de la nobleffe, que le maréchal nomme d'entre les nonces, juge pendant
ce temps en dernier reffort des caufes civiles &
criminelles. Enfin, lorfque toutes les affaires ont
été mifes en délibération, & difcutées, on réunit
le fénat avec la chambre des nonces : & c'eft
ce qui forme alors la grande diete, à laquelle

le roi préside, assis sur son trône. Cette réunion du roi & des deux ordres, ne peut durer que cinq jours. On y récapitule les affaires ; on approuve ce qui a été résolu dans les conférences qui ont précédé ; & le cinquieme jour, la diete finit. Voilà comment les choses se font dans l'ordre ; mais il est bon de remarquer, que ces mêmes dietes n'acquierent presque jamais d'activité, pouvant être rompues de deux manieres ; premiérement par l'opposition d'un seul nonce, qui n'a qu'à crier *niepus vollam*, *je proteste contre*, & toute la diete est vaine, ou bien elle expire d'elle-même. Car, quand on ne peut pas finir toutes les affaires dans les cinq jours fixés par les loix, la diéte est censée n'avoir point subsisté ; & tout ce qui a été résolu, demeure sans force de loi. Il est encore défendu par les constitutions de la Pologne, d'allumer des chandelles pendant les cinq jours que la diete est active ; de maniere que, si le maréchal s'apperçoit le dernier soir, que les affaires ne sauroient être réglées, il prononce ordinairement un discours pathétique, par lequel il déplore l'état confus & anarchique de sa patrie, & dissout la diete. Les ministres des puissances voisines, & les grands du royaume qui sont intéressés à la rupture de la diete, travaillent pendant les cinq jours avec une chaleur incroyable, ou à trouver quelque nonce qui veuille protester, ou à faire traîner les affaires en longueur, pour que la diete expire. Mais le plus souvent il n'est pas besoin de se donner de si grands mouvements pour cela ; car les dietes doivent se rompre naturellement, vu qu'il y a trop de personnes intéressées à ce qu'elles ne subsistent point. C'est tantôt le roi lui-même, tantôt quelque puissance voisine, tantôt les grandes familles, & toujours le trésorier ou d'autres grands officiers de la couronne, qui s'y oppofent par des brigues & des corruptions fecretes. Mais une confidération bien importante, c'eft que toutes les provinces fituées fur les frontieres des *Cofaques* & de la *Tartarie Européenne*, ayant beaucoup fouffert par les guerres & les incurfions des Tartares, ont été exemptées de payer des tributs & autres impôts à la république. Or ces mêmes provinces ayant eu le temps de fe refaire de leurs pertes, il feroit jufte qu'elles perdiffent cette immunité, & que déformais elles concouruffent avec le refte de la Pologne à l'entretien de l'état. Si une diete fubfiftoit, il eft à préfumer que certainement cette affaire feroit mife fur le tapis; & voilà pourquoi les députés de ces provinces font toujours chargés fous main, de la commiffion de rompre, ou de faire expirer les dietes. Il arrive auffi, que la réunion du fénat & de la chambre des nonces, ne peut pas feulement fe faire, mais que le conclave des nonces fe rompt de lui-même. Si la diete fubfifte, tout ce qui a été réfolu, eft rédigé par écrit, figné par le roi & les ordres, & mis au rang des conftitutions de l'état. Chaque Palatin eft chargé enfuite d'introduire & de faire obferver dans fa province les ordonnances qui ont été faites. Il fe tient auffi dans les provinces après la diete générale, des diétines qu'on appelle de *relation*, parce que les députés font obligés de rendre compte de leur miffion.

Lorfqu'une diete a manqué, & que le roi veut cependant parvenir à certain but, ou régler certaines affaires, on y fupplée par un *Senatus-Confilium*, qui eft une affemblée de fénateurs, à laquelle S. M. préfide. On y fait, à la vérité, des réglements, mais on ne fauroit y décider des affaires de conféquence, telle que feroit la paix ou la guerre, l'augmentation de l'armée, & d'autres chofes femblables.

§ XI.

Des confé- Lorſque le roi & la république ſont déſunis, que
dérations. les affaires ne ſauroient être applanies dans une
diete, ou que la diete a été rompue, ou bien
s'il y a des diviſions & des guerres inteſtines
dont les ſuites & les progrès paroiſſent funeſtes
à l'état, alors les gentilshommes Polonois forment ce qu'ils appellent une *confédération*, (*) ou
grand-conſeil, qui eſt autoriſé par les loix, &
qui ſert à réunir leurs eſprits & leurs forces pour
le ſalut de la patrie. On y crée un maréchal,
& on y traite des affaires en queſtion, comme
aux petites dietes.

§ XII.

De l'état Les villes ont leurs magiſtrats, & les payſans
des villes ſont tous ſerfs : par conſéquent ſous la loi de quel-
& des cam- ques gentilshommes, qui n'ont pas, à la vérité,
pagnes. ſur eux le droit de vie & de mort ; mais qui cependant, s'ils en tuent quelqu'un, ne paient qu'une
amende pécuniaire. Au cas que les magiſtrats ſubalternes ne rendent pas la juſtice avec équité,
on peut appeller de leurs ſentences aux deux grands
tribunaux de *Lublin* & de *Pétricau*, qui jugent
avec beaucoup d'autorité & ſans appel.

§ XIII.

De la reli- La religion dominante en Pologne eſt la ca-
gion. tholique-romaine, & le peuple y eſt aſſez ſuperſ-
titieux. Il y a, comme nous venons de le dire,
deux archevêchés & quinze évêchés dans le royaume ; outre cela beaucoup de moines & de curés,
qui

(*) Ces confédérations ſont à préſent la ſource des
plus affreuſes dévaſtations, auxquelles la Pologne eſt en
proie. *Note de l'éditeur.*

qui fe nourriffent largement de l'autel. Mais le quart de la nation confifte bien en habitants qui font de communions différentes, comme *Lu-thériens*, *Réformés*, *Grecs*, *Sociniens*, *Juifs*, *Turcs*, &c. On les appelle du nom commun de *Diffidents ;* (*) ils font tolérés, mais il eft des temps où ils ne font pas exempts des perfécutions.

Voilà une légere ébauche du gouvernement de la Pologne ; il ne nous refte qu'à faire quelques confidérations fur les principes de fa politique.

§ XIV.

On a dû s'appercevoir affez, que le gouvernement de Pologne ne fauroit être que confus & tumultueux ; car, bien que la forme en paroiffe affervie à certaines regles, l'expérience eft contraire en bien des chofes à ce que les loix prefcrivent ; & les abus qui fe font introduits partout, ont défiguré totalement le fyftême de cette république. En effet, on ne pouvoit guères s'attendre à autre chofe d'un état, où toutes les réfolutions importantes dépendent de l'unanimité des voix d'une nombreufe diete. On trouve tant d'efprits faux, & fi peu d'efprits juftes dans le monde, qu'on devroit plutôt décider les affaires à la minorité, qu'à la pluralité des fuffrages. Et qu'eft-ce donc, quand il faut que *toutes* les voix fe réuniffent, & que l'oppofition indifcrete d'une feule cervelle brûlée, ou d'un cœur corrompu, peut détruire les plus fages réfolutions ? Cette liberté de contredire, dont la nobleffe Polonoife fe vante comme d'une fi belle prérogative, fera

Politique de la Pologne.

____

(*) C'eft en leur faveur que l'impératrice de Ruffie a fait entrer fes troupes dans le royaume, & qu'elle intervient dans les divifions qui le troublent. *Note de l'éditeur.*

toujours le malheur de la nation. Il y a, à la
vérité, des personnes qui font consister la félicité
du peuple dans cette indépendance qui, en Pologne, est une suite du désordre ; mais cette félicité ne sauroit porter tout au plus que sur certaines grandes familles qui sont en possession des
premieres charges de l'état, qui pillent impunément, qui font les petits souverains, ou plutôt
les petits tyrans dans les provinces, & qui sont
plus grands à mesure que l'anarchie est plus grande. Car si, d'un autre côté, on considere le gros
du peuple, on le trouvera fort pauvre, fort ignorant, fort misérable ; les petits sont sans cesse à
la merci de la rapacité des grands ; les loix sans
vigueur, par-là même l'industrie est éteinte, le
commerce abymé, la discipline militaire relâchée,
ou plutôt anéantie : la nation Polonoise sans nerf
& sans vigueur, exposée à toutes sortes d'affronts
de la part de ses voisins, n'est ni crainte ni res-
pectée dans l'Europe.

Les Polonois préferent aussi un prince étranger
pour leur roi, à un Piaste, qui est le nom commun qu'ils donnent à tous les rois qui sont naturels du pays, quoique la famille des Piastes soit
éteinte depuis long-temps. Ils craignent qu'un pareil Piaste n'élevât trop sa famille aux dépens
des autres, & ils soutiennent qu'un roi étranger
fait entrer plus d'argent dans le pays, soit pour
parvenir à la couronne, soit par la dépense qu'il
fait pendant toute la durée de son regne. Mais,
comme je l'ai déja dit ailleurs, on compte donc
pour rien les suites funestes des guerres que les
rivaux au trône ont attirées à la Pologne ? Si quelques grands se sont enrichis en vendant leurs
suffrages, combien de particuliers d'entre le peuple n'ont pas été ruinés par les troubles qui ont
été une suite des élections.

Au reste, il n'y a en Pologne aucun systême de politique, relativement aux puissances étrangeres. Ils laissent veiller la providence sur leur état, & ne tiennent des ministres dans aucune cour de l'Europe. (Car ceux qui y sont de la part du roi, ne sont proprement que des ministres de Saxe.) Par-ci par-là la Pologne entretient quelque liaison avec ses voisins. Le plus dangereux est la Russie, dont la proximité & la puissance formidable pourroient lui devenir funestes, & qui tâche d'empiéter déja sur ses droits, comme il a paru assez visiblement dans l'élection d'*Auguste III*, dans l'affaire de la succession au duché de Courlande, & dans plusieurs autres occasions. Le roi de Prusse est, d'un autre côté, un voisin puissant, qui touche à la Pologne par la Prusse, par la Poméranie, & par la Silésie. S'ils sont menacés par la Russie, c'est lui qui pourroit leur prêter les plus prompts secours. Quant à la maison d'Autriche, ils se sont bien gardés de prendre jamais pour leur roi un prince de cette maison, ni de permettre qu'elle s'ingérât trop dans ses affaires, de peur d'avoir le sort des Hongrois & des Bohémiens. Enfin, la république entretient un bon voisinage avec la Porte Ottomane, contre laquelle elle ne se sent pas en état de soutenir une guerre. Comme la Pologne n'a point de liaisons avec les autres puissances, ni par le commerce, ni en s'ingérant dans le systême général de l'Europe, nous nous dispensons de faire des réflexions à cet égard.

§ XV.

Il ne nous reste qu'à dire deux mots sur les forces de la Pologne & sur sa milice. Les anciens habitants de la Pologne étoient des peuples fort belliqueux ; & les rois, en vertu de leur pou-

Ses forces militaires.

voir souverain, entreprenoient la guerre, ou faisoient la paix, sans la participation des états. La premiere loi qui donne à cet égard des bornes à la puissance royale, est de l'année 1454; & depuis ce temps, on a tâché de diminuer petit-à-petit en toute occasion, cette puissance, en asservissant les rois à ne faire la guerre que du consentement des états. *Auguste III* s'est engagé, par sa capitulation, à ne point entreprendre de guerre sans la participation de *toute la république*; ce qui veut dire, sans le consentement d'une diete générale. Cependant, dans des cas urgents, ou dans ceux qui exigent du secret, l'approbation du sénat suffit. Lorsque la guerre a été résolue, le roi établit un conseil de guerre, dont les membres sont pris d'entre le sénat & l'ordre équestre. Ce conseil est chargé de pourvoir à tous les besoins des troupes, & de concerter les opérations de l'armée. Quant à l'armée même, dans les temps les plus reculés, tous les Polonois alloient à la guerre, à l'exemple des autres nations. On trouve encore l'image de ces mœurs & de cette milice ancienne, dans ce qu'ils appellent aujourd'hui la *Pospolite Ruszenie*, qui est une convocation générale de toute la noblesse, & en quoi consiste la plus grande force, si c'en est une, de la république. Lorsqu'elle se fait cette convocation, le roi envoie par tout le royaume des lettres de convocation, que l'on attache à de grandes perches avec des cordes, & qui sont nommées à cause de cela *Literae restium*. Après la troisieme sommation, toute la nation est obligée de se mettre en armes, & de comparoître au lieu de l'assemblée. On prétend que ce concours de tout le peuple, tant de la Pologne que de la Lithuanie, peut former une armée de 150 mille combattants. Elle est commandée par le roi & par les grands généraux, & autres officiers de la couronne. On diroit qu'il y a là de quoi faire trembler toute l'Europe; mais, si l'on considere que toute cette armée ne consiste qu'en cavalerie, qui ne sauroit agir par-tout, & qui a besoin de beaucoup de fourrage; que sur mille de ces gentilshommes Polonois, il faut compter deux mille valets & goujats qui les suivent; que tout ce train grossit tellement l'armée, qu'elle ne sauroit marcher comme on veut, ne trouvant nulle part des subsistances suffisantes; que ces gentilshommes étant obligés de s'entretenir eux-mêmes pendant toute l'expédition, sans recevoir aucune paie, ne vivent que de rapines & de pillage, ce qui devient d'autant plus funeste à la Pologne, que les guerres où cette noblesse est employée, se font ordinairement dans le pays, un tel gentilhomme ne pouvant être forcé à s'éloigner que de cinq milles de la frontiere, ni à rester en campagne au-delà de six semaines; qu'il n'y a jamais de magasins établis, & que la discipline militaire est absolument inconnue chez eux; qu'un Polonois n'a pas l'esprit de subordination & d'obéissance, qui est l'ame du militaire; & qu'enfin ce grand ramas de peuple, qui n'est ni enrégimenté, ni exercé, & qui n'a pas beaucoup d'habiles officiers pour les commander; si, dis-je, on considere toutes ces choses, il sera facile de conclure, qu'il est dangereux pour un roi, de rassembler tant de brigands, dont il n'est jamais bien le maître, & qu'au surplus, toute cette nombreuse armée n'est redoutable, que par les dégâts qu'elle fait.

Quant aux troupes ordinaires de la république, il faut savoir que les frontieres sont gardées par un certain nombre de gens de guerre, qu'on appelle *Quartani*, pour l'entretien desquels le roi donne le *quart* des revenus deſtinés à ſa table, & qui tirent de là leur nom. *Auguſte III* promit dans ſa capitulation, qu'il n'augmente-roit point leur nombre, ſans le conſentement de la république.

Lorſqu'en 1716 il fut queſtion de rompre la confédération de *Tarnograd*, on forma une nou-velle armée de la couronne ; on la mit ſur un autre pied, on la diſtribua dans les provinces, & on lui aſſigna une paie & des quartiers. Selon ce dernier réglement, il y a en Pologne & en Lithuanie, des troupes de deux eſpeces ; ſavoir, des Polonois & des étrangers. On appelle *Auc-toramenti* ceux qui ſont Polonois & vêtus à la Polonoiſe. Les autres ſont habillés à l'Alleman-de, conſiſtant en dragons, fantaſſins, canonniers & ingénieurs ; & on les appelle *étrangers*. Les étrangers ſont partagés en régiments, & les Po-lonois en troupes & drapeaux. Ces Polonois ſont des *Ulans*, ou de la cavalerie légere, qui eſt très-bien montée, & qui n'eſt pas tout-à-fait mau-vaiſe. La république entretient donc,

. . . . . Régiments de dragons . . . . .
. . . . . Régiments d'infanterie . . . . .
. . . . . Canonniers . . . .
. . . . . Drapeaux ou cornettes
        d'Ulans . . . .
. . . . . Coſaques, Tartares, &c. . . . . .

tant pour le royaume de Pologne, que pour le grand-duché de Lithuanie. Toutes ces troupes ſont ſous les ordres des deux grands généraux de la couronne. Je laiſſe à penſer ſi elles ſont complettes, entretenues, armées & exercées com-me cela ſe devroit.

CHAPITRE XII.

DU DANEMARCK.

§ I.

Deux grandes isles, douze petites, & une Péninsule, forment le *royaume de Danemarck*. Les grandes isles sont celles *de Zéland & de Funen* ou *Fionie*. Les petites portent le nom d'*Amac, Langland, Falster, Guldeburg, Mune* ou *Moéna; Arroé, Samsoé, Anhout, Lessow, Soltholm,* & *Bornholm*. La presqu'isle est appellée *Jutland*. Toutes ces isles ensemble, y compris le Jutland, ont une étendue de cinquante-sept milles d'Allemagne de longueur, entre cinquante-quatre degrés, quarante-cinq minutes, & cinquante-huit degrés & quinze minutes de latitude septentrionale; la largeur est beaucoup moindre & fort inégale. Ce royaume est situé entre deux grandes mers, la *mer du Nord* & *la mer Baltique*. La nature a formé trois passages qui conduisent d'une de ces mers à l'autre. Le premier de ces passages est le *Petit-Belt*, entre l'isle de Funen & le Jutland; il n'a tout au plus que deux milles de large. Le second est nommé le *Grand-Belt*, entre les isles du Funen & de Zéland; sa largeur est de quatre milles. Le troisieme est le *Sond*, ou l'*Oresund;* fameux détroit qui sépare l'isle de Zéland d'avec la Terre-ferme de Schonen. On n'a qu'à jetter un coup d'œil sur la carte, pour voir que les contrées les plus voisines du Danemarck sont d'un côté la Suede, de l'autre la Norwege, & du troisieme l'Allemagne, avec laquelle il confine par le duché

Situation locale du Danemarck.

de Schlefwick, qui touche à l'extrémité du Cercle de la Baffe-Saxe.

§ II.

Climat & produc- tions.
L'air de ce pays, quoique plus épais & plus froid qu'en Allemagne, n'eft cependant pas malfain. Beaucoup d'habitants, à la vérité, y font attaqués du fcorbut; mais cette maladie provient, felon toute apparence, de la proximité de la mer, de la quantité de poiffons falés & de viandes falées dont on s'y nourrit. Les Danois tâchent de remédier à ce mal en mangeant beaucoup de gruau & de laitages; ce qui en effet arrête les progrès de cette maladie, mais ne l'éteint pas tout-à-fait. Au refte, le Danemarck eft un pays abondant en bled & en toutes fortes de fruits de la terre. Les prairies graffes & vaftes font que les beftiaux y font en très-grande quantité & excellents. Les bœufs fur-tout de Jutland font emmenés par milliers dans l'Allemagne & en Hollande. Je crois que ce font les meilleurs qu'il y ait au monde pour le goût. On y trouve auffi beaucoup de brebis, de cochons, &c. Les haras du Danemarck font fameux par toute l'Europe, & on en tranfporte les chevaux de tous côtés. Les plus grands feigneurs s'en fervent pour leurs attelages. Les mers qui entourent ce royaume abondent en poiffons, qui non-feulement fervent de nourriture aux habitants, mais auffi que l'on falé, ou que l'on fait fécher, & dont il fe fait enfuite un gros commerce, fur-tout avec les pays catholiques. Il y a dans l'ifle de Zéland beaucoup de forêts qui fervent d'afyle à un grand nombre de bêtes fauves, & où l'on a pratiqué de fort beaux parcs. Il n'y a point de rivieres, mais plufieurs grands lacs poiffonneux & quelques ruiffeaux. La petite ifle d'Amac eft le potager de Copenhague;

elle eſt habitée par une Colonie de Hollandois, qui ont conſervé leur langue & leurs uſages, & qui cultivent toutes ſortes d'herbages. Le Danemarck eſt bien peuplé. Le génie de la nation ſe porte plutôt vers la culture des terres, l'économie rurale & le commerce, que vers les ſciences & les lettres. On ne ſauroit dire que les Danois manquent de valeur ; les troupes Danoiſes ont parfaitement bien fait dans diverſes guerres, & la cavalerie ſur-tout eſt admirable. Il eſt ſingulier que les Danois qui voyagent, aiment à ſe faire paſſer pour Holſteinois.

§ III.

Indépendamment de ce royaume le roi de Danemarck poſſede encore,

Etats dépendants du Danemarck.

1. *Le royaume de Norwege*, ſitué preſque à l'extrémité ſeptentrionale de l'Europe. Ce pays eſt entouré du côté de l'occident, par la mer du nord ou Germanique ; plus haut vers le nord, il a la mer Glaciale ; à la pointe la plus ſeptentrionale, il touche à la Laponie Ruſſienne ; du côté de l'orient, il confine à la Suede, dont il n'eſt ſéparé que par une grande chaîne de montagnes ; vers le midi, le Golfe appellé *Categat*, ſépare la Norwege d'avec le Danemarck. Il ne s'en faut pas beaucoup que la longueur de ce royaume ne ſoit de trois cents milles, c'eſt-à-dire, en prenant les deux côtés du demi-cercle qu'il décrit, depuis les frontieres du Danemarck, juſqu'au Cap du Nord. Sa largeur eſt inégale. En quelques endroits elle va juſqu'à cinquante milles, & n'excede pas dix à douze milles en d'autres. La Norwege ſe partage en *méridionale* & *ſeptentrionale*. Les montagnes nommées *Dofreſioell* forment la ſéparation. Dans la partie mé-

Le royaume de Norwege.

ridionale, il y a deux grands gouvernements, celui de *Bergen* & celui d'*Aggerhus* ; & dans la septentrionale, deux autres, qui sont *Drontheim* & *Nordland*. Il est essentiel de remarquer ici que la Suede a enlevé deux provinces de la Norwege, qu'elle possede encore aujourd'hui. La premiere est *Bahus-Lehn* dans la Norwege méridionale, dont elle est en possession depuis l'an 1660, & la seconde *Jemteland* dans la septentrionale, qui lui a été accordée par le traité de Bremsebroo conclu en 1645. Tout le reste appartient au roi de Danemarck. La seule situation de ce pays fait comprendre aisément, qu'il ne sauroit être fort fertile. La partie sur-tout qui se trouve au-delà du Cercle polaire, sous la zone glacée, c'est-à-dire, au-delà du soixante-sixieme degré, est absolument stérile & misérable. Le froment y est presque inconnu, & il n'y croît pas même assez d'autres grains pour fournir à la subsistance des habitants. Tout le pays est entrecoupé de montagnes, & on voyage souvent une vingtaine de milles sans rencontrer d'habitations. Cependant la Norwege a certaines denrées qui lui sont particulieres, & dont elle abonde si fort, qu'indépendamment de la consomption du pays, elle en fournit aux deux tiers de l'Europe. Par exemple, les forêts donnent une quantité immense de bois de charpente, de mâts de navires, de planches, & en général de tous les bois qui sont nécessaires pour la construction des vaisseaux. La France, la Hollande, l'Angleterre, l'Espagne, & même le Portugal, en tirent tout les ans de très-fortes provisions. Il semble aussi que la Norwege soit la forge de l'Europe pour le fer & le cuivre qui en sortent, & qui non-seulement sont admirables, mais aussi abondants. La morue, la merluche, le saumon, & toutes sortes d'autres poissons secs ou salés, sont envoyés annuellement dans tous les autres pays, enfin le commerce de la Norwege est très-considérable. La ville de Bergen, qui est le meilleur port de mer, est sans cesse remplie de navires marchands ; & il y a de bons chantiers, où l'on bâtit des vaisseaux à très-bon marché, les matériaux étant à vil prix. Il ne faut pas oublier non plus les fourrures de toute espece que cette contrée fournit en grande abondance. Le pays n'est pas fort peuplé ; mais les habitants sont actifs, laborieux & honnêtes gens. On ne les emploie pas beaucoup à la guerre. Le roi fait gouverner la Norwege par quatre gouverneurs, qu'on appelle *Stiffis Amt-Männer*, & qui résident à Bergen, à Christiansand, à Aggerhus, & à Drontheim.

2. *Le duché de Schleswick* est situé entre le Danemarck & l'Allemagne. La riviere d'Eyder marque proprement les limites de la Germanie. Ce pays a vingt milles d'Allemagne de long, sur douze de large, à compter depuis le Holstein jusqu'au Jutland. Il est bordé par la mer Baltique à l'orient, & par la mer du Nord à l'occident. C'est un duché souverain, qui ne fait point partie du Danemarck, & qui n'appartient pas à l'empire. Le roi de Danemarck s'étant emparé de tout ce duché, a été confirmé dans la possession par le traité du Nord conclu en 1720, sous la garantie formelle de l'Angleterre. C'est un des plus beaux fleurons de sa couronne ; aussi la maison de Holstein-Gottorp, qui en étoit l'ancien propriétaire, ne cesse-t-elle de protester contre cette violence, & de rechercher tous les moyens pour récouvrer ce pays. Les autres puissances se contentent de la plaindre, & ne l'assistent pas. Le terroir de ce duché est extrêmement fertile, & produit toutes sortes de denrées. Le voisinage des deux mers lui est fort favorable. Il

Le duché de Schleswick.

fourmille d'habitants ; on en peut juger , fi l'on confidere qu'il y a quatorze villes, & près de 1500 villages dans ce petit efpace de terrein. Quatre ifles placées dans la mer du Nord appartiennent au duché de Schlefwick ; favoir, *Nordftrand, Tora, Sylt & Heilgeland*. La derniere eft feule digne de remarque. C'eft un rocher fort efcarpé , au milieu de la mer, entre l'embouchure de l'Elbe & celle du Wéfer. On eft obligé de grimper par des efpeces d'échelles au fommet de ce rocher, où eft la demeure des habitants. Il y avoit autrefois fept paroiffes ; mais la mer a emporté toutes les terres qui entouroient le rocher , & n'a laiffé que le roc pelé : ce qui a réduit toute l'ifle à une feule églife & à un millier d'habitants qui fe nourriffent de la pêche , & fourniffent les villes de Hambourg, de Breme, & même celle de Londres, de poiffons de mer, de hommars, & de coquillages.

Tous les hommes y exercent auffi le métier de pilotes, & conduifent les vaiffeaux qui font route vers l'Elbe ou le Wéfer jufques dans ces fleuves, dont l'embouchure eft dangereufe à caufe des bancs de fable & des rochers à fleur d'eau, dont la mer eft comme parfemée en ces endroits. On y entretient toutes les nuits un grand feu qui fert de fanal aux vaiffeaux ; & il y a une compagnie des troupes Danoifes pour garnifon. L'ifle de *Femern* , fituée dans la Baltique , appartient auffi au duché de Schlefwick ; mais elle n'eft pas remarquable.

Le duché de Holftein. 3. *Dans le duché de Holftein*, le roi de Danemarck s'eft emparé de plufieurs morceaux de prix, qui font,

1. Le bailliage de *Renbsbourg* avec la capitale de ce nom.

2. Le petit bailliage de *Hanrow*.

3. Le bailliage de *Wilster* avec la ville de Il-zehoe.

4. La partie méridionale de la *Ditsmarsie* avec la ville de Meldorp.

5. La plus grande partie du pays de *Stormavie* avec la ville de Gluckstadt, & plusieurs autres de moindre importance.

6. Le comté de *Pinnenberg*, situé le long de l'Elbe avec la ville d'Altona, considérable par son assiette, son commerce, &c.

7. Le bailliage de *Segeberg* sur la Trave, avec la ville du même nom.

8. Quelques petits endroits situés sur la mer Baltique, comme Lutkenburg, Heiligenhave, &c.

Tout cela est fort important non-seulement à cause du bon terroir de ces pays, mais aussi par rapport au voisinage de la mer Baltique, de la mer du Nord, de l'Elbe, de la ville de Hambourg, qui en consume beaucoup de denrées, &c.

4. *Les deux comtés d'Oldenbourg & de Delmenhorst* sont situés en Allemagne dans le cercle de Westphalie. Ce pays a onze milles de long sur neuf de large. La proximité de la mer du Nord & du Wéser, lui est très-avantageuse. Il produit plusieurs denrées & il y a d'excellents pâturages, ainsi que de fort bons haras. Au reste, ces deux comtés sont entiérement détachés des autres états du Danemarck. *(Les comtés d'Oldenbourg & de Delmenhorst.)*

5. *L'isle d'Islande* est à 150 milles des côtes de Norwege, en tirant vers l'Ouest. Elle s'étend si loin du côté du Nord, que le Cercle polaire arctique passe au milieu de cette isle. Elle a quatre-vingt milles de long sur soixante de large. Schalot est la capitale & a un évêché. Il y a un second évêque qui siege à Hola, ou Holar. Ces *(L'Islande.)*

évêques sont Luthériens ; cette religion étant la seule dominante dans toute l'isle. Les habitants sont descendus d'une colonie de Normans, ou Norwégiens, qui s'y transporterent l'an 874 sous la conduite d'un gentilhomme nommé *Ingolfe*. Le gouverneur pour le roi de Danemarck fait sa résidence dans le château nommé Bellastaedt. Il a sous lui deux juges principaux & plusieurs juges subalternes établis dans les provinces. Cette isle est stérile & misérable ; il n'y croît presque point de grains, mais les pâturages sont assez bons. Les denrées qui viennent de ce pays consistent en beure, poisson, lard, suif, soufre, sel, peaux de bœufs, laines, &c. Il y a aussi de petits chevaux qui sont admirables. Comme les habitants ont besoin de toutes sortes de choses, ils troquent ces denrées contre du pain, de la farine, du vin, de l'eau-de-vie, de la toile & autres nécessités de la vie. C'est dans cette isle que se trouve le fameux volcan nommé *Hécla*.

Les isles de Ferroe. 6. *Les isles de Ferroe* sont situées au-dessus de l'Ecosse. Il y en a seize. On les nomme en latin *Insulæ Glessariae*, à cause de la quantité d'ambre qu'on y recueilloit autrefois. La cour de Danemarck les fait régir par le gouverneur d'Islande ; mais elles sont peu considérables & d'un rapport fort mince.

L'isle de Schetland. 7. *L'isle de Schetland* ou *Hitland*, pareillement située dans la mer du Nord, n'est guères connue que par certains chevaux d'une petitesse extraordinaire, qui en viennent. Ce pays est excessivement froid & presque abandonné. On est en doute si c'est au Danemarck ou à l'Ecosse qu'on doit le rapporter.

Le Groenland jusqu'au Spitzberg. 8. Le *Groenland*, *le nouveau Danemarck*, & *le Spitzberg* font des pays vastes, mais presque inhabités, ou pour mieux dire, inhabitables, situés

entre l'Europe & l'Amérique au-deſſus de l'Iſlan-
de. Ces pays commencent au-delà du ſoixantieme
degré, & s'étendent peut-être juſqu'au Pole-Arc-
tique. Les Européens n'ont pu pénétrer que juſqu'au quatre-vingtieme degré, à cauſe du froid
exceſſif & des glaces éternelles qui empêchent
d'aller plus loin. Les colonies qu'on y a envoyées
ſucceſſivement y ont péri. Au commencement
du printemps les Hollandois, ceux de Hambourg
& de Breme, y envoient des vaiſſeaux qui vont
à la pêche de la baleine, & qui reviennent avant
l'hiver. Si quelque vaiſſeau a le malheur de s'é-
garer, & de n'en pas ſortir avant les grandes
gelées, tout l'équipage eſt la victime du froid. Le
Danemarck retire peu de profit de ce pays &
de la pêche. Le nouveau Danemarck a été découvert en 1609, par l'amiral Danois nommé
Jean Munch; mais, à la paix d'Utrecht, il a été
ſtipulé que tous les pays ſitués au-delà du Canada, au détroit de Hudſon, appartiendront à
l'Angleterre; ainſi le nouveau Danemarck y eſt
compris. Il y a des géographes qui comptent
auſſi la *nouvelle Zemble* ſous la domination des
Danois; mais comme tous ces pays ſont ſi peu
de choſe, qu'ils n'ajoutent rien à la force d'un
état, nous nous épargnerons la peine de rechercher s'ils ont raiſon. Ce qu'il y a de plus conſidérable, ce ſont les établiſſements que le Danemarck a dans les autres trois parties du monde,
& qui ont donné lieu à l'érection d'une compagnie des Indes à Copenhague, dont nous parlerons plus bas.

9. *La ville de Tranquebar*, ſituée en Aſie, ſur Tranque-
la côte de Coromandel, ſur la preſqu'iſle de bar.
l'Inde en deçà du Gange, dans le territoire du
roi de Trangeor. Il y a un ſiecle que cet endroit
n'étoit qu'un miſérable bourg; les Danois l'ont

acquis à titre d'achat, & en paient un tribut annuel au roi de Trangeor. On a commencé par l'entourer d'une muraille, & ensuite à le fortifier de plusieurs bastions, de fossés & d'autres ouvrages, tellement qu'aujourd'hui c'est une fort bonne forteresse qui fait un établissement important ; c'est le comptoir principal & le centre du commerce des Danois dans les Indes. Il y a autour de Tranquebar vingt-quatre villages qui paient au roi de Danemarck un certain droit de protection. Depuis l'année 1710, on a envoyé dans ce pays quantité de missionnaires pour y prêcher la religion chrétienne, & on a traduit en langue Malaye, (qui est celle du pays,) la bible & quelques livres de dévotion ; ils s'impriment à Halle, où l'on a fondu les caracteres nécessaires pour cela. Les naturels du pays écrivent sur des feuilles de palmier, avec un poinçon de fer, aussi proprement & aussi vîte que les Européens peuvent le faire avec la plume. J'ai de pareils manuscrits dans ma bibliotheque.

Possessions en Afrique. 10. En Afrique, sur la côte de Guinée, le roi de Danemarck possede

Christiansburg, petite forteresse située dans le royaume d'Aquamboe, &

Friedrichsberg, autre petite ville fortifiée dans le pays de Sabde. Il s'y fait quelque commerce, & les Danois y trouvent beaucoup de commodité pour relâcher & pour faire de l'eau dans leurs voyages.

En Amérique. 11. Le roi de Danemarck possede *l'isle de St. Thomas*, qui est une des Caraïbes sur le vent, ou *Barlovento*, dans l'Amérique septentrionale. Elle produit de l'indigo & du sucre, mais en petite quantité. Le commerce le plus considérable est celui des negres, que les Danois y transportent de la côte de guinée, & qu'ils vendent aux Espagnols.

Espagnols. On y comprend aussi *l'isle de sancta Crux*, ou *sainte Croix*, que le Danemarck acheta de la France l'an 1733, & où l'on a établi une colonie, & construit un fort depuis l'année 1735. L'air y est fort mal-sain.

§ IV.

Voilà une simple ébauche des états & des possessions du roi de Danemarck, qui néanmoins pourra suffire pour le but que nous nous proposons dans cet ouvrage. Mais, avant que de continuer nos réflexions sur cette puissance, nous ne saurions nous dispenser d'avertir le lecteur, qu'il peut trouver une ample description de l'état du Danemarck dans les mémoires que M. *Molesworth*, ci-devant envoyé de S. M. Britannique à la cour de Copenhague, a publiés vers la fin du siecle passé. Ce livre est écrit avec beaucoup de sagacité; on y reconnoît un ministre fort habile, & on en peut tirer beaucoup d'instruction: mais, d'un autre côté, on découvre un auteur qui voit tous les objets à travers certains préjugés Anglois, qui est étonné de tout ce qui ne répond pas aux idées, aux mœurs & aux coutumes de sa nation, & qui condamne tout ce qui lui paroît étrange. D'ailleurs, depuis soixante ans que cet ouvrage a été composé, plusieurs choses ont entiérement changé de face dans le Danemarck; ce qui fait que M. *Molesworth* ne sauroit plus servir de guide assuré pour apprendre à connoître parfaitement ce pays. Nous ferons tous les efforts possibles pour rectifier ce qu'il paroît y avoir de partial, ou de défectueux, dans ce livre, & pour donner une idée aussi juste de l'état actuel du Danemarck, qu'il nous sera possible de la tracer dans les bornes étroites que nous nous sommes prescrites.

Etat actuel du Danemarck.

Tome III. 2. Part.   P p

§ V.

On a déja vu dans la description que nous venons de faire des différentes provinces qui font partie du Danemarck, les denrées naturelles que chacune fournit en particulier. Le lecteur attentif aura remarqué sans doute, que parmi ces denrées, il n'y en a presque aucune qui puisse servir de matiere premiere à des manufactures. Tous ces pays ne produisent, ni soies, ni laines, ni lin, ni chanvre, ni castor, ni aucuns des matériaux nécessaires aux grandes fabriques, au moins en assez grande quantité. Si l'on ajoute à cela, que le génie du peuple ne le porte pas naturellement à l'industrie, & que les Danois se contentent d'élever leurs bestiaux, de vaquer à l'économie rurale, de faire la pêche & d'aller en mer; on concevra aisément la raison pourquoi les manufactures y sont fort négligées. Ainsi tout le commerce qui s'y fait en draps, en étoffes de laine & de soie, en chapeaux, bas, dorures, toiles, galanteries & mille choses pareilles, est entiérement passif; c'est-à-dire, que le Danemarck tire ces marchandises des pays étrangers, & les paie en argent, ou en lettres de change sur la Hollande ou sur Hambourg, qui est la caisse publique des Danois. Il en est de même des vins, huiles, eaux-de-vie, fruits & autres productions que la nature a refusées aux contrées du Nord. Mais les états du Danemarck ont, d'un autre côté, un commerce actif fort considérable, qui consiste dans l'exportation des bestiaux, des chevaux, du poisson salé, des harengs, des bois, du goudron, & de mille denrées pareilles, que les autres nations y viennent chercher avidement. Non-seulement les ports de Copenhague, de Bergen en Norwege, & les autres ports de la mer Baltique & de la mer du Nord, sont toujours remplis de navires marchands des principales nations commerçantes ; mais il y a aussi beaucoup de vaisseaux appartenants aux sujets du roi de Danemarck, qui parcourent toutes les mers du monde. On voit, par exemple, à Bergen des négociants qui tous les mois font lancer à l'eau un nouveau vaisseau, qu'ils nomment ordinairement du mois de l'année où il a été achevé, comme le janvier, le février, &c. & qu'ils envoient dans les pays méridionaux, où ils le vendent souvent avec toute sa charge. La facilité que donne la Norwège pour la bâtisse de ces vaisseaux, fait que le propriétaire & l'acheteur étranger y trouvent l'un & l'autre leur compte. Le trafic que les Danois font avec l'Islande, ne laisse pas non plus que d'être important. Mais le commerce du Danemarck est considérablement accru par les établissements que cette nation a faits dans les Indes orientales & occidentales. Il y a pour cet effet une compagnie des Indes octroyée à Copenhague, qui envoie tous les ans plusieurs vaisseaux à Tranquebar, où est le dépôt principal & le centre de ce commerce. Ils trafiquent aussi à la Chine & dans les contrées comprises dans les concessions accordées au Danemarck. Ces vaisseaux rapportent du thé, des porcelaines, des gorgorons, & toutes sortes d'étoffes de soie, des meubles & d'autres marchandises pareilles. La compagnie en fait des ventes publiques, où les Hambourgeois & les négociants des autres villes marchandes font des achats considérables. La voie la plus courte pour transporter ces marchandises en Allemagne, est celle de Kiel. On prétend que, dans les premieres années, les actions de cette compagnie ont rendu jusqu'à quatre-vingt pour cent de divident. Il y a auffi le commerce que les Danois font fur la côte de Guinée, d'où ils tranfportent les Negres à l'Ifle *St. Thomas* en Amérique, & les y vendent aux Efpagnols, mais cela n'eft pas bien confidérable. Pour faciliter le commerce on a établi à Copenhague une banque ; mais il ne faut pas s'en former une idée comme de celles d'Amfterdam, de Venife ou de Hambourg. Il eft impoffible qu'une banque puiffe obtenir un grand crédit public fous un gouvernement defpotique, où le fouverain eft toujours le maître de difpofer, fur-tout dans des cas de néceffité, des capitaux qui s'y trouvent placés ; au-lieu que dans des républiques cela dépend & du peuple & d'une multitude de magiftrats, qui ne fouffriroient jamais qu'on touchât à des fonds dont dépendent le falut & la profpérité de tout leur état. On ne fauroit donc envifager la banque de Copenhague que comme une efpece de *Lombard*, ou tout au plus, comme une petite caiffe publique pour la commodité des paiements intérieurs. Les grands paiements aux étrangers fe font par la voie de Hambourg, comme nous l'avons déja infinué.

§ VI.

Navigation. La navigation n'eft pas négligée non plus dans les états du Danemarck. La pêche des harengs, de la morue & d'autres poiffons, produit une pépiniere de matelots, & fert d'école pour la marine. Le trajet continuel que les Danois font en Iflande, entretient auffi leur marine. Les Norwégiens font prefque continuellement en mer, & depuis que le commerce des Indes orientales a pris faveur dans le Danemarck, la navigation s'accroît tous les jours, & devient un objet confidérable. Le roi entretient une grande flotte capable de la protéger & dont nous parlerons plus bas. Malgré ce que nous avons dit, il ne faut pas croire que, ni le commerce, ni la navigation des Danois, soient comparables à ce que nous voyons en Angleterre, en Hollande, ou en France. Il faut toujours garder les proportions d'un petit état comme celui-ci, aux grandes nations commerçantes.

§ VII.

Nous avons déjà vu, par le détail que nous avons fait des différentes provinces du Danemarck, à quel point elles sont peuplées, & quel est en gros le génie de la nation. Nous ajouterons ici, que le nombre des habitants ne paroît pas assez grand pour fournir de recrues l'armée que le roi a sur pied. La cavalerie cependant est presque toute composée de nationaux, sur-tout pour ce qui regarde les régiments qui sont en garnison dans le centre du royaume. Mais l'infanterie est quasi toute recrutée des levées que le roi fait faire à Hambourg, à Breme, à Lubeck & dans les villes libres de l'empire, où il a le droit d'engager des gens de bonne volonté. C'est la bonté des chevaux Danois qui fait la force généralement reconnue de leur cavalerie. Leur infanterie ne paroît pas être dans un aussi grand ordre, ni dans une aussi exacte discipline, que celle des grands princes Allemands. La désertion y est aussi excessive; ce qui provient de tout ce ramas de recrues qu'ils engagent de côté & d'autre. La cause de cette disette d'hommes propres pour la guerre, semble provenir 1°. de ce que la marine, la pêche & la navigation occupent beaucoup de monde; 2°. de ce que les Danois sont obligés de s'appliquer avec infiniment de peine & de soins à cultiver leurs terres, & à élever leurs bestiaux, & 3°. de ce que, dans la plupart des provinces, les paysans sont *serfs*,

Popula-
tion &
troupes.

P p iij

pour ne pas dire, aussi esclaves que les Negres en Amérique. Ils appartiennent au gentilhomme sur la terre duquel ils sont nés, & font partie de l'inventaire de cette même terre, tout comme le bétail. Une pareille terre est taxée plus ou moins haut, selon qu'il y a beaucoup de ces serfs. Il s'ensuit de là, que le roi ne sauroit, sans faire une violence injuste, prendre aux propriétaires des hommes qui font partie de leur bien, pour les employer dans les troupes; aussi ont-ils le droit de réclamer de pareils sujets, quand par hazard ils ont été engagés par les enrôleurs.

C'est encore la même servitude qui est cause du manque d'industrie, & du défaut de manufactures dans le Danemarck. Un esclave ne pouvant rien posséder en propre, n'a garde de s'appliquer à aucun art méchanique, & bien moins de travailler de génie, ou de cultiver les talents qu'il pourroit avoir. Il traîne une vie qui semble lui devenir inutile, & il se contente de la passer en bêchant la terre, ou en gardant les bestiaux. L'industrie, qui ne s'introduit dans une nation, que par l'appas du gain & des richesses, ne sauroit faire des progrès; & le peuple perd ce courage & cet esprit attentif qui lui est si nécessaire pour rendre l'état opulent. Il est inconcevable comment des monarques despotiques peuvent tolérer dans leurs pays la durée d'une servitude, qui met entre eux & les paysans, des especes de souverains mitoyens, qui ne sert qu'à abattre l'esprit du peuple, & qui semble répugner à la nature de l'homme. C'est une loi bien sage en France, que tout esclave, même les forçats & les prisonniers faits sur les Turcs, sont hommes libres dès qu'ils mettent le pied sur les terres de ce royaume.

Voilà ce que nous avions à dire sur les habitants du Danemarck, sur les troupes & sur les arrangements militaires. Au reste, malgré ce que nous venons de dire, il est certain que dans un grand besoin le Danemarck, y compris la Norwege, le Schleswick, le Holstein, &c. pourroit lever cinquante à soixante mille hommes de troupes nationales. Nous remarquerons encore, pour finir cet article, que le roi a plusieurs forteresses qui sont bien entretenues, comme la ville de Copenhague même, Gluckstadt dans le Holstein, Rendsbourg, Fridericia, Drontheim, Bergen, le Wardhuys à l'extrémité de la Norwege, & plusieurs forts & citadelles dispersés dans le pays. Tout cela est pourvu d'une bonne artillerie, & les arrangements de guerre sont bien entendus.

§ VIII.

La flotte Danoise consiste en temps de paix en vingt-huit vaisseaux de guerre du premier, second & troisieme rang, en seize frégates & cinq brulots. On entretient dans une paie continuelle 1800 charpentiers, 400 canonniers, & plus de trois mille matelots pour le service de cette flotte. Dans des temps de guerre, le Danemarck pourroit doubler, en cas de besoin, ces forces navales; la Norwege fournit en abondance des bois & des matériaux pour cet usage. Mais, comme il faudroit au moins dix à douze mille hommes de troupes pour bien garnir une pareille flotte, & que son entretien excéderoit les facultés pécuniaires de cette couronne, il est certain qu'il lui faudroit des secours étrangers, si elle vouloit garder long-temps un aussi grand nombre de vaisseaux. Car déja, si on compare les forces terrestres & navales du Danemarck avec le royaume & les provinces qui y appartiennent, on verra qu'il n'y a point de proportion politiquement calculée entre

Marine.

ces deux objets, & que les forces font plus grandes qu'elles ne devroient l'être relativement aux revenus & aux reffources de cet état. Et c'eft auffi la raifon pourquoi le Danemarck tire continuellement des fubfides, ou de la France, ou de l'Angleterre. Il y a à Copenhague une maifon de cadets, où l'on éleve des jeunes gens que l'on deftine à occuper le pofte d'officiers de la marine. On ne fauroit guères non plus y manquer de matelots, vu que toutes les ifles du Danemarck & la côte de Norwege en fourniffent abondamment, & que la navigation continuelle les entretient dans l'habitude de la mer. C'eft au refte une bonne politique du Danemarck, d'entretenir conftamment une bonne armée navale, qui puiffe fervir à protéger fon commerce, fa navigation, fes poffeffions dans les Indes, fon droit de péage du Sund, & même fes propres foyers. Les autres nations commerçantes ne font déja que trop jaloufes des progrès de fon commerce; & les Suédois, ainfi que les Ruffes, font des voifins qui ont également des flottes auxquelles il faut pouvoir réfifter.

§ IX.

Revenus.   Quant aux revenus du roi de Danemarck, nous trouvons dans les mémoires de *Molefworth*, un calcul qui les fait monter à 2,622,000 rifdales. Il fe peut qu'il ait eu raifon alors, quoique ce ne foit pas le feul article où il fe trompe fort; mais il eft toujours certain, que les chofes aujourd'hui ont bien changé de face par l'acquifition du Holftein, par les progrès du commerce, par l'établiffement de la compagnie des Indes, par les fubfides que cette cour a tirés depuis tant d'années, & par plufieurs autres endroits. On croit ne pas fe tromper fi l'on affure, que tous les revenus du roi vont à quatre millions & demi par an, quoique d'autres les faſſent monter encore plus haut. Ces revenus ſont levés par l'acciſe, par les droits d'entrée, par des taxes fréquentes que l'on impoſe ſur les terres & ſur le peuple, par des fermes & des domaines du roi. A tout prendre, on ne ſauroit diſconvenir, que les ſujets de ce monarque ne ſoient un peu obérés, & qu'il n'y ait eu pendant aſſez long-temps du dérangement dans les finances & dans la maniere de les adminiſtrer. Un des plus beaux revenus du roi, conſiſte dans le *péage du Sund*, dont il eſt à propos que nous diſions ici quelques mots. Le Sund eſt un détroit fameux entre l'iſle de Zéland & la Terre-ferme de Schonen appartenant à la Suede. Du côté du Danemarck eſt la ville d'Elſeneur avec la fortereſſe de Cronenbourg, près de laquelle il y a une aſſez bonne rade. Du côté de la Suede eſt la ville de Helſinbourg avec un château ruiné. C'eſt entre ces deux villes que paſſent & repaſſent tous les vaiſſeaux qui négocient ſur la Baltique, & c'eſt auſſi le ſeul paſſage qui donne entrée à cette mer. Car, quoique le grand & le petit Belt ſoient auſſi des paſſages qui conduiſent dans la Baltique, ils ne ſont cependant jamais fréquentés, à cauſe que le petit Belt n'eſt pas aſſez profond, & que le grand ſe trouve rempli de rochers & d'écueils cachés ſous la ſuperficie de l'onde; de maniere que les vaiſſeaux y courent de grands riſques; au-lieu que le Sund eſt extraordinairement profond, quoiqu'il n'ait qu'un bon demi mille d'Allemagne de largeur près de Cronenbourg, & qu'on diſtingue parfaitement les objets d'un rivage à l'autre. On a eu grand ſoin auſſi de garnir de fanaux tous les endroits de la côte, qui pourroient être périlleux; d'autres fanaux où l'on allume des feux, servent de guides aux vaisseaux dans les nuits obscures & orageuses ; enfin, on a pris toutes les précautions imaginables pour rendre ce passage le moins dangereux qu'il est possible. C'est à ces précautions que l'on doit attribuer l'origine du droit de péage que la cour de Danemarck fait lever sur tous les vaisseaux qui passent par le détroit du Sund. D'abord les négociants se prêterent volontairement à payer pour chaque vaisseau une petite somme qui pût subvenir à l'entretien de ces fanaux ; mais, dans la suite des temps, le Danemarck en a fait un droit formel. Nous trouvons que déja l'empereur *Charles V* fit un traité avec le roi de Danemarck, qui fut signé à Spire sur le Rhin, & qui fixoit le droit de péage que les navires appartenants aux sujets des dix-sept provinces devoient payer. Depuis ce temps, le Danemarck a fait différentes conventions pour la taxe de ce droit avec chacune des nations commerçantes en particulier ; & cette taxe a été hauffée ou baissée selon les circonstances dans lesquelles cette couronne s'est trouvée, ou que la bonne ou mauvaise fortune des puissances avec lesquelles elle contractoit, lui permettoit de stipuler des conditions plus ou moins favorables. Si donc l'on considere l'origine de ce péage, il paroît que les titres sur lesquels le Danemarck se fonde, sont fort foibles, & que d'une petite redevance arbitraire on ne pouvoit légitimement faire un devoir, ou une douane considérable & fort onéreuse pour tout le commerce du Nord. Mais, si d'un autre côté on réfléchit que les autres puissances de l'Europe ont consenti à ce droit, & qu'il a été confirmé par plusieurs traités, on ne sauroit disconvenir que le Danemarck n'exerce aujourd'hui ce même droit à juste titre, & qu'on ne sauroit de bonne grace fe fouftraire au paiement de ce qui a été ftipulé à cet égard, vû que les traités forment les vrais titres pour conftater les droits des peuples. On peut trouver les tarifs du péage du Sund, tels que chaque nation les paie, dans le *Corps diplomatique*, & dans d'autres recueils de traités. Nous y renvoyons le lecteur curieux, d'autant plus que l'extrait feul de ces pieces pafferoit les bornes de cet ouvrage, & feroit contraire à fon plan. Il faut remarquer cependant, qu'autrefois la nation Suédoife ne payoit aucun droit de paffage, ni pour fes propres vaiffeaux, ni pour les marchandifes appartenantes à des Suédois, & chargées fur des navires étrangers. Le Danemarck fe croyoit trop heureux, que la Suede lui abandonnât ce revenu en entier, & qu'elle ne fît pas valoir le droit que lui donne fon rivage & la ville de Helfinbourg. Mais, par l'article IX, du traité de Friedrichsbourg, conclu en 1720, la Suede a renoncé à cette franchife du paffage, & s'oblige à payer le péage tout comme les Hollandois & les autres nations; ce qui paroît extraordinairement dur pour la nation Suédoife. On prétend qu'il s'eft trouvé des amodiateurs qui ont offert de prendre à ferme ledit péage pour la fomme de 600 mille écus par an, & qu'ils n'y auroient pas perdu. En confidérant ce feul article, & en le combinant avec toutes les autres fources des finances du Danemarck, on verra au moins, que nous n'avons point exagéré en fixant les revenus de cette couronne à quatre millions & demi.

Malgré cela, il paroît que les tréfors du roi ne font pas des mieux fournis; que ce monarque n'a pas beaucoup d'argent comptant pour pouvoir agir promptement & avec vigueur, ni de reffources pour foutenir une guerre longue

& ruineufe; que même, dans la plus profonde paix, il a befoin de fubfides étrangers, & que fon état n'eft pas fans dettes. Peut-être que, fous les regnes précédents, les guerres ont épuifé les coffres, ou que de groffes fommes ont été détournées, & envoyées hors du pays, ou que l'état militaire & civil eft trop grand à proportion du revenu; ce qui paroît même affez vraifemblable, vu la nombreufe armée & la flotte confidérable que le Danemarck entretient conftamment. Si la providence daigne conferver les jours du prince qui occupe aujourd'hui ce trône, fi elle rend fon regne auffi long qu'il eft fage & glorieux, il eft à croire que ce royaume prendra une meilleure confiftance; qu'on réformera les abus; que le commerce, dont la véritable intelligence commence à s'y répandre, formera de nouvelles reffources; qu'on tirera pleinement parti de la navigation, du trafic dans les Indes, du terroir du pays & de la main d'œuvre des habitants; & enfin, que l'état déformais n'aura plus, au moindre échec, cet air abattu qu'on lui a vu tout d'abord dans les guerres paffées. (*)

§ X.

Etat de la religion.
La religion luthérienne domine dans tout le Danemarck, & dans les provinces qui en font partie. Le roi *Fréderic I* l'embraffa, & fon fils *Chrétien II* l'introduifit dans fes états l'an 1536. Il y a fix évêques dans le royaume même, qua-

(*) Il eft naturel de faire les mêmes vœux, & avec plus d'ardeur encore, pour le fucceffeur de ce monarque, qui paroît rempli de bonnes vues & très-propre à les réalifer. A l'âge où la providence l'a placé fur le trône, il peut, fuivant le cours de la nature, faire goûter aux Danois les douceurs d'un regne également long & heureux. *Note de l'éditeur.*

tre dans celui de Norwege, & deux en Islande. Dans les autres provinces les principaux ecclésiastiques sont nommés *surintendants généraux*. En général, le nom d'évêque n'est ici qu'un titre qui ne donne aucune part au gouvernement, ni une grande autorité dans le diocese. Néanmoins le clergé n'a pas été sans crédit pendant plusieurs regnes consécutifs; & les ecclésiastiques ont eu une grande influence à la cour par l'esprit de dévotion qui s'étoit emparé des souverains. On a été trop Luthérien en Danemarck, s'il m'est permis de m'exprimer ainsi. Il en est résulté tous les inconvénients qui naissent toujours du caractere des prêtres, lorsqu'ils s'ingerent dans les affaires temporelles. Leurs cabales ont percé jusques dans la distribution des principaux emplois de l'état; la cour s'est livrée à toutes sortes de bigoteries; le luxe si nécessaire à l'encouragement des arts & des fabriques, en a été banni, & les princes mêmes sont tombés dans cette indolence, dans cette inaction, dans cette manie des scrupules outrés, qui sont si nuisibles à la splendeur des royaumes. Cependant on a toujours toléré, & l'on tolere encore en Danemarck toutes les autres communions chrétiennes. Les réformés ont une église à Copenhague; & les Juifs mêmes y sont protégés. Il semble que toutes les sectes se soient donné le *rendez-vous* à Altona, où chacune jouit d'un libre exercice de sa religion; ce qui est l'unique soutien de cette ville, & qui la rend même florissante. Depuis la mort du feu roi, les affaires de religion ont beaucoup changé dans ce pays. Le piétisme y a été proscrit; le clergé a perdu infiniment de son crédit, & les affaires de religion y ont été beaucoup mieux gouvernées.

§ XI.

Forme du gouvernement.

La forme du gouvernement en Danemarck est tout-à-fait monarchique. Le roi y gouverne en souverain absolu; & son bon plaisir n'est bridé ni par des parlements, ni par des sénats, ni par l'autorité des états du pays, ni par les grands, ni par aucune autre puissance intermédiaire entre lui & le peuple. On peut dire même, qu'il n'y a guères de souverain en Europe, qui soit aussi despotique. Il n'en étoit pas ainsi dans les siecles passés. Les rois étoient élus par les nobles, le clergé, la bourgeoisie & les paysans, qui formoient les états du royaume. Quoique l'élection fût libre en elle-même, on ne laissoit pas que d'avoir égard aux descendants des rois précédents. Si l'on avoit eu le malheur de se tromper dans le choix, & d'élever au trône un tyran, ou un prince vicieux, le peuple le déposoit, le bannissoit, ou le faisoit mourir juridiquement. Les affaires principales du gouvernement se traitoient dans les assemblées des états; c'est là où se faisoient les loix, où s'imposoient les taxes, où la paix & la guerre étoient résolues; où l'on disposoit des grandes charges. Les rois s'entretenoient des domaines de la couronne : leur principale fonction étoit de prendre garde que la justice fût administrée selon les loix. Mais tout cela changea de face en un instant. Cette grande révolution arriva en 1660. *Fréderic III* de la maison des comtes d'Oldenbourg, encore aujourd'hui regnante, occupoit alors le trône. La paix avec la Suede venoit, à la vérité, d'être conclue; mais le Danemarck avoit été violemment ébranlé. L'état se trouvoit épuisé; on n'avoit pas de quoi payer les arrérages des soldats qu'on vouloit congédier; ceux-ci pilloient les bourgeois & les paysans.

Pour remédier à ces maux, le roi convoqua une assemblée des états à Copenhague, au commencement du mois d'octobre. Après une séance de peu de jours, il survint divers démêlés considérables entre les nobles & les autres états. Les premiers vouloient se soustraire au paiement des taxes, quoiqu'ils fussent seuls en possession de ce qui restoit des richesses dans le royaume. C'est ce qui donna lieu à beaucoup de contestations & de disputes. A la fin, un des principaux sénateurs, nommé *Otto Crege*, se leva ; & dans un discours adressé aux communes, il eut l'imprudence de les traiter *d'esclaves*. Ce mot choqua extrêmement les ecclésiastiques & les bourgeois, & excita des murmures dans la salle. L'assemblée se rompit en désordre ; & ces deux états s'assemblèrent depuis séparément, ayant à leur tête l'évêque de Copenhague. Après plusieurs débats, il fut résolu, que, pour réprimer l'orgueil de la noblesse, & pour rendre leur propre condition meilleure, il falloit aller trouver le roi, pour lui offrir la souveraineté absolue, & la succession héréditaire de la couronne dans sa famille. Le lendemain de cette résolution, les communes allèrent en corps vers les nobles pour leur faire part de ce dessein ; ceux-ci furent frappés d'entendre une proposition aussi imprévue ; mais, voyant qu'il s'en falloit beaucoup qu'ils ne fussent les plus forts ; que les communes avoient pris leur parti ; qu'elles alloient exécuter ce projet sans leur concours ; qu'elles étoient soutenues par la cour & par le gouverneur de la ville, ils consentirent enfin à se joindre aux autres états pour décerner d'un commun accord la souveraineté absolue au roi. La cérémonie s'en fit le 27 d'octobre de la même année ; toute la nation rendit hommage, & prêta le serment de fidélité. C'est ainsi que le Danemarck a passé à l'état monarchique en quatre jours de temps; & on peut dire, qu'il ne s'est pas mal trouvé de cette révolution. On a établi à Copenhague sept colleges, ou conseils principaux, par lesquels toutes les affaires passent, & dont le roi se sert pour gouverner tous ses états. C'est le conseil d'état, le conseil de guerre, le conseil supérieur de justice, le conseil des finances, le conseil de la chancellerie, le conseil de la marine, & le conseil de commerce. Le roi préside à ces conférences, & apprend à y connoître l'état de ses provinces, les besoins de ses peuples, & la maniere de les soulager.

Il n'y a que les héritiers mâles qui puissent succéder au trône de Danemarck, les princesses en étant exclues par l'acte même qui a conféré la souveraineté absolue au roi. L'ainé des princes succede au pere : & au défaut d'un fils de roi, les ainés des branches collatérales parviennent à la succession.

§ XII.

Politique générale.

C'est dans le conseil d'état que se traitent les affaires étrangeres. Il est composé de trois ministres, ou plus, & d'un certain nombre de commis, de secretaires, &c. On y délibere sous les yeux du roi, sur toutes les affaires publiques qui ont du rapport à ce royaume, & on y expédie les dépêches en conséquence des résolutions qu'on a prises. La situation du Danemarck est telle, que le cabinet a besoin d'employer toutes les ressources d'une sage politique pour le soutenir dans un état florissant.

Sa conservation. Premier objet.

Le premier objet de la politique Danoise, est la conservation des duchés de Schleswick & de Holstein, qui font un des plus beaux fleurons

de

de cette couronne. Nous fommes à la veille de voir les trônes de Ruffie & de Suede occupés par des princes de la maifon de Holftein ; & c'eft juftement cette maifon que le Danemarck a dé‑pouillée de fon héritage. Quoique les cours de Stockholm & de Pétersbourg n'aient pas été juf‑qu'ici dans une conftante harmonie , & qu'il y ait entre elles de la rivalité & un levain de prétentions réciproques , il fe pourroit très-bien , que les chofes changeaffent tout d'un coup de face ; que l'amitié qui naît des liens du fang l'em‑portât un jour fur les cabales politiques des mi‑niftres , & que ces deux puiffances fe réuniffent en faveur des intérêts primordiaux de leur mai‑fon. Le cabinet de Copenhague doit donc avoir l'œil conftamment attentif à ce grand objet ; troubler , autant qu'il le peut , la bonne intelli‑gence entre la Ruffie & la Suede ; fe faire de puiffants amis & des alliés dans toute l'Europe , & entretenir fes forces terreftres & navales en fi bon état, que la nation foit à l'abri de toute crainte , & toujours prête à une bonne & vigou‑reufe défenfe. En général , le maintien de l'é‑quilibre dans le Nord , eft d'une grande confé‑quence pour cette cour , ainfi que pour toute l'Eu‑rope. Cet équilibre eft formé par quatre puif‑fances , le Danemarck, la Suede , la Ruffie , & la Pruffe. Depuis le regne de *Pierre I*, la Ruffie a fait des progrès fi confidérables, que les deux autres royaumes du Nord, même réunis , cour‑roient de grands rifques , fi toutes les forces Ruffes venoient à fondre fur eux. Il eft heu‑reux que , dans un femblable péril, la puiffance de la maifon de Brandebourg foit telle, qu'une armée Pruffienne, affemblée dans le voifinage des provinces que la Ruffie a conquifes fur la mer Baltique , pourroit faire diverfion , arrêter les desseins de la cour de Pétersbourg, & maintenir les choses dans l'état où elles sont. Si la Suede a fait agir autrefois la Porte Ottomane pour un pareil but, il est certain que les secours du roi de Prusse sont plus naturels & plus à portée. Ce seroit une fausse politique de la cour de Copenhague, de souffrir que la Russie continuât à faire de nouvelles conquêtes sur la Suede. L'équilibre se trouveroit renversé par-là; & après la Suede, le Danemarck même seroit bientôt envahi. La conservation des provinces Danoises situées le long de l'Elbe & dans le Cercle de Westphalie, doivent encore occuper sa politique; mais comme elles sont possédées en vertu de titres moins contestés, il ne faut qu'une prudence ordinaire pour en maintenir la possession.

Son commerce & sa navigation.
Second objet.

Le commerce en général, la navigation & les progrès de la compagnie des Indes, forment encore trois articles qui exigent une attention perpétuelle du ministere Danois. Il faut beaucoup de sagesse & de fermeté pour surmonter la jalousie des autres nations commerçantes, qui regardent sur-tout le commerce des Indes comme un monopole qu'ils ont acquis. Mais, comme le droit est incontestable du côté du Danemarck, il est à croire que cette puissance trouvera toujours le moyen de faire respecter son pavillon dans toutes les mers libres.

Les rois de Danemarck forment encore des prétentions sur la ville de Hambourg, & ils ont fait différentes tentatives pour s'en emparer à main armée. Les titres antiques sur lesquels se fondent ces prétentions, paroissent en général de mince aloi; celui de la bienséance est le plus fort. Il n'y a que la jalousie qui maintienne cette petite république; & les autres puissances voisines ne sauroient voir de bon œil, qu'un morceau

auſſi délicat tombe entre les mains du Danemarck. Tout le cercle de la Baſſe-Saxe, & même
tout l'empire, y perdroient beaucoup, ſi Hambourg étoit au pouvoir d'un prince deſpotique.
C'eſt le port de mer commun de l'Allemagne,
qui ne ſauroit être aſſez libre. Auſſi y a-t-il
peu d'apparence, que le Danemarck puiſſe s'en
ſaiſir par force. L'adreſſe, les bonnes manieres,
& la douceur feroient peut-être ce que les ſie-
ges n'ont pu faire. Mais il ne faudroit pas alors
pour des ſujets frivoles inquiéter les Hambourgeois, ni leur excroquer de temps en temps des
ſommes d'argent, ou troubler leur commerce.
C'eſt une mauvaiſe politique.

Nous avons vu de nos jours, que le cabinet
de Copenhague avoit conçu un des plus beaux
deſſeins du monde ; c'étoit de faire déclarer le
prince royal de Danemarck ſucceſſeur au trône
de Suede, de combiner après la mort du roi
Fréderic qui regne aujourd'hui ſans poſtérité, les
royaumes de Suede, de Danemarck & de Norwege, & de leur rendre par-là cette ſplendeur,
ce luſtre & cette puiſſance qu'ils avoient du temps
de l'union de Colmar. Rien n'étoit plus admirable que ce projet ; mais rien de plus mal imaginé
que les moyens dont on s'eſt ſervi pour l'exécuter. On a employé la voie de la négociation
auprès de tous ceux qui étoient intéreſſés à le
faire échouer ; c'eſt-à-dire, auprès des grands,
tandis que de ſecretes brigues parmi le peuple,
& quelques régiments Danois pour ſoutenir à
propos les Délécarliens révoltés, auroient à coup
ſûr fait réuſſir toute l'entrepriſe. Il eſt à croire
que, pendant bien des ſiecles, l'occaſion ne ſe
trouvera pas auſſi favorable pour la réuſſite d'un
plan, qui ne devroit jamais ſortir de deſſous les
yeux du miniſtere Danois.

Q q ij

§ XIII.

Politique particuliere.

Le Portugal & l'Espagne.

Voilà en peu de mots ce que nous avions à dire sur la politique générale du Danemarck. Ce royaume a peu de liaisons avec le *Portugal* & l'*Espagne*. Ces puissances sont trop éloignées pour pouvoir s'aider ou se nuire réciproquement. Il est cependant des cas où l'Europe entiere étant embrasée par le feu de la guerre, le Danemarck pourroit tirer quelques subsides de l'Espagne; mais tout cela est fort vague & fort éloigné. Cette cour a préféré jusqu'ici l'argent de la France, ou de l'Angleterre. Le commerce mutuel n'est pas non plus de grande conséquence. Le Danemarck ne sauroit fournir à l'Espagne que quelques bois & quelques poissons secs, vers le temps du carême, & prendre en échange des vins, des huiles & des fruits. Encore tire-t-il ces denrées presque toutes de la Hollande ou de Hambourg. Il y a quelques années que le comte de *Dehn* fut envoyé à Madrid en qualité d'envoyé de Danemarck; mais on n'a pu s'appercevoir jusqu'ici, que sa négociation ait eu quelques suites.

La France.

La France a de bien plus grandes relations avec ce royaume. L'une & l'autre de ces puissances prennent intérêt aux affaires d'Allemagne, de Pologne & du Nord en général; c'est ce qui forme l'objet d'une négociation perpétuelle entr'elles. Il y a ordinairement deux partis à la cour de Danemarck; l'un qui tient pour la France, & l'autre pour l'Angleterre. Selon qu'un de ces partis est dominant, ou selon que la constitution dans le Nord se trouve disposée, le Danemarck est, ou tout François, ou tout Anglois. La balance néanmoins penche un peu plus du côté de l'Angleterre; sur-tout depuis que les deux maisons sont unies par le mariage du roi *Fréderic* avec la princeſſe *Louiſe*, fille de *George II*, roi de la Grande-Bretagne. Il faut, ou que les raiſons politiques prévalent manifeſtement en faveur de la France, ou que ſes offres pécuniaires ſoient infiniment plus conſidérables, ou que la négociation ſoit conduite avec une ſagacité merveilleuſe, pour venir à bout de mettre le Danemarck dans le parti François. On ne doit pas croire cependant, que cette puiſſance agiſſe d'abord chaudement en faveur de ſon allié. On appelle à Copenhague, *être allié de la France* ou *de l'Angleterre*, lorſqu'on préfere une de ces deux cours qui offrent ordinairement leur argent à l'enchere, & qu'on accepte leurs ſubſides pour un certain nombre de troupes Danoiſes qui reſtent tranquillement dans leurs garniſons. Car il y a très-long-temps, qu'on n'ait vu faire uſage des troupes du Danemarck que la couronne de France, ou celle de la Grande-Bretagne, avoient priſes à leur ſolde. Il y a des exemples que cette cour a reçu de l'argent pour reſter dans l'inaction, & pour ne pas ſe déclarer en faveur de l'un ou de l'autre. Le commerce avec la France s'accroiſſant tous les jours, c'eſt une raiſon de plus, pour engager cette derniere puiſſance à ſe ménager la bonne amitié de la cour de Verſailles, qui peut d'ailleurs lui être d'une utilité infinie, lorſque les Anglois & les Hollandois voudront tôt ou tard lui conteſter la liberté du commerce dans les Indes.

On voit en partie par ce que nous venons de dire, quelles ſont les diſpoſitions où ſe trouve le Danemarck relativement à *l'Angleterre*. La bonne intelligence entre ces deux cours, cimentée depuis bien des ſiecles, les liens du ſang, l'appui de l'Angleterre pour maintenir l'équilibre dans le Nord, & celui de la maiſon de Hanovre pour protéger les provinces d'Oldenbourg & de Del-

L'Angle-
terre.

menhorſt, qui ſont iſolées du Danemarck, le commerce réciproque qui ſe fait entre les deux nations; tout cela forme de puiſſants motifs pour engager la cour de Danemarck à cultiver ſoigneuſement l'amitié de celle de Londres. Deux puiſſances qui ont chacune une marine, quoique d'inégale force, doivent tâcher d'être unies autant qu'il eſt poſſible; & ce qu'il y a d'aſſez extraordinaire, c'eſt que celles-ci n'ont preſque point de prétentions l'une à la charge de l'autre. Si quelque choſe peut les brouiller, ce ſera peut-être le commerce des Indes, & les progrès de la navigation Danoiſe; le but des Anglois étant d'exclure, autant qu'ils le peuvent, toutes les autres nations de tout commerce maritime; ils emploient tout pour cela, & ce n'eſt que pour le même but, qu'ils favoriſent juſqu'aux Pirateries des Corſaires de Barbarie.

Les Provinces-Unies.   *La Hollande* a eu de temps en temps des démêlés avec le Danemarck, ſoit pour le paſſage du Sund, ſoit pour la pêche de la Baleine en Groenland, ou pour celle de la morue ſur les côtes de Norwege, ſoit enfin pour la contrebande que les navires marchands des Hollandois faiſoient ſur ces mêmes côtes, à peu près comme les Anglois l'ont pratiqué en Amérique dans les mers qui entourent les poſſeſſions Eſpagnoles. Lorſque la marine de la république étoit encore reſpectable, le Danemarck ne pouvoit réſiſter à ſa force majeure. En 1645 & en 1658 les flottes Hollandoiſes paſſerent le Sund à leur gré, & agirent deſpotiquement dans la Baltique, tantôt contre les Danois, & tantôt en leur faveur. La décadence de la marine des Hollandois met le Danemarck plus à ſon aiſe à cet égard; auſſi, lorſqu'en 1737 il ſurvint quelques conteſtations entre ces deux puiſſances au ſujet de la pêche, les Hollandois n'eurent garde de prendre le ton menaçant qu'ils employoient jadis; mais, après des déductions publiées de part & d'autre, l'affaire fut terminée à l'amiable. Au reste, le commerce réciproque qui se fait entre ces nations, est très-important. Les Hollandois tirent une immense quantité de bois & d'autres denrées de Norwege, & pourvoient en échange toutes les provinces Danoises de presque tous leurs besoins. La balance faite, ce commerce est fort passif pour le Danemarck. On a vu depuis assez long-temps, que la cour de Copenhague & la république ont entretenu une fort bonne intelligence, & ont eu l'une pour l'autre beaucoup d'égards. Elles feront sagement de s'en tenir là, quoiqu'il y ait bien des objets propres à détruire cette harmonie; car la compagnie des Indes seule qui est établie à Copenhague, excite furieusement la jalousie des Provinces-Unies.

Les treize Cantons Suisses & tous les princes & les républiques *d'Italie*, ont si peu de liaisons avec le Danemarck, qu'il nous paroît superflu d'en toucher ici la moindre chose. Il n'y a entr'eux, ni voisinage, ni intérêts de commerce; & ils ne tiennent que par le système général de l'Europe. *(Le corps helvétique & l'Italie.)*

Comme le roi de Danemarck possede une partie du Holstein, & quelques provinces dans le cercle de Westphalie, il est par-là même membre du *Saint-Empire Romain*, & tient au système général de l'Allemagne. Quand cette qualité ne lui donneroit d'autre prérogative que celle de pouvoir faire des levées dans les villes libres de l'empire pour recruter son armée, & sur-tout son infanterie, ce seroit déja un objet considérable, & ce seul article mérite qu'il s'intéresse au sort de l'Allemagne. Aussi avons-nous vu que, *(L'Allemagne en général.)*

dans toutes les guerres où l'empire s'est trouvé engagé, le Danemarck a fourni son contingent, & au-delà, de bonnes troupes, dont on a tiré de grands services. Le renfort que cette puissance envoya l'an 1734 à l'armée du Rhin, étoit de six mille hommes. Le roi de Danemarck, en qualité de prince de Holstein de la tige des comtes d'Oldenbourg, a aussi voix & séance à la diete de l'empire, au banc des princes. L'exercice de ce droit a été à la vérité interrompu pendant long-temps, à cause d'une dispute pour la préséance qui étoit survenue entre la maison de Holstein & quelques autres membres de l'empire ; mais cette affaire a été terminée par un accord conclu le 13 d'août 1740 entre le roi de Danemarck & les princes d'Allemagne qu'on nomme *Alternants*. En vertu de cet accord, S. M. Danoise a été admise au rang des princes qui alternent, c'est-à-dire, qui agissent ou qui président alternativement, & a obtenu de nouveau l'activité de séance à la diete. Au reste, le Danemarck n'a de liaisons directes, ni avec la *maison d'Autriche*, ni avec les autres *princes de l'Allemagne* ; nous ne voyons point dans l'histoire, que cette puissance se soit beaucoup exposée pour donner du secours à quelque prince Allemand en particulier, ou pour faire des acquisitions nouvelles en Allemagne ; une sage neutralité a été presque toujours l'objet de sa politique.

Le roi de Prusse.

Le *roi de Prusse* est de tous les princes Germains, celui avec lequel le Danemarck a les plus grandes liaisons, par rapport à l'influence qu'il a dans les affaires du Nord. Lorsqu'au commencement de ce siecle l'ambition & les succès brillants de la Suede inquiéterent ses voisins, le Danemarck, la Russie & la Prusse eurent bientôt conclu une alliance qui produisit la guerre du

Nord, & qui devint funeste au monarque Suédois. Le Danemarck & la Suede devroient tâcher d'être toujours bien unis.

La Pologne n'est pas située de maniere, & sa conſtitution n'est pas telle, que le Danemarck doive s'intéreſſer beaucoup à ſon ſort; auſſi n'y a-t-il entre ces royaumes preſque aucune liaiſon. Je parle de ces liaiſons directes que le voiſinage, le commerce, ou le ſyſtême de la politique fondamentale des états font naître, & non de ces relations accidentelles & momentanées qui réſultént quelquefois d'une enchaînure bizarre d'événemens. C'eſt ainſi que le Portugal & la Ruſſie pourroient tenir enſemble par le ſyſtême général de l'Europe ; & c'eſt auſſi par un ſemblable principe, qu'autrefois le Danemarck prit un grand intérêt à ce qui arriva en Pologne, lorſque *Charles XII* y porta ſes armes triomphantes. Il importoit peu à la cour de Copenhague quel ſeroit le deſtin de la Pologne ; mais il lui importoit beaucoup, que la fortune du conquérant Suédois fût arrêtée dans ſes progrès.

La Suede eſt celui de tous les états de l'Europe avec lequel le Danemarck a eu le plus à démêler depuis bien des ſiecles. Ces deux royaumes ont été quelquefois en liaiſon d'amitié, & pendant un temps, réunis ſous une même monarchie ; mais preſque toujours diviſés par des jalouſies & des intérêts divers, & fort ſouvent en guerre ouverte l'un contre l'autre. Tout cela a fait naître entre ces deux nations une rivalité, une aigreur & une haine plus forte peut-être, que celle qui regne entre les Turcs & les chrétiens. Il eſt vrai que le Danemarck a travaillé depuis long-temps à ſubjuguer la Suede, & à la réduire en province dépendante ; mais le ſuccès a ſi mal répondu à ſon attente, que les Suédois au contraire ont reconquis la Schonen, & ont couvert la Gothie occidentale par le moyen du château du Bahus. Outre cela les Danois ont fait tous leurs efforts pour ruiner le commerce & troubler la navigation de la Suede, à quoi ils n'ont pas réuffi non plus. Sur le pied où les chofes font actuellement, il femble que le Danemarck devroit avoir perdu l'efpérance d'opprimer la Suede, & qu'au contraire ces deux puiffances devroient tâcher de vivre en bonne harmonie pour leur fûreté mutuelle, & pour fe défendre contre la Ruffie, dont les rapides accroiffements ne peuvent que réveiller toute leur attention. D'ailleurs, le traité du Nord conclu en 1720, à Friederichsbourg, a mis fin à toutes les méfintelligences, ayant fixé les limites des deux royaumes, ainfi que tous les droits des deux nations. Au refte, nous avons déja infinué, que la politique Danoife a pour objet la réunion des trois royaumes du Nord; mais il n'y a qu'une révolution extraordinaire, & qu'un coup fubit qui puiffe la faire parvenir à ce but. Il faudroit pour cet effet fe préparer long-temps à l'avance, & frapper foudainement lorfque le moment favorable fe préfente; car fans cela, toutes les puiffances de l'Europe font intéreffées à s'oppofer à la réuffite d'un plan qui auroit les plus grandes fuites. Mais comme cet événement paroît fort éloigné, & qu'il tient même du chimérique, la cour de Copenhague doit fe contenter de maintenir le fyftême dans le Nord tel qu'il eft établi, & d'avoir fur-tout l'œil à ce que la forme du gouvernement ne change point en Suede, & que ce royaume ne redevienne monarchique.

La Ruffie. *La Ruffie* eft encore une puiffance qui doit attirer toute l'attention du cabinet de Copenhague. Les acquifitions qu'elle a faites dans la mer Baltique aux dépens de la Suede, lui ont donné les moyens d'y entretenir une flotte confidérable, & d'établir dans fes ports le commerce de mer. Ces forces maritimes jointes aux forces terreftres qu'elle avoit déja, la rendent infiniment refpectable au Danemarck, qui agiroit contre toutes les regles de la faine politique, s'il favorifoit l'agrandiffement des Ruffes. Cette nation eft comparable à une mer redoutable qui fubmergeroit tout le Nord, fi on la laiffoit fortir des digues qui la renferment dans fon lit naturel. Tout ce que le Danemarck pourroit attendre, ce feroit d'être envahi le dernier. Encore un coup, les chofes dans le Nord font fi bien arrangées à l'heure qu'il eft, qu'on doit fe contenter d'en maintenir le fyftême. Il faut que le Danemarck cherche à fe mettre dans un état formidable par l'entretien conftant de fes propres forces, & qu'il n'envoie à la cour de Pétersbourg que des miniftres habiles qui fachent pénétrer les deffeins les plus fecrets de la politique Ruffe, & qui obfervent avec des yeux de Lynx toutes leurs démarches.

Le Danemarck n'a prefque aucune connexion avec la *Porte Ottomane*, & c'eft ce qui nous difpenfe d'en parler. Il n'y auroit que la Ruffie qui, par des conquêtes qu'elle tenteroit fur les autres peuples du Nord, pourroit mettre la cour de Copenhague dans la néceffité d'entamer une négociation à Conftantinople, pour engager les Turcs à faire une diverfion, en attaquant les Ruffes d'un autre côté. Mais tout cela eft fort vague & fort incertain. La Porte Ottomane.

Les Pirates de la côte de Barbarie pourroient inquiéter les navires Danois, fi fa navigation s'étendoit jufques dans la Méditerranée; mais, comme le Danemarck n'envoie pour l'ordinaire des vaiffeaux qu'aux Indes; qu'ils reftent dans Les Algériens & autres Pirates.

l'Océan, & que ces Corsaires ne passent guères le détroit de Gibraltar, il n'y a presque point d'exemple qu'ils se soient emparés d'un bâtiment Danois. Si un pareil accident arrivoit, il dépendroit du Danemarck de faire convoyer ses navires par des vaisseaux de guerre, ou de courir sur les Pirates, ou de leur donner une certaine redevance pour chaque bâtiment Danois qui viendroit naviger dans les mers qui sont à leur portée ; ce qui pourroit se négocier par le consul de quelque puissance amie.

CHAPITRE XIII.

DE LA SUEDE.

§ I.

Situation locale. LE royaume de Suede est d'une fort vaste étendue ; car on compte sa longueur à 300 milles, & sa largeur à 260. C'est ce qui suppose une circonférence de plus de mille lieues d'Allemagne, & par conséquent un pays presque le double aussi grand que la France. Du côté du *Midi*, ce royaume va jusqu'à la mer Baltique ; vers le *Couchant*, il touche aux états du roi de Danemarck ; au *Levant*, il est limitrophe des provinces Russiennes ; & du côté du *Septentrion*, il s'étend jusqu'au lac de Tornotresch, d'où l'on voit la mer Glaciale, & où finit l'univers. Au moins ne connoît-on ni terres, ni peuples depuis les bords de cette mer jusqu'au Pole Arctique ; & le climat est tel que, selon toutes les apparences, des hommes n'y sauroient respirer, & encore moins y vivre toute une année. C'est ce qui engagea trois voyageurs François qui avoient pouffé leurs courfes jufqu'à cette extrémité de la terre, de pofer fur le rivage de la mer Glaciale, une pierre avec cette infcription :

Gallia nos genuit, vidit nos Africa, Gangem
Haufimus, Europamque oculis luftravimus omnem:
Cafibus & variis acti terrâque, marique
Hic tandem ftetimus, nobis ubi deficit orbis.

On croira facilement qu'un pays dont la longueur eft auffi confidérable, & qui va toujours tirant en droite ligne vers l'extrémité feptentrionale du monde, ne fauroit avoir par-tout la même température de l'air & les mêmes productions. C'eft ce qui nous engage à faire féparément la defcription de chaque grande province de ce royaume en particulier. Ces provinces capitales font, 1°. La *Suede* propre, ou *Suéonie*; 2°. La *Gothie*; 3°. Le *Nordland*, ou la *Nordelle*; 4°. La *Finlande*, & 5°. La *Laponie Suédoife*.

§ II.

1. La *Suede propre* eft fituée fur la mer Baltique, au confluent du golfe de Bothnie & de celui de Finlande. C'eft la partie principale de tout le royaume; elle fe fubdivife en cinq provinces, dont on peut apprendre les noms dans la géographie. La ville de Stockholm, capitale du royaume, l'univerfité d'Upfal, la ville de Tahlun ou Copperberg, & quantité d'autres, y font fituées. Non-feulement Stockholm eft trèsbien bâti, & renferme plufieurs magnifiques palais; mais il y a une quantité furprenante de fuperbes maifons de campagne difperfées par toute la Suede. La nation a fait graver à grands frais les plus beaux bâtiments & les jardins du royau-

La Suede proprement dite.

me, dont on a formé un recueil en trois volumes *in-folio*, qui ne fe vend point; mais on le donne aux ambaffadeurs à leur audience de congé, ou à des étrangers de diftinction; & en effet, cet ouvrage eft digne d'être préfenté aux plus grands feigneurs. Ce qui étonne le plus, c'eft d'y trouver tant de fomptuofité dans la façon de fe loger chez une nation où les richeffes n'abondent point, qui habite un pays peu fréquenté par les voyageurs, & qui a été prefque toujours en proie à des guerres ruineufes, enfin dont les ancêtres faifoient profeffion de tant de fimplicité & de frugalité, & qui étoient fi éloignés de toute oftentation.

Il y a en Suede trois lacs fort renommés; le premier eft appellé *le Méler*, qui a dix-fept milles de long fur fept de large. Les bords en font garnis de belles maifons de plaifance; & dans le lac même on compte plus de trois cents petites ifles, ce qui forme un coup d'œil admirable. Le fecond eft nommé le *Heilmer*; il a neuf milles de long & quatre de large. Ces deux lacs ont été combinés il y a un fiecle, par un beau canal. Le troifieme lac porte le nom *de Silian*, il a fept milles de long fur trois de large, & la riviere de *Dala* paffe à travers. Outre l'agrément que ces lacs donnent au pays, ils fourniffent une très-grande quantité de poiffons, & facilitent le tranfport des denrées. Si l'on ajoute à tout cela le voifinage de la Baltique, on concevra aifément, que ce pays ne manque point d'eau. Il faut remarquer encore, que la Baltique étend, pour ainfi dire, deux de fes bras, l'un vers le nord, & l'autre vers l'eft, qui forment deux golfes fameux. Le premier eft le golfe de *Bothnie*, qui peut avoir quatre-vingt milles de long, fur trente de large, & qui remonte jufqu'à Torne, fur les frontieres de la Laponie; le fecond eft le golfe de *Finlande*, dont la longueur eft eftimée à foixante milles, fur quinze de largeur, & qui va jufqu'à Pétersbourg. Tout le long de la côte, & principalement à la hauteur de Stockholm, où ces deux golfes viennent fe joindre, la mer eft comme parfemée de petites iflés & de rochers, qui forment une efpece d'Archipel ou d'*Attollon*; elles fervent de boulevard contre les attaques des gros vaiffeaux, & on les nomme dans la langue du pays les *Scheeren*. Il eft certain que des vaiffeaux de guerre ne fauroient aborder le rivage; & c'eft ce qui a introduit chez les puiffances du Nord l'ufage des galeres, qui étant plates & peu profondes, peuvent fe gliffer entre les rochers & éviter les écueils. La fituation de Stockholm, au milieu de tous ces écueils, de ces rochers & de ces montagnes, eft tout-à-fait bizarre. Les navires marchands auroient de la peine à y entrer, fi l'on n'avoit foin d'y entretenir conftamment d'habiles pilotes que les maîtres des navires font entrer dans leurs bords, & qui les guident dans le port. Le fieur Homann, géographe de Nurenberg, a publié une carte affez exacte de la fituation de ces *Scheeren*, ou écueils, fur laquelle il a eu foin de tracer la route que les vaiffeaux doivent tenir pour entrer dans Stockholm.

Quant au climat de la Suede, on comprend aifément que le froid y eft violent en hiver; mais en revanche, on y fouffre de grandes chaleurs en été, le foleil reftant plus de dix-huit heures fur l'horizon, & le ciel n'y étant prefque jamais obfcurci par des nuages qui en donnant de l'ombre, puiffent raffraîchir l'air & tempérer l'ardeur du foleil. On y paffe fi rapidement de l'été à l'hiver, & de l'hiver à l'été, que l'on s'apperçoit à peine du printemps & de l'automne, &

l'on n'y jouit presque point de cette chaleur mi-
toyenne & tempérée, qui fait la plus grande douceur de la vie. A Stockholm le plus long jour est
de dix-huit heures & demi ; & le plus court de
cinq heures & demi ; ainsi l'accroissement & le
déclin du jour y devient fort sensible. Mais, malgré ce changement soudain d'air, & ce passage
tranchant du froid au chaud, le climat de la Suede
est salutaire, & ce pays abonde d'habitants qui
jouissent d'une santé robuste, & atteignent un
âge très-avancé. Il n'est pas extrêmement rare
d'y voir des gens qui ont vécu un siecle.

Il est d'ailleurs fort avantageux pour la Suede,
que les chaleurs y soient fortes ; car, comme
l'été n'y dure guères plus de trois mois, il faut
que la nature emploie de grands efforts pour faire
mûrir les fruits de la terre. La qualité du terroir
y est fort bonne, & le laboureur le cultive avec
la plus grande aisance ; car, comme il n'y a qu'une
croûte de bonne terre qui couvre toute la Suede,
& qu'à un pied de profondeur on rencontre du
gravier, il n'est besoin que de remuer cette su-
perficie, & le soc de la charrue la fend très-fa-
cilement. Dans les lieux où la nature refuse la
fertilité des plaines, elle accorde l'abondance des
forêts qui produisent aux habitants le bois à brûler, dont ils ont besoin en hiver, recueillant avec
soin les cendres qu'un chacun répand sur son territoire, pour y semer ensuite du grain qui y vient
fort bien. Il s'en faut néanmoins beaucoup, que
la terre y soit aussi bien cultivée qu'elle pourroit
l'être ; le fumier manque presque par-tout, & quoiqu'on tâche de suppléer à ce défaut en brûlant
le bois superflu, pour engraisser la terre avec les
cendres, on ne doit cependant pas détruire toutes
les forêts, & c'est ce qui a fait mettre des bornes
à cette méthode. En général la Suede produit

fort

fort peu de froment ; il eſt rare à Stockholm même ; le ſeigle en revanche y eſt commun , il ne
ſuffit cependant pas pour nourrir tous les habitants , & on eſt obligé d'en faire venir de la Livonie , de Pruſſe & d'Allemagne. L'orge & le
houblon y croiſſent abondamment ; mais on ne
recueille pas aſſez d'avoine pour nourrir tous les
chevaux ; & dans les longs hivers on eſt obligé
ſouvent d'avoir recours au chaume qui couvre les
toits.

Le fruit a bien de la peine à y mûrir , &
il n'eſt pas délicieux au goût. En été tous les
rochers ſont couverts de verdure & de fleurs.
Il y a de très-belles forêts garnies de toutes
ſortes d'arbres. Le chêne , le hêtre , le tilleul ,
l'ormeau , & les arbres ſemblables ne ſe trouvent cependant que juſqu'à une certaine diſtance ;
car en avançant dans l'Oſtrobothnie & dans la
Laponie , on ne voit plus que des ſaules & des
ſapins , qui ſont aſſez forts pour réſiſter au climat
le plus froid.

Les beſtiaux y ſont en général plus petits que
dans les autres pays de l'Europe ; mais il y en a
autant qu'il en faut pour l'uſage des habitants.
On y trouve des chevaux excellents pour la
courſe. Il y a auſſi quantité de bêtes fauves &
beaucoup de gibier. Les ours , les élans , les rennes , les loups & autres animaux de cette nature ,
n'y ſont pas rares. On y mange des faiſans , des
perdrix , des coqs de bruyere , & d'autres oiſeaux ,
qui échappent à la voracité du faucon , dont la
Suede ſemble être la patrie.

Nous avons déja dit que les lacs & les rivieres de la Suede abondent en poiſſons de toute
eſpece ; le golfe Bothnique ſupplée au reſte ; on
y prend entr'autres une eſpece de petits harengs
qu'on nomme *Straemmlings* , & qu'on envoie

de tous côtés, comme un mets friand. La pêche des veaux marins dont on tire de l'huile, est aussi de quelque rapport. Il ne manque aux Suédois que des carpes qu'ils font venir de Prusse par-delà la mer.

Les mines de la Suede rendent beaucoup de fer & de cuivre, dont il se fait un commerce considérable. On y trouve aussi la pierre d'aimant, & des minéraux de toute espece. Il y a une mine d'argent, mais le produit n'en est pas important ; c'est plutôt la curiosité que l'appas du profit, qui fait continuer les travaux pour tirer ce métal du sein de la terre. Lorsqu'en 1744 le mariage du prince successeur de la Suede fut conclu avec la princesse Ulrique de Prusse, l'ambassadeur qui fut envoyé à Berlin pour chercher cette princesse, lui apporta entre autres choses, de la part du roi de Suede, un collier & une garniture superbe de brillants qui tous avoient été trouvés dans les états de Sa Majesté. J'ai eu occasion d'examiner de près ces diamants, & je les ai trouvé d'une beauté & d'un éclat qui ne le cédoit guères à ceux des Indes ou du Brésil. On conçoit bien qu'ils n'y sont pas en quantité, & que ceux que le hazard fait trouver de temps en temps, sont tous à la couronne.

La province la plus occidentale de la Suede, & qui s'étend jusqu'à la Norwege, est la *Dalécarlie*, où se trouvent les mines les plus abondantes, & dont les habitants se sont rendus fort fameux dans l'histoire. Ce furent les Dalécarliens qui, en l'année 1521, sous la conduite du jeune *Gustave Vasa*, conspirerent les premiers contre le tyran *Christierne II*, & qui secouerent le joug de la domination Danoise ; mais en 1743, ces mêmes Dalécarliens, poussés par les négociations secretes du cabinet de Copenhague, se mirent dans l'esprit de placer sur le trône de Suede le prince royal de Danemarck, & de rétablir ainsi l'union des trois royaumes qu'ils avoient abolie deux cents ans auparavant. Le succès ne répondit point à leur attente. Ils étoient venus armés jusqu'à Stockholm, ils y furent fort maltraités, & on les renvoya tous soumis dans leurs montagnes, après avoir fait justicier les principaux chefs de la conjuration.

§ III.

2. *La Gothie* forme la seconde partie du royaume de Suede. Si l'on considere la figure de cette grande province sur la carte, on verra qu'elle est triangulaire, touchant vers le Nord & le Nord-est à la Suede & à la Norwege; vers l'occident à la mer Germanique, plus bas vers la pointe au Sund, étant environnée du côté du midi & de l'orient par la mer Baltique. On la divise en Gothie *orientale, occidentale,* & *méridionale.* C'est la patrie des anciens Goths qui se rendirent si fameux dans les siecles cinquieme & sixieme par leur émigration & leurs conquêtes. Les villes de Nordkoeping, Calmar, Gothenbourg, & plusieurs autres, sont situées dans cette province. En parlant du commerce général de la Suede, nous tâcherons de faire comprendre de quelle importance le seul port de Gothenbourg est pour cette nation.

La Scanie, (ou Schonen,) pays situé le long du Sund, *le Halland* sur le Sager-Rack ou le Categat, & *Blecking* sur la mer Baltique, ont été autrefois sous la domination du roi de Danemarck; mais, par les guerres survenues entre *Charles-Gustave* & *Fréderic III,* cette couronne a été dépouillée de tout le pays qu'elle possédoit auparavant de l'autre côté de la mer Baltique. On prétend que les Danois furent tellement piqués de la perte de ces importantes provinces, qu'ils firent murer les fenêtres du château de Cronenbourg du côté de la Scanie, pour n'avoir pas toujours devant les yeux un objet qui leur caufoit tant de mortification. Aujourd'hui donc, ces trois provinces étant demeurées à la Suede par la paix de Rothfchild l'an 1658, elles font partie de la Gothie, & renferment les villes de Lund, de Carlfcrona, de Landfcrona, d'Uftaedt, de Helfingbourg, & plufieurs autres de moindre importance. On voit auffi dans la Gothie deux grands lacs, dont l'un eft nommé le *Wéner-Lac*, & l'autre le *Wéter-Lac*. Le dernier, qui eft d'une profondeur immenfe, fe gele & fe dégele fort vîte, & indique les orages quelques jours d'avance. Le climat eft un peu plus doux dans cette province que dans la Suede propre, & elle produit des grains & d'autres denrées ; les pâturages fur-tout y font excellents, ce qui donne du beure, du fromage & du laitage admirables. Il y a beaucoup de gibier, toutes fortes de poiffons en très-grande abondance, des forêts qui donnent quantité de bois, des beftiaux de toute efpece, & des mines de léton & d'autres minéraux. La mer qui entoure cette province de trois côtés, facilite infiniment fon commerce, & y porte plus de richeffes que dans le refte de la Suede.

§ IV.

Le Nordland.

3. *Le Nordland*, ou la Nordelle, eft la troifieme partie du royaume. Ce pays peut avoir foixante milles de long fur quarante de large. Il a la Norwege à l'oueft, le Golfe de Bothnie à l'eft, la Suede au midi, & la Laponie au nord. Sa fituation eft fort feptentrionale, & par conféquent le froid y eft très-grand. Les jours d'hi-

ver font extrêmement courts dans cette province ; & voici ce que rapporte M. *Outhier*, dans
fon journal d'un voyage au Nord , page 214.
» Le 23 décembre nous avons vu le foleil tout
» entier élevé d'environ un quart de degré, c'eft-
» à-dire, de la moitié de fon diamêtre au-deffus
» de l'horizon ; nous le vîmes encore le vingt-
» cinq ; il fe leva à onze heures & demi , &
» fe coucha une demi-heure après midi.

Voilà un jour d'une heure. Cette obfervation
fe fit aux environs de Torne. On comprendra
fort aifément qu'un pays fitué de cette maniere,
ne fauroit être fertile. Auffi le froment y eft-il
inconnu, & le feigle même n'y eft point abondant. Les habitants fe nourriffent plutôt de la chaffe
& de la pêche, que de la culture des terres. Il
y a des bois immenfes, mais tous de fapins. Le
commerce y eft peu de chofe, & en général c'eft
un pays miférable. Les mines de fer font ce qu'il
y a de plus confidérable dans cette province.
Elle comprend la Geftricie, la Helfingie, la Me-
delpadie, l'Angermanie, & la Bothnie occidentale. Les villes de Gefle, de Hernöfand, d'Uhma
& de Torne font de petite importance. Ce pays
n'eft pas bien peuplé ; il femble que la nature
commence à s'engourdir à tous égards, à mefure
qu'on s'approche de l'extrémité du globe.

§ V.

4. *La Finlande* eft la quatrieme province du
royaume, fituée vis-à-vis de Stockholm , de maniere que les golfes de Bothnie & de Finlande
forment une équerre autour d'elle. On la partage en fept parties, dont on peut voir les noms
dans la géographie. Dans la guerre qui éclata
au commencement du fiecle préfent entre *Char-*
les XII, roi de Suede , & *Pierre I*, Czar de Mof-

La Fin-
lande.

covie, les Suédois finirent par être fort malheureux; & les Russes s'emparerent non-seulement d'une grande partie de la Finlande, mais aussi de la Livonie entiere & de l'Ingrie, dont la Suede étoit en possession. En 1721, la paix entre les deux puissances fut conclue à Nystaedt, ou Neustadt en Finlande; & par ce traité, la Russie a gardé les susdites provinces qu'elle avoit conquises. Les détails du partage de la Finlande appartiennent à l'étude de la géographie, & on peut s'en instruire par le traité de paix de Nystaedt même, qui se trouve dans toutes les compilations de droit public. Le plan de cet ouvrage ne permet point de décrire ici comment les limites ont été réglées par ce partage; nous nous contenterons de remarquer, que la Suede a conservé dans la partie de la Finlande qui lui est restée, les villes d'Abo, de Helsingfors, de Frederichsham, & autres, de même que l'isle d'Aland & plusieurs endroits de moindre valeur. Il est bon d'observer que, par le traité d'Abo, signé le 7 février 1743, la riviere de Keltis ou Kymene, est désignée pour former la frontiere entre les possessions Russes & Suédoises en Finlande. Ce pays est parsemé de lacs & de petites rivieres poissonneuses. La Finlande propre est extrêmement fertile, sur-tout en grains; aussi cette province fait-elle le grenier de Stockholm. Il y a des forêts très-belles, & des pâturages excellents, quoique le climat y soit aussi fort froid. Les habitants sont bons soldats & passablement nombreux; ils endurent à merveille les fatigues.

§ VI.

5. *La Laponie Suédoise* forme la cinquieme province dont le royaume de Suede est composé. Elle a du midi au septentrion à peu près soixante & dix milles de long; & sa largeur peut

aller à cent milles. C'est la partie la plus septentrionale de la Suede, aussi le climat y est-il
si froid, que la nature n'y sauroit rien produire.
Il ne croît point de grains en Laponie. L'été
paroît & disparoît soudainement, il ne dure qu'un
instant ; dans ce court espace de temps, les Lapons sement quelques herbes potageres qui ont
à peine le temps de mûrir, & qui souffrent beaucoup des insectes. Parmi les arbres il n'y a que
le sapin qui puisse y croître ; le saule est déja
trop délicat. Aucun des bestiaux qu'on trouve
dans le reste de l'Europe, n'y sauroit vivre ;
les rennes tiennent lieu de tout aux Lapons. On
se formera facilement l'idée affreuse d'un pays
situé à l'extrémité du monde, sans voisins & sans
commerce avec aucun autre peuple, qui a dix
mois d'hiver, où les grains manquent totalement, où le fruit est inconnu, où le sapin est
le seul arbre, & où l'on ne trouve point de
bétail. Mais, quelque misérable que soit la Laponie, il semble que la nature ait voulu propor-
tionner la qualité de ce pays au caractere de
ses habitants. Car les Lapons ne sont en effet
qu'une petite engeance d'êtres, hauts de quatre
pieds, qui n'ont pas tout-à-fait la physionomie humaine, mais qui tiennent le milieu entre l'homme
& le singe, & dont la figure aussi-bien que l'esprit, prouvent bien qu'il y a une gradation dans
la nature, & que nous ignorons encore à quel
endroit l'homme finit, & l'animal commence.
Jamais Lapon n'a pu être employé, ni à la guerre,
ni aux études, ni à aucun art méchanique. La
pêche, la chasse & le soin d'élever des rennes,
font les seules occupations dont ils soient suscep-
tibles. Leurs habitations ne sont point fixes ; mais
ils vont errants dans le pays, & plantent le pi-
quet aux endroits où ils trouvent le plus de pâ-

turage pour leurs rennes. Au-lieu de maifons ils vivent fous des tentes à moitié couvertes d'une vieille peau déguénillée ; & c'eft là où noircis par la fumée, les yeux rouges & perdus par l'ardeur du feu devant lequel ils fe grillent fans ceffe, ils travaillent mauffadement & prefque en public à la propagation de leur efpece, qui paroît très-inutile au monde. Cependant ils ne laiffent pas que de faire une forte de trafic avec les Suédois, auxquels ils donnent des rennes, des peaux de renard, d'hermine & d'autres bêtes, des bottes Lapones, des fromages de lait de rennes, des poiffons fecs, & quelques autres denrées, qu'ils troquent contre des toiles, du drap, des eaux-de-vie, du tabac, des couteaux, &c. En 1746, le roi de Suede envoya quelques rennes au roi de Pruffe ; elles étoient conduites par un écuyer Suédois, & un payfan Lapon avec fa femme. J'obfervai à cette occafion, que la femme étoit moins difforme que l'homme, & que de fes dents elle favoit filer l'étain, dont elle faifoit des efpeces de dentelles, des petits coffres & d'autres brinborions. Lorfqu'un renne attellé au traîneau ne vouloit pas marcher comme il faut, l'écuyer Suédois en faifoit porter la peine au conducteur Lapon, en lui alongeant de grands coups de fouet fur les épaules, & incontinent le renne alloit à merveille. Si l'on eft curieux de connoître ce pays, qui n'eft remarquable que par fa mifere, on peut en lire beaucoup de relations, & entr'autres celle que le célebre poëte comique Regnard en a donnée dans le premier tome de fes œuvres, ainfi que la relation de M. Outhier. (*) Entant que

____

(*) Ce que M. de Maupertuis en a dit dans fa *figure de la terre*, eft encore plus digne d'attention comme venant d'un obfervateur philofophe. *Note de l'éditeur.*

politiques, nous nous contenterons de remarquer, que la Laponie ne fauroit rien ajouter à la force de la Suede, étant un pays qui ne peut fournir aucun foldat, ni procurer le moindre commerce qui foit digne qu'on en faffe mention. Auffi les tributs que cette nation paie annuellement au roi, font-ils fort médiocres, & l'on en agit ainfi par politique ; car, dès que la Suede voudroit charger ces peuples d'impôts, ils iroient d'abord fur les terres, ou du Danemarck, ou de la Ruffie, établir leur domicile. Le roi de Suede y entretient un officier qui reçoit les tributs, & on a bâti par-ci par-là dans le pays des églifes Luthériennes qui font deffervies par des prêtres Suédois.

§ VII.

Outre les provinces ci-deffus mentionnées, la Suede poffede encore,

6. *En Norwege*, *le fief de Bahus*, dont on eftime la longueur à vingt-huit milles, & la largeur à cinq ou fix. Ce pays eft très-important par fa fituation avantageufe le long du Scager-Rack, ou *Pas du Chat*, par le commerce qui s'y fait, par la bonté de fon terroir, & fur-tout par la fortereffe de Bahus qui en eft la capitale, affife fur un rocher efcarpé, extraordinairement bien fortifiée, & fervant à couvrir toute la Gothie occidentale. Cette province a été cédée par le traité de Copenhague conclu en 1660 à la Suede qui occupoit déja dans la Norwege, en vertu du traité de Bremfebröe de l'année 1645, *le Jempteland*, province au-delà des montagnes du Nord, peu connue & peu importante, fi ce n'eft par fa fituation. Car, fi les Suédois n'avoient pas le Bahus & le Jempteland, le corps de ce royaume feroit ouvert du côté du Danemarck plus de cin-

quante lieues en longueur ; & c'eft ce qui rend ces pays d'un prix ineftimable pour la Suede.

7. *Dans la Poméranie*, les Suédois avoient obtenu, vers la fin de la guerre de trente ans, toute la Poméranie antérieure, la principauté de Stettin & l'ifle de Rugen. Mais le roi de Pruffe ayant porté fes armes dans cette province pendant la guerre du Nord, la paix qui s'enfuivit en 1720, termina le différend ; de façon qu'aujourd'hui la riviere de *Péene* marque les limites entre les poffeffions des deux puiffances ; par où la Suede a confervé 1°. le cercle de *Barth*, le long de la mer Baltique fur les frontieres de Mecklenbourg, avec les villes de Stralfund, Barth, Damgarten & Triebfes ; 2°. le cercle de Gutzckow avec la ville du même nom, Wolgaft, Grypfwalde, &c. ; & 3°. l'ifle de Rugen, fituée dans la mer Baltique, avec la petite ville de Bergen. Ce pays eft important pour la Suede, non-feulement à caufe de la bonté de fon terroir, & de fa valeur intrinfeque, mais auffi parce que la Poméranie tient à l'Allemagne, & que fa fituation locale eft extrêmement favorable. Ses ports fur la Baltique font propres à fervir d'afyle aux flottes Suédoifes ; & on peut y faire tous les tranfports & les débarquements qu'on veut dans des guerres par-deçà la mer, où cette puiffance pourroit fe trouver enveloppée. On en a vu des exemples fréquents du temps que *Charles XII* porta fes armes en Pologne & jufques dans la Saxe.

8. *La ville de Wifmar* dans le Mecklenbourg. La Suede l'avoit auffi obtenue par la paix de Weftphalie, & en avoit fait une des plus belles fortereffes du monde ; mais cette place importante étant tombée en 1717 au pouvoir des alliés du Nord, elle fut rafée, & on fit fauter tous les ouvrages, ainfi que le fort de Walfifch qui étoit

bâti dans la mer pour couvrir le port. La ville a été rendue à la Suede, fous condition qu'elle ne pourra jamais être fortifiée de nouveau, & par conféquent, c'eft peu de chofe aujourd'hui. Il y a deux bailliages, *Poelde* & *Nienkloofter*, qui appartiennent à cette ville, & dont la Suede jouit.

§ VIII.

Indépendamment des provinces fufdites, la Suede poffédoit autrefois *le duché de Breme* en Allemagne; mais elle en a fait la ceffion, moitié par force & moitié pour une fomme d'argent, à la maifon de Hanover, en vertu du traité de Stockholm conclu en 1719.

Anciennes poffeffions aliénées.

Le duché de Verden, qui a eu le même fort.

Une grande partie de la *Poméranie antérieure* avec la principauté & la forterefle importante de *Stettin*, qu'elle perdit dans la guerre du Nord, & qui eft demeurée au roi de Pruffe depuis l'année 1720.

Le duché des Deux-Ponts, qui appartenoit autrefois aux rois de Suede iffus de la maifon des Deux-Ponts. A la mort de *Charles XII*, arrivée en 1718, ce duché qui eft fief mafculin, paffa en d'autres mains.

La Livonie, que la Suede avoit obtenue en 1660 par la paix d'Oliva, mais qu'elle reperdit en 1721 par la paix de Neuftadt, & dont la Ruffie eft depuis demeurée en poffeffion.

L'Ingrie, qui étoit à la Suede depuis 1612, mais que les Ruffes lui enleverent en 1702, & qui leur eft reftée par la paix du Nord.

Une partie de la Finlande, qui a fubi le même fort.

La nouvelle Suede, province de l'Amérique feptentrionale, entre la Virginie & les nouveaux Pays-Bas, dont les Suédois s'étoient emparés après la mort tragique de *Charles I*, roi d'Angleterre, & où ils avoient bâti les villes de *Chriſtiana* & de *Gothenbourg*, mais que la nation Angloiſe n'a pas jugé à propos de leur laiſſer long-temps.

§ IX.

Manufac-
tures & fa-
briques.

Voilà en raccourci l'état des provinces qui comsent le royaume de Suede, autrefois ſi fameux ſous le nom de *Scandinavie*. On aura remarqué ſans doute, que l'âpreté du climat eſt telle qu'il n'y vient guères de ces denrées qui ſervent de matiere premiere aux fabriques. Mais la nation Suédoiſe ayant vu le ſuccès des autres peuples pour les manufactures, & s'étant ſentie aſſez de génie & de talent pour y réuſſir de même, elle a fait tous ſes efforts pour encourager l'établiſſement des fabriques dans le pays. Pour cet effet on a commencé par défendre l'entrée des marchandiſes étrangeres, & on a deſtiné un fonds aſſez conſidérable pour ſoutenir les manufactures domeſtiques, & pour leur faire faire de plus grands progrès. Cependant le ſuccès n'a point encore répondu à l'attente; & il s'en faut beaucoup que les marchandiſes fabriquées en Suede aient pris faveur dans les pays étrangers. Car il ne faut point ſe laiſſer éblouir par quelques coups d'eſſai aſſez favorables. J'ai vu moi-même des étoffes charmantes & des bijouteries ſuperbement travaillées, qui avoient été faites en Suede; mais comme les ouvriers ſe trouvoient être des François ou des Anglois nouvellement établis dans ce pays, la choſe n'eſt pas fort ſurprenante; & ces mêmes ouvriers auroient pu ſe tranſporter dans la Sibérie & y faire une tabatiere ou une piece d'étoffe, ſans qu'on pût inférer de là qu'il y ait d'admirables manufactures en Sibérie. Les fabriques, ſi j'oſe m'exprimer ainſi, n'acquierent le droit de bourgeoifie dans un pays, que lorfque les naturels de ce même pays y concourent par leur travail ; & elles ne deviennent véritablement utiles à l'état, que quand leurs productions font affez abondantes, & à un prix affez modique, pour que les autres peuples les recherchent. Or cela arrive-t-il en Suede ? Il me femble que divers obftacles y arrêtent les progrès des manufactures. D'abord les matieres premieres y manquent, & les fraix de tranfport des foies, des laines & du fil, font trop confidérables, fur-tout lorfqu'il faut les faire paffer par le Sund. Secondement, l'hiver eft trop long & les jours trop courts, pour toutes les fabriques qui exigent l'œil attentif de l'ouvrier, & qui ne fauroient fouffrir la fumée & la mal-propreté des lampes ou des chandelles. En troifieme lieu, la Suede, fituée au bout du monde, n'a pas affez de facilités pour le débit de fes marchandifes. Les glaces fe fondent & difparoiffent trop tard dans les ports de mer ; & la navigation ne peut commencer que long-temps après que les vaiffeaux des autres nations ont déja parcouru toutes les mers. Voilà des inconvénients naturels auxquels il eft difficile de remédier. Les fonds d'ailleurs que l'état deftine pour l'encouragement des manufactures, ne font pas toujours employés comme ils devroient l'être pour en efpérer du fuccès. Si j'avois des confeils à donner aux Suédois, ils quitteroient bientôt l'idée faftueufe d'avoir des fabriques d'étoffes riches, de dorures, & de toutes les chofes femblables dans lefquelles ils ne furpafferont pourtant jamais les François, les Anglois & d'autres peuples, & qui ne font que diftraire les ouvriers d'autres objets plus effentiels. C'eft aux ouvrages de fer, de cuivre, de bois, &c. que j'occuperois ce peuple. Je n'épargnerois ni fraix, ni foins, pour me pro-

curer les plus habiles maîtres charpentiers pour
la conftruction des navires ; je tâcherois de faire
dans mes chantiers les meilleurs voiliers du monde, les bâtiments les plus folides, & tout cela
à meilleur marché que les autres nations, parce
que le pays fournit tous les matériaux ; enfin l'art
de bâtir les vaiffeaux feroit porté en Suede au
plus haut degré de perfection. On ne négligeroit
pas non plus les fabriques de cordages, de groffes toiles pour les voiles, de draps groffiers, &
de toutes les chofes néceffaires à la vie. Les mines répandues dans tout le pays feroient exploi-
tées avec un foin infini. Je tâcherois d'avoir les
plus habiles méchaniciens & les meilleures machines du monde, foit pour tirer l'eau & les métaux du centre de la terre, foit pour trouver des
inventions nouvelles en fait d'échaffaudages & de
tout ce qui eft néceffaire aux travaux des mineurs.
Car il s'en faut beaucoup que toutes cés chofes
foient bien connues en Suede. Les étrangers qui
y font venus, & qui ont voulu enfeigner aux
naturels du pays des nouvelles méthodes plus fû-
res, plus promptes & plus commodes, n'ont trouvé
que des déboires & des contradictions. Ce feroient là cependant les bonnes fabriques. Le refte
des habitants trouveroit encore à s'employer.
Voilà pour les manufactures.

§ X.

Quant au *commerce*, on ne fauroit difconvenir, que celui qui fe fait dans les ports de Stockholm, & Carlfcroon, & fur-tout dans celui de
Gothenbourg, ne foit important ; mais il eft conftant auffi, qu'il pourroit être porté beaucoup plus
loin par tout le pays. Quand je lis ces fréquentes
défenfes des marchandifes étrangeres, ces loix
fomptuaires que l'on rend plus rigides à tout mo-

ment, il me semble voir des aveugles qui cherchent en tâtonnant la clef du vrai système des finances. Je veux bien qu'on réprime les excès du luxe dans un pays pauvre, & qu'on encourage ses propres manufactures en chargeant celles du dehors de quelque impôt. Mais, en poussant cela trop loin, on fait la plus grande faute du monde. Je crois l'avoir démontrée dans la premiere partie de cet ouvrage, & j'y renvoie le lecteur. Pour ce qui regarde la Suede en particulier, comme elle n'a point de *transit*, c'est-à-dire, qu'il n'y a point d'autre état, point d'autre peuple plus éloigné qu'elle, auquel elle puisse faire passer les marchandises Européennes; quel sera le commerçant qui enverra ses vaisseaux vuides dans les ports de Suede pour y acheter, argent comptant, les denrées du pays, aussi long-temps qu'il pourra avoir ces mêmes denrées dans d'autres pays en troc contre des marchandises de chez lui? Voici en gros la balance du commerce de Suede. Cette nation peut fournir des planches & des plaques de sapin, des poutres, des bois de futailles, des mâts, du salpêtre, du suif, des peaux & toutes sortes d'especes de pelleteries de la Laponie, du cuir, des poissons secs & salés, du cuivre, du fer, de l'acier, du plomb, du goudron, de la poix résine, du bray, de la couperose, & quelques autres denrées. Il faut joindre à ces productions naturelles, celles où la main des hommes contribue le plus ; comme, par exemple, des vaisseaux tout faits, de la poudre à canon, des ouvrages de cuivre & d'autres métaux, du fil de léton & d'archal, des canons, des mortiers, des armes fabriquées, &c. Si l'on ajoute enfin à tout cela les marchandises des Indes que les vaisseaux Suédois rapportent, & dont la vente se fait à Gothenbourg, comme du thé, des porcelaines, des gorgorons, & d'autres étoffes de la Chine, &c. on concevra affez facilement, qu'il y a là une quantité *d'exportanda*, ou de marchandifes qui fortent du royaume, & qui font d'autant plus confidérables, que les autres nations ne fauroient prefque s'en paffer. Les principaux articles en revanche, dont la Suede a befoin, & qu'elle tire de l'étranger, font le fel, le vin, l'eau-de-vie, le tabac, le fucre, les épiceries, les draps, les étoffes, le papier, & quelques merceries.

En confidérant par le détail les marchandifes qui entrent en Suede, & celles qui en fortent, on verra que le commerce pourra toujours être actif, & que par conféquent la balance générale fera avantageufe pour cette nation. Mais on a voulu rendre cette balance encore plus profitable, en établiffant au-dedans toutes fortes de manufactures, en défendant les marchandifes étrangeres, & en rendant les loix fomptuaires tous les jours plus féveres. Qu'en eft-il arrivé? On a employé à des fabriques qui ont mal réuffi, & dont les ouvrages ne pouvoient fe débiter que dans le pays, la main de ces mêmes ouvriers qui travailloient autrefois à des objets recherchés par les étrangers; d'un autre côté, ces étrangers qui ne pouvoient plus débiter leurs marchandifes en Suede à caufe des défenfes, n'ont pas voulu des denrées Suédoifes, & ont été chercher le bois, le fer, le cuivre, & les denrées pareilles chez d'autres nations, jufqu'en Amérique. Delà les métaux ont fi fort diminué de prix en Suede, que les mines & les forges font tombées prefque d'elles-mêmes, parce qu'on ne pouvoit plus y travailler qu'à perte; & plufieurs milliers de pauvres gens qui y gagnoient leur vie, ont été réduits à un état déplorable; car, quoi qu'on en dife, ces
gens

gens font très-misérables en Suede, & le manque d'argent y perce de tous côtés.

Cette expérience fait voir combien tout fyftême de finances, qui gêne le commerce, peut faire de mal à un état. Pendant les plus fortes guerres, fous *Guftave-Adolphe*, & fous *Charles XII*, la Suede n'a pas été auffi énervée, ni fi dépourvue d'efpeces, qu'elle l'a été pendant vingt-cinq ans de paix, par le moyen de fes loix fomptuaires & d'autres ridicules ordonnances. Lorfque le commerce étoit libre dans la Suede, elle faifoit trembler l'Allemagne & le Nord par fes armées & fes reffources; lorfqu'on a donné des entraves à ce même commerce, elle s'eft vue accablée dans une feule campagne contre les Ruffes en 1742.

Voici donc quel feroit mon fyftême. J'encouragerois, comme je l'ai déja dit, toutes les manufactures dont la matiere premiere fe trouve dans le pays; je ne donnerois que médiocrement de foins à celles dont la matiere premiere doit être recherchée de fort loin; je veillerois, le plus qu'il me feroit poffible, à l'accroiffement & à la perfection de la navigation; j'aurois l'œil conftamment attentif à la balance du commerce, pour être toujours inftruit fi la valeur des marchandifes en général, qui fortent du royaume, excede la valeur de celles qui y rentrent, & de combien eft l'excédent. A mefure que je verrois le commerce actif s'accroître, je défendrois l'entrée de certaines merceries de pur luxe, qui coûtent beaucoup, & dont la nation ne fauroit tirer aucun avantage réel; mais j'agirois en ceci avec tant de précaution & d'adreffe, qu'à peine les étrangers pourroient-ils s'appercevoir de cette défenfe; auffi ne la poufferois-je pas fort loin, pour laiffer toujours aux autres nations quelque amorce qui puiffe

les engager à venir chercher les denrées du pays.
Le commerce de la Suede a aussi souffert un double échec ; l'un par la perte de la Livonie, que
le temps & les circonstances peuvent seules réparer ; l'autre par l'obligation où la Suede a été
réduite, en vertu du traité de 1721, de payer
au Danemarck les droits de péage du Sund. Comme ce dernier article gêne infiniment le commerce
des Suédois, je n'aurois point de repos que je
n'eusse fait valoir à cet égard le droit naturel que
donne le rivage opposé à celui du Danemarck
& que mes propres navires jouissent d'une entiere
franchise. Le port de Gothenbourg, situé hors du
Sund, se ressent déja des grands avantages qui
résultent de cette franchise ; & son négoce est fort
considérable. Aussi y a-t-on établi, depuis l'année 1731, une compagnie des Indes, qui envoie deux fois par an des vaisseaux à la Chine,
sur-tout à Canton, comme aussi dans les autres
parages des Indes où la navigation est libre ; d'où
ils rapportent toutes sortes de marchandises qui,
vendues en Europe, reviennent à un prix très-
modique, parce qu'elles ne paient ni le péage du
Sund, ni aucun autre droit, & que le Suédois
d'ailleurs vit fort sobrement dans son bord ; ce qui
diminue considérablement les fraix de transport,
& occasionne le bon marché. Cette compagnie
avoit déja été projettée par le grand *Gustave-
Adolphe* ; & l'on voit encore ses lettres patentes
données à Stockholm le 14 juin 1626 ; mais les
différentes révolutions survenues en Suede, n'ont
permis de réaliser cette idée, qu'un siecle après.
Le succès a été d'abord très-brillant, & continue encore d'être favorable, quoique le profit
ne soit pas aussi grand que dans le premier abord.
Le gouvernement inquiet de la Suede a déja mis
en délibération, s'il ne seroit pas avantageux à

l'état & aux manufactures du pays, de laisser tomber cet important établissement. Autre défaut de principes & d'expérience ! Comme fi l'on ne pouvoit donner à ces chofes telles bornes qu'on veut. N'eft-il pas défendu en Angleterre de porter les toiles de coton que les vaiffeaux mêmes de la compagnie Angloife apportent, & qui font peintes ou imprimées enfuite dans le pays ? Détruit-on pour cela en Angleterre la compagnie des Indes ; & ne tire-t-on pas un très-grand parti des indiennes pour les pays étrangers ? Qu'eft-ce qui empêche la Suede d'agir de même avec quelque modification. Au refte, cette compagnie fait, une ou deux fois par an, une vente publique à Gothenbourg, des marchandifes que fes vaiffeaux ont rapportées, dont on envoie quelque temps auparavant la lifte par toute l'Europe. Les Hambourgeois, & les négociants des autres villes Anféatiques & commerçantes de l'Allemagne, les Hollandois même, y font faire des achats confidérables.

§ XI.

On ne fauroit dire que la *navigation* foit négligée par les Suédois ; car la pêche qu'ils font fur la côte, & leur domination fur le golfe Bothnique, où il n'eft permis à aucun bâtiment étranger d'entrer pour y trafiquer, tout cela leur forme une pépiniere de matelots. On voit auffi affez de navires Suédois en mer ; & ils vont jufques dans les Indes. Il eft certain cependant, que tout cela pourroit être beaucoup perfectionné. Ce n'eft pas ici l'endroit d'en indiquer tous les moyens. Je confeillerois aux Suédois de comparer les maximes établies en Angleterre pour la navigation, avec celles qui fubfiftent en Suede, & de corriger fur ce modele, ce qu'il y

a de défectueux chez eux. Je ne saurois leur proposer rien de plus parfait. La mer est l'élément
des Anglois; & cette nation a par devers elle
l'expérience de plusieurs siecles, soutenue par des
dépenses énormes : aussi peut-on dire que son
système maritime approche le plus de la perfection. Mais, je le dis encore une fois, pour ne
plus le répéter, on ne sauroit appliquer les mêmes maximes par-tout; c'est à un sage politique
à voir jusqu'à quel point il en peut faire usage.
Il faut remarquer aussi, que le climat met un
grand obstacle à la navigation des Suédois, parce
que les fortes glaces empêchent les navires de
sortir que fort tard de leurs ports, & les obligent d'y rentrer de bonne heure. Enfin, pour
conclure cet article, je ne puis dissimuler que
j'ai été souvent surpris de voir que la Suede
néglige si fort la pêche de la baleine & du hareng, & que je ne conçois pas les raisons de
l'indolence qui regne à cet égard.

§ XII.

Si l'on considere les nombreuses colonies qui
sortirent autrefois des parties septentrionales de
l'Europe, & qui inonderent les autres contrées,
sans tarir néanmoins la source dont ils étoient venus, on concevra facilement, que la rigueur du
climat n'est pas nuisible à la propagation, mais
qu'au contraire on voit naître dans ces pays plus
d'hommes qu'ailleurs. En effet, la Suede est encore aujourd'hui fort bien peuplée, malgré ses
anciennes émigrations & malgré ses guerres presque continuelles. Mais ceux-là se trompent fort
qui la croient si remplie d'habitants, qu'il soit nécessaire d'entreprendre la guerre de gaieté de cœur,
pour en faire périr une partie, & s'alléger ainsi
de la trop grande multitude. Cette idée est bien

fauffe; car, à proportion du terrein qu'il y auroit à cultiver dans ce pays, il ne s'y trouve pas même affez de monde, fur-tout fi l'on réfléchit que les mines, la navigation, les manufactures & l'état militaire, demandent une quantité prodigieufe d'hommes. Les Suédois en général font fort fpirituels, capables de tout apprendre, d'une valeur admirable à la guerre, lorfqu'ils font bien menés, mols lorfqu'ils ont de mauvais conducteurs, polis dans le commerce de la vie, adroits, infinuants; mais faux à l'excès, portant la fineffe, la fubtilité, la politique intrigante fi loin, qu'au-lieu de leur fervir, elle leur devient funefte, & leur fait perdre la confiance des autres peuples. Tous les gentilshommes embraffent le métier des armes, & fervent non-feulement leur patrie, mais auffi chez d'autres puiffances avec diftinction. Les eccléfiaftiques y font confidérés, & il y a dans leur corps, fur-tout parmi les évêqués, des gens refpectables par leur érudition & leurs vertus. Les bourgeois s'appliquent au commerce, & quelques-uns d'entr'eux aux études. Les lettres y fleuriffent. *Upfal* eft une fort belle univerfité ; cependant nous n'avons vu fortir de Suede aucune découverte finguliere, aucun ouvrage qui ait fixé l'attention de l'Europe, ou enrichi la république des lettres. Les payfans y font fort eftimés, parce qu'ils concourent au gouvernement, faifant un corps dans l'état, & que d'ailleurs l'agriculture y eft en grande recommandation. Ils font intraitables lorfque l'ivreffe s'empare d'eux, mais polis, fideles, laborieux & doux, quand ils font fobres. Les femmes y travaillent beaucoup. Au refte, la Suede pourroit fournir quatre-vingt mille hommes de troupes, fi on le vouloit. Mais les arrangements pour le militaire font finguliérement pris à l'heure qu'il eft. Toute l'armée Suédoife, dont

nous donnerons l'état plus bas, n'est composée
que de miliciens, si l'on en excepte les régiments
des gardes. Ces miliciens vivent dans le plat-pays
aux dépens du paysan; ils s'assemblent de temps
en temps pour faire l'exercice, & pour passer en
revue; sept paysans entretiennent un cavalier, &
trois paysans un fantassin. Le premier reçoit la
nourriture & vingt-quatre écus de paie, le fantassin est également nourri, mais n'a que douze
écus par an. Cette charge imposée sur les paysans, leur tient lieu de contribution, d'impôts, &c.
Ceux qui connoissent l'art militaire d'aujourd'hui,
conviendront que de pareilles troupes ne sauroient
être assez aguerries, pour qu'on puisse avec succès les opposer à d'autres armées dont les régiments restent constamment assemblés, & dans
des exercices continuels. Car, quoique la nation
Suédoise soit naturellement belliqueuse, que le
soldat soit robuste, & qu'il soutienne les fatigues,
la guerre telle qu'on la fait maintenant, veut quelque chose de plus. Il faut beaucoup de discipline
& infiniment d'adresse dans le maniement des
armes.

§ XIII.

Marine.   *La marine de Suede* n'est pas non plus dans le
degré de perfection où elle pourroit être. L'état
en a été fixé à cinquante vaisseaux de différents
rangs, & on a établi de bons chantiers dans les
différents ports, ainsi que des arsenaux & des magasins pour les équipages de mer; mais, malgré
cela, on a toujours trouvé beaucoup de difficulté
à mettre une flotte formidable en mer. Celle que
la Suede équipa en 1719, n'excéda pas le nombre de vingt-quatre vaisseaux; & en 1742 l'escadre Suédoise n'osa presque paroître devant celle
des Russes, qui même la bloquerent dans le port

de Helſingfors. On prétend que cela vient de la diſette des matelots ; ce qui paroît incompréhenſible , quand on conſidere que la Suede a une côte de mer d'une étendue immenſe tout du long de la mer du Nord, de la Baltique , & du golfe de Bothnie ; que les habitants du rivage ſont partout naturellement marins ; que la pêche & la navigation ordinaire des Suédois, leur forme une école de gens de mer ; & il eſt à croire que , s'il n'y avoit pas quelque vice dans l'arrangement de toutes ces choſes, la Suede ne pourroit jamais manquer d'hommes pour faire la manœuvre. J'en reviens encore aux maximes ſages des Anglois , qui, dans des guerres nationales où il s'agit du ſalut de la patrie , franchiſſent les bornes de leur liberté naturelle , & enlevent par force tout ce qui peut ſervir de matelot ſur leurs flottes. C'eſt à ces maux déſeſpérés qu'il faut de violents remedes ; & la nation ne ſauroit murmurer des violences qui s'exercent ſur quelques particuliers , pour la conſervation du peuple entier. La Suede a les mêmes droits, & peut-être auroit-elle les mêmes moyens , ſi elle ſavoit les mettre en uſage. Autrefois les flottes Suédoiſes ſéjournoient à la rade de Stockholm, ſous les yeux du roi, & dans le port le plus ſûr du monde ; mais comme on les emploie ordinairement, ou contre la Ruſſie , ou contre le Danemarck, ou pour faire des tranſports en Poméranie ; & que d'ailleurs les glaces qui ſe trouvent entre les rochers devant Stockholm, ne ſont fondues que vers la fin d'avril , on a fait d'autres havres avec beaucoup de dépenſe ; & aujourd'hui la plupart des vaiſſeaux reſtent, ou à Gothenbourg, ou à Carlſcroon , ou ailleurs. Dans les guerres que les Suédois ont eues avec les Ruſſes, ces derniers ont fait un uſage très-avantageux des galeres, avec leſquelles ils font entrés dans l'Archipel d'Uplande , & ont cotoyé tout le golfe de Bothnie, s'étant gliffés entre les rochers, & ayant ravagé les côtes en faifant par-tout des defcentes. C'eft ce qui a mis la Suede dans la néceffité de leur oppofer des galeres ; & c'eft auffi ce qui a changé la forme de la guerre. Car il eft vrai que ces galeres coûtent beaucoup d'entretien ; mais cette dépenfe fe retrouve fur les vaiffeaux de guerre dont le nombre peut être diminué par-là. Tout bâtiment plat peut fervir dans la Baltique le long des côtes. Dans la guerre du Nord , les Suédois, auffi-bien que les Danois, fe fervoient de radeaux & de grands bacs, fur lefquels ils établiffoient des batteries, qu'ils garniffoient d'infanterie , & avec lefquels ils abordoient par-tout. C'eft ainfi que les Danois firent leur premiere defcente dans l'ifle de Rugen , malgré l'oppofition d'une forte efcadre de Suédois.

§ XIV.

Revenus. Il eft difficile de déterminer les *revenus d'un royaume* , parce que ces chofes font mifes pour l'ordinaire au rang des fecrets de l'état ; mais, fans vouloir fe piquer d'une fcrupuleufe exactitude à cet égard, on peut eftimer les revenus du royaume de Suede à ..... millions ..... & l'on ne croit pas même fe tromper de beaucoup. Ils proviennent des domaines de la couronne, des douanes fur toutes les marchandifes qui entrent ou qui fortent du pays, de la taxe par tête que paient les payfans, des mines de cuivre & de fer , des dîmes, des procédures judiciaires, des tributs & des charges ordinaires qu'on impofe fur le peuple. Du produit de toutes ces différentes contributions, l'état paie 1°..... écus pour l'entretien du roi & de fa cour; 2°. pour le prince fucceffeur & le refte

de la famille royale .... écus ; 3°. pour l'armée ....
4°. pour la flotte .... 5°. pour les forterefſes
& leur entretien .... 6°. pour les différents tribunaux & dicafteres de juſtice, &c..... 7°. pour
les fénateurs, fecretaires d'état, & autres officiers du royaume..... 8°. pour les miniſtres
qui réſident dans les cours étrangeres.... A quoi
il faut ajouter 9°. toutes les petites dépenſes néceſſaires de l'état. Or, en mettant dans une juſte
balance la recette & la dépenſe de la Suede,
on vèrra bien clairement, que cette nation eſt
pauvre dans le fonds ; que ſes reſſources font petites ; que dans la plus profonde paix elle a même beſoin de fubſides étrangers, & qu'en temps
de guerre il lui faut l'appui & les fecours pécuniaires d'une des puiſſances financieres de l'Europe. Le revenu particulier du roi eſt pareillement fort peu de choſe ; & le monarque qui
occupe maintenant le trône, n'auroit pu fubſiſ-
ter d'un honoraire auſſi modique, ſi S. M. n'eût
tiré de ſes états d'Allemagne des fuppléments
conſidérables. Il eſt certain, quoi qu'on en diſe,
que la Suede ne s'eſt pas mal trouvée des fommes d'argent qui font forties tous les ans de Heſſe,
& qui ont été répandues en Suede. Il eſt à croire
que la nation augmentera la penſion royale, lorſqu'un jour le prince fucceſſeur fera monté fur
le trône ; car n'ayant de revenu particulier que
ce qu'il tire de ſa principauté d'Eutin, & de
l'évêché de Lubeck, il ne fauroit mettre beaucoup du ſien, & ſe verroit par conféquent réduit à faire une aſſez triſte figure.

§ XV.

Toute la nation Suédoiſe profeſſe la *religion Lu-* Religion.
thérienne avec tant de zele & de chaleur, que

les autres communions chrétiennes y font à peine
tolérées. C'eft une loi fondamentale que le roi
doit être Luthérien; & lors même qu'en 1744
madame Ulrique de Pruffe fut fiancée au prince
fucceffeur, cette princeffe fe vit obligée de quitter la religion de *Calvin*, pour embraffer celle
de *Luther*. Jufques aux moindres domeftiques qui
l'accompagnoient, il falloit qu'ils profeffaffent tous
la même doctrine. Le clergé eft fort honoré en
Suede, mais en revanche affez mal payé. L'archevêque d'Upfal eft le primat du royaume; il
facre le roi, & il a de grandes prérogatives;
mais fes revenus ne vont qu'à 2000 écus par
an. Sous lui font les fept évêques de *Lincoping*,
de *Lunder*, de *Scara*, de *Stregnes*, de *Wefte-
räas*, de *Vexioc*, & d'*Abo*. Ces évêques font
fuivis de huit furintendants généraux; & le refte
du clergé confifte en prévôts, doyens, chapelains, curés, & prêtres de villages. On fait monter le nombre des eccléfiaftiques à quatre mille,
& l'on compte deux mille paroiffes. Il eft défendu à la nobleffe d'embraffer l'état eccléfiaftique, pour ne pas la détourner du métier des
armes; de maniere que les fils de bourgeois &
de payfans même, trouvent le moyen de fe
pouffer dans l'églife, & de jouer même un beau
rôle dans les affaires du gouvernement, s'ils acquierent affez de talents & de mérite pour parvenir à l'épifcopat. Les fils des évêques ne laiffent pas que d'être confidérés dans la nation; &
j'en ai vu parvenir à des emplois fort honorables. Les affaires eccléfiaftiques font portées devant les confiftoires, compofés d'évêques, de
furintendants, & de confeillers laïques. Lorfqu'un particulier voyage en Suede, il n'a pas de
plus fûr moyen pour être refpecté, bien fervi
en route, mené vîte, & régalé à bon marché

dans les auberges, que de se faire passer pour un ecclésiastique.

§ XVI.

La forme du gouvernement de la Suede a souvent varié, selon les révolutions auxquelles ce royaume a été sujet. On en peut apprendre les détails par l'histoire. Nous remarquerons seulement ici, que la Suede a toujours été gouvernée par des rois, mais dont le pouvoir & les prérogatives n'ont pas été les mêmes. Dans les temps les plus reculés, ce royaume étoit électif; cependant il semble que les sénateurs se soient fait une loi constante de préférer les enfants de leurs maîtres. Beaucoup de rois ont regné sur le Danemarck & sur la Suede en même temps. En 1398, la reine Marguerite fit la fameuse union de Calmar; sanction pragmatique, en vertu de laquelle les trois royaumes du Nord devroient rester combinés à jamais. *Gustave Vasa* chassa les Danois de Suede, se fit couronner roi, & mourut en 1760. Le royaume alors devint héréditaire en ligne droite de succession; & les descendants de *Gustave* ont porté cette couronne jusqu'à nos jours; car après la mort de *Charles XII*, dernier roi de la famille des Vasa, sa sœur Ulrique Eléonore fut mise sur le trône de Suede, & cette princesse y plaça le 2 avril 1720, son époux le prince *Fréderic de Hesse-Cassel*, qui l'occupe encore. Mais, quoique le royaume fût héréditaire, les rois n'étoient pas souverains pour cela. Les cinq grands officiers du royaume avoient une telle autorité, que le roi ne pouvoit rien entreprendre sans leur concours. C'étoient 1°. le grand-drossart; 2°. le grand-maréchal; 3°. le grand-amiral; 4°. le grand-chancelier, & 5°. le grand-trésorier. On les appelloit *les cinq grands seigneurs*. Ils étoient sénateurs du royaume, tuteurs des rois, & gouvernoient l'état pendant leur minorité. *Charles XI* introduisit la souveraineté en Suede ; & ces grands officiers du royaume devinrent de simples conseillers du roi. Ce prince commença par mettre sur pied une armée formidable, qui tint en respect, & la nation même, & les voisins. La reine *Christine* avoit distribué entre les premiers seigneurs Suédois, la plupart des terres de la couronne ; mais *Charles* les réunit tout d'un coup au domaine royal, en établissant pour cet effet, en 1680, un college de réduction, chargé d'en examiner tous les titres. Cette réunion abaissa tout d'un coup la noblesse ; & dès-lors les grands ne furent que simples sujets de leurs rois. Cet état de despotisme dura sous *Charles XI* & sous *Charles XII* ; mais à la mort de ce prince, arrivée en 1718, le états du royaume sortirent de leur léthargie, ils se remirent en possession de leurs anciens droits, & déclarerent le royaume électif. On élut, comme nous venons de le dire, la princesse Ulrique Eléonore ; mais en même temps on lui fit signer une capitulation qui donna une face toute nouvelle à l'état, & une autre forme de gouvernement. Comme cette loi fondamentale détermine très-clairement la forme du gouvernement, nous allons faire ici un court extrait de ses principaux articles. Il est dit

Art. 1. La religion luthérienne sera maintenue dans tout le royaume.

2. La reine (ou le roi) aura l'administration de la justice.

3. Les héritiers mâles de S. M. succéderont au trône de Suede, de la même maniere qu'il a été stipulé par la diete de l'année 1650. Aucun prince ne pourra

occuper ce trône avant l'âge de 21 ans.
Les états du royaume auront le droit de
choifir les gouverneurs des enfants du roi.

4. La reine ne pourra faire aucune nouvelle
loi fans le concours des états & de la
diete.

5. Sa Majefté ne pourra impofer aucune nouvelle taxe fur fes peuples, fans le confentement des états; mais ceux-ci s'engagent à fournir le néceffaire, tant pour
la paix que pour la guerre.

6. Sa Majefté ne fauroit entreprendre aucune
guerre contre fes voifins, fans en avoir
inftruit les états, & obtenu leur confentement.

7. Les traités de paix, de treve & d'alliance, feront conclus par Sa Majefté
avec le concours des fénateurs, & com-
muniqués enfuite à la premiere diete.

8. Les états refpecteront la majefté, les
droits & les prérogatives des rois.

9. Les rois feuls auront le privilege de battre monnoie; mais les changements dans
l'aloi ne pourront fe faire que du confentement des états.

10. Les rois ne fortiront du royaume que
de l'aveu des états.

11. Il y aura un fénat.

12. & 13. Une députation de vingt-quatre
perfonnes nobles, douze du clergé &
douze de la bourgeoifie, s'affemblera
pour choifir les fénateurs, & pour remplir les places qui viennent à vaquer
dans le fénat. Les perfonnes que cette
députation aura jugées les plus dignes de
cet important emploi, feront propofées
à Sa Majefté, à qui le droit eft réfervé

de les élire, ou de les récufer, & de demander qu'on lui propofe d'autres fujets. Les places de fénateurs qui viennent à vaquer dans l'intervalle des dietes, refteront vacantes jufqu'à la tenue de la diete prochaine. Le nombre des fénateurs eft fixé à vingt-quatre, & cette charge, la premiere de l'état, & qui feule eft honorée du titre d'*excellence*, eft à vie.

14. & 15. Les fonctions des fénateurs font déterminées. Le fénat eft le grand confeil du royaume, & toutes les affaires de conféquence y font portées. Les fénateurs ont voix délibérative & décifive. Le roi a deux voix. Toutes les affaires font expédiées au nom de S. M. & fous fa fignature.

16. Lorfqu'un roi eft malade ou abfent, le fénat dirige les affaires. Si un roi meurt fans héritiers, le fénat gouverne le royaume jufqu'à l'élection du nouveau roi.

17. On établira différents colleges.

18. jufqu'à 28. Le premier de ces colleges eft le *tribunal de juftice*; le fecond le *confeil de guerre*; le troifieme le *confeil de l'amirauté*; le quatrieme la *chancellerie du royaume*; le cinquieme le *confeil* ou la *chambre des finances*; le fixieme le *confeil des mines*; le feptieme le *confeil de commerce*; & le huitieme le *confeil des révifions*. Chacun de ces confeils ou colleges a un fénateur à fa tête, qui y préfide; il y a outre cela des confeillers, des affeffeurs & les autres membres néceffaires. Toute l'armée prête ferment de fidélité au roi, au royaume

& aux états de Suede, suivant la teneur du formulaire dressé à cet effet. Il en est de même des officiers & des gens de marine.

29. Le grand maréchal sera aussi un des sénateurs; il veille à l'entretien de la cour des rois & à leur économie particuliere.

30. Le gouverneur de Stockholm sera choisi également parmi les sénateurs.

31. Tous ces colleges se prêteront mutuellement la main, pour concourir d'un commun accord au bien de l'état.

32. On établit vingt-quatre gouvernements des provinces, qui sont nommés *capitaineries du pays*, & ceux qui les possedent *Land-Höfding*.

33. Les devoirs de ces gouverneurs de provinces sont expliqués.

34. Le roi communiquera au sénat les noms des personnes auxquelles S. M. destine les charges les plus importantes, & demandera le conseil des sénateurs; mais S. M. conserve le droit de nommer les sujets qui lui paroîtront les plus convenables. On n'aura aucun égard à la naissance, mais au mérite des candidats. Les étrangers sont exclus des grandes charges.

35. Le roi seul aura le droit de créer des comtes, barons, & nobles.

36. Tous les trois ans, & même plutôt, si le salut de l'état le demande, le roi convoquera une diete générale des états pour délibérer sur les affaires les plus importantes du royaume. Cette diete est composée des nobles, du clergé, de la bourgeoisie & des paysans. On y compte

pour l'ordinaire environ mille gentilshommes, cent eccléfiaftiques, cent cinquante bourgeois, & deux cents cinquante payfans. Le tout s'y paffe avec
beaucoup de cérémonial, de dignité &
de décence. Lorfque le trône vient à vaquer fans héritiers, les états s'affemblent
au bout de trente jours, fans convocation pour procéder à une nouvelle élection.

37. La nobleffe a le droit d'élire fon maréchal. Chaque état a fon orateur. On
choifit d'entre les quatre états un certain nombre de perfonnes pour former
le comité fecret, où l'on difcute les affaires qui font d'une nature à être fort
cachées. On donne auffi un fecretaire
aux payfans.

38. 39. & 40. La nobleffe, les provinces
étrangeres & les villes conferveront leurs
privileges refpectifs.

Voilà quelles font les entraves qu'on a données
à la fouveraineté, & l'on voit bien qu'un roi
de Suede n'a guères plus de pouvoir qu'un doge
de Venife; tous les droits de la majefté, comme
la légiflation, les finances, la faculté de faire
la guerre ou la paix, &c. fe trouvant partagés
avec les états, ou plutôt, uniquement entre leurs
mains. Auffi raconte-t-on, que la reine *Ulrique*,
peu de jours après qu'elle eut figné cette capitulation, voulant railler un de fes favoris qui
avoit gardé la chambre pendant quelque temps
pour une maladie affez dangereufe, lui dit, *Mon-*
fieur, on m'a affuré que vous étiez paffé dans l'au-
tre monde; mais, puifque vous en voilà revenu,
racontez-nous ce que vous avez vu dans le ciel.

Le

Le favori cauftique répondit tout de fuite : *Madame, j'y ai vu l'agneau entouré de vingt-quatre anciens ;* & la reine ne demanda pas fon refte. Le roi *Fréderic*, qu'elle affocia enfuite au trône, & qui l'occupe encore aujourd'hui, s'eft vu obligé de fubir les mêmes conditions ; & il paroît que non-feulement la nation n'a nulle envie de fe départir de fes privileges, mais auffi que les puiffances voifines s'intéreffent fort au maintien du préfent fyftême de gouvernement en Suede.

¡§ XVII.

Quant à *l'ordre de fucceffion* établi en Suede, nous avons déja remarqué qu'avant *Guftave I* ce royaume étoit électif ; mais ce prince ayant formé le deffein de rendre la couronne héréditaire dans fa famille, convoqua les états-généraux à Wefteras, en l'année 1542, & y fit abolir l'ufage & le droit de l'élection. Les députés confentirent à tout ce que *Guftave* vouloit, & la fucceffion fut ftipulée en faveur du prince *Eric*, des autres princes fes enfants & à leurs fucceffeurs, tant en ligne directe que collatérale. On en fit un acte folemnel qui fut appellé L'UNION HÉRÉDITAIRE. Le grand *Guftave-Adolphe* gagna les états en faveur de fa fille *Chriftine*, & leur fit changer cette union héréditaire, en tant qu'elle reftraignoit la fucceffion aux mâles. *Chriftine* monta fur le trône ; & la même loi qui accorde aux princeffes le droit de fuccéder, fut confirmée en 1604, 1627, 1633, & 34 ; & enfin le roi *Charles XI* a réglé l'ordre de fucceffion de la maniere fuivante.

» 1°. Que la ligne mafculine aura toujours la
» préférence ; 2°. mais, en cas que la ligne maf-
» culine vienne à manquer, le droit héréditaire
» reviendra à la ligne féminine ; 3°. qu'alors
» les filles du roi qui feront en vie, feront ad-

Ordre de la fucceffion au trône.

» mifes à la fucceffion, & feront préférées aux
» defcendants femelles des fils; & premiérement
» l'ainée & fes defcandants mâles, & ainfi de fuite.
» 4°. Mais que, s'il arrivoit qu'aucune des filles
» du dernier roi ne fût en vie, & qu'elles euf-
» fent laiffé néanmoins des enfants, en ce cas-
» là les defcendants du fils en ligne féminine,
» tant mâles que femelles, feront préférés, &
» ainfi fucceffivement, en vertu & fuivant la te-
» neur du teftament du roi *Guftave IV.*

Le roi Fréderic qui regne aujourd'hui, fe trouvant fans poftérité mafculine ni féminine, les
états de Suede jugerent à propos de donner un
fucceffeur à S. M., même de fon vivant, pour
éviter les troubles d'un interregne après fa mort,
& la concurrence de plufieurs candidats. Le choix
tomba enfin en l'année 1743 fur le prince *Adolphe-
Fréderic*, duc de Holftein-Eutin, & évêque de
Lubeck; & ce prince s'étant marié l'année d'a-
près avec la princeffe Ulrique de Pruffe, la Providence a déja béni cet hymen par la naiffance
de deux jeunes princes. Lorfque le premier naquit, on en publia la nouvelle à Stockholm par
un héraut d'armes qui crioit au peuple : *Vive le
prince* GUSTAVE, *prince héréditaire de Suede,
des Goths & des Vandales.* Le peuple répéta ces
mots, & rendit ainfi fon premier hommage au
nouveau-né. (*) On voit par-là, que c'eft aux conditions ci-deffus détaillées, que le prince *Adolphe-
Fréderic* a été appellé à la fucceffion au trône de
Suede.

(*) La Providence vient de l'élever fur le trône; &
il y porte des lumieres & des vertus qui font concevoir les plus belles efpérances de fon regne, pourvu
que la nation n'y mette pas elle-même des obftacles.
Note de l'éditeur.

§ XVIII.

Le département des affaires étrangeres a un ou Affaires deux sénateurs à sa tête, qui deviennent par-là étrange- miniftres des affaires publiques, & qui doivent res. rendre compte au roi, au fénat & aux états de leur conduite. C'eft au roi que s'adreffent toutes les dépêches des envoyés de Suede qui réfident dans les différentes cours de l'Europe, ce prince délibere enfuite avec fes miniftres fur le parti qu'il convient de prendre. Les refcrits, ou les inftructions qui doivent diriger les négociations des envoyés, font expédiées dans le département, fous la fignature du roi, & par fes ordres. Il y a des fecretaires d'état, des commis, des clercs, &c.

Ce n'eft pas à la diete affemblée en général que le roi fait rendre compte de la fituation des affaires étrangeres, mais à un comité fecret éta- bli pour cela, qui communique enfuite aux états- généraux ce qu'on peut faire connoître de ces fortes de chofes au public.

§ XIX.

La *politique générale* de la Suede doit avoir Politique quatre objets en vue. 1°. De rendre l'état plus générale opulent, en faifant venir des richeffes dans le de la Sue- royaume. 2°. De fe tenir dans un bon état de de. défenfe contre tous fes voifins. 3°. De recon- quérir, s'il eft poffible, la Livonie & la Finlan- de, & 4°. d'entretenir l'équilibre dans le Nord en s'y rendant elle-même tous les jours plus ref- pectable.

Le premier objet ne fauroit être rempli avec plus d'efficace que par le moyen du commerce, & en fuivant les regles que nous avons établies ci-deffus. Il lui importe auffi de faire refpecter fon pavillon, & de s'oppofer aux attentats que la nation Angloife commet impunément fur la navigation de tous les peuples, lorfqu'en temps de guerre les armateurs Anglois attaquent, fans rime ni raifon, les vaiffeaux marchands des puiffances neutres, ainfi que nous en avons vu un grand nombre d'exemples dans cette derniere guerre. Façon d'agir qui dans le fonds n'a d'autre but que de ruiner le commerce des autres nations. Mais, outre cela, la Suede a toujours eu pour maxime, de prendre des fubfides de la France, & quelquefois de l'Angleterre, ou même de la Hollande. Cette politique n'eft pas mauvaife. Les troupes Suédoifes ont agi rarement pour la puiffance qui les avoit prifes à fa folde; & lors même qu'elles ont agi, ce n'a été qu'en faveur de fon propre fyftême; peut-être même qu'on auroit été obligé de les faire marcher fans les fubfides. Avec cela il eft entré tous les ans de groffes fommes dans le royaume, qui fe font répandues parmi la nation, & qui auroient fait plus de bien encore, fi on en avoit profité comme il faut. On recherche les troupes Suédoifes véritablement *à l'enchere*, & il eft à remarquer, que l'Angleterre pourra toujours les payer plus largement; mais, comme les vues politiques de l'Angleterre peuvent s'accorder rarement avec les intérêts naturels de la Suede, je crois qu'il vaut mieux que cette cour fe contente de moins de fubfides, & qu'elle refte dans fes anciennes liaifons avec la France, dont l'alliance lui eft comme naturelle, & qui lui a été favorable par le paffé.

Le fecond objet de la politique Suédoife, dérive en grande partie du premier, & dépend de l'entretien de fon armée, de fa marine, de fes fortereffes, & des alliances qu'elle contracte. Si la Suede étoit affez riche, ou qu'on pût y faire

de meilleurs arrangements de finances, il faudroit
que l'armée restât toujours sur pied, qu'on dres-
fât mieux le soldat, & qu'on l'accoutumât à une
plus grande exactitude dans le service. Si la discipline militaire ne se rétablit pas dans cette nation, elle ne pourra jamais tenir tête à la Russie, ou au Danemarck, dont les troupes sont tenues constamment en exercice. La flotte & les
galeres exigent aussi une grande attention de la
part du gouvernement. A l'égard des places fortes qui doivent défendre ce royaume, il est bon
de remarquer, qu'il n'a rien à craindre du côté
du Nord, où il est terminé par la mer Glaciale,
& par conséquent sans voisins & à l'abri de toute
insulte. Du côté de l'ouest, vers la Norwege,
il est défendu par de hautes montagnes escar-
pées; & il seroit très-dangereux pour un ennemi, de faire une invasion de ce côté-là. On
trouve d'ailleurs aussi sur les frontieres de Norwege le Weenersée & le grand Elbe, outre les
places fortes de Bahus, de Marstrand, & de Gothenbourg. Plus bas en Schoonen, sont les forteresses de Malmoe, de Landscroon, & quelques
autres moindres. La côte de la mer est défendue
en partie par les rochers, & en partie par les
flottes. Mais en Finlande, il n'y a que la ville
d'Abo qui soit une place de quelque importance : & c'est cependant de ce côté-là que la Suede
devroit porter toute son attention & tous ses efforts, soit qu'elle veuille simplement se défendre
contre les entreprises de Russes, soit qu'elle pense
à reconquérir sur eux les provinces perdues. En
général, on peut dire que les forteresses de la
Suede sont mal entretenues, & que le manque
d'argent paroît en ceci comme en toute autre
chose. Quant aux alliances, il faut convenir que
a Suede entretient non-seulement de fort ha-

biles miniſtres dans les cours étrangeres, qu'elle n'épargne aucune dépenſe dans les négociations; mais auſſi, qu'elle ſuit le bon & le vrai ſyſtême qui lui convient, eu égard aux puiſſances avec leſquelles elle ſe lie. Mais où trouve-t-on de ces vrais alliés, qui agiſſent vigoureuſement, lorſque la foi des traités ſeule les oblige à agir, & qu'ils n'y ſont point engagés par leurs intérêts immédiats?

Le troiſième objet n'eſt pas moins important que les deux premiers, & peut-être plus difficile à exécuter. La Suede doit porter inſenſiblement, & ſans trop manifeſter ſes vues, ſes principales forces du côté de la Finlande, choiſir les meilleures places qu'elle y a, les fortifier ſans bruit, (*) y établir des magaſins, tâcher d'aſſurer le port de Helſingfors & les autres qu'elle a, ou qu'elle peut faire ſur le golfe de Finlande, & attendre ainſi de la Providence les événements les plus favorables pour mettre en exécution cette grande entrepriſe.

Le quatrieme objet enfin, dépend beaucoup des trois autres. Si la Suede étoit plus commerçante, qu'elle ſe tînt toujours dans un fort bon état de défenſe, & qu'elle pût parvenir à reconquérir la Livonie & la Finlande, elle ſeule rétabliroit l'équilibre du Nord, & tiendroit la Ruſſie en reſpect. Nous avons déja expliqué dans le chapitre précédent, en quoi cet équilibre conſiſte; & nous ajouterons ici que, tant que les choſes ſeront ſur le pied où elles ſont à préſent, la Suede ne doit jamais ſe départir de l'alliance de la Pruſſe & du Danemarck. C'eſt une triple alliance naturelle. Si la Suede reprenoit ſon ancien luſtre, ſa politique changeroit alors avec ſa fortune.

(*) On ne voit pas trop bien comment ces démarches échapperoient à la vigilance des états intéreſſés à les obſerver. *Note de l'éditeur.*

§ XX.

Telle eſt donc, ou doit être la politique géné- Politique
rale de la Suede. A l'égard de la conduite qu'elle particulie-
obſerve avec chaque puiſſance en particulier, il re.
eſt bon de remarquer, que

  Le Portugal & l'Eſpagne n'ont point d'autres L'Eſpa-
liaiſons avec la Suede, que celles qui naiſſent du gne & le
commerce, ou de l'enchaînement général des af- Portugal.
faires de l'Europe. Ces états ne peuvent ſe rendre de ſervices réciproques, à cauſe de leur grand
éloignement. Mais l'Eſpagne & le Portugal ne
ſauroient ſe paſſer des denrées de Suede; & la
Suede a beſoin de ſel, de ſucre, de fruits, de
vins, d'huiles & d'une infinité de choſes qui croiſſent dans ces deux royaumes. C'eſt ce qui forme
la baſe du commerce mutuel. Si les Suédois s'ap-
pliquoient mieux à la bâtiſſe des vaiſſeaux, & qu'ils
en fiſſent de bois de chêne ſolidement conſtruits,
ni le Portugal, ni l'Eſpagne, ne pourroient jamais mieux ſe pourvoir des vaiſſeaux dont ils ont
beſoin, ſoit pour leurs flottes, ſoit pour les voyages des Indes. La Suede doit donc cultiver ſoigneuſement la bonne amitié avec ces deux puiſſances, & encourager le commerce par tous les
moyens poſſibles. Comme, ni les Eſpagnols, ni
les Portugais, ne navigent point en Europe,
cette circonſtance eſt fort avantageuſe aux Suédois, qui deviennent par-là les voituriers de leurs
marchandiſes; mais la Suede devroit tâcher de
faire ce commerce directement, & non par les
Hollandois, les Hambourgeois, ou autre main
tierce.

  La France eſt de toutes les puiſſances celle La France.
avec qui la Suede a les plus intimes liaiſons. La
bonne intelligence entre ces deux couronnes ſubſiſte depuis le temps de *Guſtave I*, & elle n'a

été interrompue que par de légers nuages de re-
froidissement, que la fausse politique a fait naître.
Ni la France, ni la Suede, ne sauroient jamais
être bons amis & fideles alliés de la maison d'Autriche & de la Russie ; voilà la base fondamentale de cette union naturelle entre les cours de
Versailles & de Stockholm, qui ne peut changer,
ger, à moins que les destinées des nations de
l'Europe ne changent aussi. La Suede tire presque constamment, même en temps de paix, des
subsides de la France ; elle ne doit pas se laisser
éblouir par l'appas d'un plus grand gain qu'elle
pourroit faire ailleurs, ni céder ses troupes à
une puissance rivale de la France. Mais, d'un
autre côté, qu'elle ne se fie jamais trop sur les
secours de la maison de Bourbon. Il pourroit lui
arriver ce qui est arrivé sous nos yeux au roi
Stanislas, à l'*électeur de Baviere*, au prince
Edouard, & à presque tous les alliés de la France.
Que la Suede tâche d'imiter, s'il se peut, la conduite du roi de Prusse, qui est ami & allié de
la France, mais qui se soutient par ses propres
forces, qui agit & qui cesse d'agir quand ses intérêts le demandent. Toutes ces puissantes considérations, que nous ne faisons qu'effleurer ici,
doivent engager la Suede à entretenir avec la
cour de Versailles une bonne harmonie & une
négociation constante. Les intérêts du commerce
se joignent à ceux de la politique ; & les relations
de négoce entre les deux nations deviennent tous
les jours plus considérables. Il y a à Stockholm
deux partis, dont l'un est porté pour l'Angleterre, & l'autre pour la France. Ceux du premier parti doivent être des gens bien fins & de
fort bons citoyens.

L'Angle-   *L'Angleterre* n'épousera jamais bien vivement
terre.   les intérêts de la Suede, de quelque côté qu'on

veuille envifager les chofes. Les Anglois ont toujours été amis zélés de la maifon d'Autriche &
de la Ruffie; & ce n'eft pas là le compte de
la nation Suédoife. Il eft inutile de vouloir concilier des chofes contradictoires, par des raifon-
nements fophiftiques, qu'une mauvaife politique
fait quelquefois inventer. D'un autre côté, on
a remarqué que l'Angleterre cherche toujours à
faire fon commerce dans la Baltique par le moyen
du Danemarck, fans y faire intervenir la Suede;
& ce n'eft qu'à fon corps défendant, qu'elle fait
quelques affaires avec cette derniere puiffance.
L'Angleterre ne fauroit prouver qu'elle ait jamais rendu le moindre fervice réel au commerce
des Suédois; au contraire, elle a tâché de détruire tout-à-fait leur navigation, s'il eût été poffible. Dans la derniere guerre, les armateurs fe
font faifis d'une infinité de vaiffeaux Suédois, &
les ont emmenés dans les ports d'Angleterre; on
les y a retenus fous des prétextes frivoles, leur
cargaifon s'eft gâtée, & toutes ces violences n'ont
été faites que pour abymer le commerce maritime des Suédois & des autres nations. Les raifons que la cour Britannique a alléguées pour
juftifier ces pirateries, étoient pitoyables. On difoit à Londres; *nos loix le veulent ainfi, nous
ne faurions les changer.* Il fembloit entendre les
Romains, qui pour difculper leurs brigandages, &
cette injuftice manifefte avec laquelle ils acca-
bloient les autres nations, difoient pour toute raifon : *Le fénat l'a décidé ainfi.* Mais, malgré ce
que nous venons de dire, la Suede doit ufer de
prudence, & même de fineffe, dans la conduite qu'elle obferve avec l'Angleterre. Elle doit
toujours cajoler cette cour, afin que fi jamais
la France venoit à lui faire faux-bond, elle
puiffe trouver une reffource dans la Grande-Bre-

tagne; & après tout, la politique veut qu'on diminue toujours le nombre de ses ennemis.

Les Provinces-Unies. Tant que *la Hollande* suivra le système politique de l'Angleterre, la cour de Stockholm n'a pas grande apparence de pouvoir détacher cette république des ennemis naturels de la Suede. Cependant ces deux puissances sont fort intéressées à leur conservation mutuelle; car si l'une ou l'autre subissoit quelque révolution considérable qui la fît changer de domination, que deviendroit leur commerce réciproque qui est très-important? Si les forces maritimes des Provinces-Unies se trouvoient réunies à celles d'une autre nation, cette puissance ne manqueroit pas de donner la loi dans la mer Baltique, & de brider la navigation des peuples du Nord. Si au contraire, la Suede étoit envahie, ou par le Danemarck, ou par la Russie, on sent bien que la Hollande n'y trouveroit pas son compte, soit pour le péage du Sund, soit pour le trafic que ses sujets font dans toute l'étendue de la mer Baltique. C'est par cette raison que la cour de Stockholm doit tâcher d'entretenir la bonne harmonie avec cette république, qui indépendamment des intérêts de commerce, pourroit même dans de certaines conjonctures, lui fournir quelques secours pécuniaires. Au reste, il n'y a presque jamais de grandes négociations entre ces deux puissances.

Le corps helvétique, & l'Italie. La Suede n'a aucune liaison avec la *république des Suisses*, & fort peu avec *l'Italie*. Il est très-rare de voir des vaisseaux Suédois dans les ports de la Méditerranée; & il n'y a point de commerce direct entre l'Italie & la Suede. Peu importe à la cour de Stockholm, quel prince possede telle ou telle province d'Italie; & il n'est guères apparent, qu'on revoie jamais des Goths pouffer leurs conquêtes jufques dans Rome. Les intérêts politiques de la Suede , relativement à l'Italie , font fi indirects, qu'il feroit fort inutile de nous étendre en réflexions fur ce fujet.

L'Allemagne a été fouvent le théâtre fanglant où les armes Suédoifes ont fait de terribles rava- L'Allemagne. ges ; mais c'étoit dans des temps où la puiffance de la Suede étoit bien différente de ce qu'elle eft aujourd'hui. On n'a pas vu d'ailleurs , que toutes ces guerres , & les fuccès les plus brillants, aient produit quelque folide avantage à la nation Suédoife ; & le meilleur confeil qu'on puiffe lui donner , c'eft de ne point s'ingérer fans néceffité dans les querelles des Allemands , & fur-tout de ne point exciter de troubles dans cet empire. Les rois de Suede d'ailleurs en font membres en qualité de ducs de la Poméranie , dont ils poffedent une partie , & c'eft ce qui les engage au maintien du fyftême de l'empire, tel qu'il a été établi & confirmé par la paix de Weftphalie, à laquelle la Suede a eu tant de part. Il fe fait d'ailleurs un très-beau commerce entre les deux états par la voie des villes Anféatiques ; commerce qui eft fort avantageux à la nation Suédoife. Cependant *la maifon d'Autriche*, fi puiffante en Allemagne , n'eft pas fort bonne amie de la Suede, & ne fauroit guères l'être par les liaifons où elle fe trouve avec la Ruffie. La cour de Vienne a un befoin effentiel de l'affiftance des Ruffes contre les entreprifes de la Porte Ottomane ; & cet intérêt naturel réunira toujours la Ruffie & l'Autriche. Les Suédois, au contraire , ne fauroient fouhaiter que l'abaiffement de la puiffance Ruffienne ; & delà naît cette inimitié fourde que l'on voit regner entre les cours de Vienne & de Stockholm. La maifon d'Autriche travaille à l'abaiffement des princes de l'empire, & fur-tout du corps

évangélique. La Suede s'eſt ſacrifiée depuis long-
temps pour ſoutenir les prérogatives des membres du corps Germanique, auſſi-bien que la religion proteſtante. Nouvelle ſource de déſunion!
La Suede eſt donc intéreſſée à prévenir l'accroiſſement des forces de la maiſon d'Autriche, & à
empêcher qu'elle ne faſſe aucune brêche aux privileges, aux loix, & aux conſtitutions fondamentales de la nation Germanique.

Le roi de Pruſſe. *La Pruſſe,* de rivale & d'ennemie déclarée
qu'elle étoit autrefois de la Suede, eſt devenue
ſa plus ſûre alliée. Le grand électeur défit les Suédois à Fehrbellin, & les mena battant juſqu'en
Courlande. Le roi Fréderic-Guillaume leur enleva Stettin & une grande partie de la Poméranie. Fréderic II eſt un des plus fermes appuis de
la nation Suédoiſe; & il a cimenté cette amitié
par le mariage de ſa ſœur, la princeſſe Ulrique,
avec le prince ſucceſſeur. Voilà comment les intérêts des nations peuvent quelquefois changer en
peu de temps. La Suede & la Pruſſe ſont devenues aujourd'hui des alliés naturels, parce que
l'une & l'autre ſont intéreſſées à s'oppoſer à l'a-
grandiſſement de la Ruſſie, & à maintenir l'équilibre dans le Nord, de ſorte qu'elles ont entiérement paſſé l'éponge ſur leurs anciennes querelles.
La Suede ne peut jamais être auſſi utile au roi de
Pruſſe, que ce prince peut l'être à la Suede,
parce que les forces Pruſſiennes ſont infiniment
plus conſidérables que les forces Suédoiſes, &
que le roi ſe trouvant voiſin des pays que la Ruſſie
a enlevé à *Charles XII,* y peut toujours faire de
puiſſantes diverſions. Cette conſidération doit donc
engager la cour de Stockholm à ménager, par toutes ſortes de moyens, l'amitié de S. M. Pruſſienne.

La Polo-gne. Toutes les fois que les Suédois ont fait des
guerres ſanglantes en *Pologne,* il en faut cher-

cher le motif, bien plutôt dans l'esprit conquérant des rois, que dans les intérêts de la nation
Suédoise, qui ne demandoient nullement de pareilles entreprises. Qu'est-ce que la Suede a remporté de tous les succès de *Charles XII*, ou même
qu'auroit-elle pu en remporter, supposé que ces
succès eussent été soutenus jusqu'à la fin? Tout
ce qui doit intéresser aujourd'hui la Suede, c'est
de voir sur le trône de Pologne un roi qui ne
soit pas la créature de la Russie, & par conséquent dévoué à son service. Au contraire, si la
Suede & la Pologne étoient unies, elles pourroient s'opposer efficacement aux progrès de la
puissance Russe. Aussi la Suede a-t-elle encore un
parti assez considérable dans la nation Polonoise,
& ce parti-là ne pense pas le moins sainement,
& elle a soin de l'entretenir dans ses bonnes dispositions par les négociations de ses ministres. Il
se fait quelque commerce entre la Prusse Polonoise & la Suede; il mérite d'être maintenu,
parce que dans les besoins ce royaume peut se
pourvoir par ce canal, du bled de Pologne; ce
qui lui est d'une grande ressouce.

   Le Danemarck a été presque de tout temps Le Dane-
marck.
en rivalité avec la Suede; & souvent cette riva-
lité a éclaté en rupture ouverte. Tant de guerres avoient fait naître une haine nationale entre
les deux peuples. Aujourd'hui ce n'est plus la
même chose. Les prétentions réciproques ont été
réglées; les deux royaumes ont des limites si justes, qu'il semble que la nature les ait tracées.
Le Sund sépare la Suede d'avec le Danemarck;
& une chaîne de montagnes forme la frontiere
de la Norwege & des provinces Suédoises. La
Suede est donc intéressée à ce que les limites du
Danemarck demeurent dans le même état où
elles sont aujourd'hui. D'ailleurs, il paroît que

l’une & l’autre de ces deux cours reconnoiſſent que, dans les guerres qu’elles ont enſemble, elles ne font que conſumer en vain l’une contre l’autre des forces qui leur deviennent ſi néceſſaires, lorſqu’il s’agit de s’oppoſer à une puiſſance étrangere qui veut donner la loi dans le Nord. En un mot, l’équilibre du Nord exige, que la Suede & le Danemarck ſoient unis. Les meſures politiques qu’on voit prendre aujourd’hui à ces puiſſances, nous font croire qu’elles ſont ſenſibles à cette vérité. Au reſte, la Suede doit avoir l’œil à ce que le Danemarck n’augmente pas ſon commerce maritime aux dépens du ſien. Il ſeroit auſſi extrêmement avantageux pour la nation Suédoiſe, ſi, par quelque négociation entamée dans des conjonctures favorables, elle pouvoit regagner la franchiſe du droit de péage dans le Sund, qui ſera toujours un obſtacle très-grand aux progrès de ſa navigation.

La Ruſſie. De toutes les puiſſances du monde, il n’y en a point que la Suede doive craindre autant que la *Ruſſie.* Les Ruſſes & les Suédois ſe ſont fait de cruelles guerres depuis un temps immémorial. Anciennement l’avantage étoit toujours du côté des Suédois, mais *Charles XI* avoit coutume de dire : *Ils ne ſavent pas leurs forces ; ne leur apprenons point à les connoître.* En effet, vers la fin du regne de *Charles XII,* la fortune changea, & devint ſi favorable au Czar, que ce prince enleva les plus fertiles provinces dépendantes de la Suede ; ſavoir, la *Livonie,* l’*Ingrie* & une partie de la *Finlande.* Or rien n’eſt plus naturel que le deſir des Suédois de récouvrer ces belles provinces ; & c’eſt ce qui ſera éternellement une pomme de diſcorde entre ces deux puiſſances. La Ruſſie d’ailleurs eſt en état d’entretenir une nombreuſe armée, qui s’aguerrit de plus en plus, & qui devient chaque jour plus formidable pour la Suede. Ce royaume court grands risques d'être totalement envahi, ou du moins de devenir un état dépendant. La cour de Pétersbourg a déja fait sentir sa supériorité à la Suede par de fréquentes démarches pleines de hauteur, & par des actes d'autorité qu'elle y a exercés. Les premiers ministres Suédois n'ont pas été sûrs dans leurs postes ; & la Russie a prétendu les déplacer à son gré. Enfin les ports de Livonie & de Finlande ont donné à la Russie, une flotte, des navires marchands, une navigation & un grand commerce ; & tout cela aux dépens de la Suede. Quelle nation pourroit envisager ces sortes de choses d'un œil indifférent ? Quand même les trônes de Russie & de Suede seroient occupés par les deux princes du même sang qui y sont destinés, croit-on que ces liens soient plus forts que les intérêts naturels des nations ; & un Czar est-il si fort le maître en Russie, (*) ou un roi en Suede, pour que ces princes puissent établir une amitié solide entre des peuples ennemis de tout temps ? C'est à la Suede à nuire à la Russie le plus qu'elle peut, & dans toutes les occasions qui se présentent pour cela. (†) Elle doit tâcher de se mettre dans un état qui du moins puisse en imposer pour se soutenir contre un voisin aussi dangereux.

La Porte Ottomane, quoiqu'extrêmement éloignée, a été de tout temps amie de la Suede, La Porte Ottomane.

(*) Le despotisme des souverains de la Russie ne reconnoît aucunes bornes, ou du moins n'est exposé qu'aux atteintes des révolutions dont les exemples sont assez fréquents. *Note de l'éditeur.*

(†) Il faudroit donc qu'elle le fît d'une maniere dont la Russie ne s'apperçût pas ; & cela est-il possible ? *Note de l'éditeur.*

& lui a rendu les services les plus essentiels, soit par des secours en argent, soit en agissant contre les Russes, soit en les tenant simplement en échec. La porte a même agi avec une générosité peu commune, en renvoyant à la Suede par le major *Sinclair*, qui fut assassiné en Silésie par des suppôts de la cour de Pétersbourg, (*) les obligations des capitaux importants dont la Suede étoit restée redevable à la Porte, depuis les malheurs de *Charles XII*. Toutes ces considérations doivent engager la nation Suédoise à une sincere reconnoissance; & elle doit se conserver l'amitié des Turcs, qui peut lui être d'un secours infini dans toutes les occasions. Une petite armée Ottomane est capable de tenir à la fois en échec la Russie, la Pologne & la maison d'Autriche. Que ne feroit-on pas pour se procurer un pareil allié ?

Les Algériens & autres Pirates.

Les Pirates de la côte de Barbarie ne sauroient nuire beaucoup à la Suede, parce qu'elle envoie peu de vaisseaux dans la Méditerranée. Si son commerce augmentoit de ce côté-là, il lui seroit facile de faire la paix, au moins avec les Algériens, par la médiation de la Porte Ottomane.

(*) M. de Bielfeld avoit-il des garants suffisants de ce qu'il avance ici? *Note de l'éditeur.*

CHAPITRE XIV.

DE LA RUSSIE.

§ I.

DE tous les empires modernes le plus vaste est, sans contredit, celui qu'on nomme *l'empire de Russie*. Nous prenons ici cette dénomination dans le sens le plus étendu, & nous entendons par l'empire de Russie, tous les états, les royaumes & les provinces que le Czar possede tant en Asie qu'en Europe. Ce n'est que dans ce sens qu'on peut dire, que cet empire comprend dans sa *longueur* depuis l'occident jusqu'à l'orient; c'est-à-dire, depuis les frontieres de la Livonie, de l'Ingrie & de la Finlande, jusqu'à l'extrémité de l'Asie, vers le détroit de Kamschatka, une étendue de pays de.... lieues, sur une *largeur* inégale de.... lieues, depuis les frontieres de la Perse ou de la Tartarie, jusqu'à la mer Glaciale au-delà du Cercle Arctique, c'est-à-dire, depuis le midi jusqu'au septentrion. Quel empire immense, qui couvre une si grande partie de notre globe, qu'il embrasse pour le moins un tiers de l'Europe & de l'Asie !

Mais, avant que d'aller plus loin, avertissons nos lecteurs de ne point se faire une trop grande illusion, en supputant les forces de l'empire Russe sur la proportion de la grandeur de son territoire. Rien ne seroit capable de donner de plus fausses idées. Car, en parlant de cet empire, il faut commencer par établir comme un principe certain, premiérement, que la plus belle des provinces Russiennes n'égale, ni en bonté, ni en

Étendue de l'empire Russe.

valeur intrinſeque, les autres pays de l'Europe, tels que la France, l'Angleterre ou l'Allemagne, par la raiſon que le climat y eſt beaucoup plus âpre & plus ingrat, que l'induſtrie y eſt moins connue, & que la ſituation locale ne permet pas le commerce avec des peuples civiliſés. (*) En ſecond lieu, il eſt néceſſaire de conſidérer que les parties qui compoſent ce vaſte empire, diminuent toujours de bonté à meſure que leur ſituation eſt plus vers l'orient. C'eſt ainſi que les provinces ſur la mer Baltique ſont les meilleures; que la Ruſſie occidentale tient le ſecond rang en bonté & en valeur; que la Ruſſie orientale eſt déja d'un rapport infiniment moindre; que la Sibérie juſqu'à Tobolsk mérite à peine quelque attention, & que paſſé Tobolsk, tous les pays que le Czar poſſede juſqu'à l'extrémité orientale, ne valent abſolument rien, & ne forment que des déſerts immenſes, habités ſeulement aux environs des fleuves par quelques peuples barbares, ou par quelques hordes de Tartares, qui menent une vie dure & ſauvage dans des plaines infertiles, & qui ne ſauroient ajouter preſque rien à la puiſſance réelle de l'empire Ruſſe. Ces peuples ne paient qu'un tribut très-léger qui eſt plutôt une marque de leur dépendance qu'une reſſource pour le gouvernement. Lorſqu'une malheureuſe néceſſité oblige de voyager dans ces triſtes contrées, ou qu'on relegue quelque criminel d'état juſques au Kamſchatka, on ne ſauroit prendre ſa route en droite ligne; mais pour y arriver, il faut ſuivre le cours des fleuves, où l'on trouve par-ci

(*) Nous remarquerons une fois pour toutes, que les choſes ont conſidérablement changé à bien des égards depuis le temps où M. de Bielfeld écrivoit. *Note de l'éditeur.*

par-là quelques habitations & quelque nourriture.
Étant ainsi obligé de faire beaucoup de détours,
& de descendre presque jusqu'à la grande muraille
pour remonter ensuite, on peut évaluer ce voyage
à deux mille lieues d'Allemagne ; & comme à un
certain éloignement les chevaux finissent avec les
autres commodités pour la communication des
hommes, on se sert de grands chiens & d'une
espece de traîneaux, avec lesquels on passe des
montagnes & des précipices dans des dangers continuels ; ou bien on est réduit à faire le chemin
à pied, & l'on peut compter hardiment sur deux
ans de voyage avant que d'arriver aux derniers
confins de l'empire.

On sent parfaitement bien que de pareilles provinces ne sauroient guères contribuer à l'augmentation de la puissance d'un empire, si ce n'est
que les immenses déserts servent de rempart contre les incursions des peuples les plus voisins. Et
comme nous écrivons une politique, & non un
traité de géographie, j'espere qu'on ne s'attendra
point à trouver ici une description de toutes ces
stériles provinces, dont la possession n'est en effet qu'une chimere destituée de toute réalité. D'ailleurs, nous pouvons renvoyer ceux qui sont curieux de connoître ces pays en détail, à deux
ouvrages qui ont paru depuis peu. Le premier
porte pour titre, *Imperii Russici & Tartariæ ma-
joris, nec non minoris Crimeæ tabula cum scia-
graphia tractationis de iisdem.* Le second est un
atlas que l'académie des sciences de Pétersbourg
vient de faire paroître, & auquel elle a travaillé
depuis beaucoup d'années. Il contient une très-
belle carte générale de tout l'empire Russe avec
les cartes particulieres des différentes provinces,
& une ample description de toutes ces contrées.
C'est dommage que les cartes, ainsi que la des-

cription géographique, foient compofées en langue Ruffe ; mais je ne doute point que nous n'en ayions bientôt une traduction fidelle , par les foins de nos géographes de France , d'Allemagne ou de Hollande.

§ II.

Contrées qui font la force réelle de la Ruffie.

Les principaux pays qui forment cet empire , qui contribuent à fa grandeur intrinfeque , & qui par conféquent font les feuls fur lefquels nous devons porter ici la vue , fe réduifent à

1. La *Grande-Ruffie*, ou la *Ruffie noire* , qu'on nomme auffi la *Mofcovie* du nom de fa capitale. Elle portoit anciennement le nom de *Sarmatie ;* & le nom moderne de Ruffie fignifie , *partage* ou *divifion.* Ce pays a pour le moins trois cents milles en quarré.

2. La plus grande partie de l'*Ukraine.*
3. La *Sibérie.*
4. Le royaume de *Cafan.*
5. Le royaume d'*Aftracan.*
6. La *Bulgarie.*
7. La *Livonie.*
8. L'*Ingrie.*
9. Une partie de la *Finlande.*

Pour peu qu'on jette les yeux fur la carte , on verra que ces pays ne laiffent pas que d'être confidérables par leur vafte étendue, & par leur fituation. Ce font auffi ces provinces que nous comprendrons déformais fous le nom commun de Ruffie.

Ceux qui ont étudié la géographie, favent que l'Europe eft , pour ainfi dire , environnée par dix mers qui portent des noms différents. La Ruffie feule touche à cinq de ces mers ; favoir, à la mer

Baltique vers les frontieres de la Suede, à la mer
Blanche du côté de la Laponie Moſcovite, à la
mer Glaciale vers le Pole Arctique, au Pont-
Euxin ou à la mer Noire du côté des frontieres
de la Turquie, & à la mer Caſpienne vers les
frontieres de la Perſe.

On peut voir encore par-là, que la Suede, la
Pruſſe, la Pologne, les Turcs, les Tartares, les
Perſes, & même les Chinois, ſont les plus pro-
ches voiſins de l'empire Ruſſe.

Mais, indépendamment de ces mers, il y a
des fleuves conſidérables, & quantité de rivieres
qui coulent à travers les provinces Ruſſiennes;
tels ſont le Boriſthene, ou le Dnieper, qui par-
court les frontieres de la Pologne, & vient ſe
jetter dans la mer Noire; la Wolga qui traverſe
la Ruſſie, & porte ſes eaux dans la mer Caſpienne; le Tanaïs, ou le Don, qui ſerpente ſur
les confins de la Ruſſie, & ſe jette dans la mer
d'Aſof, ou Palus Méotide; la Dwina, qui ſe rend
à la mer Blanche; & enfin l'Oby, qui partage l'Europe & l'Aſie, & ſe perd dans la mer Glaciale.
Quelles reſſources pour le commerce que tant de
mers & tant de fleuves, ſi le pays fourniſſoit plus
de denrées; qu'il eût plus de manufactures, &
que des peuples civiliſés habitaſſent par-delà la
Ruſſie, auxquels ce pays pût ſervir d'entrepôt!

§ III.

On comprendra fort aiſément, qu'un pays d'une
auſſi vaſte étendue, ne ſauroit avoir par-tout le
même climat, le même terroire, par conſéquent
les mêmes productions, les mêmes denrées, la
même quantité d'habitants, les mêmes mœurs &
les uſages, &c. En effet, les provinces occidentales & méridionales, comme l'Ukraine, le royau-

Remar-
ques ſur
le climat.

me de Cafan , celui d'Aftracan, font belles & fertiles , & different du tout au tout des contrées
orientales & feptentrionales de l'empire Ruffe.
La grande province de Petzora , par exemple,
qui s'étend le long de la mer Glaciale, eft fujette à un froid fi violent, & les hivers y font
fi longs, que les rivieres ne dégelent qu'à la fin
du mois de mai, & fe glacent déja au mois d'août.
Il y a beaucoup de contrées en Ruffie qui font
dans ce cas. Mais , dans les provinces mêmes
qui fe trouvent fituées au centre de cet empire,
comme dans celle de Mofcovie & jufques dans
la ville capitale de Mofcow, le froid eft très-ri-
goureux ; & c'eft une chofe affez ordinaire d'y
rencontrer fur les chemins, ou dans les rues,
des gens perclus de froid ; auffi a-t-on peine à
fe préferver de ce danger par les exercices du
corps. La gelée fait ouvrir quelquefois la terre,
comme le fait ailleurs la féchereffe. Toutes les
eaux du pays fe gelent, & changent tellement
de face, qu'à peine peut-on les diftinguer de la
terre. Les lacs les plus vaftes, les fleuves les plus
grands, font fujets à cette métamorphofe. Ils fervent pendant l'été aux bateaux, & en hiver les
traîneaux y paffent auffi librement que fur terre,
la glace y étant ordinairement de trois ou quatre
pieds d'épaiffeur. Or cette croute de glace étant
foutenue par l'eau fur laquelle elle nage, peut
porter des fardeaux immenfes fans aucun rifque.
Il eft affez probable, que cette grande quantité
d'eau qu'il y a en Ruffie, étant refroidie au commencement de l'hiver, contribue auffi à rendre
dans la fuite l'air fi froid & fi piquant, que, fi
en temps de gelée on jette un verre d'eau par
la fenêtre, cette eau fe convertit en glace à
mefure qu'elle tombe à terre. Lorfqu'au cœur
de l'hiver on fort d'une chambre chaude à la

rue, le grand changement d'air eſt capable de faire perdre la reſpiration; ſi l'on touche quelque vaſe d'étain, qui n'a point été échauffé, les doigts s'y attachent, & la peau y demeure quand on les retire. La neige qui couvre ce pays, tombe preſque toute au commencement de l'hiver; peut-être fait-il après cela trop froid pour neiger. Si toutes ces remarques ne ſuffiſent pas pour faire comprendre à quel point le froid eſt perçant en Ruſſie, nous pouvons y joindre un exemple ſingulier qui achevera d'en donner une idée com-plette. En 1738 l'impératrice ANNE fit conſtruire ſur la Néva, près de Péterſbourg, un palais tout de glace; les murailles intérieures & extérieures, les ornements, les meubles, les tables, les chai-ſes, juſqu'à des boites de pendules & des vaſes, tout étoit glace. On y célébra les noces d'un des bouffons de la cour. (*) Les amours qui pré-ſidoient à cette fête nuptiale, devoient ſe trou-ver étrangement logés. C'étoient apparemment des amours peu tendres & peu délicats; ils étoient nés Ruſſes, & n'avoient jamais reſpiré l'air de l'iſle conſacrée à Vénus. Heureux les mortels qui

(*) M. de Bielfeld s'eſt trompé pour la date; cela eſt arrivé dans le grand hiver 1740, & l'on en peut lire tous les détails dans un écrit publié alors ſous le titre ſuivant : *Deſcription & repréſentation exacte de la mai-ſon de glace conſtruite à Péterſbourg au mois de janvier 1740, & de tous les meubles qui s'y trouvoient : avec quelques remarques ſur le froid en général, particuliére-ment ſur celui qu'on a ſenti cette même année dans toute l'Europe ; compoſée & publiée en faveur des amateurs de l'hiſtoire naturelle,* par George Wolfgang Krafft, *mem-bre de l'académie impériale de S. Péterſbourg, & profeſ-ſeur de phyſique ; traduit de l'Allemand par* Pierre le Roy, *membre de l'acad. imp. de S. Péterſbourg & prof. d'hiſ-toire.* A S. Péterſbourg 1741. in-4to. pag. 32, avec ſix planches. *Note de l'éditeur.*

vivent loin des climats où la nature donne une pareille demeure aux amours ! (*)

Mais si l'hiver a ses incommodités, il ne laisse pas aussi que d'avoir ses avantages. Car la constance du froid rend la Russie moins sujette aux intempéries qui regnent dans les pays chauds, les corps y sont plus robustes, la santé y est plus ferme, & les maladies épidémiques n'y font presque point de ravages. Il faut même qu'il y ait dans le tempérament des Russes quelque antidote contre le mal contagieux, & cette conjecture est fondée sur des exemples curieux. Lorsqu'au commencement de ce siecle, & pendant la guerre du Nord, le Czar fit entrer son armée dans le Mecklembourg & le Holstein, ces pays étoient désolés par une cruelle peste ; mais, à mesure que ces troupes avançoient, il sembloit que la peste fuyoit devant elles. Les soldats Russes en arrivant dans un village, enfonçoient les portes des maisons dont souvent tous les habitants avoient péri ; ils jettoient les cadavres dehors, se couchoient dans les lits où les pestiférés étoient morts, & n'attrapoient aucun mal.

Un autre avantage qui résulte de la gelée constante, c'est la commodité de voyager l'hiver dans des traîneaux qui glissent sur la neige avec une facilité & un vîtesse incroyable. Le peuple n'a que des traîneaux faits d'écorce de tilleul, en forme de coffre, & doublés ordinairement d'un gros feutre qui se fabrique dans le pays, mais sans couvert. Les gens aisés se mettent bien plus à leur aise. Leurs traîneaux sont couverts, on y met des matelats & des lits de plume sur lesquels on se couche de son long comme dans

(*) J'ai été tenté de supprimer ces réflexions qui ne sont, ni judicieuses, ni polies. *Note de l'éditeur.*

un lit ; on fe couvre de bonnes fourrures, on
a des livres & toutes fortes de commodités autour de foi dans cette voiture ; & comme le
mouvement en eft fort léger, & prefque infen-
fible dans un pays fi uni, on peut dire qu'on
voyage avec une douceur & un agrément inconnus par-tout ailleurs, & cela avec un cheval
& fous la conduite d'un charretier fidele, qui fe
réchauffe en courant par intervalle, ou en bu-
vant quelques bons traits d'eau-de-vie. Il y a auffi
des traîneaux de ville, qui font proprement ornés, & qui fervent en guife de carroffes. Lorfque la cour voyage, l'impératrice fait la route
dans un traîneau d'une grandeur prodigieufe, dé-
coré magnifiquement, dans lequel on a pratiqué
une chambre bien meublée, capable de contenir plufieurs perfonnes, & toutes les commodités imaginables. (*) Cette maifon ambulante eft
attelée de quantité de chevaux, & va fort vîte,
malgré fa pefanteur. En été, on fe fert d'une
voiture qu'on nomme dortoir, ou *Schlaff-Wagen*,
qui a toutes les commodités des traîneaux des
gens de condition, & qui n'en differe que parce
qu'elle eft fufpendue entre des brancards & fur
des roues.

Au refte, la Ruffie eft un pays en général
fort plat, affez marécageux, bien garni de forêts, de ruiffeaux, d'étangs, de lacs & de rivieres. Mais les bois font prefque tous de fapins
& de bouleaux ; les autres arbres n'y fauroient
fubfifter, ce qui rabat beaucoup de la beauté des
forêts. Entre les lacs, on en trouve de vingt
à vingt-cinq milles de longueur, & larges à pro-

____

(*) Je ne fais fi tout cela eft bien exact. Au moins
des feigneurs Ruffes à qui je m'en fuis informé, ne
me l'ont pas confirmé. *Note de l'éditeur.*

portion. La nature en a bien sagement pourvu ce pays, ainsi que de plusieurs beaux fleuves; car, comme c'est un grand continent, il auroit de la peine à subsister s'il n'avoit la commodité du commerce & de la navigation par le moyen de ces rivieres, qui se jettant les unes dans les autres, portent toutes leurs eaux dans la mer. C'est pour une semblable raison, & parce qu'on manquoit à Pétersbourg de vivres & de denrées, que *Pierre I* fit construire le fameux canal de Ladoga, qui a quinze milles d'Allemagne de long, quatre-vingt pieds de large, & dix pieds de profondeur. Il fut achevé en 1732 sous l'impératrice *Anne*, & il combine les lacs de Ladoga & d'Onéga avec la riviere de Néva sur laquelle Pétersbourg est bâti. Ce canal qui facilite infiniment le transport de toutes sortes de provisions venant de l'intérieur du pays, est un ouvrage digne des anciens Romains. Le même Czar *Pierre I* qui vouloit illustrer son regne par tous les endroits possibles, fit aussi couper un grand chemin à travers des forêts en droite ligne, depuis Pétersbourg jusqu'à Moscow, c'est-à-dire, à une distance de 107 milles d'Allemagne. Cette route est tirée au cordeau, & taillée en perspective. Il y a des poteaux à chaque mille, qui marquent la distance, & tout le chemin est partagé en vingt-quatre stations, où l'on trouve des chevaux de poste & les choses nécessaires aux voyageurs. Pour naviger sur les lacs & les rivieres, les Russes se servent de bateaux plats, fort longs & fort larges, qui portent jusqu'à 200 tonneaux, comme aussi de certains ponts flottants, faits de rondins liés les uns avec les autres; de sorte qu'ils nagent sur la surface de l'eau : on fait aussi usage de ces derniers pour passer par-dessus les marais. Par terre, ce sont, comme nous venons de le dire, en hiver des traîneaux, & en été des chariots qui leur fervent de voiture.

Il eft bon de remarquer encore, que l'été eft extrêmement chaud en Ruffie, mais les nuits y font fraîches. Les fruits de la terre y mûriffent foudainement; mais de la grande chaleur il s'engendre des nuées d'infectes, de guêpes & de certaines mouches qui fortent des étangs & des marais, & qui perfécutent jour & nuit ceux qui voyagent. Au refte, nous le répétons encore, le climat ne fauroit être le même par toute la Ruffie; l'Ukraine eft bien différente des provinces feptentrionales, & notre but n'eft nullement d'entrer dans aucun détail fur cet objet. Ceci fuffira donc pour donner une idée générale du climat de la Ruffie & de la nature de fon terroir; ceux qui font curieux d'en favoir plus de particularités, pourront confulter les relations de quelques voyageurs, mais qui ne laiffent pas que d'être fort rares, & fujettes à caution. (*)

§ IV.

Quant à la fertilité du pays, il faut convenir que la Ruffie, malgré fon affiette feptentrionale, ne laiffe pas que de produire en abondance tous les aliments néceffaires à la vie de l'homme; & *Produc-tions du pays.*

(*) Une des relations les plus récentes, & qui paroît contenir dans fa briéveté le plus de notices intéreffantes, a pour titre : *Freundfchaftliche Briefe über den gegewärtige Zuftande des Ruffichen Reichs*, &c. 1769, fans lieu d'impreffion, in-8vo. avec quelques figures. Feu M. l'abbé Chappe d'Anteroche dans fon *voyage* fplendidement imprimé, a prétendu décrire les contrées de la Ruffie qu'il a traverfées; mais on lui a reproché avec la plus grande vivacité des bevues & des infidélités énormes dans un ouvrage intitulé *Antidote*, &c. *Note de l'éditeur.*

ceux qui pourroient lui manquer, y font apportés des provinces voifines ; de forte qu'on y vit à fort bon marché. Car, quoiqu'il y ait quelques contrées ftériles, il s'en trouve d'autres qui abondent tellement en bled, qu'elles peuvent en pourvoir tout l'empire Ruffe. C'eft ainfi que l'Ukraine, la Livonie & la grande étendue de pays entre Vologda & Mofcow, entre Mofcow & Smolensko, depuis Rezan jufqu'à Novogorod & Vobfco, & depuis Mofcow jufqu'à la Tartarie Crimée du côté du midi, comme auffi le long du Volga entre le Caran & Aftracan, ont un fort bon terroir qui produit du froment, du feigle, de l'orge, des pois, de l'avoine, & une forte de grains qu'ils appellent *pfnytha*, qui a quelque rapport avec le riz. Outre les bleds, il y a auffi des fruits, mais qui font communément affez mauvais, & ne parviennent guères à leur véritable maturité. Il en faut excepter les mélons qui viennent d'Aftracan, & qui font les meilleurs du monde, comme auffi une certaine pomme tranfparente, qu'ils appellent *pomme de glace*, & qui eft d'un goût exquis. Les jardins font affez bien garnis d'herbes potageres, mais fur-tout d'ail & d'oignons, dont les Ruffes font un grand régal. On trouve près d'Aftracan une efpece de citrouilles faites en forme d'agneau, dont on affure qu'elles changent de place en croiffant, que l'herbe feche par-tout où elles fe tournent, que le fruit fe couvre d'une certaine peau velue qui peut fervir de fourrure après qu'on l'a préparée, & que le jus en eft rouge comme du fang. (*) Les bois fourmillent d'abeilles qui donnent une

(*) Voyez l'article *Agnus Scythicus* dans les dictionnaires & dans les ouvrages d'hiftoire naturelle. *Note de l'éditeur.*

immenſe quantité de cire & de miel. Outre le bétail commun dont la Ruſſie eſt bien pourvue, il y a une grande abondance de bêtes fauves & gibier, comme de daims, de ſangliers, de faiſans, perdrix, gélinotes, canards ſauvages, coqs de bruyere, cailles, ramiers, outardes, alouettes, grives, & autres petits oiſeaux qui ſe vendent à bon prix, & dont le goût eſt excellent. Les lacs, les étangs & les rivieres ſont remplis de poiſſons. Indépendamment des poiſſons ordinaires que l'on trouve auſſi dans d'autres pays, on pêche dans le Volga ce qu'on appelle en Ruſſe le *Bellouga*, qui eſt un fort grand poiſſon, comme auſſi l'*Eturgeon*, & deux autres ſortes de poiſſons qu'ils nomment *Sterledy* & *Sévériga*, qui reſſemblent beaucoup à l'éturgeon, mais qui ſont moins grands & plus délicats. Tous ces poiſſons ſe prennent en très-grande quantité; & de leurs œufs on fait un ragoût excellent, qui eſt connu dans toute l'Europe ſous le nom de *Caviar*. On réduit ces œufs en pâte, & après qu'on les a préparés au ſel, on peut les envoyer fort loin, & on les mange en ſalade. Il s'en fait un grand commerce en Ruſſie. Les vins leur viennent par la mer Baltique, aſſez bons, mais chers. Ils font chez eux de la biere & de l'hydromel. Ils ont auſſi du ſel, mais pas en grande abondance.

Les immenſes forêts de la Ruſſie & de Sibérie, ſervent auſſi de retraite aux renards noirs & gris, & aux martes zibélines, aux caſtors, aux hermines, aux ours, aux loups, aux loups cerviers, aux élans, & à quantité d'autres bêtes ſauvages, dont les peaux donnent des fourrures d'une beauté incomparable, & dont l'uſage eſt excellent dans ces climats froids. Enfin les Ruſſes ont auſſi chez eux du ſoufre & du ſalpêtre, du goudron, de la poix, du fer, de l'acier & du cui-

vre. Il n'y a que l'or & l'argent qui ne s'y trouvent pas, & qui y font en général affez rares.

§ V.

Manufac-
tures.

Il s'en faut encore beaucoup que les *manu-*
factures foient parvenues à un certain degré de
perfection en Ruffie, malgré les foins que *Pierre I*
s'eft donné pour les y établir. Lorfque ce grand
homme parvint au trône, toute la nation Ruffe
étoit enfevelie dans la plus profonde ignorance &
dans une barbarie totale. Ne connoiffant ni les commodités, ni les agréments de la vie, ils avoient
peu de befoins. Les arbres des forêts groffiére-
ment ajuftés enfemble, fans clous ni ferrures,
leurs fervoient de cabanes; ils fe vêtiffoient de
la peau des bêtes qu'ils tuoient, ou de quelque
drap groffier; le luxe, foit dans les aliments, foit
pour le vêtement, foit pour le logement, étoit
inconnu chez le peuple; les boyards, ou feigneurs, à la vérité, fe diftinguoient par quelque
dépenfe, mais ce n'étoit pas grand'chofe, &
tout ce qu'il falloit pour cela, leur étoit apporté du dehors, foit par les Anglois, foit par
les nations qui habitent les bords de la mer Baltique. On voit bien qu'un peuple auffi fauvage
n'avoit prefque befoin d'aucunes manufactures, ou
du moins qu'il ne lui en falloit pas d'affez confidérables pour porter ce nom. Mais *Pierre I*
ayant conçu le deffein glorieux de civilifer fes
fujets, il commença d'abord par introduire chez
eux la connoiffance des douceurs de la fociété,
& d'une certaine variété dans la vie, qui fait
que l'homme ne fe croit pas fouverainement
heureux, lorfqu'il paffe fes jours dans l'indolence des bêtes, & borne fes occupations à nourrir fon corps d'aliments & à les digérer. Les Ruffes
furent comme frappés d'une nouvelle lumiere,

& s'humaniferent affez vîte. L'ambition fe fit fentir chez eux ; ils voulurent être ce que font les autres peuples ; fur-tout après que *Pierre* eut mené fes troupes en Allemagne, & qu'elles y eurent appris comment vivent les hommes. Leur ignorance étoit encore bien grande à cette premiere aurore de leur régénération. Lorfque l'armée Ruffe campa au village de Steinbeck, près de Hambourg, le Czar & les principaux officiers entrerent dans cette ville. Ces derniers ayant vu expofé dans une boutique quelques morceaux d'un cuir doré de Venife, dont nous nous fervons pour des meubles, le prirent pour du drap d'or, & s'en firent faire des veftes & des parements pour orner leurs habits. On n'auroit jamais fini fi l'on vouloit rapporter tous les traits originaux de fimplicité, par lefquels ces Ruffes apprêterent alors à rire aux peuples chez lefquels ils pafferent. Mais le Czar pouffant de plus en plus fon projet, appella dans fes états avec le luxe toutes fortes de manufactures pour le fatisfaire. Lui-même voyagea, lui-même fe fit artifan pour faire fentir à fes fujets, que les arts & les métiers ne déshonorent point ceux qui les cultivent. (*) Des fabricants de toute efpece & de toute nation furent appellés en Ruffie ; l'appas d'une grande fortune fit réfoudre quantité d'Allemands, de Hollandois & de François à quitter leur patrie, & à tranfporter leur induftrie & leur favoir en Ruffie. On fe mit à fabriquer ; les naturels du pays furent contraints de mettre également la main à l'œuvre & de travailler aux manufactures. Ils marquerent d'abord affez de

(*) Il faut lire le bel éloge de cet empereur, qui fe trouve parmi ceux de M. de Fontenelle. *Note de l'éditeur.*

génie, & réuſſirent dans la plupart des choſes. L'eſprit du deſpotiſme outré, qui domine dans ce pays, produiſit des ſuccès bien étranges. On choiſiſſoit les Ruſſes ſur la phyſionomie pour les employer à tel ou tel métier, à telle ou telle profeſſion. Celui à qui l'on avoit dit : *tu ſeras peintre, tu ſeras orfevre, tu ſeras architecte*, &c. le devenoit ſoudainement. Cependant cette violence fut bien contraire à la perfection ; & le génie des hommes ainſi bridé, ne pouvant ſe porter aux objets vers leſquels il incline naturellement ; on n'a jamais rien vu ſortir de Ruſſie qui ait été beau & achevé en fait de manufactures. Tant que *Pierre I* & les artiſans étrangers qu'il avoit attirés, vécurent, les fabriques allerent leur train. Mais aujourd'hui on peut dire, qu'à quelques peu d'articles près, elles ſont tombées dans une entiere décadence. La Ruſſie, bien-loin de pouvoir exporter le moindre ouvrage fait chez elle, ſe voit obligée de prendre tout des manufactures de ſes voiſins & des autres nations Européennes. Les François, les Anglois, les Hollandois, les Pruſſiens & d'autres y portent leurs draps, leurs étoffes, leurs dorures, leurs glaces, leurs carroſſes, leurs bijouteries, en un mot toutes les choſes qui ſont devenues néceſſaires aux Ruſſes, depuis qu'ils connoiſſent le luxe & les commodités de la vie.

§ VI.

Commerce.

Mais, malgré le défaut total de bonnes & ſolides manufactures, le *commerce* de la Ruſſie ne laiſſe pas que d'être fort conſidérable. Les denrées qui ſervent de fonds à ce commerce, conſiſtent dans le miel, la cire, le talc, les ſuifs, les fourrures de toute eſpece, parmi leſquelles les zibélines ſont de grand prix ; les peaux, le cuir de

Rouſſi,

Rouſſi, le chanvre, le lin, les plumes de lit, le goudron, l'huile de veau marin, la chair ſalée, le poiſſon ſalé, le caviar, le ſavon, le bled, la rhubarbe, & pluſieurs autres articles conſidérables. Il n'eſt pas permis indifféremment à un chacun de négocier avec toutes ces marchandiſes; quelques-unes ſont réſervées comme *droits régaux* à la couronne, & l'on diſtingue en Ruſſie entre marchandiſes de la couronne (*Kroon-Waaren*) & marchandiſes communes (*gemeine Waaren.*) Du nombre des premieres ſont les zibélines & quelques autres fourrures diſtinguées, le caviar, la rhubarbe, &c. Mais, comme la cour ne ſauroit trafiquer elle-même, ni ſe procurer le débit de ces marchandiſes dans les pays étrangers, on les afferme à quelque gros négociant de Pétersbourg, qui les achete, pour ainſi dire, en bloc, les fait circuler dans toute l'Europe, & s'enrichit à l'ordinaire très-conſidérablement. Les autres denrées ou marchandiſes, ſont abandonnées au commerce public, & chaque particulier peut en faire la matiere de ſon négoce. Il faut bien cependant que les Ruſſes mêmes n'aient point acquis encore l'eſprit du vrai commerce; car nous voyons à Pétersbourg, à Archangel, à Riga, & dans les autres ports de la Ruſſie, beaucoup de comptoirs Anglois, Hollandois, Hambourgeois, Lubéquois, & autres qui s'y ſont établis, & qui font le commerce que les naturels du pays devroient faire. Ils achetent leurs marchandiſes, les embarquent ſur des navires étrangers, mettent le meilleur profit dans leur poche, & au bout de quelques années ſe retirent dans leur patrie, emportant avec eux les richeſſes qu'ils ont acquiſes. Il eſt rare, pour ne pas dire inoui, de trouver un comptoir purement Ruſſe, où il n'y ait pas au moins quelque aſſocié étranger. Mauvaife politique! Cela prouve bien que les Ruffes n'en font pas encore où ils croient être. Mais, indépendamment des denrées naturelles, qui forment la bafe du commerce de la Ruffie, cet empire a l'avantage de pouvoir négocier avec la Chine, la Perfe & la Turquie, fans paffer ailleurs que par fon propre territoire, & par des chemins plus courts & plus fûrs que celui de la navigation. Ces commerces-là font encore au berceau ; mais on pourroit les rendre très-confidérables dans la fuite. Il n'y a pas fi long-temps que les caravanes qui vont depuis la Chine, tout du long de la grande muraille, jufqu'à Pétersbourg, font connues. Elles apportent du thé, des étoffes, & toutes les marchandifes que les autres nations commerçantes tirent de la Chine par le moyen de leurs vaiffeaux. La mer Noire & la mer Cafpienne, ainfi que le Wolga, & la province d'Aftracan, facilitent beaucoup le commerce, avec la Turquie, la Perfe, & les Arméniens. Toutes les rivieres qui fe dégorgent l'une dans l'autre, leur donnent une commodité infinie pour le tranfport des foieries & des autres marchandifes qu'ils en tirent, jufques dans la mer Baltique, d'où ils peuvent enfuite les faire paffer aifément chez tous les peuples de l'Europe. Mais, encore un coup, tout ce commerce n'eft pas auffi bien entendu qu'il pourroit l'être; & il eft fort heureux pour les autres nations commerçantes, que la Ruffie ait des Ruffes pour habitants. Les Anglois fur-tout font trop fins pour ne pas tirer parti de tout cela. En 1741 ils ont renouvellé avec la cour de Pétersbourg un traité de commerce, dont les conditions les plus effentielles étoient, que l'armée Ruffe fera déformais habillée de draps Anglois, & qu'on établira un commerce fur la mer Noire, dont la nation Angloife tire les plus grands avantages.

En échange de toutes les denrées qui fortent de la Ruffie, & des marchandifes de la Chine, de la Perfe & du Levant qu'elle débite, cet empire a befoin d'une infinité de chofes qui lui font apportées du dehors. Tels font les draps, les étoffes de foie, d'or, d'argent & de laine, les épiceries, l'étain, le plomb, les vins, l'eau-de-vie, les quincailleries, les dentelles, les toiles fines, les glaces, les carroffes, les meubles, & prefque en général ce que l'on peut comprendre fous le nom d'ouvrages de manufactures. Elle tire toutes ces chofes de l'étranger; & voilà le fonds de ce commerce, qui paroît fort páffif, pris dans fa généralité, fur-tout fi l'on confidere que les marchandifes qui viennent de la Chine, de la Perfe ou de la Turquie s'achetent plus fouvent de ces peuples qu'elles ne fe troquent.

Les monnoies courantes en Ruffie font les écus en efpece, connus fous le nom d'*Albertfdales*, les *Roubles*, & une monnoie d'argent qu'ils appellent *Copéca*, dont cinquante font à peu près la valeur d'un écu de France. Au refte, des négociants étrangers qui font établis en quantité en Ruffie, y ont introduit l'ufage & la facilité du change avec les principales villes commerçantes de l'Europe, fur-tout avec Amfterdam, Londres, Hambourg, &c.

On voit une chofe finguliere en Ruffie, qui peut paffer pour un vrai problême de finance, & dont jufqu'ici perfonne ne m'a donné une bonne folution. C'eft que toutes les marchandifes de la couronne font toujours vendues contre des écus de banque, ou écus en efpece; que toutes les douanes ne fe paient que dans cette monnoie; qu'il eft très-rigoureufement défendu de

fortir aucun argent du royaume ; que l'orfévrerie & les galons n'emportent prefque point d'argent, puifqu'on n'en fait pas un grand ufage, &
que d'ailleurs ces articles viennent de l'étranger;
& que, malgré tout cela, l'argent monnoyé ne
fe voit quafi point en Ruffie, devenant plus rare
de jour en jour. Cet empire a prefque épuifé la
Flandre d'albertfdales, & l'Allemagne d'écus en
efpece ; tout cela eft tombé comme dans un
gouffre, ce qui fait conjecturer que les Ruffes
ont enterré des fommes immenfes. Mais peut-être
y a-t-il une meilleure folution à donner de cette
énigme.

§ VII.

Naviga-
tion.

Avant *Pierre I* les Ruffes ignoroient parfaitement la navigation fur mer. Ils avoient quelques
canots fur les côtes pour la pêche, & des bateaux
plats ou des radeaux par-ci par-là fur les fleuves.
Ce ne fut que vers le milieu du feizieme fiecle
que les Anglois découvrirent les premiers le port
d'Archangel fur la mer Blanche. Car, du temps
d'*Edouard VI*, roi d'Angleterre, & de *Jean
Bafilovitz*, grand duc de Mofcovie, les Anglois
pouffés du defir d'étendre leur commerce, en-
voyerent trois vaiffeaux pour tenter de nouvelles découvertes du côté du levant & du feptentrion. Ils partirent le 20 mai 1553, fous la conduite du chevalier *Willoughby* ; mais deux de
ces vaiffeaux, dont l'un étoit celui du chevalier,
périrent de froid & de mifere dans un havre
près de Kégor, le lieu le plus feptentrional de
toute la Laponie. Le troifieme vaiffeau, com-
mandé par le capitaine *Chancelier*, arriva heureufement à la baie de St. Nicolas près d'Archangel,
où après avoir jetté l'ancre, ils apperçurent de
loin un bateau de pêcheurs, qu'ils firent tous

leurs efforts d'atteindre. Les pêcheurs qui avoient aussi découvert le navire, qui leur sembloit un nouveau prodige sur l'eau, prirent la fuite tout étonnés ; mais le capitaine fit si bonne diligence avec son esquif, qu'enfin il les joignit, & par des signes d'amitié il leur témoigna qu'il n'étoit pas venu pour les maltraiter. Ces pauvres barbares se jetterent à ses pieds, transis de peur, mais le capitaine refusant leur soumission, les traita avec une douceur infinie ; ce qui changea tout à coup leur crainte en joie. Ils allerent d'abord avertir leurs voisins de cet événement : la populace accourut en foule, on offrit aux Anglois des vivres & toutes sortes de secours. Le capitaine apprit bientôt que ce pays s'appelloit *Russie* ou *Moscovie*, & que le Prince qui y regnoit, étoit *Jean, fils de Basile.* On dépêcha des messagers à Moscow pour informer le Czar de ce qui venoit d'arriver ; & ce prince ordonna que le capitaine *Chancelier* fût conduit avec ses gens à la cour, où on leur fit un accueil des plus obligeants. Le Czar leur donna des privileges authentiques, pour eux & leurs successeurs, de trafiquer déformais dans ses états, sans payer aucun impôt ; & c'est ce qui a établi le commerce considérable qui s'est fait depuis entre l'Angleterre & Archangel. Je ne rapporte cette particularité que pour mieux faire voir dans quel état étoit la nation Russe au milieu du seizieme siecle, en comparaison des autres peuples de l'Europe.

Cependant les Moscovites ne penserent nullement à imiter la construction des vaisseaux Anglois, & de ceux des autres nations qu'ils voyoient arriver successivement dans le port d'Archangel ; ils resterent dans leur indolence jusqu'à la fin du seizieme siecle. *Pierre I* parut alors, & entre tant d'établissements qu'il fit, il voulut sur-tout apprendre la marine & la navigation à fes fujets. C'étoit une de fes paffions dominantes. Il s'inftruifit lui-même en Hollande de tout ce qui pouvoit avoir du rapport à cet art ; on l'a vu travailler dans les chantiers d'Amfterdam, comme un fimple charpentier. Il emmena en Ruffie d'habiles ouvriers ; & ayant conquis des Ports fur la mer Baltique, il y fit bientôt conftruire une flotte formidable pour fes voifins. La marine a toujours été cultivée depuis avec grand foin en Ruffie ; & cette puiffance entretient encore à l'heure qu'il eft un grand nombre de vaiffeaux de guerre & de galeres dans fes ports de la Baltique. Mais, comme la côte n'eft pas étendue, elle manque de matelots, fur-tout de ceux qui feroient propres à fervir fur des vaiffeaux marchands. Auffi peut-on dire, que jufqu'à ce moment la Ruffie n'a aucune forte de navigation de commerce, tout y étant apporté par des navires étrangers. La difficulté du port de Pétersbourg, les gelées fortes qui commencent de bonne heure, & finiffent fort tard, le manque d'habiles maîtres de navires, & quantité d'autres inconvénients, feront toujours de grands obftacles aux fuccès de la navigation des Ruffes. Ils n'ont d'ailleurs aucune des grandes pêches de mer qui puiffe leur fervir de pépiniere de matelots. Ils ne font aucun commerce dans les Indes orientales, ni occidentales, & n'y ont, ni établiffements, ni conceffions. Leur navigation fur la mer Noire & fur la mer Cafpienne, n'a été non plus jufqu'ici d'une bien grande importance ; mais ils pourroient y faire des progrès. Depuis quelques années, ils ont établi des efpeces de *Packet-boot*, qui vont & reviennent, auffi long-temps que la faifon le permet, de Pétersbourg à Lubeck & de Lubeck à Pétersbourg, ce qui contribue

infiniment à faciliter le commerce que l'Allemagne fait avec toute la Ruffie.

§ VIII.

C'eft une *nation* nombreufe que celle des Ruf- Popula-
fes ; & les provinces occidentales de ce vafte tion.
empire, de même que celles qui font fituées au
centre , renferment beaucoup d'habitants. Les
parties méridionales, parmi lefquelles on pourroit auffi comprendre l'Ukraine , font beaucoup
moins peuplées ; enfin toutes les provinces feptentrionales & orientales font défertes, ou habitées par quelques colonies d'un peuple prefque
barbare. Cependant, fi l'on confidere la quantité
de troupes que la Ruffie entretient, le nombre
de matelots qu'elle emploie fur fes vaiffeaux &
fes galeres, les travaux immenfes que *Pierre I* a
fait faire par les mains des hommes, les villes
qu'il a bâties, les canaux qu'il a fait creufer, les
grands chemins qu'il a fait conftruire, & les marais qu'il a fait combler ; fi nous ajoutons à tout
cela la vafte étendue des frontieres que la Ruffie
eft obligée de garnir , & les guerres terribles
qu'elle a foutenues, on peut s'imaginer aifément
que cet empire renferme une fource féconde &
inépuifable d'habitants. S'il ne falloit pour faire
la guerre que des hommes, & que le véritable
nerf n'en fût pas l'argent, il eft certain que la
Ruffie feroit capable de terraffer toutes les autres puiffances de l'Europe ; & quelque échec
qui pût lui arriver, elle trouveroit toujours de
nouvelles reffources dans fes foldats. Quant au
caractere diftinctif de la nation même, il ne faut
pas confondre les Ruffes d'aujourd'hui avec les
Ruffes tels qu'ils étoient avant le commencement de ce fiecle. Ce n'eft abfolument plus le

Xx iv

même peuple, au moins pour l'extérieur. Les anciens Russes se vantoient, à la vérité, de descendre des Grecs, & se piquoient de les imiter en bien de choses. Mais, si cela est, il y a apparence qu'ils étoient descendus de ces *Béotiens*, dont un poëte a dit qu'ils naissoient : *Vervecum in patria, crassoque sub aëre.* En effet, ces anciens Russes vivoient dans une profonde ignorance, & dans une indolence qui leur faisoit mieux aimer se passer des commodités que fournissent les arts, que de se donner la peine de les apprendre ; ils avoient un attachement vraiment superstitieux pour les usages bizarres & les préjugés grossiers de leurs ancêtres, avec un mépris ridicule pour les peuples civilisés. Insolents & cruels dans la prospérité, lâches & abattus dans les revers, ils avoient adopté presque toutes les mœurs des Tartares leurs voisins. J'ai connu des gens, & même des gens d'esprit, qui trouvoient je ne sais quoi de beau & de respectable dans cette simplicité, dans cette indolence primitive de la nation Russe. *Pierre I* ne pensa pas comme eux ; il avoit l'esprit plus juste ; il portoit ses vues plus loin, & il étoit en cela, comme en bien d'autres choses, très-grand homme. Je ne saurois goûter une philosophie qui trouve les hommes d'autant plus heureux, que leur état approche plus de celui des animaux. Encore une fois, le plus bel apanage de l'humanité, & la plus grande félicité d'un être raisonnable, me paroît consister en ce qu'il a plus de besoins avec les moyens de les satisfaire. Mais, quoi qu'il en soit, *Pierre I* conçut le glorieux dessein de civiliser sa nation ; il réussit en partie, & il en seroit venu encore beaucoup mieux à bout, si la vie des grands hommes étoit aussi longue qu'elle devroit l'être pour le bien de la société. De pareilles

entreprifes ne fauroient s'exécuter fans quelque
mêlange de rigueur, & fouvent d'une févérité
qui va jufqu'à l'excès aux yeux du vulgaire. A
Dieu ne plaife que j'approuve quélques traits de
cruauté qui ont échappé à ce monarque, & qui
ont mérité un jufte blâme! Mais concevons toujours, qu'il avoit à faire à un peuple féroce,
qu'il étoit Ruffe lui-même, & prenons garde que
le grand homme ne nous échappe en fixant trop
les yeux fur fes défauts. Je n'entreprendrai point
de fuivre ici ce Czar dans toutes fes opérations,
& de faire connoître en détail les moyens dont
il fe fervit pour humanifer cette grande nation.
Je ne dirai point comment il détruifit les préjugés des Ruffes, comment il fit rafer leurs bar-
bes, comment il changea, jufqu'à leur génie,
leur caractere & leur religion, comment il les rendit affez habiles ouvriers, bons foldats, & médiocres marins. Tout cela étoit une vraie création
dont l'hiftoire feroit très-inftructive, fi elle étoit
écrite par un *Montefquieu.* Je me bornerai à dépeindre la nation Ruffe telle qu'elle eft aujour-
d'hui, & telle qu'il convient de la préfenter dans
cet ouvrage. Depuis la mort de *Pierre I* les rênes du gouvernement ont été entre les mains de
l'impératrice *Catherine*, de *Pierre II*, qui mourut au fortir de l'enfance, de l'impératrice *Anne*,
de la princeffe *Anne*, fille du duc de Meklem-
bourg, déclarée régente de l'empire, & tutrice
de fon fils le petit empereur *Jwan III*, & enfin
de l'impératrice *Elifabeth* qui occupe encore aujourd'hui le trône de Ruffie. Le ciel avoit doué
ces fouveraines d'excellentes qualités, & nous
ne faurions que rendre un hommage refpectueux
à leurs talents & à leurs vertus; mais convenons
cependant, que les regnes confécutifs de quatre
femmes & d'un enfant, n'étoient guères propres

à foutenir & à perfectionner les grandes chofes
que la mort de *Pierre I* avoit encore laiffées im-
parfaites ; fur-tout fi nous confidérons, que tous
ces regnes ont été violemment agités par des guerres, des révolutions, & des troubles intérieurs.
Les étrangers, tant officiers que gens de lettres
& artiftes, que *Pierre* avoit attirés dans fes états,
font, ou morts, ou retournés dans leur patrie ;
par-là les manufactures, l'académie des fciences,
le militaire & la marine ont fouffert de grands
échecs, & l'œil attentif des connoiffeurs y découvre les principes de la décadence totale, où toutes ces chofes vont tomber fi la providence ne
s'en mêle. (*)

§ IX.

Caractere
de la na-
tion.

Quant à la nation même, on peut dire que
les Ruffes d'aujourd'hui font les meilleurs efclaves du monde, mais les plus dangereux citoyens
dès qu'ils jouiffent de quelque liberté. Ils fe prêtent aifément au joug du defpotifme outré fous
lequel ils vivent ; obéiffants jufqu'à l'excès, ils
plient fans murmure fous la févérité de la plus
rigoureufe difcipline militaire ; & c'eft ce qui les
a rendus de notre temps vainqueurs des Turcs &
des Suédois. (†) Ils ont d'ailleurs des corps robuf-

(*) Elle paroît s'en mêler en effet d'une maniere
bien efficace, & qui décidera pour jamais de la gloire
& du bonheur de ce vafte empire, en plaçant fur le
trône l'augufte CATHERINE II. Je n'en dis pas davantage, de peur de me rendre fufpect d'adulation. Je
fais que M. de Bielfeld, qui n'a vu que les prémices de
ce glorieux regne, en étoit pénétré d'admiration. *Note
de l'éditeur.*

(†) Ajoutez-y leurs exploits contre les Pruffiens, qui
ont été la preuve la plus décifive de leur bravoure. *Note
de l'éditeur.*

tes, très-propres à la fatigue , & qui fupportent aifément la faim & le froid. Les avantages que les troupes Ruffiennes remportent à la guerre, font plutôt dus à leur obéiffance , & à cet efprit de fubordination, qui fait qu'un général pourroit leur faire attaquer des murailles de bronze, fans qu'ils réfiftaffent à fes ordres, qu'à une valeur réfléchie & au courage d'efprit. Dans le commerce les Ruffes font affez adroits & rufés. Ils n'ont aucune efpece de goût, & c'eft ce qui les rend impropres aux beaux arts, aux manufactures, où il entre du deffin, & aux études. A-t-on jamais vu un beau tableau, une belle ftatue, une étoffe à fleurs, ou un bon livre fait par un Ruffe? Ce même efprit d'une aveugle obéiffance , ou plutôt d'un efclavage parfait, qui forme le caractere des Ruffes, les rend auffi , dans la vie civile, très-dociles aux ordres de leurs fouverains; ils font bons citoyens & tranquilles fujets , tant qu'ils ne fe fentent pas de forces; communément ils ne fe mêlent point des affaires de l'état ou du gouvernement; des fupplices affreux les ont rendus fi fcrupuleux & fi circonfpects à cet égard, que fi vous demandez à un feigneur Ruffe qui fort de chez fon maître, *l'empereur fe porte-t-il bien ?* il vous répondra, *Dieu feul le peut favoir.* Mais, pour peu qu'on lâche la bride à ces ames ferviles, pour peu qu'ils fentent leurs propres forces, leur audace ébranle jufqu'au trône; témoin la révolte des Strélitz fous *Pierre I ;* témoin la révolution qui a mis l'impératrice d'aujourd'hui fur le trône ; témoin tous les événements finguliers que nous avons vu arriver en Ruffie depuis le commencement de ce fiecle.

Au refte, les mœurs de cette nation me paroiffent encore fort bizarres ; c'eft un mélange fingulier de bonnes, de mauvaifes & de ridicu-

les habitudes. La cour eſt magnifique & pauvre.
Les grandes charges y donnent un relief éclatant
à ceux qui en ſont revêtus ; & d'un autre côté
elles ſont ſi peu reſpeétées , qu'un premier miniſtre , un maréchal général , une premiere dame d'a-
tour , qui auront joué aujourd'hui le rôle le plus
brillant , ſe verront demain entre les mains des
bourreaux , expoſés ſur un échafaud , & livrés
aux ſupplices les plus infames. Il n'y a guères de
grande famille à la cour de Péterſbourg où il n'y
ait eu des langues arrachées, des nés ou des oreilles coupés. La bourgeoiſie n'eſt pas mieux trai-
tée que la nobleſſe, & n'a pas des mœurs plus
conſéquentes. Le marchand, l'artiſan, ſont paroître de la droiture & de l'honnêteté en certaines
taines occaſions ; ils ſont fourbes & trompeurs
dans d'autres. Le bas peuple eſt eſclave & en
a les vices avec quelques vertus. Il eſt laborieux
& fidele , adroit & ſtupide, adonné à l'ivrognerie, craſſeux & crapuleux à l'excès. Les payſans
ſont pauvres & miſérables ; leurs femmes ſe far-
dent , & l'on ne paſſe guères de village où l'on
ne voie du rouge & des mouches. En général
le caraétere de toute la nation eſt d'être fonciérement bouffie d'orgueil, & néanmoins rampante.
lorſqu'il s'agit de ſon intérêt. L'ivrognerie induit
les Ruſſes à toutes ſortes d'excès. Ils ſont inſup-
portables par l'inſolence des injures dont ils ſe
ſervent dans leurs querelles ordinaires ; car à la
moindre occaſion ils ſe reprochent des inceſtes,
des ſodomies , & d'autres crimes dont la ſeule
penſée devroit faire horreur ; mais malheureuſement ces reproches ſe trouvent très - ſouvent
fondés.

A Péterſbourg & à Moſcow on voit beaucoup
de luxe dans les habillements , dans les feſtins,
dans les palais, meubles, équipages, & dans tout

le train des grands. La cour fait une très-belle dépenfe, jufques dans les fpectacles mêmes pour lefquels on fait venir les acteurs de France & d'Italie. Il y a de beaux jardins, & ceux de *Pétershoff* peuvent paffer pour magnifiques; mais il ne faut pas croire que tout cela foit comparable à ce que nous voyons en France, en Angleterre & ailleurs. Le goût fur-tout manque aux Ruffes, & tout fe reffent de ce défaut. Le fexe y eft beau. J'ai vu des femmes Ruffes charmantes, mais la plupart des hommes ont quelque chofe de finiftre & de fombre dans la phyfionomie. (*)

§ X.

Si l'on réfléchit fur tout ce que nous venons de rapporter, il fera facile de conclure que le Czar pourroit, fans beaucoup de peine, former une *armée* de 400 mille hommes, vu l'immenfe étendue de fes états, & le grand nombre de fes fujets. Mais ne faut-il pas de paie à tous ces hommes? Ne leur faut-il pas des habits, des armes, des munitions, de l'artillerie, des chevaux, & tout l'attirail de la guerre? Où prendre tout cela; fur-tout fi l'on confidere la dépenfe que caufe la marine? Ce ne font jamais les recrues qui manquent en Ruffie; ce font les reffources pour rendre les grands corps mobiles, & lorfqu'une armée Ruffe eft obligée d'agir dans l'éloignement, la cour va fouiller dans la bourfe de quelque puiffance riche de l'Europe. On verra par l'état que nous allons donner plus bas, quel eft le nombre des troupes que la Ruffie entretient ordinairement. Au-lieu des Strélitz que *Pierre I* extermina, on a levé quatre régiments de gardes, chacun de deux

Véritable état des forces de la Ruffie.

(*) Il y a bien des traits à adoucir dans ce tableau: nous laiffons ce foin au lecteur équitable. *Note de l'éditeur.*

mille hommes, qu'on diftingue par les noms de *Gordon*, de *Fort*, de *Préobrazensky*, & de *Simonousky*. Le refte de l'armée confifte en régiments ordinaires d'infanterie & de cavalerie. Il y a trop peu de cette derniere. Les Tartares, les Cofaques, les Calmouques & quelques autres peuples féroces, leur tiennent lieu de troupes légeres. Graces aux foins de *Pierre I*, des maréchaux *Lafcy*, *Munich*, *Keith*, & de quelques autres, ainfi que des officiers Allemands & François qui ont pris fervice en Ruffie, cette armée eft en bon état, & bien difciplinée; ce qui a affez paru par les fuccès brillants qu'elle a eus à *Azoff*, à *Oczakow*, à *Wilmanftrand* & ailleurs. En temps de guerre, la cour fournit le pain & tout le refte au foldat *in natura*; ce qui fait que l'armée ne fauroit marcher fans un train de bagage épouvantable, qui nuit fouvent aux expéditions promptes & vigoureufes. Les fortereffes les plus confidérables de la Ruffie font *Riga*, *Rével*, *Narva*, & quelques autres de moindre importance du côté de la mer Baltique, le fort de *Croonftadt* qui couvre Pétersbourg, *Tobolskoi* & *Tumeen* en Sibérie, *Czerkaskoy* fur le Tanaïs, du côté des Cofaques, *Archangel* & *Wolgoda* vers la mer Blanche, *Kiow* dans l'Ukraine, *Smolensko*, *Czernikow*, &c. contre la Pologne, *Novogrod* vers la Suede & plufieurs autres. La plupart de ces fortereffes ne fauroient entrer en comparaifon avec celles que nous voyons en Flandre & ailleurs. Le refte du pays eft défendu par de vaftes déferts qui en rendent l'accès plus difficile que toutes les places fortes du monde. L'artillerie des Ruffes eft paffablement bonne, mais point parfaite. L'habillement des troupes eft lefte & beau. Leurs ingénieurs font habiles, mais la plupart étrangers.

A l'égard des forces navales de la Ruffie, on

peut dire qu'elles font en fort bon état. La navigation étoit la paffion dominante de *Pierre I*, & lorfqu'il s'agit de quelque grand établiffement parmi les Ruffes, c'eft de lui qu'il faut toujours dater. Ce prince fervit fur fa propre flotte, & paffa par tous les degrés de la marine depuis le *Mouffe* jufqu'à l'*Amiral*, donnant dans chaque grade des preuves de fon habileté avant que de monter à un autre plus élevé. C'étoit une efpece de comédie, mais elle fervoit à apprendre aux Ruffes, qu'ils ne devoient afpirer aux grands emplois, qu'après avoir acquis les talents qu'ils demandent. Le Czar d'ailleurs fit tous fes efforts pour infpirer à fes fujets le goût de la navigation. Tout le monde devint marin à Pétersbourg. C'étoit une efpece de mode; pour être de bel air il falloit l'adopter. Pour aller d'un quartier de la ville à l'autre, on ne paffoit plus la Néva dans un bac fûr & commode, mais on fe mettoit dans une petite chaloupe, & on traverfoit ce fleuve à la voile. Il en coûta tous les ans la vie à beaucoup de Ruffes, qui voulant être à la mode, firent des manœuvres ridicules & fe noyerent. *Pierre I* avoit appris dans les pays étrangers l'art de conftruire les vaiffeaux, & il travailloit lui-même à cette bâtiffe comme un fimple charpentier. Le roi de Pruffe *Fréderic I* ayant envoyé en Ruffie fon grand-maréchal, le baron de Printzen, ce miniftre fut conduit au Chantier de l'amirauté pour y recevoir fon audience du Czar. Lorfqu'il y arriva, ce prince étoit perché au haut d'un mât de vaiffeau auquel il travailloit. Ayant apperçu l'ambaffadeur, il fe gliffa du haut en bas, donna audience au baron de Printzen, lui fit quelques excufes fur la réception qu'il lui faifoit, & lui parla enfuite d'affaires avec beaucoup de bonté & d'efprit. Toute cette fcene fe paffa fur le tillac du vaisseau. Je tiens cette particularité d'une bou-che dont toutes les paroles sont sacrées pour moi; & je ne la rapporte que pour mieux caractériser le génie de *Pierre I*, & les usages de la Russie sous son regne. Ce prince parvint à avoir une flotte de soixante-deux vaisseaux de guerre de différents rangs & de grandeurs, & de quatre brulots, de dix-huit galeres & de cent petits brigantins. Il falloit deux mille cinq cents canons pour la garnir, & dix-huit mille hommes pour la monter. M. *Le Fort* fut le premier amiral Russe depuis le déluge. Il y a eu après lui, & même après la mort de *Pierre I*, des personnes très-habiles & très-respectables, qui ont occupé ce poste éminent. L'amiral Golowin, entr'autres, qui avoit appris la marine en Angleterre, a beaucoup contribué à la perfection de celle de la Russie. Je dois ce témoignage à la vérité & à sa mémoire. Mais, malgré cela, pendant quelques années, la marine de Russie commençoit à se ressentir de la mort du Czar, des troubles de l'empire, & des inconvénients du port de Croonslot, où l'eau trop douce fait pourrir les vaisseaux. Cependant l'impératrice *Elisabeth* a fait rétablir la flotte : on a diminué le nombre des vaisseaux de guerre, mais les galeres ont été considérablement augmentées. En 1742, la flotte Russienne enferma celle des Suédois dans le port de Helsingfors, & la contraignit à demander quartier. Pendant la derniere guerre contre les Turcs, la Russie avoit aussi une forte escadre sur la mer Noire ; mais après la reddition d'Asoph, & par la paix conclue en 1739 au camp de Belgrade, la Russie a renoncé au droit d'entretenir des vaisseaux de guerre dans ces mers, & s'est engagée même à se servir de bâtiments Turcs pour y faire le commerce. Comme la côte maritime

que

que poffede la Ruffie, n'eft pas d'une fort grande étendue, que cet empire n'a point de navigation marchande, ni de grande pêche dans la mer, qu'il n'y a que quelques mois de l'année où les glaces font fondues au point qu'on peut fortir de fes ports; il y a apparence que la Ruffie manquera toujours de matelots pour pouvoir équiper une flotte confidérable. Car un payfan, qui tout au plus aura appris à conduire un bateau fur un fleuve, eft un pauvre marin, & même en Angleterre, en Hollande & en France, où les gens de mer font fans ceffe employés fur les vaiffeaux marchands, & tenus par-là en exercice, on trouve une difette de matelots. Si la Ruffie avoit à faire à une de ces trois puiffances, toutes fes forces navales ne feroient pas grand effet ; & ce qui a paru jufqu'ici dans la Baltique fous le pavillon Ruffe, n'a pu paffer tout au plus que pour une efcadre. Les galeres qui ne font que rafer les côtes, exigent peu d'habileté dans la manœuvre, & demandent plus de foldats & de fimples rameurs que de matelots. Les troupes mêmes avec quelques forçats forment la Chiourme. (*)

(*) Quelques années de plus auroient appris à M. de Bielfeld, s'il avoit vécu jufqu'à la mémorable époque dont nous fommes témoins, que les reffources exiftent plus dans le génie & dans le courage, que dans les forces réelles. CATHERINE II a couvert les mers de fes vaiffeaux, & y a remporté des victoires qu'on ne pouvoit guères prévoir comme devant arriver dans le même fiecle où *Pierre I* avoit fait conftruire le premier Yacht. La Ruffie & la Pruffe ont donné de nos jours un exemple d'accroiffement rapide dont je ne crois pas que l'hiftoire du monde fourniffe d'exemple antérieur. *Note de l'éditeur.*

§ XI.

Revenus de la Rus-sie. On taxe communément les revenus du Czar à vingt millions de roubles; un rouble revient environ à un écu de six francs. Ces revenus proviennent de différentes sources, comme 1°. des droits d'entrée imposés sur les marchandises étrangeres; 2°. des péages; 3°. des contributions ordinaires des peuples; 4°. des fermes ; 5°. des tributs que paient les Tartares & autres peuples qui sont sous la protection du Czar; 6°. des confiscations, &c. Je ne garantis pas l'exactitude de ce calcul; mais, quand cela seroit, cent vingt millions de livres ne me paroissent pas un revenu excessif pour une aussi grande puissance, sur-tout si l'on réfléchit aux dépenses énormes qu'elle est obligée de faire pour l'entretien de son armée nombreuse, de ses flottes, de ses forteresses, & en général pour la garde de ses vastes limites. Ajoutez à tout cela, que la cour est des plus magnifiques; que le luxe y regne avec excès; que tout ce qui est nécessaire pour l'assouvir vient du dehors; que le souverain fait souvent des présents de grand prix tant à ses favoris qu'à des étrangers; & vous verrez, en combinant toutes ces choses, que le revenu doit se consumer tous les ans, qu'il n'y a pas de quoi thésaurifer, & que dans des temps de guerre la recette ordinaire ne sauroit suffire; mais qu'il faut avoir recours, ou à de nouvelles impositions, ou à d'autres expédients. Parmi ces derniers on peut compter les subsides que la cour de Pétersbourg prend quelquefois des autres puissances, sur-tout de l'Angleterre. Car, lorsque la Russie fait la guerre en Asie, elle se tire d'affaire par ses propres ressources; mais, dès que les troupes Russes ont pénétré dans l'Europe, en Allemagne ou ailleurs, il lui a fallu des fecours étrangers. En général, la difette d'argent regne beaucoup à cette cour, malgré tout l'or qu'on voit rouler extérieurement, & les diamants qui y brillent. C'eft un bonheur pour les voifins, que ce nerf de la guerre manque à la Ruffie; & le défaut d'efpeces arrêtera toujours l'ambition des fouverains de cet empire; ambition que le nombre prodigieux de fujets pourroit exciter fans cela. Au refte, on n'apprend pas que la Ruffie ait contracté des dettes, ni chez quelque puiffance étrangere, ni chez de riches particuliers. Elle ne place pas non plus de l'argent au dehors, ni ne forme aucun tréfor; le revenu eft dépenfé annuellement fans dettes & fans épargnes; & ce n'eft pas, ce me femble, une mauvaife maxime d'état.

§ XII.

Toute la nation Ruffe profeffe la *Religion Grecque*, & en fuit les dogmes, le rit & les cérémonies. L'hiftoire de la Ruffie eft fi peu connue, il y a fi peu de mémoires écrits fur cet empire que l'on ne fait pas feulement en quel temps fes peuples embrafferent le chriftianifme; ils prétendent l'avoir reçu par le miniftere de l'apôtre *St. André*; ce qui eft très-fabuleux. Quelques auteurs affirment que ce fut vers l'an 989, fous le Czar *Bafile*, qu'ils abjurerent le paganifme. Cette opinion eft également contefiée. Quoi qu'il en foit, l'églife de Ruffie a reconnu pendant long-temps celle de Conftantinople pour fon églife patriarchale, & n'a jamais voulu avoir aucun commerce avec l'églife latine ou Romaine. Jufqu'au regne de *Pierre I*, le peuple Ruffe étoit fi mal inftruit, qu'à peine favoit-il de quelle religion il étoit, fe contentant de fe dire chrétien, de recevoir le baptême, d'invoquer les faints, de faire le figne de la croix à

Religion des Ruffes.

tout moment, de marmoter quelques prieres, &
de cracher à terre toutes les fois qu'il prononçoit
le mot de *diable*. Le clergé n'étoit guères plus
inftruit. *Pierre I*, qui apportoit des changements
à tout, voulut auffi faire une réforme dans la religion de fes fujets; mais il le fit avec fi peu de
décence, & d'une maniere fi imparfaite, qu'on
ne reconnoît, ni fa politique, ni fon jugement
dans cette occafion, fuppofé même, qu'on veuille
lui attribuer un fond d'incrédulité pour l'excufer.
On fait que les Grecs nient que le Saint-Efprit
procede du Fils, quoiqu'ils le croient confubf-
tantiel au Pere & au Fils. Les génies Ruffes
n'étoient point faits pour comprendre cette fubtilité théologique. Ils commencerent par regarder
le Saint-Efprit comme une divinité inférieure, &
l'erreur s'accroiffant peu-à-peu, cette perfonne
de la Trinité perdit infenfiblement chez eux la
gloire, l'adoration & le culte qui lui font dus.
Pierre I avoit vu dans fes voyages, quelle profonde vénération les autres peuples chrétiens ont
pour le Saint-Efprit; & il conçut le deffein de
le rétablir dans fon ancienne fplendeur en Ruffie.
Mais comment s'y prit-il ? Il fit commander à
l'armée, en donnant l'ordre ou la parole, que
déformais tout Ruffe croiroit au Saint-Efprit. Les
Ruffes qui ne favent qu'obéir, y crurent depuis
ce moment, & le Czar parvint à fon but, fans
concile, fans bulle, & fans toutes ces pompeufes
formalités dont fe fert l'églife Romaine pour l'é-
tabliffement des moindres dogmes. Avant *Pierre I*,
le primat du clergé Ruffe étoit le patriarche de
Mofcow, que les évêques avoient droit d'élire;
mais ce prince vouloit avoir un chef de l'églife
encore plus éminent, & le créer, pour ainfi
dire, lui-même. Il fit affembler les évêques pour
tenir un chapitre fur ce fujet, & les enferma

pendant plufieurs jours dans un lieu où ils ne furent nourris que des parties génitales des animaux, & abreuvés à outrance d'eau-de-vie. Cette fcene fcandaleufe ayant duré affez long-temps, il leur fit connoître la perfonne fur laquelle il défiroit que le choix tombât; on élut un de ces prêtres, & on le décora du titre pompeux de *Pope*. Ce perfonnage joua depuis un rôle fingulier. Le matin, le Czar recevoit fa bénédiction, écoutoit fa meffe, & lui baifoit fort dévotement la main; l'après-dîner il lui donnoit des croquignoles & le faifoit fervir de bouffon. (*) Le clergé a été fi avili en Ruffie, que, même aujourd'hui, il n'eft pas en grande eftime, & n'a aucun crédit, ni à la cour, ni fur l'efprit du peuple, qui d'ailleurs eft fort dévot. Ce clergé confifte dans la perfonne du pope, du patriarche, des archevêques, des évêques & des prêtres ordinaires. Il y a auffi quelques couvents de moines, où la cour va de temps en temps en pélérinage faire des dévotions.

§ XIII.

La forme du gouvernement eft non-feulement monarchique, mais même tout-à-fait defpotique. Le fouverain prend le titre *d'empereur*, qui lui a été accordé par la plupart des princes chrétiens, & même de nos jours par la France. Autrefois il fe nommoit *Czar*, mot qui par une prononciation corrompue, dérive de *Caefar*, (†) & doit avoir la même fignification. Il fe qualifie auffi du titre fuperbe *d'Autocrator*, qui veut

Forme du gouvernement.

(*) J'ignore d'où M. de Bielfeld a tiré ces anecdotes: il auroit dû citer fes garants. *Note de l'éditeur.*

(†) Cette étymologie n'eft pas bien décidée. Voyez l'Encyclopédie. *Note de l'éditeur.*

dire en grec, qu'il a de lui-même la plénitude d'une autorité souveraine & absolue, maître de la vie & de la fortune de tous ses sujets, sa seule volonté étant la loi suprême. Quelque forte, quelque étendue que puisse être la signification de ce mot, il est certain que ce n'est pas un titre vain & fastueux, destitué de réalité, qu'une ambition chimérique a fait prendre aux souverains de la Russie. Ces princes ont sur leurs peuples le pouvoir que ce titre annonce. Le Czar gouverne ses états aussi despotiquement que les rois des Assyriens, des Medes & des Perses, gouvernoient autrefois leurs anciennes monarchies, & les Russes lui obéissent comme de simples esclaves. Il dispose de leur vie & de leurs biens; il dicte les loix, il établit des gouverneurs de provinces, il leve des impôts, & il regle toutes choses selon son bon plaisir. Aucun Russe n'ose sortir de ses états sans sa permission, tout ce qui pourroit donner aux sujets le desir de rompre les chaînes de leur esclavage, leur est interdit. Mais ce despotisme outré a produit en Russie, ce qu'il produit en Turquie, & par-tout ailleurs, savoir, une défiance mutuelle entre le maître & ses sujets, un levain, un germe de rebellion, qui fermente & qui cherche à éclorre à la premiere occasion favorable. Le même esprit du peuple qui fait étrangler tant de Sultans à Constantinople, occasionne bien des révolutions en Russie. Les Strélitz conspirerent contre *Pierre I*, qui ne put se soutenir qu'en les exterminant & en employant contre eux une rigueur qui révolte la nature. On condamne la cruauté de ce prince. A la bonne heure! Mais ses successeurs, pour être plus doux & plus humains n'ont-ils pas été toujours assis sur un trône chancelant? N'a-t-il pas fallu étouffer à tout moment

quelque conspiration ? N'a-t-on pas été obligé
de faire souffrir à dés personnes du premier rang
les supplices les plus cruels ? Un voyageur peut
aller voir en Russie rompre, empâler, donner
le knout, arracher des langues, couper des oreilles, tout comme il va chez les nations libres
voir ces spectacles charmants qu'y enfantent l'esprit & le goût. (*) Le seul supplice du knout
si fréquent en Russie, ne fait-il pas frémir ? Quelle
odieuse forme de gouvernement qui , pour se
soutenir, a besoin de tant de cruautés ! Heureux les peuples qui vivent sous une domination
où les loix sont comptées pour quelque chose ,
où l'esclavage ne rétrecit pas les bornes de l'esprit en abattant le courage ! Heureux les princes
qui commandent à des peuples honnêtement libres , (†) qui trouvent leur plus grande sûreté
dans l'amour & non pas dans la crainte de leurs
sujets ; & qui font toujours mieux obéis que les
tyrans qui commandent aux esclaves ! Heureux en
un mot les rois qui font les peres de leurs peuples & non les autocrateurs !

Sous un gouvernement aussi despotique que l'est
celui de Russie , il n'est pas possible que la forme,
suivant laquelle on dirige les affaires , soit toujours la même , puisqu'il dépend du souverain de

(*) Les choses ont changé dès le regne d'*Elisabeth*,
qui étoit la clémence même : & à cette vertu *Catherine II* joint des lumieres qui feront entiérement disparoître les restes de la barbarie. *Note de l'éditeur.*

(†) Il est bien difficile de déterminer les bornes de
la liberté, & de trouver le juste tempérament des deux
pouvoirs. Les scenes qui se passent en France & en
Angleterre, font voir jusqu'où peuvent aller les deux
abus extrêmes de la puissance royale qui empiete sur
les loix, & de la puissance populaire qui mord son
frein avec une espece de rage. *Note de l'éditeur.*

la changer à chaque inftant felon fa fantaifie. Auffi avons-nous vu arriver bien des révolutions à cet égard. *Pierre I* eut tout le bonheur fans lequel & les talents & les vertus des grands hommes reftent comme enfevelis. Sa bonne fortune lui donna, dans le comte d'*Ofterman*, un des plus habiles hommes d'état qu'on ait jamais vus. Il poffédoit de vaftes connoiffances; fon efprit étoit jufte, fon cœur droit, fon courage réfléchi, fon affiduité extrême. Avec des talents auffi rares, il a rendu les fervices les plus fignalés à l'empire de Ruffie; & le Czar l'éleva à la dignité éminente de grand-chancelier & de premier miniftre. Sa grande capacité a fait qu'il s'eft foutenu dans ce pofte élevé fous quatre regnes confécutifs, & que malgré les orages que l'empire a continuellement effuyés, il a tenu toujours le gouvernail de l'état de la maniere la plus glorieufe. Mais, malgré toute fa fortune & fon mérite, il échoua enfin fous le regne d'*Elifabeth*, qui le relégua en Sibérie où il a fini fes jours. (*) C'eft le Comte de *Beftuchef Rumin* qui occupe aujourd'hui cet important emploi. Le Comte de *Woronfov* eft vice-chancelier. La révolution qui mit l'impératrice regnante fur le trône, lui donna auffi un fénat qui a ufurpé une grande autorité, & dans lequel fe traitent les affaires les plus importantes. Ce fénat devient une efpece de cour fouveraine fous un prince foible; c'eft un fimple confeil fans aucun pouvoir, & qui porte le vain titre de fénat fous un empereur tel que *Pierre I.* Il y a outre cela plufieurs départements, comme

---

(*) Voyez les *mémoires de M. de Manftein*, qui font également intéreffants, & par les anecdotes qu'ils renferment, & par les caracteres qui y font tracés. *Note de l'éditeur.*

celui de la guerre, l'amirauté pour les affaires de marine, des tribunaux de justice, un college de commerce; un autre pour les finances, un autre encore pour régler les affaires de l'académie des sciences & tout ce qui a du rapport aux lettres. Le grand-chancelier préside dans la plupart de ces départements : & c'est lui qui est, pour ainsi dire, l'ame du gouvernement.

L'ordre de succession est tel en Russie, que les princesses peuvent succéder au trône au défaut des héritiers mâles. Depuis l'année 1725, où mourut *Pierre-le-Grand*, nous en avons vu trois exemples; savoir, les impératrices *Catherine*, *Anne* & *Elisabeth*. Je ne parle point de la princesse *Anne de Mecklenbourg*, qui ne fut proprement que tutrice de son fils *Jwan III*, & régente de l'empire. Lorsqu'il n'y a point d'héritiers, ou que la succession est douteuse, le sénat s'assemble & appelle au trône le prince ou la princesse qu'il en juge le plus digne. C'est ainsi que l'impératrice *Anne*, auparavant duchesse de Courlande, fut nommée à l'empire. L'impératrice d'aujourd'hui a déclaré le prince *Charles-Pierre-Ulric* de Holstein Gottorp, pour son successeur; ce prince a embrassé la religion Grecque; il vit en Russie; le sénat & les peuples l'ont reconnu en cette qualité, & lui ont assuré la succession par serment. Veuille la providence, pour le bien des peuples, conserver les jours précieux de l'impératrice, & à la fin de sa glorieuse carriere, accorder une succession tranquille au prince de Holstein, en lui donnant une longue suite d'héritiers! Tant que le prince *Jwan*, fils du prince *Antoine-Ulric* de Bevern, & de la princesse *Anne* de Mecklenbourg vivra, ou qu'il laissera quelque postérité après lui, on verra toujours des prétendants en Russie; & ils seront plus dangereux que ceux d'Angleterre, parce que leurs droits paroiſſent mieux fondés, & que même le prince *Jwan* a déja reçu le ſerment de fidélité des Ruſſes en qualité de leur empereur. (*)

Les affaires étrangeres ſont dirigées en Ruſſie par le chancelier, le vice-chancelier, & quelques ſecretaires d'état, ſous les yeux & ſous le bon plaiſir du ſouverain. Il faut convenir que ces affaires ſe traitent avec ordre & dignité. Toutes les dépêches ſe font ordinairement en langue Ruſſe, à moins que l'envoyé qui réſide à une cour étrangere, ne ſoit lui-même étranger, & n'entende point cette langue; car, parmi les miniſtres que la cour de Ruſſie envoie aux autres puiſſances de l'Europe, il y a divers Courlandois, Livoniens, & même des Allemands. J'ai eu le bonheur de connoître pluſieurs de ces envoyés, tant nationaux Ruſſes qu'étrangers, qui étoient des perſonnes de beaucoup de mérite, & qui poſſédoient tous les talents néceſſaires à la négociation.

§ XIV.

Politique générale de la Ruſſie.

La politique générale de la Ruſſie ſe porte ſur différents objets, dont le premier eſt la conſervation des provinces qu'elle a conquiſes ſur la Suede, qui ajoutent beaucoup à ſa puiſſance par leur rapport naturel, par les ports qu'elles ont ſur la mer Baltique, & par la connexion qu'elles lui donnent avec tout le reſte de l'Europe. Que

---

(*) Il ſeroit ſuperflu de détailler les événements arrivés depuis le temps où M. de Bielfeld écrivoit, & de faire connoître la ſituation actuelle à cet égard. Aux vœux que notre auteur faiſoit, il faut en ſubſtituer pour l'impératrice qui regne avec tant de gloire, & pour ſon auguſte héritier qui donne les plus belles eſpérances. *Note de l'éditeur.*

feroit le commerce des Ruffes, fans les ports de Riga, de Réval, de Pétersbourg ? Que feroit la puiffance même de la Ruffie, fi elle n'avoit aucune communication avec la mer Baltique, & par conféquent point de flotte ? En un mot, qu'étoit la Ruffie avant la conquête de ces mêmes provinces ? Il n'eft pas douteux que la Suede ne faffe tout autant d'efforts pour regagner la Finlande, la Livonie & l'Ingrie, que la cour de Ruffie en doit faire pour les conferver. C'eft ce qui entretiendra toujours une forte rivalité entre ces deux puiffances, & c'eft ce qui oblige le cabinet de Pétersbourg, non-feulement à veiller fur les démarches des Suédois à entretenir des forces de mer & de terre de ces côtés-là, mais auffi à diriger fes négociations de maniere que la cour de Stockholm ne puiffe fe fortifier comme la Ruffie par de trop puiffants amis.

Le fecond point de vue de la politique Ruffienne, eft l'empire Ottoman, dont la puiffance pourroit devenir un jour fatale aux Czars & à d'autres princes chrétiens, fi en effet les Turcs connoiffoient leurs forces, & qu'ils fuffent actifs & remuants. On fait par l'hiftoire, que les armées Ottomanes mirent *Pierre I* à deux doigts de fa perte lorfqu'il s'étoit porté en 1711 fur le Pruth, & qu'elles l'obligerent à chercher fon falut dans une paix prefque honteufe. En 1736, la fortune changea de face. Les Turcs furent défaits par les Mofcovites, Afoph pris, Oczakow emporté d'affaut, & le général *Munich* eut les fuccès les plus brillants. Mais il faut bien fe repréfenter que la Porte finiffoit à peine alors une guerre onéreufe contre les Perfans, & que le *Schach-Thamas Kouli-Kan* la menaçoit d'une nouvelle invafion; que les Turcs étoient en guerre ouverte avec l'empereur, & que l'élite de leurs troupes fe trou-

voit occupée en Hongrie ; en forte qu'ils n'a-
voient pu oppofer qu'une foible réfiftance aux
Ruffes. Si l'on confidere tout ceci, on comprendra aifément que la puiffance Ottomane feroit
fort à redouter fi elle pouvoit porter tous fes efforts contre la Ruffie feule, & que par conféquent la cour de Pétersbourg doit chercher à être
conftamment unie avec celle de Vienne pour
pouvoir réfifter de concert aux Turcs. C'eft ici
le grand point de la politique Ruffienne, & le vrai
mobile de toutes les démarches de ce cabinet. La
Ruffie & la maifon d'Autriche ne fauroient être
défunies pour leurs intérêts communs. Si l'on recherche la caufe de toutes les mefures que ces
deux puiffances prennent avec les autres cours,
on les trouvera toujours fondées fur le raifonnement fimple que nous venons de faire ; & elles
y ont conftamment quelque rapport.

Le troifieme objet de la politique Ruffienne,
eft de rendre l'état plus opulent par le moyen
du commerce, des manufactures & de la navigation. Ce feroit peut-être là le point le plus
important de tous ; mais il eft le plus négligé. Je
l'ai déja dit, & je le répete, la Ruffie, à tout
prendre, n'eft pas affez riche & manque de reffources pécuniaires. Avec ce défaut elle fera toujours bridée à certains égards ; & il me paroît qu'on
ne prend pas de bonnes mefures pour remédier
à cet inconvénient. Les fabriques font tombées,
la navigation marchande eft devenue un être de
raifon, celle de la mer noire a été cédée aux
Turcs, le commerce eft entre les mains des étrangers, les traités que la Ruffie fait avec l'Angleterre & d'autres puiffances pour ce même commerce, font toujours plus avantageux pour les
autres que pour elle, l'argent comptant devient
rare de plus en plus, au moins ne circule-t-il

point. Comment est-il possible qu'un état puisse s'enrichir sur ce pied-là ? Je connois assez le commerce pour savoir qu'il ne laisse point forcer son cours ; mais il me semble que je saurois trouver les moyens pour faire fleurir la Russie mieux qu'elle ne fait à présent, par des voies douces & équitables. Le systême général des finances auroit besoin d'une réforme dans ce pays.

Telles étant les maximes générales que la cour de Pétersbourg suit ou doit suivre, il ne nous reste qu'à examiner briévement la conduite qu'elle observe envers chaque puissance de l'Europe en particulier.

§ XV.

Le *Portugal* & l'*Espagne* sont trop éloignés de la Russie pour avoir des liaisons avec elle. Il ne se fait pas même de commerce direct entre ces nations, qui toutes les trois sont trop indolentes & trop paresseuses pour chercher si loin de médiocres profits. Les Anglois, les Hollandois & les villes Anséatiques servent de voituriers pour leurs envois réciproques, & en tirent le plus grand avantage. Ces puissances ne pouvant donc ni s'aider ni se nuire directement, cela nous dispense de faire des réflexions sur leur conduite mutuelle.

La *France* est encore située à un très-grand éloignement de l'empire Russe ; mais, comme elle étend sa politique & son commerce par toute l'Europe, elle s'est trouvée depuis quelque temps dans de grandes liaisons avec la cour de Péterfbourg. *Pierre I* dans ses voyages vint à Paris pour apprendre ce qu'il y avoit de bon chez les François ; il conçut de l'estime pour cette nation. En 1734 nous avons vu le premier combat qu'il y ait eu entre des François & des Russes depuis le commencement du monde, c'étoit au siege de Dantzig, lorfque l'ardeur imprudente du comte de *Plélo* lui fit attaquer avec quelques compagnies de troupes Françoifes, toute l'armée Ruffe dans fes retranchements. La petite poignée de François fut accablée, & le comte haché en pieces. Les Ruffes firent un triomphe magnifique de cette premiere victoire qu'ils difoient avoir remporté fur les François. Si j'ofois me fervir d'une comparaifon triviale, je dirois que c'étoit imiter *Arlequin*, qui fe glorifie d'avoir battu, lui & toute fa famille, un paralitique. Dans cette même guerre, la Ruffie envoya à l'empereur un fecours de quarante mille hommes, qui pénétrerent jufqu'au Rhin mais qui ne fervirent qu'à être fpectateurs de la paix qui fe fit entre S. M. I. & la France. En 1748, l'impératrice de Ruffie fit encore marcher un corps formidable de fes troupes au fecours de la maifon d'Autriche; mais elles vinrent également trop tard, & étant arrivées en Boheme, elles y apprirent la conclufion de la paix d'Aix-la-Chapelle. Cette derniere démarche ne paroît guères compatible avec les fentiments de reconnoiffance que l'impératrice *Elifabeth* doit à la France, qui, de notoriété publique, a placé cette princeffe fur le trône de fes ancêtres; mais il femble que les intérêts naturels de l'empire l'aient emporté dans cette rencontre fur les obligations particulieres de la fouveraine. En effet, la cour de Pétersbourg ne pouvoit voir d'un œil tranquille, que la maifon d'Autriche fût entiérement accablée; & cela par les raifons que nous venons de développer tout-à-l'heure. On voit fouvent une puiffance, par des intérêts momentanés, quitter fes alliés naturels & s'attacher à un parti oppofé; mais, comme il n'y a que des conjonctures extraordinaires qui faffent prendre une pareille réfolution, cette même puiffance retourne à fon fyftême fondamental , & à fes anciens alliés , dès que la face des affaires de l'Europe change. Cependant la Ruffie auroit tort de rompre avec la France, & de n'avoir pas pour elle toutes fortes de ménagements. La cour de Verfailles a un très-grand crédit à la Porte Ottomane , & peut par ce moyen fufciter des affaires très-dangereufes à la Ruffie ; elle a des flottes qui pourroient facilement agir dans la mer Baltique ; elle a des alliés dans le Nord qui, joignant leurs efforts à tout cela, feroient en état de faire beaucoup de mal à cet empire. Le commerce direct entre la France & la Ruffie, n'eft pas encore, à la vérité, auffi important qu'il pourra le devenir dans la fuite; car les vins, les eaux-de-vie, & les autres denrées ou marchandifes Françoifes, font prefque toutes portées à Pétersbourg par les Hollandois ou les Allemands ; mais ce commerce mérite pourtant de l'encouragement & des égards mutuels entre ces deux puiffances.

L'Angleterre eft en poffeffion depuis la découverte du port d'Archangel, de faire un grand commerce avec la Ruffie ; & il a été confidérablement augmenté par l'acquifition que *Pierre I* a fait des ports fur la Baltique. C'eft une premiere raifon qui doit engager la cour de Pétersbourg à ménager l'amitié de la nation Angloife & de la cour de Londres. D'ailleurs les liaifons intimes qui fubfiftent entre la Grande-Bretagne & la maifon d'Autriche, ferviront toujours à cimenter l'union de l'Angleterre & de la Ruffie. Ces puiffances font naturellement d'un même parti ; & lorfque la France s'attache les autres couronnes du Nord, il faut bien que la Grande-Bretagne s'uniffe avec la Ruffie pour contrebalancer le pouvoir de l'alliance Françoife. Ajoutez que l'Angleterre eft la puiffance la plus en état de donner de gros fubfides à la Ruffie, qui ayant toujours befoin d'argent, préfere encore par cet endroit, l'alliance avec la cour de Londres.

La Hollande qui fuit prefque toujours le fyftême de l'Angleterre, fe trouve par conféquent dans la même connexion avec la Ruffie; & il en réfulte pour la cour de Pétersbourg l'obligation de cultiver une amitié conftante avec la république. Le commerce d'ailleurs que les Hollandois font avec les fujets du Czar, eft des plus importants. Les ports Ruffiens font prefque toujours remplis de bâtiments Hollandois; mais ce même commerce devient paffif pour la Ruffie, & par conféquent, la république eft la plus intéreffée à le maintenir fur le pied actuel. Un des articles le plus confidérable de ce commerce confifte dans la viande falée, dont les Hollandois font de grandes provifions fur leurs vaiffeaux, tant marchands que ceux qui vont aux Indes orientales & occidentales. Au refte, la Ruffie ne doit rien craindre de la part des Provinces-Unies; éloignées comme elles le font, leurs forces de terre ne pourront jamais lui donner le moindre ombrage; & vu la décadence de leur marine, elles ne font guères en état d'envoyer de formidables flottes dans la Baltique.

La Suiffe & l'Italie n'ont aucune relation avec la Ruffie, tant à caufe de l'éloignement que parce qu'il ne fe fait aucun commerce direct entre ces nations. Les Vénitiens feuls pourroient faire quelque diverfion avantageufe à la Ruffie, fi elle avoit les Turcs fur les bras.

La Ruffie n'a point, à la vérité, de liaifons directes avec *le Saint-Empire* en général; mais elle en entretient de fort étroites avec plufieurs de fes membres en particulier. La cour de Pétersbourg a déja fait diverfes tentatives pour s'unir

en

en quelque maniere au Corps Germanique, & pour
avoir part aux délibérations; mais jufqu'ici cette
affociation dangereufe pour l'Allemagne n'a point
eu lieu, & il y a apparence que les princes Allemands n'y donneront pas fitôt les mains. D'un
côté, on ne voit pas trop quel profit il en réfulteroit pour la Ruffie. Les engagements qu'elle
contracteroit par ce nouveau lien deviendroient
trop onéreux au prix des avantages qu'elle pourroit
en retirer. D'ailleurs fes états ne confinent pas feulement avec l'Allemagne; la Pruffe, la Pologne &
la mer Baltique les féparent. Enfin, les forces du
corps de l'empire en lui-même, ne font pas affez
grandes, ni fon fyftême tel, que la Ruffie doive
craindre ou efpérer la moindre chofe de ce côté-
là. Mais, d'un autre côté, l'alliée la plus naturelle & la plus formidable de la Ruffie eft la maifon d'Autriche, par rapport aux puiffants fecours
que ces deux puiffances peuvent fe prêter mutuellement contre les Turcs, ainfi que nous l'a-
vons déja infinué. Elles font en état de fe rendre de grands fervices; leurs états ne fe touchent
point, elles n'ont point de prétentions l'une à
la charge de l'autre; il n'y a aucune rivalité de
commerce entr'elles. Voilà des fondements prefque inébranlables d'une union naturelle & conftante entre ces fouverains. Le feul fujet d'une
jufte plainte que la cour de Pétersbourg puiffe
avoir contre celle de Vienne, c'eft que cette
derniere, en cas de rupture avec la Porte Ottomane, prend pour l'ordinaire de fort mauvaifes
mefures: & tandis que les Ruffes triomphent de
leur côté, les armées Autrichiennes font battues
par les Turcs; (*) mais qu'importe! Cela forme

(*) Il y a toute apparence que ces temps font paffés
& ne reviendront plus. Le puiffant génie de Joseph II

toujours une très-grande diverſion; & d'ailleurs les Autrichiens n'ont pas toujours été auſſi mal-heureux que dans la derniere guerre, & ne le feront peut-être pas à l'avenir.

La cour de Pétersbourg entretient encore une correſpondance d'amitié fort étroite avec celle de *Dreſde*. Les premiers fondements de cette union furent jettés en l'année 1701, entre le Czar *Pierre I* & le roi *Auguſte*; mais les ſuccès de *Charles XII* renverſerent tout cet édifice politique. *Auguſte* perdit le trône de Pologne, & la Saxe devint la victime des Suédois & de leurs ravages. En 1733 l'alliance fut renouvellée, & l'amitié de la Ruſſie valut à l'électeur de Saxe (Auguſte II) la couronne de Pologne, qu'il n'auroit point ob-tenue ſans les armées Ruſſes. En 1745, l'alliance & les promeſſes de la Ruſſie penſerent devenir funeſtes à la Saxe, qui s'y fiant trop, attaqua le roi de Pruſſe, & attira par-là dans le ſein de ſes états les armées victorieuſes du monarque Pruſſien. Les Saxons furent battus, leur capitale priſe, le roi de Pologne obligé de fuir; le roi de Pruſſe maître de toute la Saxe, donna dans Dreſde la paix à ſon ennemi, tandis que la Ruſſie demeuroit tranquille ſpectatrice, & ne ſe ſoucioit plus d'ac-courir au ſecours d'un allié déja accablé. Quoi qu'il en ſoit cependant, le trône de Pologne ne ſauroit être mieux occupé pour les intérêts de la Ruſſie, que par un prince de Saxe: & ainſi elle doit toujours tâcher de favoriſer ſon élection.

Les maiſons de Mecklenbourg, de Brunſwick, de Holſtein, ont été ſucceſſivement dans de grandes relations avec la Ruſſie, juſques-là que des princes & des princeſſes de ces maiſons ont

---

préſage les plus glorieuſes deſtinées à ſon empire. *Note de l'éditeur.*

regné fur les Ruffes, ou font encore aujourd’hui deftinés à en occuper le trône. Il eft de la gloire & de l’avantage de la Ruffie, de foutenir ces maifons, & de leur donner des marques d’une amitié qui ne lui coûte tout au plus que quelques penfions, quelques fecours pécuniaires, & quelques aunes de ruban. Nous ne faurions faire d’autres réflexions politiques fur leurs intérêts mutuels.

Le *roi de Pruffe* eft le plus puiffant voifin de la Ruffie, mais elle n’a jamais lieu de craindre que ce prince veuille l’attaquer dans des vues de conquêtes. Il eft, ce me femble, fort éloigné de vouloir étendre les limites de fes états vers le Nord, ou du côté des provinces Ruffiennes. Qu’y pourroit-il gagner? Il eft toujours de la fage politique d’une puiffance, de ménager l’amitié d’un voifin formidable, & qui n’en veut point à nos poffeffions. Ainfi, tant que la Ruffie ne voudra point renverfer l’équilibre dans le Nord, ou fe mêler ni des affaires d’Allemagne, ni de celles de Pologne, il eft certain que la bonne harmonie regnera toujours entre les cours de Pétersbourg & de Berlin; d’autant plus que ces deux puiffances n’ont point de prétentions l’une à charge de l’autre. Mais, fi les affaires du Nord fe brouilloient, le roi de Pruffe feroit d’un grand poids dans le parti qu’il embrafferoit. La cour de Pétersbourg feroit toujours mal de choquer ce prince, ou de lui témoigner fa mauvaife volonté pour une caufe étrangere. Il eft facile, je crois, de maintenir la bonne intelligence entre ces deux puiffances, qui n’ont jamais été enfemble en guerre ouverte; d’autant plus que les fujets du roi de Pruffe font un commerce important en Ruffie, avantageux à l’une & à l’autre nation.

Z z ij

Dès l'origine de ces états, les Russes & les *Polonois* ont toujours eu des querelles qui souvent ont donné lieu à des guerres fort sanglantes entre les deux nations. L'histoire de Pologne est toute remplie de ces événements. Dans des temps plus modernes, nous avons vu la cour de Pétersbourg prendre un grand intérêt aux affaires de cette république; & chaque fois que le trône de Pologne s'est trouvé vacant, elle s'est ingérée avec beaucoup de chaleur dans les élections des nouveaux rois. Au commencement de ce siecle, la Pologne servit de champ de bataille au Czar *Pierre I* & à *Charles XII*, roi de Suede, qui cherchoient à décider leur jalousie & leur rivalité. Les rois *Auguste* & *Stanislas* furent tour-à-tour la victime de la bonne ou mauvaise fortune de ces deux conquérants. La Pologne en souffrit le plus. En 1733, les armes Russiennes mirent *Auguste II* sur le trône, & la prise de Dantzig lui en assura la possession tranquille. Il importe à la Russie que le systême confus du gouvernement Polonois ne soit point changé, que la nation Polonoise ne sente jamais ses forces, & qu'un prince Saxon ou un Piaste sans ressource, regne toujours sur elle. Au reste, il y a souvent des disputes pour les limites, pour le trafic ou pour d'autres causes, qui naissent du voisinage entre la Pologne & la Russie; elles se terminent pour l'ordinaire à l'avantage de cette derniere, qui fait sentir en toute occasion sa supériorité à la Pologne. En voici un exemple. *Ferdinand*, dernier duc de Courlande, de la famille des Kettler, mourut en 1737 sans héritiers. Par la constitution de la république de Pologne, son duché devoit être réuni à la couronne; mais, à la diete de pacification de 1736, le décret donné dix ans auparavant, fut abrogé : & on permit aux états de se choisir un duc. Plusieurs candidats se présenterent, mais l'impératrice *Anne* fit élire presque par force un favori nommé *Biren*, dont le sort a été rempli de vicissitudes singulieres, & qui d'une basse naissance parvint à la dignité de duc de Courlande, mais qui ensuite par un revers de fortune, a été condamné à finir ses jours en Sibérie. (*) Depuis ce bannissement le duché de Courlande est dans une anarchie cruelle. Les états ignorent s'ils ont un maître, ou s'ils osent procéder à une nouvelle élection; s'ils dépendent de la Pologne ou de la Russie. Quoi qu'il en soit, cette derniere y agit en maîtresse, & sans elle il n'y aura vraisemblablement rien de décidé sur cette matiere délicate. La Russie est donc intéressée à conserver toujours cet ascendant sur la Pologne , & cette grande influence dans ses destinées.

Le *Danemarck* est une des puissances du Nord, & par conséquent entre pour beaucoup dans le système politique de la Russie. Quand les cours de Copenhague, de Stockholm & de Berlin sont unies, la Russie est bridée pour tous ses progrès dans le Nord. Elle doit donc tâcher de flatter le Danemarck & de se l'attacher, s'il est possible ; d'autant plus que le commerce maritime de la Russie se fait principalement avec l'Angleterre & les Provinces-Unies, qui ne sauroient venir dans ses ports sur la Baltique, qu'en passant le Sund, dont le roi de Danemarck garde l'entrée. Les forces navales des Danois seroient d'ailleurs fort en état de se défendre contre celles

(*) Il y a encore eu un changement de scene; il a recouvré la régence & l'a transmise à son fils. Voyez sur les destinées de ce duc les mémoires déja cités de *M. de Manstein.* Note de l'éditeur.

de Ruffie, qui ne pourroit faire le même ufage de fes galeres qu'elle en fait contre la Suede; & par terre, il femble que le Danemarck foit inattaquable pour les armées Ruffes.

Entre toutes les puiffances il femble que ce foit *la Suede* qui a le plus de griefs contre la Ruffie, le plus de terres conquifes à reclamer, & le plus à craindre pour l'avenir. Je ne vois pas qu'il foit de la bonne politique pour la Ruffie, de tenter de nouvelles conquêtes fur les Suédois, ou de les accabler totalement. L'entreprife feroit difficile, vu qu'elle mettroit les armes à la main à toutes les puiffances du Nord, à la France, & à la Porte Ottomane, qui ne verroient pas de bon œil l'anéantiffement de la Suede, & les progrès de la Ruffie. D'ailleurs, les Czars n'ont-ils pas affez d'étendue de pays, & leur intérêt n'eft-il pas de rendre ces mêmes pays floriffants, fans vouloir tenter une domination univerfelle? Un pareil projet, fuppofé qu'ils l'euffent formé, ne pourroit-il pas tourner à leur plus grand défavantage, en les privant de toutes leurs conquêtes, & en les réduifant à leurs anciennes limites? La politique de la Ruffie vis-à-vis de la Suede doit, ce me femble, fe réduire à ce principe, de fe contenter de ce qui a été enlevé à *Charles XII*, & d'en conferver la poffeffion en prévenant que la Suede n'acquiere des forces fuffifantes pour reconquérir fes provinces perdues, & fur-tout en ayant l'œil conftamment attentif à ce que la forme du gouvernement Suédois ne foit convertie en fouveraineté; ce qui feroit le premier pas pour l'agrandiffement intrinfeque de ce royaume.

L'entretien des places frontieres, de la flotte & de l'armée, eft un article fi palpable & fi naturel, qu'il n'eft pas befoin de le recommander au cabinet de Péterfbourg, s'il veut conferver fes poffeffions actuelles. Il ne doit pas non plus être fans intelligences & fans partifans dans la nation Suédoife, qui, étant pauvre, aura toujours parmi elle des fujets corruptibles.

La *Porte Ottomane* eft la plus redoutable voifine de la Ruffie. Perfonne ne connoît encore jufqu'où pourroit aller la puiffance d'une nation auffi terrible & auffi nombreufe que l'eft la Turquie. Ce feroit une très-grande faute fi la cour de Pétersbourg s'avifoit de l'inquiéter fans néceffité, & de la faire fortir de fa léthargie. Des efforts affez légers que la Porte fit au commencement de ce fiecle, mirent *Pierre I* à deux doigts de fa perte, & dans les guerres furvenues depuis, la Ruffie doit fes fuccès aux conjonctures, qui occuperent les forces Ottomanes ailleurs. Pour cette raifon, elle doit tâcher d'entretenir l'animofité qui regne conftamment entre les Perfans, & les Turcs, exciter fans ceffe des troubles en Afie, fomenter fous main les rebellions, les intrigues & les cabales dans le Serrail; enfin, s'affurer des fecours de la maifon d'Autriche en cas de rupture. Au-dehors, elle doit avoir de bonnes manieres avec la Porte, mais cependant toujours faire refpecter le caractere & la dignité des ambaffadeurs qu'elle y envoie, ce qui fait une grande impreffion fur les Turcs. Il feroit auffi fort avantageux pour la Ruffie, fi elle pouvoit établir un traité de commerce avec la Turquie, & ftipuler quelques articles favorables relativement à la navigation fur la mer Noire. (*)

Comme là Ruffie n'a point de commerce di-

(*) Avant que ceci foit imprimé, on faura probablement à quoi s'en tenir fur l'état refpectif de ces deux grandes puiffances : & cet état demeurera décidé pour long-temps. *Note de l'éditeur.*

Zz iv

rect avec les pays qui bordent la Méditerranée, & qu'elle n'envoie même aucun de ses vaisseaux hors de la Baltique, elle n'a aucune connexion avec les *Pirates des côtes d'Afrique*, & ne craint point leurs brigandages.

Mais, d'un autre côté, la Russie a encore à cultiver l'amitié des *Chinois* & des *Persans*, tant par rapport au commerce avantageux qu'elle fait avec eux, qu'à l'égard du voisinage. Les peuples de la *grande Tartarie*, n'ont rien à démêler avec elle, d'autant plus que le Czar leur laisse la paisible jouissance des lieux où ils ont coutume de camper. Ce sont des peuples errants & misérables, qu'il ne vaudroit pas la peine de réduire, & qu'on doit laisser tranquilles, mais qu'il faut tâcher d'accabler s'ils s'avisoient de remuer. Les Tartares de *la petite Tartarie* sont plus dangereux, parce que la Porte Ottomane les appuie, & qu'ils peuvent causer à son instigation de grands dégâts par les courses qu'ils entreprennent. Le moins qu'ils peuvent faire, c'est d'occuper toujours une petite armée Russe pour couvrir les frontieres contre leurs incursions.

Voilà en peu de mots l'état actuel de la Russie & de son systême politique. Ses forces consistent en

Régiments d'infanterie à . . . . .
Régiments de cuirassiers à . . . .
Régiments de dragons à . . . . .
Régiments de gardes à . . . . .
Artillerie, ingénieurs, &c. . . . .
Cosaques . . . .
Troupes de nations . . . .
Barbares (*) . . . .

(*) Pour suppléer à cette lacune, je mettrai ici l'état des forces, de l'empire Ruffe, tel que je le trouve dans un petit ouvrage que j'ai déja indiqué plus haut; *Freundfchafftliche Briefe*, &c.

Gardes . . . .   10248 hommes.
Cadets   600
Artillerie & fortification . . .   34032
Régiments de campagne . . .   165252
Troupes de garnifon   75457
Milices du pays   26598
Petits corps difperfés   3044
Troupes légeres   29835
Troupes irrégulieres   261172
   Total . . . .   606238 hommes.

Les troupes de mer n'y font pas comprifes. *Note de l'éditeur.*

CHAPITRE XV.

DE L'EMPIRE OTTOMAN.

§ I.

LEs pays qui font aujourd'hui affujettis à la Porte Ottomane, & que l'on comprend communément fous le nom de *Turquie*, ont une fort vafte étendue. On peut dire même qu'il n'y a pas de fouverain qui poffede autant de terres que le Grand-Seigneur. Pour en mieux juger, nous fpécifierons les différentes provinces qui compofent ce grand empire. Ordinairement l'on diftingue la Turquie en deux parties, celle de l'Europe & celle de l'Afie, & l'on peut encore y ajouter celle de l'Afrique.

Etats compris dans l'empire Ottoman.

   I. *La Turquie en Europe* comprend

   1. *La Moldavie*, province fituée vers les frontieres de la Pologne, & de la Tranfilvanie, qui a foixante milles d'Allemagne de long fur vingt

de large. Le Pruth & le Boristhene la traversent, & la forteresse importante de *Chotzim* y
est enclavée.

2. *La Valachie*, principauté située sur le Danube derriere la Transilvanie. Sa longueur est
de cinquante milles, & sa largeur de cinquante.
Sa capitale est *Bucharest*.

3. *La Bulgarie*, qui est une langue de terre assez étroite, mais dont la longueur est estimée de
quatre-vingt milles. Elle commence derriere la
Servie, & s'étend jusqu'à la mer Noire. Il y a
les villes de Vidin, de Nicopolis, & quelques
autres.

4. *La Romanie*, autrefois appellée la Thrace,
province principale des Turcs en Europe. Sa longueur est de soixante milles sur trente de large.
Constantinople, la capitale de l'empire Ottoman
& le siege des Sultans; la ville d'Adrinople, &
plusieurs places importantes y sont situées.

5. *En Hongrie*, la Porte possede 1°. une partie
du Bannat de *Temeswar*; 2°. une partie de la *Valachie* avec la ville de Sévérin; 3°. une partie
du royaume de *Croatie* avec la ville de Wihitz;
4°. tout le royaume de *Bosnie* avec la ville de
Banjalucca, &c. 5°. tout le royaume de *Servie*
avec la ville importante de Belgrade, celle de
Sémendrie & d'autres.

6. *L'Albanie*, province située au confluent de
la mer Adriatique & de celle d'Ionie. Elle peut
avoir trente milles de long sur vingt de large, &
comprend les villes de Durazzo, de Scutari, &c.

7. *L'Epire* située à l'embouchure du Golfe
de Venise. Cette province peut avoir vingt-quatre milles de long sur douze de large. La capitale est Delfino.

8. *La Macédoine*, dont la longueur est estimée de cinquante milles sur trente de largeur.

Les villes de Zuchria & de Locrida, y font fituées, de même que le fameux promontoire d'Atzos.

9. *La Theffalie*, fituée au centre de la Grece. Sa longueur eft de trente milles fur vingt de large. Theffalonique en eft la capitale. On y trouve les champs de Pharfale, les monts de l'Olympe & du Pinde, le paffage des Thermopyles; & plu- fieurs des lieux les plus remarquables de l'antiquité.

10. *La Livadie*, province connue fous diffé- rents noms, comme d'Achaïe, d'Attique & de Grece propre, &c. Elle s'étend depuis la mer d'Ionie jufqu'à l'Archipel. On compte fa longueur de foixante milles fur quinze de large. Il y a Livadie, Lépante, Athenes, Marathon, The- bes, Delphes & diverfes autres villes.

11. *La Morée*, péninfule autrefois fi fameufe fous le nom de *Péloponefe*. Il ne s'en faut pas beaucoup que ce ne foit une ifle parfaite, & qu'elle n'ait trente milles de long & de large. Les villes de Corinthe, de Lacédémone, de Sicyone, de Mycene, & quantité d'autres y font fituées.

12. *La Candie*, ifle ou royaume placé dans l'Archipel de la mer Méditerranée. Elle a foixante milles de long fur huit ou dix de large.

13. *Négrepont*, ifle qui n'eft féparée de la pro- vince de Livadie que par un petit détroit. Elle a trente milles de long fur dix de large. Elle eft confidérable à caufe de fon port magnifique.

14. *Les ifles Cyclades*, fituées dans la mer Egée ou l'Archipel. Il y en a neuf principales qui appar- tiennent aux Turcs.

15. *Les ifles Iporades*, fituées dans la même mer. Elles appartiennent également aux Turcs, & font au nombre de quatorze, dont Chio ou Scio, Samos, Mytilene, Pathmos, Ténedos, &c. font les plus fameufes.

16. *La petite Tartarie* confiste dans une immense étendue de pays. Elle commence près de l'embouchure du Danube, & s'étend jufqu'à l'endroit où le Tanaïs fe dégorge dans la mer noire, non loin d'Afoph. Par conféquent on peut fixer fa longueur à cent milles d'Allemagne, & fa largeur environ à cinquante. Tout ce pays n'appartient pas, à la vérité, immédiatement à la Porte; mais, depuis l'année 1584, les Tartares font fes tributaires; & lorfque le Sultan ou le Grand-Vifir vont à la guerre, le Cham ou prince des Tartares, eft obligé de les accompagner dans leur expédition avec un nombre confidérable de fes fujets. D'ailleurs, la province la plus confidérable de la petite Tartarie, eft la *Crimée*, peninfule qui s'étend dans la mer noire, qui a plus de trente milles de long fur vingt de large, & qui autrefois étoit fi renommée fous le nom de *Cherfonefe Taurique*. Elle appartient aux Turcs, qui y ont la ville *de Caffa*, ou *Théodofie*, place fort importante de laquelle dépend prefque tout le commerce du Pont-Euxin. Dans le continent, la Porte eft en poffeffion de la ville d'*Afoph*, qui eft une place de la derniere conféquence pour elle; & elle tient encore quelques petites villes le long de la côte. Outre cela, à l'occident de la mer noire, entre l'embouchure du Borifthene & celle du Danube, eft fitué un pays qui porte le nom de *Beffarabie*, ou de *Budziac*, & qui eft fort important pour les Turcs qui y ont les villes fameufes de *Bender* & de *Moncaftro*, de *Kéli* & d'*Oczakoff*, avec quelques autres de moindre conféquence. Quand même ce pays ne feroit pas auffi confidérable qu'il l'eft par fon commerce de la mer noire, la Porte Ottomane peut l'envifager comme un rempart contre les Ruffes.

II. *La Turquie en Afie* comprend

1. *La Natolie* ou le *Levant*, pays qui portoit anciennement le nom d'*Afie mineure*. Cette grande province a d'orient en occident 240 milles de long fur 140 de large. On la fubdivife en quatre gouvernements qui fe nomment la *Natolie* proprement dite, *l'Amafie*, la *Caramanie*, & *l'Alaudalie*. Les villes principales font Scutari, Chalcédoine, Burfia, Lampfaque, Abydos, Troye, Pergame, Philadelphie, Sardes, Smyrne, Ephefe, Halicarnaffe, Trébifonde, Cogni, Tarfe, &c. Tous ces endroits font fort remarquables dans l'hiftoire ancienne, mais ils font de peu d'importance aujourd'hui. Smyrne cependant fait un commerce fort confidérable.

2. *L'ifle de Rhode*, fituée dans la mer Afiatique, au-deffous de la Natolie. Elle peut avoir trente milles de circuit ; & la capitale porte fon nom. C'eft la même ifle où les chevaliers de Malthe établirent leur fiege en 1309, & d'où ils furent chaffés deux cents ans après l'empereur Soliman II.

3. *L'ifle de Chypre*, fituée dans la même mer, mais plus loin vers l'orient. Elle a quarante milles de long fur quinze de large. Nicofie, Famagoufte, Paphos, & quelques autres endroits, y font remarquables. Elle produit entre autres chofes des vins excellents.

4. *La Sorie*, autre province qui comprend tous les pays que les anciens nommoient la Syrie, la Phénicie & la Paleftine. Elle eft fituée le long de la mer Méditerranée. On la partage en trois gouvernements, qui font *Alep*, *Tripoli* & *Damas*. On compte parmi les villes les plus confidérables, Alep, Scandérona, Tripoli di Soria, Damas, Sidon, St. Jean d'Acre, Jérufalem, & tous les endroits fameux dans l'écriture fainte.

Ce pays peut avoir cinquante milles de long sur cinquante de large.

5. *L'Arabie*, vaste pays, mais peu peuplé, qui touche à quatre mers différentes, qui a plus de 400 milles d'Allemagne de long sur près de 300 de large, & qui se partage en *Arabie pétrée*, en *Arabie déserte* & en *Arabie heureuse*. Les villes principales sont Hérac, Anna, Balsora ou Bassora, la Mecque, Médine, Sabo ou Zebit, Mocca, Sanna, & quelques autres.

6. *La Géorgie*, province située entre la mer Noire & la mer Caspienne. Elle peut avoir environ cent milles en quarré. Anciennement la Colchide, l'Albanie & l'Ibérie étoient situées dans ces contrées. C'est la patrie des plus parfaites beautés de l'Asie. Les villes les plus remarquables sont, Sébastopolis, Téflis, Erzerum, Erivan, &c.

7. *Le Diarbeck*, la derniere des provinces Ottomanes en Asie. Elle est d'une grande étendue, ayant près de 180 milles de long sur soixante de large. Sa situation est remarquable; car les deux fleuves fameux, le *Tigre* & l'*Euphrate*, ont leur confluent dans ce pays. Elle est subdivisée en trois provinces. Le *Diarbeck*, le *Curdistan* & l'*Yerack*. C'est ordinairement le théâtre de la guerre entre les Turcs & les Persans. Les villes les plus remarquables sont Diarbeck ou Caraemid, Mosul, Ophiri, Amadie, mais sur-tout *Bagdad* ou *Babylone*, la clef de tout l'empire Ottoman contre la Perse. La ville de Ninive a été autrefois placée dans cette province. Plusieurs habiles théologiens ont fait voir que c'est aussi dans le Diarbeck qu'il faut chercher la place du paradis terrestre.

III. *La Turquie en Afrique* comprend

1. *L'Egypte* entiere. Ce royaume si fameux

& autrefois si considérable, est situé à la pointe orientale de l'Afrique, & confine avec l'Arabie Pétrée par un petit isthme, ou langue de terre, qui peut avoir quinze à vingt milles de long, entre la mer Méditerranée & la mer Rouge. Sa longueur, à compter du midi au septentrion, & en suivant le cours du Nil, est estimée à 180 milles d'Allemagne, & sa largeur de l'orient à l'occident, peut être de 150 milles. Cependant les géographes ne sont pas tout-à-fait d'accord sur ces dimensions. Notre dessein n'est pas de faire une description de ce pays, dont il y a tant de relations anciennes & modernes. Les villes principales sont le Caire, ou Grand-Caire, Alexandrie, Damiette, Suez, Thebes, &c. Le commerce y est encore aujourd'hui important, & il est facilité par le Nil, qui est le fleuve le plus singulier & le plus remarquable du monde. Le regne des anciens Soudans d'Egypte a fini en 1517, & depuis ce temps le pays est soumis à la Porte.

2. Dans le royaume de *Bilidulgérid*, il y a les contrées de *Zeb*, de *Téchort*, de *Guargala*, de *Bilidulgérid*, de *Gademes*, de *Fezzen*, de *Téorrégu*, & quelques autres, dont les petits princes sont tributaires de Tunis ou de Tripoli, & vivent par conséquent, médiatement sous la protection de la Porte. Mais tout cela n'est pas considérable.

3. *Tripoli de Barbarie*, royaume situé le long de la mer Méditerranée qui a près de deux cents milles de long sur soixante de large. En 1551, il a été érigé en république; mais cette république est sous la protection du Grand-Seigneur, & paie une espece de tribut.

4. *Tunis*, autre république sur la mer Méditerranée, dont le territoire a environ 120 milles de

long fur 100 de large, & qui eft pareillement fous la protection de la Porte, qui fait lever le tribut annuel par un Bacha qu'elle y entretient. L'ancienne Carthage étoit fituée dans cette contrée.

5. *Alger*, encore une république, fituée prefque à l'entrée de la mer Méditerranée, & qui a fubjugué quatre autres petits royaumes, favoir, le *Télézin*, *Fénez*, *Bugie*, & *Conftantine*. Tout cela forme un efpace de plus de deux cents milles de long fur foixante & dix de large. L'ancienne Mauritanie & une partie de la Numidie étoient fituées dans ces contrées. Cette république eft gouvernée par un Divan, mais elle eft également fous la protection de la Porte; & le Bacha qui y réfide de fa part, leve le tribut qu'elle paie tous les ans. Ces trois républiques font moins des états bien réglés que des tanieres de Corfaires. Elles peuvent cependant feconder les deffeins des Turcs par leurs vaiffeaux. Outre cela les princes de Tranfilvanie, les Hofpodars de Moldavie, & de Valachie, & la république de Ragufe, paient auffi une certaine fomme annuelle à la Porte.

Par la fimple énumération que nous venons de faire des provinces Ottomanes, je crois que le lecteur trouvera fuffifamment prouvé ce que nous avons avancé au commencement de ce chapitre; favoir, qu'il n'y a pas de puiffance au monde, dont la domination s'étende fur une auffi grande étendue de pays que l'empereur Turc. Car, fi l'on fuppute la longueur de chaque province, on verra qu'il regne en Europe fur une efpace de 724 milles, en Afie fur 1020 milles, & en Afrique au moins fur 600 milles d'Allemagne. Je fuis fort éloigné de vouloir garantir l'exactitude de ce calcul; je n'ai point pris les dimenfions de toutes ces différentes provinces, & je n'écris pas un traité de géographie. Mais

je

je puis affurer néanmoins, que ce n'eft pas un calcul fait abfolument en l'air, que j'ai confulté les meilleurs auteurs qui me foient connus fur cette matiere, & que je m'appuie fur l'autorité des plus célebres géographes de notre fiecle.

On verra auffi, en jettant un fimple coup d'œil fur la carte, que les voifins les plus formidables de l'empire Ottoman, font la Perfe, la Ruffie, la maifon d'Autriche & la république de Venife. Les autres peuples dont les états touchent à la Turquie, s'eftiment trop heureux, fi la Providence les garantit des invafions & de la puiffance des Ottomans.

§ II.

Les principales denrées que produit la Turquie, confiftent en coton, foies, poil de chevre, miel, cire, huile, raifins fecs, vins, café, opium, féné, maftic, térébenthine, caffe, aloës, maroquin, chagrin, tapis de pied, étoffes, gazes brodées, tapifferies travaillées en or & en argent, quelques pelleteries, & autres chofes femblables. On conçoit aifément qu'il n'eft guères poffible d'entrer dans un détail circonftancié fur cette matiere, & de fpécifier ici les produits de chaque province. Leur fituation fous des climats fi différents, fait qu'auffi leurs denrées varient infiniment. C'eft ainfi que l'Egypte, les côtes d'Afrique, & les ifles de l'Archipel abondent en bled ; tandis que l'Arabie produit l'encens, le parfum & les drogues aromatiques. Si les Turcs n'étoient pas d'une pareffe & d'une indolence impardonnables, ils trouveroient chez eux généralement de quoi pourvoir à tous les befoins de la vie fans exception. Car on a pu voir par le fimple dénombrement de leurs provinces, qu'ils poffedent tous les pays enfemble qui ont fait une

Produc
tions de
fes états.

fi grande figure dans l'antiquité , & qui alors étoient auffi-bien cultivés , qu'ils le font mal à l'heure qu'il eft.

§ III.

Commerce.   Mais , malgré leur fainéantife & leur grave indolence , il ne laiffe pas que de fe faire un commerce très-important en Turquie. Pendant plufieurs fiecles , les Vénitiens étoient prefque feuls en poffeffion du commerce du Levant & de la Turquie. Ils étoient devenus les facteurs de l'Europe entiére pour toutes les marchandifes que l'on tiroit de ces contrées ; mais , dans des temps plus modernes , les autres nations commerçantes ont pris part à ce trafic , & nous voyons maintenant que les François , les Anglois & les Hollandois envoient tous les ans quantité de vaiffeaux à Smyrne , à Alexandrie , à Conftantinople , en Egypte & dans toutes les Echelles du Levant. Ils y portent des draps , des toiles , des étoffes légeres , & quantité d'ouvrages des manufactures de l'Europe , qu'ils troquent , ou contre de l'argent , ou contre des denrées & des ouvrages des manufactures de Turquie ; comme font les poils de chèvre , les tapis , &c. A Smyrne & dans les autres villes maritimes que nous venons de nommer , il y a plufieurs comptoirs de négociants Anglois , François & Hollandois , qui y font un commerce très-confidérable , & dont les propriétaires , après s'y être enrichis , au bout de quelques années , retournent avec leurs richeffes dans leur patrie , & remettent le négoce pour l'ordinaire à leurs principaux commis. La facilité de la navigation dans la même mer , a donné lieu au commerce important qui fe fait depuis peu entre la ville de Marfeille & la Turquie. Le négoce des grains fe fait ordinairement de la maniere fuivante. Les nations commerçantes de l'Europe envoient des vaiffeaux fans charge en Barbarie & aux ifles de l'Archipel. Le capitaine du navire, ou un facteur particulier qui eft à fon bord, a entre les mains une groffe fomme d'argent comptant. Ce vaiffeau fait voile d'un endroit à l'autre; & là où les grains fe trouvent au meilleur marché, le maître du navire fait fa provifion, avec laquelle il retourne en Europe, & y vend fes bleds dans tel port qu'il juge à propos, & là où il croit que le befoin en eft le plus grand. Si le facteur agit de bonne foi, & que la fortune le favorife, il y a fouvent un immenfe profit à faire à ce commerce; mais c'eft une efpece de loterie qui tourne quelquefois au grand dommage des entrepreneurs. Les Ruffes font auffi depuis quelque temps un commerce très-important avec la Turquie; la mer Noire & les rivieres qui coulent de là jufqu'à Pétersbourg, leur en facilitent les moyens. Mais, comme ce font les nations Européennes qui viennent chercher les denrées chez les Turcs, & qui leur apportent en échange les produits des manufactures de France, d'Angleterre, &c. il eft affez clair que le plus grand profit eft pour celui qui fait le commerce actif, & que les Turcs ne font abfolument que paffifs dans tout ce trafic. Cependant ils ne laiffent pas que d'y gagner auffi.

§ IV.

La navigation des Turcs eft de peu d'impor- Naviga-
tance. Ils n'ont pas affez d'activité pour aller cher- tion.
cher au loin & par mer le profit qui pourroit leur
en réfulter. Ils entretiennent quelques bâtiments
fur la mer Noire, & d'autres dans la Méditerranée, qui vont du continent aux ifles de l'Archipel, & qui rafent les côtes de leurs domina-

tions; mais tout cela eſt de peu de conſidération, & ne ſauroit s'appeller une navigation étendue. Les brigandages & les pirateries des Afri-
cains ne peuvent non plus être compris ſous cette
dénomination. Au reſte, il ſeroit facile aux Turcs
de ſe procurer un nombre conſidérable de matelots, ſi leur marine étoit ſur un bon pied; car,
avec la quantité d'habitants, & les vaſtes côtes
qu'ils ont, rien ne les empêcheroit de faire dreſſer beaucoup de jeunes gens à la navigation, &
de ſe former une pépiniere intariſſable d'habiles
marins.

Par mer, les Turcs ne font auſſi aucun commerce dans les Indes orientales, ou occidentales; & ils n'ont ni établiſſements, ni conceſſions.
De temps en temps, des Caravanes traverſent la
Perſe, & vont trafiquer dans le Mogoliſtan, d'où
ils apportent quelques marchandiſes agréables en
Turquie. Mais ce commerce n'eſt pas d'une aſſez
grande importance pour avoir quelque influence
en Europe.

§ V.

Origine des Turcs. Les Turcs d'aujourd'hui font un mélange de
deux nations. Car, vers le milieu du huitieme
ſiecle, une partie des Scythes qui demeuroient
dans le fond de l'Aſie, & qui faiſoient le métier de paſtres, que le nom de Turc exprime,
ſortirent par les portes Caſpiennes, & attaquerent les Sarraſins qu'ils vainquirent. Ces Sarraſins
avoient été d'abord des chrétiens, mais enſuite
ils furent ſéduits par Mahomet, & firent profeſſion de ſa ſecte. Les Scythes ou Turcs, ayant
donc ſubjugué les Sarraſins, embraſſerent la religion des vaincus. Après bien des guerres ils fon-
derent l'an 1303 l'empire qui eſt appellé la *Porte
Ottomane*, & enfin en 1453 ils détruiſirent l'em-

pire Grec, & transférerent le siege de leur monarchie à Constantinople.

§ VI.

Les états soumis aujourd'hui à la Porte, sont $\quad$ Popula-
pour la plupart assez bien peuplés, mais ils ne tion.
le sont pas autant qu'on le croiroit en considé-
rant leur vaste étendue, & en comparant leur
ancien état avec celui d'à présent. Car, si l'on
réfléchit quelles armées innombrables on a vu sortir successivement de la Grece & de l'Asie mineure, & combien ces provinces sont désertes à
l'heure qu'il est, on est tenté d'envisager les historiens les plus respectables de l'antiquité, comme
des faiseurs de romans. On peut conclure delà,
ainsi que je crois l'avoir démontré ailleurs, (*)
que la polygamie usitée en Turquie, ne produit
pas l'effet qu'on en attend; & cela par la grande
raison, que la nature s'y oppose. Car, comme
il naît un nombre presque égal d'individus de
l'un & de l'autre sexe, il s'ensuit naturellement
que, s'il y a un homme qui entretient par os-
tentation dix femmes, qu'il sert avec cela assez
mal, il se trouvera en échange neuf autres hommes qui manqueront de femmes; ce qui nuit à
la propagation de l'espece; au-lieu que, si on
laisse un libre cours à la nature, & que chacun
s'en tienne à sa moitié, le nombre des habitants
devient bien plus considérable. Quand même on
ne pourroit pas prouver cette these *à priori*, il
est certain que l'expérience la démontre. Il n'y a
certainement pas une province dans toute l'Asie,
qui soit aussi peuplée que le sont l'Allemagne &
le Nord, où l'on observe assez exactement la
fidélité conjugale envers une seule femme. La

_(*) Dans la premiére partie, pages 99 & 100.

chaleur du climat ne fauroit guères non plus contribuer au manque d'habitants, à moins qu'on ne fuppofe que le foleil rend aujourd'hui les hommes plus ftériles qu'autrefois. Mais, quoi qu'il en foit, on ne fauroit dire que les provinces Ottomanes foient dépourvues d'habitants; & en tout cas, leur vafte étendue fupplée à leur difette à cet égard. Car les forces que la Porte entretient, & fur-tout fes reffources, ne laiffent pas que d'être confidérables. On trouve dans le dictionnaire de Moréri, à l'article *des Turcs*, qu'un nommé *la Croix*, qui avoit été plus de dix ans en Turquie, affure que les forces de l'empire Ottoman, de compte fait, ne montent tout au plus qu'à 150 mille hommes. J'ignore fur quoi peut être fondé un pareil raifonnement, mais je fais bien qu'en 1737 & 38, la Porte entretenoit à la fois trois armées, une fur les frontieres de la Perfe, une du côté de la mer Noire contre les Ruffes, & une autre en Hongrie contre l'empereur; que ces trois armées faifoient enfemble au moins 300 mille hommes; que les places fortes n'étoient point dégarnies, & qu'il s'en falloit encore beaucoup, que toutes les reffources de troupes fuffent employées.

§ VII.

Troupes. — Il y a deux fortes de troupes en Turquie; les unes qui reçoivent à vie, & pour ainfi dire, à titre de fief, certaines terres, moyennant quoi elles font obligées de venir à la guerre toutes les fois que le Sultan le demande, & de fournir un certain nombre de foldats dans le befoin. On les diftingue entre *Zaïms* & *Timariots*. Le revenu d'un *Zaïm* eft depuis 20000 jufqu'à 99999 *afpres* par an. Mille afpres font environ vingt ducats; de maniere que le plus riche Zaïm tire à peu près 2000 ducats de la Porte. S'il avoit un afpre de plus, ce feroit le revenu d'un *San-giac-beg*, ou bacha. Le bacha a depuis 100 mille jufqu'à 199999 afpres. Un feul afpre de plus, feroit le revenu d'un Beglierbeg.

Les Timariots font encore de deux efpeces. Les uns appellés *Tefckerelu*, ont depuis 6000 jufqu'à 19999 afpres. Les autres font nommés *Teskeretis*, & n'ont de revenus que depuis 3000 jufqu'à 6000 afpres.

Les Zaïms font obligés de fervir à la guerre, & d'y porter une belle tente avec un équipage convenable. Pour chaque 5000 afpres de revenu qu'ils ont, ils fourniffent un homme à cheval, qu'on nomme *Gebelu*. De forte qu'un Zaïm qui aura neuf mille afpres, mene avec lui dix-huit cavaliers.

Les Timariots vont auffi à la guerre avec des tentes plus petites, & font obligés de fournir un homme à cheval pour chaque 3000 afpres de revenu qu'ils tirent de la Porte.

Ces Zaïms & ces Timariots font enregimentés; & le colonel qui commande un de ces régiments, eft appellé *Alaibegler*.

Selon le calcul le plus exact & le plus modéré le nombre des Zaïms va à 10948, & celui des Timariots à 72436. Or il faut confidérer 1°. que le moindre des *Zaïms* eft obligé de fournir quatre hommes, & le moindre *Timariot* un homme à cheval; 2°. que les principaux des Zaïms fourniffent dix-neuf cavaliers, & les principaux Timariots quatre. Si l'on pouvoit fuivre ce calcul dans chaque province Ottomane, & que les bornes de cet ouvrage nous permiffent d'entrer dans de pareils détails, on verroit que la Porte peut lever un nombre immenfe de troupes, & fur-tout de cavalerie, par le feul établiffement des *Zaïms* & des *Timariots*. Je crois

qu'on en parle fort modeftement fi l'on détermine ce nombre à quatre cents mille hommes;
fur-tout fi l'on veut confidérer que tous ces gens
entretiennent ordinairement plus de foldats qu'ils
ne doivent, foit par oftentation, foit pour fe
faire valoir auprès de la cour, & obtenir de plus
grandes charges.

L'autre efpece de troupes eft foudoyée par la
Porte, & entretenue conftamment. Il y a

1°. Les *Spahis*, qui forment une efpece de
garde à cheval du Grand-Seigneur. Ils font au
nombre de 12000. Leur paie eft depuis douze
jufqu'à quarante afpres par jour.

2°. Les *Janiffaires*, qui font les meilleures troupes & le plus ferme appui de la Porte Ottomane. Ce corps eft d'infanterie, & le nombre
en eft réglé à vingt mille hommes; mais fi l'on
compte tous ceux qui portent aujourd'hui le nom
de janiffaires, & qui jouiffent des mêmes privileges fans cependant tirer la paie, cela peut
fort bien aller à cent mille hommes. Le nom
de janiffaire veut dire *nouveau foldat*. Ils furent
érigés fous *Amurath*, troifieme empereur Turc.
Ils font maintenant fort déchus de leur ancienne
valeur & de leur réputation. On ne prenoit dans
les premiers temps pour janiffaires, que les enfants des efclaves chrétiens, élevés dans la religion Mahométane; & leur difcipline étoit des
plus exactes.

3°. Les *Arnautes* forment encore un corps
d'infanterie, d'environ dix mille hommes, mais
qui ne font pas en fort grande réputation.

4°. Il faut ajouter à tout ceci les effaims de
Tartares que le Cham eft obligé de fournir; les
Walaques, les *Moldaviens*, les *Tranfilvains*, &
d'autres troupes auxiliaires que les tributaires de
la Porte lui envoient dans le befoin. La milice

en Egypte forme aussi un corps à part. Ce royaume est gouverné par douze Beys, ou gouverneurs, qui ont chacun cinq cents hommes bien disciplinés qui leur servent de garde; & outre cela, l'Egypte pourroit fournir dans un besoin, plus de quatre-vingt mille Timariots, ou simples soldats. On en envoie quelquefois en Candie.

Ce sont là des forces bien respectables pour les voisins, & même pour toutes les puissances de l'Europe. Il n'y a qu'à lire l'histoire de l'empire Ottoman, pour être convaincu que les Turcs ont fait les plus brillantes conquêtes, & qu'ils ne manquent ni de courage, ni de subordination, ni de patience au travail, ni enfin d'aucune des qualités nécessaires à un homme de guerre. Il est vrai cependant, qu'ils n'ont pas fait de grands exploits contre les chrétiens, & que sur-tout au commencement de ce siecle, les armées impériales commandées par le prince *Eugene*, les ont souvent furieusement maltraités : les Russes, dans les campagnes précédentes, ont aussi remporté de grands avantages sur les Turcs. (*)

§ VIII.

Quant au caractere & aux mœurs de ces peuples, on n'est nullement d'accord en Europe sur leur sujet. Les dévots & les pédans les envisagent comme des barbares, gourvernés par des tyrans qui ont renoncé à toute humanité, qui se livrent aux actions les plus cruelles, & qui sont maudits de Dieu. C'est là un sentiment ridicule qui ne mérite pas d'être réfuté. Mais, d'un autre côté, c'est un ton & une espece de mode

Caractere & mœurs des Turcs.

(*) Ces dernieres années y fourniront un immense supplément. *Note de l'éditeur.*

parmi les gens qui prétendent penser, & fur-tout parmi les beaux esprits, d'avoir une haute idée de la nation Turque, d'admirer ses mœurs, sa bonne foi & sa façon de penser, & de l'envisager à tous égards comme une nation très-respectable, pour ne pas dire, préférable à toutes celles de l'Europe. Cette opinion me paroît fort hétérodoxe, & plus que singuliere. Si les Turcs, à la vérité, ne sauroient être regardés comme des peuples féroces & barbares, il est certain aussi, qu'ils ne méritent pas une fort haute estime. Je ne vois point que des gens indolents, paresseux, taciturnes, sombres, avares & intéressés, sans arts, sans sciences, qui n'ont jamais rien fait pour encourager les talents & les lettres, mais qui au contraire ont détruit les plus beaux établissements, soient préférables à des nations Européennes & bien policées. Depuis peu seulement on a établi une imprimerie à Constantinople, & elle n'a guères d'occupation. La politique des Turcs est de laisser le monde dans l'ignorance; & comme leur loi défend toutes sortes d'images & de tableaux, on peut juger combien les beaux arts y sont méprisés. Un Turc fainéant, assis sur son Sopha, & fumant gravement sa pipe, ne laisse pas que d'être bouffi d'orgueil, & de mépriser les autres peuples & les hommes les plus respectables de la terre. On exalte tant leur droiture & leur bonne foi; mais, dans les affaires publiques, on voit tous les jours le contraire, & le témoignage des ministres étrangers qui ont résidé à Constantinople, prouve assez que, jusques dans les plus grandes minucies du cérémonial, il faut être très-fort sur ses gardes avec eux. La rebellion fomentée tout récemment à Malthe par un Turc parent du Grand-Seigneur, n'est pas non plus une action qui parle

en faveur de cette prétendue bonne foi Ottomane. (*) Enfin on fe récrie fur le *bon-fens* des
Turcs; c'eft lui qui doit tenir lieu de tout à cette
nation ; mais il faut convenir que ce bon-fens
ne doit trouver guères d'occupation chez un
Turc. Sur quels objets veut-on qu'il fe porte ?
Cela doit fe réduire à peu de chofe. Ceux qui
ont étudié l'efprit humain , favent que chaque
fcience que nous apprenons, nous met une foule
d'idées de plus dans la tête , & étend la fphere
de notre efprit. Nous acquérons , pour ainfi dire ,
un fens de plus, lorfque nous étudions une nouvelle fcience. Or, qu'on fe figure ce que doit
être un homme qui, par principe, n'a rien appris
du tout, & combien fon efprit doit être borné. Il
eft tout auffi facile de démontrer que le *jugement*
fe forme de même par l'acquifition des connoiffances. Un ignorant juge précifément de la plupart
des chofes de la vie, comme un aveugle juge des
couleurs. Il manque des *fens* néceffaires pour juger.
Qu'on ne m'objecte pas l'exemple de nos payfans.
Quoi qu'on en dife, leur jugement eft très-plat
& très-pitoyable : malheur à celui qui fe fieroit
à de pareils guides ! Tout ce prétendu bon-fens
qu'on leur attribue, n'eft que pour le difcours.
Si on pouvoit lire dans le cœur de ceux qui font

(*) Le fait d'un particulier ne prouve rien contre une
nation ; mais il eft certain que les Turcs qui fe font
montrés en divers états de l'Europe, ont été d'affez vi-
lains échantillons de leur patrie. On n'a vu, dans des
gens même qui avoient été choifis pour repréfenter,
que de l'ignorance, de la groffiéreté & de la rapacité.
Les excès affreux commis contre les chrétiens, & même
contre des perfonnes publiques, à l'entrée de la derniere guerre, achevent de montrer ce que font les Turcs
chez eux auffi-bien qu'ailleurs. J'avoue que j'aime mieux
de vrais fauvages que ces peuples à demi-policés. *Note
de l'éditeur.*

de si magnifiques éloges de la nation Turque, je suis persuadé qu'ils n'accepteroient pas le plus bel établissement dans ce pays qu'ils exaltent si fort. Ce sont autant de propos en l'air, tenus pour faire voir son esprit, en soutenant une mauvaise cause, & pour paroître penser singuliérement. On ne pourroit mieux punir ces gens-là, qu'en les voyant vivre parmi une nation qui ne connoît, ni les sciences, ni les spectacles, ni presque aucun de ces amusements qui font les délices des gens d'esprit. Je n'ai garde de vouloir m'étendre davantage sur les mœurs, les coutumes & le caractere des Turcs. Il faudroit écrire tout un volume pour en donner une idée encore incomplette; & je ne ferois que répéter ce que plusieurs auteurs en ont déja publié. Le peu que j'en ai dit suffira pour le plan que je me suis proposé, & pour enseigner quel cas un politique doit faire des forces & des ressources de cet empire.

§ IX.

Forteresses, artillerie, &c. J'y ajouterai en peu de mots l'état de leurs forteresses, artillerie, &c. Les places fortes qu'ils ont contre les Russes, les Persans, les Allemands, & les Vénitiens, sont assez bien entretenues & garnies de tout ce qu'il faut pour soutenir un siege. Leurs canons sont grands & beaux. Il y en a dont les boulets ont trente-six à quarante pouces de diametre. Aux châteaux des Dardanelles qui commandent l'entrée du port de Constantinople, on voit de ces boulets qui sont, dit-on, du marbre antique, que l'on a arrondi. Le canon porte d'un bord à l'autre, & croise l'Hellespont, qui n'est pas fort large en cet endroit. Ils tirent leur meilleure poudre à canon de Damas : & en effet elle est admirable. Ils entretiennent à Conſtantinople environ 1200 *Topchis*, ou canonniers, qui ſont commandés par le *Topchi-bachi*, ou grand-maître d'artillerie, mais qui ne ſont pas des plus habiles dans leur métier. Les principaux officiers ſont le Grand-Viſir, les Séraſ-kiers ou généraux, l'Aga des Janiſſaires, les Ba-chas, &c.

§ X.

Autrefois les Turcs n'ont pas laiſſé que de faire une certaine figure par mer, & ils ont ſouvent très-bien réuſſi contre les Vénitiens : mais au-jourd'hui leurs forces *navales* ſont de peu d'im-portance. Ils ont en tout trente vaiſſeaux de guerre qu'ils nomment ſultanes, & ſoixante ga-leres, encore aſſez mal conſtruites & entrete-nues. Il eſt vrai qu'ils peuvent s'attendre à des ſecours de leurs tributaires des côtes d'Afrique, ainſi que des quatorze beys, ou gouverneurs, qu'ils ont dans les iſles de l'Archipel, & qui ſont obligés d'entretenir au moins chacun une galere. Leur grand-amiral eſt nommé *Capitan-Bacha*. On prétend que les Turcs diſent en pro-verbe, que *Dieu a donné la terre aux Muſulmans & la mer aux chrétiens*.

(en marge : Forces navales.)

§ XI.

Quant aux *revenus* de la Porte, je crois qu'on n'exagere pas, ſi on les taxe à quatre-vingt mil-lions d'écus; & c'eſt en effet peu de choſe, ſi l'on conſidere l'immenſe étendue de cet empire. Car il y a pluſieurs provinces bien peuplées, bien opulentes, qui ont plus de circuit que tout le royaume de France, tandis que le royaume de France rend plus de revenus que tous les vaſtes états de l'empire Ottoman enſemble. Il feroit beau voir des financiers Pruſſiens en Tur-

(en marge : Revenus de la Por-te.)

quie, & qu'ils y fuſſent munis d'une autorité ſuf-
fiſante. Cet empire ſeroit bientôt, tant à l'égard
de ſes revenus & de ſes reſſources, que par rapport à ſes forces militaires, dans une ſituation à
faire trembler tous les autres peuples du monde.
Au reſte, il y a en Turquie pour les affaires de
finances, comme pour bien d'autres choſes, des
maximes d'état qui ſont remplies de contradictions. Par exemple, en temps de paix, le Sultan ne tire point ſa dépenſe particuliere des impôts qui ſont levés ſur le peuple, mais il la prend
de certains jardins & autres revenus que l'on
peut enviſager comme des domaines de la couronne pour la table du ſouverain. Ils donnent
une raiſon bien belle de cet uſage; en diſant
*que les tailles & les tribụts ſont le ſang le plus
pur & le plus ſacré des peuples, qu'ils ſont deſtinés à le défendre & non à de vaines dépenſes.*
Voilà une morale admirable en effet, mais qui
ne s'accorde guères avec les autres exactions
qu'ils commettent : comme, lorſque le Grand-
Seigneur envoie quelque poire ou autre fruit à
un gouverneur ou Bacha qui eſt riche, & l'o-
blige à lui payer de groſſes ſommes; ou lorſqu'il
immole à ſon avarice des miniſtres, des généraux, ou des gouverneurs, par le ſeul deſir de
s'emparer des richeſſes qu'ils poſſedent. Ce ſont
pourtant là les reſſources les plus promptes que
la Porte emploie, lorſque dans des temps difficiles elle a un beſoin preſſant d'argent. En général, les emplois les plus éminents, & les gouvernements des provinces ſont très-conſidérables
en Turquie, non-ſeulement tant pour l'autorité
qu'ils donnent, que pour les richeſſes qu'ils produiſent en peu de temps; mais tous ces premiers
officiers ſont comme des éponges que la cour
preſſe dans le beſoin; elle leur fait rendre gorge

de ce qu'ils ont pris au peuple. Ils reſſemblent à certains égards aux fermiers-généraux de France, avec cette différence néanmoins, que la politeſſe & l'humanité Françoiſe font tirer l'argent des fermiers par des voies douces & avec des paroles emmiellées, au-lieu que la dureté Turque envoie des cordons funeſtes, & confiſque ſans façon les biens d'un officier qu'on aura fait étrangler.

§ XII.

Toute la nation Turque fait profeſſion de la religion Mahométane. Vers le commencement du ſeptieme ſiecle, *Mahomet*, marchand d'Arabie, conçut l'idée d'inventer une nouvelle religion, & de s'ériger en chef de ſecte. Cette religion a fait de ſi grands progrès, qu'elle s'eſt répandue dans la plus grande partie de l'Aſie & de l'Afrique. L'eſprit fanatique des peuples, & la force des armes ont également contribué à ſes ſuccès. L'an 622 de l'ére chrétienne le 16 juillet, *Mahomet* fut obligé de ſe ſauver de la Mecque, où ſes projets avoient trouvé beaucoup de contradiction, & de ſe refugier à Médine. Cette fuite eſt nommée parmi les Turcs *Hégire* d'un mot Arabe. Ils s'en ſervent d'époque, ou de point fixe, pour compter leurs années, tout comme nous comptons depuis la naiſſance de Jeſus-Chriſt. Quelque temps après, il écrivit ſon *Alcoran*, livre très-fameux, qui eſt partagé en 211 chapitres, & qui renferme toute la loi & les préceptes de la religion mahométane. Le ſeul article de foi de cette religion eſt, *qu'il n'y a point d'autre Dieu que Dieu, & que Mahomet eſt ſon prophete.* Il y a outre cela ſix préceptes principaux, ſavoir, la *circonciſion*, la *purification* du corps, la *priere* qu'ils ſont tenus de faire cinq fois par jour, le *jeûne*

Religion.

qu'ils obfervent fur-tout dans le mois de Ramazan
pendant trente jours, *l'aumône* qu'ils exercent non-
feulement envers les pauvres, mais même envers
de vieux animaux domeftiques, & le *pélérinage*
au tombeau de *Mahomet*, que chaque Turc doit
faire au moins une fois dans fa vie. On peut
y ajouter comme un feptieme précepte, *l'abfti-
nence du vin*. Ils ont une gande fête qu'ils nomment *Beiran*, qui revient à nos pâques, & qui
mériteroit d'être célébrée parmi les chrétiens ;
car, dans ce temps, un bon mufulman eft obligé
de fe réconcilier fincérement avec tous fes ennemis. Le refte de l'alcoran, quoi qu'on en puiffe
dire, n'eft qu'un tiffu d'extravagances ; le bon
fens bronche à chaque page de ce livre, & l'i-
dée que *Mahomet* y donne de fon paradis, n'eft
qu'une rêverie fi pitoyable, qu'on ne fauroit concevoir comment elle a pu féduire tant de gens
raifonnables, & moins encore comment elle a
trouvé des apoftoliques en Europe.

Le chef du clergé eft appellé *Mufti* : il a beaucoup de pouvoir ; même dans le ferrail ; le Sultan lui rend de grands honneurs, & on peut l'envifager comme *le pape des Turcs*. Les autres religieux font nommés *Dervis*. Il y en a dans toutes les mofquées. Les *Emirs* font des defcendants
de *Mahomet*.

Outre la voie des armes, ils mettent encore
en ufage plufieurs maximes politiques pour étendre leur religion, ou pour la maintenir dans l'é-
tat où elle eft. C'eft ainfi qu'ils ne rendent jamais par accord aux ennemis une ville où il
y a eu une mofquée, & où le mahométifme a
une fois dominé.

On ne fauroit difconvenir que dans les préceptes de *Mahomet*, il n'y ait quelques traces
de raifon. La circoncifion & la purification, par
exemple,

exemple, font des loix de police, très-néceſ-
ſaires dans des climats auſſi chauds que le ſont
ceux des provinces Ottomanes. Par la polygamie *Mahomet* a cru contribuer à la propagation
de l'eſpece humaine, mais il s'eſt trompé, comme
nous l'avons fait voir plus haut. Il n'aimoit pas
le vin, & il a fait, comme font bien des médecins de l'Europe, qui défendent à leurs malades
ce qui ne flatte pas leur propre palais. Il étoit
porté au deſpotiſme outré ; & c'eſt par cette
raiſon qu'il a fait de l'obéiſſance, ou plutôt de
l'eſclavage, un précepte de religion. L'expérience
a fait voir que les peuples ont ſouvent tranſ-
greſſé cette loi, & que ce même deſpotiſme a
ſervi à faire étrangler pluſieurs Sultans. Enfin mon
opinion eſt, qu'il y a pluſieurs bonnes choſes dans
la religion mahométane, beaucoup de mauvai-
ſes, & quantité de puériles & de ridicules.

§ XIII.

La *forme du gouvernement* eſt la plus monarchique, ou pour mieux dire, la plus deſpotique
que l'on puiſſe imaginer. Tous les Turcs, depuis le Grand-Viſir juſqu'au dernier payſan, ſont
eſclaves-nés du Grand-Seigneur, qui eſt maître
abſolu de leur vie & de leurs biens. Il en diſ-
poſe ſelon ſon bon plaiſir ; & quand un de ſes
ſujets meurt, les enfants n'ont de fortune que ce
que l'empereur veut bien leur laiſſer. Dès qu'il
demande la tête de quelqu'un, il eſt rare qu'on
réſiſte ; nous avons vu cependant depuis peu,
que plus d'un Béglierbey, ſur-tout ceux des provinces éloignées, n'ont pas toujours montré tant
de réſignation, & que s'étant rendus formidables
dans leurs gouvernements, ils ont renvoyé avec
de mauvais traitements ceux qui étoient venus
de Conſtantinople leur annoncer la mort. Le

Forme du
gouverne-
ment.

Grand-Seigneur eſt auſſi obligé d'avoir beaucoup de ménagements pour la ſoldateſque, s'il ne veut pas qu'elle ſe révolte. Comme les extrémités en toutes choſes ſont toujours fort près l'une de l'autre, il n'y a en Turquie qu'un pas de l'eſclavage à la rebellion. On en voit à tout moment des exemples. Le moindre mécontentement de la milice, ſur-tout des janiſſaires ou du peuple, une injuſtice faite, le manque de bled ou de proviſions dans Conſtantinople, eſt capable de cauſer un ſoulévement qui entraîne pour l'ordinaire la chûte de Sultan, ou du moins, du Grand-Viſir. Tous les états où le pouvoir abſolu eſt outré, ſont dans le même cas, & il n'eſt pas poſſible, que le peuple tôt ou tard ne ſente le poids qui l'accable. L'eſclavage eſt d'ailleurs une ſituation ſi violente, ſi contraire à la loi naturelle, qu'il ne ſauroit jamais ſe ſoutenir, ſans de cruelles agitations, malgré l'habitude des hommes qui y ſont nés.

Le Divan eſt le conſeil d'état, où l'on délibere ſur les affaires publiques. Il ſe tient dans un appartement du ſerrail, & les grands de l'empire auſſi-bien que les principaux miniſtres de la Porte y ſont appellés.

Le Grand-Viſir tient auſſi tous les jours le Divan dans ſon palais, où il rend la juſtice au peuple; & il eſt aſſiſté par les autres Viſirs, dont nous allons parler tout-à-l'heure.

Le Sultan remet toute ſon autorité entre les mains du Grand-Viſir, qui gouverne l'empire en ſon nom, tandis que l'indolent monarque ſe contente d'une vie oiſeuſe & efféminée dans le ſerrail, & des titres ridiculement faſtueux de *Dieu en terre*, d'*ombre du très-Haut*, de *frere du ſoleil & de la lune*, de *diſpenſateur de toutes les couronnes ſur la terre*, & d'autres ſemblables fanfaronnades orientales. Le Grand-Vifir, que les Turcs nomment *Vifir-Azem*, eft donc le premier miniftre qui dirige en fouverain toutes les affaires tant civiles que militaires. Lorfqu'il eft revêtu de cette importante charge, le Grand-Seigneur lui envoie le fceau de l'empire, qu'il porte enfuite à un ruban attaché fur la poitrine. Son pouvoir eft fans bornes. Il vit avec beaucoup de fafte, entretient une nombreufe cour, & ne paroît en public qu'avec un grand appareil. Il a ordinairement plus de deux mille tant officiers que domeftiques.

Il a fous lui fix autres *Vifirs* qui l'affiftent à rendre la juftice, mais qui n'ont que la voix délibérative fans avoir la voix décifive. Ce font proprement des interprêtes de la loi civile, ou des jurifconfultes dont le Grand-Vifir ne fait que demander l'avis.

Après le Grand-Vifir fuivent dans leur rang les *Béglierbeys*, ou gouverneurs des provinces. Il y en a vingt-deux, qu'il faut envifager à certains égards, comme des ducs ou princes, qui commandent à de grands royaumes ; auffi leur rend-on beaucoup d'honneurs lorfqu'ils viennent à la cour.

Ils ont fous eux des *Sangiacs*, des *Beys* & des *Agas*, qui font des fous-gouverneurs de différent rang.

Chaque gouvernement a fon *Mufti*, fon *Réis Effendi*, qui eft comme le chancelier ou fecretaire d'état, & fon *Tefterdar-Bacha* ou tréforier. Ces trois charges principales font foumifes comme toutes les autres de la province au *Béglierbey* qui y commande.

Le premier *Drogman*, ou interprête de la Porte, eft encore un perfonnage confidérable en Turquie. Il faut l'envifager comme le miniftre des affaires étrangeres. Il reçoit les ambassadeurs, confere avec eux sur les objets de leur négociation, en rend compte au Grand-Visir, assiste aux conférences que les ministres étrangers ont avec le Visir, & devient, pour ainsi dire, le secretaire d'état de la Porte.

§ XIV.

Serrail. Le Serrail est proprement le palais où le Grand-Seigneur fait sa résidence avec la famille impériale. Il fut bâti par *Soliman II* à l'endroit le plus agréable de Constantinople. C'est un immense bâtiment, & qui doit bien être tel, puisqu'il renferme tant de monde, qu'on pourroit en peupler une ville. Il y a une grande quantité de charges du serrail, qui sont des charges de cour; mais les officiers qui en sont révêtus, ne laissent pas que d'avoir une grande influence dans les affaires par le crédit qu'ils obtiennent sur l'esprit du Sultan. Les chefs des eunuques noirs & blancs sont de ce nombre.

Je n'ai garde de vouloir spécifier ici les noms de toutes ces différentes charges, ni de détailler leur office. Ceux qui veulent en être plus particuliérement instruits, peuvent lire *l'état de l'empire Ottoman de Monsr. le comte de Marsilli*, & tout ce que M. *Riccaut*, Anglois, de même que M. le chevalier *Sangrédo*, Vénitien, ont écrit sur cette matiere.

§ XV.

Loix. Il est nécessaire de remarquer que les loix des Turcs se réduisent à peu, & sont toutes faites en faveur des armes & de l'accroissement de l'état. La noblesse est une chose inconnue en Turquie; un homme, de quelque naissance qu'il puisse être, peut s'élever aux premieres dignités de l'état par son mérite, ses talents & ses vertus. Ils mettent même une espece de politique à ne pas laisser aux fils les gouvernements de leurs peres, & à ne pas soutenir les anciennes familles.

L'avarice naturelle des Turcs fait des ames vénales des principaux officiers de l'état & du serrail. Avec de l'argent un ministre étranger peut faire tout. L'or est la clef des affaires auprès de la Porte ; & quand par ce moyen on fait gagner les grands, & se former un parti dans le serrail, un ministre peut presque toujours être assuré du succès de sa négociation. La prison où l'on garde les criminels d'état, est appellée les *Sept-Tours*. Malheur à celui qui y est transféré ; il est très-rare d'en sortir jamais.

§ XVI.

Quant à l'ordre de la succession établie en Turquie, le fils succede à son pere au trône ; & au défaut de fils, c'est le plus proche parent, soit en ligne descendante, soit en ligne collatérale. On a vu dans des révoltes faire quelques exceptions à cette regle ; mais cependant on n'est jamais sorti de la famille ou des descendants d'Ottoman, pour choisir un empereur. Les Turcs entretiennent le cham des Tartares dans l'espérance que, si la famille regnante venoit à s'éteindre, celle du cham succéderoit à l'empire. Mais il est apparent que cette famille ne s'éteindra jamais. Au reste, l'on ne sauroit rien déterminer de précis pour la succession d'un trône aussi chancelant. Une rebellion culbute le souverain ; la milice élit un nouvel empereur, qui pour l'ordinaire envoie son prédécesseur en exil après lui avoir fait créver les yeux, pour n'avoir plus à craindre son ressentiment & ses efforts à remonter sur le trône. Les princes destinés à la couronne, sont

élevés bien singuliérement entre quatre murailles,
& ne voient que quelques - domestiques & de
vieux gouverneurs. Leur élévation à l'empire les
tire de cette prison, où ayant été nourris dans
la mollesse & dans l'ignorance, connoissant à
peine les hommes, ils font incapables de gouverner, & par conséquent ils font contraints de
s'en remettre aux Grands-Visirs.

§ XVII.

Jugement
fur les for-
ces de
l'empire
Ottoman.

Après avoir fait de férieuses réflexions fur l'état
de l'empire Ottoman, fur fes forces & fes reffources, je me trouve embarraffé fi je dois l'envifager comme une monarchie formidable, ou
comme un empire foible & chancelant. Car, fi
je confidere la vafte étendue de fes provinces, &
la multitude immenfe de fes habitants, je ne ferois nullement furpris que quelque jour un prince
conquérant, placé fur le trône de Turquie, entreprît de fubjuguer la moitié de l'Europe, & que
ces peuples fortant comme un torrent de leurs
digues, parvinffent à dompter toutes les autres
nations. Après mille révolutions, l'Europe eft aujourd'hui dans une telle affiette, & l'ambition que
chaque puiffance pourroit nourrir, eft obfervée
de fi près par les autres, que je ne prévois pas
d'événement, au moins dans les fiecles prochains,
qui fût capable d'en bouleverfer le fyftême, fi ce
n'eft que les Turcs fiffent quelque grande entreprife. Mais, d'un autre côté, quand je réfléchis
fur la pareffe de ces mêmes Turcs, fur la mol-
leffe de leurs fouverains, fur la façon dont leur
empire eft intérieurement gouverné, fur la rapacité des gouverneurs de province, fur l'efprit
du peuple; je ne ferois pas non plus étonné de
voir, que quelque grand prince de l'Europe entreprît la conquête de Conftantinople, & réufsît

à fubjuguer tout cet empire. (*) Les voyageurs les plus accrédités nous affurent unanimement, que la ville de Conftantinople eft prefque ouverte du côté de la mer, qu'il feroit très-facile d'entrer dans le port, de furprendre le Sultan dans fon ferrail, & qu'il ne faudroit qu'une petite flotte pour exécuter une fi grande entreprife & pour fe rendre maître du port & de toute la capitale. Or, en prenant Conftantinople, on couperoit, pour ainfi dire, la tête à tout le corps de l'état. Cette idée, de l'aveu des plus habiles gens de guerre, n'eft pas auffi chimérique qu'elle le paroît. Cependant je doute fort, fi aucun prince de l'Europe s'avife de la mettre en exécution, & fi j'étois appellé dans fon confeil, je l'en diffuaderois fort. Je ne la donne ici que pour ce qu'elle vaut, & pour faire voir que, fi la Porte Ottomane eft formidable fous un certain point de vue, elle a en revanche des côtés bien foibles. Quiconque veut l'attaquer, doit la furprendre par un coup de main, foutenu de beaucoup de forces, & fur-tout ne pas s'amufer à faire une guerre fur les frontieres, qui donne le temps au Turc de raffembler toutes fes reffources. Un fecond objet d'étonnement eft que ce grand empire fe foutienne fi long-temps & dans un fi bon ordre, tandis que les premieres charges font fouvent occupées par les plus grands ignorants. Le proverbe, *Donnez un emploi à un homme, il fera toujours capable de le remplir*, dont cependant la raifon & l'expérience démontrent la fauffeté, ce proverbe, dis-je, eft prefque devenu une maxime d'état en Turquie. Nous avons vu des

(*) Voici le temps où cet horofcope paroît à la veille de s'accomplir, & où probablement il ne s'accomplira pas. *Note de l'éditeur.*

gens du plus bas étage parvenir à la dignité de Grand-Vifir, des tailleurs commander des armées, & ainfi du refte. Si un prince de l'Europe s'avifoit de faire la même chofe, & n'avoit aucun égard aux talents & à la capacité des hommes dans la diftribution des charges, il fentiroit bientôt les inconvénients qui naîtroient d'un pareil caprice. Lorfqu'on ajoute à tout cela la vénalité des Turcs, la puiffance des Béglierbeys dans leurs provinces, les moyens qu'ils pourroient acquérir par-là de fe fouftraire aux châtiments que le Sultan leur inflige fouvent mal-à-propos, & pour s'emparer de leurs richeffes; on eft furpris en vérité, qu'avec tant de mauvais germes il n'éclate pas à tout moment quelque révolte intérieure, & que l'empire étant affoibli par-là, les voifins n'en profitent & ne le détruifent.

Mais voici ce qui fert de contrepoifon à tant de fauffes maximes d'état & aux différents vices du peuple. L'empire Ottoman s'étant formé par la force des armes, la regle fondamentale eft qu'il doit fe conferver par les mêmes moyens. L'état eft donc tout-à-fait militaire, les principes de leur religion, les préceptes de leur morale, leur éducation, tout eft relatif à cette regle. Delà le pouvoir defpotique & illimité du Sultan fur la vie & les biens de fes fujets, l'obéiffance aveugle de ces mêmes fujets envers leur prince, obéiffance qui eft un dogme de religion, la croyance qu'ils ont de la prédeftination, & que les ames de ceux qui meurent à la guerre entrent dès l'inftant de leur féparation d'avec le corps, dans la béatitude éternelle, l'infamie horrible qu'ils attachent au crime de leze-majefté, & à celui de fe révolter contre les ordres du Grand-Seigneur, &c. Les anciens Romains étoient dans une perfuafion religieufe, que les limites

de leur empire ne feroient jamais reculées ou
rétrécies, mais qu'elles iroient toujours en croiffant; & c'eft ce qui leur infpiroit le courage
dans les revers, & l'efpoir après les plus grandes
pertes. Les Turcs ont à peu près le même principe. Ils ne rendent jamais, comme nous l'avons
déja dit, par voie de capitulation une ville qui
a eu une fois une Mofquée; & ils font très-at-
tentifs à tout ce qui peut fervir à l'agrandiffement
de leur monarchie. Ils méprifent les arts, les
fciences, & même le commerce; l'état militaire
eft le feul qui foit en eftime parmi eux. On peut
aller loin avec de pareilles maximes; mais il eft
furprenant que, penfant ainfi, ils ne faffent pas
plus de cas des exercices militaires, qu'ils ne s'appliquent pas plus à fe rendre adroits dans le maniement des armes, que toute leur armée ne foit
pas conftamment enrégimentée, & qu'ils négligent fi fort le génie, l'artillerie, & toutes fes
dépendances.

§ XVIII.

Il nous refte à examiner quelle conduite la *Politique*
Porte obferve à l'égard de fes voifins & des au- *de la Por-*
tres puiffances; ce qui fera connoître en même *te.*
temps l'influence qu'elle a dans les affaires de l'Europe, & les raifons que nous avons eues de traiter
de l'empire Ottoman dans un ouvrage qui ne regarde que la politique Européenne.

Le Portugal & l'Efpagne n'ont prefque au- *L'Efpagne*
cune liaifon avec la Porte Ottomane. Les Turcs *& le Por-*
& les Efpagnols font trop indolents pour aller *tugal.*
fe chercher l'un l'autre, foit pour fe faire la
guerre, foit pour établir un commerce réciproque. Les Anglois & les autres nations commerçantes font le métier de facteurs, ou de voituriers de mer, entre ces peuples. Ils tranfpor-

tent, par exemple, les bleds d'Egypte, de l'Archipel & des côtes de Barbarie jusqu'en Portugal & en Espagne, où ils en font leur profit. On prétend que cette branche importante du commerce des Anglois & des Vénitiens, pourroit bien venir à leur manquer, en partie par rapport à un arrangement que l'on dit avoir été fait par le ministere du comte de *Rosenberg* entre les cours de Vienne & de Lisbonne, au moyen duquel la maison d'Autriche s'engage de livrer au Portugal tous les grains dont ce royaume peut avoir besoin. Ces grains doivent se tirer de Hongrie ; on a facilité les moyens de les transporter jusqu'à Fioume ou Trieste, où ils pourront être embarqués & envoyés dans un des ports Portugais. On prétend que le Portugal s'est engagé à prendre pour deux millions de Cruzades de ces mêmes grains, qui lui reviendront à meilleur compte de huit pour 100 que ceux que les Anglois y ont apportés jusqu'ici. Le temps fera voir si tout cela est aussi praticable qu'il paroît avantageux.

La France.   *La France* est de toutes les puissances de l'Europe celle que la Porte considere & estime le plus. Il y a eu presque de tout temps des liaisons assez étroites entre les cours de Versailles & de Constantinople, qui en effet doivent être bien unies pour leur intérêt réciproque, & qui peuvent faire de puissantes diversions l'une en faveur de l'autre, chaque fois que la maison d'Autriche ou la Russie, voudroient montrer trop d'ambition. Car tel est le grand système de l'Europe, que les cours de Vienne & de Pétersbourg, soutenues par l'Angleterre & la Hollande, tiennent, pour ainsi dire, en échec la France, l'Espagne, la Porte Ottomane, la Suede, la Prusse & quelques princes d'Allemagne. Toutes ces forces mettent la balance si fameuse de l'Europe dans un heureux équilibre ; & il eſt facile, après cette ſuppoſition, fondée ſur la nature de la choſe, de voir quelles ſont les puiſſances qui doivent reſter unies pour leurs grands intérêts. La France entretient conſtamment un ambaſſadeur à Conſtantinople, qui y jouit d'une grande conſidération, & qui a beaucoup de crédit dans le ſerrail. Nous venons d'en voir un exemple bien remarquable au moment où j'écris ceci. Le Grand-Viſir ayant été gagné par la Ruſſie, & s'étant montré trop favorable pour la cour de Péterſbourg dans toutes les occaſions, le miniſtre de France a trouvé le moyen de le faire dépoſer, & réléguer dans l'iſle de Rhodes ; après quoi cette importante charge vient d'être donnée à un autre, qui eſt mieux intentionné pour la cour de Verſailles. Il ſe fait auſſi un commerce très-important, entre les provinces méridionales de la France & les états du Grand-Seigneur, qui ſont ſitués ſur la mer Méditerranée. La France entretient des conſuls à Smyrne, au Caire, à Alexandrette, & dans les principales villes du Levant. Tout cela fait de grandes liaiſons entre ces deux nations, qui ont occaſionné plus d'une fois de magnifiques ambaſſades du Grand-Seigneur à Paris.

L'Angleterre & la Hollande n'ont preſque que des intérêts de commerce à démêler avec la Porte. Comme le ſyſtême politique de ces deux puiſſances n'eſt pas conforme aux vues de la cour de Conſtantinople, les ambaſſadeurs Anglois & Hollandois y négocient avec difficulté, & ils ſont obligés de préſenter des arguments tout d'or aux principaux officiers du ſerrail, s'ils veulent réuſſir dans leurs affaires. D'ailleurs, comme le commerce entre ces nations eſt plus à l'avantage des Anglois & des Hollandois que des Turcs, les miniſtres Ottomans, déja fiers de leur naturel, ne ſont pas fort complaiſants pour ces nations. Cependant, ils craignent la puiſſance formidable des Anglois par mer ; & c'eſt par cette raiſon qu'ils les ménagent. Il y a auſſi toujours des conſuls des Puiſſances maritimes dans la plupart des grandes villes de Turquie, qui y jouiſſent de tous les privileges du droit des gens.

L'Italie en général. *La république des Suiſſes* n'a abſolument rien à démêler avec la Porte Ottomane. *L'Italie* au contraire eſt dans de grandes liaiſons avec elle. Le *Pape* autrefois a trouvé le moyen de ſonner le tocſin & de ſoulever tous les princes chrétiens pour la conquête de la Terre-ſainte. Quoiqu'il n'y ait guères d'apparence que la ſinguliere manie des croiſades puiſſe gagner l'eſprit des grands princes dans un ſiecle auſſi éclairé que le nôtre, il eſt certain cependant, que le Pape, qui regarde les Turcs comme des ennemis naturels de toute la chrétienté, & comme des infideles, peut faire beaucoup de mal à l'empire Ottoman, par le crédit qu'il a dans les cours des puiſſances catholiques, par les ennemis qu'il peut ſuſciter aux Turcs, mais ſur-tout par le dixieme qu'il permet aux princes chrétiens de lever ſur tous les biens eccléſiaſtiques dès qu'ils ont déclaré la guerre à ces prétendus infideles. Ce ſont de grandes reſſources pour ces mêmes princes, & qui les ont engagés plus d'une fois à prendre les armes. Le *grand-duc de Toſcane* d'aujourd'hui forme encore des prétentions ſur la Paleſtine, & porte le titre de roi de Jéruſalem, tout comme le roi de *Sardaigne* prend celui de roi de Chypre. Quoique ces titres ne ſoient dans le fond que des chimeres, ils peuvent cependant fournir un levain qui eſt en état de fermenter dans les occaſions. Quand tout eſt tranquille dans le monde, de pareilles chofes ne fignifient rien ; quand tout eft agité par l'efprit de la guerre, les plus petites étincelles caufent des embrafements. Mais une puiffance qui mérite plus l'attention de la Porte, c'eft la *république de Venife*, dont les fréquentes guerres contre les Turcs, ont fait connoître les grands intérêts qu'elle a à démêler avec eux. Comme la Porte a fait d'affez importantes conquêtes fur les Vénitiens, elle doit toujours craindre leur reffentiment ; & les forces maritimes de cette république ne font fûrement point à méprifer. Il eft indubitable, que fi Venife, la maifon d'Autriche, la Ruffie & la Pologne étoient bien unies, les Turcs pourroient être bien vîte chaffés de l'Europe ; mais la jaloufie des autres puiffances mettra toujours obftacle à l'exécution d'un pareil projet. D'ailleurs la république de Venife fe tient ordinairement fur la défenfive, tant pour ne pas s'expofer à de nouvelles pertes, que pour maintenir fon commerce avec le Levant, qui ne laiffe pas que de lui être très-avantageux. C'eft pour toutes ces raifons que le fénat de Venife témoigne beaucoup de ménagements & de complaifance pour la Porte. Il n'en eft pas de même des *chevaliers de Malthe*, qui font, par leur profeffion, en guerre continuelle avec les Turcs. Mais comme le petit nombre de ces chevaliers & leur peu de forces ne leur permettent pas de tenter de grandes entreprifes, & qu'ils fe bornent à enlever quelques vaiffeaux, ou à attaquer les Pirates d'Afrique, la Porte les regarde comme un petit objet, & ne s'attache pas à les exterminer ; l'entreprife d'ailleurs ne feroit pas fans difficultés, fi l'on confidere la fituation formidable de l'ifle de Malthe, fes magnifiques fortifications toutes taillées dans le roc, l'activité conftante des chevaliers, qui font fans ceffe fur leurs gardes ;

les fecours qu'ils tireroient des puiffances chrétiennes, chez lefquelles il y a par-tout quelques
chevaliers, l'affiftance que leur procureroit le
Pape, l'avantage qui réfulte aux nations commerçantes d'avoir les chevaliers dans la mer Méditerranée pour la purger des Corfaires d'Alger, &c.
Enfin la Porte n'a rien à craindre du *roi des deux
Siciles*, dont les forces ne font pas affez confidérables pour tenter la moindre entreprife fur
elle. Ce prince d'ailleurs vient de conclure un
traité de commerce avec la Turquie, qui eft
avantageux pour les deux nations.

La *maifon d'Autriche* qui eft en poffeffion de
la Tranfilvanie & du royaume de Hongrie, devient par-là la puiffance que les Turcs ont le
plus à craindre. Perfonne n'ignore quels terribles
coups l'empereur *Léopold* a portés à l'empire Ottoman fous la conduite du prince *Eugene* ; &
que, fans d'autres diverfions, Conftantinople
même auroit peut-être été en danger. Les politiques ont remarqué que les peuples deviennent
toujours plus redoutables à mefure qu'ils avan-
cent vers l'occident. Les Chinois craignent le
Mogol, le Mogol craint les Perfans, les Perfans
font inquiétés par les Turcs, & les Turcs redou-
tent les forces Autrichiennes. Cependant la derniere guerre que l'empereur *Charles VI* a foutenue contre eux, n'a pas été accompagnée d'un
grand fuccès, & les Turcs ont gagné beaucoup
de terrein en Hongrie. Mais il faut convenir que
cette guerre, pendant trois campagnes, (*) fut

La maifon d'Autriche.

(*) Ces trois campagnes fe trouvent décrites dans les
mémoires qui ont paru en dernier lieu fous le nom
de M. le comte *de Schmettau*. Quoique ce général les
ait défavoués, cela ne porte pas atteinte à la vérité
même des faits qui y font racontés. *Note de l'éditeur.*

aussi mal conduite par les Allemands, qu'il est possible de se l'imaginer, & que, malgré tout cela, la paix n'auroit pas été si fatale qu'elle le fut pour la maison d'Autriche, si elle n'avoit pas été faite par une espece de trahison. Cette paix conclue à Belgrade, paroît si désavantageuse pour la cour de Vienne, qu'on est tenté de croire qu'elle ne sera pas de longue durée. Certainement la Porte doit tourner sans cesse un œil attentif sur la maison d'Autriche, qui, par ses propres forces & par ses grandes alliances, pourroit tôt ou tard lui causer les plus grands maux. (*)

Tant que *la Pologne* gardera le systême de gouvernement qu'elle a maintenant; qu'on y verra régner une espece d'anarchie; que son armée ne sera ni plus nombreuse, ni mieux aguerrie; il est certain que la Porte n'a rien à craindre de son voisinage. La Pologne ne peut même que se tenir sur la défensive. La seule forteresse de *Kaminieck* qu'elle a contre les Turcs, n'est certainement pas capable de leur défendre l'entrée en Pologne. La chose seroit toute différente si la forme de gouvernement venoit à changer chez ce peuple nombreux. La Pologne.

Le *Czar* est le voisin le plus dangereux qu'ait la Porte Ottomane. Nous avons vu les armées Russes, sous la conduite des généraux *Munick* & *Lascy*, pénétrer jusqu'à la mer Noire, faire plier tout sous leur passage, prendre d'assaut Asoph & Oczackow, & terrasser, pour ainsi La Russie.

(*) Le croissant vient d'être à peu près éclipsé par une autre puissance, dont les coups redoublés détruiront sans doute l'empire Ottoman, si l'on ne devoit s'attendre à voir bientôt les autres puissances de l'Europe prévenir la ruine de l'équilibre entr'elles, qui ne pourroit manquer d'en résulter. *Note de l'éditeur.*

dire, les Turcs dans leur propre pays. Il eſt vrai que ces guerres ſont très-onéreuſes pour la Ruſſie, ſur-tout par rapport aux vivres que les armées ſont obligées de traîner avec eux, lorſqu'elles traverſent d'immenſes déſerts pour arriver juſqu'aux provinces Ottomanes. C'eſt prendre l'empire Ottoman par ſon endroit foible que de l'attaquer du côté de la mer Noire; & ce feroit la choſe la plus déſavantageuſe du monde pour les Turcs, ſi jamais les Ruſſes ſe rendoient maîtres de cette mer & du commerce qui s'y fait. La Porte court cependant grand riſque de voir arriver tôt ou tard cette époque-là. Si *Pierre I* eût pu vivre un demi-ſiecle de plus, qui ſait ſi elle ne ſeroit pas déja venue? (*)

La Suede. La *Suede*, quoique fort éloignée de la Turquie, a été cependant conſidérée depuis long-temps comme une puiſſance amie de la Porte; & cela, à cauſe des diverſions qu'elle peut faire, lorſque les Ruſſes en viennent aux mains avec les Turcs. On peut dire auſſi, que les Turcs ont agi toujours fort généreuſement avec les Suédois. Perſonne n'ignore quels ſecours, ſur-tout en argent, ils fournirent à *Charles XII* après la malheureuſe journée de Pultawa. Ce prince leur conta des ſommes immenſes. (†) On prétend que la Porte a diſpenſé la Suede du rembourſement de ces capitaux, que les obligations ont été annullées, & que même l'infortuné colonel *Sinclair* ſe trouvoit chargé de tous ces documens, lorſqu'il fut aſſaſſiné de la maniere du monde la plus étrange & plus indigne dans une forêt de la Siléſie.

Le

(*) M. de Bielfeld n'étoit pas mauvais devin. *Note de l'éditeur.*

(†) Je crois qu'il y a de l'exagération dans ce mot *d'immenſes. Note de l'éditeur.*

Le *roi de Prusse* d'aujourd'hui a trouvé le moyen de porter son nom & sa gloire jusqu'en Turquie. Pendant la guerre de 1745 le Grand-Visir écrivit de sa propre main une lettre au comte de *Podewils*, ministre Prussien, dans laquelle on exhortoit les puissances belligérantes à la paix; & la sublime Porte offroit sa médiation pour cet effet. Il me paroît que la cour de Constantinople n'entendoit pas ses intérêts, puisque la maison d'Autriche étoit alors dans un désavantage manifeste, & que l'affoiblissement de cette maison semble répondre tout-à-fait au but constant de la Porte.

Le Danemarck n'a aucune relation avec la Turquie; & cela nous dispense de faire la moindre réflexion à cet égard.

La *Perse* n'est pas à la vérité aussi puissante que la Turquie, & la Porte est en possession de l'importante forteresse de Bagdad, par laquelle elle peut à tout moment incommoder les Persans, que l'on a d'ailleurs toujours regardés comme des gens indolents & efféminés. Mais nous avons vu ce que peut faire un homme de plus dans une nation, par l'exemple de *Thamas-Kouli-Kan*, ou du *Schach-Nadir*, qui, ayant usurpé le trône de Perse, a porté la terreur de ses armes jusqu'en Turquie. La guerre que ce conquérant a faite pendant plusieurs années sur les frontieres de l'empire Ottoman, a pensé devenir funeste aux Turcs, qui y ont perdu une multitude de soldats, & une assez grande étendue de pays. Mais une révolution ayant ravi le trône & la vie au *Schach-Nadir*, cette guerre a cessé d'elle-même; & l'on n'entend point qu'elle ait eu de suites. Il importe à la cour de Constantinople d'entretenir les troubles & les désunions en Perse; de garder toujours sur pied une armée nombreuse

Tome III. Part. 2.   Ccc

& difciplinée; de fuivre le fyftême qu'elle a depuis quelque temps obfervé *de garder la foi des traités*, & de fe contenter des vaftes états qu'elle poffede, fans attaquer de but en blanc fes voifins. Il n'y a qu'une feule raifon qui puiffe l'engager à faire agir fes troupes ; c'eft lorfqu'elle craint quelque révolte des janiffaires, & qu'il s'agit de leur donner de l'occupation au dehors; mais c'eft toujours un remede dangereux.

Nous avons déja donné un état des forces militaires de l'empire Ottoman ; & il eft inutile de le répéter en cet endroit.

CHAPITRE XVI.

Digreffion fur les empires d'Afie, & fur les Pirates de la côte de Barbarie.

§ I.

Des quatre grands empires d'Afie.

OUtre la Turquie que nous venons de décrire, il y a encore en Afie quatre grands empires ; favoir,

1. La *Perfe*, dont la capitale eft Ifpahan.
2. L'*Indoftan*, ou l'empire du Mogol, dont la capitale eft Agra ou Déli.
3. La *Chine*, dont la capitale eft Peking.
4. Le *Japon*, dont la capitale eft Jeddo ou Yeddo.

Comme ces monarchies n'ont prefque aucune influence dans les affaires de l'Europe, il feroit hors de propos de nous arrêter à en faire la defcription. Ceux qui font curieux de connoître à fond ces vaftes pays, les mœurs de leurs habitants, la fertilité du terroir, les productions naturelles, la forme du gouvernement, la force

des armées, &c. peuvent s'en inftruire pour la
Perfe dans les *voyages de Chardin ;* pour l'Indoftan dans *Tavernier ;* pour la Chine dans *l'ou-*
vrage du Halde ; & pour le Japon dans les *re-*
lations de Kaempfer. Ces livres traitent fi amplement & fi fonciérement de tous ces pays-là,
qu'un homme de lettres peut s'en procurer une
connoiffance fort exacte dans fon cabinet, où,
fans voyager, il femble que ces peuples lointains viennent le trouver dans fa retraite pour
lui rendre compte de leurs affaires. On aura pu
remarquer auffi, que toutes les defcriptions que
nous avons données dans cet ouvrage des différents états de l'Europe, font moins faites
pour amufer un curieux que pour inftruire ceux
qui veulent fe rendre habiles dans la politique,
ou plutôt pour leur montrer fimplement les objets qu'ils doivent étudier plus à fond. Or,
comme notre politique Européenne ne s'occupe
guères des monarchies Afiatiques, il feroit fuperflu d'alonger par de femblables articles un
livre qui s'eft accru fous ma plume au point
qu'il paffe de beaucoup les bornes que je m'étois
d'abord propofé de lui donner. On pourroit
dire, à la vérité, que la Ruffie ne laiffe pas que
d'avoir quelques relations avec la Perfe & la
Chine, qui touchent aux confins de fes états ; que
ces empires s'envoient de part & d'autre des
ambaffadeurs ; que les Perfans peuvent faire de
grandes diverfions, lorfque les Turcs s'avifent
de déclarer la guerre à quelque puiffance chrétienne ; que les nations commerçantes trafiquent
avec les Perfans, les Indiens, les Chinois & les
Japonois ; & qu'il y a même des comptoirs de
marchands Européens établis en Perfe & aux Indes. Mais tous ces objets font trop petits pour
m'engager à entrer dans quelques détails fur les

états d'Afie, & à changer le plan que je me fuis une fois prefcrit. Ceux qui connoîtront à fond les affaires de l'Europe, ne trouveront aucune difficulté à prendre un bon parti, fi jamais ils fe trouvent dans le cas de négocier avec quelque peuple Afiatique, ou à employer leur fecours.

§ II.

Etats fi-
tués fur la
côte d'A-
frique.

Je me bornerai donc à ajouter fimplement quelques mots fur les peuples qui habitent les bords de la Méditerranée, ou la côte d'Afrique. Entre ceux-ci il y a trois républiques:

1. Alger, la plus puiffante,
2. Tunis &
3. Tripoli,

qui méritent quelque attention. Car ces peuples fe nourriffent en partie des Pirateries & des prifes qu'ils font fur les navires marchands de l'Europe, qui viennent naviger, foit dans la Méditerranée, foit dans l'Océan; & par-là ils ont quelques relations fâcheufes avec nous. La forme de leurs gouvernements eft ariftocratique & militaire tout enfemble. La fouveraine puiffance réfide dans le Divan, ou confeil d'état, qui eft compofé, fur-tout à Alger, de plus de mille perfonnes, chaque officier des Janiffaires y ayant voix & féance. A la tête du Divan eft le Dey, que l'on peut comparer à certains égards au Doge de Venife. Les revenus d'Alger montent à 600 mille ducats, outre ce qu'ils tirent de leurs Pirateries. En 1665 ils prirent près de 2000 vaiffeaux aux Anglois. Ils entretiennent au moins vingt vaiffeaux de guerre bien montés & bien pourvus de tout. Ils en font fortir quelques-uns qui attaquent tous les bâtiments dont ils efperent de pouvoir fe rendre maîtres. Les prifonniers qu'ils font, font menés en efclavage ; & on ne peut les en tirer que par de fortes rançons. Ils ont eu quelquefois jufqu'à quarante mille de ces efclaves. Le tréfor d'Alger eft très-confidérable, & on le garde foigneufement. C'eft le corfaire *Barberouffe* qui donna la liberté à la ville d'Alger, il y a plus de deux fiecles. Cependant cette république & les deux autres reconnoiffent le Sultan pour leur protecteur, & lui paient même un tribut annuel, comme nous l'avons dit plus haut. *Tunis* & *Tripoli* font formés fur le moule d'Alger, & n'en different qu'en puiffance, la leur étant moins confidérable.

Les pertes que les puiffances commerçantes fouffroient de ces Pirateries pendant un temps, devinrent fi confidérables, qu'il n'y avoit que deux partis à prendre, ou d'exterminer ces Corfaires, ou de faire la paix avec eux. Le premier eût été difficile, car c'étoit une hydre à laquelle il revenoit à tout moment une nouvelle tête. Ces peuples pouvoient facilement abandonner leurs capitales, lorfqu'ils craignoient quelque bombardement, fe retirer plus avant dans le pays, & reparoître enfuite fur la côte dès que la flotte ennemie s'étoit éloignée. Il eft certain cependant que la France les a châtiés plus d'une fois d'importance. Mais les grandes puiffances ont prefque toutes pris le parti de faire la paix avec eux, & cela par un grand principe de politique, pour fe conferver la navigation libre & la rendre difficile aux petites puiffances, aux villes Anféatiques, aux villes de l'Italie & aux nations du Nord. On voit même encore de nos jours, que l'Angleterre favorife leurs Pirateries, & qu'étant en poffeffion de la ville de Gibraltar fur le Détroit, elle leur accorde le paffage dans l'Océan,

& reçoit même leurs vaisseaux dans ses ports. Au reste il est assez facile de faire la paix avec eux, moyennant une certaine redevance qu'on leur donne. Ils reçoivent fort honnêtement les envoyés des puissances chrétiennes ; le Dey leur donne audience ; & on observe le droit des gens à leur égard fort ponctuellement. La France, l'Angleterre & la Hollande y entretiennent constamment des consuls ou résidents.

RÉCAPITULATION

Et conclusion de cet ouvrage.

CEux qui auront lu la derniere partie de cet ouvrage avec toute l'attention nécessaire pour des matieres aussi sérieuses, s'ils ont mis dans une espece de balance, & pesé exactement le fort & le foible de tous les états que nous venons de faire passer en revue, ils ne peuvent manquer d'avoir fait les remarques suivantes.

1. Que l'Europe, partagée aujourd'hui en plusieurs royaumes, états & républiques, d'une étendue & d'une puissance fort inégales, se soutient par une espece d'équilibre que la politique a inventé, & qu'elle entretient le plus exactement qu'il lui est possible.

2. Que cet équilibre ou cette balance du pouvoir en Europe, consiste en ce que deux grandes maisons, celle de Bourbon & d'Autriche, se forment chaque un parti, suppléent par leurs alliances à un défaut de leurs forces, & qu'ainsi une épée, selon le proverbe commun, retient l'autre dans le fourreau.

3. Que le bonheur des peuples dépend en grande

partie du maintien du préfent fyftême, & que l'Europe eft infiniment plus heureufe dans fa fituation actuelle, que fi une puiffance parvenoit à gagner le deffus fur les autres, & à établir une efpece de monarchie univerfelle; puifque par-là la plupart des pays & des peuples qui figurent aujourd'hui au premier rang, dégénéreroient en provinces; les capitales perdant la réfidence de leurs fouverains, perdroient auffi leurluftre & leur opulence; & de grands états fe verroient gouvernés par des vice-rois, & livrés à leur rapacité, ainfi que l'expérience ne l'a que trop démontré fur les quatre monarchies anciennes, lefquelles fe font écroulées fous le poids de leur propre puiffance, & en tombant, ont caufé des guerres, des ruines, & en un mot, la défolation du genre-humain.

4. Que, par conféquent, pour maintenir le fyftême général de l'Europe, il eft de la politique des princes & des états de puiffance inférieure, de contracter alliance avec une des plus grandes, & de ne pas croire qu'il foit poffible de garder la neutralité, qui prefque toujours lui devient funefte. Dans les temps orageux un prince foible doit s'appuyer contre un foutien formidable, s'il ne veut pas rifquer d'être renverfé.

5. Que l'on peut divifer les puiffances de l'Europe en différentes claffes. Or, fi l'on examine la chofe de près, on ne peut guères ranger dans la premiere de ces claffes que la *France*, parce que c'eft la feule puiffance qui trouve tout en elle-même. Troupes, marine, revenus, reffources, fortereffes, commerce, navigation; rien ne lui manque. Elle peut faire la guerre fans le fecours de perfonne, & certainement il n'y a pas de puiffance en Europe qui foit dans ce cas-là. Les Anglois, par exemple, ne manquent pas de richeffes; au contraire, ils en ont plus que toute

autre nation ; mais ils n'ont pas affez d'hommes dès qu'ils veulent porter la guerre dans le continent : la maifon d'Autriche, au contraire, a des troupes de refte, mais elle eft dépourvue abfolument de reffources pécuniaires; & ainfi de tous les autres états de l'Europe. On n'a qu'à y réfléchir, & faire paffer toutes les puiffances en revue; on fe convaincra facilement de la folidité de ce que je viens d'avancer. La Porte Ottomane pourroit encore entrer dans cette claffe comme étant en état de foutenir la guerre fans fecours étranger.

Dans la feconde claffe; je range l'Angleterre, la maifon d'Autriche, l'Efpagne, la Ruffie, le roi de Pruffe, & à certains égards le Pape, par rapport à l'influence qu'il a dans toutes les cours catholiques.

Je forme la troifieme claffe de la Hollande, de la Suede, du Danemarck, du Portugal, de la Sardaigne, & de la république de Venife.

La quatrieme claffe peut comprendre la Pologne, la Suiffe, les plus grands princes d'Allemagne, Gênes, Florence, &c.

Si l'on examine foigneufement les proportions de puiffance & de reffources de tous ces états en particulier, je crois qu'on trouvera que j'ai affigné à chacun la place qu'il doit occuper naturellement.

Je n'en dis pas davantage. Je laiffe tout le refte à la méditation de ceux qui étant deftinés aux affaires publiques, doivent étudier à fond cette matiere. Je n'ai fait que leur préfenter le fil d'*Ariadne* pour fe guider dans ce dédale. Leur application & l'expérience leur en enfeigneront tous les jours plus. Je prie mes lecteurs de confidérer que je n'ai point écrit pour ceux qui favent la politique, mais pour ceux qui veulent l'apprendre. Les *Richelieux* du fiecle n'auront point

trouvé ici de grandes ni de nouvelles découvertes; mais ceux qui veulent se former aux affaires,
doivent estimer dans ce livre une méthode qu'ils
n'auroient pas rencontrée ailleurs, & qui, je crois,
ne leur sera pas inutile. En fait d'étude, tout dépend de l'ordre. Des connoissances confuses font
prendre de fausses mesures dans les plus grandes
occasions. Delà naissent les fautes & les contradictions que nous voyons tous les jours arriver
dans la politique. Je me croirois trop heureux si,
par mes foibles travaux, j'avois pu servir en quelque maniere à l'instruction de ceux qui sont destinés à prendre part au gouvernement des peuples,
& que j'eusse en même temps contribué ainsi au
bonheur du genre humain. (*)

(*) J'acheve la révision du MS. de cet ouvrage le 24
août 1770. Il n'est pas inutile de marquer cette date,
afin qu'on sache où en étoient les affaires publiques, lorfque jai fait mes observations. La face des affaires change
souvent avec rapidité : & ce qui est bien vu dans un moment donné, ne l'est plus le moment d'après. Quant à l'a-
venir éloigné, il ouvre toujours un champ fort vaste aux
spéculations les plus arbitraires. On vient d'en avoir un
échantillon dans l'ouvrage intitulé, *L'an deux mil quatre cent quarante*, dont j'ai fait la lecture il n'y a que
quelques jours. Je sens bien que ce n'est pas sérieusement que l'auteur s'est permis la réformation pléniere
des abus pour cette époque; mais ce que je sens encore, & que l'auteur n'a peut-être pas senti, c'est que
la plupart des choses qu'il présente comme abusives,
ne pourroient être réformées, sans donner lieu à des
inconvénients encore plus grands, & rendre le genre
humain plus à plaindre. Les hardiesses en fait de politique, sont dangereuses aussi bien qu'en fait de religion : & les souverains éclairés doivent enfin s'appercevoir par la lecture des derniers ouvrages que l'irréli-
gion a produits, que leur cause est parfaitement commune avec celle des ministres de la religion. Les mêmes coups sappent le trône & l'autel. De grandes in-

novations auxquelles tendent les principes impies &
féditieux qu'on répand, ne feront qu'enfanter de plus
grand maux.

Cet oracle eſt plus ſûr que celui de Calchas.

Nous ſommes peut-être aſſez mal; mais pourtant
tenons-nous-y, de peur d'être pis. *Note de l'éditeur.*

F I N.

TABLE

DES MATIERES

Contenues dans le tome troifieme.

A.

F.

G.

H.

Q.

R.

T.

Fin de la table des matieres.

TABLE PREMIERE,

Contenant l'état de la Population d'une Province par son accroissement & sa diminution pour l'Année 1759.

ISLE DE FRANCE.

N°. I.

Naissances.	Mâles.	Femelles.	Morts.	Mâles.	Femelles.	Mariages.	Paires.	SUPPUTATION GÉNÉRALE
Enfants Nobles, Mâles			Hommes de qualité, y compris les Enfants			Personnes de qualité		*Pour la Province.*
— — — — Femelles,			Femmes de qualité, y compris les Enfants			Bourgeois		
Enfants Bourgeois, Mâles			Bourgeois — — Hommes,			Paysans		On peut placer dans cette Colonne le produit total du nombre des habitans calculé sur les principes établis § XXXIX. & XL., soit qu'on suive la regle de 35 sur une naissance, ou celle de 36⅔ sur chaque mort, ou telle autre proportion qu'on croira devoir adopter pour s'approcher de l'exacte vérité.
— — — — Femelles,			— — — — Femmes, y compris le Clergé, Moines, Religieuses, &c.			Soldats		
Enfants de Paysans, Mâles			Paysans — — Hommes,			Mariniers		
— — — — Femelles,			— — — — Femmes,			Dans les Sectes tolérées		
Batards — — Mâles			Voyageurs Etrangers, Hommes,			Juifs		
— — — — Femelles,			— — — — Femmes,					
Jumeaux Mâles & Femelles			Enfants morts-nés.					On peut aussi y mettre les Dénombremens qui se font quelquefois dans les Villes, ou Provinces, & qui, quoiqu'imparfaits en eux-mêmes, selon ce qui a été remarqué § XXXII., serviront cependant de vérification & de preuve au calcul à *priori*.
Enfants Morts-nés			Soldats morts dans les Garnisons					
Enfants Mâles, nés de Soldats & baptisés par les Aumôniers			— — — — à l'Armée,					
— — — — Femelles,			Femmes de Soldats, Vivandieres, &c. morts à l'Armée					
Enfants Mâles, nés à bord des Vaisseaux de la Nation			Valets morts à l'Armée			RÉCAPITULATION.	+	÷
— — — — Femelles,			Morts dans la Marine					
Enfants Mâles, nés dans les Sectes tolérées			Péris dans les Naufrages & par la Navigation Marchande en général			Nés Mâles		Enfin, on peut y marquer les proportions des mariages au nombre des naissances, des morts, des habitans, &c.
— — — — Femelles,			Morts dans les Sectes tolérées Hommes			Nés Femelles		
Enfants Juifs — — Mâles,			— — — — Femmes,			Morts Mâles		
— — — — Femelles,			Juifs — — — Hommes,			Morts Femelles		
Etrangers qui sont venus s'établir dans la Province			— — — — Femmes,			Etrangers arrivés		
Enfants nés dans les Prisons, Hôpitaux, &c. — — Mâles,			Relegués, ou Bannis, Hommes,			Naturels sortis		
— — — — Femelles,			— — — — Femmes,			Somme totale +		
Enfants trouvés Mâles			Mis à Mort par des supplices Hommes			Somme totale ÷		
— — — — Femelles,			— — — — Femmes,					
Enfants nés dans les Religions, qui n'ont pas de Baptême, Mâles			Expatriés — — Hommes,			Augmentation, ou Diminution, de la Population générale.		
— — — — Femelles,			— — — — Femmes,					

AVIS AU RELIEUR.
Ces quatre Tables doivent être placées ensemble à la fin du Tome quatrieme.

TABLE SECONDE,

Contenant la quantité proportionnelle de ceux qui font morts, dans une Province, à chaque âge de la Vie humaine, & dreſſée fur les Extraits Mortuaires des Paroiſſes.

ISLE DE FRANCE.

Age.	Mâles.	Femelles.	Age.	Mâles.	Femelles.	Age.	Mâles.	Femelles.	RÉCAPITULATION.		
Au-deſſous d'un an à un an . .			. . . . à 30 ans,			. . . . à 70 ans,			Dans la premiere année . . .		
			. . . . à 31 ans,			. . . . à 71 ans,			Entre 2 & 5 ans, . . .		
Somme de la premiere année . .			. . . . à 32 ans,			. . . . à 72 ans,			Entre 5 & 10 ans, . . .		
			. . . . à 33 ans,			. . . . à 73 ans,			Entre 10 & 20 ans, . . .		
. . . . à deux ans,			. . . . à 34 ans,			. . . . à 74 ans,			Entre 20 & 30 ans, . . .		
. . . . à 3 ans,			. . . . à 35 ans,			. . . . à 75 ans,			Entre 30 & 40 ans, . . .		
. . . . à 4 ans,			. . . . à 36 ans,			. . . . à 76 ans,			Entre 40 & 50 ans, . . .		
			. . . . à 37 ans,			. . . . à 77 ans,			Entre 50 & 60 ans, . . .		
			. . . . à 38 ans,			. . . . à 78 ans,			Entre 60 & 70 ans, . . .		
			. . . . à 39 ans,			. . . . à 79 ans,			Entre 70 & 80 ans, . . .		
Entre 2 & 5 ans, Somme .			Entre 30 & 40 ans, Somme .			Entre 70 & 80 ans, Somme .			Entre 80 & 90 ans, . . .		
. . . . à 5 ans,			. . . . à 40 ans,			. . . . à 80 ans,			Entre 90 & 100 ans, . . .		
			. . . . à 41 ans,			. . . . à 81 ans,			à 100 ans, & au-deſſus, .		
. . . . à 6 ans,			. . . . à 42 ans,			. . . . à 82 ans,					
			. . . . à 43 ans,			. . . . à 83 ans,					
. . . . à 7 ans,			. . . . à 44 ans,			. . . . à 84 ans,					
			. . . . à 45 ans,			. . . . à 85 ans,					
. . . . à 8 ans,			. . . . à 46 ans,			. . . . à 86 ans,					
			. . . . à 47 ans,			. . . . à 87 ans,					
. . . . à 9 ans,			. . . . à 48 ans,			. . . . à 88 ans,			Somme totale des morts . .		
			. . . . à 49 ans,			. . . . à 89 ans,			Somme totale des nouveaux-nés.		
Entre 5 & 10 ans, Somme .			Entre 40 & 50 ans, Somme .			Entre 80 & 90 ans, Somme .					
. . . . à 10 ans,			. . . . à 50 ans,			. . . . à 90 ans,			Plus de Naiſſances que de Morts.		
. . . . à 11 ans,			. . . . à 51 ans,			. . . . à 91 ans,					
. . . . à 12 ans,			. . . . à 52 ans,			. . . . à 92 ans,					
. . . . à 13 ans,			. . . . à 53 ans,			. . . . à 93 ans,					
. . . . à 14 ans,			. . . . à 54 ans,			. . . . à 94 ans,					
. . . . à 15 ans,			. . . . à 55 ans,			. . . . à 95 ans,					
. . . . à 16 ans,			. . . . à 56 ans,			. . . . à 96 ans,					
. . . . à 17 ans,			. . . . à 57 ans,			. . . . à 97 ans,					
. . . . à 18 ans,			. . . . à 58 ans,			. . . . à 98 ans,					
. . . . à 19 ans,			. . . . à 59 ans,			. . . . à 99 ans,					
Entre 10 & 20 ans, Somme .			Entre 50 & 60 ans, Somme .			Entre 90 & 100 ans, Somme .					
. . . . à 20 ans,			. . . . à 60 ans,								
. . . . à 21 ans,			. . . . à 61 ans,			. . . . à 100 ans,					
. . . . à 22 ans,			. . . . à 62 ans,			& au-delà de 100 ans,					
. . . . à 23 ans,			. . . . à 63 ans,								
. . . . à 24 ans,			. . . . à 64 ans,								
. . . . à 25 ans,			. . . . à 65 ans,								
. . . . à 26 ans,			. . . . à 66 ans,								
. . . . à 27 ans,			. . . . à 67 ans,								
. . . . à 28 ans,			. . . . à 68 ans,								
. . . . à 29 ans,			. . . . à 69 ans,								
Entre 20 & 30 ans, Somme .			Entre 60 & 70 ans, Somme .								

NB. Cette Table ſert à déterminer les Années Climatériques, & eſt le fondement du Calcul pour les Rentes viageres, Tontines, &c. &c.

TABLE TROISIEME,

Appellée en Anglois *la Table des Casualités*, dressée sur les Registres de toutes les Paroisses d'une Province, & servant à faire voir d'un coup d'œil la quantité proportionnelle de ceux qui ont été emportés dans l'étendue de cette Province, par les différentes especes de Maladies qui affectent le plus communément le Corps humain, les progrès, ou la diminution de chacune de ces maladies, les morts violentes, les cas fortuits, &c. le tout rédigé par ordre alphabétique. Année 1759.

ISLE DE FRANCE.

	Hommes.	Femmes.
Il est mort en cette année de		
Abcès gangrénés		
Age ou Vieillesse		
Aphthis, ou petites pustules blanches qui se forment dans la bouche des enfants		
Apoplexie		
Apothumes		
Arrachures de dents qui ont mal réussi		
Assassinés		
Assommés		
Asthme		
Blessures		
Brûlés dans les incendies, ou autrement		
Cancers		
Catharres violents		
Chancres		
Cocluches		
Cœur flétri		
Colique		
Convulsions		
Couches		
Crampes		
Crampes d'estomac		
Dents qui viennent aux enfants		
Diabetes		
Diarrhée		
Dissenterie		
Ecrasés		
Empoisonnés		
Enflures		
Epilepsie, ou Haut-mal		
Erésipele		
Esquinancie		
Etouffés, soit en mangeant, soit d'une autre maniere		
Etouffés (Enfants) par les Nourrices		
Etranglés		
Excrescences incurables		
Famine		
Fausses-couches		
Fievre intermittante		
. . . Catharrale		
. . . Chaude		
. . . Maligne		
. . . Putride, &c.		
Fistules		
Flux de sang		
Foudroyés		
Frisel, ou Rougeole blanche, ou pourprée		
Gangrene		
Galle		
Gelés de froid		
Gonorrhée		
Goitres qui ferment le gosier		
Goutte remontée		
Gratelle		
Gravelle		

	Hommes.	Femmes.
Hémorrhagie		
Hernies ou Descentes		
Hétisie		
Hydrocéphalie, ou amas d'eau qui se forme dans la tête des enfants dont les sutures ne se ferment point		
Hydropisie		
Hypochondries		
Indigestions		
Inflammations		
Ivrognerie excessive		
Jaunisse		
Justiciés		
Lepre		
Léthargie		
Lunatiques		
Maladie de la Mer		
Mélancolie		
Migraines causées par les abcès dans la tête		
Miséréré (colique.)		
Morsure d'un chien, ou chat, enragé		
Morts (Enfants morts-nés.)		
Noués (Maladie d'enfants, commune en Angleterre.)		
Noyés		
Obstructions dans les boyaux, dans le foie, dans la rate, ou dans d'autres Intestins		
Obstructions dans la matrice		
Peste		
Petite vérole		
Petite vérole volante		
Pierre, ou opérations de la pierre		
Piquure d'un scorpion, aspic, ou autre bête venimeuse		
Pleurésie		
Polypes au cœur, &c.		
Pourpre		
Pulmonie		
Rage		
Rétentions d'ordinaires		
Rétentions d'urine		
Rhumatisme		
Rhume		
Rougeole		
Rupture de bras, de jambes, ou d'autres membres		
Saignement de nez		
Sciatique		
Scorbut		
Solitaire (Ver qui tue les enfants.)		
Spleen (Maladie des Anglois.)		
Squirres dans la vessie, ou autres Intestins		
Suicide		
Teigne incurable		
Toux		
Tranchées dans le bas-ventre		

	Hommes.	Femmes.
Travail d'enfant		
Trouvés morts dans les rues, sur les grands chemins, &c.		
Tués par cas fortuits		
Tumeurs		
Vapeurs hystériques		
Vérole, & toutes les maladies vénériennes, ainsi que leurs suites		
Vers (des Enfants)		
Vomissements		
Ulceres		

NB. Les Médecins & les Chirurgiens trouveront qu'il s'en faut de beaucoup que j'aie spécifié ici toutes les maladies, ou que je les aie bien nommées. Je le crois bien ; je ne suis pas homme du métier, & je ne donne qu'un modele ébauché. La Politique n'a pas même besoin d'un si grand détail ; elle peut ranger les maladies en 12 classes, & se contenter de cette précision, en abandonnant le reste à la Médecine. Au reste, cette Table n'est pas une des moins utiles. Elle sert principalement à guider le Sénat, ou Conseil de Santé, dont nous avons parlé (dans le I. Vol.) dans toutes les mesures qu'il peut & doit prendre pour arrêter les progrès de chaque genre de maladie.

RÉCAPITULATION.

Nombre total des Morts . . .

On peut joindre ici, si l'on veut, le nombre des hommes & celui des femmes emportés par chaque genre de maladie, & supputer ensuite fort facilement combien il en est mort sur cent, sur mille, &c.

TABLE GÉNÉRALE,

Pour la Population de tout un Royaume ou autre Etat quelconque, tirée des Tables Provinciales faites sur le modele de la Table Nᵒ. I. comme, par exemple, pour l'Année 1759.

LA FRANCE.

Isle de France.		Normandie.		Picardie.		Bretagne.		Languedoc.		Provence.		Alsace.		Et ainsi pour
Nés		Nés		Nés		Nés		Nés		Nés		Nés		toutes les autres
Morts . . .		Morts . . .		Morts . . .		Morts . . .		Morts . . .		Morts . . .		Morts . . .		Provinces, Con-
Etrangers établis		Etrangers établis		Etrangers établis		Etrangers établis		Etrangers établis		Etrangers établis		Etrangers établis		quêtes, &c.
Naturels sortis .		Naturels sortis .		Naturels sortis .		Naturels sortis .		Naturels sortis .		Naturels sortis .		Naturels sortis .		
Somme .		Somme .		Somme .		Somme .		Somme .		Somme .		Somme .		

RÉCAPITULATION.

		Augmentation.	Diminution.	Par conséquent plus de nés que de morts ou *vice versâ*	+	÷	Donc, selon la proportion adoptée dans la Table premiere, le nombre des Vivants se réduit à	Nombre des Vivants
Isle de France	. . .							. . .
Normandie .	. . .							. . .
Picardie .	. . .							. . .
Bretagne .	. . .							. . .
Languedoc .	. . .							. . .
Provence .	. . .							. . .
Alsace, &c. &c. .	. . .							. . .
Tout le Royaume	. . .			+ ou ÷			Vivants en France	. . .

Tous les détails que l'on pourroit souhaiter dans cette Table se trouvant déjà dans les Tables Nᵒ. I. II. & III., le Souverain, ou ses Ministres, peuvent y avoir recours au besoin.

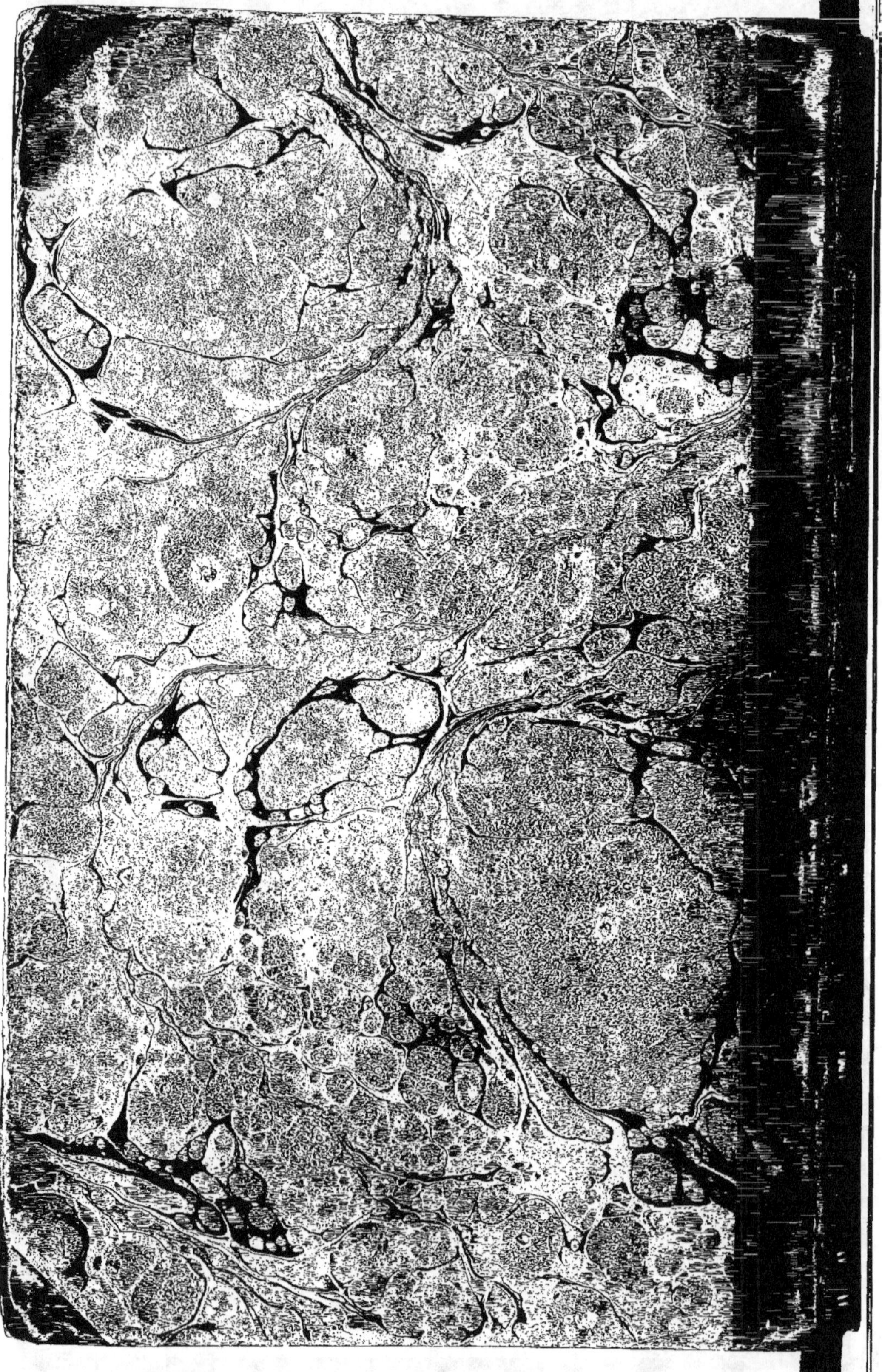